Nichts wird jemals wieder so werden, wie es war. Und niemals war es schöner als jetzt. Diagnose Krebs. Hans weiß, dass seine Mutter sterben könnte. Was er nicht weiß: Wer ist die Richtige? Ellis, die in ihn verliebt ist, oder die geheimnisvolle Schönheit Loni Schneider. Hans' Mutter hat schlechte Überlebenschancen, Loni Schneider einen Freund.
Hans nimmt die Geschenke des Lebens an, als gäbe es kein Morgen. Feiern, Reisen, Weglaufen. Natürlich ist es eine bescheuerte Idee, mit Ellis und Loni Schneider nach Paris zu reisen. Als auch Hans dies begreift, ist das Leben wie er es kannte, ein einziger Scherbenhaufen.


Bernhard Straßer, in Traunstein geboren, lebte nie in Berlin. Dafür in Mannheim und Rosenheim, in einer Jugendherberge am Chiemsee und ein Jahr im Nordwesten der USA. Er arbeitet als freier Autor und verdient sein Geld als Berufsberater. Er hat Creative Writing und Modernes Erzählen gelernt und Arbeitsverwaltung studiert. Außerdem war er mal Schichtarbeiter, Küchenhelfer, Naturpädagoge und Sportreporter. Er ist verheiratet und hat zwei Kinder.

Bernhard Straßer

# Sterne sieht man nur bei Nacht

Sterne sieht man nur bei Nacht
Bernhard Straßer

Copyright: © 2016 Bernhard Straßer
ISBN 978-1530352210

Version 1.2

http://www.bernhardstrasser.de/

Danke an die Helfer, ohne die dieses Buch nicht möglich gewesen wäre:

Besonders an
Rebecca Bauer
sowie
Arwed Vogel und die Wildschweine von Barliano

Danke an die ersten selbstlosen Testleser, Redakteure und Fehlersucher:
Andi Wallner,
Simone Hauer
Birgit Pfaffinger
Maria Auer
Gabriele Netz
und
Nicole Straßer


Titellayout: Maximilian Niedergünzl
http://www.maximidesign.de/

*In Erinnerung an Eleonore Peschl*

# Prolog: Der letzte Tag vor dem Rest des Lebens

Sie fuhren in die Berge und wanderten zu einem See. Hans hatte keinen Blick für die herbstliche Schönheit der Gegend und fühlte sich bald von jedem Schritt erschöpft. Sie setzten sich auf eine Bank in der Sonne und blieben lange dort sitzen. Ellis schwieg und er hörte ihrem Atmen zu. Er lauschte einer Biene, die sich in der Jahreszeit geirrt zu haben schien. Es roch nach Frühling, aber Hans fröstelte. Sein Atem wurde ruhiger. Die stürmischen Gedankengänge begannen einzufrieren. Er tastete über das warme Holz der Bank und berührte Ellis' kleinen Finger. Sie nahm seine Hand, hielt ihn fest, bis die Sonne hinter einem Berg verschwand.
Doch nicht so schnell. Noch ist es nicht so weit. Noch wissen wir nichts von der Geschichte von Hans und Ellis. Deshalb drehen wir die Uhr um fast exakt ein halbes Jahr zurück: Wir sehen, wie Hans kurz vor Mitternacht auf einen Stuhl springt. Er reckt sein Weinglas hoch, so weit es geht.
Wir wissen bereits, was ihn morgen erwartet, wie sich sein Leben in den kommenden Monaten verändern wird. Lassen wir ihn noch eine Nacht lang im Schlummerschlaf der Ahnungslosen. Noch ist er nichts weiter als ein betrunkener, glücklicher, ein wenig verliebter junger Mann. Seine Bühne ist ein kleines Café in der unteren Stadt, eine Feier, die Geburtstagsfeier seines besten Freundes.
„Our time is running out!", schrie er den Songtext des Liedes, das der DJ gerade auflegte mit und alle Blicke richteten sich auf ihn. „Verdammte Scheiße, Ben. Ich liebe diese Musik! Ich liebe diese Band! Alles Gute zum Geburtstag, solange du noch hast!"
Cocktailgläser klirrten, jemand klatschte und pfiff durch die Zähne. Hans senkte das Weinglas ein wenig und beugte

sich zu Ben hinunter. „Und danke, dass du die...", er deutete auf eines der Mädchen am Tisch, dann auf das nächste und übernächste. „Und die und die in mein Leben gebracht hast." Er stieg von seinem Stuhl hinab und prostete in eine unbestimmte Richtung.
Es war laut in der Bar und die Luft roch nach einem ausgelassenen Abend.
„Jedes Jahr das gleiche, Hans." Ben lachte. „Erst willst du schon um zehn gehen, dann stell ich dir eine der Praktikantinnen vor, und am Ende weigerst du dich, heim zu gehen."
„Ihr habt aber auch tolle Mädchen in der Firma" entgegnete er und spürte, wie der Wein sein Gemüt in eine andere Sphäre gleiten ließ.
„Jetzt rück schon raus. Welche ist es denn? Ich verwette meine Wohnung auf die da." Ben zeigte auf eines der Mädchen.
Hans nickte. „Du kennst mich viel zu gut. Dann spricht ja sicher nichts dagegen, uns endlich vorzustellen!"
Wir werfen noch einen kurzen Blick auf dieses Mädchen, das uns, das vor allem Hans die kommende Zeit noch begleiten wird, ehe wir uns langsam zurückziehen: Hübsch ist sie, zweifelsfrei. Hans mag sie sogar als schön bezeichnen. Erst jetzt bemerkt sie, dass es um sie geht, dass sie dabei ist, ein Teil der Geschichte, ein Teil von Hans' Geschichte zu werden.
Ben und Hans, die beiden Freunde aus Kindheitstagen, setzen sich neben das Mädchen. Wir bemerken, wie sie Hans interessiert mustert und jetzt, in diesem Moment, in dem ein Lächeln ihr Gesicht umspielt und wir zu ahnen beginnen, warum alles so kommt, wie es kommt, können wir uns zurücklehnen und der Geschichte ihren freien Lauf lassen.
„Das ist Hans", sagte Ben. „Hans und ich kennen uns schon ewig. Und genau deshalb ist er auch der allerletzte, den ich dir vorstelle.
„Buchstäblich", sagte sie und sah Hans an.

„Ich habe so meine Gründe. Dieser junge Mann hat, trotz erster grauer Strähnchen, seit jeher ein Faible für schöne Mädchen." Ben räusperte sich, ein seliges Grinsen auf den Mundwinkeln. „Das haben wir gemeinsam. Aber im Gegensatz zu mir, der zu seinem durch und durch unsoliden Lebenswandel steht, gaukelt er den Frauen vor, ein Romantiker zu sein. Ohne sich aber je auf was Ernstes einzulassen, solltest du wissen. Und dazu ist ein wundervolles Mädchen wie du natürlich zu kostbar." Ben deutete, mit glasigem Blick, ein Glas Mojito in der rechten Hand schwenkend, auf Hans. „Da aber Hans der einzige meiner Freunde ist, der den Anstand hatte, meinen Geburtstag bis zum Schluss mit mir zu feiern: Na gut. Ich wasche meine Hände in Unschuld: Das ist Hans."

„Herzlichen Dank auch für die warme, herzliche Vorstellung", sagte Hans zu Ben und schüttelte dem Mädchen die Hand.

„Elisabeth", sagte das Mädchen. „Aber alle nennen mich Ellis."

Ellis war ihm bereits in dem Moment aufgefallen, als er das Café betreten und nach der Geburtstagsgesellschaft Ausschau gehalten hatte. Sie hatte sich auch nach ihm umgedreht und gelächelt. Daran dachte Hans jetzt, als er ihre leicht gewellten, langen, dunkelblonden Haare betrachtete. Sie lächelte scheinbar gerne und viel. Ihr rundes Gesicht, die großen Augen und das im Kneipenlicht golden schimmernde Haar gaben ihr etwas Engelsgleiches. Es hätte ihn nicht verwundert, wenn ihr am Rücken tatsächlich ein Flügelpaar entwachsen wäre.

Hans bestellte Ramazotti für sie beide. Als Otto, der Besitzer der Roten Mühle, die Getränke brachte, musste Ellis lauthals lachen. Sie lachte laut und herzlich und bald stimmte Hans in ihr Lachen ein und als der ganze Tisch mitlachte, wusste bald keiner mehr, warum eigentlich gelacht wurde. Nach einigen Minuten herzhaften Lachens, in dem sich beide immer wieder durch einen Blick oder ein Zucken in der Gesichtspartie zu neuen Lachsalven provozierten, standen Hans die Tränen in den Augen und er rang nach Luft. Als

sich beide beruhigt hatten, fragte er Ellis, was denn eigentlich so lustig war.
„Ich hab so gelacht, weil du so gelacht hast", sagte sie.
„Und ich, weil du so gelacht hast, aber du hast angefangen."
Ellis musste überlegen, als wäre die Ursache ihres Lachanfalles schon so lange her, dass sie sie vergessen hatte. Dann grinste sie und sagte: „Jetzt weiß ich es wieder", sie lachte erneut und hielt sich die Hand vor den Mund. Hans schaute sie neugierig an und war gespannt, was sie wohl Lustiges zu erzählen hatte. „Du musst mich echt entschuldigen", kicherte sie, „aber ich hab ab und zu so komische Vorstellungen, richtige Hirngespinste, die einfach so in mein Gehirn platzen, und die sind manchmal so schräg und seltsam, dass ich selber darüber lachen muss. Ich weiß, das ist kindisch und komisch, aber ich kann es nicht ändern. Ich hab das schon, seit ich ein Kind war. In der Schule hab ich zum Beispiel regelmäßig und so bildlich, als würde es gerade wirklich passieren, vor meinem geistigen Auge gesehen, wie der Lehrer sich bis auf die Unterhose auszog, Anlauf nahm und durch das klirrende Fenster nach draußen sprang." Sie kicherte wieder. „Das ist echt schräg."
„Und was hast du vorhin gesehen, dass du so lachen musstest?", hakte Hans nach.
Sie lachte wieder: „Wie heißt der Chef von der Kneipe gleich wieder?"
„Otto."
„Genau, der Otto. Als der Otto vorhin herein kam, da hat er sich in meinem Kopf auf einmal in einen schwarzen Tanzbären mit großen, treuseligen, braunen Augen verwandelt, der ein rosa Ballettröckchen aus Tüll um die Taille und auf dem Kopf ein spitzes Partyhütchen trug und auf Rollschuhen fahrend ein Tablett mit Bier hereinfuhr."
Hans sah sie lächelnd an. Er konnte sich das Bild plastisch vorstellen. „Ich muss dich enttäuschen", sagte er, „Das war kein Produkt der Fantasie. Das ist Otto wie er leibt und lebt."

Er streckte ihr ein zweites Mal die Hand entgegen: „Hi, ich bin der Hans. Und spätestens jetzt bist du das Mädchen, das ich unbedingt kennenlernen will."
„Hallo Hans, ich bin´s noch immer, die Ellis." Sie schüttelten sich die Hand.
Hans lächelte zufrieden. Dinge passierten oder sie passierten nicht. Oft kostete es ihn unendliche Anstrengungen, und dennoch blieb es beim vergeblichen Nichts und dann, als sei es vorbestimmt, geschah etwas Wunderbares, Unerwartetes, und es war gleichzeitig leicht wie selbstverständlich.
Er schaute in Ellis' blaue Augen, die einen leichten Grünstich bekamen, je länger er hinsah. Noch seltsamer fand er, dass sie seinen ruhenden, findenden Blick erwiderte und je tiefer ihre Augen wurden, desto mehr Gedanken entzündeten sich in seinem Kopf und explodierten wie gelbe Wunderkerzen. Wie schön es ist, dachte er, betrunken zu sein.
Die gestrige Sonnenfinsternis fiel ihm ein. Es war zwar nur eine partielle gewesen, aber seitdem hatte er das Gefühl, dass in diesem Jahr etwas Bedeutendes passieren musste. Etwas, das sein Lebens veränderte. War es jetzt soweit?
Immer dann, wenn man es am wenigsten erwartete, geschahen diese seltsamen Begegnungen.
„Es ist spät", sagte Ellis unvermittelt und das Feuerwerk in Hans' Kopf löste sich in Luft auf.
„Ich wohne in einer kleinen Pension am Stadtrand. In der Pilgerherberge", sagte sie.
Hans sah sie überrascht an.
„Ich bin nur da, wenn ich Praktika habe. Die Pension ist nett. Ich fühle mich schon wie zu Hause dort."
„Und die Pilger?"
Sie lachte. „Seitdem der Papst zurückgetreten ist, sind die Pilger ganz normale Radfahrer und Wanderer." Ellis' Augen senkten sich, blieben an seinem alten T-Shirt haften, auf dem ein nach oben blickender Mann, der mehrere Schatten warf, und die Worte „Absolution" abgebildet waren.

Schließlich sah sie auf, sah ihm fest in die Augen und fragte: „Begleitest Du mich ein Stück?"
Ohne zu zögern nickte er und beide sprangen synchron von ihren Stühlen auf.
„Du dampfst jetzt echt mit ihr ab? Was soll denn die Scheiße?", rief Ben.
„Wieso? Hast du ein Problem damit?"
Ben lachte. „Ja, weil du damit meinen Geburtstag beendest."
Hans sah sich um. Es war niemand mehr da.
Sie zahlten und gingen nach draußen.
Ben verabschiedete sich, und Hans und Ellis sahen ihm nach, wie er lachend und mit rudernden Armen, wie ein Kobold die Straße hinab Richtung Taxistand tanzte.
Mit Bens Verschwinden wurde die Nacht stumm. Bis Ellis Hans' Blick fing und fragte: „Und?"
Hans brauchte nicht lange zu überlegen. Geschenke der Nacht lehnte man nicht ab und es musste nicht immer der Wahrheit entsprechen, dass nach halb zwei nichts Gutes passierte.
„Also los, ich bin dabei!"
Ellis zog ihre leichte Windjacke enger zu und sie spazierten in die Nacht hinein. „Vor einer Woche habe ich noch meine dickste Daunenjacke tragen müssen", sagte sie.
„Ja, jetzt sieht es endgültig nach Frühling aus."
„Freu dich nicht zu früh. Der Wetterbericht hat für kommende Woche schon wieder Schnee angesagt."
„Ein Grund mehr, diese Nacht noch so lange auszunutzen, wie es geht. Musst du nicht arbeiten morgen?"
„Schon. Aber weil ich morgen von einem jungen Herrn namens Ben unterwiesen werde, mache ich mir diesbezüglich keine Sorgen. Bei denen fängt sowieso keiner vor acht an."
„Fühlst du dich als angehende Sozialpädagogin dort überhaupt wohl?"
Ellis lächelte. „Es ist lustig. Aber diese amerikanische Arbeitsphilosophie muss man schon mögen."

Sie gingen einen schmalen, von Bäumen gesäumten Weg hinab zum Fluss. Der helle Mondschein glitzerte auf dem Asphalt der finsteren Straßen. Der Fluss plätscherte ruhig. Durch die Schneeschmelze in den Bergen führte er mehr Wasser als gewöhnlich und die silberne Mondkugel spiegelte sich in den krausen Wellen. Sie gingen über den Eisernen Steg unter den steinernen Arkaden des Eisenbahnviadukts und Ellis blieb in der Mitte kurz stehen und warf Steine, die sie zuvor am Weg aufgesammelt hatte, in das schwarze Wasser.

„Ich liebe das!", sagte sie. „Seit ich ein kleines Mädchen war, muss ich an jedem Gewässer stehenbleiben und Steine hineinwerfen. Mein Großvater hat das immer mit mir gemacht."

„Dann wird es ihn sicher freuen, dass du diese Tradition beibehalten hast."

„Das glaube ich auch. Vielleicht schaut er mir gerade dabei zu."

Hans sah sie fragend an.

„Er ist gestorben", erklärte sie. „Schon vor Jahren. Aber irgendwie ist er immer noch da. Wir waren uns sehr nah. Ich habe, glaube ich, fast mehr Zeit mit ihm als mit meinem Vater verbracht."

Hans verschluckte einen Satz, den er im nächsten Moment nicht mehr auszusprechen wagte.

„Du brauchst nicht zu sagen, dass es dir leid tut", sagte sie. „Das ist so ein Reflex, wie man ‚Gesundheit' sagt, wenn jemand niest. ‚Mein Opa lebt nicht mehr' - ‚Oh, das tut mir leid' -. ‚Danke' - ‚Bitte'."

„Es tut mir leid, dass dein Großvater nicht mehr miterlebt hat, was für eine hübsche Frau aus seiner Enkelin geworden ist."

Ellis hob die Hände und zeigte mit beiden Daumen nach unten. „Buh! Den schwachen Moment einer Frau ausnutzen und ihr billige Komplimente machen! Aber vielen Dank für die Blumen", fügte sie hinzu und deutete einen Knicks an.

Sie überquerten den Steg. Ellis ging voraus, aber anstatt den Weg am Fluss zu folgen, ging sie über die Straße und suchte nach dem Anfang einer verwitterten Treppe, die auf den Berg führte.
„Wo gehst du hin?", fragte Hans.
„Ich gehe über die Weinleite."
„Über die Weinleite nach Veitsdorf zu gehen, ist mir auch neu."
„Warte ab, gleich wirst du sehen, warum."
Sie stiegen die steile Treppe den Berg hinauf. Es war auf dem Waldweg, den sie entlang gingen, stockdunkel und das einzige sichtbare Licht war der fahle, blaue Schein von Ellis Handydisplay, das sie als matte Taschenlampe verwendete. Die Stille der Nacht wurde ab und an von einem Rascheln im Laub durchbrochen. Ellis ging den Weg zielstrebig und Hans fragte sich, ob sie tatsächlich so mutig war, als Frau diese menschenverlassene Gegend nachts regelmäßig alleine zu durchwandern.
Als sie nach einigen Minuten aus dem dichten Gebüsch heraus traten und den Wanderweg der Weinleite erreichten, gaben die Bäume und Sträucher den Blick auf die Stadt frei. Die Silhouette des Stadtberges, die markanten Türme hoben sich aus dem Hellblau der Nacht. In wenigen Häusern brannte noch Licht, der helle Mondschein und die erleuchtete Pfarrkirche, die, umringt von Häusern, mitten am Stadtberg thronte, zeichneten sich schemenhaft vom sternblinkenden Nachthimmel ab.
Sie setzten sich auf eine der Aussichtsbänke am Rande der Weinleite und blickten nach unten.
Wie leicht sie bis zu diesem Punkt gelangt waren: Eine Bank, die Aussicht, der Sternenhimmel, die laue Nacht.
Hans wusste, dass man Momente nicht planen konnte, sie passierten. Und wenn sie passierten, dann waren sie immer für die Ewigkeit.
Sie setzten sich auf eine Aussichtsbank. Hans lauschte ihrem Atem, der ähnlich schnell ging wie sein eigener. Als führten sie ein Schauspiel unter Beobachtung von einem

großen, unsichtbaren Publikum auf, war eine unbestimmte Anspannung zwischen beide gefahren. Ellis' Stimme war leise, fast zerbrechlich still geworden.

„Verstehst du jetzt, warum ich immer über die Weinleite gehe?"

Hans ließ den Blick schweifen. In der Ferne zeichnete sich die Alpenkette ab, deren weiße Schneehänge silbern im Mondschein illuminierten. Er lebte seit fast einem Jahr in der Stadt, hatte die schönsten Nächte seiner Jugend hier verbracht, aber um die Weinleite zu entdecken, musste er erst ein fremdes Mädchen kennenlernen. Es war kalt geworden und Hans begann zu zittern, vor Kälte, vor Anspannung, es war egal.

„Hast du die Sonnenfinsternis gestern gesehen?", fragte er.

Ellis nickte. „Wunderschön", sagte sie.

„Auch wenn es nur eine partielle Finsternis war, ich glaube, das bedeutet etwas", sagte Hans. „Ich glaube, dass dieses Jahr ganz besonders wird. Ein einzigartiges. Frage mich nicht warum, aber ich habe mich noch nie so auf einen Frühling gefreut wie auf diesen."

„Ich bin da eher wie die Azteken veranlagt. Nicht, dass ich fürchte, dass die Welt untergeht oder so. Aber ich hatte ein mulmiges Gefühl zu sehen, dass die Sonne sich auflöst."

„Ich hab das erst gar nicht gemerkt. Alles sah aus wie immer."

„Ja. Das war echt seltsam. Mit bloßem Auge merkte man gar keinen Unterschied. Aber wenn man durch die Brille geschaut hatte,..."

„Ihr hattet Brillen? Ihr Streber! Wir waren nicht so gut vorbereitet. Ich musste warten, bis sich eine Wolke vor die Sonne geschoben hat", sagte er. „Und dann konnte man endlich sehen, wie abgemagert und mickrig die Sonnensichel bereits war. Ja, das war richtig erschreckend."

Ellis nickte. „Aber man hatte gemerkt, wie duster es langsam geworden war. Und dennoch hell, dafür, dass die Sonne zu einer Sichel verkümmert ist. Da merkt man wieder, wie stark das Sonnenlicht ist."

„Es reicht sogar noch für den Mond. Brauchst nur nach oben zu schauen." Ellis rückte näher an ihn heran und als sie sich an seine warme Brust schmiegte, wusste Hans plötzlich, dass dies bereits der aufregendste Moment dieser Nacht war und nichts weiter geschehen würde. Er legte einen Arm um sie, zog sie näher an sich und sie blieben schweigend über den Dächern der Stadt sitzen. Hans wagte kaum, sich zu bewegen und achtete genau auf jede Bewegung und darauf, ob vielleicht doch noch etwas passierte. Aber es geschah nichts mehr. Er lauschte ihrem Atem und spürte ihren Kopf auf seiner Brust bei jedem seiner eigenen Atemzüge, roch den süßen Duft ihres frisch gewaschenen Haares und spürte etwas, das er nur damit erklären konnte, dass ihre Ausstrahlung, ihre Aura, sich mit seiner verschmolzen hatte.
Er hatte jedes Zeitgefühl verloren, als sich Ellis aus seiner Umarmung löste.
„Es ist spät", sagte sie, reckte sich und streckte ihre Beine aus. „Ich glaube, mir sind die Beine eingeschlafen und wenn wir noch eine Minute länger hier bleiben, schläft der Rest von mir ein."
„Ich begleite dich noch, bis ich dich sicher vor der Haustüre abgesetzt habe", sagte Hans.
„Das brauchst du nicht, ist aber lieb von Dir."
Sie gingen schweigend die restliche Weinleite entlang, bis der Weg wieder bergab führte und in einer Siedlung mündete, an deren oberen Ende die Pilgerherberge stand.
„Wir müssen leise sein, weil eine Wallfahrtsgruppe aus Sizilien zu Gast ist", flüsterte Ellis.
Hans stand unsicher vor ihr und rang nach einem treffenden Abschlusswort. „Das war die schönste Nacht des Jahres", sagte er.
Sie lächelte: „Na toll. Das ist Ende März kein Kompliment."
Sie reichte ihm die Hand: „Wenigstens nehme ich dir ab, dass das nicht geheuchelt war. Ich fand's auch schön. Gute Nacht", sagte sie, zog ihn näher an sich und gab ihm einen Kuss auf den Mund. Hans zögerte kurz, ehe seine Lippen

den Kuss erwiderten und nach drei Sekunden, gefühlten 10 Minuten, löste sie sich wieder, sagte noch einmal „Gute Nacht" und verschwand in der Pilgerherberge.
Hans blieb noch stehen, bis in einem der Zimmer das Licht anging und eine schwarze Silhouette hinter dem Vorhang erschien. Er winkte der Silhouette, sie winkte zurück und Hans stolperte den Weg zurück in die Stadt.
Dort lag er noch lange unruhig und voller Gedanken, wach. Er ahnte noch nicht, dass er sich auf Monate hinaus wünschen würde, noch einmal diese sorgenfreie Unruhe jener Nacht in seinem Herzen spüren zu dürfen.

# Buch 1 Die Krankheit

## Das Leben

Das Leben ist einerseits ein Zustand aus Gegenwart, Vergangenheit und Zukunft. Es beinhaltet Gefühle, Erinnerungen, Gedanken. Leben ist das, was jeder Mensch tut. Der Zusatz „mein" Leben wird zur ultimativen Maxime von Allem, was mit einem Menschen zu tun hat. Es gibt tausende Ratgeber über Lebensführung. Wege, das Leben wert zu schätzen, erfolgreicher im Leben zu sein, die Vergangenheit eines Lebens besser zu bewältigen. Das Leben ist immer und überall und wir sind ständig so sehr mit dem Leben und ob es gut oder schlecht ist, beschäftigt, dass wir die Grundessenz des Lebens vergessen: Leben hat in erster Linie etwas damit zu tun, nicht tot zu sein (Hans Wegmann)

Noch einmal müssen wir uns zu Wort melden, um auf diesen außerordentlichen Einschnitt hinzuweisen, der in wenigen Augenblicken in Hans' Leben gemacht wird.
Es ist Freitagnachmittag, wir befinden uns in Hans' Schlafzimmer, wo er versucht, den fehlenden Schlaf der vergangenen kurzen Nacht nachzuholen.
Im Bett liegt ein glücklicher Hans, der überzeugt ist, dass endlich das Leben zurückgekehrt ist, wie zu seinen besten Zeiten.
Wie bei so vielen hing sein neuer Gemütszustand auch vom Wetter ab.
Der Winter war ungewöhnlich lang und streng gewesen. Eine dichte Schneedecke hatte die Stadt seit Mitte Dezember überzogen und auch die kräftige Frühlingssonne konnte den eisigen Schneemassen lange nichts anhaben. Erst seit wenigen Wochen verwandelte sich das Weiß in

schmutziges Ockerbraun, der Regen wusch das Eis von den Bäumen und den Unrat aus den Schneebergen am Straßenrand, bis bald das letzte Relikt der eisigen Jahreszeit verschwunden war. Darüber dachte Hans nach, als er trotz der Sonnenstrahlen, die das kleine Schlafzimmer durchfluteten, im Bett lag. Er dachte über die Stadt nach, die nach ihrem Winterschlaf erwachte, über die Wärme, die der Wetterbericht angekündigt hatte und über Ellis, die vielleicht das Mädchen war, mit der er den Frühling verbringen wollte. Ohne Übertreibung stellen wir fest, dass in diesem Bett ein glücklicher Mensch liegt. Übermüdet, aber glücklich. Einer, der trotz angestrengter Selbstreflexion ganz und gar keinen Anlass sieht, unzufrieden zu sein. Ganz und gar zufrieden war er, als er bis vor einem halben Jahr noch ein Studentenleben geführt hatte.
Jetzt war er umgezogen, wohnte in einer kleinen Stadt nicht weit weg von seinem Elternhaus. In dieser kleinen Wohnung lag Hans zufrieden im Bett und wartete.
Sein Vater wollte ihn an diesem Nachmittag besuchen, um die Winterreifen von Hans' Auto zu wechseln. Sein Vater bestand darauf, ihm zu helfen. Da sie sich seit seinem Umzug nur noch selten sahen, wusste Hans, dass es nur ein Vorwand war, um ihn zu besuchen.
Hans' Vater war selten pünktlich, aber länger als zehn Minuten verspätete er sich nie. Nach einer Stunde stand Hans auf und griff zum Telefon. Niemand meldete sich. Hans stand am Fenster, lauschte dem Freizeichen des Telefons und blickte auf die Unterstadt hinab. Zugvögel flogen über die Hügel am Horizont. Aus einem Kamin qualmte schwarzer Rauch. Er fragte sich, wann er zuletzt zu Hause gewesen war. Was wusste er wirklich über die Tagesabläufe seiner Eltern, seines Bruders, seit er nicht mehr zu Hause wohnte?
Hans fragte sich, was eigentlich „Zuhause" war. Ob es sein Zimmer im Haus seiner Eltern war, das er seit einem halben Jahr nicht mehr betreten hatte? Er dachte darüber nach, dass das Haus, in dem man eine glückliche Kindheit

verbracht hat, wie eine Burg, ein beschützender Hort, ist. Er war gerne dorthin zurückgekehrt, auch während des Studiums. Aber seit er diese Wohnung bezogen, sie mit seinen eigenen Möbeln gestaltet hatte, verblasste das Bild des Elternhauses, kühlte die Wärme ab, die er dort empfunden hatte. Wann war der Moment, an dem er erkannte, dass sich im Haus der Eltern, wo der Rest der Familie noch immer wohnt, nichts verändert hat, außer er selbst? Seit wann fühlte es sich zu Hause so an, nicht mehr zu Hause zu sein?
Während die Dächer der Unterstadt immer roter wurden, stand Hans am Fenster und dachte nach. Es war das erste Mal seit den großen Veränderungen nach dem Studium, dass er über seine Familie und wie sich Alles gewandelt hatte, nachdachte.
Während seines Studiums war er jedes zweite Wochenende nach Hause gefahren. Seine Mutter kochte, wusch ihm die Wäsche. Er schlief in seinem Jugendbett, aber es fühlte sich nicht mehr danach an. Wann begann das eigentlich, dass er sich in einen Gast in seinem eigenen Haus verwandelte?
Es war der Tag, als Handwerker eine neue Küche einbauten. Hans war erst verblüfft, dann immer empörter, weil ihn niemand gefragt hatte. Immerhin war er in dieser Küche groß geworden. Gleichzeitig wusste er: Es geht mich ja nichts mehr an.
Als er die neue Wohnung in der Stadt bezog, war er daheim schon lange nicht mehr zu Hause. Er hatte es gar nicht gemerkt, so euphorisch war er über den Umzug in der Hoffnung, gerade ein neues Zuhause gewonnen zu haben.
Wann war er das letzte Mal bei seinen Eltern zu Besuch gewesen?
Es musste an einem Sonntag gewesen sein.
Sonntags lud seine Mutter zum Familienessen ein und er fuhr regelmäßig hin, um seine Mutter nicht zu enttäuschen.
Das Familienessen bestand aus einem etwa eineinhalbstündigen Beisammensein, an dem immer wieder auch Freunde der Familie mit dabei waren. Es gab einen

Sonntagsbraten mit Semmelknödel. Obwohl Hans' Mutter die ganze Arbeit alleine trug, strahlte sie und ihre Freude über das Zusammenkommen der kleinen Familie war zu spüren.
Hans blieb bis zum Kaffee und war insgeheim froh, wenn er wieder im Auto auf der Fahrt zurück in die Stadt saß, um sich mit seinen Freunden zu treffen.
Ein Rabe landete auf dem Balkon und starrte Hans durch das Fenster hindurch an.
Es hatte seit Wochen kein Familienessen mehr gegeben.
Warum eigentlich?
Hans war nicht unglücklich darüber gewesen. Er schlief sonntags bis Mittag aus, holte sich am Abend ein Hendl beim Wienerwald und hatte nie nachgefragt, warum es zu Hause kein Mittagessen mehr gab.
Das letzte Familienessen war vor vier Wochen, an ihrem Geburtstag. Es war dieselbe Prozedur wie jedes Wochenende: Es roch nach frischem Braten. Lukas, Hans' Bruder, hatte eine Freundin mitgebracht. Hans' Mutter tätigte in der Küche die letzten Handgriffe und schrie ab und an auf, wenn sie sich am heißen Ofen die Finger verbrannte. Als schließlich die Familie am karg gedeckten Tisch saß und sie den Topf mit dem Schweinebraten, an zwei Topflappen festhaltend, ins Wohnzimmer trug, hatte sie, wie immer, ein unbestimmtes stolzes Leuchten in den Augen. Bevor sie den bereits zerteilten Braten samt Soße und Semmelknödel in korrekter Reihenfolge an Gäste, Hausherren und Kinder entsprechend aufsteigenden Alters verteilte, sprach sie ein kurzes Tischgebet, bei dem sich jeder die Hand reichen musste.
Hans' Vater politisierte über ein aktuelles Thema, über das er in der Zeitung gelesen hatte. Hans und Lukas stiegen kurz darauf ein, ihre Gegenargumente prallten aber am Selbstverständnis des Vaters ab, der bald seine Söhne dafür lobte, an seinen Diskussionen überhaupt teilhaben zu können, im Gegensatz zu seiner Frau, die er aus den

Augenwinkeln dabei ansah. Danach war die Diskussion wieder beendet.
Geblieben war das stumme Gefühl, dass er lieber woanders gewesen wäre, mit jemand anderem, er an diesem Tisch, der ein anderer war, als jener an dem er die letzten sechsundzwanzig Jahre gegessen hatte, zu Mittag aß und sich fremd fühlte.
Der Rabe stieß einen Schrei aus und flog davon.
Erst jetzt erinnerte sich Hans, dass seine Mutter nach dem Essen keinen Kaffee getrunken hatte, sie sagte, sie hätte Magenkrämpfe, wenn sie Kaffee trank.
Sie hatte seit Monaten Magenschmerzen.
Während Hans im Bett lag und wartete, gewannen seine Gedanken an Schärfe.
Er grübelte, rückte Gedanken zurecht, stellte Zusammenhänge her, versuchte diese bedrohliche Ahnung auszuschließen. Die Ahnung, dass dieses seltsame Verschwinden seiner Familie mit dem Gesundheitszustand seiner Mutter zu tun hatte. Etwas war in Bewegung geraten, von dem er seit Monaten gewusst hatte und das er so weit als möglich aus seinem Bewusstsein verdrängt hatte.
Er musste die letzten Wochen rekonstruieren, dachte er.
Sie litt seit ihrer frühesten Kindheit an einer seltenen Krankheit, die periodisch alle paar Jahre auftrat und ihren Magen mit Phantomschmerzen quälte, die sie kaum aushielt, die aber auf keine Ursache zurückzuführen waren.
Morbus Meulengracht.
Dieses Phänomen war selten, aber gut belegt und diagnostiziert. Und als sie nach jedem Arztbesuch erneut beschwichtigt wurde, dass es sich zwar um eine schmerzhafte, aber keine ernste Krankheit handelte, hatte sie irgendwann aufgehört, zum Arzt zu gehen.
Sie hatte schon an Weihnachten über Bauchschmerzen geklagt, erinnerte er sich.
Er schüttelte den Kopf über seine Mutter.
Sie klagte nicht laut, nicht fordernd. Sie bemerkte ab und an in einem Halbsatz, dass die Krankheit wieder zurückgekehrt

war. Sie sagte es als Aussagesatz, der weder beinhaltete, dass man sich sorgen sollte, noch dass es einen Handlungsbedarf in irgendeiner Art und Weise gab. „Es ist halt so", war einer ihrer Sätze. Und: „Es kommt, wie es kommt."

In Hans' Kopf begannen sich die letzten Monate zu rekonstruieren.

Im Januar hatte sie überraschend den Wunsch, einen Kurzurlaub in Kärnten zu machen. Als Hans und sein Bruder noch Kinder waren, hatten sie fast jedes Jahr in Kärnten Urlaub gemacht, genau wie schon ihre Mutter, als sie noch ein Kind war. In Kärnten hatte dieses Jahr der raue Winter noch mehr Schnee gebracht als zu Hause und Hans Mutter hatte niemanden gefunden, der sie begleiten wollte. Enttäuscht blieb sie daheim.

Hans versuchte, sie sich vorzustellen, wie sie beim letzten Treffen ausgesehen hatte. Sie hatte erwähnt, abgenommen zu haben. Vielleicht 5 Kilo. Vielleicht mehr.

Er starrte mit weit aufgerissenen Augen aus dem Fenster. Schafe standen auf einem der Hügel im wieder ergrünenden Gras.

Die vielen Mosaiksteinchen setzten sich zu einer bedrohlichen Vorahnung zusammen. Ihm fiel ein, dass er seiner Mutter zu ihrem Geburtstag einen Magentee aus dem Reformhaus geschenkt hatte. Es war ein mickriges Geschenk für das er sich schämte, da er sich wieder einmal keine Gedanken über ein passendes Geschenk für sie gemacht hatte.

Wie konnte das sein, dass er zwar registriert hatte, dass es ihr nicht gut ging, er aber nie nachgefragt hatte, wie schlecht es ihr wirklich ging?

Hans war schockiert, wie unaufmerksam er seiner Mutter gegenüber im Laufe der Jahre geworden war.

Wie konnte es sein, dass sie vor seinen Augen so sehr abnahm und er sie nie darauf ansprach?

Das Telefon läutete. Sein Handy zeigte einen anonymen Anrufer an. Seine Eltern, dachte er. Sie gehörten zu den

wenigen im Dorf, die noch keine Rufnummernanzeige hatten.
Hans zögerte einen Augenblick. Die verdrängten Informationen hatten sich zu einer bedrohlichen Vorahnung verdichtet und die Angst, dass sich alle Befürchtungen innerhalb der nächsten Sekunden bestätigten, hielt ihn zurück, den Anruf anzunehmen.
Es hörte nicht auf zu läuten. Er drückte auf die grüne Taste des Telefons. „Hallo?"
„Hallo?", meldete sich die Stimme seines Vaters am anderen Ende der Leitung. Entsetzen stieg in ihm auf, Schockwellen einer kommenden Mitteilung schossen in seinen Kopf, durch seine Blutbahnen und setzten sich im Unterleib als mulmiges, ängstliches Gefühl fest. Sein Vater hatte eine natürliche Abscheu gegen das Telefonieren und griff so gut wie nie zum Hörer. Außer, es handelte sich um einen ernsten Notfall.
„Ich bin's, der Papa", rief er mit lauter Stimme ins Telefon.
„Was ist passiert?", fragte Hans und hoffte auf eine Antwort ohne Umschweife.
„Es ist wegen der Mama", hörte er die Stimme seines Vaters und die vage Hoffnung, dass er sich in ein hysterisches, aber unrealistisches Szenario nur hinein gesteigert hatte, wich umgehend.
„Geht es ihr gut?"
„Nein... Ja. Nein, es geht ihr gut. Sie ist im Krankenhaus."
„Wenn es ihr gut geht, warum ist sie im Krankenhaus?", fragte Hans. „Warum hast du dich nicht gemeldet?"
„Sie wurde untersucht. Die Ergebnisse bekommen wir morgen"
„Sie wurde untersucht?"
„Wir waren heute den ganzen Tag unterwegs. Sie wurde mit dem Krankenwagen in die Notaufnahme gefahren. Ich habe sie dann später abgeholt und jetzt ist sie im Krankenhaus", sagte er.
„Wenn ihr hier in der Stadt wart, warum habt ihr mich dann nicht angerufen? Ich wäre sofort gekommen."

„Ich muss jetzt auflegen, weil ich noch deinen Bruder anrufen muss."
„Jetzt warte mal, ich will endlich wissen, was hier los ist."
„Vielleicht kommst du einfach. Sie liegt auf Zimmer 206", sagte er und legte auf, ohne eine Antwort abzuwarten.
Hans hielt den Hörer noch eine Weile in der Hand. Hatte sein Vater nach all den Jahren des technischen Fortschrittes immer noch nicht die Grundregeln des Telefonierens gelernt? Oder hatten die Ereignisse des Tages eine so immense Tragweite, dass sie zur völligen Auflösung seines Gemütes geführt hatten.
Hans ging im Zimmer auf und ab, spürte den zarten Kater, die dumpfen Kopfschmerzen, noch einmal blitzte kurz der Name Ellis in seiner Erinnerung, die unendlich fern erschien, auf.
Diszipliniert, zielstrebig, wie ein Fluchthelfer während einer sich ankündigenden Katastrophe, fühlte er sich, trotz aller Ängste und dem sich ausbreitenden körperlichen Druck, der von seinem Magen ausging und den das Herz immer schneller und stärker durch seinen gesamten Körper pumpte, ruhig. Er wusste, was zu tun ist.
Er hastete aus dem Haus.
Sein Auto stand in einer Seitenstraße des Stadtplatzes und wie jeden Freitag, wenn er vergaß, nach zwei Stunden einen neuen Parkschein zu holen, hing ein Strafzettel hinter den Scheibenwischern.
Er startete den Wagen und neben dem Motor heulte sofort der wehklagende Gesang von Matthew Bellamy, der Musik aus dem Album „Absolution" von Muse auf, das seit Tagen in seinem Auto auf Dauerschleife lief.
Er fuhr aus der Stadt, auf die Landstraße. Über den Fluss, über den Berg, auf dem er kurz zuvor die Schafe weiden gesehen hatte, fuhr durch einen dichten Forst hinunter zum See, weiter über die Hügellandschaft des Voralpenlandes.
Hans war die Strecke schon hunderte Male gefahren. Während seiner Schulzeit war er täglich zwischen beiden Ortschaften hin und her gependelt.

Heute betrachtete er die Landschaft, die links und rechts an ihm vorüberzog, mit einem wachen, konzentrierten Blick, als sähe er sie zum ersten Mal. Er suchte Halt in den Farben der Wiesen und dem Weiß der Berge, in diesem erwachenden Frühling und ahnte, dass dieser Weg nach Hause nie mehr derselbe sein würde: Keine Verbindung mehr in seine Heimat, kein Angebot, heimzukehren in einen geschützten Hort, in dem man noch einmal kurz ein Kind sein konnte.
Dieser Weg war jetzt eine Straße in eine dunkle, unbestimmte Zukunft, von der niemand sagen konnte, wie sie enden würde. Vielleicht würde er nicht mehr zurückfahren, würde bleiben, in seinem Zimmer bleiben, würde zu Hause bleiben und so lange bleiben, solange er gebraucht wurde. Es schien alles möglich.
Vor dem Krankenhaus standen bereits der Corsa seines Bruders und der Renault seiner Eltern. Er erschrak, da er dieselbe Konstellation Autos an diesem Parkplatz schon einmal gesehen hatte. Am Tag, als seine Großmutter gestorben war.
Er eilte die Treppen hinauf in den zweiten Stock, nahm zwei Stufen auf einmal, sah sich, oben angekommen, nach einem Wegweiser um und folgte schließlich dem Schild, das zu Zimmer 200 – 208 führte.
Zimmer 206 war neben dem Treppenhaus. Hans unterdrückte sein Herzklopfen, klopfte an der Tür und drückte die Klinke nach unten.
Eine winzige Kammer, dachte er überrascht, dann fiel sein Blick auf das Bett in der Mitte und einen Kopf, der aus einer Decke ragt. Apparaturen piepsten. Aus der Decke schlängelte sich ein Schlauch hinaus, der an einem Infusionstropf endet. Erst jetzt bemerkte er, dass die stillen Gestalten links neben dem Bett sein Vater und Lukas waren. Einen Augenblick lang dachte Hans, seine Mutter sei bereits tot. Da öffnete sie die Augen und lächelte.
Hans starrte sie an.

Er hatte sie als gesunde, rundliche, aber nicht korpulente Frau in Erinnerung gehabt. Ihre früh ergrauten Haare hatte sie nie gefärbt, aber immer gepflegt und regelmäßig schneiden lassen.
Niemand hatte sich die Zeit genommen, sie zu kämmen, dachte er. Das Gesicht der Frau im Bett, das oberhalb des Bettlakens zum Vorschein trat und ihn, gütig, erfreut, aber auch gezeichnet von Schmerzen, anschaute, war kaum mehr das Gesicht seiner Mutter, wie er sie im Gedächtnis hatte. Es war das Gesicht einer alten, hageren Frau.
Als seine Mutter das Bettlaken beiseite schlug, um sich aufzurichten und ihn zu begrüßen, trat darunter die Figur einer schlanken, androgynen Frau zum Vorschein.
Hans zuckte zusammen. Ihr Körper war in den letzten Wochen noch massiver zerfallen als er befürchtet hatte.
Als er sich zu ihr vorbeugte, sie ihn mit ihren Händen am Nacken berührte, ihn umarmte und einen Kuss auf die Wange gab, war er kurz im Begriff, ihr zu sagen, wie schlank sie sei. Aber dieses Schönheitsideal war in diesem Moment ein grässliches Relikt der Vorstellungen seiner alten Welt, die, das wusste er jetzt, nie wiederkehren würde. Er wünschte sich seine runde, pausbäckige Mutter zurück.
Sie öffnete den Mund: „Die ganze Familie ist zusammengekommen", sagte sie mit matter Stimme. So schlimm steht es also um mich." Sie lächelte dabei. Hans lächelte nicht. Er hoffte, dass sie einen Scherz gemacht hatte.
„Was ist eigentlich passiert?", fragte er.
Sein Vater und Lukas standen stumm neben dem Bett, standen dort, als wüssten sie bereits mehr als sie ertragen konnten und aus ihrem Blick las er ein Herz zerreißendes Mitleid, von dem schwer zu sagen war, ob es sich auf ihn selbst oder seine Mutter bezog.
Mit leiser, schwacher Stimme sagte sie: „Weil die Schmerzen immer schlimmer geworden sind, bin ich heute dann doch zum Arzt gegangen."

„Warum bist du eigentlich nicht schon viel früher zum Arzt gegangen?", entfuhr es ihm und er merkte sofort, wie die Schärfe in seiner Stimme sogleich in der Tristesse des Zimmers verhallte.
„Warum habt ihr sie nicht schon vorher zum Arzt geschickt?" fragte er und schaute seinen Vater an und in seinen Augen flackerten die Tränen und er erwartete keine Antwort.
Seine Mutter nahm ihn bei der Hand: „Ich war doch beim Arzt", sagte sie. „Vor Monaten schon. Aber er hat nichts Ungewöhnliches festgestellt. Nur das Übliche."
„Und dann bist du erst wieder zum Doktor gegangen, als du es nicht mehr ausgehalten hast?", fragte Hans und wusste, dass die Aufregung in seiner Stimme nichts mehr an der Situation ändern konnte. Er holte tief Atem, sah seinen Bruder an, seinen Vater, dann seine Mutter. Sah sie an, sah in Gesichter, die die Information, die er zu verdrängen versuchte, längst in Worte gefasst bekommen hatten.
„Was hat der Arzt gesagt?", fragte Hans schließlich.
Seine Mutter sprach mit ihrer ruhigen, fast gütigen Stimme weiter: „Der Doktor Hilgert hat mich nicht lange untersucht und sofort an die Spezialisten im Kreiskrankenhaus überwiesen."
„Ich war noch auf einer Radtour, also mussten sie sie mit dem Krankenwagen ins Kreiskrankenhaus fahren", ergänzte Hans Vater.
Hans' Mutter schmunzelte. „Ja, ich habe schon einen aufregenden Tag hinter mir. In einem Krankenwagen bin ich seit der Geburt vom Lukas nicht mehr gefahren."
„Wenn sie dich ins Kreiskrankenhaus gebracht haben, warum haben sie dich zurückgeschickt? Warum haben sie dich nicht dort behalten?", fragte Hans.
„Ich wurde den ganzen Tag untersucht. Sie haben einige Tests mit mir gemacht. Und als es nichts mehr zu testen gab, haben sie zwar gesagt, dass ich zur Überwachung im Krankenhaus bleiben muss, aber ich kann auch in der Salzachklinik bleiben, haben sie gesagt. Dann bin ich nicht so weit von der Familie."

Hans wollte protestieren, dass er keine zehn Minuten vom Kreiskrankenhaus entfernt wohnte, aber er kannte sie gut genug, um zu verstehen, wie sie es gemeint hatte.

„Euer Papa hat mich dann abgeholt und gleich hierher gefahren. Und da bin ich jetzt und warte darauf, wie es weitergeht."

Hans nickte. Genau das war es, was sie tat. Sie lag aufgerichtet in dem kleinen, fahrbaren Krankenhausbett und wartete. Sein Vater stand neben Lukas und Hans blickte mit unverhohlenem Entsetzen vom einen zum anderen.

Hans seufzte. Eine bedrohliche Stille trat ein. Niemand würde das Unaussprechliche aussprechen.

Er sah die Angst in den Augen seines Vaters, in den Augen seines Bruders. Nur seine Mutter lächelte, wie sie immer lächelte, wenn links und rechts von ihr die Welt einstürzte und sie ein gutes Beispiel sein wollte. Sie hatte damals gelächelt und ihm Mut gemacht, als er die dritte Sechs in einer Mathematik Schulaufgabe geschrieben hatte. Sie hatte gelächelt, als Hans' Oma gestorben war und die Familie aufgelöst am Mittagstisch saß. Sie hatte all die letzten Jahre, in denen sie vergeblich versucht hatte, wieder beruflich Fuß zu fassen, gelächelt.

Hans sah sie an, beobachtete mit liebevoller Faszination ihre stoische Gelassenheit und hörte sich sagen: „Es ist ein außergewöhnlich schöner Tag heute. Schade, dass du ihn nicht draußen verbringen konntest."

Sie schmunzelte: „Aber du weißt ja, mit der Sonne habe ich es nicht so. Je kräftiger die Sonne scheint, desto geborgener fühle ich mich hinter vier Wänden. Aber ihr habt hoffentlich die Sonnenstrahlen ausgenutzt."

Hans sah seinen Vater an: „Du bist sicherlich den ganzen Tag über Rad gefahren. Wer wechselt mir jetzt eigentlich die Reifen?"

Es klopfte. Ein Mann im weißen Kittel trat ein. „Frau Wegmann, die ersten Testergebnisse wurden gerade aus der Kreisklinik gefaxt. Ich möchte Ihnen die Ergebnisse kurz erläutern", sagte er.

Sie sah den jungen Arzt an: „Sind die Ergebnisse abweichend von dem, was wir heute besprochen haben?"
Der Arzt sah sie mit ernster Miene an, presste die Lippen aufeinander und sagte: „Es tut mir Leid, Frau Wegmann, aber die Testergebnisse sind positiv ausgefallen."
Ihr Gesicht verfinsterte sich den Bruchteil einer Sekunde lang, nach einem tiefen Atemzug entspannte es sich wieder und ihr mattes Lächeln kehrte auf ihre Lippen zurück. „Dann ist eigentlich alles gesagt. Vielleicht sprechen sie gleich mit meinem Mann die nächsten Schritte ab."
Der Arzt deutete Hans' Vater, mit ihm nach draußen zu gehen und sie ließen Hans und Lukas im Zimmer zurück.
„Wenn das Testergebnis positiv ist, dann heißt das eigentlich, dass es negativ ist?", fragte Hans.
Seine Mutter seufzte. Sie nickte: „Man kann sich sein Leben nicht aussuchen. Es kommt halt, wie es kommt." Sie sah Hans so tief in die Augen, dass es ihm in seine Magengrube stach. „Mir ist jetzt wichtig, dass ihr zusammenhaltet und auf euren Vater aufpasst", sagte sie ernst.
„Wie bist du mit dem Arzt denn verblieben? Was heißt das konkret?", fragte Hans noch einmal.
Sie lächelte und wirkte auf Hans unendlich müde. Sie sagte eine Weile nichts mehr.
Obwohl ihr anzusehen war, dass sie nicht darüber sprechen wollte, sagte sie schließlich: „Es geht nur noch darum, wann ich operiert werde. Einen Funken Hoffnung habe ich noch gehabt, dass dieser Kelch an mir vorüber zieht, aber wenn's denn sein muss, dann soll es auch möglichst bald geschehen."
„Von was hängt das ab?", fragte Hans.
„Weißt du was?", entgegnete sie. „Ihr Zwei, ihr fahrt jetzt erst mal nach Hause und macht euch einen schönen Abend. Ihr seid doch sonst immer so versessen auf das Wochenende. Und das lasst ihr euch jetzt nicht von eurer alten Mutter verderben. Ihr seid sowieso alt genug, um zu wissen, dass das Leben nicht immer gerade verläuft. Im Moment könnt ihr genau so wenig machen wie ich. Morgen kommen die

endgültigen Testergebnisse aus der Kreisklinik und ich werde dafür sorgen, dass euer Vater euch rechtzeitig auf dem Laufenden hält. Ich werde jetzt anschließend mit ihm besprechen, wie es weitergeht und ob er verstanden hat, was der Doktor ihm erklärt hat. Ab morgen sehen wir dann weiter, ja?"

„Wir können gerne noch bei dir bleiben", betonte Hans, aber seine Mutter winkte mit einer langsamen Handbewegung ab: „Ich bin seit Wochen unendlich müde und der Tag hat mich sehr angestrengt. Ich bin froh, wenn ich jetzt einfach in Ruhe schlafen kann. Macht euch nicht zu viele Gedanken und schaut, dass ihr heim kommt."

„Wirklich?", fragte Hans.

Sie nickte: „Jetzt geht schon und schickt mir euren Vater wieder rein."

Beide umarmten ihre Mutter und Hans spürte ihren warmen, knochigen Körper. Er drehte sich noch einmal um, winkte ihr unsicher zu und sie schlossen die Türe hinter sich.

Ihr Vater saß alleine auf einem der Wartestühle im Gang. Er starrte wie versteinert auf den grünen Linoleumboden.

„Was hat der Doktor gesagt?", fragte Hans. Sein Vater sah ihn an und nur langsam kehrte das Leben zurück in seine müden Augen. „Er hat leider bestätigt, was wir befürchtet haben."

„Muss sie operiert werden?"

Hans' Vater rang nach Luft. „Wäre die Leber betroffen, wird sie nicht operiert." Er sah auf und sah Hans aus fernen, leeren Augen an.

Hans wagte nicht, den Gedanken fortzuspinnen, was der Konjunktiv bedeutete.

„Du rufst mich sofort an, wenn die Ergebnisse da sind!", sagte Hans.

Sein Vater nickte. Er sah bleich und kraftlos aus.

„Kann ich euch allein lassen?", fragte er.

Lukas nickte.

Bevor Hans ging, nahm er Lukas beiseite. „Schaust du auf Papa? Sag mir bitte Bescheid, wenn ihr mich braucht."

Lukas zuckte die Achseln. „Mehr als Warten können wir jetzt sowieso nicht."
„Kann ich zurück in die Stadt fahren?"
Lukas nickte. „Ja, fahr einfach, wir können im Moment sowieso nichts ausrichten. Wir sehen uns sowieso morgen zur Kulturnacht."
„Du willst trotzdem hingehen?"
„Klar", entgegnete Lukas, „Jetzt erst recht."
Hans verabschiedete sich von beiden und trottete die kühle Krankenhaustreppe wieder hinunter.
Als er das Krankenhaus durch den Haupteingang verließ, hörte er einen Vogel lautstark zwitschern. Er entdeckte den Vogel auf dem Giebel des Vorderdaches sitzend. Es war eine unwirklich friedliche Szene vor diesem Haus, in dem die Menschen starben.
Er setzte sich in sein Auto und machte sich auf dem Weg zurück in die Stadt.
Noch immer lief die Muse CD und als er den Refrain des Titelliedes hörte, schossen ihm Tränen in die Augen.

*There's nowhere left to hide*
*In no one to confide*
*The Truth burns deep inside*
*And will never die*
*...*
*Sing for absolution*
*I will be singing*
*Falling from your grace*

# Freunde

Hans steuerte das Auto, ohne auf die Straße zu achten. Es gibt immer diesen Tag, der der erste vom Rest eines Lebens ist, dachte er. Ein Tag, der alles verändert. Oft ist dieser Tag ein positiver, wenn man dem Mensch begegnet, mit dem man den Rest seines Lebens verbringen will. Und dann gibt es die Schicksalsschläge, die niemand vorhersieht, die man nicht planen kann. Die einen überraschen wie ein Sommergewitter auf einer Bergwanderung. Hans wusste, dass heute einer dieser Tage war. Nichts würde mehr so sein wie vorher. Und wenn die schlimmsten Befürchtungen wahr würden und dieses Worst-Case-Szenario eintrat, das sich in seinem Unterbewusstsein längst herauszubilden begann, ohne klare Konturen anzunehmen, dann würde dies nur der erste von zahlreichen weiteren schweren Tagen gewesen sein, die den ersten Tag vom Rest seines Lebens markierten.
Er fuhr wieder am Hang mit den Schafen vorbei, die Ortsumfahrung entlang, über den Fluss in die Stadt hinein. Immer wenn er das Ortsschild passierte, das die Gäste in der Stadt willkommen hieß und meistens auf die sportlichen Erfolge eines Wintersportlers aufmerksam machte, empfand er ein seltsames Gefühl von Heimat, wie er es im Dorf, in dem er aufgewachsen war, seit langem nicht mehr empfunden hatte.
Er bog an der Ampel rechts ab, fuhr am leer stehenden Aubräuhotel vorbei den Stadtberg hoch, durch das neu renovierte Löwentor, bog scharf rechts in die Hofbräugasse ab und parkte sein Auto, ohne ein Parkticket zu lösen.
Er ging achtlos am Ticketautomaten vorbei und blieb vor dem Haus stehen, in dem sich zuvorderst ein Solarium und ein Friseursalon befanden. Er blickte in Richtung Stadtplatz. Noch war es hell und es würde noch eine gute halbe Stunde dauern, bis die Schatten der Giebel die letzten

Sonnenstrahlen vom Stadtplatz die Fassaden hinauf schoben.

Er ging nicht ins Haus, sondern in die Stadt. Vorbei am Schirmfachgeschäft, das vor kurzem geschlossen hatte, weil der Besitzer zu alt geworden war, um Regenschirme zu reparieren.

Die Cafés am Stadtplatz waren erstmals seit den Wintermonaten wieder voller Flaneure. Hans dachte, dass er erst letzte Nacht noch selbst ein Flaneur war. Und er dachte an Ellis. Hatte es diese Nacht wirklich gegeben? Verdammt, wie lange war das her? Vierzehn Jahre oder vierzehn Stunden?

„Han-si!", rief jemand.

Sein Blick schweifte über die Köpfe vor dem Hofbräuhaus hinüber zum Café Dinzler. Eine Hand hob sich und jemand winkte. Ben. Hans lächelte matt. Es war nicht schwer, in der Stadt nicht alleine zu sein. Langsam schlenderte er auf das Café zu.

Ben und Markus saßen, Sonnenbrillen tragend, in der roten Abendsonne und tranken Radler.

Ben strahlte übers ganze Gesicht und schaute ihn grinsend an: „Ist das nicht der ‚Aber ich bleib nicht lang, weil ich morgen früh raus muss' – Hans?" Er streckte ihm die Hand entgegen und schlug in Hans' Hand ein. „Wann warst du denn daheim?"

„Ich fürchte, halb drei ungefähr."

Ben lachte: „Der Hans und die Ellis. Ich hab's doch gewusst. Ihr seid wie geschaffen füreinander."

Markus schaute die beiden neugierig an: „Die Ellis, war das nicht die hübsche blonde Arbeitskollegin von dir?"

„Praktikantin", korrigierte Ben. „Hansi Wegmann hat die Praktikantin abgeschleppt."

Hans fühlte sich unwohl. Die letzte Nacht war so weit entfernt, dass er keinerlei Empathie für die Begeisterung seiner Freunde, so berechtigt sie noch vor 14 Stunden gewesen war, empfinden konnte.

„Ich hab sie weder abgeschleppt, noch ist irgendwas gelaufen", betonte er, ohne einen Funken Freude in seinen Augen.
Ben schlug ihn auf die Schulter: „Du alter Tiefstapler. Jetzt setz dich erst mal. Ich bin gleich wieder da, muss aufs Klo."
Als Hans sich setzte, traf sich sein Blick mit dem nachdenklichen Blick von Markus: „Aber irgendwas ist gestern passiert, oder? Du schaust müde aus."
Hans war froh, dass Markus mit am Tisch saß. Markus war nie jemand gewesen, der unangenehme Dinge aussprach. Aber er hatte stets eine sensible Antenne für die Befindlichkeiten von Menschen gehabt. Zwei Eigenschaften, in denen er das Gegenteil von Ben war.
„Gestern ist nichts passiert. Aber du hast Recht. Jetzt gerade ist was passiert."
Markus sah ihn fragend an. Hans überlegte, ob er ihm von den Geschehnissen erzählen sollte. Er wollte mit jemandem darüber sprechen, aber Markus war in dem Moment ebenso der Falsche wie Ben. Markus kannte seine Mutter so gut, als wäre sie seine Tante.
„Ich weiß nicht, wie ich es dir sagen soll. Ich weiß nämlich selber nicht so genau, was gerade passiert. Aber ich war gerade im Krankenhaus", sagte er schließlich.
Markus richtete sich in seinem Stuhl auf, als ahnte er die schlechte Nachricht und sah ihn ernst an: „Jemand aus der Familie?"
Hans nickte: „Mama." Er wägte jedes Wort ab, es gab keinen Satz, der den Inhalt weniger grausam machen konnte, also blieb er bei der Wahrheit: „Mama hat Krebs. Sie muss operiert werden."
Hans spürte wieder die Tränen, die sich unkontrolliert aus ihrem Kanal pressten. Er hasste es, diesen Satz aussprechen zu müssen und wusste, dass er ihn die nächsten Tage immer und immer wieder sagen würde. Sich den Satz sagen hören, machte ihn wahr. Und er wünschte sich, dass er nicht wahr war. Dass es sich nur um eine vage

Vermutung, eine bedrohliche Möglichkeit handelte und nicht um ein diagnostiziertes Faktum.
Markus sagte nichts. Er wusste, wann es keine richtigen Worte gab.
Er sagte ein kaum hörbares: „Oh nein." Und diese zwei Worte und die Art und Weise, wie er es sagte, gaben Hans das ehrlichste Mitgefühl, das er sich wünschen konnte. Das „Oh" drückte Markus Überraschung, das „Nein", sein Mitgefühl aus.
Hans begriff auf einmal, dass er von nun an ein Angehöriger eines Krebspatienten war und mit einem Mal konnte er nachempfinden, wie sich andere Menschen in dieser Situation gefühlt haben mussten, denen er einmal begegnet war. Es fühlte sich an, als ob er nicht selbst getröstet werden wollte, sondern die anderen, mit denen er darüber sprach, trösten und ihnen Mut zusprechen wollte, den Ernst der Situation beschwichtigen wollte. Und vielleicht war genau das der Automatismus, den man brauchte, um für sich selbst eine schützende Selbstlüge zu aktivieren.
Ben kam von der Toilette zurück. „Sag ihm nichts. Ich will nicht den ganzen Tag darüber reden müssen."
Markus nickte.
Ben stellte zwei volle Gläser Bier auf den Tisch: „Da Markus seines ja ein bisschen langsamer trinkt als ich, hab ich mir gedacht, es reicht, wenn ich nur uns beiden was zu trinken hole."
Er stellte Hans das Glas hin.
Hans' Gesichtszüge hellten sich etwas auf. „Ben, du ahnst gar nicht, wie bitter nötig ich jetzt ein Bier habe. Dank Dir."
„Ich hab nicht gesagt, du bist eingeladen."
„Dank Dir trotzdem. Prost."
Hans prostete den beiden zu. Inzwischen war es Markus, der eine blasse Gesichtsfarbe angenommen hatte und nachdenklich auf den Tisch starrte.
„Das einzige, was ich mir jetzt wünsche ist, mit meinen Freunden ein Bier zu trinken", sagte Hans und hielt Markus sein Glas aufmunternd entgegen.

Markus seufzte, stieß mit ihm an und schüttelte den Kopf: „Was für ne Scheiße."
Ben zelebrierte weiterhin sein bestes Freitagabend Gute Laune Lächeln: „Yes! Was für eine Scheiße!", rief er und ließ auch sein Glas mit den anderen klirren.

# Alles über seine Mutter

Am Samstag fand in der Stadt die Nacht der Musik statt. In allen Clubs, Bars und Kneipen spielten Bands. Hans grübelte einen Tag lang, ob er nicht zu Hause bleiben solle.
Er war am Freitagabend zu Hause geblieben, früh ins Bett gegangen, hatte sich unruhigen Träumen hingegeben und sich am nächsten Morgen noch schlechter gefühlt. Also beschloss er, abends auf das Fest zu gehen. Das Leben musste weitergehen.
Bestärkt wurde er in seinem Beschluss, als sein Vater am Telefon sagte, dass die Befunde seiner Mutter nicht gut, aber auch nicht so schlecht wie befürchtet, waren. Die Leber war noch nicht vom Krebs angegriffen.
Am Abend ging er feiern. Er lud die Freunde zu sich in die Wohnung ein, Cuba Libre wurde gemixt, am Stadtplatz wurde ein Gassenhauer gesungen, am Bahnhof zwei jungen Mädchen nachgepfiffen. Erst an der Bar im Kreilerkeller, wo eine gerade angesagte Band spielte, holte ihn die Realität ein, als er Lukas begegnete.
Lukas war mit seinen Freunden dort und als sich die beiden begrüßten, konnte sich Hans des Gefühls nicht verwehren, als starrten alle Gäste im Saal sie mitleidig an und tuschelten über sie.
„Lagebesprechung?", fragte Hans.
Lukas nickte und sie bestellten sich einen Nussschnaps an der Bar.
„Den hab ich bitter nötig", sagte Lukas.
Sie setzten sich etwas abseits, um sich in Ruhe unterhalten zu können.
„Auf dass die Scheiße ein gutes Ende nimmt", sagte Lukas und sie stießen die Schnapsgläser an.
„Prost."
Hans schaute Lukas ernst an: „Was ist eigentlich gerade los? Ich weiß überhaupt nicht, was hier passiert. Ich weiß

gar nichts. Außer, dass es ernst ist. Papa sagt nichts, Mama kann ich nicht fragen. Lukas, sag mir einfach alles, was du weißt. Wie ist die Besprechung beim Arzt heute gelaufen?"
„Ich war ja nicht dabei. Ich kann dir nur sagen, was ich von den Gesprächen mitbekommen habe. Du weißt ja, dass das Hauptthema war, ob die Leber angegriffen ist."
Hans nickte.
„Die Leber ist gesund. Sie kann also operiert werden."
„So optimistisch wie Papa am Telefon klingst du aber nicht. Ist da noch irgendwas, was er mir verschwiegen hat?"
Lukas spielte mit seinem leeren Schnapsglas.
„Lukas, ich muss das wissen. Ich will ganz klar wissen, was Sache ist."
„Ja glaubst du, ich nicht? Der Papa von einer Freundin von mir ist an Krebs gestorben und sie haben ihr bis zum Schluss nicht gesagt, wie ernst es ist. Aber andererseits ist es manchmal nicht verkehrt, wenn einem nicht die Hoffnung genommen wird."
„Was meinst du damit?"
„Es gibt doch auch diese total negativen Ärzte. Die bei einer Heilungschance von 20 Prozent so tun, als läge einer schon im Grab."
„Meinst du Doktor Hilgert?"
Lukas nickte. „Als Papa von dem Gespräch mit dem Doktor zurückgekommen ist, war er stinksauer auf Doktor Hilgert. Der hat sich nämlich die Befunde angeschaut und zum Papa sarkastisch gesagt, er solle mit der Mama jetzt einfach eine schöne Reise machen, solange sie noch die Gelegenheit dazu hätten. Papa ist völlig ausgeflippt und hat geflucht, dass der Doktor Hilgert Mama schon längst aufgegeben hat."
„Scheiße." Hans' Herz begann zu hämmern. Er bestellte noch einmal zwei Nussschnaps. „Lukas, ist dir aufgefallen, dass gestern keiner darüber gesprochen hat, was Mama eigentlich konkret hat? Klar, keiner musste aussprechen, dass sie Krebs hat. Und Magenkrebs war nach ihren

Magenschmerzen der letzten Monate auch schlüssig. Aber wie weit ist der Krebs?"
„Moment", sagte Lukas und kramte einen Zettel aus seiner Tasche. „Ich habe mir gedacht, dass du das fragst, darum habe ich die Notizen von Doktor Hilgert, die er für Papa aufgeschrieben hat, mitgenommen."
Hans nahm den Zettel entgegen. Neben einigen Notizen, die er nicht entziffern konnte, stand dort der Computerausdruck der Testbefunde.
Hans konnte mit den medizinischen Fachbegriffen nicht viel anfangen, aber soviel er verstand, bestätigte die Diagnose, dass ein Tumor im Magen erkannt wurde, der gegebenenfalls Metastasen gestreut hatte.
„Das ist schlecht, oder?", sagte er.
„Papa sagt, wir können ohnehin nur die Operation abwarten."
„Warten, warten. Das nervt, echt."
Lukas packte den Zettel wieder in seine Tasche.
„Es ist Samstagnacht", sagte er. „Ich will ab jetzt nichts mehr von der ganzen Scheiße hören. Einverstanden?"
Hans nickte.
Lukas verschwand in der Menschenmenge und Hans blickte ihm nach. Sah eine auf und ab wogende Masse von ausgelassenen Tänzern, daneben Gläser schwenkende Jungen und Mädchen, sich unterhaltend oder die Tanzenden beobachtend. Sein Blick schwenkte zurück, fokussierte ein Gesicht, ein Gesicht das er kannte. Eines, das ihn fragend anschaute.
Ellis. Verdammt, Ellis. Was macht die denn hier?
Ellis stand an einem der Pfeiler. Sie schien allein hier zu sein. Wie lange sie ihn wohl schon beobachtete? Sie lächelte ihn an.
Dafür habe ich jetzt echt keinen Nerv, dachte Hans.
Hans wäre in diesem Moment am liebsten nach Hause gegangen, aber er wusste, dass sich ein Gespräch mit ihr nicht aufschieben lassen würde.

Er ging zu ihr hinüber. Er zögerte, ob er ihr die Hand reichen oder sie küssen sollte und beließ es bei einem matten „Hallo Ellis."
Die Enttäuschung über die förmliche Begrüßung war ihr anzusehen.
„Du freust dich ja unfassbar über unser Wiedersehen!"
„Ich hatte nicht mit dir gerechnet."
„Um so schlimmer. Natürlich ist es bescheuert, von einem Kerl zu erwarten, dass er gleich am nächsten Tag anruft, aber wenigstens den Versuch eines Lächelns beim ersten Wiedersehen hätte ich mir schon gewünscht."
„Ellis, es ist nicht so, dass ich mich nicht freue, dich zu sehen..."
„Ja, man sieht es dir förmlich an, dass du fast ausflippst vor Freude."
„Weißt du, ich bin eigentlich schon auf dem Weg nach Hause."
„Du bist doch gerade erst gekommen."
Ellis machte ein verärgertes Gesicht. „Hey, keine Verpflichtungen, Hans Wegmann. Wenn unsere Bekanntschaft ein one night thing war, dann sag's mir einfach ins Gesicht. Kein Problem. Du bist nicht der einzige, der einen Sinn für Sterne und Sonnenfinsternisse hat. Aber spar dir irgendeine Heuchelei."
„Ellis, ich hätte dich gleich am Freitag angerufen."
„Hast du nicht gehört, was ich gerade gesagt hab?", Ihre Stimme wurde lauter. „Da bin ich aber gespannt, was so Wichtiges dazwischen gekommen ist. Aber klar, der werte Herr musste kurzfristig ins Ausland und hatte den ganzen Tag kein Netz, das Handy ist ins Klo gefallen, die Ex Freundin hat noch nicht geschnallt, dass es vorbei ist. Ihr Männer könnt sehr fantasiereich sein, wenn es um lahme Ausreden geht."
„Meine Mutter hat Krebs, das weiß ich erst seit gestern", sagte Hans trocken.
Ellis' Körper verlor seine Spannung und ihr Mund öffnete sich.

„Das ist jetzt hoffentlich ein Scherz."
Hans schüttelte den Kopf. „Der bärtige junge Mann mit dem ich gerade gesprochen habe, war mein Bruder Lukas. Er hat mir die Diagnose vorhin bestätigt: Magenkrebs."
„Und das wusstest du am Donnerstag noch gar nicht?"
Er schüttelte wieder den Kopf.
Ellis trat einen Schritt auf ihn zu und Hans ließ zu, dass sie ihn umarmte. „Das tut mir so leid. Das tut mir so unendlich leid. Wie ernst ist es?"
Hans seufzte.
„Wir wissen es noch nicht. Aber sie muss so rasch wie möglich operiert werden."
Das Wiedersehen mit ihr hatte er sich anders vorgestellt, dachte Hans. Aber es war da, beide waren zusammen auf dieser Feier und Hans nahm sich vor, das Beste daraus zu machen. Er setzte sich mit ihr an einen der Tische, bestellte ein Bier und erzählte Ellis von den Ereignissen der letzten Tage.
„Erzähl mir von Deiner Mutter. Was macht sie denn beruflich?", fragte Ellis.
„Beruflich? So aktiv meine Mama ist, sie hat nie wieder gearbeitet."
„Aber sie hat einmal gearbeitet."
„Natürlich. Sie war sogar recht erfolgreich. Gelernt hat sie als junge Frau Bürofachkraft. Sie hat in einem kleinen Laden gearbeitet und ist später ins Landratsamt gewechselt. Sie war im gehobenen Dienst und hat früher sogar besser verdient als mein Papa."
„Und dann kamst du."
„Gut geraten. Und dann kam ich."
„Hat sie sich freiwillig dazu entschlossen, Hausfrau zu bleiben?"
Hans schüttelte den Kopf. „Wenn man ihre alten Fotoalben anschaut, merkt man, wie sehr sie ihren Job gemocht hat. Aber da sind einige dumme Zufälle zusammen gekommen. Zum einen war es in den Achtziger Jahren in Bayern nicht unbedingt gerne gesehen, wenn eine Mutter arbeiten ging.

Da hatte man schnell den Ruf weg, eine Rabenmutter zu sein. Dazu kam, dass die Großmütter sich bereits um die älteren Kinder kümmerten und sozusagen keine Kapazitäten mehr frei hatten. Und zu guter Letzt wurde der Landkreis aufgelöst und das Landratsamt zog in einen dreißig Kilometer entfernten Ort um."
„Also war eine Teilzeitarbeit ausgeschlossen."
Hans nickte. „Ich erinnere mich, dass ich als Kind mit meinem Papa im Landratsamt war, weil Mama dort ab und zu für den Katastrophenschutz arbeitete. Allerdings freiberuflich. Es war nur ein halbherziger Versuch, wieder ins Berufsleben einzusteigen, denn dann wurde sie schwanger."
„Oh, war Lukas gar nicht geplant?"
„Was für eine Frage!" Hans musste über diese direkte Art zu fragen lachen. Ein erstes Mal an diesem Tag. „Schon. Ich denke, die Entscheidung, so spät noch einmal ein Kind zu bekommen hatte eben damit zu tun, dass sie mit einer Rückkehr ins Landratsamt abgeschlossen hatte."
„Das muss ja sehr traurig für deine Mutter gewesen sein, ihren Beruf endgültig aufzugeben."
„Natürlich. Sie war einerseits gerne Mutter. Andererseits war sie einfach zu gut ausgebildet, um als Hausfrau zu versauern. Sie hat dann begonnen, jede Menge Ehrenämter in der Pfarrgemeinde anzunehmen."
„Sie war lange Büchereileiterin."
„Das weißt du?"
„Deine Mama ist prominent." Ellis lächelte. „Nein, Ben hat es mir erzählt."
„Ja. Zwanzig Jahre lang. Ich bin zwischen Büchern aufgewachsen. Danach war sie noch im Pfarrgemeinderat, derzeit singt sie im Kirchenchor und weiß Gott, wo sie noch überall beteiligt ist."
„Klingt danach, als hätte sie das Beste daraus gemacht."
„Augenscheinlich schon." Hans seufzte und dachte scharf nach. „Aber da hat irgendwas immer in ihr gebrodelt."
„Du meinst, sie war nicht völlig zufrieden mit ihrem Leben?"

„Ich weiß nicht, wie ich es ausdrücken soll. Aber vor etwa vier Jahren hat Mama noch einmal alles in die Waagschale geworfen und versucht, ins Berufsleben einzusteigen."
„Hast du eine Ahnung, warum?"
„Du meinst außer dem natürlichen Bedürfnis der Selbstbestätigung? Vermutlich war ein finanzieller Druck da. Sie haben damals Lukas Dachgeschosswohnung ausgebaut und ein hohes Darlehen aufgenommen. Papa bekommt eine gute Rente, bedenkt man, dass er quasi für tägliches Radlfahren bezahlt wird. Aber nicht hoch genug, um die laufenden Kosten befriedigend zu decken."
„Wie ist die Sache ausgegangen?"
Hans machte ein betroffenes Gesicht. „Wie du wohl ahnst, erfolglos. Wenn ich so darüber nachdenke, muss es für Mama ein Desaster, eine riesige Katastrophe gewesen sein. Sie hat sich damals sogar arbeitslos gemeldet und einen Kurs mitgemacht. Der Kurs war an sich nicht schlecht. Sie hat die Microsoft Programme und so von der Pike auf neu erlernt. Mit fünfzig Jahren. Sie war richtig ehrgeizig und es hat schon was anrührendes, wenn ältere Herrschaften ihr erstes Worddokument ausdrucken. Oder die erste Email verschicken."
„Oder sich in Facebook anmelden"
Hans lächelte und schüttelte den Kopf. „Das war alles okay so", fuhr er fort. „Und meine Mama hat zunächst richtig Schwung auf ihre alten Tage bekommen. Der Kurs hatte aber auch die Kehrseite, dass sie ein Praktikum in einem menschenverachtenden Callcenter mitmachen musste. Der Druck dort, gewisse Abschlusszahlen zu erreichen war so groß, dass manche Teilnehmer regelrecht zusammengebrochen sind. Mama war immer so stolz, dass sie durchgehalten hat."
„Und sowas wurde vom Arbeitsamt vermittelt?"
„Kaum zu glauben, was für eine Scheiße! Um diese Zeit herum begann sich ihre Anfangseuphorie aufzulösen und irgendwie ging danach alles bergab. Der Bürgermeister, der ihr einen Job in der Gemeinde bereits mündlich zugesagt

hatte, stellte sich als feiger Jasager heraus, der nie den Mut aufbrachte, ihr mitzuteilen, dass ihn der Kämmerer ausgebremst hat. Sie kam bei all ihren Bewerbungen in die engere Auswahl der besten Drei, erhielt aber immer eine Absage, weil jüngere Kandidaten genommen wurden. Und dann passierte die Sache mit dem Unfall."
„Welcher Unfall?"
„Auf dem Weg zurück von einem Vorstellungsgespräch nahm ihr ein Rentner die Vorfahrt und sie traf das Auto mit voller Wucht. Mama war schwer verletzt und im Auto eingeklemmt. Ein zufällig vorbeikommender Feuerwehrmann konnte sie in letzter Sekunde retten, dann ging das Auto in Flammen auf. Es war ein spektakulärer Unfall. Sie wurde mit dem Hubschrauber ins Krankenhaus gebracht. Es war das bisher einzige Mal, dass sie geflogen ist."
„Darauf hätte sie sicher verzichten können. Ist ihr etwas passiert?"
„Sie hatte Glück im Unglück und konnte das Krankenhaus noch in derselben Woche wieder verlassen. Aber ihr Elan bei der Jobsuche ließ danach rapide nach."
„Kein Wunder."
„Sie hat danach für einen privaten Postzusteller Zeitung und Briefe ausgetragen. Bei Wind und Wetter, jeden Morgen ab halb fünf. Ich weiß bis heute nicht, warum sie sich das angetan hat."
„Vielleicht hat es ihr Freude gemacht."
Hans zuckte die Schultern. „Schwer vorstellbar. Aber du hast Recht. Sie war stolz, dass sie etwas leistete."
„Danke, dass du diese Geschichte mit mir geteilt hast, Hans", sagte sie und streichelte ihn über seine Hand. „Ich finde, deine Mutter ist eine bewundernswerte Frau."
Hans nickte. „Schätze, du hast Recht."
Es war inzwischen Mitternacht geworden. Hans spürte die Müdigkeit der letzten Tage in seine Glieder fahren und gähnte.
„Ich glaube, du gehörst ins Bett", sagte Ellis.
Hans nickte.

„Ich begleite dich noch nach draußen", sagte sie.
„Bist du denn alleine da?"
Ellis nickte.
„Ben hat mir den Tipp gegeben, dass du heute da bist."
Als sie das Lokal verließen, schlug ihnen eisige, frische Luft entgegen. Es roch nach Schnee. Die Nacht war nicht mehr mit jener lauen Frühlingsnacht zu vergleichen, in der sie sich begegnet waren.
„Ich werde heute nicht den Umweg über die Weinleite nehmen", sagte er.
„Das ist schon gut."
„Ellis, du darfst mir nicht böse sein, aber ich weiß gerade nicht mehr, wo mir der Kopf steht."
„Mach dir einfach keinen Kopf."
„Versteh mich nicht falsch, die Nacht mit dir hat mir wirklich etwas bedeutet, aber ich konnte noch nicht herausfinden, was. Und ich fürchte, ich werde auch die kommenden Wochen nicht die Muße haben, das nachzuholen. Weißt du, was ich sagen will?"
„Du gibst mir gerade einen Korb. Schon gut. Aber egal. Wenn du herausgefunden hast, ob und was die Nacht für dich bedeutet hat, sag mir Bescheid. Aber eines wollte ich dir noch sagen:" Ellis lächelte: „Ich mag dich, Hans Wegmann. Ich mag dich sehr."
Sie gab ihm einen flüchtigen Kuss auf die Wange. „Es wäre schön, wenn du dich mal bei mir meldest, wenn du jemanden zum Reden brauchst. Außerdem habe ich am Samstag Geburtstag. Ich feiere am Abend ein bisschen. Du bist herzlich eingeladen."
„Danke", sagte Hans, „darauf komme ich gerne zurück" und verschwand in die entgegengesetzte Richtung.

# Ein letztes Abendmahl

Das Osterwochenende fiel in diesem Jahr auf die erste Woche im April. Er schaute aus dem Fenster. Die Wiese vor seinem Fenster lag noch in nassem Braun. Einzig die Vögel, die bereits früh morgens eifrig zwitscherten, erinnerten ihn daran, dass es längst Frühling war. Er spazierte ins Büro. Der kalte Eishauch des langen Winters war noch immer zu spüren. Der Wetterbericht hatte ein Tief angekündigt, das viele Zentimeter Schnee bringen sollte.
Er fuhr seinen PC herunter, dachte an die kommenden freien Tage. Die Sonne schien warm in sein Büro. Er versuchte, sich zu freuen, aber es gelang ihm nicht.
Er verabschiedete sich von den Arbeitskollegen und verließ den Altbau.
Schnellen Schrittes ging er die Straße entlang Richtung Stadtplatz. Gegen seine Gewohnheit ließ er den MP3 Player in seiner Tasche stecken. Er konnte keine Musik hören. Er wollte keine Musik hören, dachte er, und schon gar nicht die melancholischen Lieder, die er auf seinen MP3 Player geladen hatte, als er noch nicht ahnte, dass ihn die Angst vor dem Tod bald besuchen kam.
Seine Mutter hatte die Familie für 18:00 Uhr zum Essen eingeladen. Ihre Operation war für Freitagnachmittag angesetzt, hatte Hans erfahren. Die Ärzte wollten wohl keine Zeit verlieren.
Auf dem Weg über den Stadtplatz zur Wohnung blitzte wieder und wieder das Wort Henkersmahlzeit in ihm auf. War die Einladung nichts weiter als ein makabres Abschiedsessen?
War er noch derselbe, der er vor einem Monat war? Wer würde er in einem Monat sein? Und was war das mit Ellis? Sonntag war ihr Geburtstag, fiel ihm ein.
Vor sieben Tagen wusste er noch nichts von ihrer Existenz, geschweige denn ihren Geburtstag. Und er wusste noch

nichts davon, dass es ihn bedrücken würde, ihre Geburtstagseinladung abzulehnen.

Er wollte keine Pläne schmieden, die irgendetwas mit Zukunft zu tun hatten, das wusste Hans. Die Zukunft ist wohl ein unschätzbarer Luxus, den sich nicht jeder leisten konnte, dachte er.

Mit ernstem Blick eilte er an den Marktständen vorbei und ignorierte die Gesichter, die ihn kurz ansahen und erschrocken wegblickten.

Rasch wechselte er zu Hause seine Arbeitskleidung in ein bequemes Jeans–Shirt–Jacke-Outfit, schlüpfte in seine Turnschuhe und verließ die Wohnung so schnell er gekommen war. Sie war auf einmal genau so wenig Heimat, wie dieses frühere Zuhause, zu dem er nun fahren würde.

Hans saß im Auto. Je weiter er sich dem Dorf näherte, desto nebliger wurde die Landschaft um ihn herum. Während die Stadt vom Hochdruck der Alpen profitierte, lag das Dorf durch seine Einbuchtung in einer Gletschermoräne und der Nähe zum See in einem Nebelloch. Er fand es seltsam, über derartiges nachzudenken, dachte an die Wettervorhersage, an die zwanzig Zentimeter Neuschnee und versuchte, etwas Positives an der Rückkehr des Winters zu finden. Er hatte seine Winterreifen damals nicht gewechselt.

Hans parkte sein Auto rechts in der Wiese vor dem Haus auf dem schmalen Streifen zwischen dem Grundstück seiner Eltern und dem der Nachbarn.

Er parkte neben Lukas' Auto. Was für ein grauer, freudloser Tag hier unten, dachte er. Vor der Einfahrt stand ein weiteres Auto, das Hans nicht kannte. Waren noch weitere Gäste eingeladen?

Er öffnete die Haustür. Im Flur duftete es, wie an sorglosen, längst vergangenen Sonntagen, nach würzigem Bratensaft. Er zog die schwerfällige, vom Lauf der Jahre quietschende Haustüre hinter sich zu, zog seine Schuhe aus und schlüpfte in sein Paar Pantoffeln, das noch immer am selben Platz stand.

Als er nach der Türklinke der Küchentür griff, wachte der unterdrückte Schmerz in ihm auf. Es fühlte sich an, als sprang etwas auf und legte sich über seine Innereien, seit Tagen war dieses Etwas schon da und erinnerte ihn daran, dass es bleiben, vielleicht lange bleiben würde.
Hans öffnete die Türe. Seine Mutter stand in der Küche. Sie hielt einen großen Topf voller Semmelknödel in der Hand. Sie sah noch magerer aus, als er sie sich vorgestellt hatte. Sie trug anstelle des Kittels eine pinke Schürze. Hans hatte sich oft gefragt, ob sie den Kittel, der sie zu einer biederen Hausfrau machte, aus einem stummen Protest heraus zu tragen begonnen hatte.
Sie grüßte ihn, matt lächelnd. Er meinte, den Schmerz, der in ihm nur eine Ahnung, ein gefühltes Echo seiner Psyche war, in ihrem Körper aber ein quälender Schmerz, ein physischer Schmerz, zu erfühlen. „Schön, dass du es geschafft hast", sagte sie. „Die anderen sitzen schon drin."
„Warum hilft dir denn keiner? Soll ich dir was abnehmen?"
„Untersteh dich. Zieh deine Jacke aus und setz dich und lass es dir schmecken."
Hans folgte ihr. Der Tisch im Wohnzimmer war liebevoll gedeckt und eine Kerze brannte. Sein Vater und Lukas saßen, unsicher den Blick über die Tischdekoration schweifen lassend, am Tisch. Hans grüßte verdutzt, als er mit am Tisch den Gemeindepfarrer sitzen sah.
„Ah, Grüß Dich Hans", sagte der Pfarrer, stand auf und reichte ihm die Hand.
Hans sah ihn verwundert an. Er wusste, dass er und seine Mutter eng zusammen arbeiteten, aber bei aller Freundschaft hätte er nicht damit gerechnet, ihn hier, beim letzten Familienessen, anzutreffen.
Hans tauschte einen Blick mit seinem Vater aus. Er sah aufgeräumt aus. Er hatte sein Haar, das seit Wochen einen neuen Schnitt benötigte, sorgsam gekämmt und trug ein sauber gebügeltes Sonntagshemd.
„Wie geht's euch?", fragte Hans, ohne eine Antwort zu erwarten.

Der Pfarrer blickte auf die Uhr, dann auf Hans' Vater. „Ich habe leider nicht mehr viel Zeit, die Messe beginnt um sieben. Jetzt, da der Hans da ist..."
„Natürlich", sagte Hans' Vater. „Leni!", schrie er in Richtung Küche. „Fangen wir an?"
Hans tauschte einen fragenden Blick mit Lukas aus. Lukas hatte sich seit Tagen nicht rasiert, er zuckte die Achseln.
Ihre Mutter kam zurück, wischte sich die Hände an der Schürze ab und zog die Schürze aus.
„Machen wir es im Nebenzimmer? Hier riecht es mir zu sehr nach Schweinebraten", sagte sie.
„Gerne." Der Pfarrer stand auf und ließ sich von Hans' Mutter in das Nebenzimmer weisen.
Dort war es ordentlich aufgeräumt, fiel Hans als erstes auf, was die Angelegenheit noch mysteriöser erscheinen ließ.
„Muss ich mich hinlegen?", fragte Hans' Mutter.
„Nein", sagte der Pfarrer. „Außer, es ist angenehmer für dich."
„Dann bleib ich lieber sitzen."
Sie setzte sich auf die Couch. Der Pfarrer öffnete seine Tasche, holte ein Gebetsbuch, einen Weihwasserbehälter und ein Salböl heraus.
Hans wurde eiskalt, als er begriff, wozu der Pfarrer gekommen war.
Der Pfarrer schaute Hans' Mutter an und erklärte: „Auf deinen Wunsch hin empfängst du nun die Krankensalbung. Wir sprechen dazu zunächst ein Vaterunser."
Ehe Hans begriff, was geschah, begannen seine Lippen automatisiert die bekannten Worte zu formen.
Er stupste Lukas an. „Hast du davon gewusst?" Lukas nickte.
Es wurden weitere Gebete gesprochen. Hans' Mutter lächelte während der gesamten Zeremonie und sagte immer wieder leise „Danke". Sie wurde gesegnet und gesalbt und am Ende roch sie nicht mehr nach Schweinebraten, sondern nach Chrisam.

Der Pfarrer verabschiedete sich eilig und Hans geleitete ihn nach draußen. „Danke. Ich glaube, das hat meiner Mutter viel bedeutet", sagte er.
Der Pfarrer blickte ihn an. „Wie alt ist die Leni eigentlich?"
„Neunundfünfzig."
Der Pfarrer schüttelte den Kopf und machte ein trauriges Gesicht. „Das ist einfach kein Alter." Er reichte ihm die Hand: „Ich wünsche euch viel Kraft."
„Danke."
Hans blickte dem Priester konsterniert nach. Erst als das rote Auto verschwunden war, ging er zurück ins Haus.
Drinnen saßen alle am Tisch, seine Mutter verteilte den Braten auf die Teller.
„Mama", sagte Hans vorwurfsvoll, „nächstes Mal sag mir bitte Bescheid, wenn du dir die Sterbesakramente geben lässt. Das war gruselig."
„Das waren keine Sterbesakramente, sondern Krankensakramente. Und es war eine sehr schöne Zeremonie."
„Ja, das war sie. Aber es hat sich angefühlt wie auf einer Beerdigung."
„Jetzt setz dich und lass es dir schmecken. Ich werde morgen nur operiert. Noch ist es nicht soweit."
Hans bewunderte in diesem Moment die Stärke seiner Mutter.
Zum Essen kredenzte Hans' Vater eine staubige Flasche Rotwein.
„Die wollte ich mir für einen besonderen Moment aufheben", verkündete er. „Den habe ich mir zwar anders vorgestellt, aber es ist wohl sinnlos, noch länger darauf zu warten."
Er zog den Korken heraus.
„Also ich darf ohnehin keinen Alkohol trinken", sagte Hans' Mutter.
„Papa, zum Schweinebraten trinkt man ein Bier und keinen fünfzehn Jahre alten Rotwein", sagte Lukas.
Hans seufzte, als ihn sein Vater erwartungsfroh ansah. „Na, schenk schon ein. Ich trink mit."

Hans' Vater füllte zwei Weingläser und hob sein Glas. „Heute ist sowieso alles unpassend, egal, was ich sage. Also trinke ich auf deine Gesundheit, Leni."
Hans seufzte und sie stießen an. „Auf dich, Mama."
Der Wein schmeckte nach Essig.
„Mmmh", machte Hans' Vater. „Ein solider Wein. Will wirklich keiner probieren?"
Lukas trank demonstrativ aus seiner Bierflasche und schüttelte den Kopf.
Hans nahm sich Nachschlag. Es schmeckte vorzüglich. Es lag nicht am Essen, dass er sich auf Familienessen unwohl fühlte. Heute wurde wenig gesprochen, das Essen wurde gelobt. Bei früheren Essen hatte Hans' Mutter immer gefragt, was seine Pläne waren, in der Arbeit, in der Stadt, in seinem Leben. Sie fragte diesmal nichts dergleichen. Sie fragte nur, ob sie mit ihm ins Krankenhaus fahren könnte.
„Mit mir?", fragte er überrascht.
„Du fährst ja sowieso in die Stadt rauf, da brauchen wir ja nicht doppelt fahren."
„Und Papa?"
„Der macht den Abwasch", sagte sie.
Warum bringt nicht Papa sie ins Krankenhaus, fragte er sich.
Nach dem Essen stellten sie sich im Wohnzimmer auf und machten ein Familienfoto. Es war das erste Familienfoto seit einem Weihnachtsfest vor zwanzig Jahren, auf dem Lukas noch ein Baby war.
Lukas verabschiedete sich, um zu einer Freundin zu fahren. Hans' Vater begann mit dem Abwasch und Hans trug seiner Mutter eine kleine Tasche ins Auto.
Die Tasche war leicht.
„Hast du nicht mehr gepackt?", fragte er beunruhigt.
„Mehr brauche ich vorerst nicht. Den Rest bringt mir der Papa die nächsten Tage. Hans, ich werde viel schlafen. Da brauche ich kein Feiertagsgewand."
Hans wartete im Auto, während seine Mutter noch einmal ins Haus ging. Durch das Fenster sah er in die hell erleuchtete Küche. Er beobachtete, wie sich seine Eltern kurz

umarmten. Beide sagten etwas, dann drehte sich sein Vater um und schrubbte energisch weiter das Geschirr. Seine Mutter huschte gewichtslos um das Auto herum und setzte sich in den Wagen. Sie fuhren los.
„Was passiert jetzt mit dir?", fragte Hans.
Sie atmete tief aus. „Eine wirklich lustige Nacht habe ich nicht vor mir. Ich muss ein Abführmittel nehmen und mein Magen wird komplett durchgeräumt. Die wollen morgen keine großen Überraschungen erleben, wenn sie ihn mir herausnehmen."
„Sie nehmen ihn dir komplett heraus?"
Sie nickte.
„Und wie soll das funktionieren? Ohne Magen?"
„Das geht schon. Das ist nicht das Problem. Ich kann halt keinen Schweinebraten mehr am Stück essen. Das wichtige ist, dass der Tumor mit herauskommt."
„Mama, ich weiß gar nicht, was ich sagen soll."
„Dann konzentrier dich auf die Straße." Sie drehte das Radio lauter.
Hans stellte das Auto im Parkhaus des Kreiskrankenhauses ab. Er begleitete seine Mutter zur Pforte und schließlich auf ihr Zimmer. Es war ein Einzelzimmer und Hans fand, sie hatte eine wundervolle Aussicht auf die Berge.
Eine Krankenschwester drückte ihr einen Becher mit einer unappetitlich aussehenden Flüssigkeit in die Hand. „Trinken sie das gleich, Frau Wegmann. Wir dürfen keine Zeit verlieren."
Sie seufzte, hielt den Becher feierlich wie einen Kelch in der Hand, ließ die Flüssigkeit einmal hin und her schwenken.
„Dann geht es jetzt also los", sagte sie und trank die Flüssigkeit in einem Zug aus.
Hans sah ihr zu und hatte das Gefühl, als rinne die bittere Flüssigkeit durch seinen eigenen Magen. „Mama, ich hab Angst, dass wir uns nicht mehr wiedersehen", sagte er.
Sie sah ihn an.
„Wir werden uns wiedersehen. Das verspreche ich dir."

Hans schaute ihr tief in die Augen. Er hatte bereits Menschen gesehen, die bald sterben mussten und in deren Augen, so war es ihm vorgekommen, konnte man den Tod bereits sehen.
Ihre Augen sind lebendig, dachte er.
Sie umarmten sich. „Kann ich noch irgendetwas tun?"
„Bete für mich, dass alles gut geht."
„Selbstverständlich."
Er sah sie noch einmal an.
„Mach's gut, Mama."
Auf dem Flur kam er wieder zu sich.
War das der Abschied? Für immer? Er spürte etwas in seiner Kehle, etwas festes, das ihm die Luft abschnürte. Er nahm nicht den Lift, sondern lief die Treppen hinunter. Er wollte nicht, dass er mit jemanden auf engstem Raum eingeschlossen wurde, wenn ihn die Tränen überkamen.

## Wiederauferstehung

Am Samstag fegte eine Schneewalze über das Land. Es begann am Vormittag zu schneien, die Schneeflocken verwandelten sich in einen Schneesturm und die bunten Frühlingsboten verschwanden wieder unter einer dicken Schneeschicht.
Hans verbrachte den Tag wartend im Haus. Er wartete auf das Ende des Schnees, der nicht kam und er wartete auf Anrufe, die ebenfalls nicht kamen. Er wertete es als gutes Zeichen, dass sich bis Abend noch niemand bei ihm gemeldet hatte. Er versuchte zu erfühlen, ob sie noch lebte. Er fühlte nichts und war erleichtert.
Am Abend rief er Ellis an, um ihr zum Geburtstag zu gratulieren.
„Wie geht es deiner Mutter?", fragte sie.
„Ich habe noch nichts gehört. Ich warte immer noch auf den Anruf."
„Das muss furchtbar für dich sein. Falls du Ablenkung suchst, komm doch einfach rüber in die Pilgerherberge. Es sind ein paar Leute da. Es gibt Gemüseburger."
„Das hört sich verlockend an. Aber egal wie es ausgeht, ich möchte heute alleine sein."
„Es ist nur ein Angebot. Natürlich versteh ich dich."
Hans bezweifelte es.
„Ich wollte dir nur gratulieren und weiter auf den Anruf warten."
„Oh, ich blockiere die Leitung."
„So war es nicht gemeint. Ich bin heute einfach nicht sehr sozialverträglich und noch weniger redefreudig."
„Ist schon gut. Sehen wir uns bald wieder, Hans?"
„Ja, gerne. Ich melde mich."
„Tu das. Unbedingt."
Hans legte auf.

Sie war einfach zur falschen Zeit in sein Leben gekracht, dachte er. Er würde sich nicht mehr bei ihr melden. Es war jetzt schon alles zu kompliziert.
Eine Stunde später, die Nacht war bereits aufgezogen, rief er Lukas auf dem Handy an.
„Lukas, verdammt, was ist los? Warum meldet sich Papa nicht?"
„Er hat dich noch nicht verständigt?"
„Sag bloß, ihr habt Neuigkeiten und sagt mir nichts?"
„Ich dachte, Papa würde dich anrufen."
„Jetzt rück schon raus, Lukas, wie ist es gelaufen? Und keine Beschönigungen, davon will ich nichts hören. Ich will einfach die Wahrheit wissen."
„Reg dich nicht auf. Es ist gut gegangen. Die Operation ist ohne Komplikationen verlaufen. Mama schläft, aber sie ist stabil."
Lukas Stimme klang leise, mitgenommen.
„Lukas, was verschweigst du mir?"
„Nichts, es ist so, wie ich es dir gesagt habe."
„Du klingst aber alles andere als erleichtert."
Lukas schwieg.
Nach einer Weile sagte er: „Es ist nur die Anspannung. Dieses auf und ab zwischen Hoffnung und Enttäuschung. Die macht mich fertig. Weißt du, was passiert ist, als der Anruf kam?"
„Erzähl es mir!"
„Es war schrecklich. Ich stehe neben Papa, der nimmt ab. Papa hört minutenlang zu, ohne etwas zu sagen. Er nickt nur immer. Langsam rinnen ihm Tränen die Wangen runter. Ich seh mich schon auf der Beerdigung. Dann legt er auf und fängt an zu weinen."
„Papa hat geweint?"
„Ja, Papa hat geheult. Er wollte sich nicht mehr beruhigen. Ich war mir echt sicher, sie ist tot. Es war schrecklich. Auf einmal wischt er sich das Gesicht ab und sagt nur: Es geht ihr gut. Es ist gut gegangen. Da hätte ich selber beinahe losgeheult, weil ich so erleichtert war."

„Wie geht es ihm jetzt?"
„Er ist ins Bett gegangen. Er hat wohl einfach vergessen, dich anzurufen. Er ist ziemlich runter mit den Nerven."
„Ab wann können wir sie besuchen?"
„Morgen Nachmittag werden wir ins Krankenhaus fahren", sagte Lukas und verabschiedete sich.

Hans schlief in dieser Nacht tief und traumlos, als ließe die Erschöpfung keine Träume mehr zu.
Am nächsten Tag wachte er früh auf und wartete. Bald hatte er das Warten satt und beschloss, ins Krankenhaus zu fahren.
Die Seitengasse war im Schnee versunken, er musste sein Auto suchen.
Deshalb sind Ostereier also bunt gefärbt, dachte er, damit man sie auch im Schnee finden kann.
Trotz Winterreifen kam er ins Schlingern, als er den Stadtberg hinunter fuhr.
Er parkte in der Nähe von Bens Wohnung in einer Seitenstraße, wo er meist parkte, wenn Ben eine Party feierte. Es war ungewohnt, das Auto dort ohne einen Funken Vorfreude abzustellen. Er hatte Angst, als er Richtung Krankenhaus stapfte.
Er seufzte, als sich die Eingangstür automatisch öffnete.
Ein Krankenhaus war ein Ort, in dem Freude und Angst eng beieinander liegen, dachte er sich. Er ging an glücklichen Vätern vorbei, die ihr Kind im Arm wiegten und an grimmig dreinblickenden Männern, die gedankenverloren und mit Schläuchen am Hals eine Zigarette rauchten.
Hans stieg in den Aufzug ein. Kurz bevor sich die Tür schloss, griff eine Hand in den Spalt und die Lichtschranke zwang die Tür, sich wieder zu öffnen.
Eine Schwester betrat den Lift. Hans starrte sie an. Ein junges, hübsches Mädchen. Er hatte das Gefühl, sie von irgendwoher zu kennen und grüßte. Sie grüßte beiläufig zurück.

Im dritten Stock ertönte ein Signalton, der sich anhörte, als ob der Ton mit dringlicher Energie den dritten Stock ankündigte, einen Kurzschluss erlitt und nur noch eine jaulende Dissonanz ertönte. Hans und die Krankenschwester lachten und tauschten einen Blick aus: „Das ist schon seit Wochen kaputt", sagte sie und stieg aus.
Hans war auf einmal beschwingt und die Angst war einer Vorfreude, seine Mutter lebendig wiederzusehen, gewichen.
Vergnügt stieg er im vierten Stock aus und fragte in der Intensivstation nach Frau Wegmann.
Bisher hatte ihn sein Leben vor dem Betreten einer Intensivstation bewahrt und Hans war überrascht, dass seine Mutter nicht in einem Einzelzimmer, sondern in einem großen Raum voller Betten lag. Überall piepste es. Seine Mutter war an Kabel und Schläuche angeschlossen.
Der Anblick ließ ihn erschauern.
Hatte er wirklich erwartet, seine Mutter fröhlich im Bett sitzend vorzufinden?
Sie lag mit geschlossenen Augen zwischen den Apparaten und atmete schwer.
Als er sich ihr vorsichtig näherte, öffnete sie die Augen. Sie mühte sich, ihrem Gesicht ein Lächeln abzuringen, aber es gelang ihr nicht.
Hans nickte ihr zu und deutete ihr, dass sie nichts sagen brauchte.
Sie bewegte die Lippen und sagte langsam mit leiser Stimme: „Es geht schon."
„Wie fühlst du dich?"
Sie seufzte. „Schmerzen. Aber es könnte schlimmer sein."
„Kann ich irgendwas für dich tun?"
Sie schüttelte den Kopf.
„Papa kommt bald. Er bringt mir alles."
Die Kleider. Richtig.
„Du brauchst jetzt Ruhe, oder? Soll ich morgen wieder kommen?"
Sie nickte.

Er drückte ihr die Hand. Sein Blick blieb auf dem Einstich der Infusion haften. Er verabschiedete sich eilig.
Auf dem Weg nach draußen hielt ihn die Stationsschwester auf.
„Sie sind der Sohn, oder?"
Hans nickte.
„Doktor Langbauer kommt jeden Moment. Möchten sie mit ihm sprechen?"
Hans nickte.
„Er ist ihr Cousin, habe ich gehört?"
Hans nickte erneut.
Hans setzte sich im Flur vor die Intensivstation und wartete.
Nach einer Viertelstunde öffnete sich die Türe und der junge Arzt betrat schwungvoll den Flur.
„Ah, Hans. Schön, dass du da bist. Wie geht es dir?"
„Servus Alfons. Geht schon. Und Mama?"
Der Arzt setzte sich zu ihm auf die Bank.
„Also deiner Mama geht es den Umständen entsprechend gut."
Ich hasse diesen Satz, dachte Hans.
„Ich war bei der OP dabei und ich kann dir versichern, es ist alles glatt gelaufen, so wie es geplant war. Deine Mama war sehr tapfer. Der Eingriff war allerdings weitreichender als geplant."
„Das heißt?"
„Also der Magen war bereits stark angegriffen. Der musste großflächig herausgeschnitten werden. Das war auch allerhöchste Zeit, muss ich sagen. Es waren bereits benachbarte Organe befallen, deshalb musste auch ein Teil der Bauchspeicheldrüse entfernt werden."
„Ist das schlimm?"
„Es war notwendig. Und auch nicht schlimmer wie die Entfernung des Magens."
„Wird sie wieder gesund werden?"
„Sie hat zumindest die besten Voraussetzungen dafür. Soweit wir bisher sehen konnten, konnte das Karzinom komplett entfernt werden."

Hans lächelte. Alfons schlug ihm auf die Schulter.
„Das wird schon wieder. Deine Mama ist eine tapfere Frau. Ich muss leider weiter. Mach's gut."
Hans sah ihm noch nach.
Es war ein seltsames Gefühl, im kalten Flur vor der Intensivstation zu sitzen und zu wissen, dass hinter der Schleuse die eigene Mutter lag und um ihr Leben kämpfte.
Er fuhr dennoch mit großer Zuversicht wieder nach Hause.

# Declare this an emergency

Am Donnerstag fuhr Hans wieder ins Krankenhaus. Er war gut gelaunt, heiter und freute sich, seine Mutter zu besuchen. Den Weg kannte er inzwischen. Wieder schlenderte er durch die weitläufigen Flure, fuhr im Lift nach oben und suchte den Blickkontakt der jungen Krankenschwestern, die überall im Gebäude auftauchten. Er mochte den Gedanken, künftig regelmäßig durch das Krankenhaus zu streifen. Es fühlte sich an wie Frühling. Der Frühling war oberflächlich vom Schnee zurückgedrängt worden, in seinem Herzen hatte er gerade begonnen.
Er fuhr, am Stockwerk der Intensivstation vorbei, ein Stockwerk weiter hinauf. Seine Mutter war auf eine reguläre Station verlegt worden. Als sie am Morgen telefonierten, hatte sie auf ihn einen guten Eindruck gemacht. Sie war geschwächt von der Operation, hatte aber über das Grün der Blätter philosophiert und war überzeugt, dass, sobald die Knospen endlich aufsprangen, der Anblick den Heilungsprozess beschleunigte.
Hans stimmte ihr zu und hoffte, dass mit dem Abtauen des Schnees auch ihr Leben wieder zurückkehren würde, der Ausbruch des Chaos nur eine kurze, beschränkte Episode war.
Als er das Zimmer betrat, gefror ihm das Lächeln. Das Zimmer war leer.
Hans war sofort klar, dass etwas Schlimmes passiert war. Sein erster Gedanke war, sie ist tot.
Seine Hände begannen zu zittern. Er schaute sich auf dem Flur um. Es war niemand zu sehen.
Er rannte den Flur hinauf, dann wieder hinunter, hielt nach Hilfe Ausschau, niemand war da. Dann war er sich mit einem Mal nicht mehr sicher, ob sie wirklich in dieses Zimmer verlegt wurde, oder ob er die letzten Tage in einem so Nerven zerfetzenden Delirium verbracht hatte, dass er

Wunsch und Wirklichkeit nicht mehr auseinanderhalten konnte.

Er fuhr mit dem Lift zur Intensivstation hinunter, um dort nachzusehen.

Im Wartebereich saß Lukas.

Lukas sah ihn, sprang auf und rannte ihm entgegen. Er hatte geweint.

„Lukas, was ist los?"

„Scheiße, es war so schrecklich."

„Sag schon, was ist passiert? Ist sie tot?"

„Nein, nein." Lukas schüttelte energisch den Kopf.

„Ist sie da drin?"

Er nickte. „Ich wollte sie vorhin besuchen und auf dem Flur habe ich gerade noch gesehen, wie sie in den Krankenbettaufzug geschoben wurde. Sie war umringt von Pflegern und Ärzten, die sich aufgeregt irgendwelche Kommandos zugeschrien haben und es sah so aus, als ob sie Mama reanimierten. Ich wollte ihnen nachlaufen, aber die Tür vom Lift war schon zugegangen."

„Was ist mit ihr?"

„Eine Schwester hat mir erklärt, dass Mama eine Lungenembolie hatte. Ihre Lunge ist in sich zusammengefallen. Das kann nach Operationen vorkommen, hat die Schwester gesagt, Mama ist außer Lebensgefahr. Aber sie musste wieder zurück auf die Intensivstation."

„Oh Mann."

„Das kannst du laut sagen."

Die Tür ging auf und Hans' Vater kam heraus. „Ah, Hans, du bist ja auch da." Sie sahen sich verunsichert an.

„Ist sie ansprechbar?", fragte Hans.

„Sie schläft jetzt und muss sich erholen."

„Kann ich sie sehen?"

„Der Arzt sagt, sie soll sich schonen."

Hans setzte sich. Der Schrecken schoss ihm noch durch die Adern und die Erleichterung, dass seine Mutter nicht gestorben war, kam ihm langsam zu Bewusstsein.

„Es geht ihr gut. Macht euch keine Sorgen", sagte sein Vater noch einmal.
„Es geht ihr gut", murmelte er.

## Totentanz

Hans ging Tag für Tag in die Arbeit und fuhr hin und wieder ins Krankenhaus. Die veränderte Situation wurde zum Alltag. Einem Alltag über dem ein schwarzer Schatten hing, ein Schrecken, der von Tag zu Tag weniger wahrgenommen wurde, je länger er existierte. Der Zustand seiner Mutter stabilisierte sich und seine Besuche im Krankenhaus nahmen ab.
Am Samstag verabredete sich Hans mit Markus in dem kleinen Bistro am Stadtberg, in dem Ben ab und an als Barkeeper aushalf.
Hans war in einer düsteren Stimmung. „Ich fühle mich einfach mies, weil ich nicht weiß, wie ich Mama helfen kann. Wenn ich sie besuche, sitzen wir schweigend da, sie hat keine Kraft, um zu reden und ich habe nichts zu erzählen. Wir reden dann übers Wetter. Über was redet man denn sonst? Übers Wetter und über Krankheiten. Aber über Krankheiten will ich mit ihr nicht reden."
Markus hörte zu und Ben stand hinter der Bar.
„Ellis fragt regelmäßig nach dir", sagte er.
Hans seufzte. „Ach, Ellis. Schlechtes Timing."
„Sie mag dich."
„Ich weiß, aber was soll ich machen? Ellis ist toll, keine Frage. Aber ich will keinen verletzen und ich hab die letzten Jahre keinen Nerv für eine Beziehung gehabt, warum soll sich das ausgerechnet jetzt ändern?"
„Du musst sie ja nicht heiraten. Sie geht wohl sowieso bald wieder nach Nürnberg. Was Besseres kann dir doch nicht passieren."
„Nein, das ginge gar nicht. Dazu ist sie wieder zu wertvoll."
„Also magst du sie auch?"
„Ach, was weiß ich. Jetzt rede nicht so viel, Ben, sondern mix mir lieber einen Cuba Libre."

Gegen Elf fühlte sich Hans betrunken, aber nicht annähernd so glücklich, wie er es an einem Samstagabend gewohnt war. Markus drängte, aufzubrechen. In der städtischen Turnhalle in der Au fand ein Ball zu Ehren eines Wintersportlers statt, der in diesem Jahr mehrere Medaillen gewonnen hatte. Markus hoffte, eine Skilangläuferin, mit der er vor einiger Zeit einmal geflirtet hatte, wieder zu sehen. Hans hatte an der Feier wenig Interesse und kannte niemanden, der außer ihnen dort sein würde. Er hatte Markus trotzdem versprochen, ihn zu begleiten. Es war Samstag und den wollte er nicht alleine verbringen.

Er fand ein Fest vor, wie er sich ein von Wintersportlern veranstaltetes Fest vorstellte: Eine Mischung aus Aprés Ski und Bierzelt. Markus entdeckte sofort die Langläuferin und versuchte sein Glück. Hans kannte niemanden bis auf eine Gruppe Freizeitkletterer, die Stammgäste in der Roten Mühle waren.

Da ihm nichts Besseres einfiel, ging er an die Bar, um sich ein Cuba Libre zu bestellen. Es gab keinen. Man empfahl ihm ein „Rüscherl", das er schließlich bestellte. Hans ärgerte sich nur kurz, dann sah er ein bekanntes Gesicht.

Eine Gruppe junger Leute stand, unsicher grinsend, in der Ecke der Turnhalle. Es waren Freunde von Lukas und sie sahen so aus, als seien sie auf dem Fest ebenso fehl am Platze wie er selbst. Er erkannte Sebi, der früher bei Hans zu Hause ein und aus gegangen war. Und dann sah er ein Mädchen. Sie schaute in seine Richtung, kurz trafen sich ihre Blicke. Er nippte möglichst beiläufig an seinem Getränk, das gleichsam scharf und Ekel erregend süß schmeckte und schaute in ihre Richtung. Er fand, sie sah aus wie eine einer Venusmuschel entstiegene utopische Elfe. Langes, schwarzes Schneewittchenhaar, dunkler Teint. Sie hielt seinem Blick stand. Wieso schaut sie so süß, fragte er sich, warum trägt sie genau das Kleid, das mich wahnsinnig macht, eines, das so kurz ist, dass man die Arme sieht und an den Armen merkt man sowieso, ob jemand wirklich attraktiv ist oder nicht, dachte er.

Hans war auf einmal glücklich und dankte dem Schicksal dafür, dass es ihn auf diese Feier geführt hatte. Wie schnell sowas gehen konnte. Aber gleichzeitig merkte er, dass etwas in ihm nicht mehr stimmte. Er musste sich an der Bar festhalten, um nicht umzufallen. Ihm war schwindelig, seine Gedanken wurden zäh, betrübt, im nächsten Moment wild und tobend.

Wer, zum Teufel, ist dieses Mädchen? Er beobachtete, wie Sebi sich ihr näherte. Er legte seinen Arm um ihre Taille und gab ihr einen Kuss. Also ist zumindest diese Frage geklärt, dachte Hans.

Das Mädchen schaute immer noch in seine Richtung. Vielleicht schaute sie an ihm vorbei. Vielleicht aber auch nicht.

Was sind das für Augen? Hans rieb sich die Schläfen. Na klar, die Augen. Die Augen sowieso. Die sehen mich ja an, als wüsste sie, dass ich der Augentyp bin, der, der auf Augen steht.

Das Mädchen lächelte. Erschrocken senkte Hans seinen Blick. Etwas wurde zu viel. Etwas brachte ein Fass zum überlaufen. Er stellte das leere Glas zurück.

Hans blickte auf die andere Seite. Markus war umringt von einer Traube Mädchen und unterhielt sich hastig mit ausschweifenden Handbewegungen. Markus würde ohne ihn klarkommen. Hans schaute auf die andere Seite. Das Mädchen blickte immer noch in seine Richtung. Sie war das schönste, das er seit Ewigkeiten gesehen hatte, aber er war sich nicht sicher, ob er sich auf seine Wahrnehmung noch verlassen konnte. Er spürte keine Zunge mehr und keinen Unterboden und ertrug die große Halle und die laute Musik und das schöne Mädchen nicht mehr. Er wollte alles, aber nichts war mehr möglich. Verdammt, dachte er und stürzte nach draußen. In die Nacht, die nach Frühling roch. Oder roch sie nach etwas anderem? Er wartete, ob ihm die frische Luft kühlen Kopf verschaffte, aber sie tat es nicht. Hans ging den Berg hinauf nach Hause, schaute sich wieder und wieder um, ob das schöne Mädchen ihm nicht folgte, ihn immer noch so frech anschaute. Aber da war nichts, nur die Nacht.

Er schloss die Türe auf. Die Wohnung war kalt und trostlos. Hans öffnete den Kühlschrank und machte sich drei Leberkässemmeln. Er klappte den Laptop auf, biss in die erste Leberkässemmel und tippte etwas in Google. Er fand das Gedicht von Borges, in dem der nur noch barfuß laufen und alles anders machen will und druckte es aus.

Am frühen Sonntagmorgen zerschnitt das Öffnen der Augen seinen Schlaf. Ein unruhiges Erwachen, er fühlte sich fiebrig, versuchte den unruhigen Träumen nachzusinnen, ob sie der Grund für das Fieber waren. Wie oft war er aufgewacht? Er fühlte etwas in seinen Eingeweiden, das ihm Angst machte. Während sich seine Augen an die Dunkelheit gewöhnten, während er langsam erwachte, verstand er, es war Angst. Ihm war kalt. Er fröstelte. Seine Zähne klapperten aufeinander. Etwas in seinem Kopf stimmte nicht. Seine Sinne tasteten sich wie durch einen Nebel, einen verstörenden Nebel. Einen zartkalten Nebel, der dichter war als er es vor dem Einschlafen noch war. Der Rausch war weg. Er schoss aus dem Bett, rutschte über den Flur, riss den Deckel hoch und kotzte ins Klo. Einen Moment dachte er, jetzt ginge es ihm wieder gut. Aber das war nichts als ein Reflex, er fühlte sich noch schlechter. Das war kein Kater, es war etwas, das sich nicht nach einigen Stunden verflüchtigen würde, etwas Schwarzes saß in seinem Magen, er sah es vor sich, zwischen dem Flimmern, das vor weißer Keramik auf seiner Netzhaut flimmerte.

Er erbrach sich noch einmal, schloss die Augen, spülte und wartete. Es würgte wieder. Sein ganzer Körper wurde durchgeschüttelt. Taumelnd tastete er sich zurück in sein Bett.

Er fiel sofort in unruhigen Schlaf. Träumte von seiner Mutter. Von einer klaffenden Wunde. Einem fleischigen Fetzen dort, wo einmal ihr Magen war. Im nächsten Moment hatte sie Ellis' Gesicht und Tränen aus Blut quollen aus ihren Augen.

Als er die Augen erneut öffnete, war es hell. Sein Magen schmerzte. Er stöhnte und tastete über seinen Bauch. Wie ein harter, kantiger Amboss drückte etwas gegen die Magenwand. Etwas, das nicht dorthin gehörte, etwas, das er schnellstens aus seinem Körper zu entfernen hatte. Er rannte ins Bad und kniete im nächsten Moment mit geschlossenen Augen über der Schüssel. Sein Herz pochte, er schwitzte, er fand es heiß im Bad, so heiß, als stand das Haus in Flammen. Mit zitternden Händen drückte er die Spültaste. Er fror. Etwas klackerte dröhnend in seinem Kopf. Meine Zähne, dachte er. Nur meine Zähne.

Etwas im Kopf, eine letzte Nervenzuckung im Kopf schob seinen Körper ins Wohnzimmer. Etwas schaltete den Fernseher ein. Er sackte auf der Couch zusammen, hörte Stimmen. Er versuchte, sich nicht zu rühren, um den Amboss zu überlisten. Er versuchte mit aller Kraft, einzuschlafen. Stundenlang. Er lag auf der Couch und lauschte dem Klappern, lauschte den Stimmen, wartete auf den Schlaf und startete die rötliche Finsternis hinter seiner Netzhaut an.

Am späten Vormittag kniete er auf einmal im Bad und hörte sich beim kotzen zu. Am Abend wusste er nicht mehr, wie er ins Bett gelangt war. Seine Stirn fühlte sich nicht mehr glühend an. Er strich sich über den Bauch. Das Etwas, der Amboss, war noch immer irgendwo da drunter. Irgendwann stand er auf, während er noch das Klo putzte, konnte er seinen Darm nicht mehr halten. Als er verdutzt in seinem eigenen Kot kniete, kollabierte etwas in ihm. Er ließ sich schluchzend auf die kalten Fliesen fallen.

Es war dunkel, als er auf dem Sofa saß, Salzstangen in seinem Mund aufweichte.

In der Nacht schmerzte sein Bauch so sehr, dass er in einem Fiebertraum sich dabei zusah, wie er sich mit bloßen Händen die Bauchdecke aufriss.

# Tanz in den Mai

Eine Woche später war Hans wieder vollständig gesund. Ein Lehrgang in Nürnberg, zu dem ihn sein Arbeitgeber angemeldet hatte, trug seinen Anteil zur raschen Genesung bei. Hans interessierte das Thema wenig, es ging um Methoden, Bildungskonzepte systematischer zu bewerten. Dennoch freute sich Hans auf das Werter-Seminar, da es in Nürnberg stattfand und er diese altmittelalterliche Stadt seit langem schon genauer kennenlernen wollte.
Der Schmerz, der Amboss im Magen, war nicht ganz verschwunden, er hatte sich in den letzten Tagen in ein mulmiges Gefühl, eine Leere im Bauch verwandelt.
Als er im ICE nach Nürnberg saß, bestand diese Leere allerdings aus einer Butterbreze und einer Aufregung, die er nicht einordnen konnte. Es war einem wohligen Gefühl, wie den Schmetterlingen im Bauch nicht unähnlich, fühlte sich gleichzeitig aber auch beklemmend an, als hätte er vor etwas Unbestimmtem Angst. Während er beim Fenster hinausschaute und die Altmühltaler Hügel vorbeirasen sah, dachte er daran, dass er als Jugendlicher bereits mehrmals in Nürnberg gewesen war, beim Rock im Park Festival. Er erinnerte sich an das Zeppelinfeld, den Dutzendteich. Die Tribünen des Reichstagsgeländes, auf denen immer irgendein Betrunkener stand, schreiend und sich einbildend, Hitler zu sein. Nürnberg hatte er damals nur als eine Stadt des Nationalsozialismus und betrunkener Rockstargesten kennengelernt.
Als er sich vor dem Hauptbahnhof nach der Straßenbahn umsah, fand er sich sofort in jenem Nürnberg wieder, das er kennenzulernen erhofft hatte: Das Nürnberg des Mittelalters. Mächtig und trutzig erhob sich am Eingang zur Stadt ein gewaltiger Turm der Festungsanlage. Hans versuchte sich vorzustellen, wie in früheren Zeiten die Besucher der Stadt von den kolossalen Wehranlagen eingeschüchtert waren.

Beeindruckt betrachtete er den monumentalen Bau und sah den Türmen der Altstadt, aus dem Fenster der Straßenbahn blickend, noch lange nach.
Die Straßenbahn führte ihn allerdings weit aus der Altstadt hinaus, an der Vorstadt vorbei, in eine aus Hochhäusern bestehende Retortenstadt, dem Südwestpark. Er mietete sich in das zugehörige Hotel ein, bezog ein Zimmer, das so sauber und unbewohnt wirkte, als sei er der erste Gast.
Gegen Mittag suchte er nach der Adresse, die auf der Einladung aufgeführt war.
Das Werter-Seminar fand im fünften Stock eines der steril wirkenden Bürogebäude statt. Er fand, das gesamte Areal wirkte steril, wie auf dem Reißbrett entworfen, kühl und künstlich, er musste an die Intensivstation denken, in der seine Mutter gelegen war.
Er kannte keinen der anderen Teilnehmer und entdeckte auch niemanden, den er gerne näher kennengelernt hätte. Bereits nach wenigen Minuten überkam ihn der Gedanke, dass der Unterricht nichts weiter als eine unaussprechliche Zeitverschwendung sei und seine Aufmerksamkeit glitt in eine Tagträumerei ab, was er später in der Stadt alles besichtigen wollte.
Gleich nach Ende des Seminars verabschiedete er sich knapp und eilte nach draußen, um keinen der verbleibenden Sonnenstrahlen zu verpassen.
Er schloss sich dem Strom der Pendler an, die zielstrebig ihren Weg Richtung Bahnstation nahmen.
Am Bahnsteig auf den Zug Richtung Innenstadt wartend, spürte Hans, wie sein Puls langsamer wurde, obwohl seine Aufregung zu steigen begann. Er beobachtete die Menschen. Aus dem die Bahngleise verbindenden Durchgangsschacht stieg eine Gruppe junger Studentinnen die Treppe hinauf. Er sah ihnen nach, fand sie attraktiv, mochte, wie sie sich frühlingshaft kleideten. Sein Blick erreichte das dritte Mädchen, tastete nicht weiter, sondern heftete sich an sie. Sie hatte etwas Vertrautes an sich, etwas, das er als anziehend empfand. Ihr schulterlanges

blondes Haar, ihre gelbe Bluse, die sie unter einer hellblauen Jacke trug, ihre altmodische Jeans. Hans schaute ein zweites Mal hinüber, um sicher zu gehen, dass ihn sein Wunschdenken keinen Streich spielte. Das Gesicht blieb dasselbe: Schmal, große hellblaue Augen, die ihrem Wesen etwas, wie er es damals schon gefunden hatte, elfenhaftes verliehen. Augen, die nun ihrerseits in seine Richtung sahen. Ihre Blicke trafen sich, ihrer ungläubig, dann hellte sich ihr Gesichtsausdruck auf, sie lächelte und schüttelte den Kopf. Hans ging auf sie zu, erst langsam, dann schneller werdend. Sie begrüßten sich, erst förmlich mit den Händen, dann umarmten sie sich. Hans überwältigt, sie zu treffen.

„Ellis!", sagte er, ohne seine Überraschung zu verbergen.

„Hans, was machst du denn hier?"

„Ich habe eine Fortbildung. Drüben", er deutete in Richtung Südwestpark.

Sie sah ihn vorwurfsvoll an: „Du bist in Nürnberg! Ohne Dich bei mir zu melden?"

„Ich dachte…", er suchte nach einer Entschuldigung. „Ich wusste doch gar nicht, dass du wieder in Nürnberg bist."

„Wie auch. Du hast dich ja nicht mehr bei mir gemeldet. Wie geht es denn deiner Mama inzwischen?" Sie sah ihn ernst an.

„Geht so", sagte Hans und versuchte, das Thema zu wechseln. „Sie ist gerade auf Reha. Und wie geht es dir? Was machst du gerade?"

„Praktikum. Mal wieder. Ich bin seit zwei Wochen wieder zurück in Nürnberg."

Hans sah sie schuldbewusst an.

Sie lachte: „Keine Sorge, mein Zimmer in der Pilgerherberge ist noch nicht gekündigt. So schnell werdet ihr mich nicht los." Sie lächelte.

Er sah sie an. Ellis wirkte glücklich und strahlte auf einfache Art und Weise eine Fröhlichkeit aus, die ansteckend wirkte.

Je länger er sie anschaute, desto gewisser wurde es ihm, dass er Ellis noch nicht richtig kennengelernt hatte.

„Ich weiß, ich habe das, was vielleicht eine kleine, zarte Freundschaft hätte werden können, nie wirklich gepflegt. Aber du kennst ja die Gründe und ich verstehe dich natürlich, wenn du sagst, ich hätte meine Chance bereits vertan." Er sah sie an und versuchte, sein gewinnendstes Lächeln aufzusetzen: „Es wäre doch unverzeihlich, wenn wir nicht auf das Schicksal hören würden, und das Schicksal hat uns unbestritten hier zusammengeführt", er holte tief Luft und sah sie bittend an: „Ellis, lass uns doch heute etwas zusammen unternehmen!"
Sie sah ihn skeptisch an. Er konnte erkennen, wie sich in ihr die Gedanken überschlugen. „Jetzt komm, sag schon ja!", sagte er.
„Ich wollte eigentlich zum Friseur. Und Wäsche waschen muss ich auch. Und überhaupt, du warst... Ach, scheiß drauf!", sagte sie und nahm ihn bei der Hand: „Lass es uns so machen: Ich fahre jetzt heim und erledige das Nötigste. Dann treffen wir uns um halb Sechs beim Schönen Brunnen."
„Klingt nach einem Plan." Hans hatte keine Ahnung, wo der Schöne Brunnen war.
Sie stiegen in die nächste Bahn und fuhren zurück zum Hauptbahnhof. „Bis später also", sagte Ellis und ging.
Kaum war Ellis in der Masse der eilig hetzenden Menschen verschwunden, befiel ihn ein seltsames Gefühl. Es war nicht der Amboss, der in seinem Magen rührte. Es war etwas anderes.
Hans kaufte sich einen Stadtplan und recherchierte, wo sich der Schöne Brunnen befand. Die dem Brunnen am nächsten gelegene U-Bahn Station war der Weiße Turm.
Als er dort dem Untergrundschacht entstieg, begrüßte ihn an der Oberfläche ein grinsendes Skelett. Das Skelett war eine von zahllosen Bronzestatuen, die um einen Brunnen herum gereiht waren. Figuren in drastische Posen gegossen. Hans sah Männer und Frauen, die sich in sexuellen Posen bis aufs Fleisch bekämpften. Das Wasser des Springbrunnens plätscherte ruhig, im krassen Gegensatz zur Symbolik der

Figuren. Wie grässlich, dachte Hans, konnte sich aber einer gewissen Faszination für die Kunst nicht verwehren. Was die anzüglichen Bilder wohl darstellen sollten? Er sah ein Kind, das mit weit aufgerissenen Augen vor dem Brunnen stand und eine Mutter am Ärmel zog: „Mama, was machen die Skelette da?", fragte es und die Mutter zog es grob beiseite: „Schau das nicht an!", schimpfte sie. „Sowas scheußliches auch!"
Auf der anderen Seite entdeckte Hans eine Inschrift auf dem Brunnen: „Das Ehekarussell". Darunter ein Gedicht von Hans Sachs über die guten und die schlechten Zeiten der Ehe.
Lächelnd betrachtete er die Gestalten des Brunnens ein weiteres Mal. „Bis dass der Tod euch scheidet", dachte er sich und schaute sich das wie im Furor aufheulende Skelett der Frau an. Der Tod, dachte Hans. Da war er wieder, der Tod.
Er wanderte die Einkaufsstraße hinab und stand bald vor einer großen Kirche, der Lorenzkirche, wie man ihm sagte. Von hier führte eine Querstraße bergauf zurück Richtung Hauptbahnhof und auf der anderen Seite konnte er bergab eine Brücke über den Fluss sehen, hinter der sich, wenn er den Stadtplan richtig im Kopf hatte, der Hauptmarkt befinden musste. Am Ende der Straße war am Horizont schemenhaft die Nürnberger Burg mit ihren hohen Türmen zu sehen. Hans ließ seinen Blick über die vielen, teils noch mittelalterlichen Gebäude schweifen. Etwas arbeitete in ihm, etwas, das er nicht greifen konnte.
Als er weiterging und der Straße bergab folgte, blieb er an der Brücke stehen und schaute zur Pegnitz hinunter. Die Aussicht kam einer Postkarte gleich, aber es war nicht nur die Schönheit des Ausblicks, die ihn sein Herz schlagen spüren ließ. Er schaute hinab. Langsam, als hätte sie mehr Zeit als die über die Brücke eilenden Passanten, floss die Pegnitz in ihrer eng ummauerten Bahn durch die Stadt. Trotz des engen Platzes standen überall dort, wo auch nur ein winziger Flecken Erde Halt zum Verwurzeln bot, uralte,

saftig grün belaubte Bäume. Quer über den schmaleren Flussarm schlug ein mehrstöckiges, aus Ziegeln gebautes Gebäude wie eine Brücke einen Bogen über das Gewässer, das behände untendurch floss. Seitenarme bildeten Inseln, die Pegnitz zerteilte den inneren Kern der mittelalterlichen Altstadt. Auf einmal blitzten vor seinem Auge die kolorierten Bilder der rauchenden Ruinen Nürnbergs auf. Er sah die Bombenexplosionen des zweiten Weltkriegs, sah die Verwundungen, die der Stadt zugefügt wurden, wie der Großteil des Mittelalters aus der Stadt herausgebombt wurde, als könnte man mit jedem Bombentrichter das Krebsgeschwür des Nationalsozialismus besiegen.
Er biss die Zähne zusammen und fasste sich an die Brust. Kopfschüttelnd drehte er sich um und ging weiter.
Der Hauptmarkt war jener große Marktplatz, auf dem im Dezember der Nürnberger Christkindlesmarkt stattfand. Er ging einmal um den Platz und entdeckte einen Brunnen, dessen Mitte eine Kirchturmspitze war. Touristen standen um den Brunnen und machten Fotos. Gefunden, dachte Hans. Er blickte auf die Uhr. Ellis würde erst in einer Dreiviertelstunde hier sein. Oder auch nicht. Wie oft es ihm schon passiert war, dass etwas auf das er sich ganz besonders freute, letztendlich nie zustande kam, oder in einer mittleren Katastrophe endete. Rendezvous waren nicht seine Stärke, dachte er. Aber einerseits war dies kein Rendezvous und andererseits, was hatte er schon zu verlieren? Hans seufzte. Die Welt würde sich auch ohne sie unaufhaltsam in Richtung Nachtschatten drehen, wie jeden anderen Tag zuvor.
Kurz vor halb acht stand er mit feuchten Händen am Brunnen. Er hielt Ausschau, aber Ellis war unter den vielen Touristen nicht zu entdecken. Er beobachtete einige jüngere Frauen, die an dem in das gusseiserne Gitter der äußeren Brunnenabsperrung eingefassten goldenen Ring drehten. Da es vermutlich Glück brachte, drehte er ebenfalls an dem Ring. Eine vertraute Stimme lachte herzlich. Hans drehte sich ertappt um. Er spürte, wie ihm das Blut in den Kopf

schoss, als er in die strahlenden Augen von Ellis blickte. „Du weißt schon, was du getan hast?", fragte sie und lächelte.
Sie sah noch schöner aus als zuvor am Bahnhof. Entspannt und fröhlich.
„Einer Legende nach wird derjenige, der an dem Ringlein am Brunnen dreht, mit reicher Kinderschar beschenkt."
Sie lachte und fügte hinzu: „Da man diesbezüglich lieber den richtigen Partner gefunden haben sollte, habe ich mich bisher noch nicht getraut, daran zu drehen. Aber – was soll's." Sie streckte die Hand und berührte den goldenen Messingring. Kurz zögerte sie, sah Hans an, lachte noch einmal und drehte den Ring einmal im Kreis.
„Hast Du Hunger?", fragte sie. „Ich weiß einen netten Biergarten."
Hans folgte ihr durch einige verwinkelte Gassen. Nach wenigen Minuten erreichten sie einen kleinen Biergarten, „Zum Kettenstieg" stand am Eingang. Sie setzten sich an einen Tisch, der noch von den letzten Strahlen der Abendsonne beschienen wurde und bestellten sich Bier.
Nachdem der Kellner verschwunden war, saßen sie sich einen Moment lang schweigend und unschlüssig gegenüber.
„Jetzt hat es also doch noch mit einer zweiten Verabredung geklappt." Hans räusperte sich. „Ich muss zugeben, dass ich zu gerne wüsste, wer du eigentlich bist. Ich meine, wer die Ellis ist, die hinter dem Mädchen steckt, das ich ja bereits kennenlernen durfte. Du verstehst wahrscheinlich kein Wort, was ich gerade schwafele, oder? Alleine, dass wir uns heute getroffen haben. Was für ein Zufall ist das denn? Ich war perplex. Echt. Aber im positiven Sinn perplex."
„Da haben wir beide etwas gemeinsam. Ist das jetzt gut oder schlecht, dass wir schon wieder beieinander sitzen?"
Hans atmete tief ein. „Wie wäre es, wenn wir unsere Vorgeschichte einfach ruhen lassen und einfach so tun, als hätten wir uns erst heute, erst vorhin am Bahnhof kennengelernt?"
Ellis schüttelte lächelnd den Kopf: „Das würde ja heißen, dass unsere wunderschöne Sternennacht nie stattgefunden

hätte. Obwohl – ein wenig enttäuscht bin ich schon, dass sie bei dir offensichtlich weniger Eindruck hinterlassen hat."
Hans wollte etwas einwenden, aber Ellis fuhr fort: „Ja, ich weiß. Die Sache mit deiner Mutter. Aber wir sind doch immer noch dieselben Menschen. Oder?" Ellis warf ihm ein vieldeutiges Lächeln zu.
„Wir sitzen immerhin hier", sagte Hans.
„Willkommen in Nürnberg!" Ellis hob ihr Glas und sie stießen an.
Sie bestellten sich zu essen, tranken noch eine Runde Bier und erzählten sich, was sie die vergangenen Wochen erlebt hatten. Hans spürte, wie er sich nach und nach entspannte. Die Sonne senkte sich tief unter die grünen Blätter der Kastanienbäume. Die nahen Türme der mittelalterlichen Basteien färbten sich in rötliches Ocker und der Gesang der Vögel schwoll noch einmal zu einem Wettkampf der schönsten Melodien des Tages an. Er schloss kurz die Augen und spürte, wie die gegärte Gerste seine Gedankengänge verlangsamte. Als der Kellner fragte, ob sie noch etwas bestellen wollten, tauschte Hans einen kurzen Blick mit Ellis aus. Beide riefen synchron „Zwei Bier bitte!" und fielen in schallendes Lachen.
Immer wieder ertappte sich Hans, wie sie sich, wenn das Gespräch ins Stocken kam und die Stille zu lang anhielt, verschämt anschauten. Wie er aus ihren Augen unausgesprochene Antworten zu lesen versuchte. Er lehnte sich zurück. Die Zeit fühlte sich richtig an. Das Gefühl der Rastlosigkeit, nicht lange an einem schönen Ort sein zu können, weil es irgendwo einen noch schöneren gab, schlummerte tief und fest. Er fragte sich, ob das dieselbe Ellis von zu Hause war. Sie strahlte an diesem Tag etwas aus, das er nicht genau erschließen konnte. Etwas wie die Note eines unsichtbaren, unaufdringlichen Duftes, der ihre Aura nicht greifbar, aber doch erfahrbar machte und eine Anziehungskraft ausübte, die nur das Unterbewusstsein bemerkte.

Kurz nachdem die letzten Sonnenstrahlen hinter den roten Ziegeldächern der Altstadt verschwunden waren, bezahlten sie. Hans stand beschwingt auf, taumelte, griff nach Ellis' Hand, um nicht zu fallen. „Gutes Bier", lachte er. Sie sagte, sie müsse sich kurz entschuldigen. Er folgte ihr zu den Toiletten, die sich in einem alten, gemauerten Turm befanden. Er lachte. Lachte ohne einen Grund und dachte daran, wie lange es her war, seit er das letzte Mal grundlos, sorglos vor sich hin gelacht hatte. Er lachte über das Leben und wie seltsam es sich anfühlte und was für eine Komödie es im Grunde war.

In einem schmalen Gang im Turm wartete er auf Ellis und kam sich vor wie der Ritter in weiß schimmernder Rüstung, der geduldig für das Burgfräulein ausharrte. Die Tür ging auf und er schaute nach oben. Die junge Frau, die beschwingt die Holzstufen nach unten sprang, war eine Ellis, deren Existenz er beinahe vergessen hatte. Es war die Ellis, die er damals nachts nach Hause begleitet hatte. Sie sprang ihm von der dritten Stufe hinab entgegen und sofort tauchte in Hans' Kopf ein Bild seiner Mutter auf, das in einem alten Fotoalbum klebte. Seine Mutter, von einer Mauer springend. Ausgelassen lachend und mit einem Blick voller Lebensfreude in die Kamera blickend. Über dem Foto stand „Unser erstes Treffen". Er fing Ellis auf und drehte sich lachend einmal um die Achse mit ihr. Er spürte Ellis' Arme, die sich flüchtig um seinen Rücken schlangen und sich dort zu einer warmen Umarmung vereinigten. Die Augen schließend fragte er sich, wo seine Mutter wohl gerade war. Er wusste es nicht. Er wusste weder wo sie war, noch wie es ihr ging.

„Es ist schön, dass wir uns heute begegnet sind", sagte sie, ließ ihn wieder los und ging zurück nach draußen.

Ihr nachfolgend blickte er noch einmal zurück und ließ seinen Blick über die Gastwirtschaft schweifen. Der Biergarten lag behütet eingebettet zwischen ergrünenden Bäumen und mittelalterlichen Bauten. Das Wirtschaftsgebäude verjüngte sich und ging nahtlos in die gemauerte Wehrbrücke der alten Stadtmauer über, die schlank und elegant einen breiten Bogen über die Pegnitz schlug. Wie er die Bögen betrachtete, stellte er sich vor, wie die Brücke Anlauf nahm, sich über das Wasser schlug, auf einer schmalen, von grünen Bäumen umsäumten Insel wieder aufsetzte und ihren Bogen von dort bis auf die gegenüberliegende Pegnitzseite fortsetzte. Er blinzelte in die Szenerie, die in ihrem ermattenden Licht der letzten Sonnenstrahlen aussah wie eine frisch gezeichnete Postkarte und fragte sich, ob es hier vor fünfhundert, vor tausend Jahren bereits genau so ausgesehen hatte.

Langsam überquerte er neben ihr den Kettenstieg, der im Vergleich zur hoch aufragenden Mauerbrücke wie ein winziges Brücklein wirkte. Hans konnte die Augen nicht von den mittelalterlichen Bauten abwenden. Er wusste, dass Nürnberg im zweiten Weltkrieg weitestgehend zerbombt worden war. Bei all den noch erhaltenen mittelalterlichen Bauwerken konnte er sich kaum vorstellen, wie herrlich die Stadt vor dem Krieg ausgesehen haben musste.

„Die Schönheit dieser Stadt macht mich sprachlos", sagte er.

Ellis blieb stehen, lehnte sich an das Geländer des Kettenstieges. „Glaube mir, Nürnberg kann ein ziemlich hässlicher Moloch sein. Aber da du jemand zu sein scheinst, der Schönheit zu schätzen weiß, will ich dir einige Flecken zeigen, die dir gefallen könnten."

Er nickte verträumt und lauschte dem Plätschern des Wassers, das wie er keine Eile hatte, aus der beruhigenden mittelalterlichen Oase wieder hinaus in die Großstadt zu fließen.

„Lass uns weitergehen, solange es noch hell ist", sagte Ellis und zog ihn sanft an der Hand.

Am anderen Flussufer folgten sie der Pegnitz flussaufwärts. Der Weg führte vorbei an einem Wehr und sie umgingen eine Zeile alter Fachwerkhäuser, die den Uferweg versperrten, bis sie eine steinerne Brücke erreichten.

„Hast du einen Fotoapparat?", fragte sie.

„Natürlich. Ich bin ja der Tourist von uns beiden."

„Dann klicken sie mal. Das ist eine berühmte Postkartenansicht."
Hans schüttelte lächelnd den Kopf und sah sie an: „Ich sehe hier noch weit Schöneres, das sich zu fotografieren lohnen würde."
Sie spazierten weiter und erreichten nach einer Weile eine Flussgabelung, an der sich die Pegnitz teilte und es auf Hans so wirkte, als umarmte sie liebevoll eine mit Bäumen gesäumte Insel mit ihren grünen Armen, als wäre sie eine Geliebte aus Wasser. Er konnte sich kaum satt sehen. Links wie rechts standen alte Fachwerkhäuser, eines prächtiger als das andere. Die Insel war auf der einen Seite über einen hölzernen und auf der anderen über einen steinernen Steg mit der Stadt verbunden. Im Hintergrund ragten die Türme der Sankt Lorenzkirche auf. Hans musterte die Szenerie wie ein Landschaftsmaler. Ein Gemälde von einem hoch gewachsenen, kegelförmig nach dem Himmel greifenden Baum, der auf der Insel thronte. Neben ihm ließ eine Trauerweide ihre Zweige wie eine wehmütige Erinnerung bis zum Wasser hängen.
„Bitte lächeln!", sagte Ellis und als er sich verdutzt nach ihr umdrehte, blendete ein heller Blitz sein Gesicht.
Sie prüfte mit strengem Gesichtsausdruck die Aufnahme auf dem Display und sagte: „Ups, das müssen wir wohl nochmal machen."
„Gib mir doch bitte die Kamera", sagte Hans und nahm ihr den Fotoapparat aus der Hand. Er stellte auf Selbstauslöser und legte die Kamera sorgfältig auf das gegenüberliegende Brückengeländer.
Er sprang wieder zurück neben Ellis, zögerte, ob er den Arm um sie legen sollte, doch ehe er sich zu einer Entscheidung durchrang, blitzte es.
Das Geländer war wackelig und bevor die Kamera von einem Windstoß in den Fluss geweht wurde, nahm sie Hans wieder herunter. Einen Moment überlegte er, ob er das Foto anschauen sollte, steckte die Kamera aber wieder zurück in seine Tasche. Er wollte das Bild irgendwann einmal, wenn

dieser Augenblick sich längst in eine verstaubte Erinnerung verwandelt hatte, mit der angemessenen Wehmut im Herzen anschauen. Welche Rolle Ellis dann in seinem Leben spielen würde?

„Ist das Foto was geworden?", fragte sie.

Gedankenversunken nickte er. Und fühlte nach dem Fotoapparat in seiner Tasche, der sich auf einmal schwerer, wertvoller anfühlte.

Hans blieb noch eine Weile neben ihr auf der Brücke stehen. Die Farben des Panoramas hatten ihre leuchtende Kraft verloren, aber es war noch hell und jedes Detail des idyllischen Kleinods dieser Stadt zeichnete sich in der anbrechenden Dämmerung matt wie an einem trüben Regentag ab. Ellis folgte dem Weg zu einem hölzernen, überdachten Steg. „Der Henkersteg", sagte sie. „Hier hat damals tatsächlich der Henker gewohnt. Ich werde nie verstehen, warum zum Henker, ausgerechnet dieser Kerl hier am schönsten Flecken Erde der gesamten Stadt wohnte", sagte sie.

„Vielleicht war früher der Rest der Stadt noch schöner. Oder der Henker war einfach ein Romantiker mit einem Sinn für Schönheit."

Sie folgten dem langen, hölzernen Tunnel und jeder Schritt hallte dumpf von der Holzkleidung wieder. „Wenig glaubhaft, dass einer, der sein Geld damit verdient, Köpfe abzuschlagen und Fingernägel zu ziehen, einen Sinn für Schönheit oder Romantik hatte", sagte sie.

„Hitler war ein Maler", entgegnete er und zuckte die Achseln. Ellis blieb stehen, lehnte sich an das Holzgeländer und schaute zwischen den Streben auf die Pegnitz hinüber, die sich hier eng an die hoch aufragenden Häuserzeilen schmiegte.

Hinter den Dächern schob sich gerade der Mond als große, weiß leuchtende Scheibe in den Himmel hinauf. Sie bogen am Ende der Brücke rechts ab und überquerten die Insel. Da sich die Häuser der Stadt nahtlos ineinander reihten, unterschied sich die Insel nicht von der restlichen Altstadt.

Der Platz war ein Trödelmarkt und mehrere Künstlerläden und Kuriositätengeschäfte standen nebeneinander. Ohne den Schaufenstern größere Aufmerksamkeit zu schenken, überquerten sie die Insel und kehrten über eine Brücke wieder zurück auf das Nürnberger Festland.
Sie erreichten eine belebte Uferpromenade, an der zahllose Menschen, zufrieden an Cocktails nippend, vor den Cafés im Freien saßen. Auf den Tischen waren Kerzen angezündet und die Straßenlaternen warfen ihr gelbes Licht auf den Platz am Ufer.
„Hier ist es doch nett, oder? Sollen wir hier noch etwas trinken?", fragte er.
Ellis schnitt eine Grimasse. „Klar, die Lage hier ist wunderschön. Aber Starbucks? Die boykottiere ich, so gut es geht. Weißt du, wenn du mal zum Christkindlmarkt nach Nürnberg kommst, gibt es hier die beste Feuerzangenbowle. Dann gerne. Aber lass uns noch etwas weiter spazieren."
Sie überquerten erneut eine Brücke, gingen an einem Restaurant vorbei, das „Bar Celona" hieß und erreichten schließlich jene Brücke, an der Hans wenige Stunden zuvor bereits gestanden hatte.
Ein schmaler Weg führte am rechten Ufer an den Häusern vorbei.
Je weiter sie der Pegnitz nach Osten folgten, desto düsterer wurde es. Längst hatte das Zwielicht der Dämmerung jenen Punkt überschritten, an dem das schwache Abendlicht in das Schwarz der Nacht umkippt.
Sie erreichten einen weiteren gemütlichen Biergarten, dessen Ausschank aus einer schmalen, aufklappbaren Bar bestand. „Sollen wir hier etwas trinken?", fragte Hans.
Ihm kam es vor, als hätte Ellis eine Rastlosigkeit ergriffen. Wieder schüttelte sie den Kopf. „Du hast Recht, wir sollten uns was zu Trinken besorgen, aber wenn du nichts dagegen hast, würde ich dir gern noch die Wöhrder Wiese zeigen. Es wird dir gefallen. Lass uns doch drüben beim Kino ein Bier kaufen und weiter spazieren."

Sie schlenderten an Studentenkneipen vorbei, die Namen trugen wie „Café Luftsprung" oder „Zeit und Raum" und erreichten bald einen architektonisch modernen, in der mittelalterlichen Umgebung wie ein merkwürdiger Fremdkörper wirkenden Kino – Multikomplex.
Sie kauften sich im Kino jeweils eine Flasche Bier und setzten ihren Spaziergang fort.
Eine milde Vollmondnacht hatte sich über Nürnberg gelegt und Ellis lotste Hans über eine weitere Brücke auf die Insel Schütt. Dort spazierten sie durch eine Allee von Bäumen, deren belaubte Äste im fahlen Licht der Straßenlaternen gespenstisch leuchteten. Nachdem sie eine Straßenunterführung durchquerten, wurde der Verkehrslärm immer weniger. Sie gingen an einem Seitenarm des Flusses entlang. Hans holte tief Luft und der Duft der Kastanienbäume betörte in der Dunkelheit die Sinne mehr noch als am Tag. Es war eine dieser milden Nächte Anfang April, die bereits die Wärme des Sommers mit sich führte, aber noch die Stille des Winters in sich hatte, da die zirpenden Sommerinsekten Winterschlaf hielten.
„Ich habe mich oft gefragt, wie die Kulturnacht verlaufen wäre, wenn das mit deiner Mutter nicht gewesen wäre", sagte sie in die Stille hinein. „Ich stelle mir vor, wie wir miteinander getanzt hätten, was für eine verdammt fröhliche, unbeschwerte Nacht wir erlebt hätten. Ich hätte gerne mit dir getanzt, weißt du?"
Hans sah sie an. Er stellte seine Bierflasche auf den Boden. „Es ist noch nicht zu spät: Darf ich bitten?"
Ellis warf ihm einen ungläubigen Blick zu. „Hier? Jetzt? Ohne Musik?"
„Lass mich führen. Und die Musik kann ich summen." Er nahm sie bei der Hand und legte seine Hand auf ihr Schulterblatt. Er versuchte einen Walzerschritt und nach einigen Versuchen, folgte sie seiner Führung, während er leise eine Melodie summte.

Langsam drehten sie sich über den Waldweg und nach einer Weile gab Ellis ihre angespannte Haltung auf und folgte lachend seinen Tanzschritten.
Hans schloss die Augen. Es fühlte sich so vertraut und doch aufregend an, Ellis in den Armen zu halten. Er roch ihren zarten Duft, den er schon damals gemocht hatte und blieb unvermittelt stehen. Er hörte sie dicht an seinem Ohr atmen und ihre Brust hob und senkte sich gegen seine. Ihre Hände berührten sich zart und beide verharrten in der umarmenden Haltung. Hans hielt seine Augen geschlossen und langsam näherte sich seine Wange ihrer. Als sie sich berührten, öffnete er vorsichtig die Augen und neigte seinen Kopf. Sein Mund bewegte sich auf ihr Gesicht zu und als sich ihre Lippen trafen, drückte sich ihre Hand fest auf seine und sie zog ihren Kopf zurück.
Sie sah ihn wehmütig an: „Ich muss dir noch was sagen", flüsterte sie.
Sie hätte nichts sagen müssen, dachte er. Die Antwort war bereits ohne ein Wort ausgesprochen.
„Ich muss jetzt ein wenig auf mich aufpassen. Ich mag dich einfach zu sehr und will nichts tun, das mich verletzen könnte", erklärte sie mit heiserer Stimme.
Hans nickte.
„Du kannst mich für altmodisch halten, aber ich habe meine Grenze, die ich nicht überschreiten möchte. Und die ist vielleicht niedriger angesetzt als bei dir."
Hans rang sich ein Lächeln ab: „Und genau das ist eine Eigenschaft, wegen der sich die Jungs sicher scharenweise in dich verlieben", sagte er und gab ihr einen flüchtigen Kuss auf die Wange.
„Das war jetzt hoffentlich keine Grenzüberschreitung."
Sie erwiderte sein Lächeln: „Vielleicht doch."
Ein Windstoß fuhr durch die Bäume, ließ die noch zarten Blätter rauschen und spielte mit Ellis' Haar. Er ließ ihre Hand los und sie gingen wortlos weiter.
Da war etwas, das gut war. Hans fühlte sich beschwingt und in seiner Brust glomm eine selige Wärme, die sich leicht zu

einem Feuer anfachen lassen würde. Es kam ihm ein Gedanke: Als Kind hatte er im Kohlekeller seiner Eltern einmal einen Grillanzünder der Marke „Weltenbrand" entdeckt und diesen mit großem Respekt bestaunt. Er stellte sich vor, dass dieser Anzünder so gut funktionierte, dass man, wenn man es darauf anlegte, die ganze Welt in Brand setzen konnte. Das Glühen in seinem Herzen musste ebenfalls von der Marke „Weltenbrand" sein, dachte er. Es strahlte in ihm eine gute, eine positive Wärme aus und es war gut, dass sie da war. Der nächste Sturm, vielleicht schon der nächste Windhauch würden ein Inferno verursachen, dessen war er sich sicher. Nur Ort und Zeitpunkt war noch im ungewissen. Was für ein seltsames Jahr. Seine Mutter hatte die Operation überlebt und erkämpfte sich in einer Rehaklinik ihr Leben zurück und er genoss die Tage, als wäre nichts geschehen. Das Leben ist schön, dachte er.
Bald erreichten sie die Wöhrder Wiese. Schon von weitem waren leise Gitarrenklänge und ferne schamanische Trommelschläge zu hören. Junge Leute saßen auf Decken auf der Wiese, Fackeln und Kerzen leuchteten und wer ein Instrument, oder einen Musikspieler dabei hatte, ließ leise seine Lieblingslieder erklingen.
„Das ist es wohl, was du mir unbedingt zeigen wolltest", sagte er.
Ellis nickte: „Ich dachte, dass du sicher ein Faible für Lagerfeuerromantik hast. Lagerfeuer sind zwar verboten, aber in Sommernächten gibt es in der Stadt keinen schöneren Ort."
Sie setzten sich auf eine Bank.
„Es ist zwar kein Wasser in der Nähe, aber wir haben die ganze Wiese und die Leute im Blick", sagte sie.
Hans saß entspannt neben ihr und nippte an der letzten Hälfte seines Bieres. Die Nacht fühlte sich sommerlich warm an.
Er sah sie an: „Hast du auch manchmal an Momenten wie jetzt, wenn das Leben alles bietet, was man sich wünscht,

wenn der Augenblick perfekt ist, ich meine, der Ort, die Stimmung, die Begleitung, hast du da nicht auch manchmal einen Gedanken wie: Wenn ich jetzt sterbe, dann ist das auch gut so, denn schöner kann es kaum mehr werden?"
Sie schwieg einen Moment und ihre Stirn zog sich zusammen. Schließlich sagte sie: „Ich hab furchtbar Angst vorm Tod." Nach einer Weile fuhr sie fort: „Wenn ich versuche, mir vorzustellen, dass ich jetzt in diesem Moment sterbe, weil der Baum hinter uns morsch ist und auf uns drauf fällt oder weil einer der Teenager aus Liebeskummer ausrastet, den Revolver von seinem Papa herauszieht und uns abknallt, dann wäre das eine grauenvolle Vorstellung."
„So wie du es beschreibst, fände ich es auch furchtbar. Aber das, was ich meine, das ist ja nur hypothetisch und auf die Schönheit des Augenblicks bezogen."
„Trotzdem. Wenn ich jetzt sterben würde, und sei es ein angenehmer Herztod durch Einschlafen, wär das einzig Positive, das ich daraus ziehen kann, dass ich nicht alleine bin. Aber ich hab echt einen Horror vor diesem weißen Tunnel oder was auch immer man da sieht und vor den Toten, die dort schon auf einen warten, um dich abzuholen."
„Welche Toten?"
„Ja, die Verwandten und Freunde halt, die schon gestorben sind. Ich hab das auf einer Dokumentation auf Phoenix mal gesehen: In allen Kulturen, zu jeder Zeit berichten Menschen mit Nahtoderfahrungen dasselbe. Der weiße Tunnel, das Licht und irgendwelche geliebten Verstorbenen, die ihnen zuwinken und auf die anderen Seite locken wollen." Sie schüttelte sich. „Brr, da krieg ich echt eine Gänsehaut. Ich würde auf keinen Fall ins Licht gehen, egal wie warm und schön es da ist. Außerdem habe ich da echt Panik, dass da auf einmal mein Opa als weißes Gespenst steht und den Kopf schüttelt: Mädel, jetzt hast du dich von einem Irren abknallen lassen. Was machst du nur für Sachen."
Sie schaute zum Himmel hinauf. „Meine beiden Omas und der andere Opa leben noch. Eine Uroma ist gestorben, als ich drei war. An sie kann ich mich nicht mehr erinnern. Ich

habe kaum Verwandtschaft. Und wenn ich es mir aussuchen könnte, dann würden wir alle ewig leben und niemand müsste in das weiße Licht, weil da gar keiner auf einen wartet, der einen abholen könnte."
„Und deine Omas leben noch beide? Ungewöhnlich."
„Meine eine Oma war letztes Jahr mehrere Wochen lang im Krankenhaus, weil sie sich beim Fensterputzen die Hüfte gebrochen hatte. Sie ist über Achtzig und es ging ihr lange Zeit sehr schlecht. Sie hat sich von allen Enkelkindern schon verabschiedet gehabt, hat jedem von uns ein Vaterunser aufgetragen, das wir nach ihrem Tod für sie beten sollten. Das war sehr, sehr unheimlich. Ich war unendlich erleichtert, als es ihr wieder besser ging. Wenn ich nur daran denke, dass Oma nicht mehr da ist, dann sticht mir das so ins Herz, dass mir schlecht wird."
„Aber Omas sterben nun Mal irgendwann. Das ist ganz normal."
„Wer sagt das eigentlich? Die Kirche? Hast du gewusst, dass der Mensch Religion genau aus diesem Grund erfunden hat? Damit es zu keinem Chaos deswegen kommt, weil der Mensch sterben muss. Stell dir vor, du wüsstest, dass du morgen tot wärst. Was würdest du tun?"
„Ich würde mich betrinken und dich küssen."
„Das haben wir ja schon abgehakt." Sie lächelte.
„Ich würde mich betrinken und es mit dir mitten auf der Wiese dort treiben."
„Ich sagte, was würdest du tun, wenn DU morgen stirbst. Mein Leben geht weiter, also nix da."
„Du würdest einem sterbenden Mann seinen letzten Wunsch verwehren?" Sie lachten beide.
„Siehst du, aber genau das ist es, was ich meine. Wenn jeder im Wissen leben würde, dass er stirbt und, dass alles, was er tut, ohne Konsequenzen bleibt, gäbe es keine Treue, keine Moral und keine Zivilisation mehr. Im ganzen Park würde hemmungslos jeder mit jedem vögeln und alle Menschen wären den ganzen Tag betrunken. Oder jeder wäre depressiv, weil er weiß, dass dieses Leben, das er lebt,

nur ein klitzekleiner Energiefunken im Universum ist, der kurz aufblitzt und schon wieder im großen Schwarz verschwindet. Weißt du, warum ich so Angst vorm Tod habe?"

Hans schüttelte den Kopf.

„Weil mir niemand garantiert, dass es danach weitergeht. Dass es nicht einfach Ssst macht und das war's. Ende. Finito. Nichts. Keine Wiedergeburt, keine Wolke, kein Fegefeuer."

„Und was ist mit dem weißen Licht?"

„Das haben Wissenschaftler doch längst geklärt: Kurz bevor man stirbt, schüttet der Körper noch sämtliche Endorphine aus und man sieht weißes Licht und Trugbilder von früheren Geliebten."

„Aber wenn danach nichts kommt, dann kann es dir doch egal sein, weil du ja weg bist."

„Ich glaube, dass es diesen einen Augenblick der Erkenntnis gibt, kurz bevor einen die Halluzinationen der noch zuckenden Nervenstränge in das weiße Licht treiben, in dem man begreift, kurz bevor das Licht einen verschluckt, dass dahinter nichts ist und alles unwiederbringlich vorbei ist. Und genau diese Millionstel Sekunde der Erkenntnis, die ist das Fegefeuer und die Hölle in einem, bis es blitzt und das Licht ausgeht."

„Vielleicht hast du ja Recht. Aber ich glaube daran, dass es danach weitergeht. Egal, wie auch immer." „Du sagst, du glaubst. Es bleibt also nichts weiter als ein Glaube. Glaube ist der Mangel an Wissen. So hat die Religion ihren Siegeszug über die Menschheit angetreten."

„Wenn man das jetzt einfach so stehen lässt: Ich glaube, du glaubst nicht. Dann hat das wohl so seine Richtigkeit. Es ist immer müßig, über den Tod zu reden und ich finde, die Nacht ist zwar zum Sterben schön, aber man sollte sie durch Gespräche über den Tod nicht schwärzer machen, als sie ist." Er sah ihr tief in die Augen. „Ellis Guthe, dass du eine kleine Schönheit bist, das wusste ich ja schon zuvor. Aber, dass du auch noch klug, hintersinnig und voller

faszinierender Geheimnisse bist, das ist mir neu. Und bevor ich einen zweiten Versuch unternehme, dich zu küssen, möchte ich noch zu dem Thema hinzufügen: Du sagtest, du hast furchtbar Angst vorm Tod." Sie nickte.
„Ich nicht", sagte er.
Sie nickte. „Und?", fragte sie nach einer Weile.
„Was und?"
„Der Kuss! Schade, zu spät. Du hast den Moment verpasst."
Sie blieben noch eine Weile stumm auf der Bank sitzen und lauschten der Musik eines nahen Gitarrenspielers. Hans legte seinen Arm um sie und spürte wie Ellis' Kopf sich gegen seine Schulter schmiegte. Die Weltzeit um ihn herum dehnte sich in die Unendlichkeit. Er schloss die Augen.
Hans konnte nicht sagen, wie viel Zeit so vergangen war, wie viele Lieder der Gitarrenspieler gesungen hatte. Er wusste nur, es waren schöne Lieder gewesen, deren Melodien auf fruchtbaren Boden gefallen waren und sein Herz brannte, seine Augen brannten und er hoffte, dass alles, was diese Nacht in Ellis' Arm bedeutete, nichts weiter war als das Vorspiel eines Sommers, der der größte, längste und schönste in seinem Leben werden musste.
Ellis im Arm haltend dachte er an ihre erste Nacht auf der Weinleite und als er irgendwann, als die Lichter weniger wurden und der Gitarrenspieler bereits nach Hause gegangen war, ein erstes Mal fröstelnd auf die Uhr sah, wusste Hans, dass auch diese Geschichte, zumindest für heute, zu Ende erzählt war.
Er bot ihr seine Jacke an und sie spazierten die Pegnitz entlang, zurück in die Innenstadt.
An der großen Brücke, wo Hans ein erstes Mal die romantischen Züge des Flusses betrachtet hatte, verabschiedete sich Ellis.
Beide standen sich unsicher gegenüber. Hans spürte dieses Brennen, das ihm vorhielt, kein Gentleman, sondern ein Feigling zu sein, wenn er dieses wunderbare Mädchen ein zweites Mal aus seinem Leben verschwinden ließ. „Hättest du Lust, mit mir morgen auf die Burg zu gehen?", fragte er.

Sie sah ihn traurig an. Als die Stille in seinen Ohren in ein unerträgliches Dröhnen umschlug, fügte er hinzu: „Ich war noch nie dort, aber es soll sehr schön sein."

Ellis lächelte. Sie trat einen Schritt auf ihn zu, stellte sich leicht auf die Zehenspitzen und gab ihm wortlos einen Kuss auf den Mund.

„Gute Nacht, Hans", sagte sie, trat zwei Schritte zurück, biss sich auf die Lippen, winkte ihm noch einmal zu, kehrte ihm den Rücken zu und ging die Brücke hinab.

Hans blieb noch eine Weile stehen und schaute ihr nach, in der Hoffnung, dass sie sich noch einmal umdrehte. Aber sie drehte sich nicht mehr um. Dies war also der Moment, an dem er Ellis das letzte Mal gesehen hatte, dachte er, als sie in einer Seitenstraße verschwand.

Die ganze lange Fahrt zurück dachte er darüber nach, warum sie einfach gegangen war. Als er den Südwestpark erreichte, hatte das aufgeregte Gezwitscher der Vögel bereits begonnen und im Osten schnitt sich ein weißer Streifen aus der Nacht. In wenigen Stunden ging das Werter Seminar weiter. Sein Kopf war voller Gedanken und er war zu müde, sie zu ordnen. Er legte sich, ohne sich auszuziehen ins Bett und schlief sofort ein. Als er am nächsten Tag viel zu spät aufwachte, zeigte das Display einen unbeantworteten Anruf an. Es war seine Mutter.

## Vorbeugende Maßnahmen

Als sich Ellis auch am Abend noch nicht bei ihm gemeldet hatte, schickte er ihr eine SMS, schrieb ihr, wie schön er die Nacht fand. Er rang lange mit sich, ob er die Frage nach einem Wiedersehen stellen sollte, ließ es aber sein. Er las die SMS ein Dutzendmal durch und verschickte sie erst eine Stunde, nachdem er sie geschrieben hatte.
Als er zurück zu Hause in seinem Bett lag, regte sich in ihm etwas neues, fast vergessenes: Hans fühlte sich einsam.
Als die Einsamkeit ins Schmerzhafte umzukippen drohte, hörte er einige Tage darauf etwas früher mit der Arbeit auf und fuhr zu seinen Eltern.
Seine Mutter schlief noch und Hans' Vater erklärte, dass sie die letzten Wochen die meiste Zeit des Tages über tief und fest schlief. Schlafen sei gut gegen Krebs, sagte er und erklärte, dass eine Fatigue, so nannte man diese Müdigkeit, eine vom Krebs verursachte Erschöpfung sei, gegen die auch der erholsamste Schlaf nicht ankam.
Hans trank einen Kaffee mit seinem Vater und da aus den Obergeschossen weiterhin kein Laut erklang, spazierte er hinter das Haus. Vom kleinen Wald in der weitläufigen Schleife des Baches, an dem das Haus gebaut war, war nicht mehr viel übrig geblieben. Vor einigen Wochen hatte das Wasserwirtschaftsamt im Rahmen eines Hundertjahresplanes zum Hochwasserschutz die meisten Bäume gefällt und mehrere Tonnen Erdreich abtragen lassen. Hans' Vaters Herz war gebrochen, als man ihm die Pläne vorgestellt hatte. Seit der Erkrankung von Hans' Mutter war ihm die Umwälzung seines Grundstückes gleichgültig geworden. Das, was vom Grund übrig geblieben war, sah nun aus wie eine von Bombenkratern durchsiebte Landschaft zur Zeit des ersten Weltkriegs. Die Bagger hatten die Erde um über einen Meter abgesenkt, um dem Bach im Falle eines Jahrhunderthochwassers ein

Überschwemmungsgebiet zu ermöglichen. Man hatte Hans' Vater versprochen, dass das Haus nur durch diesen Eingriff einigermaßen vor einem Jahrhunderthochwasser geschützt sei. Da es ohnehin keine Alternative gegen das Vorhaben gab, stimmte sein Vater zu. Lukas hatte Hans erzählt, dass an diesem Tag ihr Vater fast geweint hatte, weil der buchstäbliche Einschnitt in sein Grundstück etwas zerstörte, das ihn an die schönen Tage seines Lebens erinnerte und etwas unwiederbringlich verloren ging.
Hans überquerte auf einer provisorisch gezimmerten schmalen Holzbrücke den Nebenarm des Baches. Er ließ seinen Blick über das braune, aufgewühlte Erdreich schweifen, besah sich das, was von der kleinen Insel, die einmal der ganze Stolz seines Vaters war, übrig geblieben war. Ein Schlachtfeld aus umgebaggerter Erde, frischen Baumstümpfen, von Kettenfahrzeugen durchfurchter Boden. Die Nordfront des Hauses war nun nach Rodung der Bäume, frei einsehbar. Hinter einem der Fenster wurde ein Vorhang aufgezogen. Seine Mutter war wach.
Er ging ins Haus.
„Hallo Mama."
„Dich schickt der Himmel!", sie kam langsam die Treppe hinunter.
„Ich habe einen Arzttermin. Einen wichtigen. Das weitere Vorgehen muss besprochen werden." Sie fuhr sich durch ihre grauen Haare. „Und irgendwie ist dein Papa gerade mit dem Rad davon und Lukas ist bei einem Freund, um auf die Abiturprüfungen zu lernen. Könntest du mich fahren?"
Hans nickte. „Natürlich."
Die Untersuchung dauerte nicht lange. Seine Mutter sah müde und blass aus, als sie ins Wartezimmer zurückkehrte.
Zurück im Auto sagte sie nach längerem Schweigen: „Ich habe mich jetzt entschieden, anders als Doktor Hilgert es mir geraten hätte, die leichte Chemo Therapie doch noch zu machen", erklärte sie und suchte Hans' Blick.
Er nickte. „Wenn es notwendig ist.".

Seine Mutter blickte ihn weiter an: „Ich tue das für euch", sagte sie. „Ich werde den Kampf mit der Krankheit aufnehmen, so gut ich kann."
„Das weiß ich. Du schaffst das schon, Mama."
Sie nickte, schaute zum Fenster hinaus und griff sich ins Auge.

## Muttertag

Hans wusste nicht mehr, wo ihm der Kopf stand. Einmal war er über ihm, dann kreiste er wieder nach unten, nur um kurz darauf links oder rechts, in keinem Falle aber dort zu sein, wo er hingehörte. Der Schwindel war kaum weniger geworden, seit er eingeschlafen war. Ein Wunder, dass er überhaupt eingeschlafen war, dachte er. Oder ein Wunder, dass er nicht schon längst vorher irgendwo an der Bar in der Roten Mühle eingeschlafen war. Das Schlafzimmer war stockdunkel von künstlicher Nacht, die ihm seine lichtundurchlässige Jalousie verschaffte.

War dies überhaupt sein Zimmer? Er lugte in die Dunkelheit. Als Indiz sprach die rot schimmernde Digitalanzeige eines alten Radioweckers dafür. 1:15 Uhr stand darauf. Da er um 1:15 Uhr noch auf der Tanzfläche im Gewölbe in der Mühle getanzt hatte, musste es 1:15 Uhr mittags sein. Wenn er nicht einen ganzen Tag verschlafen hatte. Dann würde er in fünf Stunden aufstehen und zur Arbeit gehen müssen.

Seine Augen waren weit aufgerissen, er war ohne Zweifel wach, aber die Dunkelheit so schwarz, dass selbst die rote Digitalanzeige der Uhrzeit nur wenige Zentimeter mattes Licht verströmte, das sich sogleich wieder im Schwarz verlor.

Die Hoffnung, durch ausgiebigen Schlaf dem Kater ein Schnäppchen zu schlagen, erwies sich als Illusion. Sein Kopf dröhnte von zu viel lauter Musik und zu hohem Schnapsanteil in seinen Longdrinks. Die Zunge noch sauer, von zu viel Zitrone, Rauch hatte sich in seiner Nase festgesetzt und dort eine triefende Verschnupfung hinterlassen.

Er tastete im Dunkeln, suchte nach einem klaren Gedanken. Nach dem Erfassen eines Gefühls, nach der Erinnerung an einen Traum. Aber da war nichts. Nichts, was das Herz erwärmte, nur Leere. Hohle Unterhaltungen, peinliches

Tanzen und einige Worte, die er lieber rückgängig machen würde. Warum zum Teufel war er so lange geblieben? Aber wenn die Nacht erst einmal leuchtet, erinnerte er sich, hofft man auf Erlösung ehe der Tag anbricht, und dann ist es ohnehin zu spät. Es war nichts gut gewesen. Es war nichts Gutes passiert. Nichts Gutes passiert jemals nach Halb Zwei. Er hätte nach Hause gehen sollen, als es noch nicht zu spät war. Er hätte jemandem, den es glücklich machte, sagen sollen, dass er sie gern hat. Oder jemandem, der es endlich wissen musste, sagen, dass sie nicht die „The one" sei. Aber das konnte er nicht. Er konnte sich nicht für etwas entscheiden und schon gar nicht gegen etwas. Er hatte sich durch die Stromschnellen der Nacht treiben lassen und war von einem Mädchen zum anderen getaumelt, hatte so verzweifelt etwas gesucht, dass er es auch nicht gefunden hätte, wäre es da gewesen. Er rieb sich die Schläfen. Verdammte Erlösung. Der Samstagabend wurde nicht erfunden, um Erlösung zu finden und jede Frau hat ein Radar, das die Verzweiflung der Suchenden sofort erkennt.

Er stand auf. Er wusste, wie das Wetter sein würde. Die Sonne hatte geschienen, als er aus der Mühle gefallen war. Als er die Stufen hinauf zum Stadtberg gestolpert war, laute Selbstgespräche geführt hatte, sich über das Leben und noch mehr über den Tod, den Scheiß Tod beklagt hatte. Nur die Vögel hatten ihm zugehört und liebestrunken dazwischen gezwitschert und sein Lamentieren karikiert. Die Sonne hatte geschienen. Aber es war Mai, vielleicht hatte sich eine Schlechtwetterfront in den letzten Stunden von Nordost gegen die Alpen gedrückt und war an den Bergen hängen geblieben.

Er tastete sich im Finstern nach der Jalousie und zog sie nach oben. Weißes, gleißendes Licht stach sich erst durch die gepunkteten Öffnungen und als sich die untere Kante der Jalousie nach oben schob, flutete das Tageslicht mit ganzer Kraft in das Zimmer und umspülte es mit Helligkeit.

Es war also immer noch Sonntag. Es war immer noch schönstes Maiwetter. Die vollen, saftig grünen Kronen der

Laubbäume wogten im milden Wind, die Hügel standen stumm und neugierig über der Stadt und auf den Dächern flirrte die Mittagshitze.

Hans öffnete das Fenster, verließ das Schlafzimmer und bereitete seinen müden Körper für den Alltag und die Welt dort draußen vor.

Dieses unbestimmte Gefühl in seinem Bauch schlug bald wieder in Einsamkeit um. Es kam ab und an vor, dass er sich an manchen Sonntagen, wenn er zu lange schlief und alleine im Bett aufwachte, einsam fühlte. Aber diesmal hatte die Einsamkeit eine neue Qualität angenommen. Es war keine flüchtige, oberflächliche Einsamkeit mehr, die man mit einem einfachen Telefonanruf beenden konnte. Diese Einsamkeit hatte die Qualität von etwas Universellem. Etwas, das er nicht mehr in der Hand hatte. Etwas, das entweder war oder nicht war. Eine Einsamkeit, die man mit der Gesellschaft von anderen Menschen zwar lindern konnte, die aber nicht weichen würde. Er war meilenweit von einer Erlösung entfernt. Und allein die Erkenntnis, dass er auf Erlösung hoffte, hielt ihm die Traurigkeit seiner Situation vor Augen. Hans seufzte.

Er ging nach draußen, um sich Frühstück zu besorgen.

Er ging über den Stadtplatz, der wie ausgestorben war. Nur vor dem Hofbräuhaus saßen einige Familien in Tracht samt Lederhose und Hut mit Gamsbart. Es war Sonntag.

Hans sehnte sich nach einer Menschenseele. Er war kurz davor, Ellis anzurufen, aber etwas hielt ihn davon ab, den nächsten Schritt zu machen oder überhaupt irgendwelche Schritte zu machen und lebensverändernde Entscheidungen zu treffen.

Er ging die Bahnhofsstraße entlang und traf auch dort keine Menschenseele an. Er dachte daran, wie es früher das Schicksal gut mit ihm meinte und ein Spaziergang ihn direkt zu einem Mädchen führte, das er mochte oder zu einem guten Freund, der zufällig des gleichen Weges ging und ihn auf einen Kaffee begleitete. Die Straßen blieben wie leer

gefegt. Es war ein gespenstischer Anblick. Selbst für einen Sonntag lag eine ungewöhnliche Ruhe über der Stadt.
In der Bahnhofsbuchhandlung kaufte er die letzten beiden noch auffliegenden Semmeln. Der Bahnhof war menschenleer. Hans begann sich Sorgen zu machen, eine Katastrophenwarnung verschlafen zu haben.
Zurück zu Hause machte er sich ein armseliges Katerfrühstück, überflog auf seinem Handy die Facebook Neuigkeiten, die keine waren. Die aktuellste war von 4 Uhr morgens. Es war seine eigene. „Mein Herz, mein Herz ist traurig und lustig leuchtet der Mai. Scheiß Mai", stand dort. Hans biss sich auf die Lippen. Er musste sich irgendwie in den Griff kriegen und durfte beim Weggehen keine Facebook Nachrichten mehr schreiben. „Heinrich Heine gestern rauschig gewesen?" hatte Lukas kommentiert, was 5 anderen Leuten gefiel.
Nachdem er den Teller in die Spüle gelegt und die Krümel vom Tisch gewischt hatte, stand er eine Weile am Balkon und schaute auf die Unterstadt hinab. Irgendwo dort draußen musste doch irgendjemand sein, der an ihn dachte. Jede Samstagnacht war einfach unvollständig, wenn man den Sonntag nicht mit denselben Menschen verbringen konnte.
Ihm graute vor der verdammten Schönheit dieses fast perfekten Maitages und er hatte keine Ahnung, wie er die restlichen sieben Stunden, bis die Dunkelheit zurückkehrte, überstehen sollte. Und vor der Nacht graute ihm noch mehr, da es die Nächte vor dem Schlafengehen so an sich hatten, einen an die eigene Einsamkeit zu erinnern. Er wählte Bens Nummer.
Es läutete mehrmals. Ben ging nicht ans Telefon. „Scheiße, was ist denn heute nur los?", stöhnte Hans und ließ sein Telefon ernüchtert wieder in die Hosentasche gleiten und beobachtete weiter die Schafe, die, wie immer, gemächlich am Hügel standen und die Wiese abgrasten. Er fragte sich, wo Ellis gerade war und ob es ihr gut ging.

Als im selben Moment sein Handy vibrierte, glaubte er sofort an Schicksal und war sich einen Augenblick lang sicher, dass er telepathisch Kontakt zu Ellis aufgenommen hatte.
Hastig zog er das Handy hervor. Ernüchtert stellte er fest, dass die Nachricht von Ben war:
Sorry, Alter. Bin den ganzen Tag bei der Family. $che!§ Muttertag
„Verdammte Scheiße." Hans ließ das Handy sinken, es glitt ihm durch die Finger und fiel krachend zu Boden.
Muttertag.
Er wusste nicht einmal, wo seine Mutter gerade war. Sie war an einem undefinierten Ort namens „Reha". Einem Ort, der ihm so abstrakt vorkam, dass er entweder ein besonders schöner Ort war, ein Ort, an dem man gesund wurde. Vielleicht war es aber auch ein grauenhafter Ort, ein Ort, an dem kranke Menschen zusammengepfercht auf das Ende ihres Siechtums warteten.
Hans krümmte sich, beugte sich nach unten, um das Handy aufzuheben. Was für eine Art von Mensch vergisst ausgerechnet in dem Jahr den Muttertag, an dem die Mutter an Krebs erkrankt ist? Hans setzte sich auf die Holzdielen des Balkons, vergrub seine Stirn hinter dem Handy und murmelte: „Ein Mensch wie ich."
Er rief seinen Vater an.
Zu seiner Überraschung ging er sofort ans Telefon.
„Ach, du bist's", rief sein Vater ins Telefon.
„Ich brauche unbedingt die Nummer von Mama."
„Ja, ruf sie mal an. Sie würde sich sehr freuen. Ich soll schöne Grüße ausrichten. Schade, dass du heute nicht dabei warst."
Hans' Herz schlug immer schneller und er spürte, wie sich seine Kehle zusammenschnürte.
„Wir haben heute in Bayerisch Gmain gemeinsam gefrühstückt. So eine schöne Idee von Lukas."
„Lukas war auch da?"
„Ich hab gestern Abend mehrmals versucht, dich anzurufen."

„Ich hab aber keinen Anruf erhalten. Welche Nummer hast du denn gewählt?"
„Ja, die 086..."
„Papa, das ist meine Festnetznummer, du weißt schon, dass heute jedermann ein Handy hat, oder?"
„Aber das ist doch deine Nummer?"
„Ja, aber ich bin doch kaum Zuhause."
„Was weiß ich denn, deine Handynummer hab ich auch gar nicht!", antwortete sein Vater. „Die Nummer hat immer deine Mama gewusst und im Telefon ist sie nicht eingespeichert. Du musst sie mir halt endlich ins Telefon speichern."
„Ist schon gut, Papa. Wie geht es ihr eigentlich?"
„Den Umständen entsprechend."
„Das sagst du jedes Mal."
„So geht es ihr halt."
„Also schlecht."
„So schlecht auch wieder nicht."
„Ich frag sie einfach selber. Gib mir mal die Adresse, dann fahr ich gleich noch hin."
„Das geht leider nicht mehr."
„Wieso geht das nicht? Ihr habt sie ja heute auch besucht."
„Ja, aber nur bis Mittag. Nachmittags hat sie Rehaprogramm."
„Aber heute ist Sonntag."
„Krankheiten kennen keine Feiertage", entgegnete sein Vater matt.
„Ich würde sie so gern besuchen. Mann, ich fühl mich echt schlecht, weil ich heute nicht dabei war."
Sein Vater gab seiner Stimme wieder einen versöhnlichen Ton: „Aber das musst du nicht. Deine Mama freut sich, wenn du da bist. Aber sie weiß ganz genau, dass du beruflich sehr eingespannt bist und wenig Zeit hast. Wenn es geht, dann besuchst du sie, wenn es nicht geht, geht es halt nicht."
Jetzt fühlte sich Hans noch schlechter. Sein voller Terminkalender hatte weniger mit der Arbeit als mit Freizeitstress zu tun. Er hoffte, dass seine Mutter ihn gut genug kannte, um das zu wissen.

„Wann kann man sie denn anrufen?"

„Am Abend ist sie mit ihrem Programm fertig. Ruf sie dann einfach an."

Er schrieb sich die Nummer auf.

„Papa?", fragte er noch einmal. „Bist du sicher, dass Mama nicht sauer auf mich ist?"

„Du kennst sie doch. Selbst wenn sie enttäuscht wäre, würde sie es niemals zeigen. Dafür freut sie sich umso mehr, wenn sie dich wieder sieht."

Hans seufzte. Das war nur ein kleiner Trost.

„Ruf mich bitte an, wenn etwas passiert, das ich wissen muss", sagte Hans und legte auf. Das Gespräch hatte nicht die erhoffte Absolution gebracht.

Entgegen des Rates seines Vaters wählte er die Nummer des Rehazentrums in Bayerisch Gmain. Er ließ es zehnmal läuten und beim fünfzehnten Mal Läuten wusste er, dass sein Vater recht gehabt hatte. Er legte wieder auf.

Es fühlte sich seltsam an, nichts in der Welt lieber tun zu wollen, als seiner Mutter etwas Gutes zum Muttertag zu wünschen und es nicht zu können.

Hans schloss die Balkontüre und hoffte, zumindest das irritierend fröhliche Gezwitscher der Frühlingsvögel aussperren zu können. Er schaltete sich durch das Fernsehprogramm, das außer Peter–Alexander-Filmen oder Schwarz–Weiß- Filmen oder schwarzweißen Peter-Alexander Filmen nichts zu bieten hatte.

Kurzzeitig gab er sich einem unruhigen Schlaf hin, der ihn immer wieder in den Vorabend zurück schleuderte und ihn die ungünstigsten Augenblicke der vergangenen Nacht noch einmal erleben ließ.

Als nicht mehr genug Müdigkeit vorhanden war, um ihn schlafen zu lassen, schaltete er den Fernseher, der die ganze Zeit über beruhigend geplappert hatte, wieder aus. Es war inzwischen vier Uhr nachmittags und der Sonntag hatte nichts von seiner bedrohlichen Unfreundlichkeit verloren.

Hans stand auf, rieb sich die rötliche Schliere, die das Kissen auf seiner Wange hinterlassen hatte, aus dem

Gesicht und nahm noch einmal das Telefon zur Hand. Er drückte auf Wahlwiederholung und wartete unruhig. Warten auf Erlösung. Dieser eine Anruf und ein verzeihendes Wort seiner Mutter hätte diesen Tag vielleicht retten können. Er wartete und lauschte dem Freizeichen. Es war frei. Es blieb frei. Er zählte wieder, wie lange es frei blieb. Nach einem Dutzend Freizeichen legte er auf. Der Ärger keimte wieder in ihm auf und kurz, nur ganz kurz, richtete sich sein Ärger auf seine Mutter. Warum musste sie ausgerechnet am Muttertag unerreichbar sein. Warum ließ sie ihn sich so schuldig fühlen. Mit der Vernunft kehrte ein Bild zurück, in dem seine Mutter an Schläuchen und Infusionen hing und ihr Gesicht immer grauer wurde. Sie hätte wohl gerne mit ihm getauscht. Selbst an diesem so miserablen Sonntag.

Hans packte seine Tasche und ging nach draußen. Der Tag war schrecklich, aber lieber einen schrecklichen Tag an der frischen Luft erleben, als in einem abgedunkelten Zimmer, dachte er sich.

Er steckte den Kopfhörer ins Handy und wählte das traurigste Album aus.

Ohne auf die wenigen Menschen zu achten, die noch im Biergarten des Hofbräuhauses saßen, querte er den Stadtplatz, bog in der Seitenstraße ab und ging die Dramatikerstiege nach unten. Ein österreichischer Schriftsteller, der als Kind hier in der Stadt aufgewachsen war, soll diese Stiege stets genutzt haben, wenn er aus der ihm unerträglichen Kleinstadt in die Natur zum Bauernhof seines Großvaters flüchtete.

Hans flüchtete nicht, sondern bog am Fluss scharf rechts ab und folgte der langgezogenen Schleife, die das Gewässer um die Stadt herum zog. Er roch den schweren Duft der Frühlingsblumen und die im Wind schwebenden Löwenzahnpollen kitzelten seine Nase. Von den Lerchen, die sich in ihrem Gesang gegenseitig übertrumpften, hörte er nichts, weil sie von der in Schwermetallgewitter eingebetteten, wimmernden Stimme von Matthew Bellamy übertönt wurden. Kein Song auf dem Absolution-Album von

Muse war gleichzeitig so wütend, so anklagend und so nach Erlösung flehend wie der Titelsong. Die Lautstärke war bis an den Anschlag aufgedreht und während der Fluss träge und abwartend seine Schleife floss, murmelte Hans mit leiser, kehliger Stimme den Text mit, bis ihm, immer an derselben Stelle des Refrains, Tränen in die Augen schossen.

Das Hoch und Tief der äußersten Gefühle, komprimiert in einem Song, dichter als ein kleiner Roman, währte nur fünf Minuten. Fünf Minuten, in denen Hans seine Wut herauslassen konnte, Gott und die Welt für seine Lage anklagte und dennoch nichts sehnlicher erhoffte als Verzeihung, Versöhnung, Erlösung. Als alles gedacht und gefühlt war und nichts als Leere zurückblieb, nahm er die Kopfhörer wieder ab.

Ein Mann mit nacktem, braun gebranntem Oberkörper und leichtem Bierbauchansatz, der breitbeinig über einem zischenden Grill stand und Würstchen wendete, sah ihn neugierig an. Hans schien etwas zu laut gesungen zu haben. Die Welt kehrte wieder zurück. Die Familie des Mannes saß am Tisch. Die Kinder spielten im Garten und eine ältere Dame wartete, ein festliches Sonntagskleid tragend, mit glücklichem Gesichtsausdruck auf das Essen. Es roch nach Grillkohle und Spiritus.

Auch im nächsten Garten wurde gegrillt. Und im übernächsten. Hans kam es vor, als trafen sich in jedem einzelnen Garten entlang des Flussdammes die Familien zusammen, um ihre Mütter zu ehren.

Bisher hatte er dem Muttertag nie große Bedeutung zugemessen und vielleicht war er Jahr für Jahr an diesem Feiertag so von den Verlockungen des Lebens abgelenkt gewesen, dass er dessen Verflechtung in die hiesige Kultur nie bemerkt hatte. Es gab in der Stadt, so kam es ihm vor, keine einzige Mutter, die nicht im Kreise ihrer Familie zu Tisch saß und keinen einzigen Sohn und keine Tochter, die diese Stunden nicht an der Seite ihrer Mutter, sofern diese noch lebte, verbrachten. Bis auf einen.

Die Biedermeierseligkeit in den Schrebergärten empfand er mit einem Mal als Affront gegen ihn selbst.
Er setzte sich auf Höhe der Jugendherberge auf die Bank und schaute zum Fels hinüber, der einst das Wahrzeichen der Stadt war und dessen einmalige Lage mitten im Fluss heute dem Straßenbau zum Opfer gefallen war. Nun war er die zu Stein gewordene Verschmelzung zwischen Fluss und Umgehungsstraße, mit der er seither verbacken war.
Nicht einmal hier, an der weitläufigen Kieselsandbank, wo noch verkohlte Holzreste von den Lagerfeuern der vergangenen Nacht zeugten, ließ sich eine Menschenseele, die nicht in Begleitung ihrer Mutter war, blicken. Hans seufzte. Eine unbekannte Macht strafte an diesem Tag alle Söhne, die ihrer Mutter nicht die nötige Gunst entgegenbrachten, mit Einsamkeit. Vor allem jene, deren Mutter schwer erkrankt waren.
Er spazierte weiter, an verwilderten Streuobstwiesen vorbei und bog schließlich rechts ab, hinauf zum Spitzinger Spitz, wo das Flusstal mit dem Graben der Lokalbahn aufeinander traf.
Auch die gepflegte, aber kaum genutzte Parkanlage, die man hier oben angelegt hatte, war menschenleer. Als er enttäuscht seinen Blick über die weite Wiese mit den bunten Zierblumen schweifen ließ, rief jemand seinen Namen.
Hans drehte sich um. In einer vom Buschwerk geschützten Laube neben dem Weg saß ein Junge auf dem Tisch, die Füße auf die Sitzbank gelegt und schaute ihn lächelnd, aber mit ausdruckslosen Augen an. Der Junge nahm die Kopfhörer aus den Ohren und sagte noch einmal: „Der Hans!" Erst jetzt erkannte er ihn. Es war Sebi, ein früherer Schulfreund von Lukas.
Sebi sah weder traurig noch fröhlich aus, aber im Vergleich zu dem fröhlichen Sebi, den Hans an den Wochenenden kennengelernt hatte, war sein Gesicht eine Maske. Sebis Augen waren glasig und Hans sah auf dem morschen Holztisch Aschereste und den Stummel eines Joints.
Hans setzte sich zu ihm auf den Tisch.

„Ich dachte schon, ich bin der einzige Mensch auf der Welt, der heute nicht mit seiner Familie Muttertag feiert", sagte Hans.
Sebi seufzte. Er kramte nach einer Zigarettenschachtel. „Willst du auch eine? Ach so, du rauchst ja nicht."
„Warum nicht", entgegnete Hans, „Heute ist ohnehin alles egal."
Sie saßen schweigend auf der Bank, blickten durch die Blätter hindurch auf die Stufen und das Bahngleis hinab und Hans genoss die Stille. Da auch Sebi keine Anstalten machte, etwas zu sagen, ließen sie schweigend die Glut der Zigaretten glimmen.
„Willst du meine Geschichte hören?", fragte Hans schließlich.
Sebi nickte.
„Ich weiß zwar nicht, was dir heute den Tag versaut hat", begann Hans und räusperte sich, „aber egal was es war, ich denke, meine Geschichte kann es toppen."
Er sah Sebi ernst an und sagte: „Meine Mama ist krank. Sie hat Krebs. Und ich hab den Muttertag vergessen."
Beide sahen sich ernst in die Augen. Plötzlich kehrte das Leben in Sebis Blick zurück. Er hielt sich die Hand vor den Mund: „Die Leni hat Krebs?"
Hans verzog das Gesicht, als schmerzte es ihn, diesen Satz so direkt ausgesprochen zu hören. Er nickte. „Ihr wurde der Magen herausoperiert. Sie ist momentan auf Reha. Es geht ihr mal so, mal so."
Sebi schaute ihn nachdenklich an: „Ich hab eure Mutter immer ganz gern gemocht. Sowas hat sie nicht verdient. Wie geht Lukas damit um?"
„Ich denke, ganz gut", sagte Hans und merkte, dass er keine Ahnung hatte. „Ändern kann man sowieso nichts. Das Leben geht weiter. Aber melde dich doch mal bei ihm. Er freut sich bestimmt." Hans lächelte unsicher.
Sebis Mundwinkel schoben sich leicht nach oben, sein Gesichtsausdruck gewann die gewohnt verschmitzte Note zurück: „Und du hast den Muttertag deiner kranken Mutter

verpennt? Alter, das ist ja ends…", er grinste und schüttelte den Kopf, „…erbärmlich."
Sie lachten beide. Schließlich fielen sie wieder ins Schweigen. Hans spürte, dass Sebi mit sich rang, seine Geschichte zu erzählen.
Sebi schnippte den Rest der Zigarette in die Büsche. Er schaute Hans unsicher an.
„Bei uns gab es auch keinen Muttertag mit der Familie", sagte er.
„Meine Mama ist heute früh am Morgen zum Papa gefahren, um den Muttertag mit ihm zu feiern", sagte Sebi.
Hans ließ den Satz in seinem Kopf nachhallen. Er begriff den Inhalt nicht und verstand auch nicht, was Sebi ihm zwischen den Zeilen sagen wollte.
„Es geht ihm doch gut, oder? Ist er gesund?", fragte Hans.
Sebis Hand zitterte leicht: „Er ist gesund", er nickte. „Er ist gesund", wiederholte er und rang nach Worten.
Schließlich sagte er: „Sorry, ich kann einfach nicht darüber reden. Es ist einfach zu krass."
Hans nickte. „Du musst ja nichts sagen. Ist es so schlimm?"
„Schlimmer. Aber lassen wir das einfach. Mann, deine Mama!", sagte er und Hans verstand, dass Sebi das Thema wechseln wollte. „Ich mochte deine Mama immer", sagte Sebi. „Gut, sie hat uns immer geschimpft, wenn wir hinter eurem Haus was getrunken haben oder wenn was mit den Mädels lief, aber das war nie böse oder so. Am nächsten Tag hat sie uns dann Kuchen gemacht. Das waren schöne Erinnerungen. Wie ernst ist es denn?"
Hans zuckte die Achseln. „So ernst wie Krebs halt ist."
„Oh Mann. Scheiß Leben. Scheiß Muttertag", murmelte Sebi. „Eigentlich sollten wir uns gnadenlos betrinken."
„Das hat gestern schon nichts gebracht."
„Vielleicht hast du es falsch gemacht", sagte Sebi und musste lachen. „Nächstes Mal betrinken wir uns mal gemeinsam. Ich glaube, ich bin inzwischen recht gut darin."
Sebi lachte resigniert.

# Die Kapelle

Am Samstagmorgen eine Woche später wurde Hans früh vom Zwitschern der Vögel aufgeweckt. Das Zimmer war in helles Morgenlicht getaucht. Er fühlte sich gleichzeitig ausgeschlafen und aufgewühlt. Er beschloss, die frühe Stunde zu nutzen und laufen zu gehen.
Als er die Treppe in die Au hinunter trabte und sich langsam aufwärmte, erinnerte er sich, dass er geträumt hatte, in die andere Richtung des Flusses zu laufen.
Seit er in der Stadt lebte, war er stets dieselbe Strecke, den Fluss entlang Richtung Autobahn gelaufen. Der Radweg entlang des Flusses war gut ausgebaut und die Landschaft, die zwischen Waldstücken, Stadtgebiet und Auwiesen wechselte, hatte in ihm nie das Bedürfnis aufkommen lassen, eine alternative Laufstrecke auszuprobieren.
Diesmal bog er nach links ab, dem Strom des Flusses folgend.
Die Luft war frisch und klar vom Schmelzwasser der Berge, das den Pegel des Flusses leicht steigen ließ. Das Gras links und rechts des Kiesweges wuchs in einem saftigen Grün aus der Erde. Ein Grün, das im Frühling stets grüner als im Sommer wirkte, obwohl es faktisch dasselbe Grün war. Hans lief bedächtig in einem ihm angemessenen Tempo und ließe seine Augen über die wohltuende Landschaft gleiten. Der Frühlingsmorgen erinnerte ihn an Aufbruchsstimmung, auch wenn es nur Bienen waren, die zu ihrem Arbeitstag aufbrachen.
Der Weg führte ihn durch das Eisenbahnviadukt, das in hohen Arkaden über dem Fluss aufragte, vorbei an Kneippbecken und Sportanlagen zu einer kleinen Kapelle, an der er kurz stehenblieb. Aus einem Hahn sprudelte frisches Quellwasser in ein Bassin und Hans erfrischte sich und trank eine Handvoll des eiskalten Wassers, bevor er weiterlief.

Hinter den Schrebergärten führte ihn der Weg in bislang unbekanntes Terrain. Er lief an der Kläranlage vorbei und wusste, warum er stets in die andere Richtung gelaufen war. Hinter der Kläranlage führte der Weg in ein Waldstück hinein.

An einer kleinen Brücke, die über einen schmalen Kanal führte, der in den Fluss mündete, blieb er stehen. Eine Amsel zwitscherte laut und war neben dem Plätschern des Flusses das einzige Geräusch. Sein Herz pochte, obwohl er nicht sehr schnell gelaufen war. Da war noch etwas anderes, etwas nicht greifbares, das ihn ergriffen hatte.

Vor der Brücke türmte sich ein gewaltiger Fels aus Nagelfluh Gestein auf. Eine Tafel war in den Stein gemeißelt, die eine Legende erzählte und davon berichtete, dass der Stein einst aus dem Felsen gebrochen, in zwei Teile zerfallen war und einen Ritter auf der Flucht vor seinen Verfolgern gerettet hatte. Hans ging um den Fels herum und entdeckte eine aus Holz gezimmerte Treppe, die auf den rechten der beiden Felsen führte. In den Fels hinein war eine Kapelle gemeißelt, die von einem Holzdach überdacht war. Darin befanden sich einige Reihen Holzbänke. In einem Altar war ein Bildnis der Muttergottes untergebracht.

Hans setzte sich auf eine der Holzbänke und begann instinktiv zu beten, obwohl er seit Jahren kein besonders gläubiger Mensch mehr war.

Er betete für seine Mutter, betete, dass sie den Krebs besiegte, betete, dass sie wieder gesund würde, revidierte seinen Wunsch und bat, dass alles einen guten Ausgang nehme, bat, dass es Ellis gut gehe, bat darum, ein besserer Mensch zu werden, fand dies ebenfalls vermessen und betete, dass er die Kraft bekäme, sich weiterhin zu bemühen, ein besserer Mensch zu werden. Als er merkte, dass es ihm nicht gelang, einen klaren Gedanken zu fassen, schaute er still das Marienbild an und merkte, dass ihm die Tränen über die Wangen liefen, ohne verorten zu können, ob er traurig oder ob der Schönheit des Ortes wegen unendlich glücklich war.

Er blieb eine Weile sitzen und dachte über sein Leben nach, über das Gute in seinem Leben und über die Angst. Er hörte der Amsel zu und schaute die verwelkten Rosen neben dem Altar der Muttergottes an. Dann stand er auf, stieg den Felsen wieder hinab und lief den Weg rechts des Kanales wieder zurück.

Der Kanal war hinter einem kleinen Staudamm ein breites, tümpelartiges Altwasser, das brackig und still in der Sonne glitzerte. Verfaulende Baumstümpfe und ein alter Bobschlitten ragten aus der Wasseroberfläche hervor. Ein schmaler Weg führte, eingezwängt zwischen dem Nagelfluhfels und dem Gewässer, den Graben entlang. Es roch leicht modrig nach Herbst und Hans erinnerte sich an eine Kurzgeschichte, „Brudermord im Altwasser", die er in der Schule gelesen hatte.

Nach einigen Hundert Metern wandelte sich das Wasser nach einer weiteren Staustufe in einen Fischweiher, das Gehölz wurde dunkler, nackte Fichtenstämme ragten unter einem Meer von blühendem Bärlauch hervor und die Luft duftete würzig nach dem markanten Kraut. Dann lichtete sich der Wald und er kehrte mit der Schrebergartensiedlung in die ihm bekannte Welt zurück.

# The battles have begun your hard times are ahead

An einem der letzten Samstage im Mai holte Hans Lukas vor dem alten Bauernhaus ab, in dem Sebi in einer Wohngemeinschaft wohnte. Vor dem Bauernhaus standen Dutzende leere Flaschen auf dem Tisch. Lukas sah verkatert aus. Er grinste matt, seine Augen schimmerten glasig, sein Gesicht versteckte sich hinter einem ungepflegten Sechswochenbart.
Sebi stand in Unterhosenshorts auf der Veranda und winkte Hans zu.
Es roch sofort nach Alkohol, als Lukas in den Wagen stieg.
„Alter, du stinkst wie ein Schnapsladen", sagte Hans.
Lukas schnitt eine grinsende Grimasse und wirkte zufrieden mit sich und der Welt.
„Junge, wir sind auf dem Weg zu unserer Mutter und du siehst aus, als kämest du direkt von einem viertätigen Festival."
Lukas lächelte: „So war's auch ungefähr. Aber sein Abitur besteht man halt nur einmal."
„Ja, ist schon gut. Ich gratuliere dir auch recht herzlich. Aber du hast immerhin noch die mündliche vor dir."
„Die wird kein Problem. Mein Schnitt ist gut genug, da kann gar nichts mehr schief gehen."
Hans entspannte seinen Gesichtsausdruck: „Schön, dass du wieder mehr mit deinen alten Freunden machst."
„Das war reiner Zufall. Ich wäre gestern auch mit einem Sack Kartoffeln feiern gegangen, so sehr hab ich mich gefreut."
„Na hoffentlich freut sich die Mama genauso." Hans kramte im Handschuhfach und gab ihm einen Kaugummi und einen Deospray.

„Respekt, der große Bruder ist für sämtliche Eventualitäten bestens ausgerüstet", sagte Lukas und lachte.

Sie fuhren über die Autobahn in die Berge. Hans hatte sich den Weg zur Rehaklinik im Internet ausgedruckt.

Er war nervös, weil er seine Mutter seit Wochen nicht mehr gesehen hatte. Es gab keine schlechten Nachrichten, aber auch keine guten.

Die Landschaft links und rechts der Autobahn war in graue Nebelschwaden getaucht. Die saftigen Maiwiesen wirkten graugrün und waren im Schatten der Berge noch weiß vom Raureif. In den Bergen hatte es wieder geschneit, in den tieferen Lagen prasselte der Schnee als kalter Regen auf die Felder. Die Schönheit des Mai war nur noch zu erahnen.

Als sie in Bayerisch Gmain das Haus Hohenstaufen erreichten, starrte Hans verdutzt das Gebäude an.

„Ich bin hier schon einmal gewesen", sagte er und deutete auf den Parkplatz: „Da, da hab ich geparkt."

„Und was, bitteschön, hast du hier schon einmal gemacht?"

„Ich hatte ein Vorstellungsgespräch", murmelte Hans mehr zu sich selbst. „Ja, ich hatte mich dort nach dem Abitur beworben. Ich wurde durch die ganze Klinik geführt und der Personalchef hatte eine ähnliche Alkoholfahne wie du gerade." Hans griff sich an den Bauch. Es fühlte sich flau in seinem Magen an.

„Ich hatte sogar eine Zusage. Stell dir vor, wenn die Uni noch ein bisschen länger mit der Immatrikulation gebraucht hätte, dann wäre ich jetzt hier Kaufmann für Bürokommunikation und würde den Rehaufenthalt meiner eigenen Mutter verwalten."

„Wie das Leben eben so spielt", entgegnete Lukas desinteressiert.

Sie mussten ihre Mutter nicht lange suchen. Sie saß zusammen mit Hans' Vater in der Eingangslobby der Klinik.

Hans hatte seine Mutter an Schläuchen und Infusionen hängend erwartet und war überrascht, dass sie entspannt in einem Sessel saß. Umso mehr erschrak er über ihr Haar, das in den letzten Wochen weiß geworden war und wegen

ihrer alten Kleidung, die an ihrem Körper schlackerte. Sie wirkte noch dünner als vor der Operation.
Er umarmte sie. „Tut mir Leid wegen dem Muttertag."
„Ist schon vergessen. Jetzt bist du ja da."
„Wie geht es dir hier?", fragte er.
„Daheim ist schöner."
Hans und Lukas ließen sich Kaffee aus einem Kaffeeautomaten aufbrühen und bestellten sich an der Theke einen Kuchen. Hans hatte Lust auf einen Schweinebraten oder eine Leberkäsesemmel und bereute den Kuchen in dem Moment, in dem er bestellt hatte.
Sie plauderten, bis der Kuchen kam und Lukas erzählte von seiner Abiturprüfung.
„Ich verspreche dir, dass ich bei deiner Abschlussfeier dabei sein werde", sagte seine Mutter. „Das habe ich mir ganz fest vorgenommen."
„Und wie geht es dem Mädchen, mit dem du in Nürnberg warst?", fragte sie.
„Ellis meinst du?", fragte Hans verunsichert. Er wusste gar nicht mehr, dass er ihr von Ellis erzählt hatte.
„Dein Vater hat mir berichtet, dass du sehr gut gelaunt aus Nürnberg zurückgekehrt bist. Ich würde dieses Mädchen, das dir offensichtlich sehr gut tut, gerne mal kennenlernen."
„Mama, das ist nur eine Bekannte. Nichts weiter."
Hans spürte, dass ihm das Blut ins Gesicht schoss und er errötete.
„Jaja. Nur eine Bekannte. Nichts Ernstes. Wie immer." Sie zwinkerte ihm neckisch zu: „Wenn du so weitermachst, muss ich in Sachen Enkelkinder meine Hoffnungen wohl begraben."
Hans seufzte und spürte einen altbekannten Drang, wieder nach Hause zu fahren, in sich aufsteigen.
Im selben Moment ging die Türe auf und ein mit Hans' Mutter befreundeter Hilfskaplan kam mit seiner Frau herein.
„Der Sandalensepp", flüsterte Lukas und grinste.

„Erwartest du noch Besuch?", fragte Hans' Vater und beobachtete irritiert das Ehepaar, das sich beschwingt näherte.

„Das ist ja schön, heute ist wohl großer Besuchstag", sagte Hans' Mutter und nickte den beiden zu.

Hans tauschte einen Blick mit Lukas aus. „Wir wollten ohnehin nicht lange bleiben, oder?"

„Stimmt, ich muss ja noch auf die mündliche Prüfung lernen."

„Zu viel Besuch auf einmal ist wohl auch zu viel. Dann machen wir einen fliegenden Wechsel."

Hans schüttelte dem Sandalensepp und seiner Frau die Hand, verabschiedete sich dann von seiner Mutter. „Bis bald", sagte er.

Auf dem Weg nach draußen, fragte er Lukas: „War das überstürzt?"

Lukas nickte.

„Ich glaube, ich hätte mich sogar auf einen Familiennachmittag gefreut", sagte Hans und grübelte. „Aber irgendwie bin ich jetzt heilfroh, hier wieder weg zu kommen."

„Ist schon komisch in dieser Klinik", bestärkte ihn Lukas. „Kaum zu glauben, dass du dort mal arbeiten wolltest."

Hans nickte: „Und was in aller Welt muss der Sandalensepp ausgerechnet heute unsere Mutter besuchen?"

Lukas lachte: „Der Sandalensepp."

## Schnaps oder Mineralwasser

Im Juni begann der Sommer. Eine Hitzewelle legte sich über das Land. Ein Land, dessen Leben sich seitdem in Biergärten, an den Seen, im Freien abspielte. Die Zeitungen riefen in großen Lettern den Sommer des Jahrhunderts aus und Hans saß singend im Auto und fuhr von der Stadt nach Hause zu seinen Eltern.
Im CD Spieler lief das Live-Album von Manu Chao und Hans wippte gut gelaunt zu den schnellen Reggae- und Ska-Rhythmen. Er fuhr schnell und die Reifen quietschten in den Kurven. Träumend sah er die Landschaft an sich vorüberziehen. Die Wiesen grünten, die Wälder rauschten, das Weiß der Berggipfel hatte sich in leuchtendes Blau verwandelt. Auf dem See wimmelte es von Schiffen und Hans konnte sich kaum an den Farben satt sehen. Er schrie zu den Liedern, deren Text er nicht verstand, aber er verstand die Leidenschaft der Musik. Er trommelte wild auf das Lenkrad, als er den Berg hinab ins Tal fuhr. Als der Wald sich lichtete, gab er den Blick auf das in der Senke harrende Dorf frei. Als er das Ortsschild passierte, sah er voller Vorfreude, dass das Dorf nicht mehr dasselbe war. Bereits am Bahnhof parkten Wohnmobile. Hinter den Bahngleisen leitete ein Feuerwehrmann die Durchfahrenden um. Hans nickte kurz, der Feuerwehrmann kannte ihn und Hans durfte als Anwohner durchfahren. Am Zebrastreifen gegenüber der Kirche, wo sich sonst nur an Samstagabenden und Sonntagmorgens vor und nach der Heiligen Messe Menschen sammelten, standen Dutzende junge Leute beisammen.
In der kleinen Dorfbar, die von Lukas und seinen Freunden ironisch wie die Münchner Edeldisco „P1" genannt wurde, saßen Männer aus dem Dorf und tranken trotz der frühen Uhrzeit Bier. Vor dem einzigen Zigarettenautomaten des Ortes standen Jungen mit Rastazöpfen und verfilzten

Frisuren, die Gummistiefel trugen. Durch das offene Fenster roch Hans den Duft von Grillkohle und verkohltem Schweinefleisch. Er hörte den dumpfen Klang eines Soundchecks und spitze, ausgelassene Mädchenschreie, vom Obstanger vor dem Rathaus kommend, wo bereits einige Zelte aufgestellt waren.

Hans bog links in die Bachstraße ab, der Straße, in der er aufgewachsen war. Er schaltete die Musik aus und fuhr im Schritttempo den Bach entlang. Mit einem Mal war es im Wagen so leise, dass er spürte, wie sein Herz schlug. Die Straße führte in einem weiten Bogen um den Park und auf Höhe der Brücke warf Hans einen Blick auf das Festivalgelände. Jungen und Mädchen in grünen T-Shirts wuselten wie Ameisen herum und bereiteten die letzten Handgriffe vor, bevor das Festival begann. Hans sah ein großes, zu allen Seiten offenes Zelt, das quer über die Schulwiese gespannt war. Am Ufer des Baches standen zwei alte, modrige Sofas auf der Sandbank im Schilf, die dadurch aussah wie ein biedermeierliches Wohnzimmer mitten im Grünen.

An der Brücke, die die Bachstraße mit dem Gemeindepark verband, sah er Ben, der gerade einen Stapel Lautsprecher über die Brücke schob.

Ben winkte und schob die Boxen weiter.

Hans fuhr die Straße weiter, bis diese an einer Bahnunterführung zu einer Sackgasse wurde, an deren Ende sein Elternhaus stand.

Er navigierte das Auto rückwärts in die Wiese, wo eine kleine Mulde und ausgetrocknetes Gras die Stelle markierte, wo er immer parkte und ging in das Haus.

Im Wohnzimmer lief der Fernseher. Sein Vater schaute sich eine Sendung auf ORF 2 an, schälte über ein Brett gebeugt einen Apfel.

„Hallo", sagte Hans. Sein Vater blickte auf.

„Ist Mama auch da?", fragte Hans und wusste im selben Moment, wie überflüssig die Frage war.

„Sie ist oben. Sie schläft", entgegnete sein Vater kauend.

„Haben wir als Anwohner wieder Freikarten bekommen?", fragte Hans.
„Für das Konzert?"
„Ja."
Hans' Vater nickte: „Lukas hat sich seine schon genommen. Du kannst die andere haben."
„Gut", sagte Hans. Damit war alles gesagt, was zu sagen war. Als er gehen wollte, fragte sein Vater:
„Welche Kapelle spielt denn eigentlich?"
Hans zögerte.
„Papa..." entgegnete er.
„Zu meiner Zeit, da hat man nur Nana Mouskouri anhören können. Das war noch echte Musik. Gefühlvoll. Und der Text hat sich gereimt."
„Wenn du es genau wissen willst, es spielen Sputnik Booster, die Staggers, Fiva und LaBrassBanda."
Sein Vater sah ihn lachend an: „Noch nie was von denen gehört."
Hans seufzte. Sag Mama einen schönen Gruß, falls ich sie nicht mehr sehe."
„Warte noch, wo schläfst du denn?"
„Weiß nicht. Vielleicht oben. Vielleicht fahr ich auch noch zurück."
Hans versuchte, das Haus so schnell wieder zu verlassen, wie er es betreten hatte.
„Viel Spaß", rief ihm sein Vater nach.
Hans drehte sich um und ging, ging durch die Küche, betrat den Hausflur. Im Treppenhaus stehend blickte er nach oben und lauschte in die Stille. Kurz kam es ihm vor, als hörte er das ruhige, vertraute Schnarchen seiner Mutter, aber alles was zu hören war, war das Zirpen der Grillen, das Plätschern des Baches und das ferne Brummen eines Rasenmähers.
Er verließ das Haus, sperrte sein Auto noch einmal auf und nahm vom Rücksitz zwei Flaschen Bier.
Langsam spazierte Hans die Bachstraße entlang. Dieses seltsame Gefühl, hier nicht mehr Zuhause zu sein, während

gleichzeitig jedes noch so winzige Detail vertraut und irgendwie beschützend wirkte, beunruhigte ihn. Diese Straße war er Tag für Tag zur Schule gegangen, in die Kirche gegangen, zum Sportplatz gegangen.

Er ging am Nachbarhaus vorbei, wo das inzwischen alt gewordene Nachbarehepaar auf der Veranda saß. Er winkte ihnen zu und sie rückten die Brillen zurecht: „Ah!", machte sie, „Der Markus ist mal wieder daheim!"

„Ich bin nicht der Markus, ich bin der Hans!", rief er.

„Wie bitte?"

Hans lächelte und winkte noch einmal: „Ich wünsch euch einen schönen Tag."

„Ja, dir auch, Markus!"

An der Kurve der Bachstraße wohnte die Großmutter von einem Mädchen, die das Festival veranstaltete. Ihr Garten fungierte Jahr für Jahr als Backstagebereich für die Bands, die dort parken durften und von ihr liebevoll mit Kaffee und Gebäck versorgt wurden. Über eine niedrige Hecke konnte man das große Grundstück einsehen.

Mehrere als Roboter verkleidete Menschen saßen im Garten. Sie trugen große Pappkartons, die mit silbern glänzender Alufolie und bunten Elementen verziert waren und durch die wuchtigen Schachteln, in denen sie steckten, wirkten sie überdimensional groß.

Am Eingangstor stand die Großmutter und diskutierte mit einem Musiker.

Als sie Hans sah, nickte sie ihm freundlich zu, wie schon früher. Zu oft war Hans diesen Weg bereits gegangen. Aber er war nicht mehr der kleine Junge von früher und ihm war, als habe nur das Alter die gesamte Nachbarschaft verändert.

„Wolln's vielleicht auch einen Kaffee? Ich mach gerade einen", fragte sie.

Hans nickte. „Das wäre mir eine Ehre."

Sie bat ihn auf die hintere Veranda und Hans grinste. „Ich war noch nie backstage", dachte er sich.

Die Roboter nickten ihm zu, ließen sich aber ansonsten nicht davon abhalten, sich gegenseitig weiter mit Alufolie,

blinkenden Knöpfen und Science Fiction Aufklebern zu verzieren.
Die Großmutter brachte eine Tasse Kaffee und setzte sich mit Hans an einen Gartentisch. „Es herrscht jedes Jahr Ausnahmestimmung", sagte sie. „Die ganzen jungen Leute fallen wie ein Heuschreckenschwarm über mein Haus her, ich versorge sie so gut es geht, sie spielen mir zum Dank ein Paar Lieder auf der Gitarre und kaum hat es richtig begonnen, ist es schon wieder vorbei."
Sie nippte an ihrem Kaffee und plötzlich wurde ihr Blick ernst: „Deine Mutter sieht sehr schlecht aus", sagte sie.
Hans war verwirrt, dass sie ihn auf einmal duzte und sah sie unsicher an. „Sie ist auch schwer krank", entgegnete er und hielt ihrem Blick stand.
„Und dein Vater?"
„Mein Papa?" wiederholte Hans verwirrt.
„Wie geht es deinem Vater?", fragte sie.
Hans zuckte mit den Achseln.
„Ich denke, gut", sagte er. „Ich weiß es nicht."
„Der Kranke ist immer nur die eine Seite der Medaille. Für den Kranken gibt es Ärzte und Pfleger. Aber an den direkten Angehörigen denkt niemand. Es kostet sehr viel Energie, Kranke zu pflegen. Körperliche Energie, aber auch seelische."
„Papa fährt viel mit dem Rad, Mama schläft sowieso die meiste Zeit."
Die Großmutter rang sich ein müdes Lächeln ab. „Jaja, dein Papa hat immer die Flucht ergriffen, wenn etwas ernst wurde. Aber wenn es ihm Kraft gibt..." Sie wandte ihren Blick wieder auf Hans: „Haltet als Familie eng zusammen. Dann werdet ihr auch diese schwere Zeit überstehen."
Hans blickte auf die zwei Bierflaschen, die er auf dem Tisch abgestellt hatte. Dann sah er auf die Roboter. Stumm nickte er.
„Danke für den Kaffee."
Hans verließ das Grundstück und ging die Straße weiter Richtung Dorfmitte. Auf Höhe der Kirche wurde Musik aus

unterschiedlichen Lautsprechern lauter. Vor dem Kassenhäuschen stand eine Schlange Jungs und Mädchen, die geduldig darauf warteten, ihre Eintrittskarte gegen das Festivalbändchen umzutauschen.
Es roch nach Grillfleisch und Spiritus und auf den Campingstühlen saßen Jungs mit nacktem Oberkörper und Mädchen im Bikini in der Sonne und hielten Bierflaschen mit grünen Etiketten in der Hand. Das Dorfbild hatte sich massiv gewandelt und Hans schaute sich fasziniert das bunte Treiben an. Er blickte einem Jungen in einem rosa Hasenkostüm nach und sah eine Gruppe Mädchen, die zur Musik, die aus einem riesigen Lautsprecher wummerte, tanzten. Auf der Ladefläche eines Hängers stand hinter einem DJ-Pult ein in Alufolie eingewickelter Junge, der wild gestikulierend zu seiner Musik sang.
Auf der gegenüberliegenden Seite entdeckte Hans den Kleinbus, nach dem er Ausschau gehalten hatte. Der stadtbekannte Reggae-Bus, ein beiger VW Kleinbus, der in langgezogenen Regenbogenfarben lackiert war.
Dahinter war eine Bierzeltgarnitur aufgebaut, ein Grill rauchte, Fleischreste kokelten auf dem Rost. Ein Kasten Bier stand in einem kleinen, mit Wasser gefüllten Planschbecken, in das zwei Mädchenbeine baumelten.
Hans fühlte sich betrunken und die sengende Kraft der Sonne, die sich so lange nicht hatte blicken lassen, stach ihm in den Kopf. Er sah das Mädchen lange an. Sie hatte rot lackierte Fußnägel, lange, braun gebrannte Beine. Ein kleiner, aber fester Busen zeichnete sich unter ihrem weißen Top ab. Ihr Gesicht, das sie hinter einer großflächigen, verspiegelten Sonnenbrille verbarg, fand er makellos schön und er lächelte über das ganze Gesicht, als er begriff, dass es tatsächlich Ellis war, die sich dahinter versteckte.
Ellis saß entspannt auf der Bank mit dem Rücken zum Tisch. Sie schaute grinsend in seine Richtung, ohne dass Hans durch die Sonnenbrille mit Sicherheit hätte sagen können, ob sie ihn ansah oder jemand anderen.

Sebi sprang auf und reichte ihm die Hand: „Da bist du ja! Super, dass es geklappt hat! Willst du ein Bier?"
„Ich hab mir selbst eines mitgebracht", sagte Hans und öffnete die Flasche mit einem Feuerzeug, das auf dem Tisch lag. Er nickte den anderen Jungs und Mädchen beiläufig zu. Er setzte sich zu Ellis.
„Festival", sagte er, stieß einen tiefen Seufzer aus und stieß mit Sebi an.
„Wir sind schon seit elf hier", sagte Sebi, seine Stimme war weich und seine Worte langgezogen.
„Ab wann wollt ihr euch die Bands anschauen?", fragte Hans.
„Bands? Scheiß auf die Bands, wir bleiben hier, solange es lustig ist."
„Also für immer." Hans lachte und fügte hinzu: „Ich werde gleich zur ersten Band reingehen."
Ellis blickte auf: „Ja, die will ich auch unbedingt sehen!", sagte sie.
Hans reckte den Kopf, aber Ellis zeigte keine Regung. Durch ihre große Brille hindurch konnte er ihre Gemütslage nicht einschätzen. Sie blieb geheimnisvoll. Hans sah zu ihr hinüber und lächelte.
In der heißen Junisonne bildeten sich Schweißperlen auf ihrer Stirn. Sie nippte durch einen Strohhalm ein oranges Getränk. Er fühlte sich angekommen. Auf dem Festival, im Leben, in der Gegenwart. Ellis war wieder da und sah umwerfend gut aus, er war am helllichten Tag betrunken und der restliche Tag steckte voller unglaublicher Möglichkeiten. Das Leben ist schön, dachte er.
Es wurde nicht viel geredet, die Blicke schweiften über das Festivalgelände. Ein Junge flitzte nackt über das Feld und quiekte wie ein Ferkel.
Hans öffnete das zweite Bier. Er schaute zu Sebi, der entspannt, mit geschlossenen Augen an seinen Bus angelehnt, der Musik zuhörte. Er spürte Ellis' nackten Oberschenkel, der seinen leicht berührte. Sie blieb still und unnahbar. Hans atmete die selige Ruhe ein und langsam

wieder aus. Ja, er war wahrhaftig da, war hier auf dem Festival, war in genau der Gesellschaft, die sein Herz ruhig klopfen ließ und der Alkohol tat sein Übriges, die Schrecken der Realität, die keine dreihundert Meter entfernt auf der anderen Seite des Baches schlummerten, zu vergessen.
Sie hörten von unten, wie das Festival eröffnet und die erste Band angekündigt wurde.
Hans leerte sein Bier in einem Zug. „Danke für die Gastfreundschaft, aber das darf ich nicht verpassen", sagte er und war im Begriff zu gehen.
„Warte auf mich!", rief Ellis. „Ich komme mit!"
Sie schlüpfte in Sandalen und sprang ihm hinterher.
Als sie ihn eingeholt hatte, hakte sie sich in seinem Arm ein.
„
„Schön, dich wiederzusehen", sagte Hans und versuchte erst gar nicht, sein breites Strahlen zu unterdrücken. Er gab ihr einen flüchtigen Kuss auf die Wange.
Er legte seinen Arm um sie und sie lächelte ihn überrascht an. Nachdem sie die Eintrittskontrollen passiert hatten, stolzierten sie in einem leicht hüpfenden Gleichschritt den schmalen Berg zum Park hinunter.
Die Bühne war vor einem Pavillon aufgebaut, der ansonsten der örtlichen Blaskappelle vorbehalten war. Überall auf dem Gelände standen alte Sofas und einige Planschbecken, in denen Cocktails getrunken wurde. An der Rotunde, unter der sonst Schüler ihre Räder abstellten, war eine Bar aufgebaut. Hans und Ellis tauschten einen kurzen Blick aus und gingen direkt dorthin.
Ben stand hinter der Bar und winkte ihnen zu: „Der erste geht aufs Haus", rief Ben. „Was darf ich euch denn bringen?"
„Das übliche", sagte Hans.
„Für mich einen Mai Tai."
„Ihr müsst viel trinken", sagte Ben, als er ihnen die Becher hinstellte, „Es wird heute der heißeste Tag des Jahres. Alles klar, Ellis?"
Ellis zwinkerte ihm vielsagend zu und führte den Becher an ihre Lippen.

Auf der Bühne wurde es laut und etwa hundert Besucher, die gespannt vor der Bühne warteten, begannen zu jubeln.
„Es geht los!", rief Ellis, packte Hans bei der Hand und zog ihn Richtung Bühne.
Ein großer, schwarzer Roboter mit roten Augen und furchterregend bemaltem Robotergesicht, trottete langsam auf die Bühne. Er hielt einen Gameboy in der Hand und aus den Lautsprechern dudelten verzerrte Klänge eines alten Nintendospieles. Ihm folgte ein halbes Dutzend nicht minder kreativ verkleideter Roboter, die er bereits vorher im Nachbargarten gesehen hatte.
Hans blieb seitlich, rechts vor der Bühne stehen und betrachtete das Geschehen. Er trank seinen Longdrink viel zu schnell, bald würde er einen neuen bestellen müssen. Sein Blickfeld verengte sich, aber sein Gehör kam ihm schärfer vor. Ein wuchtiger, in den Magen fahrender Bass, der die fröhlichen Gameboy-Melodien vorantrieb, sorgte dafür, dass Hans' Beine ein Eigenleben entwickelten. Er begann zu tanzen, mit den Robotern zu tanzen, mit Ellis zu tanzen, mit tausend Freunden und Bekannten zu tanzen, zu schreien, die leeren Becher auf die Bühne zu werfen, sich mit geschlossenen Augen im Kreis zu drehen und...
Als er wieder die Augen öffnete, waren die Roboter weg. Ein junger Mann mit Bart und einer Kappe auf dem Kopf spielte auf einem Piano, hinter ihm wurde die Bühne umgebaut. Ellis war ebenfalls verschwunden.
Jemand hielt ihm ein Mikrofon vor die Nase und Hans schaute verdutzt in eine Kamera.
„Wie bitte?", fragte er.
„Was, würdest du sagen, ist für dich das Besondere an diesem Festival?", fragte der junge Mann mit dem Mikrofon.
„Ich weiß nicht", sagte Hans und griff sich mit der Hand an seinen Hinterkopf. Dann räusperte er sich: „Es ist, denke ich, sowas wie Heimat. Ich meine, ich bin hier aufgewachsen, bin als Kind fast jeden Tag hier im Park gewesen. Ich kenne jeden einzelnen der Veranstalter und Helfer, das sind alles Freunde. Früher gab es hier nur Bierzelt und Blasmusik.

Hast du die Roboter eben gesehen? Oder diese Verrückten, die wie Kobolde durch das Dorf springen? Ich wohne schon lange nicht mehr hier, aber ich fühle mich gerade mehr zu Hause als jemals zuvor. Außerdem..."

„Danke, ich denke das reicht", sagte der junge Mann freundlich. „Das wird ein kurzer Imagefilm für das Festival und keine Dokumentarreihe für den bayerischen Rundfunk."

Hans blickte dem Filmteam nach, das zu einer Gruppe Mädchen weiter ging, das auf dieselbe Frage mit einem ekstatischen „Yippieh!" antwortete. Dann ging er an die Bar.

Ben mischte ihm einen Cuba Libre.

„Was kriegst du?"

„Jetzt spinn nicht. Wir machen mit den Schnapsnasen so viel Umsatz, dass Freunde und Gönner gratis feiern sollen."

Er bedankte sich und stieß mit Ben an.

Ben deutete unbestimmt auf die Leute. „Ellis?", fragte er.

Hans nickte lachend.

„Was hast du eigentlich mit ihr angestellt? Die wirst du wohl nicht mehr los."

„Ist doch super."

„Sie gefällt dir also."

Hans nickte und nippte am Strohhalm. „Jupp."

„Und? Hast du sie schon..."

„Ben!", rief Hans empört, verschluckte sich und musste husten.

„Man wird doch noch fragen dürfen. Also ich würde mich nicht so lange bitten lassen."

„Ach, halt die Klappe, Ben. So bin ich halt nicht."

„Feigling."

Hans nahm den Becher und trank ihn in einem Zug leer.

„Freunde trinken umsonst, hast du gesagt?"

„Freunde und Gönner. Aber für dich mach ich eine Ausnahme."

Hans verabschiedete sich und ging.

Er lauschte den Bands, tanzte, plauderte, hielt nach Ellis Ausschau und als sie seinen Namen rief, dämmerte es bereits.

„War ja klar. Rechts vor der Bühne", sagte sie.
„Da kann man die Bands von links anschauen."
„Witzbold. Ich war am Campingplatz mit Sebi, Loni und dein Bruder war auch da."
„Wer ist Loni?"
„Loni Schneider? Sebis Freundin."
„Ach, die ist auch da?"
„Ja klar. Wieso?"
Hans schüttelte nervös den Kopf. „Und Lukas?"
„Sitzt vor dem Bus und trinkt Bierbong."
„Spinnt er jetzt endgültig?"
„Er feiert immer noch sein bestandenes Abi. Er hat mich übrigens zu seinem Abiball eingeladen."
„Jetzt spinnt er echt endgültig." Hans machte eine abfällige Handbewegung.
Ellis sah ihn mit einem unergründlichen Blick an: „Ich schau dann mal, wo die anderen abgeblieben sind."
„Ach so?" Er sah sie überrascht an. Dann griff er vorsichtig nach ihrer Hand. „Ich habe gedacht, vielleicht kann ich dich ja auf ein Getränk einladen. Wir sehen uns ja so selten, da wäre es nett..."
„Einladen ist nicht nötig, bei Ben bekomme ich die Drinks umsonst. Aber wenn du möchtest, können wir gerne etwas gemeinsam trinken."
„Das möchte ich sogar sehr gerne", sagte Hans und schaute in ihr von der Sonne gebräuntes Gesicht.
Ben wartete bereits, ein feierliches Grinsen im Gesicht, als sie sich dem Cocktailstand näherten.
Noch bevor sie etwas sagen konnten, reichte er ihnen zwei Becher: „Einen Mai Tai für Ellis im Wunderland. Und für ihren Hans im Glück einen Cuba Libre."
Ellis lachte: „Du bist der beste Barkeeper der Welt. Schade, dass es keinen sprichwörtlichen Ben gibt."
„Es gibt den Big Ben", korrigierte Ben.
„Eher Benjamin Blümchen", sagte Hans.
Ein Windstoß fuhr über das Festivalgelände und Hans blickte auf zu den raschelnden Blättern.

Die untergehende Sonne brach sich gerade zwischen den Baumwipfeln und glitzerte als gelber Strahl zwischen hellem, fast weißem Grün. Hans empfand einen starken Stich unbestimmter Wehmut, als er die saftig grüne Decke des Blattwerks betrachtete, die Farben, die immer satter zu werden schienen, je mehr die Sonne an Kraft verlor. Er musste an die Kastanienbäume in einem Biergarten denken, unter denen er vor Jahren einmal gesessen hatte und unfassbar glücklich war, einzig, weil das Licht so schön war, so schön wie es nur im Sommer sein konnte. Ebenso fühlte er sich in diesem Moment wehmütig wegen eines unwiederbringlichen Augenblickes und glücklich, da er ahnte, dass er irgendwann einmal wehmütig an diesen Moment denken würde.

„Träumst du? Das macht Sechzehn Euro", rief Ben.

„Was ist los?" Hans sah ihn fragend an.

„Zwei Cocktails, jeweils acht Euro. Macht Sechzehn Euro." Ben lachte fröhlich und patschte Hans an die Schulter. „War nur ein Scherz, du Träumer. Geht natürlich aufs Haus. Wir sind der Robin Hood unter den Festivals: Wir nehmen es den Trinkern und geben es den... Schnorrern. Und jetzt zischt schon ab, ihr Turteltäubchen und haltet mich nicht von der Arbeit ab."

Ellis winkte lachend, sie nahmen ihre Becher und spazierten weiter. Das Festivalgelände war auf seiner Westseite von einem Bach begrenzt. Am Ufer stand ein altes Sofa im Schilf. Libellen huschten über das träge vor sich hin fließende Wasser. Die tiefstehende Sonne glitzerte auf der Wasseroberfläche. Sie setzten sich auf das Sofa. Die Böschung lag tiefer als das Festivalgelände und die Musik hallte sanft, fast leise zu ihnen hinab. Hans fühlte sich, als befänden sie sich in einer nicht zum Festival gehörenden Parallelwelt.

Sie blieben dort lange sitzen, schauend, glücklich wirkend und ab und an synchron die Becher an ihre Lippen führend, unterhielten sie sich über ihre Leben. Sie schauten einem Entenpaar nach, das sich unbeeindruckt von den Menschen

am Ufer stromabwärts treiben ließ. Im selben Moment ertönte lautes Geschnatter und eine dritte Ente kam wütend um die Flussbiegung heran geschossen. Sie stürzte sich in roher Wildheit quakend auf die andere Ente, biss ihr ins Gefieder, die Ente biss zurück, Wasser spritzte. Als sich die Wogen wieder glätteten, schwamm der Erpel zwischen den beiden Enten behände stromabwärts.
Ellis schaute den Enten nach. „Was für ein Glückspilz", murmelte sie. „Ich hätte ein Drama á la Schwanensee veranstaltet."
„Ich hab Schwanensee nie gesehen. Außerdem waren das Enten", entgegnete Hans trocken.
Ellis schmunzelte. „Eines Tages wirst Du neben mir auf einer Ballettaufführung sitzen und wirst verstehen, was ich meine."
Hans und Ellis plauderten lange. Hans fühlte sich wohl, neben ihr zu sitzen und je länger sie sich leise, unaufgeregt, beinahe als gäben sie einer Behörde Auskunft, über ihre Leben unterhielten, desto näher rückten sie zusammen.
Sie waren alleine. Obwohl das Reden nicht stoppte, wurden ihre Worte langsamer, weicher und Hans begann das Festival und die tausend anderen Menschen, die nur wenige Meter über ihnen den Musikern zuschauten, zu vergessen. Er ließ es zu, als Ellis ihren Kopf an seinen lehnte und wagte es kaum, eine Regung und schon gar keine Erregung zu zeigen, als ihr Kopf, ihr sonniges, blondes Haar bald in seinem Schoß lag, sie sich auf dem weichen Stoff der Couch ausbreitete und die Füße über das Ende hinaus baumeln ließ. Er betrachtete ihre braun gebrannten Beine, die rot lackierten Nägel Seine Hände legten sich auf ihren Bauchnabel, der unter ihrem Top hervorlugte und er sah zu, wie sich darauf, in einer faszinierenden Selbstverständlichkeit, ihre Hand legte.
Hans hielt inne, der Redestrom versiegte und wich einem lauschenden Atmen.
Ihr Mund befand sich unter seinem, ihre Lippen waren leicht geöffnet, ihre Augen geschlossen und Hans beugte sich zu ihr hinab.

Er fand, sie war schöner als im Frühling, ein Sommermädchen und er betrachtete die feinen Sprossen um ihre Nase.
Ihr Mundwinkel zuckte, als erwartete sie etwas. Hans spürte, wie sich ihr Nabel hob und senkte. Ein Lächeln wie eine einladende Bitte formte sich auf ihren Lippen und er schloss seinerseits die Augen, gab sich dem Augenblick hin, da krachte ein Stein ins Wasser, eine Fontäne spritzte hoch und Ellis fuhr erschrocken hoch.
Zwei halbwüchsige Jungen standen am Ufer und lachten fingerzeigend. Dann besetzten sie das Nachbarsofa.
Ellis setzte sich auf und richtete sich ihr Haar. „Schätze, das war's jetzt mit der Ruhe. Sollen wir wieder hinauf gehen?"
Er schüttelte den Kopf und sah Ellis an. Er wollte nicht, dass sie ging und wollte aber auch nicht, mit ihr nach oben gehen. Er wollte die Ellis, die sie hier und jetzt war, noch eine Weile bei sich haben, wollte den Moment zurück haben. Es gab nicht viel, was er zu wollen wusste, aber dies wusste er.
„Ich fand es gerade schön", sagte er.
„Ich doch auch. Aber ich brauche dringend ein Wasser."
„Dann warte hier, ich besorge es dir gleich!"
Sie lachte. „Jaja, mach nur."
Er zögerte kurz. „Und du bist noch da, wenn ich wiederkomme?"
Sie lächelte.
Hans stieg die Böschung hoch und kehrte in das laute, bunte Treiben des Festivals zurück. Eine Hip-Hop-Formation rappte auf der Bühne und davor reckten Hunderte, dicht aneinandergedrängt, die Hände in die Luft und brüllten Reime in die Abenddämmerung.
Mittendrin sah er Sebi, Ben und Lukas. Hans sah ihnen eine Weile zu, wie sie in der wogenden Menge aufgingen und mit den Armen vor- und zurückruderten. Dann ging er zum Getränkestand.
Er reihte sich ein und kramte seinen Geldbeutel hervor. Als er fündig wurde und den Blick auf den Barkeeper richtete, verschlug es ihm einen Moment lang die Sprache. Die

Person, die in stoischer Ruhe die wild durcheinander ausgerufenen Bestellungen aufnahm, war das geheimnisvolle schwarzhaarige Mädchen. Sebis Freundin. Sie blickte ihn unverwandt an und er starrte in helle blaugrüne Augen.

Sie sah ihn fragend an. Hans' Gedanken rotierten. Schön war sie, schön und unheimlich gleichzeitig. Ihre Haut makellos, kleine, gesprenkelte Muttermale, als hätte die Natur sie genau dorthin gezeichnet, wo sie ein perfektes Ganzes ergaben. Hans spürte ein Sacken seiner Kräfte, ein unhaltbares Erschlaffen. Er wandte den Blick erschrocken von ihr ab, bereits geschlagen von der blütenhaften Zartheit ihrer jungen Schönheit. Dann kam dieser Stich, vor dem er sich seit Monaten gefürchtet hatte und von dem er sofort wusste, er würde sich auf Monate nicht wieder erholen können. Ihre Augen starrten ihn an. Hell waren sie und doch strahlten sie eine unbestimmte Dunkelheit aus, die auf fatalistische Weise anziehend für ihn war. Die Augen musterten ihn nicht unfreundlich, aber ungeduldig werdend.

Ihre Lippen bewegten sich wie in Zeitlupe und auf einmal begannen Hans' Ohren wieder Geräusche zu vernehmen.

„Was du trinken möchtest, habe ich gefragt!"

„Wer ich? Ach so. Ja. Ein Mineralwasser bitte."

Sie holte mit raschem Handgriff eine Flasche hervor, wechselte den Schein und der nächste drängte Hans zur Seite.

Mit dem Wasser in der Hand stand Hans verdattert in der Wiese.

Als sich seine Gedanken wieder beruhigt hatten, drehte er sich um und ging zum Bach zurück.

Er zögerte, ehe er die Böschung hinabstieg. Hinter den Baumwipfeln war die Sonne gerade untergegangen und ein kühler Windstoß wehte über den Park.

Ellis saß alleine auf dem Sofa und betrachtete ihre Fingernägel. Hans fühlte sich mit einem Mal nüchtern und einsam. Er brachte ihr das Wasser.

„Danke", sagte sie.

Sie knüpften an ihre Unterhaltung an, Hans hörte sich reden, aber das schwerelose Aneinanderreihen von Worten, die im Ohr des Augenblicks, in der Gunst des Moments zu schönen Worten wurden, war vorüber. Sie sprachen über ihre bisherigen Beziehungen und manches, was ihm Ellis erzählte, wirkte bohrend in ihm nach. Im Gegenzug beschönigte er manches aus seinem Leben und verschwieg einige Details.
Als es dunkel wurde, tauchten Ben und ein Junge, der das grüne T-Shirt des Veranstalters trug, auf. Sie steckten Fackeln entlang des Ufers in den weichen Kies und zündeten sie an.
„Ach hier seid ihr", sagte Ben, als er Hans bemerkte. „Ich hab euch schon in der Liebeslaube und im Schmusepuff gesucht. Romantisch habt ihrs hier. Was geht?", fragte er.
„Wir unterhalten uns gesittet und gepflegt, so wie zwei erwachsene Menschen es halt tun", sagte Hans.
Ben grinste. „Aber wartet nicht zulange, ich hab euch ein potenzsteigerndes Pulver in die Drinks gemischt. Das hält vielleicht noch eine Stunde."
„Ben!" Ellis warf ihren Schuh nach ihm.
„Ich wünsche euch beiden Turteltäubchen eine romantische Nacht!"
Sie schauten ihm nach, wie er über die Böschung hüpfend wieder verschwand.
Als von oben die ersten Lieder von LaBrassBanda erklangen, erzählte Hans, dass er mit dem Sänger in die Schule gegangen sei. Ellis sagte, sie könne mit Blasmusik wenig anfangen. Bald blickte sie auf die Uhr. „Für mich ist es jetzt Zeit, mich zu verabschieden."
„Jetzt schon?"
„Ja, der Nachtschwärmerbus fährt in zehn Minuten. Wo schläfst du denn heute?"
„Daheim", er deutete in Richtung des Hauses. „Bei meinen Eltern."
Sie sah ihn einen Moment lang an. „Also dann", sagte sie bestimmt und stand auf.

„Warte, ich begleite dich noch hoch."
Wortlos stieg sie nach oben. Sie ging zielstrebig voran. Er wollte ihr die Hand zur Hilfe reichen, aber sie wandte ihr Gesicht von ihm ab.
Oben standen die Menschen dicht gedrängt, eine ausgelassene Masse und soweit Hans blickte, konnte er niemanden entdecken, der nicht tanzte. Auf der Bühne sprang der Sänger, oranges T-Shirt und Lederhose tragend, barfuß auf und ab und blies in eine Trompete. Jemand schrie, das sei das beste Konzert aller Zeiten.
Hans brauchte einen Moment, bis er Ellis wieder entdeckte. Er folgte ihr in die entgegengesetzte Richtung den Berg hinauf zum Ausgang. Ein Junge jonglierte mit Fackeln und spuckte Feuer. Ellis beachtete ihn nicht.
Oben angekommen, sah ihr Hans nach. Ellis war im Begriff, in den Bus einzusteigen ohne sich noch einmal nach ihm umzudrehen.
„Ellis!", rief eine Stimme und Hans sah, wie Ellis Gesicht wieder aus dem Bus lugte. „Ellis!"
Es war Lukas' Stimme.
Lukas saß auf den Stufen des Schulgebäudes. Sein Blick stierte zwischen Hans und Ellis hin und her, seine Augen waren glasig und die braune Flüssigkeit in seinem Glas schwappte mal nach links, mal nach rechts.
Er hob eine Hand, formte die Finger zu einem V und rief lallend: „Abi Zweitausend... welches Jahr ham wir heut?", er lachte bellend.
Ellis beugte sich zu ihm hinunter: „Geh ins Bett, Lukas!"
Lukas machte eine ungelenke Handbewegung. „Ach was. Binnochnüchtern", artikulierte er.
Ellis blickte auf Hans. „Du kümmerst dich nie um deinen Bruder, oder?"
Ihre Stimme zerschnitt scharf das Brummen des wartenden Busses.
„Er kommt schon klar, Ellis. Und du?", fragte Hans.
Ellis schwieg.

„Ich komm schon klar, jawoll. Binstocknüschdern", zischte es aus Lukas' Lippen. „Abiball geht klar, Ellissis?"
Ellis' Mundwinkel zuckten. Sie wandte sich wieder dem Bus zu. Hans griff nach ihrer Hand. „Jetzt warte doch."
Ellis fasste sich an die Stirn. Sie rieb sich die Schläfen und schloss für Sekunden die Augen.
„Also der Abiball", Hans räusperte sich. „Also, du könntest ja als meine Begleitung mitkommen. Ich meine, ich weiß ja nicht, was in Lukas Kopf heute vor sich geht und was für eine Art von Date ihr vereinbart habt..."
„Nix ham wir!", unterbrach ihn Lukas. „Nimm du sie. Ich habschone Freundin!"
„Ach, sag einfach ja, Ellis. Es war ein schöner Tag heute. Lass uns das wiederholen."
Die Farbe kehrte in Ellis' Gesicht zurück. Sie lächelte matt. „Gerne komme ich mit. Sehr gerne. Aber nur, weil es Lukas Abiball ist. Und natürlich nicht wegen dir", sagte sie und lächelte versöhnlich.
Hans zog sie an sich und umarmte sie lange. Er küsste sie auf die Wangen. „Dann gute Nacht, Ellis. Träum was Schönes. Und bis bald", sagte er.
Ellis stieg ein, zahlte und setzte sich in die erste Sitzreihe. Die Tür schloss sich und Ellis klopfte an die Scheibe. „Gute Nacht, Lukas!", hörte man dumpf ihre Stimme.
Hans stellte sich auf die Zehenspitzen und legte seine Hand an das Fenster. Ellis legte auf der anderen Seite der Scheibe ihre Hand auf seine. Etwas in ihrem Blick rührte ihn. Als der Bus anfuhr, lief Hans noch einige Meter hinter dem Bus her, ehe sich seine Hand von ihrer löste. Er winkte ihr und dann war Ellis verschwunden.
Hans zog Lukas nach oben. „Auf geht´s, Bruderherz. Zeit fürs Bett."
Lukas schüttelte sich.
„Ich geh nicht heim!", rief er empört. „Ich geh jetzt tanzen."
Lukas riss sich los und lief zu Hans' Überraschung zurück zum Festivalgelände.

Hans folgte ihm nach unten bis ganz vor die Bühne und sie ließen sich von der ekstatisch tanzenden Menge verschlucken.

Hans konnte nicht sagen, wie lange er getanzt hatte, ob es nur eine halbe oder ob es zwei Stunden waren. Erinnerungsblitze zeigten Lukas, der sich von hundert Armen auf die Bühne tragen ließ. Zeigten Ben und Markus, die schrien, als sei Schreien die einzige Möglichkeit, in der aufgeheizten Atmosphäre nicht den Verstand zu verlieren. Und zeigten das Loni Schneider-Mädchen, das mit geschlossenen Augen tanzte, das immer näher zu ihm tanzte und die beim nächsten Lied wieder verschwunden war.

Hans' T-Shirt war klatschnass und es war still geworden im Park. Gestalten in grünen Shirts packten Müll in Plastiksäcke. Die Bühne wurde abgebaut.

„Ich gehe heim. Kommst du mit?", fragte Lukas.

Hans nickte und sie verließen das Festival über die Brücke. Hans drehte sich noch einmal um.

„Wen suchst du?", fragte Lukas.

„Niemand."

Als Lukas die Haustüre aufschloss, hielt er den Zeigefinger an die Lippen und deutete Hans, leise zu sein. „Mama schläft sehr unruhig", sagte er.

## Sternleuchten in der Dunkelheit

Jahr für Jahr wartete Hans mit wachsender Wehmut auf die kürzeste Nacht des Jahres. Oft aber verging die Mitsommernacht, ohne dass er sich ihrer bewusst wurde und mit einem Mal kam es ihm vor, als waren die Tage des Sommers angezählt.
Der Tag nach der Sommersonnwende war ein freudloser, drückend schwüler Mittwoch. Nach der Arbeit machte sich Hans zu Hause ein Sandwich und dachte darüber nach, mit wem er sich zum See oder ins Schwimmbad verabreden konnte.
Als er nach dem Telefon griff, wählte er zunächst die Nummer seiner Eltern.
Er war überrascht, die Stimme seiner Mutter zu hören.
„Wie geht es dir denn, Hans?"
„Gut, gut", sagte er.
„Ich habe gehört, dass du auf Lukas' Abiturball ein Mädchen mitbringst."
„Das hat sich schon rumgesprochen?"
„Lukas hat es mir erzählt. Du glaubst gar nicht, wie sehr ich mich freue. Wer ist sie denn?"
„Sie heißt Ellis, Mama. Sie ist aber nur eine gute Freundin. Wir sind nicht zusammen oder so, mach dir keine falschen Hoffnungen."
„Eine Ellis nimmst du also mit. Schöner Name. Ich freue mich schon so. Der Abiturball wird für mich etwas ganz besonderes, weißt du? Mein Jüngster ist endlich mit der Schule fertig. Mein Großer bringt ein Mädchen mit..."
„Mama!"
„Ich sag doch gar nichts!" Sie lachte mit matter Stimme.
„Ich freue mich einfach so auf diese einmalige Gelegenheit, mit meinen beiden großen Söhnen gemeinsam auf einen Ball zu gehen. Ich bin ja so stolz auf euch."
„Aber wird dir so eine Feier nicht zu anstrengend?"

„Ach was, diese Feier lasse ich mir nicht nehmen. Da bin ich dabei, komme was wolle. Ich habe es so weit geschafft. Jetzt freue ich mich einfach, dass es bald soweit ist."
„Wie geht es dir eigentlich? Wir haben lange nicht mehr geredet."
Am anderen Ende der Leitung wurde es still.
„Was ist los, Mama?"
Ihre matte Stimme fuhr nach einer Pause leise fort: „Ich habe nächste Woche einen wichtigen Arzttermin."
„Was heißt das?"
Mit ruhiger, sachlicher Stimme erklärte sie: „In meinem Bauch haben sie einen neuen Tumor entdeckt. Es stellt sich jetzt die Frage, ob es ein gutartiger Tumor ist..."
Hans starrte mit zusammengebissenem Kiefer beim Fenster hinaus. Er fragte sich, wo die Schafe hin waren.
„...oder ob es ein Bösartiger ist. Ändern kann man es sowieso nicht. Nächste Woche wissen wir mehr."
Hans atmete konzentriert ein und aus. „Sagst du mir bitte gleich Bescheid, ja?"
„Mache ich."
Er verabschiedete sich und legte auf. Mechanisch griff er nach dem MP3 Player. Er hatte mit einem Mal keine Lust mehr, sich mit Freunden zu treffen. Er ließ die Tür ins Schloss fallen. Er eilte nach draußen, wollte keine Menschen mehr sehen, wollte mit niemandem sprechen müssen, wollte nichts mehr hören, außer dieser Musik, die er zu jeder freien Minute hörte. Im Kopfhörer lief „Apocalypse Now" von Muse. Er schaltete auf Repeat und ging grimmig an den Flaneuren am Stadtplatz vorbei. Er drehte die Musik lauter. Ein Gewitter aus Stromgitarren krachte durch seine Ohren in seinen Kopf. Die Straßencafés waren halbleer, im Brunnen planschten zwei Kinder. Der weiche, stoisch wehmütig berichtende Gesang von Matthew Bellamy stand in einem seltsamen Gegensatz zum aggressiven Sturm der von Stromgitarren vorangetriebenen Musik. Hans entfernte sich hastig Schritt für Schritt vom Stadtplatz, wählte die stille, schattige Seitenstraße und hastete ziellos durch die Stadt.

Bei der dritten Wiederholung des Liedes wusste Hans bereits, an welcher Stelle die Wut in Tränen umschlug.

Der Stadtpark war leer, Blätter vom Unwetter letzter Nacht schwammen im Brunnenbecken.

Vor dem Parkcafé stieg ein Mädchen aus einem Wagen und schlenderte stadteinwärts. Hans musterte sie und stellte die Musik so leise, bis er die Stille des Stadtparks hören konnte.

Das Mädchen kam näher. Es war ein schönes, dunkelhaariges Mädchen, die Augen hinter einer das halbe Gesicht verdeckenden Sonnenbrille versteckt.

Sie hielt schwenkend eine Tasche in der Hand und ging beschwingt die Straße hinab, ihm entgegen.

Hans fand sie so schön, dass sich in seinem Kopfkino unweigerlich blitzartige Szenen bildeten, wie er sie nach ihrem Namen fragte, sie ein erstes Mal ausführte, sie küsste, sie heiratete. Er grinste. Als sie sich näherte, kamen ihm ihr Haar, ihre vollen Lippen, die Wangenknochen bekannt vor und während er noch überlegte, ob sie es wirklich sein konnte, hob sie die Sonnenbrille an, lächelte, schaute ihm tief in die Augen, wiedererkennend in die Augen und lächelte noch einmal, ein Lächeln, das verbindlicher war und Hans wie ein Versprechen vorkam und ehe er es erwidern konnte, war Loni Schneider schon an ihm vorbeigegangen, seinem Blickfeld entschwunden.

Hans' Beine trugen ihn weiter, die Knie kamen ihm weich vor, er untersagte es sich, sich umzudrehen, sich der sicheren Lächerlichkeit preiszugeben, ihr nachzurufen, ihr hinterherzulaufen.

Matthew Bellamy sang immer noch vom Ende der Welt. Hans begann zu lachen. Er stieß ein lautes, herzliches Lachen aus und murmelte: „Verdammt. Was für eine Frau."

Am Bahnhof schaute er eine Weile den Reisenden zu, die nervös auf einen großen Abschied warteten, oder erwartungsfroh auf eine neue Stadt. Er sah denjenigen zu, die müde lächelnd zu Hause empfangen wurden und beobachtete die einzelnen Männer, die von niemandem begrüßt wurden und mit ausdruckslosen Augen ihren Trolli

zu einem Taxistand rollten. Eine Weile hatte die Dauerschleife der Erinnerung an Loni Schneiders Lächeln angehalten. Als die trüben Gedanken wieder zurückkehrten, ging er weiter. Er spazierte die Gleise entlang bis zum Park am Spitz und fand die Bank leer vor. Er fragte sich, ob es ein einmaliger Zufall war, Sebi dort anzutreffen. Er schaute sich um, aber weder auf der Grünfläche, noch auf dem Spielplatz war eine Menschenseele zu sehen. Die Sportgeräte, auf denen sonst Senioren schwitzten, glänzten unbewegt in der Sonne. Aus der Ferne hörte man das Gekreische vom Freibad.
Hans lauschte wieder „Sing for Absolution", spazierte hinunter zum Fluss. Er versuchte, die Musik in seinem Ohr zu interpretieren, kam aber zu dem Ergebnis, jeder Song handelte von Abschied und Tod.
Die Sonne begann in ihrem Sinkflug im Westen, langsam rötlich zu werden und Hans beschloss, nach Hause zu gehen und diesen Tag zu beenden. Er folgte dem Fluss der ehemaligen Trift entlang stadteinwärts. Kurz bevor er am Stadtberg angekommen war, hörte er von der Sandbank Rufe. Jemand rief seinen Namen, jemand winkte. Anstatt die Abzweigung nach Hause zu nehmen, bog er hinunter zur Sandbank ab und sah Sebi mit seinen Freunden auf Bierkästen am Ufer sitzend. Ein Feuer brannte und man hielt aufgespießte Würstchen in die Flammen.
„Alles klar, Mann?", grüßte ihn Sebi und sie reichten sich die Hand. Hans starrte das Mädchen an, das neben ihm saß. A kiss that can't renew, I only dream of you, my beautiful sang die Stimme in Hans' Kopf weiter, als er die Kopfhörer aus den Ohren gestöpselt hatte.
„Ihr kennt euch noch gar nicht. Das ist meine Freundin, die Loni."
Loni Schneider sah Hans an, als sehe sie ihn gerade zum ersten Mal in ihrem Leben.
„Hans", sagte er, als er ihre warme Hand spürte. „Ich bin Hans."

Tiptoe to your room. A starlight in your gloom. I only dream of you. And you'll never know.

„Schön, dich kennenzulernen. Sebi hat mir schon von dir erzählt", sagte Loni Schneider und lächelte.

Den restlichen Abend verbrachte Hans in einer Trance, einem unruhigen Schlaf zwischen Alptraum und Märchen. Zeit verging und stand still. Hans nahm sich drei, vielleicht vier Flaschen Bier aus dem Kasten, hörte Sebis Anekdoten zu und lachte mit den anderen über Sebis Scherze. Meist starrte er ins Feuer oder auf das Wasser. Dachte, was für eine ideale Kombination Feuer und Wasser für Schwermütige, die nichts reden wollten, waren. Er machte einige Fotos mit seinem Handy, als er einen Moment festhaltenswürdig fand und bemerkte, dass Loni Schneider in die Kamera lächelte, als wollte sie, dass er sich vor allem an sie erinnerte, wenn er später das Foto betrachtete.

Hans blieb, bis es dunkel wurde. Etwas hielt ihn davon ab, nach Hause, in seine Wohnung und die Geschichten aus Vergangenheit und Zukunft, die die Wohnung ihn nicht verdrängen ließ, zurückzukehren. Und als das Gelächter am Strand immer schriller wurde und die erste Flasche zu Bruch ging, wusste er, dass er sich seiner Realität stellen musste. Er wollte aufstehen und sich verabschieden, da setzte sich Loni Schneider neben ihn auf den Kies. Hans spürte, wie ihn der letzte Mut verließ und alles, was Vergangenheit und Zukunft für ihn bereithielt, für die Gegenwart warten musste. Er achtete darauf, ruhig zu atmen und versuchte, seinen Herzschlag zu kontrollieren. Er sah sie an. Loni Schneider war von nahem noch schöner als von weitem und seine Atmung brachte ihn in ein nervöses Ruhigsein, als er begriff, dass sie es war, die seine Gesellschaft suchte.

„Du hast vorhin so traurig ausgesehen", sagte Loni Schneider. Hans starrte sie mit offenem Mund an. Dieses Mädchen war nicht nur schön, sondern auch mit einer empathischen Aufmerksamkeit gesegnet, er begann den Bildern zu misstrauen, die ihm seine Realität vorspielte. Vielleicht hatte er längst zu viel getrunken. Sein Magen war dabei, sich umzukehren und es war gespenstisch, wie gut es sich anfühlte.

Hans kannte dieses Mädchen kaum, dennoch beschloss er, ihr seine Geschichte zu erzählen. Als er sich dessen bewusst wurde, dass sein erstes Gespräch mit Loni Schneider von Tumoren, Operationen und Angst handelte, wurde ihm klar, dass er seine einzige Chance, ein Mädchen wie sie näher kennenzulernen, gerade dramatisch verspielt hatte.

Aber sie saß ihm immer noch gegenüber, hatte keine Ausrede erfunden, warum sie sich wieder zu den anderen setzen müsse und hörte mit interessiertem Gesichtsausdruck zu.

„Entschuldige bitte, ich will dir mit meinen dunklen Geschichten auf keinen Fall den Abend verderben", sagte er.

Loni Schneider lächelte freundlich. „Nein, auf keinen Fall. Erzähl weiter. Der Tod fasziniert mich sehr, musst du wissen."

Hans redete weiter, das Sprechen fiel ihm nun leicht und mit jedem Wort fühlte er sich schwereloser. Loni Schneider folgte dem Gespräch aufmerksam, auch wenn er es fortan vermied, den Tod zu erwähnen.

Als Loni Schneider beschloss, dass sie genug von Hans erfahren hatte und sich wieder zu den anderen setzte, wusste Hans, dass er keine Angst mehr hatte, nach Hause zu gehen. Der Mond stand hoch am Himmel, er sah das Sternleuchten in der Dunkelheit und er verabschiedete sich.

## Abiturball

Der Weg zur Pilgerherberge war eine Sackgasse, am Stadtrand gelegen, idyllisch und grün, umsäumt von Bäumen und Büschen.
Es gab kein Klingelschild mit ihrem Namen, obwohl sie bereits seit einem Jahr dort eingemietet war. Er drückte den Knopf neben dem Schild „Herberge".
Hans hatte sich wenig Gedanken über seine Kleidung gemacht, er trug seinen Anzug, den er sich damals für das Vorstellungsgespräch im Bildungszentrum gekauft hatte und darunter, die Weltmeisterschaft lief und die Nationalmannschaft spielte am Abend, das Trikot der Nationalmannschaft.
Die Lächerlichkeit dieser Kleiderwahl, die er noch zu Hause als rebellisch und seiner ehemaligen Schule gegenüber angemessen empfunden hatte, wurde ihm deutlich, als Ellis die Türe öffnete. Sie trug ein eng geschnittenes, festliches schwarzes Kleid, hohe Schuhe hoben sie auf Augenhöhe und er schaute in ein makellos geschminktes Gesicht, auf hochgesteckte Haare und ihr erwartungsfrohes Strahlen.
„Oh", sagte er und aus seinem Gesicht schwand jede Spannung und Selbstsicherheit.
Ellis lächelte, als sei sie über ihre Wirkung zufrieden und begrüßte ihn mit einem Kuss auf die Wange.
Sie fuhren in die eine halbe Stunde entfernte Nachbarstadt, in die Hans einige Jahre zur Schule gegangen war.
Vor der Halle in der die Feier stattfand, standen aufgeregte Mädchen und Jungen in Abendgarderobe mit ihren Partnern, Geschwistern und Eltern beisammen. Hans musterte einige der Mädchen, kannte keine und fand niemanden schöner als seine Begleitung es war. Sein Rückgrat streckte sich, um nicht kleiner als Ellis zu sein und mit gehobenem Kinn schritt er auf die Gruppe zu, in der seine Familie stand.

Lukas trug standesgemäß Anzug und eine Krawatte, er hatte sich nassrasiert, Hans erkannte ihn kaum wieder. Er war in Begleitung eines Mädchens, das er als seine Schulfreundin Konstanze vorstellte. Lukas begrüßte Ellis galant mit drei Wangenküssen in korrekter Reihenfolge und schüttelte Hans mit ernstem Blick und lächelnden Lippen feierlich die Hand. Hans sah aus den Augenwinkeln den Stolz seiner Mutter. Sie trug eine den heißen Temperaturen angepasste Hose und eine Bluse, die ihr etwas zu weit war. Ihr Gesicht war hager, hatte aber eine gesunde Farbe. Hans erwischte sich bei dem Gedanken, ob ihr Haar noch grau oder schon weiß war.
Sie trat eine Schritt auf Ellis zu. „Du bist also die junge Dame von der meine Jungen so viel erzählen."
Ellis lächelte und ohne zu zögern begrüßten sich beide mit einer herzlichen Umarmung.
Ellis schüttelte Hans' Vater die Hand, der sie mit großen Augen skeptisch, fast ungläubig musterte und Hans denselben Blick zuwarf.
Sie führten eine Weile Smalltalk, sprachen über die unglückliche Terminierung wegen des gleichzeitigen Fußballspiels und Hans' Mutter betonte wieder und wieder, wie stolz sie auf Lukas sei und wie lange sie sich auf diesen Tag gefreut hatte.
Hans, der seine Mutter mehrmals mit kritischem Blick in Augenschein nahm, fand, dass seine Mutter ausgezehrt, aber nicht krank aussah. Im Gegenteil, er verortete in ihrem Gesicht ein Strahlen, das er seit Jahren nicht mehr an ihr wahrgenommen hatte.
Später saßen sie auf der Empore der Halle und Hans lauschte den pathetischen Reden, dem Chor, dem Orchester. Über sein Handy hörte er durch einen Kopfhörerstöpsel die Radioübertragung des Spieles. „Das ist unhöflich", sagte Ellis.
„Das ist Weltmeisterschaft", flüsterte Hans.
Hans alter Klassenlehrer drehte sich um und fragte, wie es steht.

„Immer noch unverändert. Es ist so spannend, es ist kaum auszuhalten!"
„Ich mag deine Mutter", flüsterte Ellis. „Sie hat so eine sanfte, weiche Ausstrahlung, so etwas durch und durch Gutes. Ich weiß gar nicht, wie man das ausdrücken kann, das ist sehr selten, weißt du?"
Hans hielt den Finger an die Lippen, verzog das Gesicht und lauschte angestrengt. Dann seufzte er enttäuscht und ließ sich in seinen Sitz zurückfallen. „Daneben! Das wird echt knapp. Hast du was gesagt?"
Ellis schüttelte den Kopf.
Als der Schülersprecher in pathetischen Worten seine Rede hielt, brandete wie aus dem Nichts ein Aufschrei im Parterre auf, der sich rasch ausbreitete und in ein unruhiges Gemurmel mündete.
„Was ist? Was ist?" rief Hans' Klassenlehrer aufgeregt, von mehreren Eltern erklang ein empörtes „Ssscht!" und ehe Hans etwas entgegnen konnte, unterbrach der Schülersprecher seine Rede mit einem Jubelschrei und mit sich überschlagender Stimme rief er ins Mikrofon: „Schlechte Lernbedingungen hin oder her, aber man vermeldet gerade, dass ein Tor für Deutschland gefallen ist!"
Mit der Verleihung der Abschlusszeugnisse kam es Hans so vor, als dehnte sich die Zeit im Saal ins unendliche, während sie auf dem fernen Spielfeld immer schneller davonraste.
Hans hatte Lukas versprochen, ein Foto von ihm zu machen, wie er die Urkunde überreicht bekommt. Mit dem Kopfhörer im Ohr begann Hans, das quälend langsam voranschreitende Zeremoniell und das W in seinem Nachnamen zu verfluchen. Er begann immer mehr zu schwitzen, während die Abiturienten in alphabetischer Reihenfolge aufgerufen wurden. Der Saal lichtete sich mehr und mehr, da im unteren Foyer das Spiel auf einer Leinwand übertragen wurde und jeder Schüler, der seine Urkunde in Händen hielt, nach unten eilte.
„Es ist nur ein Fußballspiel", zischte Ellis.
„Es ist nur ein bescheuerter Fetzen Papier."

„Du bist doch nur neidisch, weil du nur Fachabitur hast."
„Vergiss das Foto nicht!", rief Hans Mutter. „Hast du an den Fotoapparat gedacht?"
Hans nickte. Etwas in ihrer Stimme wunderte ihn, aber er hatte keine Zeit darüber nachzudenken, da geflüstert wurde, dass der Gegner es der deutschen Nationalmannschaft unerwartet schwer machte und ihm längst schlecht war.
Als Lukas Wegmann aufgerufen wurde, sprang Hans auf, beugte sich über die Balustrade, knipste drei Bilder, klatschte kurz in die Hand, reckte den Zeigefinger, als Lukas winkend nach oben schaute, drängte Ellis beiseite und lief zum Ausgang. Er rannte die Treppe hinunter ins Foyer und fand dort eine gespenstische Stille vor. Alle Augenpaare klebten nervös an der Leinwand. Ein gegnerischer Spieler legte sich das Leder nahe des Strafraumes zurecht. Es musste die letzte Aktion des Spieles sein. Der deutsche Torwart blickte grimmig. Jemand hustete. Dann lief der Gegner an, schoss, der Torwart hechtete sich dem Ball entgegen, streckte sich, sein Blick konzentriert auf den Ball gerichtet - und er parierte. Männer brüllten, Hans schrie.
Auf dem Bildschirm stürzten sich Fußballer auf den Torwart und begruben ihn unter sich. Lehrer fielen sich in die Arme, Sekt spritzte aus den Gläsern.
Ellis stand hinter ihm. Hans' Herz schlug ihm bis zum Hals. Ellis war unbeschreiblich schön. Langsam umarmte er sie, er küsste sie auf den Mund. „Wir haben gewonnen", sagte er. „Wir sind weiter. Wir sind wirklich weiter."
Im selben Moment kam Lukas die Treppe hinunter gestürzt, das Abiturzeugnis wie eine Siegestrophäe durch die Luft schwenkend. Er starrte auf die Leinwand und ballte grinsend die Faust. „Ich habe es nicht glauben können, dass sie wirklich weiter sind. Bis jetzt."
Hans ließ sich von der Euphorie des Moments mitreißen und umarmte Lukas. „Gratuliere dir, Bruder!", rief er und deutete lachend auf die Urkunde: „Ich habe es nicht glauben können. Bis jetzt."

Als der allgemeine Freudentaumel abebbte, bestellte Hans Sekt. Ellis fühlte sich nach einem Glas schummrig und bat ihn, sie auf einen Spaziergang an die frische Luft zu begleiten.
Sie schlenderten Seite an Seite durch die Altstadt. Es war später Nachmittag. Fahnenschwenkende Kinder kamen ihnen entgegen und zahllose der mit flatternden Fähnchen geschmückten Autos hupten. Ellis war auffallend still. Sie strich mit einer Hand immer wieder über ihre Brust, als habe sie Schmerzen. Hans empfand seinerseits ein beklemmendes Glücksgefühl. Sein Blick schweifte über die Fassaden. Die Farbe der Gemäuer der Stadt kippte ins rötliche, Menschen umarmten sich, sangen Lieder und riefen die Namen ihrer Fußballhelden aus. Aber da war ein Gefühl von Vergänglichkeit, über das er nicht aufhören konnte, nachzudenken. Eine Hoffnung, dass der Sommer noch schöner werden könnte und die gleichzeitige Ahnung, dass die schönsten Tage dieses Jahres soeben vorbei waren. Er nahm Ellis in den Arm.
Sie schmiegte sich an ihn. „Wie wird es weitergehen?", fragte sie.
„Wir müssen noch zweimal gewinnen und dann sind wir… ich trau mich gar nicht, es auszusprechen!", sagte er.
Ellis seufzte.
Er drückte sie fester. „Leben und Glücklichsein hat immer etwas mit Gegenwart zu tun. Ich bin gerade glücklich", sagte er. Ellis versuchte zu lächeln.
„Geht es dir wieder besser?"
Sie nickte. „Ein wenig."
Sie spazierten wieder zurück.
Hans' Familie saß bereits an einer gedeckten Tafel. Im Vorbeigehen warf er einen Blick auf das Buffet.
Sie setzten sich und warteten, hörten einer Rede zu, das Buffet wurde eröffnet und die Abiturienten stürzten sich gierig auf die Speisen und sofort bildete sich eine lange Schlange. Lukas stand geduldig am hinteren Ende der Schlange.

Hans hatte keinen Hunger, etwas in ihm bereitete ihm noch Schmetterlinge im Bauch nach dem Nervenkitzel. Er blieb bei seinen Eltern am Tisch sitzen und lauschte verwundert, wie innig das Gespräch wurde, das sich zwischen Ellis und seiner Mutter entspann.

„Ich war allerdings schon Mitte Zwanzig, als mir dasselbe passiert ist", hörte er seine Mutter erzählen. „Mein langjähriger Freund hat mich sitzenlassen. Ich dachte erst, das war es jetzt, mein Leben ist vorbei. Aber dann bin in eine andere Stadt gezogen, hab den Beruf gewechselt und wieder langsam zu mir gefunden. Aber ich weiß, das ist ein langwieriger Prozess. Das kann Jahre dauern, wenn man so ein verträumtes, naives Mädchen ist, wie ich es war."

„Und wann hast du deinen Mann kennengelernt?", fragte Ellis.

„Ach, das war Jahre später. Da hatte ich mit dem Thema Heirat längst abgeschlossen. Aber Hans' Papa war sehr hartnäckig. Und wenigstens am Anfang romantisch. Ich hoffe, dass Hans von seinem jungen Vater zumindest ein wenig geerbt hat", sagte sie in Hans' Richtung.

Hans wollte etwas entgegnen, aber Ellis kam ihm zuvor: „Wir sind übrigens nicht zusammen, sondern nur befreundet. Ich hoffe, Lukas hat das von vornherein klargestellt."

„Ja, natürlich." Hans Mutter griff nach Ellis' Hand und schaute ihren Sohn dabei an. „Als ich zum ersten Mal mit deinem Vater auf einem Ball war, haben wir auch jedem versichert, dass wir kein Paar sind. Wir haben nicht einmal getanzt. Aber das hatte andere Gründe. Entweder es passt, oder es passt nicht. Manchmal dauert es länger, bis man es merkt, manchmal weiß man es sofort. Und manchmal meint man, es zu wissen und kann sich Jahre später nicht mehr erklären, wo diese Person hin ist, mit der es einmal so sehr gepasst hat. Aber es kommt, wie es kommt und man kann es ja doch nicht ändern." Sie seufzte.

„Also ich habe jetzt langsam genug vom Warten. Ich stelle mich an, ich habe Hunger", sagte Hans' Vater und stand auf.

„Bringst du mir was mit?", fragte Hans' Mutter und fügte leise hinzu: „Eigentlich darf ich davon gar nichts essen. Aber was soll's. Man lebt nur einmal."

Er nickte. „Du kannst von meinem Teller was haben. Herrschaftszeiten, wie viele stehen denn da immer noch an?"

„Du hast es sicher nicht leicht mit deinem Mann", sagte Ellis mit gedämpfter Stimme.

Hans' Mutter ließ ein zerbrechliches Lächeln über ihre blassen Lippen huschen. „Seit er in Rente ist, wird er immer mehr zum Kind und schüttelt mehr und mehr Verantwortung von sich. Er redet immer recht stolz davon, wie belesen er ist, aber mir kommt es so vor, als ob sein Horizont von Jahr zu Jahr enger, immer selbstbezogener wird. Seit meiner Erkrankung ist es ein wenig besser geworden. Aber manchmal fragt man sich schon, ob man dafür wirklich krank werden muss. Damit sich der Ehemann wieder für einen interessiert, meine ich. So sind übrigens alle Männer in seiner Familie gewesen. Schau dir den Hans also lieber genau an."

„Mama, ich sitze in Hörweite!", entfuhr es ihm. Er konnte sich nicht erinnern, dass seine Mutter jemals mit ihm ein so persönliches Gespräch über seinen Vater geführt hatte.

„Mach dir keine Gedanken. Ich glaube, ich durfte den Hans bereits recht gut kennenlernen. Und außerdem bin ich, auch wenn es niemand glaubt, heute in erster Linie wegen Lukas hier."

„Und trotzdem sitzt du neben meinem begriffsstutzigen Bruder und nicht neben mir", sagte Lukas, der mit einem großen Teller zurückkam, auf dem neben allerlei Beilagen auch ein halbes, über den Tellerrand ragendes Hähnchen lag. „Das Essen sieht großartig aus. Holt euch was."

Ellis und Hans tauschten einen Blick aus und standen auf.

Hans kehrte mit Ellis und einem voll beladenen Teller zurück. Er atmete tief durch und versuchte, in sich hinein zu hören, was in seinem Magen brodelte. Alle am Tisch wirkten zufrieden. Jeder aß, die Gläser am Tisch leerten sich zügig und füllten sich ebenso rasch durch die aufmerksam kellnernden Mädchen. Nur der Teller seiner Mutter, merkte er, erhielt nur langsam das von dunkler Soße befleckte Weiß des Porzellans wieder zurück. Er hörte Lukas zu, der mit vollem Mund und leuchtenden Augen von den Höhen und Tiefen der letzten beiden Schuljahren erzählte. Und von dem Wunder, das ihn während der letzten Prüfungswoche widerfahren war, das ihn erleuchtete und ihn statt zum Sitzenbleiber zum ersten richtigen, wie Lukas mehrmals betonte, einzigen Abiturienten in der Familie machte. Hans lachte mit seinem Bruder und freute sich über den stolzen Glanz und die heitere Miene, die er im Gesicht seiner Mutter las.

Später, als die ersten Tische abgeräumt wurden, begann eine Band zu spielen und einige Paare auf dem Parkett zu tanzen.

An Hans' Tisch machte niemand Anstalten zu tanzen. Hans' Vater sah mit verschränkten Armen den Tanzenden zu und Lukas war mit den letzten Resten seines Hähnchens beschäftigt.

„Ich würde dich ja gern auffordern, Mama", sagte Lukas kauend und lutschte sich das Fett von den Fingern, „aber das verbietet mir gerade der Anstand. Frag doch den Papa", sagte er lachend.

Hans' Mutter lächelte. Sie fuhr Lukas durch die lockigen Haare, als sei er noch ihr dreijähriger Sohn, der ihr etwas nicht Identifizierbares gemalt hatte. „Schon gut, Lukas. Ich bin ja nicht zum Tanzen hier. Ich bin heute hier, weil ich so", und sie betonte das so mit langgezogenem O, „stolz auf dich bin."

Lukas seufzte und senkte stolz den Blick. Sein Blick erhellte sich und er deutete auf einen wie eine verästelte Astgabel geformten Knochen zwischen den Überresten auf seinem Teller.

„Ein Glücksknochen!", rief er, nahm das Stück und hielt es seiner Mutter hin. „Mama, du musst dran ziehen. Wer das längere Ende hat, darf sich etwas wünschen."

Hans beobachtete, wie seine Mutter Lukas mit einer ehrfürchtigen Neugier ansah, mit dem Blick einer Mutter, die gerade begreift, dass ihr Sohn erwachsen geworden ist.

Lukas hob feierlich den Knochen vom Teller und hielt ihn seiner Mutter entgegen. Hans hob den Kopf und war gespannt, was als nächstes passieren würde. Die dürren Finger seiner Mutter griffen nach dem Knochen, Daumen und Zeigefinger umfassten ihn und auf Lukas Kommando begannen beide, am Knochen zu ziehen.

Nichts passierte. „Mama!", rief Lukas lachend, „Fester! Ich bin doch kein Seidenpüppchen! Also nochmal: Eins, Zwei, Drei!"

Mit einem Ruck riss das Knochengebilde entzwei, Splitter flogen über den Tisch und die gesamte Tafel fiel in schallendes Lachen.

Hans' Mutter lachte am lautesten, wischte sich lachend die Tränen aus den Augen und als sie sah, dass sie das längere Ende des Knochens zwischen ihren dünnen Fingern hielt, sah sie Lukas an, das Gesicht rosig vom Lachen und sagte, noch immer lachend: „Oh, jetzt hab ich ganz vergessen, mir etwas zu wünschen."

## Du wirst von Sternen high

Als Hans aufwachte, hatte er starke Rückenschmerzen. Er reckte sich und verzog das Gesicht. Vielleicht war die Last des Bierkastens, den er gestern über die Metzgerstiege hinauf geschleppt hatte, zu schwer gewesen. Vielleicht hatte er einfach nur schlecht geschlafen und sich verlegt.
Mittags traf er sich mit Ellis. Er wollte sie sehen, bevor er auf das Festival fuhr. Sie holte ihn ab und beide fuhren mit dem Rad aus der Stadt hinaus zu einem Erdbeerfeld. Hans machte sich nichts aus Erdbeeren, ihm gefiel allerdings die Vorstellung, mit ihr zusammen durch ein Feld zu waten, das voll von etwas war, das sie begierig verschlang.
Es war ein brütend heißer Junitag, aber Hans kannte die in den Bergen aufziehenden Kumuluswolken genau und wusste, dass sich jederzeit ein Gewitter bilden konnte. Ellis war fröhlich und sentimental zugleich. Sie sprang wie Rotkäppchen mit ihrem Körbchen durch das Feld auf der Suche nach den großen, aber nicht zu großen, rubinroten Erdbeeren, die am süßesten schmeckten.
Als das Körbchen bis zum Rand gefüllt war, blieb sie stehen und ihr Blick verfinsterte sich. „Ich find es Scheiße, dass du fährst. Dass ich nicht dabei bin. Die letzten Tage waren einfach zu schön. Oder?"
Hans lächelte. Ein milder Wind fuhr über das Erdbeerfeld und spielte mit Ellis' Haaren. Er mochte es, wenn etwas Schönes passierte und er liebte es, wenn er diese Kleinigkeiten bemerkte.
„Ja, die letzten Tage waren wirklich schön. Aber ich habe die Tickets schon vor Wochen gekauft."
„Dann verkauf sie halt wieder!"
„Bitte versuch nicht, mich umzustimmen…", er reckte den Nacken. „Ich hab Rückenschmerzen", sagte er.
„Da hast du es. Bleib einfach da." Ellis machte einen Schmollmund und seufzte: „Ich weiß ja, dass du sowieso

machst, was du willst, aber ich kann ja wohl sagen, dass du mir fehlen wirst."

„Vielleicht solltest du einfach mitkommen. Danach kannst du etwas realistischer entscheiden, ob du mich wirklich magst", sagte er.

„Ich hab dir ja schon gesagt, dass ich vielleicht sogar mitgekommen wäre. Aber ich muss arbeiten und…"

„Und deine Mama feiert ihren 50. Geburtstag, ich weiß. Und ich kann Dir nur raten, nach Hause zu deiner Familie zu fahren. Kannst du dir vorstellen, dass ich den fünfzigsten Geburtstag meiner Mama vergessen habe?"

Ellis schaute ihn ungläubig an.

„Stimmt echt. Gut, ich war im Ausland. Aber trotzdem. Da war meine Mama sogar mal richtig sauer und schwer enttäuscht."

„Du bist echt unmöglich", sagte sie lachend und zwickte ihn in die Seite.

Hans strich ihr eine Strähne aus dem Haar und betrachtete ihre wehmütigen, traurigen Augen. Sie kniff die Lippen aufeinander: „Meldest du dich gleich, wenn du wieder zurück bist?"

Hans nickte. „Ich werde dich jeden Tag anrufen, wenn ich darf."

Er zahlte ihre Erdbeeren und sie fuhren schweigend wieder zurück. In der Stadt trennten sich ihre Wege und Hans verabschiedete sich, ohne sie zu küssen. Er mochte sie. Er fand sie nett. Er war ratlos.

Gegen Vier Uhr beendete er seine Arbeit und ging nach Hause, um seinen Festivalrucksack zu packen. Er verstaute seinen Fotoapparat, eine Stirnlampe, Klopapier und Kleidung für drei Tage für jede Wetterlage sowie seine robustesten Schuhe in den Rucksack.

Dann schellte es an der Türe. Er lief nach draußen in die Vorhalle des Gebäudes, ließ die zwei Durchgangstüren einrasten und öffnete die Haupttüre. Auf dem Seitenstreifen der Brauerei stand Markus' Wagen, an den ein Wohnwagen angehängt war.

Markus saß mit nacktem Oberkörper am Steuer, eine grüne Kappe auf dem Kopf, auf der „John Deere" stand. Er grinste breit. Markus machte mit der Hand eine Bewegung, die einen Trinkenden darstellen sollte. Bens Kopf kam hinter den Lamellen des Wohnwageneingangs hervorgeschossen.
„Hast du das Bier?", rief er, ohne zu grüßen.
Hans nickte. „Hilf mir tragen."
Ben hatte ein verdächtiges Lächeln im Gesicht. Als er Hans per Handschlag begrüßte, flüsterte er: „Zwei."
„Zwei Bier? Jetzt schon?"
„War nicht viel los in der Arbeit heute."
Sie trugen das Bier und die Bierzeltgarnitur sowie Hans' Ghettoblaster nach draußen und verstauten alles im Wohnwagen.
Als Hans die Wohnungstür hinter sich absperrte, hatte er trotz der Vorfreude ein flaues Gefühl im Magen. Ein Gefühl, als sei es ungewiss, ob er sie auch wieder aufsperren würde oder ob die Wohnung jemals wieder dieselbe sein würde.
„Scheißegal. Festival!" rief er und seine Stimme hallte durch das Treppenhaus. Aufgeregt tapste er barfuß Ben hinterher und setzte sich auf den Hintersitz von Markus Wagen.
„Endlich geht's los!", rief er.
„Noch nicht ganz, wir müssen noch einkaufen", entgegnete Markus.
Der Aldi Markt lag auf dem Weg Richtung Autobahn und sie kauften zwei Einkaufswägen voller Lebensmittel, Wein und Schnaps ein. Auf halbem Weg zur Kasse kam ihnen ein junges, braun gebranntes Pärchen mit dicken schwarzen Sonnenbrillen, entgegen.
Ben rempelte Hans von der Seite an.
Hans folgte dessen Blick, der auf das attraktive, luftig bekleidete Mädchen gerichtet war. Hans erkannte sie sofort.
„Uups", murmelte Ben enttäuscht, als das Pärchen näher kam. Er reichte Sebi die Hand und schlug mit ihm ein: „Wow, bist du braun, hast du Urlaub?", fragte er aufgekratzt.
„Seit zwei Wochen. Und eine häng ich noch dran."

Ben reichte Loni Schneider die Hand: „Und du wirst auch jeden Tag schöner. Ich hätte dich fast nicht erkannt."

„Du ewiger Charmeur. Als ob wir uns seit Wochen nicht mehr gesehen hätten."

„Vielleicht hast du mich am Samstag gesehen, aber so wie es mir nach zwei Drinks ging, habe ich dich mit Sicherheit nicht gesehen." Ben lachte und wandte seinen Blick den anderen beiden hinter den Einkaufswägen zu. „Hans und Markus kennt ihr ja bereits."

Hans versuchte etwas aus Loni Schneiders Blick herauszulesen. Sie sah ihm direkt, aber unverbindlich in die Augen.

Er sah sie an. Loni Schneider trug unter ihren Spaghettiträgerhemd keinen BH, und die Form ihrer Brüste trat fantasielos zum Vorschein, jede ihrer Atemkontraktionen ließen Hans den Atem stocken und er wandte irritiert seinen Blick von ihr ab. „South Side?", fragte Sebi.

Ben nickte.

Sebi und Loni Schneider lächelten fröhlich: „Dann sehen wir uns später wieder. Vreni und Eva sind auch dabei.", sagte Sebi und sah Hans an: „Ach ja, Lukas kommt auch mit!"

„Ehrlich?" fragte Hans verwundert. „Ich wusste ja, dass er Karten hat. Aber ich hatte keine Ahnung, dass er mit euch unterwegs ist."

„Also bis später", sagte Sebi. „Wir können uns dann am Festival zusammentelefonieren."

„Da gibt's nichts zu telefonieren: Wir sind am P2, wie jedes Jahr", sagte Ben.

Sebi nickte. „P2. Das ist leicht zu merken."

Während die beiden wieder im hinteren Bereich des Supermarktes verschwanden, sah Ben Hans an und machte ein begeistertes Gesicht: „Hatte die schon immer solche Tüten?", fragte er.

Hans ignorierte die Frage und das Wort „Tüten" hallte noch lange Zeit in seinen gut durchbluteten Gehirnwindungen nach.

Als die Verpflegung im Wohnwagen verstaut war, sie auf die Autobahn abbogen und aus der CD, die Ben extra gebrannt hatte, die Strokes klangen, fühlte es sich nach Festival an und eine Hochstimmung überkam Hans. Sie fuhren nach Westen, der sinkenden, schließlich untergehenden Sonne entgegen. Die letzten Tage waren turbulent, die Nachrichten schlecht gewesen, aber das Leben war großartig, dachte er. Zumindest für die Lebenden.
Nach vier Stunden singen, schlafen, McDonalds, singen, erreichten sie ein kleines Dorf im Allgäu. Es war dunkel, als sie das Festivalgelände, ein ehemaliger Flughafen, erreichten und auf der großen asphaltierten Landebahn parkten.
Mit wenigen Handgriffen war der Wohnwagen entkoppelt, die Bierzeltgarnitur und das Vordach aufgebaut und der Grill glühte, als sich Hans mit einer Mischung aus Erschöpfung und Erleichterung eine Flasche aufmachte.
„Das erste Festivalbier", sagte Hans und seufzte.
„Das fünfte", entgegnete Ben und griff sich ans Bein. Aus seinem Handy erklang die Melodie von Art Bruts „My little brother just discovered Rock'n Roll".
„Hallo?", meldete er sich.
„Ach, du bist es, Vreni... Ja, wir sind schon da... Ihr auch? Dann ...Genau, wir sind auch im P2. Auf Höhe der fünf blauen Dixies. Sonst ruf halt nochmal an."
Hans sah Ben fragend an.
„Die anderen sind da und kommen gleich."
„Die anderen?" Hans blickte zum schwarzen Nachthimmel und hielt nach einem Stern Ausschau.
Markus servierte knusprig gegrillte Steaks auf Papptellern und als alle drei hungrig das mitternächtliche Abendbrot zu sich nahmen, tauchten zwei in dicke Kapuzenpullis gehüllte Mädchen aus dem aufziehenden Nebel auf.
Vreni und Eva waren beide mit Lukas in die Grundschule gegangen und Eva später am Gymnasium in Lukas' Parallelklasse. Sie waren als Kinder oft bei Hans Zuhause gewesen und später, als sich die unterschiedlichen

Dorfcliquen bildeten, lose in Verbindung geblieben. Erst seit einigen Monaten, als Lukas begann, sich wieder mit seinen alten Freunden zu treffen, sahen sie sich regelmäßig.
„Hey, wo ist der Rest?", fragte Ben.
Vreni und Eva setzten sich an den Biertisch. Sie hielten beide einen Becher mit Weißweinschorle in der Hand. „Wir sind getrennt gefahren", erklärte Eva. „Sebi, Loni und Lukas sind mit dem Reggae-Bus los und ich bin selbst gefahren. Zu fünft wäre es einfach zu eng im Bus geworden."
Hans starrte weiter in den pechschwarzen Nachthimmel über dem Festivalgelände. Kein einziger Stern war zu sehen.
Er erkundigte sich nach Lukas."
„Er ist dabei", versicherte sie.
Hans nickte: „Wir waren noch nie gemeinsam auf einem Festival."
„Ihr macht nicht sehr viel zusammen, oder?", fragte Vreni.
Hans zog nachdenklich an der Etikette seiner Bierflasche, die sich langsam löste.
„Nein, eigentlich nicht", murmelte er und sagte, als wolle er sich selbst diese Frage beantworten: „Wir sind halt fünf, fast sechs Jahre auseinander. Das kann manchmal eine Ewigkeit sein. Ich war schon in der Schule, als er noch ein Baby war. Als er dann in die Schule kam, war ich schon am Gymnasium. Und als er aufs Gymnasium kam, war ich schon wieder so gut wie fertig."
„Aber wie es aussieht, macht er jetzt wieder viel mit euch", sagte Hans.
Eva nickte: „Mehr oder weniger."
Hans nickte. „Das freut mich", murmelte er und griff nach der Flasche Havanna: „Markus, du machst doch die besten Cuba Libre der Welt. Hättest du nicht Lust, eine Runde zu mixen?"
„Oh ja, für mich bitte auch!", riefen Vreni, Eva und Ben fast gleichzeitig.
„Ich ruf mal die anderen an und frag, wo sie gerade sind", sagte sie und holte ihr Handy hervor. Nach einer Weile

nahm sie das Telefon wieder vom Ohr: „Das ist ja komisch", sagte sie. Die letzten drei Mal ist jedes Mal sofort jemand schreiend oder singend ans Telefon gegangen. Und jetzt ist das Handy ausgeschaltet."

„Vielleicht ist der Akku leer", sagte Ben.

Vreni schüttelte den Kopf. „Hallo, Sebi ist kein verdammter Anfänger. Man fährt doch nicht mit einem leeren Akku auf ein Festival."

Sie tippte eine SMS in das Gerät: „Sind wie geplant P2. Die anderen sind auch da. Meldet euch!!!" schrieb sie mit drei Ausrufezeichen.

„Sie sind sicher noch unterwegs. Bei dem Tempo vom Reggaebus waren wir sicher um ein, zwei Stunden schneller als sie", sagte Eva.

Hans schwieg. Er fragte sich, ob die Scheinwerfer des Flughafens so hell waren, dass keine Sterne am Himmel zu sehen waren.

Er beobachtete Markus, wie er mit bedächtigen, fast liebevollen Handgriffen die Getränke mixte. Markus hatte eine eigene Technik entwickelt, indem er die aufgeschnittene Zitrone zunächst am Rand des Bechers entlangführte, damit sie beim ersten Schluck ihr markantes saures Kribbeln auf den Lippen hinterließ. Er mixte den „Cubata", wie er das Getränk getauft hatte, mit Havanna oder Bacardi, aber stets mit Eis und Coca Cola, nie mit Cola Light oder Cola Plagiaten wie Pepsi oder anderen No Name Brands, die er verteufelte als schmeckten sie nach brackem Weihwasser.

Als die fünf Becher gefüllt waren, schob er jedem der anwesenden einen über den Tisch: „Lasst es euch schmecken."

Hans nahm sich vor, diesen Tag unvernünftig viel zu trinken. Vielleicht noch nicht diese Nacht. Aber der Tag hatte 24 Stunden und war gerade erst angebrochen und das Wochenende bot noch weitere zwei Festivaltage an. Er nippte an seinem Cubata und hoffte, dass dieser Schatten über seinem Gemüt bald verschwand.

Evas Telefon läutete.

„Sebi?", meldete sie sich. „Ach du bist's, Lukas."

Die anderen hörten Lukas laute, aufgeregte Stimme blechern durch das Telefon. Evas Gesicht wurde ernst. Sie lauschte erregt den Schilderungen, nickte ab und an und murmelte Worte wie „Krass", „Ehrlich?" oder „Was für eine Scheiße."

Hans beobachtete jede Regung von ihr und versuchte, aus ihrem Gesicht zu lesen, wie ernst die Neuigkeiten waren, die Lukas gerade überbrachte.

Eva nickte mehrmals. „Jetzt beruhige dich erstmal und überlege in Ruhe, was du wirklich machen willst. Ich kann dich aber gut verstehen. Aber mach jetzt nichts Unüberlegtes."

Dann legte sie auf und schaute mit ernster Miene in die Runde.

„Ist Lukas was passiert?", fragte Hans, Eva schüttelte sofort den Kopf: „Es geht ihnen allen gut, ihnen ist nur eine saublöde Geschichte passiert."

„Jetzt rück schon raus mit der Sprache, was ist los?", drängte sie Ben.

Eva konnte sich ein schmallippiges Grinsen nicht verkneifen und die anderen atmeten erleichtert auf. „Sebis Bus ist von der Polizei aufgehalten worden", sagte Eva.

Ben heuchelte Überraschung: „Nein, wirklich? Wie kommen denn die Bullen dazu, auf einem Festival ausgerechnet einen bunt bemalten Reggaebus aufzuhalten? Das ist ja reine Willkür!"

„Es war an derselben Stelle, wo uns die Polizei schon die letzten Male kontrolliert hat. Aber diesmal haben sie was gefunden."

Hans schüttelte den Kopf: „Also, wenn die wirklich etwas dabei gehabt haben, dann ist ihnen in Sachen Blödheit auch nicht mehr zu helfen."

„Das ist es ja", sagte Eva, „Lukas schwört, dass keiner der drei etwas dabei gehabt hat. Lukas hat erzählt, dass sie kurz vor dem Festivalgelände kontrolliert wurden. Die Ausweise waren in Ordnung. Sebi, der gefahren war, musste einen Alkoholtest machen, weil eine Bierflasche zwischen seinen Knien klemmte. Wie typisch. Aber es war seine traditionelle erste Festivalhalbe, die er kurz vor der Ankunft erst aufmacht. Er hatte 0,15. Lukas allerdings war schon recht betrunken und hatte einige zu lockere Sprüche den Polizisten gegenüber parat. Die wurden schließlich misstrauisch und durchsuchten den VW Bus. Die Hunde sprangen nicht an, aber im Handschuhfach entdeckten sie eine Tüte mit Ecstasy."

„Ecstasy?", rief Ben. „Im Handschuhfach? Auf einem Festival? Wer hat denn denen ins Hirn geschissen?"

Vreni schüttelte den Kopf: „Das kann ich echt nicht glauben. Da muss ihnen jemand etwas untergeschoben haben."

Eva nickte. „Sowohl Lukas, als auch Sebi und die Schneiderin schwören, dass sie nichts mit Pillen am Hut haben."

„Aber woher sollen die Pillen denn sonst stammen?", fragte Markus.

„Das ist jetzt nur eine Theorie, aber Sebis älterer Bruder ist vor zwei Wochen einige Tage mit dem Reggaebus gefahren, weil sein eigenes Auto kaputt war. Ich weiß das deshalb, weil er so nett war und mich vom Flughafen abgeholt hat", sagte Eva.

Alle schwiegen. Es war ein offenes Geheimnis, dass Sebis Bruder früher in der Goaszene unterwegs war.

„Aber der hat doch inzwischen ein Kind. Der wird doch keine Drogen in der Gegend herumfahren", sagte Ben.

„Ich kann's mir auch nicht vorstellen", sagte Vreni. „Aber es macht mehr Sinn, als wenn wir jetzt Sebi oder Lukas verdächtigen."

„Ich wette, die sind von der Loni", sagte schließlich Ben. „So wie die jedes Wochenende abgeht, schmeißt sie sicher was ein."

„Ben, halt einfach die Klappe, wenn du nichts Konstruktives beizutragen hast", fuhr ihn Hans an.

„Ach ja, ich hab noch gar nicht erwähnt, dass Lukas mich von der Polizei aus angerufen hat", sagte Eva und alle verstummten. „Die drei wurden sofort festgenommen. So richtig mit Handschellen und so: Lukas hat gemeint, das war wie in einem schlechten Film. Sie wurden in einen Polizei–Gefängnisbus geschleppt und aufs Präsidium gefahren. Dort musste jeder zum Drogen-Screening. Sebi konnte vor Aufregung nicht pissen und sitzt immer noch dort. Außerdem wurden sie verhört. Lukas war sehr aufgekratzt am Telefon."

„Du meinst, die sitzen über Nacht im Gefängnis?", fragte Hans.

Eva schüttelte den Kopf: „Nein, bis auf Sebi, der ja noch Pinkeln muss, sind alle wieder draußen. Die konnten übrigens die Pillen nicht identifizieren und das erste Ergebnis vom Drogen-Screening war negativ."

„Also kommen die anderen gleich?", fragte Hans

Eva schüttelte den Kopf: „Dein Bruder war total durch den Wind. Er hat gesagt, er möchte jetzt nur noch nach Hause. Er wird sich in den nächsten Zug setzen und zurück fahren."

„Oh Mann", Hans stöhnte. „Warum macht er das?"

Hans war schlecht. Ihm war schlecht, weil er genau wusste, warum Lukas wieder nach Hause fuhr und ahnte, dass es derselbe Grund war, warum er selbst hier war.

„Und die anderen?", fragte er.

„Sobald Sebi gepinkelt hat, kommen er und Loni nach."

„Sie kommen also", murmelte Hans und entdeckte oberhalb eines Funkturms einen schwach funkelnden Stern.

Markus warf Hans einen ernsten Blick zu: „Findest du nicht, dass dein Bruder hysterisch reagiert?"

Hans zuckte die Achseln. „Lukas ist ein Dickkopf. Wenn er meint, nach Hause fahren zu müssen, kann ihn keiner davon abbringen."

„Du könntest ihn ja wenigstens anrufen", sagte Markus.

„Du hast wohl recht", sagte er schließlich und wählte Lukas Nummer.

„Ich bin's, Hans. Hab gehört, ihr habt Spaß", sagte er.

„Was für ein beschissener Tag", hörte er Lukas sagen. Er hatte einen schlechten Empfang und ein statisches Rauschen untermalte jedes Wort.
„Wo bist du?", fragte er.
„Am Bahnhof. Mein Zug geht in fünf Minuten."
„Du fährst also wirklich wieder heim?"
„Du hast keine Ahnung, wie diese Polizeikasperl mit uns umgegangen sind. Die haben mir die Hände nach hinten ausgerenkt und mir Handschellen angelegt, als wäre ich ein Mörder oder sowas. Ich hab einfach keinen Bock mehr, länger hier zu bleiben. Scheiß Baden-Württemberg."
„Und dein Ticket?"
„Das hab ich Sebi gegeben. Vielleicht kannst du es ja für mich verkaufen."
„Ich schau, was ich tun kann. Und – Lukas?"
„Ja?"
„Pass auf dich auf. Und sag Mama einen schönen Gruß."
Hans spürte, wie sich ein Kloß in seinem Hals bildete und seine Augen zu tränen begannen. Er versuchte, nicht vor den anderen loszuheulen.
„Mach einen Film von Muse für mich", antwortete Lukas. „Wenn sie ihren Hit spielen."
Hans nickte, kniff die Augen zusammen, atmete tief ein und beendete das Gespräch.
„Was ist los? Du schaust aus wie ein Gespenst", fragte Vreni.
„Nichts, nichts", sagte er. „Lukas fährt wirklich heim."
„Dabei hat er sich so auf das Wochenende gefreut."
Hans trank sein fast volles Getränk in einem Zug aus. Etwas in ihm redete auf ihn ein, dass er ebenfalls nach Hause fahren müsse. Er beschloss, schlafen zu gehen und den nächsten Morgen entscheiden zu lassen. Sollte Loni Schneider bis dahin nicht da sein, würde er heimfahren. Er verabschiedete sich abrupt und legte sich in den Wohnwagen.
Nach tiefem, traumlosem Schlaf wachte Hans am nächsten Morgen auf. Durch die roten Vorhänge bahnte sich helles

Sonnenlicht einen Weg. Blinzelnd lauschte er den Geräuschen. Murmelnde Gesprächsfetzen, ein lallendes Lachen. Unterschiedlich weit entfernte Musik. Das Rauschen, das er Festivalrauschen nannte, das dann entstand, wenn tausende Menschen auf engstem Raum campten. Das Festivalrauschen folgte einem bestimmten Zyklus, aber es war immer da. Ruhig und stetig wie die Meeresbrandung an einem windstillen Tag. Es war immer da, nur manchmal hörte man es nicht, wenn die eigene Musik oder die des Nachbarn das Rauschen an Lautstärke übertönte.
Er schlüpfte aus dem Schlafsack, suchte ungeschickt, darauf bedacht die anderen nicht zu wecken, nach seiner Hose. Er öffnete behutsam die Türe des Wohnwagens und die Frische der Luft fuhr ihm in die Nase. Ein Junge mit Rastazöpfen, der vor dem Nachbarbus saß, sah ihn mit glasigen Augen an und formte die Finger zum Peacezeichen.
„Guten Morgen", sagte Hans freundlich.
Auf dem Tisch lagen Plastikbecher und Zitronenreste, ein Messer und eine Sonnenbrille, die er zuvor einmal auf Loni Schneiders Nase gesehen hatte. „Sie ist also da", murmelte er.
Er grinste und begann einen Spaziergang über das Festivalgelände. Der frühe Morgen auf einem Festival war angenehm, wenn man nicht zu sehr verkatert war. Die meisten schliefen und diejenigen, die eine durchzechte Nacht noch nicht beendet hatten, saßen in ihren Campingstühlen, still und friedlich. Mit etwas Glück wurden die Dixi Toiletten frisch gesäubert und man war der erste, der sie benutzte.
Der Morgen eines Festivals war voller Vorahnung, Vorfreude und dennoch gab es in diesem Moment nichts Angenehmeres als das gedämpfte, ruhige Festivalrauschen.
Er spazierte die weitläufige Landebahn entlang bis zu einer kleinen Zeltstadt, die als Dusch und Waschräume ausgeschildert war. Es stand bereits eine lange Schlange

von Jungs und Mädchen an, die meisten in Badebekleidung und mit einem Handtuch um den Arm.
Hans wusste, dass es dort richtige Toiletten mit weißer Porzellanschüssel gab und da dort niemand anstand, nutzte Hans die Gelegenheit.
Auf dem Weg zurück musterte er die Autoschilder der Wohnmobile, er hielt nach Sebis Reggaebus Ausschau, seine Augen suchten Loni Schneider.
Zurück am Wohnwagen saß Ben in einem komfortablen Klappstuhl und blinzelte in die Sonne.
„Frühstück?"
Hans nickte und klopfte gegen den Wohnwagen: „Markus! Frühstück ist fertig!"
Ein Gemurmel klang aus dem Inneren des Wohnwagens.
Hinter dem Fliegenvorhang des Eingangs lugte Markus verschlafener Kopf hervor: „Seid ihr schon auf?", fragte er.
„Schon oder immer noch. Das ist hier die Frage", sagte Ben.
„Gab es gestern noch Neuigkeiten von den anderen?", fragte Hans.
„Sie haben ein paarmal mit Lukas gesimst. Er ist wohl inzwischen zu Hause", sagte Ben und lachte. „Dein Bruder ist in letzter Zeit schon ein wenig verrückt, oder?"
Hans nickte. „Ja, er ist impulsiv." Er zweifelte daran, dass dies ein neuer, charmanter Wesenszug war, und machte sich ernsthafte Sorgen um ihn.
Nachdem sie über eine Stunde entspannt zusammengesessen und gegessen hatten, begann Ben zu lachen. Er hatte sich gerade ein Stück Nusszopf als Nachspeise des üppigen Mahles heruntergeschnitten und sagte: „Brunch! Wisst ihr, wie man das nennt, was wir gerade machen? Das ist ein klassischer Brunch! Wir sind zu richtigen Festival-Waschweibern mutiert: Wir schlafen auf wundervoll weichen Matratzen, haben ein wasserdichtes Dach über dem Kopf und, noch wichtiger, auch unter den Füßen. Und jetzt sitzen wir kauend da und brunchen: Das ist ein Wellnessurlaub!" Ben stand auf, machte ein angewidertes Gesicht und zeigte mit dem Zeigefinger in die

Runde: „Es fehlt nur noch, dass ihr weiße Frottee Bademäntel und Adiletten tragt. Und schaut mal die Getränke an: Hohes C Orangensaft, Milch, Wasser! Jungs, wir sind auf einem Festival! Was sollen denn die Nachbarn von uns denken?"

Hans lächelte: „Die schauen schon die ganze Zeit neidisch zu uns herüber und würden gern mit uns tauschen."

„Quatsch! Das ist Mitleid in ihren Blicken. Aber du hast Recht! Sie werden uns noch beneiden! Und zwar, weil sie bald merken werden, dass sie neben den Festivalgöttern schlechthin parken dürfen!"

Theatralisch holte er eine Flasche Weißwein hervor, die er offensichtlich nur für diesen Zweck unter der Bierzeltbank versteckt hielt. Er blickte auf die Uhr: „Sehr verehrte Festgäste!", rief er feierlich aus. „Es ist Freitag, kurz vor Elf Uhr und ich erkläre das Festival...", er machte eine theatralische Pause, „...für eröffnet!"

Hans und Markus klatschten in die Hände und auch von den umliegenden Wohnmobilen erklang Applaus. Ben hob die Hände und fuhr fort: „Der Burschenverein der lustigen Festivaller hat sich nicht lumpen lassen und auch dieses Jahr wieder ein umfangreiches Rahmenprogramm auf die Beine gestellt. Der Festzug und die Feldmesse wurden gestrichen. Die Feierlichkeiten beginnen also heute direkt im Festzelt", er deutete auf das Vordach des Wohnwagens, unter dem sie saßen. Ben räusperte sich und rief: „Wir beginnen im Festzelt mit dem lang erwarteten... Weinfest!"

Im selben Moment drückte er auf die Fernbedienung der Stereoanlage des Wohnwagens und mit den ersten Takten zu „Ein Prosit der Gemütlichkeit", spielte er eine altbekannte CD ab, auf der er in raschem Zusammenschnitt die bekanntesten bayerischen Wein– und Trinklieder zusammengestellt hatte.

Er öffnete die Flasche Wein und schenkte, ohne darauf zu achten, wie viel er daneben schüttete, rasch die umstehenden Becher voll und sang dabei lautstark die Lieder mit.

„Endlich! Es geht los!" rief eine Mädchenstimme und im selben Augenblick kamen Eva, Vreni, sowie Sebi und Loni Schneider um die Ecke gebogen. Sie hielten Bierflaschen in der Hand und die Mädchen sprangen auf die Bierzeltbänke und klatschten rhythmisch in die Hände. Ben sprang in den Wohnwagen, holte eine weitere Flasche Wein und schenkte nach.

Hans stieß einen bayerischen Jauchzer aus. Auf den Urknall folgte Chaos. Sie schunkelten, Arm in Arm auf den Bierzeltbänken stehend und sangen, in den Händen die Becher voll Wein, der vom wilden hin und her schwankend schwappte und spritzte. Die Mädchen schrien, als sei es nach Mitternacht auf dem Oktoberfest. Die Festivalbesucher, die den Weg am Wohnwagen vorbei entlang flanierten, blieben grinsend stehen und schauten sich das Spektakel an.

Die Festgesellschaft blieb nur kurz unter sich, die Campingnachbarn sprangen mit auf die Bank, hakten sich unter die Schunkelnden und brachten als Gastgeschenk selbstgebrannten Schnaps mit.

Hans' Kehle brannte vom lauten Schreien. Er war aufgekratzt vom überraschenden Adrenalinkick und von Loni Schneiders Haaren, die seine Wange kitzelten. Er schaute den brüllenden Schunklern zu. Zufrieden lächelte er, grinste und begann lauthals zu lachen. Die aus dem Nichts entstehende Ekstase war genau der Grund, warum er Festivals so sehr liebte.

Ben hatte plötzlich eine Pistole in der Hand, zielte in die Luft und laut schreiend drückte er ab. Es knallte, die Mädchen zuckten erschrocken zusammen, Evi schrie. Aber statt einer Kugel zischten hunderte Konfetti durch die Luft und rieselten glitzernd wieder hinab auf Köpfe und in die Weinbecher. Ben sprang von der Bank und lief zum Nachbarbus. Zwei Mädchen, die noch in ihren Schlafsäcken liegend, verschlafen im Bus saßen, kreischten und sprangen in Deckung. Ben schoss ihnen eine Ladung Konfetti in den

Bus, rannte weiter und beschoss die flüchtenden Passanten mit der Konfettipistole, bis er keine Munition mehr hatte.

Als das Weinfestmedley mit „Sierra Madre" von den Zillertaler Schürzenjäger endete, beruhigte sich Ben wieder. Er stellte sich zu den anderen, holte ein Feuerzeug hervor, verteilte an alle gelb sprühende Wunderkerzen, Hans fragte sich, wo er die her hatte, und alle grölten gemeinsam Zeile für Zeile des wehklagenden, schmalztriefendem Liedes.

Hans hielt eine Flasche Wein in der Hand, seine Stimme krächzte und er spürte Loni Schneiders Arm um seinen Hals geschlungen. Er sog ihren Geruch ein, der nach harzigem Holz duftete. Eine Note, die keinem gängigen Parfum entsprach, wie er vor Tagen in einer Drogerie festgestellt hatte. Die Verkäuferin hatte ihm erklärt, dass manche Parfums erst durch den Eigenduft des Trägers ihren markanten Charakter bekamen.

Hans fragte sich, ob Sebi sich dessen bewusst war, mit welch einem verzaubert gefährlichem Wesen er zusammen war oder ob er selbst der einzige Mann auf der Welt war, der für alles, was Loni Schneider war, eine Schwäche hatte. Er spürte, wie ihre Finger sanft seinen Hals berührten, als das Lied zu Ende war und Hans sprang erst von der Bank, als Loni Schneider sich von ihm abgewandt hatte und nur noch ihr Geruch auf seiner Wange haften blieb.

Als das Lachen langsam leiser wurde und alle, nach Luft japsend, am Tisch saßen, hob Ben die umgefallenen Becher wieder auf und füllte sie aufs Neue. Markus räumte die restlichen Teller vom Tisch und wischte die in Wein getränkten Konfetti beiseite.

„Das war vorhin wieder typisch", sagte Sebi, „Wir spazieren über das Festivalgelände und hören von weitem schon lautes Geschrei. Und wer ist es? Natürlich ihr."

Hans nickte. „Du bist überraschend entspannt", sagte er. „Bist du nicht nervös wegen dieser Drogengeschichte? Wann meldet sich die Polizei bei dir?"

Sebi zuckte die Achseln. „Keine Ahnung. Ich hab kein Handy dabei."

„Du hast kein Handy dabei?"
„Gut, ich hab es ausgeschaltet."
Ben sah ihn verwundert an: „Also mich würde das schon interessieren, ob ein Klageverfahren gegen mich erhoben wird."
Sebis Blick wurde ernst: „Weißt du, Hans, alles ist relativ. Ich habe ein Scheiß Jahr. Ich habe seit Monaten gerackert und gearbeitet und mich so gefreut, dass ich mir an diesen drei Tagen keinen Kopf wegen irgendwelcher Geschichten, die was mit Polizei zu tun haben, machen muss. Sollen sie mich doch anzeigen. Ich habe ohnehin jeden Glauben in den Rechtsstaat verloren. Wenn die was finden wollen, finden sie es auch. Aber weißt du was? Egal, was die mir alles anhängen, es interessiert mich heute nicht. Und morgen nicht. Und am Sonntag auch nicht. Am Montag vielleicht, wenn ich wieder daheim bin, dann hör ich mal meine Mailbox ab und schau, ob ein amtlicher Wisch im Briefkasten liegt. Aber bis dahin bin ich ein freier Mensch und ich werde den Teufel tun, mich weiter mit dem Thema zu befassen. Kapiert?"
„Ist klar, ich kann dich voll und ganz verstehen. Aber was ist mit Loni?"
„Handy aus."
„Aber irgendjemand wird irgendwann mit Lukas telefonieren."
Sebi blickte auf, daran hatte er nicht gedacht.
„Na gut, aber die müssen mich hier erst finden. Und wie gesagt: Ich bin unschuldig. Und ich werde mir sogar einen Anwalt nehmen, wenn es wirklich zur Klage kommt. Egal, was mich das kostet. Das kann doch nicht sein, dass man, ohne etwas getan zu haben, willkürlich angeklagt wird."
„Sie haben immerhin Drogen in deinem Auto gefunden."
„Weiß der Teufel, wo die Pillen herkommen. Ich weiß, das sieht alles nicht sehr gut für mich aus, weil es ja mein Bus ist, aber ich habe ein absolut reines Gewissen bei der Sache."
„Das hat Christoph Daum damals auch gesagt."

„Willst du eine Haarprobe? Da, reiß mir was aus! Außer Gras wirst du da nichts finden!"
„Weißt du was, ich wollte jetzt sowieso Lukas anrufen. Ich werde ihm sagen, dass er einfach alles, was mit Polizei zu tun hat, für sich behalten soll."
Sebi nickte: „Bitte! Ich will weder eine positive, noch eine negative Nachricht. Ich will überhaupt nichts davon wissen. Und mach bitte ein Pokerface, damit ich dir nicht gleich ansehen kann, was du weißt."
„Du rufst Lukas an?", fragte Eva und rückte etwas näher an Hans. „Lass mich mithören."
„Sie standen auf und gingen in den Wohnwagen. Hans schaltete sein Telefon auf Lautsprecher und wählte die Nummer seines Zuhauses.
Sein Vater meldete sich mit der vertrauten, lauten Stimme: „Hallo?", rief er ins Telefon.
„Ich bin's, Hans. Ist Lukas schon daheim?"
„Lukas ist nicht daheim. Der ist auf einem Festival", sagte Hans' Vater. Er sprach das Wort Festival in Lautsprache aus.
„Er ist aber wieder heimgefahren. Er müsste heute Nacht daheim angekommen sein", sagte Hans.
„Nein, er fährt mit dem Zug zu einem Festival", wiederholte sein Vater.
Eva grinste.
„Er ist aber nicht da. Ich bin auch auf dem Festival."
„Dann ruf ihn doch auf seinem Handy an. Für was habt ihr eigentlich Handys."
„Ist gut, Papa. Ich rufe ihn am Handy an." Hans zögerte kurz. Schließlich sagte er: „Wie geht es Mama?"
Hans' Vater seufzte. „Sie hat die Nacht fast durchgeschlafen. Die Werte sind mal gut, mal schlecht. Es zieht sich halt alles sehr hin."
„Sag ihr schöne Grüße."
„Komm doch mal vorbei. Was machst du morgen?"
„Ich bin auf einem Festival, Papa."
„Ach so, du auch? Ist Lukas auch da?"

„Nein, Papa, Lukas ist nicht da."
„Dann ist er wohl auf ein anderes Festival gefahren."
Hans biss sich auf die Lippen: „Mach's gut. Ich besuch euch, wenn ich wieder daheim bin."
Er legte auf.
„Ist eure Mutter eigentlich schwer krank?", fragte Eva.
Hans nickte und ging nicht weiter darauf ein. „Jetzt müssen wir erstmal klären, wo Lukas abgeblieben ist."
Er wählte Lukas Handynumer.
Nach dem Freizeichen hörte er ein Knacken, anschließend ein Rauschen.
„Lukas?"
„Hallo?"
„Ich bin's, Hans. Wo bist du?"
„Ich hab einen ganz schlechten Empfang."
„Ich hör's, wo bist du?"
„Im Zug?"
„Immer noch?"
„Schon wieder. Ich bin gegen Sechs bei euch."
Eva begann zu lachen. „Du spinnst doch", rief sie.
„Hallo Eva, habt ihr auf Lautsprecher?"
„Ja, ich höre mit", sagte sie.
„Sind die anderen auch da?"
„Nein, nur wir beide. Der Empfang ist jetzt übrigens wieder gut."
„Bei mir auch."
„Wir haben dir doch gleich gesagt, dass du einfach hier bleiben sollst. Was hat deinen Stimmungsumschwung verursacht?"
„Die Polizei hat heute Morgen bei mir angerufen. Aufs Handy zum Glück. Papa hätte sonst einen Herzinfarkt bekommen."
„Das wär uns gerade noch abgegangen. Und was hat die Polizei gesagt?"
Hans und Eva blickten gebannt auf das Telefon und lauschten.
Lukas lachte.

„Eva…" sagte er und lachte so laut, dass er kein Wort mehr heraus bekam.
Eva sah verwundert auf. „Was ist mit mir?"
Lukas brauchte eine Weile, bis er sich wieder beruhigte. „Eva, kann es sein, dass du vor einiger Zeit mal mit Sebis Bus mitgefahren bist?"
„Sicher, aber was habe ich mit der ganzen Sache zu tun?"
„Hast du damals Kopfweh gehabt?"
Eva überlegte und langsam klarten sich ihre Augen auf, als entwickelte sich eine Idee, ein Gedanke, der die ganze Zeit vorhanden war, aber bisher nicht an die Oberfläche durchdringen konnte.
„Ach du Scheiße", murmelte sie. „Ja, tatsächlich. Als mich Sebis Bruder am Flughafen abgeholt hat."
„Klingelt schon was?", fragte Lukas durch das Telefon.
Evas Gesicht färbte sich und sie hielt die Hand vor den Mund. „Nein!", rief sie.
„Oh doch", entgegnete Lukas. Ich hab als erstes an Dich gedacht, als mir die Polizei erklärt hat, was sie konkret im Handschuhfach gefunden haben. Sie haben sich nicht einmal entschuldigt, die Anklage ist somit vom Tisch."
Kurz darauf verließen sie den Wohnwagen. Hans wechselte einen Blick mit Sebi. Dessen Gesicht war fahl und bleich und während Hans sein Pokerface noch kurz aufrecht halten konnte, war es Sebi anzusehen, dass er darauf brannte, die Neuigkeiten zu erfahren.
Hans und Eva stellten sich mit ernster Miene vor den anderen auf.
„Wollt ihr wissen, was los ist?", fragte er.
Die Nachbarn riefen laut „Ja". Sebi verschränkte die Arme: „Wir hatten einen Deal", sagte er.
„Vielleicht kann Eva ein Stück zur Klärung der Sache beitragen", sagte Hans.
Ihr an sich blasses Gesicht errötete wieder. „Ihr wisst doch, dass ich vor zwei Wochen in Bangkok war", sagte sie. Alle am Tisch nickten. „Ich bekomme vom Fliegen immer recht

starkes Kopfweh. Also habe ich mir in Bangkok Aspirin gekauft."
Sebis Blick blieb weiter ernst: „Und wo bleibt die Pointe?", fragte er. „Ich möchte wenigstens noch einmal Lachen, bevor ich in den Knast komme."
„Du kommst nicht in den Knast", sagte Eva und fuhr fort: „Also, das Aspirin haben sie mir in einem einfachen, durchsichtigen Plastikbeutel verkauft. Und es kann sein, dass auf den Pillen bunte Herzchen und andere Symbole aufgedruckt waren."
Loni Schneider und Ben begannen lauthals zu lachen.
„Naja und als mich Sebis Bruder vom Flughafen abgeholt hat, hatte ich noch Kopfschmerzen und ich hab ein Aspirin genommen und offensichtlich die restlichen ins Handschuhfach getan."
Eva hob noch einmal die Arme und rief mit lauter Stimme: „Mir tut das alles furchtbar leid und ich möchte mich bei euch allen entschuldigen."
„Aber du kannst doch am wenigsten dafür", sagte Sebi.
„Stimmt, wenn die Bullen zu blöd sind, Aspirin von Ecstasy zu unterscheiden."
„Ach übrigens", fügte Eva hinzu, „Lukas sitzt schon wieder im Zug und wird bis heute Abend hier sein."
Es wurde laut gejubelt und geklatscht.
Loni Schneider und die anderen verabschiedeten sich, um zum Duschen zu gehen. Es wurde wieder stiller am Campingplatz.
Irgendwann räusperte sich Sebi: „So, jetzt wird es wieder Zeit für einen Tapetenwechsel. Wer kommt mit zum Reggae Bus?", fragte er.
„Ich", sagte Hans.
Wie in einer Herde mit Festivalarmbändchen markierter Schafe trotteten Hans und Sebi den Menschen hinterher in westliche Richtung.
„Siehst du da drüben die Fahne mit dem Sankt Pauli Totenkopf?"
„Ja."

„Merk dir die Fahne, dann kannst du uns immer leicht finden."
Auf engstem Raum standen dort drei VW Busse, zwei Wohnmobile und weitere fünf Autos mit denselben Landkreiskennzeichen auf den Nummernschildern. Dazwischen waren Bierzeltgarnituren aufgebaut und auf einem großen Grill brutzelten ein halbes Dutzend Steaks. Hans begrüßte die Leute, die dort saßen, er kannte die meisten und schüttelte zahllose Hände. Ein seltsames Heimatgefühl glühte in ihm auf.
Die Jungs hatten ihre braungebrannten Bäuche mit schwarz–rot goldenen Farben bemalt und schwenkten die deutsche Fahne.
„Jungs, was tippt ihr für Morgen?", fragte Hans.
„3:1!"
„5:4 nach Elfmeterschießen. Ich hoffe, es gibt Elfmeterschießen. Die haben noch nie ein Elfmeterschießen gewonnen. Was tippst du?"
„5:0", antwortete Hans und lachte."
Aus einem CD Player lief Edi Fingers Radioreporte des 78er WM Spieles der Deutschen gegen Österreich. Jedes Tor wurde von den träge in der Sonne sitzenden oder Fahne schwenkenden Jungs lautstark kommentiert.
„Ihr seid ja schon ziemlich im WM Fieber", sagte Hans.
„Ja, schau sie dir an. Man könnte meinen, die sind nur wegen des Spieles hierher gekommen."
„Sind wir auch!" rief einer und reckte seine Bierdose der Marke „5,0" in die Luft.
„Mir tun nur die Bands leid, die morgen Nachmittag vor ein Paar streunenden Hunden spielen müssen. Und vor einem Dornenbusch, der vom Wind über das trockene Feld geblasen wird und ein einziger Mexikaner wird auf dem Boden sitzen und auf einer Mundharmonika spielen."
„Ich kann mir gar nicht vorstellen, dass morgen irgendjemand das Spiel nicht anschauen will."

„Wenn ich daheim erzählt habe, dass ich zum Festival fahre und alle fragten, wer denn als Headliner spielt, weißt du, was ich denen gesagt habe?"
Sebi sah ihn schmunzelnd an: „Manu Chao? Seeed?"
Hans schüttelte den Kopf. „Nein, Deutschland."
Sebi grinste. Er nickte in Richtung einer Gruppe von Leuten, die gerade gekommen war.
Hans sah sich die Gruppe an. Es waren Jungs mit Strohhüten auf dem Kopf, die übliche auffällige Festivalkleidung tragend und einige Mädchen, die höflich dekorativ die Gruppe vervollständigten.
„Ich hab doch von den beiden erzählt", sagte Sebi und sah Hans verschwörerisch an. Er deutete in eine Richtung: „Da, jetzt kannst du sie sehen."
Von den Jungen umringt, tauchten zwei blonde Mädchen auf. Beide waren groß und zierlich, hatten langes, hellblondes Haar, die eine hatte es zu einem Pferdeschwanz gebunden, die andere trug es offen. Ihre Gesichter ähnelten sich, beide zierten hohe Wangenknochen, die ihnen etwas aristokratisches verliehen, aber ihre Mundwinkel lächelten sympathisch. Die Kleidung der Mädchen war unauffällig, ein graues beziehungsweise schwarzes Top und braune Shorts, ihre braun gebrannten Oberarme verrieten, dass sie sportlich waren.
Hans bemerkte, dass Sebi die Mädchen aufmerksam fixierte.
Die Ironie, mit Loni Schneiders Freund zwei schönen Mädchen nachzublicken, versetzte ihm einen Stich.
Etwas Unkontrollierbares arbeitete in ihm, als wäre ein evolutionär bedingter Jagdtrieb in ihm erweckt, den auch zehntausend Jahre Kultur nicht hatten ausmerzen können, ein unbändiger Drang keimte auf, diese Mädchen kennenlernen zu müssen.
„Die sind wirklich unglaublich schön", murmelte er und fühlte sich endgültig betrunken. „Was sind das für Mädchen? Schwedinnen?"
„Frag sie doch."

„Hast du schon mit ihnen geredet?"
Sebi verneinte. „Aber der Flo von den anderen ist heute Morgen beim rückwärts einparken gegen ihren Bus gefahren. Er hat mit ihnen Handynummern ausgetauscht, um die Sache mit der Versicherung klären zu können."
„Dieser verdammte Scheißkerl, das hat er sicher absichtlich gemacht!", Hans lachte.
„Genau. Jetzt hat er ihre Telefonnummer. Und ihre Namen: Die eine heißt Verena. Die andere hatte irgendeinen komischen schwedischen Namen. Sowas wie Froschi oder Kröta oder sowas. Wir können sie ja fragen."
Hans dachte an Loni Schneider. Und an Ellis. Und daran, dass es auf der Welt zu viele schöne Frauen gab und fragte sich, warum er sie unbedingt alle kennenlernen wollte. Sein Leben war kompliziert genug geworden, sollte er sich noch tiefer ins Chaos stürzen?
Er warf einen Blick auf die Mädchen und wusste, dass es sinnlos war, darüber nachzudenken. Das Leben war in seiner archaischen Form schön. Er fragte sich, ob Sebi ähnlich fühlte.
Sebi verwickelte zwei der Freunde der blonden Mädchen geschickt in ein Gespräch und Hans stand beeindruckt daneben.
Sebi hatte, ähnlich wie Ben, die Gabe, sofort im Mittelpunkt zu stehen. Der Unterschied zwischen beiden, dachte Hans, war der, dass Ben eine Frohnatur war, weil er die Härten des Lebens noch nicht erlebt hatte und Sebi die unbeschwerten Stunden auslebte, weil er wusste, wie wenige es davon im Leben gab.
Sebi lenkte schließlich das Gespräch auf das Mädchen, das Verena hieß und schaute ihr unverwandt in die Augen: „Ursäkta mig, är du svensken?", fragte er und grinste.
Das Mädchen unterbrach ihre Unterhaltung und sah ihn verdutzt an. „Wasch hasch gsa?", fragte sie und ihr Blick hatte, anders als bei den meisten Frauen, die von der Natur oder den guten Genen ihrer Eltern begünstigt waren, nichts

spöttisches und nichts überhebliches an sich. Ihre hellblauen Augen strahlten eine natürliche, gutmütige Wärme aus."
„Ach so, du sprichst deutsch?"
Das Mädchen lächelte neugierig und gespannt, wie sich die Konversation fortsetzen würde.
„Ich dachte, ich könnte bei dir punkten, wenn ich in deiner Landessprache frage, ob du Schwedin bist", sagte Sebi.
Sie lachte herzhaft. „Noi, noi", antwortete sie mit starkem Dialekt, „Ich bin koi Schwedin."
Hans mochte sie von diesem Moment an und ahnte, wie es Sebi gelungen war, ein Mädchen wie Loni Schneider zu erobern. Er räusperte sich: „Aber wie es sich anhört, lag er gar nicht so falsch. Nur, dass du keine Schwedin bist, sondern eine Schwäbin."
„Noi, auch falsch", entgegnete sie, „Wir hen vo Allgäu. Verena, hasch des g'hört, was der Typ gemeint hat?", rief sie ihrer blonden Freundin zu. Hans und Sebi sahen sich an und Hans las etwas kämpferisches aus seinem Blick.
„Der hä'd denkt, wir hän Schwädn", sagte sie und beide Mädchen lachten. Sie standen nebeneinander und musterten Hans.
„Ich habe mich noch gar nicht vorgestellt", sagte Sebi, „Ich bin der Sebastian und das ist der Hans."
„Du bisch der mit dem Räggibus!", sagte das Mädchen mit dem Pferdeschwanz begeistert. Sie reichte ihm die Hand: „Ich bin Greta", sagte sie.
Hans grinste und murmelte: „Kröta..."
„Und ich bin die Verena", sagte das andere Mädchen.
Sebi strahlte beide mit seinen blauen Augen an und drückte jede ihrer Hände einen Tick länger als notwendig.
„Ich frage mich schon die ganze Zeit, ob ihr Zwillinge seid", fragte er. Die Mädchen sahen sich an und kicherten wieder.
„Schwedische Zwillinge..."
„Noi, aber wir sind Schwestern. Ich bin die ältere und Greta ist zwei Jahre jünger. Aber wir sehen uns schon sehr ähnlich."
Hans und Sebi nickten eifrig.

„Wo seid ihr denn her?", fragte Verena.
„Aus dem oberbayerischen", antwortete Sebi.
„Da fährt man ja ziemlich weit."
„Vier Stunden."
„Seid ihr oft hier?"
„Ich bin nicht jedes Jahr hier. Aber jedes Jahr ist jemand von uns hier. Und ihr?"
„Wir sind die mit der großen grünen Formel 1 Flagge", sagte Greta. „Wir sind alle aus demselben Dorf bei Leutkirch. Und bei uns ist es genauso. Irgendeiner von uns ist jedes Jahr hier."
„Und ihr seid mit euren Freunden hier?", fragte Sebi und lenkte das Gespräch langsam in die von ihm gewünschte Richtung.
„Ja, das sind alles unsere Kumpel", sagte Verena
„Eure Kumpel", wiederholte Sebi und tauschte einen eindeutigen Blick mit Hans aus. Dann sagte er: „Wegen welcher Band seid Ihr denn hier? Manu Chao, oder?"
„Klar!", meinte Verena. „Und wegen Seeed!"
„Mit Reggae oder Ska machst du alle Mädchen klar", murmelte Sebi Hans zu.
„Ich muss jetzt langsam für kleine Mädchen. Jungs, war schön, euch endlich kennengelernt zu haben. Aber wir sehen uns ja als Nachbarn später auch noch. Kommst du mit, Verena?"
Die Mädchen verschwanden wieder. Hans ahnte, dass entweder er oder Sebi sich in den kommenden Tagen viel in der Nähe der beiden Schwestern aufhalten würden und in dem Moment wurde ihm klar, dass es ein großartiges Festival werden würde.
Er blieb noch eine Weile sitzen. Und da auch Sebi keine Anstalten machte, zum Wohnwagen zurück zu gehen, nickte er ihm Kopfschüttelnd zu und verabschiedete sich.
Am Samstag erwachte Hans spät. Er hatte ungewöhnlich gut geschlafen, war mit sich, der Welt und den vielen Bands, die er in der Nacht gesehen hatte, zufrieden. Er versuchte, sich an einen Traum zu erinnern, der Fragment blieb. Da war

Ellis und die jüngere der blonden Schwedinnen und ein Gefühl, das noch immer anhielt. Die Sonne stand hoch am Himmel, die Nässe der Nacht war ausgetrocknet und das erwartungsfrohe Festivalrauschen lag über dem Campingplatz. Draußen grüßte er Ben und Markus, die hinter dem Wohnwagen Zähne putzten. Alle trugen das Trikot der Fußball-Nationalmannschaft. Jemand rief unentwegt „Schland! Schland!" Man hörte Vuvuzuelas tröten. Zum Frühstück öffnete sich Hans ein Radler und stieß grinsend mit Lukas an. „Das Leben könnte so schön sein", sagte er und tauschte einen verbrüdernden Blick mit ihm aus.
„Ich bin froh, dass ich noch gekommen bin", sagte Lukas. „Und ich hab schon drei Bands gesehen. So viel wie sonst während des gesamten Festivals nicht."
Gegen Mittag malten die Mädchen den Jungs Schwarz-Rot-Goldene Streifen ins Gesicht. Markus mixte Cuba Libre mit extra viel Eis.
Die Wohnwagennachbarn hörten die Radioreportage der 54er Weltmeisterschaft in Endlosschleife und jubelten bei jedem deutschen Tor aufs Neue frenetisch und brüllten alle fünf Minuten: „Aus! Aus! Aus, das Spiel ist aus! Deutschland ist Weltmeister!", und fielen sich taumelnd in die Arme und sprangen im Kreis.
„Falls wir uns nicht mehr sehen: Heute Abend rechts vor der Bühne", sagte Hans.
Lukas warf ihm einen enttäuschten Blick zu. „Wo gehst du hin?"
„Ja, wo will der werte Herr schon wieder hin?", fragte Ben.
„Ich schau rüber, zu den anderen."
„Er schaut rüber, zu den anderen", sagte Ben murmelnd zu Markus. „Was gibt's denn bei den anderen, was es bei uns nicht gibt? Ist unser Hans wieder auf der Suche nach Wege zum Glück?"
Markus grinste und deutete auf den Becher, den Hans im Begriff war, mitzunehmen. „An der besseren Getränkeversorgung liegt es nicht."

„Jaja, geh nur", rief ihm Ben nach. „Aber jammere später nicht, dass du am großartigsten Festivaltag aller Zeiten nicht dabei warst!"

Mit dem bis zum Rand mit Cuba Libre gefüllten Becher zog Hans weiter zum anderen Ende des Parkplatzes.

Vor dem Reggaebus fand er allerdings nur leere Campingstühle und eine umgeworfene Bierbank vor. Die Menschen, die die Landebahn auf und ab flanierten ausgenommen, kam Hans der Platz menschenleer vor. Er fragte sich, mit wem die Schwedinnen wohl gerade zusammenwaren und machte enttäuscht kehrt.

„Hans!" Eine Stimme, rauchig tief und markant, rief seinen Namen. Er drehte sich wieder um. Aus der halb geöffneten Tür des Reggaebusses lugten zwei Füße mit schwarz lackierten Nägeln. Eine Hand kam zum Vorschein und winkte ihm.

Im Näherkommen sah er, dass in der anderen Hand lässig eine Bierflasche zwischen zwei Fingern balancierte. Loni Schneiders lächelndes Gesicht tauchte auf, als sie die große Sonnenbrille abnahm, funkelte ihn ein grünes Augenpaar an.

„Wo sind denn alle?", fragte Hans betont beiläufig, aber er zweifelte, dass er seine Stimme im Griff hatte.

„Du meinst Sebi Schweinsteiger und seine Elf? Er und die Busnachbarn spielen Dosenfußball und schreien immer wieder nach irgendeinem Lukas Podolski." Loni Schneider lachte und deutete ihm, sich neben sie zu sitzen.

Sie wischte sich den kühlen Tau der Flasche von der Hand und streckte sie Hans entgegen. „Schön, dich wiederzusehen, Hans."

Ihre Hand war kühl und feucht und hatte in der Saharahitze etwas Unwirkliches an sich. Loni Schneider griff hinter sich in den Bus hinein und zog eine Schachtel Lucky Strikes hervor. „Auch eine?", fragte sie, die Zigarette zwischen Lippen.

Sie sog schweigend einige Züge in sich hinein und Hans tat es ihr gleich. Selbst schweigend war Loni Schneiders

Stimme präsent. Farbig und rau, als hatte sie eine Mutter, die Soulsängerin war.

Loni Schneider brauchte keine Worte, um zu kommunizieren. Nach einer Weile fixierte ihr Blick Hans und sie sagte ernst: „Das mit deiner Mutter tut mir leid."

Dann rauchte sie weiter und jeder Zug hatte etwas rituelles, etwas spirituelles an sich.

Nachdem sie die Zigarette ausgedrückt hatte, stieß sie profan mit ihm an: „Sebi hat mir viel von dir erzählt"; sagte sie. „Er meint, du bist ein Träumer. Einer, der die Nase gern in Bücher steckt. Anders als er."

„Anders auch als du?", fragte er. „Liest du denn?"

„Natürlich. Zuletzt den Zauberberg zum Beispiel."

„Ehrlich?" Hans' Miene kippte in offene Begeisterung um. Loni Schneider lachte herzhaft. „Quatsch! Du bist echt ein bisschen naiv, Hans Wegmann." Sie schüttelte lächelnd den Kopf. „Ich lese das Vampirzeugs und so. Aber damit kann man dich wohl kaum beeindrucken."

Hans war beeindruckt und mühte sich, es nicht zu zeigen.

„Ich schau dann mal nach den anderen", hörte er sich sagen und schimpfte sich selbst einen Feigling.

„Immer die Landebahn runter. Sie sind nur schwer zu verfehlen."

Hans verabschiedete sich und verfluchte seine weichen Gelenke.

„Hans Wegmann?" Ihre Stimme hatte etwas bezirzendes. „Sebi weigert sich, mit mir heute Muse anzuschauen. Er meint aber, das sei deine Lieblingsband."

Hans nickte. „Nimmst mich mit?"

Er lächelte. Dann drehte er sich zu ihr um und sagte: „Wenn du meinst. Ich hol dich einfach kurz vorher ab."

„Ok", Loni Schneider hob ihre Hand zum Abschied.

Eine blutrauschende Angetrunkenheit durchwallte seinen Körper, als Hans die Landebahn zurücktänzelte. Bald sah er die Gruppe, die einen Ball auf leere Flaschen zielte, sah die Mädchen, die schwarz-rot-goldene Fahnen schwenkten und

sah die beiden blonden Schwedinnen, die anfeuernd auf einer Bierbank standen.
„Schland!", schrie Sebi, als er Hans von weitem sah. Die Schwedinnen winkten und von da an bekam Hans, auch ohne eine Ahnung von Physik zu haben, die enorme Beschleunigung der Zeit zu spüren.
Er beobachtete das Ballspiel, das er nicht verstand: Leere Flaschen fielen um und volle wurden in einem Zug ausgetrunken. Mädchen jubelten mit Singstimmchen und Jungs riefen wieder und wieder nach „Lulu Lukas Podolski". Hans hatte Mut im Überfluss, überschwänglich mutig fühlte er sich und führte Konversation mit jeder der beiden blonden Mädchen und versuchte mit der Jüngeren, mit Greta zu flirten, was in sehnsüchtigen Blicken und pathetischen Worten und einem Lachkrampf Gretas endete. Die andere war es, die sich für ihn interessierte und immer wieder mit ihrer weichen Brust von hinten gegen seinen Rücken stieß, aber Hans konnte sich nicht darauf konzentrieren, da ihm Sebi eine Bierflasche in die Hand drückte, die er umgehend austrinken musste, wollte er das Spiel, dessen Regeln er nicht verstand, nicht verlieren. Dann stieg die Aufregung, weil der Anpfiff des großen Fußballspieles näher rückte und Hans fühlte sich fahrig, alle wurden schrill und jeder trank noch schneller, weil es so heiß war. Auf einmal, Hans fragte sich, ob überhaupt irgendjemand die Regeln verstand, war das Spiel zu Ende und er schaute den anderen nach, wie sie in sämtliche Richtungen auseinander flatterten, in der vagen Verabredung, sich beim Public Viewing wiederzusehen. Hans wollte sich Greta oder Sebi anschließen, aber Greta war mit Sebi verschwunden und da sich Loni Schneider nicht für Fußball interessierte, trottete er zurück zum Wohnwagen. Dort sah er, wie Ben gerade zusammen mit irgendeinem Mädchen auf dem Tisch hüpfte und einen Can Can tanzte. Sie trugen Wattebärte im Gesicht und sahen aus wie zwei Weihnachtsmänner. Markus wiegte seinen Kopf wie in Trance im Takt einer exotischen Technomusik, die Mädchen schunkelten.

„Der verlorene Sohn kehrt zurück!", rief Ben mit schriller Stimme und sprang, Arm in Arm mit dem Mädchen synchron vom Tisch.
„Gib's zu, sie haben dich alle versetzt, weil du deine Freunde im Stich lässt!", rief Ben. „Dabei kann man auch Mädchen kennenlernen, ohne ein Kameradenschwein zu sein!" Er drückte das Mädchen eng gegen seine Hüfte. „Gell, Kathi?"
„Verdammt, ich bin die Susi!"
„Das Spiel geht gleich los. Kommt ihr mit?", rief jemand.
„Ja selbstverständlich!", schrie Ben und gab dem Mädchen einen Kuss auf den Mund. „Bis später, Süße."
Die Gruppe eilte springend, laufend, zur großen Videoleinwand und sang zwischen hunderten Menschen die Nationalhymne. Hans' suchender Blick sah jede Menge blonder Mädchen, aber keinen Sebi und keine Schwedinnen und versuchte dann, sich auf das Spiel zu konzentrieren.
Die hysterische Aufgeregtheit der Menge übertrug sich auf ihn, er nahm in einem entfernten Teil seines Kopfes wahr, dass sich seine Stimmbänder mit jeder Torchance heiser schrien. Ben hatte ein neues Mädchen im Arm. Fasziniert registrierte Hans, wie sie sich gegenseitig die schwarz-rot-goldenen Schminkfarben auf die Wangen pressten.
Aus den Augenwinkeln sah er auf der Videoleinwand einen strammen Schuss am gegnerischen Torwart vorbeisegeln. Im nächsten Moment brach eine Woge, eine Orkanwelle der Begeisterung tosend über ihm zusammen. Fremde Arme fielen übereinander her, er irgendjemandem um den Hals und als er begriff, was gerade geschehen war, brauste der langgezogene Name des Torschützen aus tausend Kehlen über das Festivalgelände, die tobende Masse reckte die Hände in die Luft und jubelte.
Auf einmal war Halbzeit und Hans musste sich setzen, musste den brennenden Durst mit den letzten schnapshaltigen Mischgetränken stillen. Aus dem Nichts tauchte Lukas auf. Alle schrien begeistert auf und stimmten das Lulu Podolski Lied an und Lukas strahlte, als habe er das Tor selbst geschossen.

„Ich suche Sebi. Habt ihr ihn gesehen? Loni sucht ihn auch."
„Alle suchen Sebi", sagte Hans. „Keine Ahnung, wo er ist."
Lukas blieb und der Wiederanpfiff ging in der anschwellenden Ekstase unter. Deutschland traf erneut und alle warfen sich auf Lukas, bis nur noch seine beiden Arme unter einem Haufen Leiber hervorragten.
Als kurz darauf der Gegner einen Freistoß an der Strafraumgrenze zugesprochen bekam, hielt es Hans nicht mehr aus, er wandte seinen Blick von der Videoleinwand und beobachtete Markus beim Fingernägelkauen. Hans lauschte der Stille, hörte das blecherne Echo des Basses einer Band. Jemand pfiff wütend in die Finger. Wie ein Böllerknall brauste ein brüllender, erleichterter Jubel auf, Hans riss den Kopf nach oben und sah, wie der Torwart triumphierend den Ball fest in beiden Händen hielt. Hans schrie mit den anderen im Stakkato „Olli, Olli", obwohl der Torwart anders hieß.
Seine Finger zitterten, aber je länger das Spiel andauerte, desto sicherer wurde die Gewissheit, dass die Mannschaft auch die nächste Runde erreichte.
Mit dem Abpfiff entlud sich die angestaute Energie von zehntausend Menschen, Hans taumelte Ben hinterher, der wie ein Kobold über die Landebahn sprang. Vor der Videoleinwand tanzten sie und warfen Lukas hoch in die Luft und feierten ihn, den imaginären Matchwinner. Lukas strahlte über das ganze Gesicht. Er jubelte, lachte und schrie wieder und immer wieder: „Das ist der schönste Tag meines Lebens! Der schönste Tag meines Lebens!"
Die folgenden Stunden nahm Hans nur noch verzerrt wahr. Da war eine hohle Melone, aus der er Wodka trank, da waren zwei Mädchen, die er versehentlich ansprach, weil er sie für die Schwedinnen hielt, die zwar ebenfalls blond waren, aber ganz andere Augen, ganz andere Lippen hatten. Zwei Mädchen, die sich auf einmal gierig küssten. Dann war da noch ein Ball, den Hans mit voller Wucht in die Lücke zwischen Reggaebus und Vrenis Wagen drosch, worauf alle „Tor! Tor! Tor!" schrien, sich auf ihn stürzten, bis

er keine Luft mehr bekam und als er den Ball holen wollte, war da das Zelt, in dem Sebi auf der Schwedin lag und von da an wusste Hans gar nichts mehr, wollte nichts mehr wissen. Deutschland hatte gewonnen und es wurde Nacht.
Als es um Hans herum wieder stiller wurde und die Zeit Konturen anzunehmen begann, saß er am Tisch vor dem Wohnwagen. Ein kühler Wind war aufgekommen, seitdem die Sonne untergegangen war. Hans rieb sich die Augen und spürte, dass seine Kehle heiser schmerzte. Er sah, wie Ben mit der älteren der beiden Schwedinnen flirtete. Wie zum Teufel war die auf einmal hierhergekommen? Markus mixte zum tausendsten Mal an diesem Wochenende Cuba Libre und Vreni und Eva kitzelten Lukas schnarchende Nase mit Gänseblümchen. Hans' Ohren fiepten und in seinem Kopf und in seinem Bauch war irgendwas, das vielleicht mit Alkohol zu tun hatte und sich wie dutzende unterbewusster Tretminen anfühlte.
Aber da war auch etwas, das das Leben wunderbar machte. Lukas lag selig schlummernd neben dem Wohnwagen, Ben und die Schwedin küssten sich und Hans stand lächelnd auf, hielt mit geschlossenen Augen die Nase in die kühle Brise und ohne sich zu verabschieden, ging er.
Loni Schneider saß wieder, oder noch immer, alleine im Reggaebus. In ihrem Blick lag etwas hartes, das einer Überraschung wich, als sie Hans erkannte. „Dich haben die Festivalsirenen also noch nicht bezirzt", sagte sie.
„Ging nicht, ich war ja mit dir verabredet."
Loni Schneider lächelte zufrieden. „Eine Verabredung heißt noch lange nicht, auch zu kommen", sagte sie und ihre tiefe Stimme klang feierlich und bedeutungsvoll.
„Wo sind denn alle?", fragte Hans.
Loni Schneider schüttelte den Kopf.
„Scheiß auf alle. Wir sind jetzt alle." Sie sprang aus dem Bus, Hans wich instinktiv zurück. Sie schob die Türe krachend zu, als schließe sie mehr als eine Türe.
Sie streckte ihre Hand nach ihm aus. „Komm, Hans Wegmann, lass uns die beste Band der Welt anschauen."

Er folgte Loni Schneider, die einen Weg wählte, der nicht an Markus Wohnwagen vorbeiführte.

Sie querten die erste der beiden Bühnen, schenkten der Hip Hop Formation keinerlei Aufmerksamkeit. Auf der zweiten Bühne wurde umgebaut und Hans folgte wie in Trance Loni Schneider, die einen freien Flecken links vor der Bühne wählte, um sich dort ins Gras zu setzen.

„Aber die anderen", wandte Hans ein, „sind immer rechts vor der Bühne."

„Ich mag es nicht, Bands von rechts anzuschauen", sagte Loni Schneider knurrend.

Er setzte sich zu ihr auf das trockene, plattgestiefelte Feld. Sie holte eine Flasche aus ihrer Tasche. „Wodka mit Orangensaft" sagte sie und hielt ihm die Flasche hin. Er schüttelte den Kopf. Dann rauchte sie eine Zigarette und Hans sah dabei zu, wie sie konzentriert den Rauch in Formen blies.

Hans saß neben Loni Schneider im trockenen Sommergras unter einem auffunkelnden Sternenhimmel und lauschte der Musik.

„Seine Zunge fühlte sich schwer an und er musste sich anstrengen, um das Chaos, das in seinem Kopf tobte, in verständliche Worte zu formen und wusste in dem Moment, in dem sie zu Lauten wurden, dass er Unsinn redete.

„Du musst wissen, das ist für mich wie ein Traum, hier mit Dir zu sitzen", sagte er und richtete seinen Blick auf sie. Sie war zu schön für sein benebeltes Gemüt und sofort schwand ihm wieder der Mut. Aber Loni Schneider lächelte.

„Redest du immer so geschwollen, wenn du betrunken bist?"; fragte sie.

„Geschwollen? Ich? Ich finde nicht, dass…", Hans räusperte sich. „Ich bin so nüchtern, wie man sich um diese Zeit nur fühlen kann", sagte er, sah sie an und rang wieder nach den Worten, die er ihr sagen wollte: „Ich weiß nicht, ob du verstehst was ich meine, aber ich bin ziemlich viel weggelaufen in letzter Zeit", sagte er. „Und jetzt gerade habe

ich das Gefühl, es ist sowas wie... wie ewige Seligkeit jetzt gerade."
„Da! Schon wieder, du ewiger Romantiker. Das hast du sicher irgendwo in einem Buch gelesen!"
„Es fühlt sich jedenfalls so an. Wie in einem Roman. Kannst du dich erinnern, vor zwei Wochen, als wir uns in der Stadt gesehen haben? Ich war am Boden, am Ende, ein Sorgenkind des Lebens, was weiß ich, wie man das ungeschwollen ausdrücken soll. Ein Mädchen hat mich angelächelt. Und es hat mich umgehauen. Dass sowas möglich ist, dass ein Lächeln einen vergessen lässt, sogar den Tod vergessen lässt. Du, du... du verwirrst mich, Loni Schneider. Aber ich bin glücklich, dass du jetzt da bist. Irgendwie hier, hier in meinem Leben bist."
„Das hättest du schon viel früher haben können, mein schüchterner Poet. Du bist mir schon auf dieser komischen Skifahrerfeier aufgefallen."
„Du erinnerst dich an mich, Loni Schneider?"
„Warum sagst du eigentlich immer Loni Schneider zu mir?"
„Du nennst mich ja auch Hans Wegmann. Außerdem liebe ich den Klang deines Namens. Er klingt so... so wundervoll! Ich werde dich immer Loni Schneider nennen, einfach weil es so schön ist."
„Du bist vielleicht ein seltsamer Kerl, Hans Wegmann. Wirklich schade, dass wir uns so spät kennenlernen. Vielleicht zu spät."
„Wieso zu spät?" Etwas in ihrer Stimme ließ Hans erschauern. Etwas das gleichzeitig einladend wie endgültig abschließend war.
„Ich verlasse die Stadt. Ich gehe eine Weile weg."
„Aber das ist doch ein Scherz. Wann? Wohin?"
„Schon nächste Woche. Meine Firma schickt mich nach Paris."
„Nach Paris? Aber das ist ja in einem anderen Land."
„Natürlich. Das ist auch der Sinn der Sache. Das ist eine einmalige Chance für mich."
„Und was ist mit Sebi? Was ist mit... nach Paris!"

„Sebi hat mir da nichts dreinzureden. Ich bin ja auch nur ein halbes Jahr weg."
„Du kommst also wieder", murmelte Hans
„Inschallah, sagen die Araber", erklärte Loni Schneider. „Ein schönes Wort: So Gott will."
„Es ist also nichts weiter als ein schöner Traum, hier mit dir zusammen zu sein."
Loni Schneider begann zu lachen. „Jetzt langt es aber, Hans Wegmann. Das ist kein schwülstiger Bildungsroman. Das ist das wirkliche Leben. Jetzt heul nicht rum, sondern nimm dein Leben in die Hand. Besuch mich doch einfach in Paris."
Hans schaute sie verblüfft an. „Ist das eine Einladung?"
Loni Schneider fuhr ihm lächelnd durch das Haar. „Gib mir dein Handy."
Er gab es ihr und sie speicherte ihre Telefonnummer ein.
Hans' Handy war in diesem Moment nicht mehr dasselbe. Vorsichtig schob er es in seine Hosentasche, wo er die Wärme des Akkus spürte.
Loni Schneider trank schnell. Noch bevor das Konzert begann, war die Flasche leer und sie ließ sich den Boden sinken und zeigte auf diesen einen Stern, der immer schon am Himmel blinkte, wenn es zu dunkeln begann. Hans legte sich neben sie und sie legte ihren Kopf auf seinen Bauch.
Hans brachte die krachenden Klänge, die gegen seine Ohren schlugen, erst spät mit Musik in Verbindung. Muse hatte zu spielen begonnen. Er wagte es nicht, sich zu bewegen, geschweige denn den Kopf zu heben, um Richtung Bühne zu schauen. Er hielt es für möglich, dass Loni Schneider eingeschlafen war, vielleicht auch nicht. Sie atmete regelmäßig, er spürte, dass sie da war, mehr als das, ihre Gegenwart brannte auf seinem Schoß. Er musste ununterbrochen an Lukas denken, an seine Stimme, wie er immer wieder rief: „Das ist der schönste Tag in meinem Leben! Das ist der schönste Tag in meinem Leben!" Und gleichzeitig hatte er das Gesicht seiner Mutter vor sich. Ihren Ausdruck, den er auf ihrem Gesicht entdeckt hatte, als Lukas die Abiturkunde überreicht bekommen hatte, ein

Leuchten und Strahlen, das sich über die papierene weiße Haut, die hagere. Knochen gelegt hatte. Und bald war es nicht mehr Lukas schreiende Stimme die sagte „Das ist der schönste Tag in meinem Leben", sondern die leise seiner Mutter. Und als Loni Schneider hochschreckte und rief: „Absolution! Sie spielen Absolution!", war es Hans, der, sie bei der Hand haltend, hinterherlief und schrie: „Das ist der schönste Tag in meinem Leben!

# Buch 2: Ein Fest für das Leben

## Loni Schneider in Paris

Der August kam und war schon fast wieder vorüber. Der Sommer verharrte in einer Melange aus schwülem Badewetter und tristen Regentagen, die von der Kälte des Herbstes kündeten. Der meteorologische Sommer begann zu kippen, obwohl der gefühlte Sommer, die Tage an denen Hans Ferien oder Urlaub hatte, für ihn noch nicht begonnen hatten. Er arbeitete lange, um seine Minusstunden auszugleichen. Das wilde, laute Leben war nichts mehr weiter als ein vergangener Tagebucheintrag. Loni Schneider war seit zwei Wochen in Paris und er hatte seine Mutter seit Wochen nicht gesehen. Aber Pepe, die Katze seiner Eltern, war gestorben.
Die Abende verbrachte er oft mit Ellis. Sie saßen stundenlang, sich vom Tag erzählend, oft schweigend, im Schwimmbad.
Schließlich kam der Tag, an dem es klar wurde, welchen Lauf die letzten Augusttage nehmen könnten. Er erhielt eine E-Mail von Loni Schneider.
Die Nachricht, in herzlichem, überschwänglichem Ton geschrieben, war neben Hans an Ellis und an Sebi in „CC" gerichtet. Loni Schneider schrieb mit vielen Ausrufezeichen, dass sie sich gut in Paris eingelebt hatte und sich nun auf Besuch freue. Sie erwähnte, dass das Zimmer ihrer Mitbewohnerin für mehrere Tage frei sei und schlug vor, dass Hans und Ellis doch Sebi begleiten könnten, der nächste Woche nach Paris aufbrach.

Noch am selben Tag wurden nach mehreren kurzen Telefonaten online die Tickets gebucht und Hans kaufte sich im Buchladen am Stadtplatz einen Reiseführer über Paris.
Der THW nach Paris verließ an einem Montagmorgen den Münchener Hauptbahnhof.
Hans, der kein Französisch sprach, machte die Erfahrung, dass in einem Zug Frankreich bereits in Bayern begann.
Ihn überfiel jenes altbekannte einlullende Herzklopfen, das Sorgen vergessen ließ und er tauschte einen Blick mit Ellis. Ihre müden Augen lugten hinter einer dezenten Schicht Make-up hervor.
Sebi, der neben ihr saß, stieß sie wieder und wieder in die Seite: „Paris! Wir fahren nach Paris!"
Seine Vorfreude hatte etwas verschmitztes, dachte Hans. Sebis stechende Augen strotzten vor Tatendrang. Das konnte nicht nur die Vorfreude auf die Zurückeroberung seiner schönen Freundin sein, sondern hatte etwas von Angriffsvorkehrungen auf die Weltstadt der Liebe. Dieses kriegerische Lodern in seinen Augen gefiel Hans und er konnte es kaum erwarten, Loni Schneider zu sehen, sich auf die Stadt zu stürzen.
Innerhalb von zwei Stunden hatte der THW Deutschland verlassen und schnellte durch die französische Provinz.
Ellis schmunzelte, als Hans sie ein zehntes Mal auf einen Weiler aufmerksam machte, durch den ein kleiner Bach floss, der ein verfallenes Mühlrad mehr nässte, als es antrieb. Er zeigte auf schwarzgescheckte rosa Ferkel und riss den Mund weit auf, als er, von buschigen Bäumen umrankt, in der Ferne einen alten Ziegelturm entdeckte.
Das einzig ruhelose der Landschaft war die Geschwindigkeit des Zuges, der mit fast 300 Stundenkilometer durch die stehengebliebene Zeit schnellte.
„Weißt du was, Ellis?", sagte er und sie blickte von ihrem Buch auf. „Ich kann gar nicht genug von diesen menschenleeren Landschaften, den Schafherden und Burgruinen kriegen. Weißt du, woran ich dabei die ganze Zeit denken muss?" Sie legte das Buch beiseite. Hans las

den Einband und fragte erstaunt: „Die Wahlverwandtschaften? Du liest Goethe?" Ellis nickte vielsagend. „Mit den Vampiren bin ich durch. Woran musst du denken?"
„Fast passend zu Goethe: An das Mittelalter, an die Romantik. Und weißt du, wann ich das letzte Mal ganz intensiv darüber nachgedacht habe? In Nürnberg. Vor unserem Treffen."
Ellis lächelte und widmete sich wieder dem Buch.
Wie lange das alles her ist, dachte Hans. Und wie viel seitdem passiert ist. Fast wie in einem anderen Leben.
„Ich freue mich so sehr auf die Stadt, dass ich gar nicht daran gedacht habe, dass die Reise ebenfalls schön sein könnte", kam er auf das Thema Landschaft zurück. „Viel zu oft im Leben ist man vom Konjunktiv so geblendet, dass man das Ist nicht sieht.
„Alter, die eine liest Goethe, der andere quatscht wie Goethe. Auf was habe ich mich da nur eingelassen!" Sebi grinste und setzte seine Kopfhörer auf.
Ellis lächelte: „Du hast dieses Dilemma ja rechtzeitig erkannt. Mir kommt es nicht so vor, dass Du die Schönheit der Landschaft draußen nicht in Dir aufnimmst. Im Gegenteil."
„Ich werde es Dir anders erklären", entgegnete Hans: „Ich habe meinen Fotoapparat tief in meinem Koffer verstaut, weil ich Batterie und Speicher für Paris sparen wollte. Du weißt, wie wichtig es mir ist, Schönheit festzuhalten, wenn ich sie sehe."
Sebi verdrehte die Augen: „Kitsch, kitsch, kitsch", murmelte er. „Wenn wir in Paris sind, trinken wir erst mal ein kühles Bier. Denn wahre Schönheit kommt von innen, liebe Reisegesellschaft. Wenn es jetzt schon losgeht mit Sentimentalität und Romantik-Scheiße, dann kauf ich mir in Paris einen Revolver.", er lachte.
„Da redet der Richtige. Ich wette, kaum siehst Du deine Loni wieder, bist Du der erste, der Süßholz raspelt und mit Rosen um sich schmeißt", entgegnete Ellis.

Hans fand es seltsam, ein erstes Mal seit Beginn der Reise den Namen Loni Schneiders ausgesprochen zu hören. Seit Tagen fragte er sich, warum Loni Schneider auch ihn und Ellis ausdrücklich nach Paris eingeladen hatte.
Nach sechs Stunden Fahrt erreichte der THW aus München die Pariser Vororte. Hans bedauerte das Verschwinden der grünen Wiesen, die dicht aneinander gereihten Häuserblöcke wuchsen immer höher in den Himmel. Stadt an sich, fand er, konnte nie schöner sein als Natur. Aber das war nicht irgendeine Stadt, das war Paris. Er presste seine Wange an die Scheibe, um in Fahrtrichtung nach der Silhouette des berühmten Wahrzeichens Ausschau zu halten.
Als die Ankunft im Gar de'l est angekündigt wurde, schwang sich ein Hügel über die Dächer der Hochhäuser und einen Augenblick lang gab eine Lücke zwischen den Häusern die Aussicht auf eine riesige, märchenhafte Kathedrale auf dem Berg frei. „Das ist Sacre Coer!", rief Ellis.
„Sakre was?", fragte Hans. „Es ist atemberaubend schön."
„Du kennst Sacre Coer nicht?"
„Ich habe was auf Google-Maps gesehen, das so hieß. Das war flach."
„Es ist eines der berühmtesten Bauwerke von Paris."
„So etwas Schönes habe ich wohl noch nie gesehen", murmelte er und hielt Ausschau nach einem weiteren Aufblitzen der Kirche zwischen den Betonbauten. Aber der Zug verschwand tief in den Häuserschluchten, und die schöne Kirche blieb hinter graffitibuntem Grau der Mauern verborgen.
„Paris ist nicht nur Eiffelturm und Louvre", sagte Ellis.
„Offensichtlich. Ich bin sprachlos. Ehrlich. Ich will dorthin. Jetzt. Gleich."
„Wir werden dorthin gehen", versprach Ellis. „Loni wohnt nicht weit weg vom Montmartre."
„Das war der Montmartre?"
„Du weißt nicht viel von Paris, nicht wahr?"

Der THW erreichte seine Endstation und fuhr in den Kopfbahnhof ein. Die drei warteten. Als der Großteil der Passagiere den Zug verlassen hatte, nahmen auch sie ihre Trollis und stiegen aus.

Immer wenn Hans ein fremdes Land betrat, sog er als erstes die Bahnofs- oder Flughafenluft der neuen Stadt tief in seine Lungen. So exotisch viele der Städte auch waren, die Luft bestand, wie zu Hause, aus $CO_2$ und fühlte sich auf der Haut nicht anders an als die in Bayern. Diese hier, unter dem Glasdach des Bahnhofs, war drückend, schwül und stickig, aber sie war real. Das Fremdartige spielte sich stets im Kopf ab.

Sie hatten kaum Pariser Boden betreten, schon gerieten sie in den schnellen, gehetzten Sog der Stadt. Wie die Körner einer Sanduhr strebten die Menschen Richtung Ausgang. Kofferräder ratterten über das Pflaster und sofort passte sich Hans dem raschen Pariser Schritt an. Das Hintergrundrauschen der Stimmen war international, aber je weiter sie sich dem Ausgang näherten, so kam es ihm vor, desto mehr überwogen die französischen Wortfetzen.

Ein Bahnhof ist noch ein wenig wie zu Hause, dachte er. Irgendwie lässt man mit dem Bahnhof auch seine Herkunft hinter sich.

Er wachte aus seinen Gedanken auf. „Was hast du gesagt?" Sebi sah Hans fragend an und deutete auf ein großes Drehkreuz.

Der Übergang zur Metro war versperrt.

„Wie sollen wir da unsere Koffer durchbringen?", fragte Ellis. Das Drehkreuz war gerade schmal genug für eine Person.

Hans kratzte sich ratlos am Hinterkopf. Er war sich einen Moment lang sicher, dass die Stadt ihn gar nicht haben wollte und ihm auf diese Weise einen Wink mit dem Zaunpfahl gab, umzudrehen und nach Hause zu fahren, wo er dringender gebraucht wurde.

Da packte Sebi entschlossen die Trollis und hievte sie über das Drehkreuz auf die andere Seite.

Der Weg zur Metro war lange und führte über zahllose Treppen hinauf und hinab. Anders als in München gab es keine Rolltreppen und sie entdeckten auf die Schnelle auch keinen Aufzug.
Als wollte jemand verhindern, dass wir die Stadt betreten, dachte Hans.
Keuchend schleppten sie die Koffer treppauf, treppab, fanden schließlich die richtige Metrolinie und fuhren in Richtung Place de Clichy.
Hans genoss die Durchsagen der verschiedenen Haltestellen in der fremden Sprache. Sie schenkten ihm die Gewissheit, dass er tatsächlich in Frankreich war. Die Bahn ächzte und quietschte wie er es aus München, Wien und Berlin kannte.
Am Place de Clichy stiegen sie ein zweites Mal um, wieder mussten sie ihr Gepäck eine endlose Treppe hinauf und wieder hinab tragen.
„Jetzt laufen wir schon seit Stunden durch die Stadt und haben noch gar nichts von Paris gesehen!", keuchte Hans.
An der Haltestelle Brochant hatten sie ihr Ziel erreicht und ließen sich von den unterirdischen Metrogewölben endlich an die Oberfläche von Paris ausspucken.
Hans blinzelte lächelnd in die grelle Mittagssonne.
Loni Schneider bewohnte mit ihren beiden Mitbewohnerinnen eine Dreizimmerwohnung an der Avenue de Clichy. Es war keine Hauptverkehrsader, dennoch war die Straße viel befahren. Das Viertel war geprägt von ausländischen Lebensmittelgeschäften, Cafés und machte einen vernachlässigten, aber sympathischen Eindruck. Es erinnerte Hans an Friedrichshain in Berlin.
Eine drückende Hitze lag über der Stadt und es schien, als ob in diesem Viertel die Geschäftigkeit der Stadt zum Erliegen gekommen war. Die Menschen saßen träge in den Cafés, aßen zu Mittag oder standen schwatzend vor den Läden.
Ellis hielt den Google-Maps-Ausdruck von Lonis Adresse in der Hand und navigierte die Gruppe zielstrebig die Straße

hinab. Schließlich entdeckten sie das Haus mit der gesuchten Adresse.
Sie suchten unter den dutzenden Namensschildern die passende Klingel und ein Türöffner summte.
Anders als erwartet, standen sie nicht in einem Treppenhaus, sondern in einem von Fahrrädern gesäumten Durchgang, der in einen hellen Hof führte. Ein Fenster im fünften Stock des gegenüberliegenden Hauses öffnete sich und Loni Schneider winkte strahlend herunter.
„Fünfter Stock!", rief sie.
Sebi deutete auf das Gepäck: „Aufzug?"
„Starke Männer!", rief Loni Schneider hinunter.
Sebi grinste resigniert. „Warum überrascht mich das jetzt nicht?"
Ein weiteres Mal an diesem Tag schleppten sie stöhnend und keuchend ihr Gepäck treppauf. Ellis sah erschöpft aus, sie hatte die Metrofahrt über kaum gesprochen. Hans bot ihr an, sie solle ihren Koffer doch stehen lassen. „Ich trag ihn dann schon hoch." Aber Ellis schüttelte den Kopf: „Wir sind irgendwo in Paris, nicht weit vom Rotlichtbezirk. Ich lass doch keinen Koffer in einem Treppenhaus stehen."
Schweigend, schließlich stumm schnaufend, trug Hans sein Gepäck die letzten vier Stockwerke nach oben. Er fragte sich, ob Ellis wegen der beschwerlichen Fahrt schlecht gelaunt war. Aber er ahnte, dass auch sie ein mulmiges Gefühl wegen des Wiedersehens mit Loni Schneider hatte.
Sein Herz wenigstens klopfte wie wild. Nicht nur wegen des Rollkoffers, der von Stockwerk zu Stockwerk schwerer zu werden schien. Loni Schneiders Haar war nass gewesen, das hatte er auch von unten noch erkennen können. Es war ihm, als roch er sogar ihr Mandelshampoo, obwohl er nicht sicher war, ob das möglich war, wenn man nicht gerade Grenouille hieß.
Das Treppenhaus war ein Altbau, nach Vergangenheit schwer duftend. Das Holz der Stufen knarzte. Die Tür zu Loni Schneiders Wohnung stand bereits offen.

An der letzten Kehre ließ er sich von Sebi überholen der begann, gleich zwei Stufen auf einmal zu nehmen und es auf einmal sehr eilig hatte.
Als sich das Gepolter von Sebis Schritten von hölzernem Pochen in gedämpfte Linoleumschritte verwandelte, tauchte Loni Schneider im Türrahmen auf. Sie trug einen Bademantel, als wurde sie aus der Dusche herausgeklingelt.
Sie fiel Sebi um den Hals und sie küssten sich lange und leidenschaftlich, als hätten sie sich seit Jahren nicht gesehen.
Hans blieb verlegen am Treppenabsatz stehen und sah mal verschwommen an den beiden vorbei, dann freudig erregt auf Loni Schneiders dunkel geschminkte Augenlider. Als die beiden voneinander abließen, ging Loni Schneider lächelnd und mit ausgebreiteten Armen auf ihn zu - und an ihm vorbei und begrüßte mit einem lauten Kuss Ellis, die noch auf der Treppe stand. „Wie schön, dass du gekommen bist", sagte Loni Schneider und gab Ellis noch jeweils einen weiteren schmatzenden Kuss auf jede Backe. „Du hast dich also schon gut eingelebt in Paris", entgegnete Ellis auf den Kuss und überspielte den kühlen Klang ihrer Stimme mit einem wärmeren: „Hallo Loni."
Loni Schneider musterte zuletzt Hans und er schaute in ihre unergründlichen grünen Augen. „Hans", sagte sie und gab auch ihm einen Kuss auf jede Wange.
Irritiert sah er ihr nach, als sie Sebis Koffer nahm und alle in die Wohnung bat. Er hatte sich allerhand von ihrer Begrüßung erwartet, hatte in Gedanken mögliche witzige oder hintergründige Antworten auf ihre Begrüßung ausgedacht, aber dieses einfache „Hans", konnte er weder einordnen, noch darauf gewitzt antworten.
Ellis zog ratternd ihren Trolli an ihm vorbei und folgte Loni Schneider. Hans spürte eine Kühle in seinem Nacken und ahnte, einen schweren Fehler gemacht zu haben.
Die Wohnung bestand aus einem geräumigen viereckigen Flur, der gleichzeitig als Küche fungierte. Vier Türen, zwei links, zwei rechts, führten in die Zimmer von Loni Schneider,

ihren beiden Mitbewohnerinnen und ins Bad. Sie öffnete die erste Türe links: „Das ist das Zimmer von Camille", sagte sie. „Camille ist selten in der Stadt. Darum ist es recht spartanisch eingerichtet. Camille ist ein Schatz und hat nichts dagegen, wenn Freunde eine Weile drin übernachten."
Sie deutete Hans und Ellis, ihr Gepäck dort unterzustellen. Das Zimmer bestand letztendlich aus einem großen französischen Bett, einem Kleiderschrank, einem Tisch, auf dem ein voller Aschenbecher stand und einem großen Bücherschrank. Zwei Fenster boten einen Ausblick auf das Treiben auf der Avenue de Clichy.
Ellis betrachtete das Bett und schien zufrieden. „Wie ein gemütliches Hotelzimmer", sagte sie.
Hans deutete auf den Bücherschrank: „Camus."
Lonis Zimmer war das spiegelverkehrte Abbild Camilles Zimmers, allerdings war ihres noch karger eingerichtet, da ihr Bücherschrank leer war und nur eine Fotografie von ihr und Sebi und einige CDs beinhaltete.
Gegenüber ihres Bettes hing eine Fotocollage mit Aufnahmen von ihren besten Freunden. Auf den meisten Fotos war Sebi abgebildet. Auf anderen schwarzhaarige Mädchen, vermutlich ihre Mitbewohnerinnen, zusammen mit Loni vor dem Eiffelturm. Hans stutzte. Ganz unten entdeckte er ein Foto von sich.
„Im dritten Zimmer wohnt Marie", erklärte Loni Schneider. „Ihr werdet sie am Abend kennenlernen. Marie hat gerade ein Date und ich bin selbst gespannt, wen sie mitbringt. Der Typ ist übrigens Deutscher. Aus unserer Gegend, um genau zu sein. Vielleicht kennt ihr ihn sogar. Aber das kann noch dauern, bis sie kommen."
Dann bemerkte Hans etwas Seltsames. Sebi und Loni Schneider tauschten einen kurzen, aber durchdringenden Blick aus.
 Loni Schneider wurde hektisch, fast aufgekratzt. „Ihr beiden wart noch nie in Paris? Dann wollt ihr wahrscheinlich möglichst schnell die Stadt sehen, oder?", sagte sie, ohne

eine Antwort abzuwarten. „Ich habe leider auch nichts zum Essen hier, sonst hätten wir gemeinsam kochen können. Also schlage ich vor, dass ihr erst mal in der Stadt was esst und euch akklimatisiert."
Hans schaute Loni Schneider verwirrt an, da griff Ellis nach seinem Arm. „Du hast recht, Loni", sagte sie. „Ich will sofort den Eiffelturm sehen, sonst explodiere ich."
Mit sanftem Druck schob sie ihn zurück in ihr Gästezimmer.
„Ich hätte mich ganz gerne ein wenig ausgeruht", sagte Hans.
„Denkst du, ich nicht?", flüsterte sie.
Sie holten ihre Taschen. Loni Schneider und Sebi standen im Türrahmen. „Lasst einmal kurz auf meinem Handy anläuten, wenn ihr wieder da seid", sagte Loni Schneider. „Und noch ein Tipp: Kauft euch ein Wochenticket. Das kommt euch am billigsten."
Loni Schneider begleitete sie zur Tür hinaus und schloss die Tür hinter sich zu.
„Was war das denn?", fragte Hans, als sie die Stufen wieder hinab stiegen.
„Sei nicht naiv! Die zwei haben sich lange nicht gesehen."
„Trotzdem könnten sie damit ja wenigstens noch warten, bis wir ausgepackt haben."
Ellis machte eine wegwerfende Handbewegung. „Ich glaube, sie haben uns zuliebe länger gewartet, als gewollt", murmelte sie.

## Die Stadt der Liebe

Kaum hatten sie den modrigen Altbau verlassen und den nach Blüten duftenden Garten im Hof durchquert, packte Hans wieder die Aufregung.
Das seltsame Wiedersehen mit Loni Schneider war schneller vergessen, als er „Paris" sagen konnte.
„Paris", sagte er, als sie wieder an der Avenue de Clichy standen.
„Wir sind tatsächlich hier", entgegnete Ellis.
Sie sahen sich um.
„Was denkst du, ist das schon Paris? Oder ist Paris nur dort, wo der Eiffelturm ist. Oder die Seine?" Er schaut sich um. „Ich meine, hältst du es noch aus oder sollen wir gleich in die Stadt fahren?"
„Also ich meinerseits habe einen gewaltigen Hunger. Außerdem denkst du zu eng. Das hier ist vielleicht mehr Paris als die Innenstadt."
„Hm", machte Hans. „Aber Hunger habe ich auch."
Sie spazierten eine Weile die Straße hinauf und begutachteten die unterschiedlichen Cafés und Bistros. Ellis' Schulfranzösisch war einige Jahre her, aber es reichte aus, um viele Gerichte zu übersetzen.
Bald waren sie aufgrund der Fülle an Angeboten ratloser als zuvor und sie setzten sich an den erstbesten freien Tisch.
Hans entschied sich für etwas Vertrautes: Hamburger mit Pommes.
Ellis grüßte den Kellner auf Französisch. Der antwortete auf Englisch und die befürchtete Sprachbarriere war auch für Hans sofort verschwunden.
Ellis bestellte sich einen Salat mit Ziegenkäse. Als sie stumm auf das Essen warteten und auf das Treiben auf der Straße blickten, merkte Hans, wie müde er war.

Aber er war nicht vergleichbar mit der Müdigkeit von zu Hause. Er war hier müde, hier in Paris. Und Paris war kein Ort, um zu schlafen.

Er schloss die Augen und ließ einen Moment lang zu, dass die Halbwelt zwischen Realität und Schlaf von ihm Besitz ergriff, und sein Leben kam ihm wie ein Traum vor. War er wirklich in Paris, würde er heute tatsächlich Wand an Wand mit Loni Schneider, dazu noch in einem Bett mit Ellis, schlafen?

Er dachte reflexhaft an seine Mutter, wie er es immer tat, wenn er entweder besonders glücklich oder besonders traurig war. In glücklichen Momenten allerdings war der Gedanke an sie nur ein kurzer Blitz, der ihn an seine Realität erinnerte und den er sofort wieder tief in sein Unterbewusstsein hinunter verbannte.

An diesem frühen Nachmittag bekam Hans seine erste Lektion in Sachen Paris: Er lernte, dass in Paris jedes Essen, selbst Hamburger oder Pommes, auf eine ganz eigene Art und Weise vorzüglich, über die Maßen köstlich schmeckte.

Er schwelgte in den kross in Olivenöl frittierten Pommes Frittes und genoss das rosa, halbgare Fleisch des Hamburgers. „Wahnsinn. Ich werde nie wieder was anderes essen können", murmelte er mit vollem Mund.

Er tauschte mit Ellis einen Teil seines Gerichts. „Wie ein altes Ehepaar!", lachte Ellis kauend und sie schworen sich, dass sie in Paris alles essen würden, was ihnen auf den Teller kam. Und, dass sie beim Essen nicht auf ihr Geld achten würden, also sozusagen lebten, als gäbe es kein Morgen.

Sie setzten den Schwur sogleich in die Tat um und bestellten eine Nachspeise.

Als die Vorzüglichkeit des Essens nur noch eine Resterinnerung auf der Zunge war, kroch die Rastlosigkeit zurück in Hans' Glieder. Er hatte es eilig, zu zahlen.

Eine einzige, aber nicht unerhebliche Hürde trennte sie noch von der Innenstadt: Die öffentlichen Verkehrsmittel. Hans

fragte an der Metrostation auf Englisch nach einem „Navigo–Pass". Aber es war nicht so einfach, diesen zu bekommen. Sie benötigten ein Passfoto. Anders als es Hans' Lieblingsfilm über Paris, „Die wunderbare Welt der Amelie" suggerierte, war die Pariser Metro kein Ort, an dem ein Passfotoautomat neben dem nächsten stand.
Sie durchsuchten ihre Geldbörsen und Ellis schnitt ihr lächelndes Portrait aus ihrem alten, abgelaufenen Studentenausweis. Hans besaß nur ein einziges Foto in seinem Geldbeutel: Die Fotografie, die ihn und seine Familie nach dem Mittagessen am Tag vor der Operation seiner Mutter zeigte. Er hatte es auf Wunsch seiner Mutter entwickeln lassen, war aber aus den unterschiedlichsten Gründen bis heute nicht dazu gekommen, es ihr zu geben.
Ellis sah das Foto und schüttelte den Kopf: „Tu das nicht."
„Es ist nur ein Foto", sagte er und trennte seinen ernst in die Kamera blickenden Kopf vom Rumpf und dem Rest seiner Familie ab.
Sie erhielten den Navigopass und somit 7 Tage freie Fahrt im gesamten Pariser Verkehrsnetz.
Mit einem Hochgefühl betrat Hans die Metro und atmete mit der abgestandenen Luft die Vorfreude auf die Stadt in seine Lungen.
Mit jedem Schritt in den Untergrund hinunter wurde er aufgeregter. Ungeduldig erwartete er das Einfahren der Metro. Er zählte die Haltestellen und lauschte den nach Bohème und Freiheit klingenden Namen: La Fourche, Place de Clichy, Líege, Saint-Lazare, Miromesnil. Er assoziierte die wundersamsten Maler, Schriftsteller und Künstler mit diesen Namen. Schließlich ein Name, den er kannte: „Champs Elysees Clemenceau". Er wusste nichts von Clemenceau, aber die Champs Elysees hatte er bereits mit einer Punkband besungen.
Sie stiegen aus. Jede Stadt ist dunkel, wenn man sie nur in der U-Bahn kennenlernt. Hans fieberte dem Moment entgegen, an dem er aus dem schwarzen Schlund in die grell strahlende Oberfläche aufstieg. Endlich würde er in

Paris sein. Nicht in irgendeinem Paris, sondern in dem Paris, auf das er sich so lange schon freute. Das Paris, das auf den Postern und in den Büchern abgebildet war.
Als sich die Luft nach einem heißen Luftstoß in frische Tagesluft verwandelte, sah er als erstes Bäume. Saftige, grün belaubte Bäume. Er hörte Straßenlärm, hatte aber nur Augen für die Bäume. Paris war grün.
Jetzt sah er den Eiffelturm.
Er genoss den Moment wie jemand, der ahnt, dass er den Turm ein letztes Mal wie ein begeisterter Tourist sieht und den die Stadt rasch mit all ihren weiteren Zaubern einnehmen wird.
„Sollen wir weitergehen?", fragte Ellis und Hans wachte aus seinen Gedanken auf.
„Wo ist die Seine?" Er schaute sich um. Sie musste ganz in der Nähe sein. Irgendwo hinter den Prachtbauten, die sich gegenseitig ihre Einzigartigkeit streitig machten.
Er studierte eine Stadtkarte und entschied sich für eine Richtung. „Le Grand Palais", las er vor und zeigte auf das prunkvolle Gebäude zu ihrer Rechten.
Die Straße führte eine gefühlte Unendlichkeit geradeaus und endete an einem erneut gigantischen Sakralbau mit einer goldenen Kuppel.
„Möchtest du dir etwas genauer anschauen?", fragte Ellis, die wusste, wie sehr er darauf brannte.
Hans zuckte die Achseln. „Ich möchte alles auf einmal anschauen. Aber fürs Erste würde es mir genügen, die Seine zu sehen."
Ellis lachte: „Wir sehen die Seine vor lauter Paris nicht."
Sie erreichten eine große Kreuzung. Die Statuen, die die Straße säumten, waren Verzierungen einer Brücke.
Als sie die bronzenen Karpfen, Wassernixen und Götterkinder erreichten, lehnte sich Hans an das Geländer und blickte lange in das Wasser und das kräuselnde Spiegelbild des Eiffelturmes.
„Das ist Paris", sagte er. „Lass uns einfach den ganzen Tag hier bleiben."

Hans kramte seine Fotokamera aus der Tasche. Er hielt die Kamera über ihre Köpfe und machte eine Aufnahme mit der Seine im Hintergrund. Auf der Aufnahme lächelte Ellis müde, aber glücklich.
„In welche Richtung sollen wir gehen? Eiffelturm oder Louvre?", fragte sie.
„Wie wäre es, wenn wir den Tag nutzen, um die Seine bis Notre Dame runter zu spazieren. Dann hätten wir eigentlich das wichtigste gesehen und ich könnte dir für heute Abend einen entspannteren Hans versprechen."
„Natürlich. Aber wir könnten uns auch einfach Zeit lassen und uns mit dem Hier und Jetzt begnügen."
Er entgegnete nichts und folgte der Uferpromenade nach Osten.
Sie spazierten langsam, es kam ihm vor wie eine Ewigkeit, bis sie die nächste Querstraße, den Place de Concorde, erreichten.
Die Sonne hatte gerade ihren höchsten Stand überschritten und die Augusthitze staute sich in der Stadt. Sie schlenderten weiter, warfen einen kurzen Blick auf den Obelisken.
Hans fand, dass Ellis erschöpft aussah. Er deutete auf einen Park: „Dort drüben machen wir unsere erste Pause, ja?"
Sie nickte erleichtert.
Sie waren nur wenige Meter durch den Jardin de Tuileries gegangen, als Hans stehenblieb.
„Was ist?", fragte Ellis.
Er deutete stumm auf eine Statue.
Er war an dutzenden Statuen vorbei gegangen, hatte keinem Fisch und keinem Wassermann auf der Pont Alexandre Beachtung geschenkt. Schweigend betrachtete er diese:
Ein Liebespaar küsste sich eng umschlungen, lebensgroß, als wären sie im Moment dieses Kusses von siedender Bronze übergossen worden. Die Liebenden küssten sich leidenschaftlich, in einer verzweifelten Leidenschaft, einer finalen. Hans ging um die Statue herum, versuchte ihren Gesichtsausdruck zu lesen, zwei Gesichter, die sich

gegenseitig verbargen, sich einzig ihrem Kuss hingaben. Der Kuss versteckte eine Information, die ihm als Laien verborgen blieb, die aber gewaltig sein musste, so wie sie ihn aufwühlte.

Er musste an Loni Schneider denken und stellte sich vor, dass sie die Frau war und er der Mann, der so von ihr geküsst wurde.

Ellis weckte ihn aus seinen Gedanken: „Diese Skulptur ist sehr berühmt."

„Tatsächlich?"

„Du bist schlecht vorbereitet", Ellis lächelte. „Das ist ‚Der Kuss' von Auguste Rodín."

„Auguste Rodín", murmelte er und merkte, wie sich in ihm etwas regte. „Der Kuss", wiederholte er und seine Lippen öffneten sich kaum merklich.

Ein kurzes, peinliches Schweigen fuhr zwischen sie. Hans verdrängte den Tagtraum von Loni Schneider.

„Komm her", sagte er kurz entschlossen und gab ihr einen sanften Kuss auf den Mund.

Sie lächelte ihn an. Hans konnte ihr großes Herz kaum fassen. Er fragte sich, ob es ein Segen oder sein Fluch war, mit diesem wundervollen Wesen in Paris zu sein. Denn er war immer noch er und nichts hatte sich zwischen ihnen verändert.

Der Park begann mit einem weitläufigen Springbrunnen, dessen Rauschen den Motorlärm der Straße übertönte. Um den Brunnen herum wurde an Ständen Eis verkauft und überall im Park standen grüne Gartenmöbel, die zum Sitzen einluden.

Sie schauten sich nach einem freien Sitzplatz um. Als ein Pärchen aufstand, stürzten sie sich auf die frei gewordenen Eisenstühle.

Sie saßen am Rande des Brunnens, ungeschützt vor der heißen Mittagssonne. Die kühle Gischt des Springbrunnens schützte sie kaum vor den auf die Haut brennenden Sonnenstrahlen. Die Stühle waren massiv und schwer. Sie standen wieder auf und zogen und schoben die im staubigen

Sand Furchen hinterlassenden Stühle einige Meter weiter in den Schatten eines großen Baumes.
Sie hatten sich kaum gesetzt, als Ellis seufzte.
„Was hast du?", fragte er und der Unterton in seiner Stimme nahm die Antwort vorweg.
„Ich möchte mich hinlegen. Glaubst du nicht, dass irgendwo noch ein Stuhl mit Lehne, oder eine Liege frei ist?"
Hans schloss die Augen und holte tief Luft. Er blickte sich um. Ganz in der Nähe besetzte eine Familie mehrere Stühle. Einer der Liegestühle war frei. Er sprach den Familienvater an. Erst mit einer französischen Grußfloskel und fragte dann in holprigem Französisch, ob sie englisch sprächen. Hans hatte gelesen, dass Franzosen es nicht mochten, wenn man sich nicht die Mühe machte, sie nicht in ihrer Muttersprache zu begrüßen. Den Gegenbeweis wollte er vorsichtshalber nicht ausprobieren.
Der Familienvater war Franzose und antwortete knapp mit „Yes, no problem." Die darauf folgende Diskussion mit seiner Frau konnte Hans nicht verstehen. Erleichtert, die Liegestuhl-Situation in Ellis' Sinne gelöst zu haben, bedankte er sich und schob erneut ein massives Möbelstück durch den staubigen Sand.
„Danke."
Kaum hatte Ellis sich auf der Liege ausgebreitet, begann eines der Kinder des französischen Familienvaters zu weinen. Das kleine Mädchen deutete mit dem Finger auf den Liegestuhl und schrie schluchzend Wörter der Empörung. Der Familienvater redete auf das Mädchen ein, die Mutter redete auf den Familienvater ein. Als das Heulen immer lauter wurde, stand Hans auf.
„Ich fürchte, das war ihr Stuhl", sagte er.
„Na und?"
„Nun komm schon. Ich besorg dir einen anderen."
Hans nahm den Stuhl und schob ihn zurück. Das kleine Mädchen beobachtete ihn feindselig.
„Pardon", sagte Hans und der Familienvater entschuldigte sich mehrfach.

Hans stand eine Weile ratlos zwischen den flanierenden Touristen, schaute auf den Brunnen, schaute auf die Staubwolken, die die Spaziergänger aufwirbelten, sah zur Baumgruppe unter der Ellis fingernagelkauend saß. Plötzlich sprang sie auf. Sie deutete aufgeregt in Richtung einer Baumreihe auf der anderen Seite des Parks. Gleich mehrere Liegen waren gerade frei geworden.
Er packte seine Tasche und eilte ihr hinterher auf die andere Seite des Brunnens.
Kurz vor einem japanischen Pärchen erreichten sie die letzten beiden freien Liegen.
„Du hältst mich jetzt sicher für verhätschelt und wirst mich für den Rest des Urlaubs hassen", murmelte Ellis. „Ich bin normal nicht so, das weißt du doch, oder? Aber ich bin wirklich, wirklich müde."
„Schon gut", sagte Hans. Er lehnte sich zurück und sah zum Brunnen. Dahinter war der Obelisk vom Place de Concorde zu sehen. Ein erstes Mal an diesem Tag war er ruhig und schloss kurz die Augen. Er war in Paris.
Sein Herzschlag wurde langsamer. Er beobachtete die vielen Menschen, die in einiger Entfernung den Park durchquerten. Er sah den Kindern zu, die am Rande des Bassins mit dem Wasser spielten. Er sah sich das satte Buschwerk der eckig zugeschnittenen Bäume an, in deren Schatten er saß.
Jetzt war der richtige Augenblick gekomken, dachte er, das Buch hervorzuholen, das er sich für diesen Urlaub aufgespart hatte: Hemingways „Ein Fest für das Leben".
Er las einige Seiten, bis das Lesen ihn schläfrig machte. Er wehrte sich gegen die Schwere, die seine Lider niederdrückten. Nicht jetzt. Nicht in Paris. Nicht am helllichten Tag.
Er schüttelte den Kopf und rieb sich die Müdigkeit aus den Schläfen. „Sollen wir zum Louvre weitergehen?", fragte er.
Keine Antwort.
„Ellis?"

Ellis atmete tief und gleichmäßig. Der Blick unter ihrer Sonnenbrille war zum Himmel gerichtet. Sie schlief. Er verstand, dass sie müde war. Gleichzeitig musste er fassungslos den Kopf schütteln. Wie konnte man in Paris nur schlafen? Seltsamerweise fühlte er für die erschöpft schlafende Ellis eine natürliche, fast archaische Zuneigung und Vertrautheit, deren Ursprung er nicht verorten konnte, eine Zuneigung, die ihn rührte und reizte zugleich.
Als er das tatenlos herumsitzen nicht mehr aushielt, stand er auf, nahm seine Kamera und machte einige Fotos.
Er betrachtete die Statuen, aber keine berührte ihn auf eine ähnliche Weise wie die Liebenden von Rodins Kuss. Die Statuen waren schönes Beiwerk, Verzierung. Schön, aber ohne Seele. Er betrachtete sie durch den Sucher der Kamera, drückte aber nicht auf den Auslöser.
Schließlich fotografierte er Ellis, die, schön wie eine Marmorstatue, erhaben auf dem Liegestuhl schlummerte.
Er konnte inzwischen, wenn Ellis schlief, zwischen Nickerchen und Tiefschlaf unterscheiden. Ellis machte kein Nickerchen.
Hans ahnte, ihm blieb nichts anderes übrig, als zu warten.
Er las weitere Seiten in Hemingways Pariserinnerungen. Aber er konnte kein Wort mehr genießen. Er wollte nicht über den Montparnasse lesen, er wollte dort sein.
Er sah auf die Uhr. Die Zeit verging und es wurde zu einer Gewissheit, zwar in Paris zu sein, aber Paris nicht sehen zu können.
Er hatte gehofft, am ersten Tag bereits so viel Paris in sich aufzunehmen, dass er satt und zufrieden die folgenden genießen und sich vollkommen auf die zwischenmenschlichen Beziehungen konzentrieren konnte.
Nun saß er seit einer Stunde in der Pariser Innenstadt und alles, was er von Paris sah, war ein Springbrunnen.
Er versuchte, sich mit diesem Gedanken anzufreunden, dass Paris aus einem einzigen, bezaubernden Park bestand, in dem es eine schöne, wenn auch von Bäumen und Mauern begrenzte Aussicht gab und genug Ruhe und Muse, um zu

lesen. Aber er wäre enttäuscht, wenn das nun alles bliebe, was er von der Stadt zu sehen bekäme.
Ellis schlief tief und fest. Hans nahm sachte ihre Hand. Schlaff folgte sie der seinen. Hans war in ihrer Nähe nie unglücklich, sie erlebten gemeinsam großartige Dinge. Doch während Ellis diese Dinge schlafend oder träumend erlebte, wurde Hans von dem schrecklichen Gefühl gepackt, etwas noch schöneres, noch großartigeres zu verpassen.
Diese wunderschöne weiße Kirche auf dem Berg ging ihm nicht aus dem Kopf. Er dachte an das Dejeuner, das er mit Ellis wie ein Bohème an der Avenue de Clichy gehabt hatte. Und er dachte an die Statue der Liebenden, die er gesehen hatte. Sein Tag war längst reich gewesen. Er versuchte, so gut es ging, glücklich zu sein.
Ellis reckte sich und gähnte. Sie nahm die Brille ab und blinzelte in die Sonne, die ihre Reise dem Horizont entgegen, begonnen hatte.
„Ich hab geträumt, ich bin in Paris", sagte sie.
„Ein schöner Traum", entgegnete er. „Und ich hab geträumt, ich würde heute noch das Louvre sehen."
„Den Louvre", korrigierte Ellis. „Du willst weiter, oder?"
Hans nickte.
„Wie wäre es, wenn wir noch den Louvre inspizieren und danach spionieren, ob sich die beiden Turteltauben ausgetobt haben."
Hans bezweifelte es und dachte, ebenso gut könnten sie nachschauen, ob sich Rodíns Küssende inzwischen ausgetobt hätten.
Sie führten ihren Spaziergang durch den Jardin de Tuilieries fort, nahtlos ging er in den Park des Louvre über.
Von hier aus sahen sie die berühmte Glaspyramide und die gewaltigen Fassaden der Schlossbauten. Noch mehr Touristen strömten hier auf und ab. Hans, der sich seit Tagen nichts sehnlicher gewünscht hatte, als hier zu sein, ahnte, dass es sich mit dem Louvre ähnlich wie mit dem Brandenburger Tor in Berlin verhielt: Er war eines der Wahrzeichen der Stadt, aber wenn man einmal dort

gewesen war, hatte man nie wieder das Bedürfnis, noch einmal zurückzukehren. Hans sah, dass es gut war. Jetzt würde er bereit für das wahre Paris sein.
„Lass uns zurückfahren", sagte er.

## Noch jemand

Hans war nervös, als er den abgewetzten Klingelknopf am Haus an der Avenue de Clichy drückte. Er stellte sich vor, dass erst lange Zeit keiner öffnete. Dann würde er die keuchende Stimme von Loni Schneider, den Türöffner summen und oben dumpfe Töne aus dem abgesperrten Zimmer vernehmen.
Stattdessen meldete sich eine französische Mädchenstimme.
„Hans und Ellis", sagte er, ohne das Mädchen verstanden zu haben.
Die Tür summte und sie traten ein.
Der Garten im Hof hatte um diese Uhrzeit eine warme Farbe angenommen. Hans kam der Hof vor wie eine Zwischenwelt, die das Treiben der Stadt und die kleinen Welt des Mietshauses, die nun die Welt der Loni Schneider war, trennte. Der Garten, einladend und auf neutrale Art und Weise friedlich, wusch den Besucher der einen Welt rein für die andere. Hans atmete tief ein, als er das Treppenhaus betrat.
Mit jeder Stufe, die ihn näher zum Appartement der Loni Schneider hob, ließ er Paris, ließ er seine alte Welt, sein Alter Ego, hinter sich. Ellis, müden Schrittes nach oben steigend, fiel langsam zurück. Sein Herz begann wieder zu pochen und er war gespannt, was das Leben mit ihm noch vor hatte.
Er klopfte.
Eine junge Frau öffnete ihm die Tür. Hans musste lächeln, sie entsprach genau dem Bild, wie man sich eine klassische Pariser Schönheit vorstellte: Große, dunkle Augen und pechschwarz, leicht gewelltes Haar.
Sie streckte ihm die Hand entgegen. „Marie", sagte sie.
Er schüttelte die Hand: „Lonis Mitbewohnerin? Schön, dich kennenzulernen. Ich bin Hans", sagte er.

„Je ne parle pasallemand, maisun peu d'anglais", entgegnete sie.
„Sie kann kein Deutsch, aber ein wenig Englisch", übersetzte Ellis, die gerade oben angekommen war. Ellis begrüßte Marie flüchtig und verschwand sofort im Appartement.
„My name is Hans", wiederholte er.
„I know!" Marie lachte.
In der Wohnung fand er ein anderes Bild vor, als er sich vorgestellt hatte. Keine erstickten, grunzenden Laute .Kein nackter Sebi, der zum Kühlschrank ging, sich am Hintern kratzte und sich wortlos eine Flasche Wasser aus dem Kühlschrank holte.
Da war Musik. Akkordeonmusik, laute Stimmen und das Klirren von Gläsern.
Durch die Küche waberte kalter blauer Rauch. Am Tisch saßen Sebi und Loni Schneider, beide angezogen und ein Junge mit Vollbart, der auf einem Akkordeon spielte. Eines der bekannten Lieder von Yann Tiersen aus dem Film „Die fabelhafte Welt der Amelie". Auf dem Tisch standen eine leere und eine angebrochene Flasche Bordeaux.
Ellis beugte sich über Loni Schneider und tauschte tuschelnd einige Wort mit ihr aus.
„Hans! Da seid ihr ja!", rief Sebi gut gelaunt und reckte sein voluminöses Glas in die Luft und schwenkte den Rotwein.
„Isch liebä Fronkreisch!"
Der vollbärtige Junge hörte auf zu spielen und legte das Akkordeon beiseite. Er hatte ein flaches französisches Käppchen auf dem Kopf und trug ein kariertes Hemd. Sein Bart war schwarz und sprießte über sein braun gebranntes Gesicht. Er war wohl Anfang zwanzig, aber der Bart machte ihn älter.
Hans reichte ihm die Hand: „Je suis Hans."
„Servus, ich bin der Stefan", antwortete der Junge mit bayerischer Stimmfarbe.
Loni Schneider lachte herzhaft auf: „Ich hab dir doch von Maries Date erzählt. Hast du ehrlich gedacht, Stefan ist ein Franzose?"

„Ehrlich gesagt... Ja!", sagte er.

„Danke für das Kompliment!", entgegnete Stefan und sein Dialekt verriet, dass er aus derselben Gegend kommen musste wie die anderen. „Man tut halt, was man kann, um hier nicht als Ausländer aufzufallen", fügte er hinzu.

„Wo habt ihr beiden euch denn kennengelernt?", fragte Hans.

„Das ist eine lange Geschichte und ich hab sie gerade vorhin schon einmal erzählt. Aber ich werde sie sicher noch öfters erzählen."

„Ich bin immer noch überzeugt, dass ihr euch die Geschichte ausgedacht habt", sagte Sebi. „Das hätte kein Regisseur dramatischer hingekriegt."

Ellis gähnte. „Seid mir nicht böse, ich will eure Party nicht stören und ziehe mich für ein Stündchen zurück. Ich hab einiges an Schlaf nachzuholen", sagte sie. Sie tauschte einen Blick mit Hans aus: „Brauchst du keine Verschnaufpause?", fragte sie.

Hans zögerte.

Ellis las die Antwort aus seinem Blick. Rasch sagte sie: „Aber weck mich bitte nach einer Stunde auf, damit ich nicht zu tief einschlafe."

Die Tür schloss sich und Hans nahm sich ein leeres Glas von einem Regal und setzte sich zu den anderen an den Tisch. Er spürte, wie ihn ein unbeschreiblicher Glücksschauer überkam. Jetzt, ein erstes Mal an diesem Tag, war alles da, was er sich wünschte. Da war Wein, da war Musik, da war Paris vor der Haustüre und da war Loni Schneider neben ihm.

„Ist sie deine Freundin?", fragte Stefan und deutete auf die geschlossene Zimmertür.

Hans schwieg etwas zu lange.

„Natürlich ist sie seine Freundin!", sprang Sebi für ihn ein. „Aber das will er sich noch nicht eingestehen. Manchmal muss die Stadt der Liebe nachhelfen, um so etwas herauszufinden", sagte er.

Hans seufzte. Wie recht du hast, dachte er und sagte: „Wenn ihr mich fragt, ob ich Ellis das Recht nehmen möchte, mit anderen Männern was anzufangen, dann würde ich das sofort bejahen. Aber welcher Mann möchte nicht jede schöne Frau nur für sich besitzen?"

„Aha, ein Philosoph", sagte Stefan und hielt ihm sein Glas zum Anstoßen entgegen.

„Was habt ihr denn Schönes in der Stadt gemacht?", fragte Loni Schneider.

„Ellis hat geschlafen und ich hab ihr dabei zugesehen."

Loni Schneider grinste. Dann verschwand ihr Lächeln: „Das war jetzt nicht dein Ernst, oder?"

„Doch", sagte er. „Ellis war müde von der Fahrt und hat die meiste Zeit im Jardin de Tuilieries geschlafen. Ihr seid ja auch gleich ins Bett gegangen, oder?", fügte er beiläufig hinzu und schaute Loni Schneider herausfordernd an.

Sie hielt seinem Blick stand, und ein süffisantes Lächeln umspielte ihre Mundwinkel. „Wir haben allerdings nicht geschlafen, wenn du darauf anspielst", sagte sie.

„Oh lá lá", rief Marie, die auch ohne Deutschkenntnisse die universale Sprache von Frauenblicken zu verstehen wusste.

„Immerhin haben wir den Eiffelturm, den Louvre und die Seine gesehen", sagte Hans und warf einen herausfordernden Blick auf Sebi.

„Naja, ich habe auch einige Dinge von Frankreich gesehen, die ich hier noch nie zu Gesicht bekommen habe", sagte er.

„Jetzt reicht's aber wieder!", Loni Schneider hob drohend die Hand. „Es tut mir leid, dass ich dich und Ellis so barsch hinauskomplimentiert habe, aber ihr habt ja das Beste daraus gemacht."

Hans legte noch einen nach: „Kennst du Rodín?", fragte er sie. Loni Schneider schüttelte den Kopf und tauschte einen Blick mit Sebi. „Was schaust du mich so an? Du wohnst hier", sagte er.

„Wieso? Wer ist das?", fragte Loni Schneider.

Hans lächelte zufrieden. „Das ist Paris berühmtester Bildhauer", er genoss es, auf diesem Terrain Loni Schneider überlegen zu sein.

Stefan räusperte sich. „Loni, wo ist denn das Klo? Ich müsste mich noch duschen, bevor wir in die Stadt gehen."

„Klar!", Loni deutete auf die Türe. „Fühl Dich wie zu Hause."

Stefan und Marie tauschten einen Blick aus, als hätten sie telepathische Kräfte. „I go to the bath", fügte Stefan hinzu, als die Telepathie zu versagen drohte.

„Ah, ok", sagte Marie und ihr Gesicht strahlte auf. „I come with you", sagte sie in ihrem kräftig akzentuierten Englisch.

Stefan errötete. „Also gut", sagte er auf bayerisch, beide standen auf und schlossen sich im Bad ein.

Sebi begann zu lachen: „Die sind ja drollig."

„Ich würd zu gerne wissen, was die zwei da drin jetzt machen", sagte Loni Schneider.

„Und ich würde zu gerne wissen, was die beiden für eine Geschichte haben", fragte Hans Loni Schneider.

„It's a love story", sagte Loni Schneider, das O in Love mit großem Mund langziehend. „Und was für eine. Man sollte einen Roman daraus machen."

„Erzähl sie mir doch wenigstens im Schnelldurchgang. Was ist dieser Stefan für ein Typ? Und wie kommt er an diese supersüße Französin?"

„O la la, Marie gefällt dir also?"

„Das hat weniger mit Marie als mit ihrem exotischen Reiz als Französin zu tun", sagte Hans und suchte Bestätigung bei Sebi.

„Da muss ich ihm wohl oder übel Recht geben. Immer wenn ich in Frankreich bin, habe ich das Gefühl, die Mädchen sind einfach aus dem Grund schöner, weil ich in Frankreich bin. Du würdest wohl wieder sagen, es könnte am Licht liegen, gell, Hans?", sagte er.

„Darüber, dass Marie hübsch ist, brauchen wir wohl nicht reden. Aber ist dieser Stefan ein Frauentyp?", fragte Hans.

Loni zuckte die Achseln. „Wenn ich ihn daheim auf einem Fest kennengelernt hätte, wäre er mir wohl nicht aufgefallen

Aber auf Marie hat er irgendwie eine außergewöhnliche Ausstrahlung. Er ist übrigens ein waschechter Bauersbua."

„Ein Bauersbua? So sieht er gar nicht aus. Eher nach Soziologiestudent."

„Doch, doch. Der Stefan ist auf einem Bauernhof aufgewachsen. In, wie hieß das gleich wieder? Wimpasing oder so. Irgendwo am Chiemsee, also gar nicht so weit weg von uns. Ich weiß nur, dass er keinen Bock darauf hatte, den Hof seines Vaters zu übernehmen. Seine Eltern haben ihn deshalb in eine Banklehre gesteckt. Den Job hat er aber dann auch geschmissen, weil er, wie man ja unschwer sieht, nicht der Typ dafür war. Er sieht ehrlich nicht danach aus, jeden Tag Anzug und Krawatte zu tragen und älteren Damen Finanzprodukte anzudrehen, die kein Mensch versteht, finde ich."

„Klingt ja sehr vernünftig. Und was hat er stattdessen gemacht?"

„Er ist Altenpfleger geworden."

„Echt? Vom Banker zum Altenpfleger? Das macht ihn schon wieder sehr sympathisch. Und wie haben sich die beiden kennengelernt?"

„Im Detail kenne ich die Geschichte auch nicht. Ich kenne Maries Version, die sich aber im Großen und Ganzen mit dem deckt, was uns Stefan heute schon erzählt hat. Also, wie du gesehen hast, ist Stefan Musiker."

„Er spielt die Quetschn."

„Mach dich nicht lustig. Er spielt Akkordeon. Ich finde die Geschichte bemerkenswert, also hör einfach zu: Der Stefan hat als Kind, wie so viele andere in Bayern auch, Akkordeon lernen müssen. Er hat ein paarmal für den Trachtenverein gespielt und dann wieder aufgehört, weil, wie hat er das ausgedrückt? ‚Leberkäs-Volksmusik so schrecklich klingt'. Dann, Jahre später, entdeckt er sein Akkordeon auf dem Dachboden wieder und kauft sich ein Buch mit Notenblättern von Yann Tiersen."

„Die fabelhafte Welt der Amelie!", sagte Sebi.

Hans nickte. „Die Musik kennt man natürlich in Paris."

„Jedenfalls hat der Stefan die Lieder eingeübt und begonnen, zu Hause zu spielen. Auf Geburtstagsfeiern, am Lagerfeuer und so."
„Ja, ich muss zugeben, ich fand das sehr stimmungsvoll, als ich das vorhin auf dem Gang schon gehört hab", sagte Hans.
Loni Schneider erzählte weiter: „Vor einer Woche war Stefan mit seinen Kumpels auf Tour durch Osteuropa. So richtig klassisch, wie man es sich vorstellt: Im VW Bus, mit jeder Menge Gras und mit Stefan als Musikant. Eine ihrer Stationen gegen Ende des Urlaubs war Prag. Warst du schon mal in Prag?"
„Ja", sagte Hans. Abschlussfahrt vor ewigen Jahren. Kafka und Ghetto. Mehr weiß ich nicht mehr."
„Dann kennst du die große, alte, steinerne Brücke, oder?"
„Stimmt. Die, wo sie den heiligen Nepomuk ertränkt haben?"
„Sag nie wieder, du weißt nichts mehr. Jedenfalls hatte sich der Stefan während der Reise als Straßenmusikant ein wenig Trinkgeld und den einen oder anderen Joint verdient. Schau ihn dir an, er sieht ein wenig aus wie ein Zigeuner – darf man das heute überhaupt noch so sagen? Egal. ...mit seinem Bart und der altmodischen Kleidung und der melancholischen Musik und so. Ich hätt ihm auch einen Euro in den Hut geworfen.", sagte sie und fuhr fort: „Jetzt rate mal, wer zur selben Zeit Urlaub in Prag gemacht hat?"
„Marie."
„Richtig. Marie und Camille, das ist die, der ihr euer Zimmer zu verdanken habt, waren ihrerseits auf Städtereise. Camille hat die Situation folgendermaßen beschrieben: Hans, mach mal die Augen zu und lass dein Kopfkino anspringen!"
Hans schloss die Augen und lauschte Loni Schneiders rauchiger Stimme: „Es ist ein milder Abend im hochsommerlichen Prag. Die Bäume an den Uferpromenaden sind voll und schwer vom grünen Laub, die Blätter tanzen sanft in der warmen Brise, die vom Fluss her weht. Auf der Brücke flanieren die Touristen, fotografieren sich gegenseitig. Es ist eine wundervolle Abendstimmung

und zwei junge Pariser Seelen streifen träumend über die steinerne Brücke. Plötzlich sticht beiden etwas schwer ins Herz. Marie ist zu Tränen gerührt, sie sind aufgelöst und erst begreifen sie nicht, was mit ihnen geschieht. Noch vor ihren Ohren hat ihr Unterbewusstsein die Melodien aus Stefans Akkordeon wahrgenommen. Stefan steht am anderen Ende der Brücke und spielt und spielt, selbst wie in Trance. Je weiter sie sich der anderen Brückenseite nähern, je leiser das Brummen des Verkehrs wird, desto deutlicher vernehmen sie diese Melodie von Yann Tiersen. Ein wehmütiges Heimweh überkommt sie. Sie gehen schneller, neugierig geworden, sie wollen den jungen Mann sehen, der diese wunderschönen Klänge aus dem Instrument lockt. Camille hält den jungen Musiker aufgrund seines schwarzen Vollbarts erst für einen Landsmann. Als sie einen Blick mit Marie austauschen will, ist die längst weggetreten, paralysiert. Sie starrt diesen Musiker an, als habe sie eine Marienerscheinung. Der Musiker, der die ganze Zeit die Augen geschlossen hatte, sich ganz auf sein Spiel konzentrierte, öffnet genau in dem Moment die Augen, als Marie ihm gegenübersteht. Und als sich sein Blick mit dem von Maries trifft, entgleiten ihm die Gesichtszüge. Seine Augen, seine Pupillen werden groß und größer. Er lächelt Marie an. Unsicher, richtig schüchtern. Marie ihrerseits erwidert sein Lächeln, strahlend. Beide strahlen und lächeln sich an und die Musik wird noch ergreifender, als begreife das Instrument gerade, wie man Liebe ausdrückt."
Loni Schneider nahm einen Schluck vom Rotwein, sah Hans tief in die Augen und sagte mit ebenso tiefer Stimme: „Hans, echt schade, dass du kein Schriftsteller bist. Diese Geschichte muss irgendwer unbedingt einmal aufschreiben. Camille erzählte, dass sich Stefan und Marie eine geschlagene halbe Stunde, ohne ein einziges Wort miteinander zu sprechen, einfach gegenseitig wie verzaubert angestrahlt haben. Camille wollte bald wieder weiter gehen, aber Marie weigerte sich. Sie blieben. Zwischen den Liedern fragte sie etwas auf Französisch, aber der vermeintliche

Franzose zuckte die Achseln. Dann sagte Stefan etwas auf Deutsch und Marie schüttelte enttäuscht den Kopf. Irgendwann fragte Marie, obwohl sie es selbst kaum konnte: ‚You speak English?' Sie war erleichtert, als er den Kopf schüttelte. „Not much".
Sie brauchten keine Worte, um sich zu verstehen. Alles, was Stefan ihr mitteilen wollte, sagte er über seine Musik. Er spielte all diese Lieder von diesem wundervollen Film und Maries Herz schmolz nur so dahin. Sie gingen eine unaussprechliche Beziehung ein, die einzig aus Musik und Blicken bestand. Es hätte keinen gewundert, wenn sie den Rest ihres Lebens, ihres gemeinsamen Lebens, dort auf der Brücke verbracht hätten. Und, wie man so schön sagt, wenn sie nicht gestorben sind, dann spielt er dort noch heute für sie." Loni Schneider seufzte und wischte sich über die Augenwinkel. Hans bemerkte es verdutzt, er hatte es nicht für möglich gehalten, dass Loni Schneider eine romantische Ader innewohnte.

„Das muss der Wein sein", sagte sie und setzte ein Lächeln auf. „Der macht mich ganz weich. Ich freu mich einfach so für Marie."

„Wenn das verliebte Pärchen offensichtlich nicht mehr auf der Brücke in Prag, sondern unter einer Dusche in Paris steht, fehlt aber noch ein Teil der Geschichte, oder?"

„Da hast du jetzt selbst die passende Brücke gebaut", sagte sie und lachte. „Marie war es, die die Initiative ergriff und sich am Ende eines Liedes bei Stefan für die wunderschöne Musik bedankte: Sie küsste ihn! Französinnen küssen anders als wir Deutsche und Stefan missverstand den Kuss und erwiderte ihn. Und so wurde aus einem unschuldigen Küsschen eine wilde Brückenknutscherei. Camille freundete sich in der Zwischenzeit mit Stefans Freunden an, die alle recht unschlüssig um das schmusende Pärchen herum standen. Irgendwann griffen sich die anderen Stefans Einnahmen und gingen in die nächstbeste Bar, einen trinken. Die frisch Verliebten, die sich aufgrund ihrer Sprachbarrieren nicht viel zu sagen hatten, waren sich auch

ohne Worte einig, auf Maries Hotelzimmer zu gehen und sich dort in international verständlicher Körpersprache weiter zu unterhalten. Sie sahen erst am nächsten Tag gegen Mittag wieder das Tageslicht. Da beide am selben Tag ihre Reise in unterschiedliche Richtungen fortsetzen mussten, tauschten sie ihre Facebooknamen aus und versprachen, sich zu schreiben. Es wäre wohl ein klassischer Urlaubsflirt geblieben, wäre da nicht doch eine Prise wahre Liebe, anscheinend gibt es sowas, mit im Spiel gewesen. Stefan hat es gestern Nacht nicht mehr ausgehalten. Er hat sich ein Navi geborgt und ist mit seinem Schrottwagen kurzerhand in den frühen Morgenstunden Richtung Paris aufgebrochen. Stell dir vor, er musste drei Mal volltanken, so viel schluckt seine Karre. Aber er ist da", schloss Loni Schneider.
„Er ist da", sagte Hans. „Er ist da."

## Die fabelhafte Welt

„Bis das Bad wieder frei ist, wird es wohl noch ein wenig dauern, schätze ich", sagte Hans.
Loni Schneider nickte: „Vor allem, weil ich nach den beiden an der Reihe bin."
„Also könnte es sich lohnen, mich noch eine Stunde aufs Ohr zu hauen?"
„Es könnte, mein lieber Hans. Es könnte", antwortete sie bestimmt.
„Welches Abendprogramm hast du dir eigentlich für uns heute ausgedacht? Seine im Mondlicht?"
„Nicht ganz. Mondlicht kann ich dir schon anbieten, aber die Seine ist weit weg, die heben wir uns für einen anderen Tag auf. Für den ersten Abend bietet sich Montmartre an."
„Klingt nach schwarzem Zylinder und grüner Fee."
Hans stand auf, öffnete behutsam die Tür zu seinem Zimmer. Es war finster aber nicht dunkel. Ellis' dunkelblonder Haarschopf lugte zwischen zwei Kissen hervor. Er legte sich unter die zweite Bettdecke. Kaum hatte er die Augen geschlossen, tanzten die Bilder der Halbwelt vor seinem Auge. Ellis atmete ruhig und gleichmäßig in seine Wangen. Er fragte sich, ob sie gerade in derselben Welt schwebten.
Er fiel sofort in einen fiebrigen Schlaf, der Traum und Wirklichkeit vermischte. Er hörte das Kichern von Marie und Stefan, Klirren von Glas und das ruhige Spiel des Akkordeons, aber er saß auf einem grünen Eisengussstuhl im Staub des Jardin de Tuileries.
Ein Boiler knatterte, die Dusche lief. Ein Föhn war zu hören. Dazwischen immer wieder der Eiffelturm.
Es klopfte an der Tür und Loni Schneiders Stimme rief: „Der Nächste! Das Bad ist frei!"
Ellis hatte die Augen geöffnet. Sie streckte sich. „Das hat gut getan."

Der Eiffelturm verschwand. Hans lauschte dem dumpfen Dröhnen des unruhigen Schlafes.

„Wir sind immer noch in Paris, oder?", fragte er. „Warum ist es so dunkel?"

Ellis sprang aus dem Bett und zog die Vorhänge zurück. Helles Sommerlicht fiel durch das Fenster. Die graue Wand des gegenüberliegenden Hauses war zu sehen.

„Das könnte tatsächlich Paris sein. Und dunkel ist es nur, wenn man schläft. Ich bin zuerst im Bad."

Er rieb sich die Augen und ärgerte sich, eingeschlafen zu sein. Ein kurzer Schlaf konnte erholsam sein, ein zu langes Nickerchen raubte ihm die Lebensgeister.

„Hat der feine Herr ausgeschlafen?" Loni Schneider stand im Türrahmen. Sie duftete nach Rosen und trug ein kurz geschnittenes rotes Kleid, das ihre braun gebrannten Beine zur Geltung kommen ließ. Ihr dunkler Teint verlieh ihr in der Kulisse Paris etwas sehr französisches. „Dressed to kill", dachte er. Sie setzte sich zu ihm auf das Bett. Ihr ein erstes Mal auf diese intime Weise nah zu kommen, hatte nicht nur aufgrund ihres Duftes etwas Betörendes. Sie sah ihn an, glücklich und zufrieden lächelnd. Mit den Fingerspitzen zerwuschelte sie sein Haar.

„Schlafmütze." Die sanfte Berührung seines Kopfes ließen darin Worte wie „Ewigkeit" und „Erlösung" elektrisch entstehen, wobei es sich eher nach stillstehender Zeit denn nach Ewigkeit anfühlte.

„Fuck, ich hab zu viel geraucht", sagte sie und er spürte unter der Decke ihre Hand auf seinem Bauch. „Ich finde Stefan wirklich süß. Was für eine Geschichte. Mann! Marie ist echt zu beneiden." Sie sprach sehr leise.

„Letztendlich zählt nur das Happy End."

„Ach, Quatsch. Danach ist der Film ja aus. Es zählt nur das, was gerade passiert. Außerdem will ich wissen, wie es weiter geht."

„Und du? Glücklich in Paris?", fragte er.

„Ich bin nur Gast. Fast ein Tourist. Nein, eher Gast. Wie könnte ich nicht glücklich sein? Sobald ich nicht mehr glücklich bin, gehe ich wieder."
„Also wirst du länger bleiben?"
„Das habe ich nicht gesagt."
„Aber du bist glücklich."
Loni Schneider nickte. In diesem Moment war es Hans auch. Eine knappe Stunde später öffnete sich die Tür des Appartements und Loni Schneider, Hans, Ellis, Marie und Stefan stapften, frisch geduscht und für die Nacht zurechtgemacht, polternd die Treppe nach unten.
Stefan spielte bereits im Treppenhaus auf seinem Akkordeon. Eine melancholische Melodie hallte von den Wänden wider und Loni Schneider nahm, vergnügt kichernd, zwei Stufen auf einmal.
Die Sonne stand inzwischen tief und lange Schatten legten sich über die Avenue de Clichy. Die Luft hatte ihre drückende Hitze an das warme Gemäuer abgegeben und der leichte Großstadtwind fühlte sich angenehm auf der Haut an.
Sie nahmen die Metro zum Place de Clichy und stiegen um auf die Linie 3. Blanche, Pigalle, an der Haltestelle Anvers stiegen sie aus.
Zurück an der Oberfläche war die Stadt ein Fest, sie war zum Leben erwacht. Der Platz war voller Menschen, Lichter leuchteten und von irgendwoher war laute Elektronikmusik zu hören. Stefan musterte lange das kunstvoll geschmiedete Eisentor über dem Eingang, in dem die Streben zum Wort „Metro" geflochten waren.
Es war laut und Loni Schneider deutete auf eine Gasse. An deren Ende konnte man, über dem geschäftigen Treiben der Menschen, die sich durch die Gasse vor und zurück drängten, die weiße Kathedrale thronen sehen.
„Das ist die Kirche, die ich im Zug gesehen habe!", rief Hans.
„Das ist keine Kirche, das ist die Basilika Sacre Coer", sagte Loni Schneider. „Das ist das Wahrzeichen meines Stadtteils."

„Sie ist wunderschön"

„Ich weiß sogar, warum sie erbaut wurde", sagte Loni Schneider.

„Loni Schneider, die Fremdenführerin."

Sie lächelte. „Komm ja nicht auf die Idee, mich nach einem Gebäude zu fragen! Aber diese Geschichte habe ich mir gemerkt: Sie wurde nach irgendeinem verlorenen Krieg gegen die Deutschen gebaut."

„Die scheiß Deutschen."

„Es war jedenfalls kein Krieg mit Hitler, sondern der andere."

„Einer der anderen", korrigierte Hans.

„Besserwisser. Ist mir schon klar, dass wir den Weltkrieg nicht gewonnen haben."

„Den zweiten."

„Ach, leck mich doch. Alles was ich sagen wollte ist, dass die Pariser die verkommene Moral der modernen Zeit für die Niederlage verantwortlich machten. Und diese weiße Kirche haben sie dort oben hingestellt, dass die Pariser wieder moralischer werden." Loni Schneider kicherte. „Dass die Pariser wieder moralischer werden… für den Satz hätte ich einen Orden verdient."

Sie zwängten sich durch den Strom der Touristen und Flaneure. Links und rechts standen Läden, in denen Souvenirs verkauft wurden.

Die Straße zog sich über zwei Häuserblocks und bald mischten sich das Brummen des Verkehrs und das Murmeln der Menschen mit dem Spiel einer Drehleier. Die Musik kam allerdings aus einem Lautsprecher und im Rhythmus der Musik drehte sich ein altes Karussell, in dem Kinder auf weißen Pferden auf und ab kreiselten.

Die Lichter des Karussells blinkten und der gesamte Vorplatz unterhalb der Basilika wirkte, als sei dort vor hundert Jahren die Zeit stehen geblieben.

„Dieses Karussell löst in mir irgendeine Erinnerung, wahrscheinlich aus meiner Kindheit, aus, aber ich komm nicht drauf", sagte Hans und spürte eine unbestimmte

Melancholie in sich aufsteigen, als er das Karussell im Licht der Dämmerung betrachtete.

„Ich weiß nicht, wie es euch geht, aber ich habe inzwischen so richtig Hunger", sagte Loni Schneider. „Die Baguettes hier sind sehr empfehlenswert. Wenn wir sie nach oben mitnehmen, dort picknicken?"

Der gesamte Hang unterhalb der Basilika war eine Parkanlage mit Plateaus, gepflasterten Wegen, kleinen Gärten und dicht bepflanzten Lauben. Die Stufen führten den höchsten Punkt des Montmartre hinauf und die Anlage schmiegte sich, englische und französischer Landschaftsbaukunst vermischt, den Berg hinauf. Während links wie rechts ein natürlich wachsender Waldstreifen den Aufgang zur Basilika umrahmte, führten die Wege, sich in spiegelbildlich geometrische Formen windend, nach oben.

Auf dem ersten Plateau bereits hatte man eine Aussicht über die Dächer der Häuser, auf die bis zum Horizont reichende Stadt.

Sie keuchten weiter aufwärts, nahmen diesmal die schnurgerade aufwärts führende Treppe, Stufe für Stufe, zum zweiten Plateau. Loni Schneider deutete auf einen schmalen Seitenweg, der rechts um das Plateau herum in ein laubiges Dickicht führte. Sie durchschritten einen in seiner ursprünglichen Natur belassenen Steingarten. Die ursprüngliche geologische Natur des Montmartre trat hier zum Vorschein. Es duftete würzig nach Moos und feuchtem Holz. Buschige Bäume ließen, unter ihrem lichtschluckenden Dach, die kommende Nacht erahnen.

Zwischen den Bäumen verhallte der Stadtlärm und der friedliche Schleier der Natur legte sich über das kleine Wegstück.

Hans blieb stehen, sog die Luft in seine Lungen. „Wie schön es hier ist."

Stefan drehte das auf den Rücken geschnallte Akkordeon einmal um die Taille und entlockte dem Instrument einige lang gezogene, leise Töne.

„Mir kommt es so vor, als war ich schon mal hier. Dieser Ort kommt mir so bekannt vor, ich kann mir das gar nicht erklären", sagte Hans.
Loni Schneider nickte. „Seit meinem ersten Tag in Paris habe ich auch das Gefühl, als wäre ich schon immer da gewesen. Als gehört die Stadt zu mir irgendwie."
„Nein, nein, das ist es nicht. Ich kenn diesen Park, diese Aussicht. Ich hab die schon mal gesehen. Aber ich war noch nie in Paris."
Ellis lachte. „Stefan, spiel mal was!"
Aus dem Akkordeon erklang eine der Yann Tiersen Melodien.
„Mach die Augen zu, Hans", sagte Ellis. „Was siehst du?"
Hans zögerte kurz, schloss schließlich die Augen und lauschte. Sofort schossen ihm Bilder in den Kopf.
„Ich sehe Paris."
„Genauer, was in Paris siehst du? Wen siehst du?"
„Ich sehe eine Metrostation. Ein Café. Ich sehe Audrey Tatou."
Ellis grinste. „Na klar. Klingelt's?"
Hans öffnete die Augen wieder. „Natürlich weiß ich, dass die ‚Amelie' in Paris gedreht wurde. Aber doch nicht hier. Oder?"
Ellis verstellte ihre Stimme: „Komm zum Karussell am Montmartre", sagte sie. „Die Szene, in der sie den Jungen mit der Passfotosammlung auf eine Schnitzeljagd zur Aussichtsplattform schickt und ihm unten am Karussell das Album in seinen Roller legt... Das ist hier!"
„Wie seltsam. Ich weiß ganz genau, dass ich, als ich den Film ein erstes Mal gesehen habe, gedacht hab, das muss der schönste Ort der Welt sein."
„Das ist er!", rief Loni Schneider und breitete, sich im Kreis drehend, die Arme aus. „Und du bist hier!"
Stefan ließ das Akkordeon sinken. „Seit ich ‚Die fabelhafte Welt der Amelie' zum ersten Mal gesehen habe, wollte ich unbedingt nach Paris", sagte er. „Ich kann's noch gar nicht glauben, dass ich hier bin."

„Ich mochte den Film auch sehr gerne, aber habe immer noch ein Trauma davon", sagte Hans. „Ratet mal, wann ich mir den Film im Kino angeschaut habe?"

„Du hast keine Ahnung, wo die Szenen gedreht wurden, aber sowas merkst du dir?", fragte Ellis.

„Ich habe es mir recht leicht merken können: Es war am 11. September 2001."

„Ehrlich?" Sebi sah ihn ungläubig an. „An dem Tag bist du ins Kino gegangen und hast eine Komödie angeschaut? Wie geil ist das denn?"

„Ob ihr es mir glaubt oder nicht, ich hatte an diesem Tag nicht den blassesten Hauch einer Ahnung, was gerade in den USA passiert war."

Loni Schneider grinste: „Wieso? Was ist denn an dem Tag passiert?". Sie lachte. „War nur Spaß. Hab schon mitbekommen, dass da so ein Flugzeug in irgendein Welthandelszentrum gekracht ist."

„Doch, ganz ehrlich: Ich war nämlich den ganzen Nachmittag in den Bergen. Mein Handy hatte ich vergessen, aufzuladen und ich war, wie man so schön sagt, von der Außenwelt abgeschnitten. Wie es der Zufall so will, habe ich abends ein Date mit dem anderen einzigen Menschen auf der Welt, der ebenfalls weder Handy, noch Fernsehen, noch Radio, geschweige denn Internet hatte, weil sie gerade umzog und ihre Wohnung noch halb leer stand. Das war schon sehr gespenstisch, wir waren die einzigen im Kino, die gelacht haben. Die einzigen, die nicht apathisch, mit todernsten Minen auf die Leinwand gestarrt haben. Auch in der Kneipe, in die wir anschließend gingen, war eine Stimmung wie auf einer Beerdigung."

„Ich fass es nicht, du hast den 11. September nicht mitgekriegt?", fragte Sebi und schüttelte den Kopf.

So, als spielten sich die Szenen der Terrorangriffe noch einmal in ihren Köpfen ab, breitete sich Schweigen zwischen ihnen aus. Bis Hans lachte und sagte: „Ich werde wohl noch meinen Enkelkindern auf die Frage, was ich am 11. September 2001 gemacht habe, immer antworten müssen:

Ich war im Kino und habe mir die fabelhafte Welt der Amelie angeschaut."

„Vielen Dank, Hans, ich werde ab jetzt immer an explodierende Flugzeuge denken müssen, wenn ich hier die Stufen hinauf gehe", sagte Loni Schneider. Sie lachten und setzten den Weg nach oben fort.

Am oberen Plateau angekommen, setzten sie sich zwischen die Menschenmenge auf die Stufen. Hans ließ seinen Blick über die Weite der Stadt schweifen. Fern des Straßenlärmes ruhte die Metropole, riesig und regungslos, am Fuß des Berges und streckte sich bis hinter den Horizont. Hans hielt nach Sehenswürdigkeiten Ausschau, kniff die Augen zusammen und versuchte, die markanten, aus dem Häusermeer herausragenden Gebäude zu identifizieren.

„Ist das Notre Dame?". „Was?" „Vielleicht auch nicht." „Wo ist der Eiffelturm?" „Auf der anderen Seite. Dort, wo die Sonne gerade untergeht."

Ein kühlender Luftzug wehte über den Berg und als letztes zeichnete die Sonne ihr goldgelbes Licht auf die elfenbeinerne Kuppel der Basilika. Bis auf das Gemurmel der Besucher war es ruhig dort oben. Die Stadt, zum Spielzeugmodell geschrumpft, zu ihren Füßen.

Sebi öffnete die Bierflaschen und reichte sie reihum. Sie ließen die Flaschen anklirren, tranken, bissen in ihre Baguettes.

Es wurde dunkel und die murmelnde Stille vermischte sich mit der Musik aus Stefans Akkordeon. Leise und bedächtig, fast schüchtern beginnend, verwandelte er den Luftzug des Instruments in Melodien, spielte mutiger und lauter.

Hans lauschte, die Augen in die unbestimmte Ferne gerichtet. Stefans Musik war nicht nur inspiriert von der Stadt, die Stadt war in der Musik, ein zu Musik gewordener Geist der Seele von Paris. Die Melodien verflüchtigten sich irgendwo weit unten, oder oben und fügten sich in das Stimmungsbild ein, erst jetzt merkte man, wie sie zuvor gefehlt hatten.

Fast schien es, als unterhielten sich die Menschen leiser, als lauschten sie ganz der Musik des Jungen mit dem Akkordeon. Fasziniert beobachtete Hans Stefan, der sich von der Stufe erhob und mit geschlossenen Augen, in der Trance eines Schlafwandlers, auf und ab spazierte. Hans warf einen Blick auf Marie, deren Augen jeder von Stefans Bewegungen gebannt folgten und auf deren Netzhaut sich ein silberner Schleier gelegt hatte.

Der Ort war wie verzaubert, selbst Sebi und Loni Schneider lauschten der Musik, die Augen geschlossen, die Münder leicht geöffnet. Als die Melodie langsamer und leiser wurde, der letzte Akkord verhallte, brandete ein tosender Applaus auf den Stufen von Sacre Coer auf, der von den Mauern widerhallte.

Stefan riss die Augen auf, als hatte er nur für sich gespielt und gar nicht gemerkt, dass ihm jemand zuhörte. Er hob den Kopf und sein Blick starrte hinauf auf dutzende Zuhörer, die auf den Stufen saßen. Ein Lächeln huschte über seine Lippen, er kratzte sich am Hinterkopf und rückte seine Mütze zurecht. Erneutes Klatschen und französische Worte der Begeisterung wurden ausgerufen. Eine Gruppe junger Männer, sie trugen alle Dreitage- bis Vierwochenbärte wie Stefan, winkte ihm zu. Stefans Augen suchten nach Marie, die irgendwo dort oben saß. „It's good! They like it!", rief sie.

„Sie wollen, dass du noch etwas spielst!", schrie Loni Schneider.

Stefan griff erneut in die Tasten und spielte ein weiteres Lied von Yann Tiersen „Good Bye Lenin", flüsterte Ellis.

Nach und nach spielte er selbstbewusster, er schien es zu genießen, vor großem Publikum spielen zu dürfen. Sein Gesicht nahm langsam wieder den introvertierten Zug an und in dem Moment, als Stefan scheinbar die Zuhörer vergessen hatte, entschwebte auch Hans auf dem Teppich der Musik über die Stadt.

„Es ist wundervoll", flüsterte Ellis sie rückte näher an Hans heran. Loni Schneider und Sebi hielten sich an den Händen, dann küssten sie sich. Hans' Herz klopfte und er spürte Loni

Schneiders Haar, das im milden Wind an seine Wangen wehte.
Er sah auf die durch die Nacht sichtbar werdenden Lichter. Ist das das wahre Paris? Er dachte darüber nach, ob er endlich glücklich war.
Er legte seinen Arm um Ellis und gab ihr einen Kuss auf die Wange.
„Paris!", sagte er.
Stefan wurde von der Gruppe junger Franzosen, die ihm vorher applaudiert hatte, umringt. Sie diskutierten leidenschaftlich in einem babylonischen Sprachengewirr. Einer der Franzosen zog eine kleine Trompete hervor und nannte diesen und jenen Song. Ein anderer packte ein Heft mit Notenblättern aus. Stefan schüttelte den Kopf, der andere summte ihm eine Melodie vor. „Of course I know that", sagte Stefan.
Zu dritt improvisierten sie einige Töne, leise Dissonanz. Nach einigen Versuchen fanden sie ihre Harmonie, es kristallisierte sich eine Melodie heraus und der dritte Junge hob seine tiefe, sonore Stimme und begann, zu singen.
„It's Beirut", rief Marie und klatschte in die Hände. Sie wechselte aufgeregt einige Worte mit Loni Schneider. „Das ist die Band von einem Amerikaner, der durch Europa reist und auf sämtlichen Plätzen improvisiert mit einem riesigen Orchester Musik macht", übersetzte Loni Schneider.
„These are the guys from Beirut?", fragte Sebi und deutete nach unten.
„No, no. Just the song", sagte Marie. „Nantes. It's called Nante. I love this song."
Der Sänger sah mit seiner Anzughose, Hosenträgern und einen altmodischen Hut, wie eine französische Kopie von Stefan aus. Er nahm den Hut vom Kopf und ging, weiter singend, durch die Reihen und sammelte Trinkgeld. Die Kasse klingelte hörbar. Als das Lied endete, schwoll ein Applaus an, der nicht enden wollte.
Die beiden anderen Musiker klatschten ebenfalls in die Hände und verneigten sich tief vor Stefan.

Rufe nach einer Zugabe wurden laut, die drei Jungen standen beisammen, steckten die Köpfe über ihren Handys zusammen und tauschten Nummern und Namen aus.
Sie brauchten nicht lange, um das nächste Lied zu improvisieren. „Postcards from Italy", flüsterte Marie. Sie und Loni Schneider konnten jedes Wort der Lieder auswendig mitsingen.
„Das wird jetzt den ganzen Abend so weitergehen", sagte Loni Schneider.
„Gefällt es euch bisher?", fragte sie, als absehbar wurde, dass das Konzert so bald nicht endete.
„Sehr. Was für ein magischer Ort", sagte Hans.
„Seit ich in Paris bin, war ich mindestens zwei bis drei Mal pro Woche hier oben. Das ist beinahe wie Heimat für mich."
„Ich bin schon gespannt, was für verzauberte Orte du uns diese Woche sonst noch zeigen wirst."
Loni Schneider lachte: „Naja, wie du siehst, habe ich diesen Geheimtipp nicht für mich behalten können und er hat sich inzwischen auch bei den Scheißtouristen herumgesprochen. Im Ernst, ich hab gar nichts vorbereitet. Ich habe selber noch kaum was gesehen. Wisst ihr, mir sind die Momente und die Menschen wichtiger. Ich lass mich gerne treiben."
„Aber auf dem Eiffelturm warst du schon, oder?", fragte Ellis.
Loni Schneider nickte und grinste: „Marie hat mich gleich am ersten Tag hinauf geschleppt. Da konnte ich nicht nein sagen. Außerdem war Marie mindestens eine ebenso große Sehenswürdigkeit für mich. Ich bin sehr froh, dass ich so eine süße Mitbewohnerin bekommen hab", sagte sie, legte ihren Arm um Marie, die kein Wort verstanden hatte und gab ihr einen Kuss.
„Merci Marie", sagte Loni Schneider, dann wandte sie sich wieder Hans und Ellis zu: „Was möchtet ihr denn unbedingt sehen?", fragte sie.
„Ich bin da recht bescheiden", entgegnete Ellis, „Mir genügt mein Foto mit Eiffelturm und Mona Lisa. Aber Hans hat einen dicken Reiseführer dabei, den er von vorne bis hinten abarbeiten möchte."

Loni Schneider lachte: „Das sieht ihm ähnlich. Sucht immer nach der Muse, aber hetzt sich auf der Suche dermaßen ab, dass die Inspiration flöten geht."
„Gar nicht wahr", protestierte Hans. „Ich versuche nur, die Eindrücke so komprimiert wie möglich in meine Erinnerung zu pressen, damit ich möglichst lange noch davon zehren kann. Leute, ich bin in Paris. Und ich habe nur eine Woche."
Loni Schneider schüttelte schmunzelnd den Kopf: „Selbst wenn ich jeden Tag nur eine Sehenswürdigkeit ansehen würde, wüsste ich nach vier Tagen nicht mehr, was ich noch besichtigen sollte."
„Gegenbeweis", sagte Hans und zählte an seinen Fingern mit: „Eiffelturm, Louvre, Katakomben, Sacre Coer, Musée d'Orsay"
„Was ist das denn?", unterbrach ihn Loni Schneider, „Sehenswürdigkeiten erfinden gilt nicht."
„Das ist nach dem Louvre das wichtigste Museum in Paris", sagte Hans.
„Und was gibt es dort? Dinosaurier?"
„Musée d'Orsay?", fragte Marie, die immer wieder Wortfetzen der Konversation aufnahm.
Die beiden Mädchen wechselten einige Worte.
„Aha", sagte Loni Schneider. „Die Impressionisten also. Monet, van Gogh. Verstehe. Bin zwar kein Schlaumeier wie unser Herr Wegmann, aber dumm bin ich auch wieder nicht."
„Van Gogh war kein Impressionist."
„Ach, leck mich, du Schlauhansel. Marie sagt, dass morgen übrigens ermäßigter Eintritt für Klugscheißer ist."
„Lass uns doch hingehen!", sagte Ellis. „Die Impressionisten will ich unbedingt sehen!"
„Kommt ihr auch mit?", fragte Hans.
Sebi lachte. Loni Schneider schüttelte den Kopf: „Sorry, aber ich brauche meinen Schlaf. In unserer WG hängt ein Monet auf dem Klo. Mein Verhältnis zu ihm ist deswegen eher Kacke."

Unten musizierten, tanzten und sprangen die Jungs auf ihrer selbst ernannten Bühne und improvisierten einen Song nach dem anderen.

„Das ist der Beginn einer wundervollen Freundschaft", flüsterte Ellis. „Den sehen wir wahrscheinlich nicht wieder. Arme Marie. Wie gewonnen, so zerronnen."

Sie blieben noch eine Weile auf den Stufen sitzen und lauschten der Musik.

Als die Beifallsstürme ihren Zenit erreicht hatten und der Hut schwer von Münzen war, setzten sich die Musiker zu den anderen. Stefan stellte alle vor, bald war die Rede von einer Partie am Pigalle. Nicolas, der Trompeter, lud alle ein, auf die private Hausparty zu kommen. Es sei zwar Montag, aber man sei jetzt jung, sagte er in gut verständlichem Englisch.

Loni Schneider war sofort Feuer und Flamme. Sie gierte danach, Pariser Bekanntschaften zu machen und in der Stadt Fuß zu fassen. Sebi und Marie sagten ebenfalls sogleich zu.

Ellis schüttelte den Kopf: „Ich bin seit vier Uhr morgens auf den Beinen. Ich fand es schön, dass ich mit dabei war, aber für mich ist der Abend beendet."

Hans wich ihrem Blick aus, er wusste, was kommen würde.

„Wir müssen Morgen um sieben aufstehen, wenn wir nicht ganz am Ende der Schlange stehen wollen", sagte sie.

Hans ahnte, dass er sich nicht zwischen Loni Schneider und Ellis zu entscheiden hatte, sondern zwischen Rotwein und Renoir.

„Verdammt", hörte er sich sagen. „Du hast Recht. Ich komme mit."

„Nein, nein", widersprach ihm Ellis. „Ich will dir nicht den Abend verderben. Aber ich hab fast nicht geschlafen und will morgen fit sein. Du kannst gern auf die Party gehen."

Hans schüttelte den Kopf: „Manchmal im Leben muss man vernünftig sein."

Loni Schneider sah ihn an. „Komm mit und du wirst heute Absinth trinken, Zigarren rauchen und die wildesten Nachwuchskünstler von Paris kennenlernen", sagte sie.

Sie hatte ein feines Gespür dafür, Überredungskünste wirken zu lassen. Hans wusste nicht, ob es ihr wirklich wichtig war, dass er dabei war oder ob sie es genoss, sich an seinem Konflikt zu weiden.

„Ich werde morgen Bilder von Absinth trinkenden und Zigarren rauchenden Parisern anschauen, die die wildesten Nachwuchskünstler des vorletzten Jahrhundert gemalt haben", sagte Hans.

„Ich wusste immer, dass du ein Theoretiker bist", sagte Loni Schneider.

„Alles zu seiner Zeit."

„Wenn Toulouse Lautrec nicht im Moulin Rouge gefeiert hätte, hätte er nichts gemalt."

„Falsch. Wenn er nicht gemalt hätte, gäbe es nichts, was von ihm geblieben wäre."

„Was inspiriert einen Künstler mehr? Der volle Saft des Lebens? Oder ein Kunstwerk eines anderen Künstlers, der das Leben in vollen Zügen ausgesaugt hat?"

„Das werde ich dir morgen sagen, Loni Schneider. Ich weiß es nicht."

Ellis beobachtete den Disput regungslos. Ihre Lippen spitzten sich zu. Als Hans ihre Mine las, reichte er Sebi die Hand. „Gute Nacht", sagte er und verabschiedete sich reihum von den anderen. Als Loni Schneider an der Reihe war, streckte er seinen Arm aus, um sie zu umarmen. Loni Schneider ging nicht darauf ein, sie zog ihn ihrerseits mit ihrer Hand an sich: „Ich genieße es sehr, dass du da bist, Hans Wegmann", sagte sie leise und drückte ihm einen Kuss auf die Lippen. Sie zwinkerte, hob ihre Stimme und sagte: „Bring Ellis heil nach Hause. Den Schlüssel habt ihr?"

Ellis nickte.

Sie spazierten die Treppe auf geradem Weg zurück nach unten.

Hans sagte nichts auf dem Weg nach unten. Er spürte den feuchten, würzigen Kuss Loni Schneiders nach. Erst, als er in der Metro war, und die Türe sich schloss, fuhr er benetzend über seine Lippen.

Zurück an der Avenue de Clichy suchten Ellis' Finger nach seiner Hand. Sie verlangsamte ihren Schritt. „Glück zu empfinden hat damit zu tun, den Augenblick zu schätzen und nicht den verlorenen Möglichkeiten hinterher zu trauern", sagte sie.

„...oder sich auf die Möglichkeiten der kommenden Nächte zu freuen", dachte er bei sich. Er hielt ihre Hand fest in seiner und nickte.

Durch das Treppenhausfenster im fünften Stock sahen sie den Eiffelturm. Sie blieben stehen, lehnten sich an die Fensterbank und sahen hinaus. Der Turm leuchtete wie ein Christbaum. Auf einmal begannen die Lichter zu blinken und über das Stahlgerüst hinauf und hinab zu rasen. „Verrückt", sagte Ellis. „Der Eiffelturm dreht durch." Sie hauchten ihren Atem auf die kalte Fensterscheibe, er auf das linke, sie auf das rechte Quadrat. Das Licht im Treppenhaus ging aus und ihr heißer Atem beschlug die Fenstermitte.

 Sie küsste ihn. Es fühlte sich weder falsch noch richtig an, eher folgerichtig. Sie waren in Paris. Im matten Licht, das die Straße durch das Fenster warf, war Ellis wunderschön. Die Glut in ihren Augen machte sie begehrenswert.

Sie tranken Loni Schneiders angebrochene Flasche Rotwein leer. Als er neben ihrem warmen Körper im Bett lag und sie mit ihren Brüsten seinen Rücken wärmte, wünschte er sich, längst mit ihr geschlafen zu haben. Es nicht getan zu haben, wurde im intimen Duft unter derselben Decke und in den Zuflüsterungen des Rotweines in seinem Kopf zu einer grandiosen Unvernünftigkeit. Er achtete auf ihre Bewegungen und lauschte ihrem Atem und wartete, ob sie ähnlich dachte und die Initiative ergriff. Aber sie war eingeschlafen. Ihre Brust hob und senkte sich regelmäßig gegen seinen Körper. Es war angenehm, mit ihr zu schlafen. Er mochte sie sehr gerne.

Er griff nach seiner Erektion, nahm die Hand nach einer Weile wieder beiseite. Er schwor sich, nie wieder zu onanieren, bis er seine Beziehung zu Ellis geklärt hatte. Wenig später brach er den Vorsatz und schlief ein.

Stimmengemurmel und das Fallen der Tür ins Schloss weckten ihn. Die Digitaluhr auf dem Nachtkästchen zeigte viertel nach drei an. Hans lauschte, halb schlafend, den Geräuschen. Die Mädchenstimmen redeten französisch, die Männerstimmen bayerisch. Der Boiler im Bad ging an und wieder aus, die Toilettenspülung ging, in Abständen, vier Mal.
Dann war es wieder still. Als Hans ein zweites Mal erwachte, hörte er das gedämpfte Stöhnen eines Mädchens. Er lauschte angestrengt in die Stille, konnte aber weder identifizieren, wem die Stimme gehört, noch aus welchem Zimmer sie kam. Dann war es wieder still.

## Impressionen der toten Maler

Sein Handy imitierte Weckergeräusche. Er öffnete die Augen. Helles Licht drängte durch die Vorhänge in das Zimmer. Ellis saß aufrecht im Bett. „Guten Morgen", sagte sie. „Ich habe herrlich geschlafen. Du auch?"
Hans fühlte sich zerschlagen. Er ahnte verwirrende, erotische Träume, an die er sich nicht erinnern konnte oder wollte. „Ich auch", sagte er.
Ellis sprang aus dem Bett und ging ins Bad.
Hans warf einen Blick in die Küche. In den Schränken standen Schnaps und Weinflaschen, im Kühlschrank fand sich nichts Essbares. Er räumte die halbvollen Gläser und leeren Flaschen vom Tisch und füllte die Spülmaschine.
Er lauschte nach der Tür zu Loni Schneiders Zimmer. Es war still. Noch hatte er die Hoffnung nicht aufgegeben, dass sie mitkam.
Er setzte sich, auf die Tür starrend, bis Ellis gut gelaunt, frisch duftend aus dem Bad kam. „Wir sind früh dran. Wollen wir in der Straße etwas frühstücken?", schlug sie vor.
Sie verließen das Haus und sahen sich auf der Avenue de Clichy um. Ellis wählte ein kleines Café, das ein preiswertes petit dejeuner anbot.
Hans mochte keine Croissants. Mangels Alternativen bestellte er sich ein Croissant mit Marmelade, dazu ein Baguette, einen Orangensaft und einen Café au lait. „Daran wirst du dich diese Woche gewöhnen müssen", sagte Ellis und lächelte ihn an.
Hans grübelte darüber, was er letzte Nacht wohl geträumt hatte. Sein Blick schweifte über die Straße. Er entdeckte Müll und Unrat im Rinnstein und musterte lange ein Kondom vor ihm, das zwischen Zigarettenstummeln lag.
Als die Kellnerin zurückkam, wachte er aus seinen Gedanken auf. Ellis stürzte sich in einer kindlichen Begeisterung auf das Gebäck. Nach dem ersten Bissen

eiferte er ihr nach. Selbst Croissants schmeckten in Paris wie eine Götterspeise und er genoss jeden Bissen. Kauend warfen sie sich zufriedene Blicke zu.

„Die anderen sind erst nach drei zurück gekommen", sagte er mit vollem Mund.

„Echt? Aber alles andere hätte mich doch gewundert. Du bist sauer, dass du nicht dabei warst, oder?"

Hans schüttelte den Kopf, nur einen kleinen Tick heftiger als gewollt.

Ellis trug wieder ihre große, dunkle Sonnenbrille, die fast das gesamte obere Drittel ihres Gesichtes bedeckte. Sie hatte einen schönen Mund.

„Ich habe mich gestern am Sacre Coer ein wenig erkältet", sagte sie. „Aber keine Sorge, mir geht's gut. Ich bin bereit für die Stadt."

„Ich habe für heute Nachmittag nur einen Wunsch: Ich möchte Notre Dame sehen."

Ellis seufzte. „Jetzt haben wir noch nicht einmal mit unserem eigentlichen Programm begonnen und du bist gedanklich schon wieder weit in der Zukunft. Mach dich locker und genieß den Augenblick."

„Ich muss trotzdem hin. Sonst flipp ich aus. Willst du wissen warum?"

Ellis lächelte stur.

„Ich habe einmal übers Wochenende eine Studienfreundin in Heidelberg besucht. Wir saßen nach zwei durchgefeierten Nächten morgens beim Frühstück, als ihre Freundin sie anrief. Sie fragte sie, ob sie Lust hätte, nach Paris zu fahren. Einfach so. Am Sonntagvormittag. Wir gingen zum Bahnhof, wo die Freundin bereits wartete. Sie setzten sich in den erstbesten ICE und fuhren nach Paris. Ich hätte mitfahren können. Aber ich war müde und musste am Montag wieder in die Uni. Ich war zu feige. Die beiden sind den ganzen restlichen Tag an der Seine entlang spaziert. Sie schauten sich, vor der Kathedrale von Notre Dame sitzend, den Sonnenuntergang an. Mit dem letzten THW sind sie wieder zurückgefahren und sie ist am nächsten Tag, mit dicker

Sonnenbrille, neben mir in der Vorlesung gesessen. Sie hat mir von Notre Dame erzählt, von diesem mystischen, wundervollen Ort. Und seitdem habe ich oft darüber nachgedacht, wie mein Leben verlaufen wäre, wenn ich damals spontan gewesen wäre. Es ist einfach so ein Gefühl, dass ich erst dann in Paris gewesen bin, wenn ich Notre Dame gesehen habe."
Ellis schüttelte den Kopf. „Also hast du gestern den ganzen Tag lang Eiffelturm, Louvre, Sacre Coer gesehen, aber du warst nicht in Paris. Mann, Hans, manchmal bist du wirklich schwer zu begreifen."
„Es ist nur ein Gefühl."
Sie zahlten und nahmen die Metro in die Innenstadt.
„Manche dieser Menschen fahren jeden Tag hier im Tunnel zwischen Montmartre und Champs Elysee hin und her, weil sie dort wohnen und arbeiten. Glaubst du, einer von denen hat je das Gefühl gehabt, nicht in Paris zu leben?", fragte sie. „Ich fürchte, du wirst nach einer Woche noch Angst haben, irgendwas zu verpassen, weil du die Katakomben, oder das Grab von Jim Morrisson oder irgendeinen anderen Scheiß nicht gesehen hast. Ich freu mich jetzt jedenfalls auf das d'Orsay. Mensch, Hans, jetzt leb endlich mal in der Gegenwart!", sagte sie.
Sie stiegen an der Haltestelle Solferino aus.
Sie liefen zunächst in die falsche Richtung, die Chancen standen 1:4. Als sie ihren Fehler bemerkten, machten sie kehrt und gingen in die entgegengesetzte Richtung die Straße hinab.
Das Musée d'Orsay lag am Ende der Straße. Schon von weitem konnten sie erkennen, dass eine lange Menschenschlange am Vorplatz stand.
„Oh Nein", sagte Ellis. „Dabei sind wir nicht einmal spät dran. Wir sind sogar überpünktlich."
Vor ihnen stand eine Gruppe von Amerikanern, eine Reihenlänge Vorsprung hatte eine italienische Familie neben ihnen. Dazwischen warteten, in stoischer Ruhe, von einem

Absperrbändchen getrennt, die obligatorischen asiatischen Touristen.

Hans fragte die Amerikaner auf Englisch, wie lange man hier wohl warten müsse. „Everyone wants to see the Impressionists", antwortete der Amerikaner mit starkem texanischem Slang. „They told us, it'd take about an hour. But it's totally worth it."

Hans spielte mit dem Gedanken, einfach in Richtung Notre Dame zu gehen. Er zweifelte, dass ein paar Bilder stundenlanges Warten totally worth waren.

„Ich verspreche dir, es ist es wirklich wert", sagte Ellis.

Sie warteten. Als sich die Türen öffneten, hatte sich hinter ihnen eine Schlange gebildet, die noch einmal so lange war. Die Schlange wurde lebendig, begann sich zu bewegen, sie verkürzte sich alle paar Minuten um wenige Meter.

Nach gefühlten Stunden, als der Eingang langsam in Sichtweite kam, sagte Hans: „Karl Valentin hat einmal über das Warten gesagt: Erst wartete ich langsam. Am Schluss aber immer schneller. Treffender kann man es kaum ausdrücken."

„Wie geht es dir jetzt?"

„Wie soll es mir gehen? Paris ist nicht die Stadt der Liebe, sondern die des Wartens. Das Leben ist kurz. Auf was warten wir eigentlich?"

Ellis deutete auf ein überdimensionales Plakat von Manet: „Darauf."

Nach einer Stunde waren sie an der Reihe und kauften ihre Tickets.

Sie betraten das Museum und fanden sich in einem riesigen Gewölbe wieder.

Sie betraten den erstbesten Raum zu ihrer Rechten und gerieten sofort in einen Strom aus Menschen. Hunderte Menschen zwängten und schoben sich durch die engen Gänge, in denen links und rechts, ebenso dicht gedrängt wie deren Besucher, die Gemälde der Impressionisten hingen.

Irgendwann blieb Hans vor einem Bild von Degas stehen, das eine traurige Frau an einem Tisch zeigte. Vor ihr stand ein Getränk. Das Gemälde war „Absinth" betitelt.
Es war ein kleines Pastellgemälde. Hans achtete nicht mehr auf die Stöße der anderen Menschen, die das Bild ebenfalls aus nächster Nähe betrachten wollten. Er verharrte vor dem Bild. Etwas im Blick der Frau berührte ihn. Seine Augen begannen zu tränen und eine unbestimmte Traurigkeit schälte sich aus seinem Inneren hervor. Die Frau saß hoffnungslos, verloren, nachdenklich zu Tisch, ihr Blick ins Leere gerichtet. Hans entdeckte den Mann, wohl ihren Mann, der dicht neben ihr saß, aber durch die Bildpräsenz der Frau kaum auffiel. Im Kontrast zu der unglücklichen Frau, die ein helles Sonntagskleid trug, verschwand der Mann in seinem schwarzen Anzug, seinem schwarzen Hut und dem dunklen Vollbart, aus dem Blickfeld. Der Mann verschwamm im Kontrast zur Traurigkeit der Frau mit dem Hintergrund. Sein angewinkelter rechter Arm, der auf der Tischplatte lag, baute eine Distanz schaffende Barriere zu seiner Frau auf. Auch der Mann blickte ins Leere, weg von seiner Frau. Die beiden waren nicht mehr als Paar wahrzunehmen. Verzweifelt in ihrer Apathie schienen beide auf ein Ende der Zeit zu warten.
Hans wischte sich mit der Hand über die Augen und schluckte.
Er spürte Ellis' Blick über seinem Nacken und fragte sich, ob er einmal eine Frau finden würde, mit der er glücklich alt werden würde.
Auf einmal verschwamm die alte Frau mit dem Bild seiner Mutter. Er hörte ihre Stimme. Ihre brüchige Stimme, als sie zuletzt telefoniert hatten. Seine Mutter hatte ihm nie, während ihrer gesamten Krankheit über nie, auch nur ein einziges Mal den Hauch einer Hoffnungslosigkeit spüren lassen.
Das war Wochen her. Er bekam Angst vor der Frau auf dem Gemälde, Angst vor ihrem gebrochenen Blick. Angst vor der Hoffnungslosigkeit, die Degas aufgefangen hatte.

Es war ihm egal, dass eine Träne über seine Wange rann. Ellis war weitergegangen und niemand beachtete ihn. Das Bild erzählte von konträren Charakterzügen, die aneinander rieben, die sich im gegenseitigen Kampf in Resignation auflösten. Es erzählte vom permanenten Scheitern seiner Mutter in den letzten Jahren. Von der einst vornehmen Frau, die sich in stummem Protest in eine rundliche, Schürze tragende Hausfrau verwandelt hatte. Sie hatte nie geklagt, hatte ihr Leben stets der Familie untergeordnet. Ein erstes Mal begriff Hans, wie verzweifelt sie sein musste.
„Ist alles in Ordnung?", fragte Ellis.
Hans wischte sich etwas aus dem Auge und nickte.
Sie gingen weiter in die obere Etage, wo sie endlich, Rahmen an Rahmen, die bekannten Werke vorfanden. Ellis wandelte interessiert, aber nicht euphorisiert durch die Säle.
Hans blieb lange vor den Gemälden von Henri de Toulouse Lautrec stehen.
„Natürlich", sagte Ellis schmunzelnd. „Der Herr Wegmann sehnt sich nach der Belle Epoche, nach Tanz im Moulin Rouge und nach der grünen Fee."
„Weißt du, Ellis, das seltsame ist, dass ich mich mit der Pariser Bohème erst nach dem Baz Luhrman Film beschäftigt habe. Aber seitdem brauche ich nur einen schwarzen Zylinder zu sehen und die Inspiration schießt mir in die Adern."
„Im Film wird er als fröhlicher Zwerg dargestellt. Aber wenn man seine Bilder betrachtet, schwingt dort trotz der übermütigen Motive eine melancholische Sehnsucht mit. Findest du nicht?"
„Ja. Er muss ein Außenseiter gewesen sein, der mit seiner Kunst fast verzweifelt darum gerungen hat, dazu zu gehören. Ein Teil der bunten, glitzernden Welt der schönen Mädchen und der reichen Männer zu sein."
Hans hatte eine Autobiografie über Toulouse Lautrec gelesen und die „Chat Noir" hing als großes Poster in seiner Wohnung. Er betrachtete das Bild, das eine Tänzerin von hinten beim Umkleiden zeigte. Ihr Oberkörper war nackt und

die Perspektive des Betrachters ließ offen, ob es sich um ein heimliches, voyeuristisches Beobachten der intimen Handlung handelte, also eine unverhoffte Momentaufnahme, die sich in das geistige Auge des Malers gebrannt hatte. Oder ob die Tänzerin den Maler mochte und es duldete, dass er sie betrachtete, jeden Schatten ihres schönen Rückens musterte. Das Bild erzählte von einer Welt, die für den Betrachter begehrenswert ist, zu der er zumindest diesen kurzen Zugang erhält, aber derer er nicht zugehörig ist, so sehr er es sich auch wünschte.
Ob Loni Schneider noch schlief, fragte er sich.
Der nächste Saal war Auguste Renoir gewidmet.
Sie betrachteten ein Bild, das „Bal du Moulin de la Galette", betitelt war.
„Das reiche Bürgertum verkehrte damals im Moulin Rouge, während die einfachen Leute im freien Bälle vor der Moulin de la Galette veranstalteten", sagte Ellis.
„Ich bin beeindruckt."
„Ich habe mich vorbereitet, Herr Bildungsreisender."
„Worauf würdest du mich als Kunstexpertin sonst noch aufmerksam machen?"
„Das Licht. Dieses Bild ist berühmt für das Licht. Siehst du die hellen Flecken? Renoir versucht, das sich durch das Blätterwerk brechende Sommerlicht darzustellen."
Hans erinnerte sich an das Sommerlicht während des Festivals im Park. Wie schön und er das Lichtspiel zwischen den Blättern empfunden hat, wie wehmütig es ihn gemacht hat, die Musik zu hören und die Nacht zu ahnen.
Nachdem sie durch alle Säle gelaufen waren, sahen sie sich noch im Museumsshop um. Überrascht stellten sie fest, dass sie viele prominente Motive auf den Postkarten, den Postern, Puzzles und Tassen, im Museum nicht gesehen hatten.
Erschöpft und hungrig beschlossen sie, in die Innenstadt zu gehen und dort etwas zu essen. Sie näherten sich dem Ausgang und Hans spürte wieder dieses Gefühl, etwas Wichtiges verpasst zu haben. Er wollte es Ellis sagen,

schwieg aber, da er eine weitere Diskussion vermeiden wollte.
Plötzlich rief Ellis: „Die Sonderausstellung!"
„Stimmt. Die hätte ich völlig vergessen."
„Oh Mann. Hast du noch die Energie, noch einmal durch zu schauen?"
„Wir haben dafür bezahlt. Wer weiß, ob wir jemals wieder hierher zurückkehren."
Sie erkundigten sich am Informationsschalter nach dem Eingang zur Sonderausstellung. Die Dame zeigte auf einen Seitengang, in dem zahlreiche Menschen standen.
„Sie haben Glück, gerade ist nicht sehr viel los. Wartezeit nur 20 Minuten."
„Zwanzig Minuten!", rief Hans. „Wir können doch nicht noch einmal so lange warten!"
Sie reihten sich in das Ende der Schlange ein.
„Ich hätte nie gedacht, dass Kunst so anstrengend sein kann", sagte Hans.
„Das schlimmste ist, ich weiß genau, dass ich die Bilder gar nicht mehr genießen kann. Ich bin gerade stinksauer auf diesen Scheiß Manet, dass er mir zwanzig Minuten meines Lebens raubt."
Die Menschen in der Schlange wurden blockweise in die übersichtlichen Ausstellungsräume gelassen.
Hans wurde rasch klar, dass es sich um eine außergewöhnliche Ausstellung handelte, da jeder Saal mit zahllosen Gemälden dieses berühmten Malers behangen war.
Erschöpft und mit einem Gefühl im Magen wie ein Kind, das zu viel genascht hat, hielten sie sich nicht lange vor den einzelnen Bildern auf.
Nur das lebensgroße Ölgemälde eines nackten, gelangweilt dreinblickenden Mädchens, das auf Seidenwäsche auf einem Bett lag, weckte die Aufmerksamkeit der beiden.
„Olympia", war das Bild betitelt.
„Das könnte eine der verwöhnten, trägen Gören von heutzutage sein", sagte Ellis. „Die ist sicher deshalb so

erschöpft, weil sie die ganze Nacht auf Facebook gechattet und Farmville gespielt hat."
Hans lachte. „Olympia hat ihr Profilbild geändert. Eduoardo Manet und 39 anderen gefällt das."
Sie nahmen den anzüglichen Eindruck des Bildes mit nach draußen, als sie müde und erschöpft, aber glücklich das d'Orsay verließen.
Sie waren hungrig und Paris kann eine große Wüste sein, wenn man nicht weiß, wo es günstiges Essen gibt. Sie kreuzten die Seine über die nächstbeste Brücke und gingen zum Louvre.
Der Louvre beherbergte unterirdisch eine weitläufige Einkaufspassage. Sie fanden dort einen McDonalds und trotz ihres Eides, dem französischen Essen dem Vorzug zu geben, bestellten sie sich dort ein Menü.
Sie verließen die belebte, von künstlichem Licht illuminierte Unterwelt des Louvre und kehrten an die Oberfläche zurück. Sie setzten sich zum Picknick auf den Rasen des Louvre.
Auch dieser Hamburger schmeckte Hans ausgezeichnet.
„Zwei Tage in Paris und ich habe mich nur von Hamburgern ernährt", murmelte er kauend.
Trotz der vielen Menschen war es ruhig im Park. Sie legten sich in die Wiese und betrachteten den Himmel. Am Horizont ragte der Eiffelturm in die Höhe. Hans genoss den Moment der Stille, schloss die Augen und ließ die Eindrücke des Vormittags auf sich wirken.
Das Gefühl der Ruhe und Zufriedenheit hielt viel zu kurz an. Es war inzwischen Halb drei und da war immer noch dieser Drang, die Kathedrale von Notre Dame sehen zu müssen, um diese Nacht ruhig schlafen zu können. Um ruhiger schlafen zu können, dachte er, denn die andere Sehenswürdigkeit dieser Stadt hatte er den ganzen Tag noch nicht gesehen. Sie schlief wahrscheinlich noch immer und träumte von den Abenteuern, die sie in der Nacht erlebt hatte.

Als er vorschlug, weiter zu gehen, bemerkte er, dass Ellis' Augen hinter ihrer Sonnenbrille geschlossen waren. Sie war eingeschlafen. Schon wieder.

„Möchtest du einen Kaffee?", flüsterte er.

Sie murmelte unverständlich, schließlich sagte sie ja.

„Ich bin gleich wieder da."

Er ging zurück zum Eingang rechts neben der Glaspyramide. Hans schritt die Stufen hinab und blieb vor einer Reihe mittelalterlicher Steinstatuen stehen.

Gleich das erste Geschäft war eine Filiale von Starbucks Coffee. Er kaufte einen kleinen Café Latte und zahlte dafür über 4 Euro. Mit dem Getränk in der Hand kehrte er zurück an die Oberfläche.

Er blieb in der warmen Sonne stehen. Ellis lag friedlich in der Wiese. Über ihr ragte der Eiffelturm in die Höhe. Er ging nicht zu ihr, sondern bummelte träumend über den Platz, musterte die Touristengruppen und dachte darüber nach, was fehlte, um glücklich sein zu können.

Er griff nach seinem Handy und tippte eine kurze SMS ein: „Schon auf? Pläne? Sind am Louvre" und schickte sie an Loni Schneider. Bevor er das Telefon wieder in seiner Hosentasche verschwinden ließ, machte er eine Fotografie von der schlafenden Ellis im Park am Louvre. Dann weckte er sie. Ellis nahm den Kaffee entgegen. „Du willst weiter", sagte sie. „Aber langsam. Meine Füße brennen, als ob ich gerade einen Marathon gelaufen wäre."

Sie zog sich ihre Schuhe wieder an und sie spazierten an der Pyramide vorbei Richtung Seine.

Ein Kai führte direkt am Ufer des Flusses entlang in Richtung Ile de Cite. Bei der nächsten Brücke überquerten sie den Fluss.

Auf der Mitte blieben sie stehen und schauten ins Wasser. Auf dem Brückengeländer waren unzählige Vorhängeschlösser angebracht. Auf jedem der Schlösser stand der Name eines Liebespaares geschrieben.

„Ein schöner Brauch", sagte Ellis. „Es heißt, die Liebe hält solange, wie das Schloss an der Brücke hängt."

„In einer Stadt in Bayern – war es nicht sogar Nürnberg? Jedenfalls haben Liebespaare dort diesen Brauch übernommen", entgegnete er. „Nach einer Weile war die gesamte Brücke mit Schlössern vollgehangen. Ein Statiker hat errechnet, dass die Sicherheit der Brücke aufgrund des zusätzlichen Gewichtes der Tausenden Schlösser nicht mehr gewährleistet werden konnte. In einer mühsamen, teuren Aktion mussten Schloss für Schloss wieder abgezwickt werden."
„Die armen Liebespaare."
„In der Tat. In den nächsten Wochen wurde von Dutzenden gescheiterten Beziehungen berichtet."
„Ehrlich?"
Hans lachte. „Natürlich nicht. Aber die Liebe kann halt auch belastend sein."
Ellis seufzte.
Auf der anderen Seite angekommen, spazierten sie weiter die Uferpromenade entlang. An der Kaimauer standen über die gesamte Länge der Straße grüne Holzkästen. Einige waren geöffnet und dahinter verbargen sich kleine Läden, in denen alte Bücher verkauft wurden. Hans wurde von Büchern magisch angezogen und er konnte auf einen Blick urteilen, ob es sich lohnte, die Bücher nach Juwelen durchzusehen, oder ob es sich um Trivialliteratur handelte. Natürlich waren alle Bücher auf Französisch, aber die Namen waren klangvoll. Sartre, Flaubert, dazu Fachbücher über die Impressionisten, eines über Freud. Er entdeckte aber auch einige Bücher über die Weltkriege, die auf den Buchtitel weniger nach Weltkriegen als Krieg gegen die Deutschen aussahen.
„Warst du jemals an einer Uferpromenade, an der Bücher verkauft wurden?", fragte er.
„Nein. Aber die Somme ist ganz in der Nähe. Es ist nicht ungewöhnlich, dass im Umkreis einer Uni ein Buchladen neben dem anderen steht."
„Vermutlich."
„Hast du eigentlich ein bestimmtes Ziel?", fragte Ellis.

Sein sehnsüchtiger Blick beantwortete ihre Frage. „Außer Notre Dame natürlich."

„Ich möchte durch so viele der Stadtviertel wie möglich spaziert sein und nach der Woche wahrhaftig sagen können: Ja, ich war in Paris." Er zeigte auf seinen Stadtführer, der aus seiner Hosentasche ragte: „Das müsste das Viertel Quartier Latin sein, wenn die Universität in der Nähe ist. Sobald Notre Dame in Sichtweite ist, können wir ja quer durch das Viertel laufen."

„Nicht sehr zielgerichtet. Du musst doch irgendein Ziel haben!"

„Wenn wir uns nach dem Reiseführer richten, brauchen wir Monate, bis wir alles angeschaut haben. Ich möchte mich einfach vom Zufall leiten lassen und das Paris abseits der Touristenpfade entdecken."

Ellis stöhnte.

Das Handy in Hans' Tasche vibrierte. Nachricht von Loni Schneider: „Wir chillen ; ) Abends Essen am Montmartre? Macht Fotos für uns! LG L"

„Was machen die anderen gerade?", fragte Ellis.

Hans verzog die Mundwinkel: „Wahrscheinlich liegen sie noch im Bett", sagte er enttäuscht. „Kannst du das fassen? Die sind in Paris und liegen den ganzen Tag über in der dunklen Wohnung rum!"

„Kannst du das fassen? Wir sind in Paris und laufen den ganzen Tag durch die Straßen und sehen vor lauter Sehenswürdigkeiten die Stadt nicht mehr!"

Hans sah sie verständnislos an.

„Eines Tages wirst du ein Buch lesen oder einen Film sehen, in dem sich das Paar genau hier, wo wir beide jetzt stehen, verliebt. Und du wirst dran denken, dass du hier warst, dass du die Seine und diese schrecklich grünen Bücherläden gesehen hast und du wirst furchtbar wehmütig werden und dich hierher zurück wünschen und du wirst dich ärgern, dass du dir kein Buch gekauft hast und dich nicht auf eine Bank in den Schatten eines Baumes gesetzt hast."

Wie ein bei einem Streich ertappter Junge schweifte sein Blick zu Boden, dann in die Ferne. Plötzlich klarten seine Augen auf. Er zeigte nach vorne. Ellis' Blick folgte seinem Arm.

„Notre Dame!", rief er.

Wie aus dem Nichts war die Kathedrale auf der anderen Seite der Seine aufgetaucht.

„Jetzt strahlt er. Na endlich."

Er machte ein Foto.

„Sie ist immer da gewesen. Man musste nur zu ihr gehen."

Einen Straßenzug lang spazierten sie dem Wahrzeichen des mittelalterlichen Paris entgegen. Auf Höhe des Boulevard Saint Michel sagte Hans, dass er sich sattgesehen habe. Sie schlenderten ziellos in das Quartier Latin. Sie kauften sich in einem kleinen Laden jeweils eine Sonnenbrille. Ellis blieb vor den Schaufenstern stehen.

Sie kamen an der Kathedrale St. Severin vorbei, die versteckt, ohne großen Abstand zu den Nebengebäuden, eng in das Viertel gepresst war. Sie liefen vorbei an Straßencafés und Einkaufspassagen. Trotz seines Stadtführers wusste er so gut wie nichts über das Viertel, außer dass die Latein sprechenden Studenten dem Viertel ihren Namen gegeben hatten.

Sie liefen und liefen. Mal erschien das Pantheon am Ende der Straße, meist liefen sie endlose Straßen entlang, die nichts boten außer einem Eindruck der schieren Größe der Stadt.

Sie landeten wieder am Boulevard St. Michel und steuerten auf ein Waldstück zu. „Ich brauche eine Pause", bat Ellis.

Sie schlenderten durch eine schattige Parkanlage, die auf einen weitläufigen Park mit einem großen Springbrunnen und einem Schloss zulief. „Jardin du Luxemburg", las Ellis vor.

Auch hier waren die grünen Gartenstühle und Liegen aufgestellt, die sie bereits aus den Tuileries kannten. Sie suchten sich zwei Stühle und setzten sich. Er atmete die

Gischt der Fontäne ein, blickte auf das Schloss und sah einer Gruppe Kindern zu, die um das Becken herum liefen.

Womöglich waren diese Ruhepausen in den Parks genau die Momente, an die er sich später einmal erinnern würde, dachte er. Sein Leben war schnell geworden, hatte in den letzten Tagen eine Rasanz aufgenommen, mit der sein Kopf kaum mithalten konnte. Die Gedanken tanzten, die Eindrücke pressten sich zusammen, aber da war wenig, was sich festhalten ließ, was bleiben könnte. Außer Ellis. Sie lag friedlich auf ihrem Stuhl und hatte die Beine auf einen zweiten Stuhl gelehnt. Hetzte er zu schnell durch die Stadt? Zu schnell für Ellis? Aber er musste so schnell laufen, er hatte zu wenig Zeit, um die gesamte Stadt zu sehen. Und wer wusste, welche Erkenntnisse seine Gedanken entdecken könnten, wenn er stehenblieb. Er wollte nicht darüber nachdenken. Das, was zu Hause auf ihn wartete, machte ihm Angst. Aber er war in Paris. Paris war keine Stadt für Angsthasen.

Hans studierte den Stadtplan und suchte nach einem letzten Ziel für diesen Tag, einer letzten Sehenswürdigkeit, die sie noch besichtigen konnten, egal wie erschöpft er selbst bereits war.

Ganz in der Nähe befanden sich die Katakomben von Paris. Ben hatte ihm aufgetragen, für ihn ein Foto von den Katakomben zu machen. Bens Reisetipps für Paris waren eher morbider Art gewesen. Er hätte nur die Katakomben und das Grab von Jim Morrison besichtigt.

„Hast du Lust, noch die Katakomben zu besuchen?", fragte Hans.

„Noch fünf Minuten", murmelte Ellis und fläzte sich mit geschlossenen Augen tiefer in ihren Stuhl.

Eine Viertelstunde später wanderten sie barfuß durch die Parkanlage und blieben noch eine Weile barfuß, bis ihnen die Beine vom glühenden Asphalt schmerzten.

Über mehrere Querstraßen erreichten sie den Stadtteil Montparnasse und wanderten den Boulevard Raspail hinunter.

Die Beschilderung führte sie an einen Platz, um den der Verkehr herumgeleitet wurde. Ein Eisengitter und mehrere Bäume, sowie kleinere Gebäude umsäumten den Platz. Weder Menschen, noch Hinweisschilder verwiesen auf die Katakomben.

„Du weißt schon, dass die Katakomben ein Friedhof sind?", fragte Ellis.

„Na und?"

„Du willst wirklich durch Reihen von Totenköpfen und sonstigen Knochen durchspazieren?"

„Hast du Angst?"

„Ich hab nur Angst vor deinem Tatendrang. Außerdem sehe ich hier keine Katakomben."

„Es muss aber hier sein."

Sie gingen um den Platz herum, warfen einen Blick auf die Karte. „Die Katakomben werden wohl kaum oberirdisch sein", sagte Hans und sah sich um.

„Ich sehe aber auch keinen Eingang."

„Und wo sind die Menschen? Ich dachte, die Katakomben sind eine Touristenattraktion."

Sie gingen ein zweites Mal um den Platz und mit jedem Schritt verschlechterte sich ihre Laune.

„Scheiß Katakomben. Ich glaub, ich will sie jetzt gar nicht mehr sehen", sagte Hans.

„Ich komm mir vor, wie ein Tourist, der unter dem Eiffelturm herumläuft und den Turm nicht findet."

Sie blieben vor einem kleinen Häuschen stehen.

Ellis begann zu lachen. Sie zeigte auf ein kleines Schild: „Das! Das sind die Katakomben."

„Das sollen die Katakomben sein? Das sieht ja eher aus wie ein Bahnwärterhäuschen. Ich hab mich schon gefragt, was dieses komische Häuschen mitten in dem Park zu suchen hat."

„Geschlossen", sagte sie. Sie zeigte auf ein winziges Schild, in dem die Öffnungszeiten aufgeführt waren. „Seit fünf. Wie spät ist es?"

„Halb Sechs", antwortete er. „Das kann doch nicht wahr sein, da ist man einmal in Paris und will nichts anderes tun, außer die Katakomben zu besichtigen und dann sind sie geschlossen."

„Ich dachte, du wolltest einzig Notre Dame sehen? Sieh es doch mal so: Du hast dem Knochenmann ein Schnippchen geschlagen, lieber Herr Brandner Kaspar."

Als sie nach der nächsten Metrostation suchten, versuchte Hans erfolglos, sich gegen das Gefühl, der Enttäuschung zu wehren. Verdammte Psychologie, dachte er. Egal, wie schön ein Tag ist, wenn er schlecht endet, kann man nicht schlafen.

Sie fuhren mit der Sechs vom Raspail zum Boulevard Montparnasse. Die Haltestelle war ein riesiger, weitläufiger Bahnhof und sie mussten über eine endlose Rolltreppe auf die andere Seite des Bahnhofs wechseln. „Wie verdammt groß ist dieses Scheiß Paris eigentlich?", rief Hans und wünschte sich ein erstes Mal in dieser Woche, in einem Bett zu liegen.

Nach elf Haltestellen erreichten sie Brochant und schleppten schließlich ihre schwer gewordenen Beine die vier Stockwerke zu Loni Schneiders Wohnung hoch.

Es war still in der Wohnung. Die Türen zu allen drei Zimmern waren geschlossen. Da Loni Schneiders Schlüsselbund auf dem Küchentisch lag, musste sie zu Hause sein. Hans war erleichtert, dass die anderen schliefen. Er legte sich neben Ellis ins Bett und döste in die Halbwelt der Träume hinfort.

Als eine Türe knallte und das fröhliche Lachen der Loni Schneider erklang, war er sofort hellwach. Er stand auf, blickte auf die Uhr. Es war sieben. Ellis schlief tief und fest.

Hans öffnete die Türe und lugte in die Küche. Loni Schneider saß am Tisch, sie trug ein langes T-Shirt und er konnte nicht erkennen, ob sie etwas darunter trug.

Sie war betrunken oder bekifft. Er vermutete, beides.

Sie winkte ihm zu und begann, mit ihrer tiefen, rauchigen Stimme, vor sich her zu singen: „Hänschen klein ging allein in die weite Welt hinein… Hast du die Imperfektionisten gesehen?", fragte sie und lachte, kehlige, grunzende Laute hervorstoßend,

„Dir geht's gut?", fragte er.

Sie legte sich die Hand auf den Kopf. „Ich sag's dir, das war eine Nacht."

„Es ist sieben Uhr abends."

„Kann schon sein. Mir kommt es vor, als hätte die Nacht nie aufgehört. Wir haben bis Nachmittag geschlafen und dann kam Sebi auf die super Idee zum französischen Frühschoppen und wir haben gleich weitergetrunken. Ich habe sowas von Hunger", sagte sie. „Aber erst brauch ich einen Kaffee. Ich muss irgendwie wieder runterkommen. Aber wir haben sowas von viel gelacht heute, ich könnte mich immer noch anpissen. Der Stefan ist von Natur aus witzig, aber seit er da ist, taut auch die Marie so richtig auf. Ich wusste gar nicht, wie lustig die Franzosen sein können."

„Ich glaub, ich hab heute noch kein einziges Mal gelacht", murmelte er.

Sie stand auf und beugte sich zu ihm hinunter. Ihr Haar war nass und hing glatt und schwer über ihr weißes T-Shirt. Sie legte einen Arm um ihn und drückte ihn an sich. Er roch ihr Shampoo, das voll und teuer nach Haute Couture duftete.

„Es tut mir schrecklich leid, dass wir noch gar keine Zeit hatten, uns zu unterhalten", sagte sie. „Ich hoffe, du hast trotzdem eine schöne Zeit in Paris."

Er nickte. „Natürlich."

„Und Ellis?"

„Sie hält sich tapfer."

Loni Schneider schmunzelte. „Ins Coco Chanel Museum begleite ich dich gern. Solange du mir meinen heiligen Schlaf lässt und wir auf deinen Sightseeing Touren mindestens ebenso lange im Café sitzen, wie wir auf den Beinen sind."

„Das wird schwer. Paris ist groß."

„Paris hat viele gemütliche Cafés."

Die Türe zu ihrem Zimmer öffnete sich und Loni Schneider löste ihre Hand langsam wieder von Hans' Rücken.

Sebi erschien im Türrahmen und blinzelte gegen das Licht der Glühlampe. „Krass. Gibt's schon Frühstück?", fragte er mit heiserer Stimme.
„Hans behauptet, es ist erst Abend", sagte Loni Schneider.
„Vielleicht. Aber welcher Tag?"
„Immer noch Dienstag", sagte Hans.
„Krass", sagte Sebi. „Diese Pariser mischen irgendwas in den Tabak, ich hab gestern alles verloren, was einen zivilisierten Menschen ausmacht."
„Das hast du. Das hast du in der Tat", sagte Loni Schneider und lachte.
Die dritte Türe öffnete sich und Marie und Stefan kamen heraus.
„Geht's schon wieder weiter?", fragte Stefan. Marie strahlte über das ganze Gesicht und Hans fragte sich, was Honigkuchenpferd auf Französisch hieß.
„Wenn wir uns langsam alle fertig machen, könnten wir es bis halb neun, neun auf den Montmartre schaffen. Pünktlich zum Dejeuner. Ich muss nur noch föhnen, dann könnt ihr ins Bad".

# Den Umständen entsprechend gut

Mit der untergehenden Sonne fuhren sie die Untergrundbahn den Montmartre hinauf. Hans genoss die Fahrt. Sobald man etwas zum zweiten Mal macht, stellt sich Vertrautheit, vielleicht sogar etwas, das mit Heimat verwandt ist, ein, dachte er. Sie stiegen erneut am Blanche aus, gingen die Querstraße zum Karussell am Fuße von Sacre Coer. Diesmal wählten sie die steile Treppe neben der Zahnradbahn, die geradeaus den Montmartre hinauf führte. An der Straße angekommen, folgten sie der Straße Richtung Sonnenuntergang, bis sie auf der einen Seite den Eiffelturm sahen und von der anderen Seite her eine schöne Aussicht auf die mit rötlichem Licht bemalte Kathedrale hatten.
„Wo gehen wir eigentlich hin?", fragte Hans.
„Oben gibt es einen kleinen Platz, der heißt Place du Tertre", sagte Loni Schneider. „Das ist sowas wie der Königsee vom Montmartre: Es ist wunderschön dort, aber auch der Ort, wo die Touristen hinströmen. Und weil dort so viele Touristen sind, die sich nach dem Paris der Boheme sehnen, sind die Restaurants so gestaltet, als ist dort seit hundert Jahren die Zeit stehengeblieben."
„Und dort gehen wir jetzt hin?", fragte er. „Ich würde nie auf die Idee kommen, am Königsee zum Essen zu gehen."
„Vertrau mir, es ist vielleicht eine Touristenfalle, aber immerhin eine Pariser Touristenfalle."
Als sie den Platz erreichten, mochte ihn Hans sofort. Der Place du Tertre, war so unscheinbar und selbstverständlich zwischen die Häuser des Montmartre gebettet, dass man ihn leicht übersehen hätte können, wenn sich nicht die Touristenströme links und rechts von den Restaurants hindurchzwängten. Loni Schneider wählte zielsicher ein Restaurant mit dem passenden Namen „La Bohème" aus. Es dauerte nur wenige Sekunden, als ein Kellner darauf aufmerksam wurde, dass sie sich für sein Restaurant

interessierten und sie ansprach. Loni Schneider und Marie wechselten einige energische Worte mit ihm und er wies ihnen einen Tisch für sechs Personen im Gastgarten des La Boheme zu.

„Marie hat dem Kellner klargemacht, dass wir Einheimische sind und gut Essen und anständig trinken wollen und es sofort merken würden, wenn er uns mit dem schlechten Wein über das Ohr haut", sagte Loni Schneider und Marie grinste.

Der Garten war umringt von in sattem Grün stehenden Laubbäumen. Ein über die Tischreihen gespanntes weinrotes Zelt schützte vor möglichen Sommerregenschauern.

Die Gruppe wurde zu Hans' Überraschung tatsächlich außerordentlich zuvorkommend behandelt. Spätestens nach der Bestellung der Speisen, den Wein hatte noch Marie für die ganze Gruppe gewählt, musste dem Kellner klar geworden sein, dass es sich beim Großteil der Gruppe nicht um Franzosen handelte. Am Service und der flirtenden, gut gelaunten Art des jungen Kellners, änderte sich auch nichts, als die deutschen Sätze immer lauter und fröhlicher wurden.

Marie sorgte dafür, dass die Weinkaraffe sich nicht leerte und noch bevor die Vorspeise, Lachsterrine, des Drei Gänge - Menüs serviert wurde, fühlte sich Hans ein wenig betrunken und sehr glücklich. Ihm gegenüber saß Loni Schneider, sie trug ein schwarz und rosa gestreiftes T-Shirt, das sie jünger machte, als sie war. Darüber hatte sie sich, als die Luft mit Einbruch der Dunkelheit merklich abkühlte, ein schwarzes Jäckchen übergezogen. Ihre Müdigkeit hatte sie mit der Ankunft am Montmartre wie auf Knopfdruck abgelegt und ein leidenschaftshungriger Lebensgeist funkelte aus ihren Augen. Hans' Blick verfing sich immer wieder mit ihrer moosgrünen Iris, die von der sich im Kerzenlicht ausgeweiteten schwarzen Pupille fast komplett überdeckt wurde. Sie trank ihren Wein bedächtig, achtete darauf, das Glas am Stil zu halten und nicht, wie die Jungs, am Kelch. Einzig ihre Rastlosigkeit, die sie mit Hans, wenn auch auf unterschiedliche Art und Weise, gemein hatte, war verschwunden. Sie musterte entspannt und neugierig die Gesichter der Menschen am Tisch und folgte aufmerksamen den Gesprächen. Hans betrachtete sie lange und spürte, wie der Wein aus ihr ein Fabelwesen machte, dessen Existenz zugleich wundervoll und grausam war.

Sie erwiderte seinen Blick, als er sie eine Sekunde zu lange angeschaut hatte. „Marie hat einen Teufelswein gewählt", sagte er.

„Abends müssen die weingewohnten Franzosen einen Wein trinken, der selbst sie betrunken macht", erwiderte Loni Schneider.

Während sie auf die Hauptspeise warteten, befragte Hans Stefan, der neben ihm saß, nach seiner Herkunft und seiner Lebensgeschichte.

Stefan erzählte, dass er auf einem Bauernhof aufgewachsen ist. „Mein Vater ist der zweitgrößte Bauer im Dorf. Es war von Haus aus klar, dass ich einmal den Hof übernehmen muss", erzählte er. „ Aber weder mein Bruder, noch ich, hatten auch nur das geringste Interesse, einmal Bauer zu werden."

Loni Schneider lachte: „Wie ein Bauernsohn siehst du echt nicht aus. Wenn du gesagt hättest, dass deine Eltern einen Zirkus hätten, hätte ich es dir eher geglaubt."

„Inzwischen wohne ich in einer WG in einer alten Mühle. Das müsst ihr echt mal gesehen haben. Die ist so alt, dass es drin sogar Geister gibt. Und wir haben die abgefahrensten Partys da drin schon veranstaltet. Und es kostet so wenig, dass ich es mir selbst als Pfleger leisten kann."

„Pfleger. Das passt schon eher zu dir", sagte Loni Schneider. „Und wie ist das mit dem Akkordeon und der Amélie gekommen?"

Stefan kratzte sich am Hinterkopf. „Ja mei. Interessiert euch das wirklich?"

„Ja!", riefen alle im Tisch unisono. „Wir wollen schließlich wissen, wie ein Talent entsteht, das einen Bauernjungen bis nach Paris bringt!", rief Loni Schneider und hob ihr Glas.

Stefan lachte. „Also gut. Also daheim heißt das Ding ja Ziach. Oder Quetschn. Sowas hat man halt daheim, wenn man auf einem Bauernhof ist. Ich hab Unterricht im Trachtenverein gekriegt. Aber so richtig Spaß gemacht hat mir das nicht. Die ist dann ein paar Jahre am Dachboden verstaubt. Ich bin gerade in das Bauernhaus in die WG umgezogen, als ich sie wieder entdeckt habe."
Hans nickte ihm zu. „Und in der Stadt wurde aus dem Landwirtssohn mit Quetschn ein Bohème mit Akkordeon."
Stefan lachte verlegen. „Eigentlich musste ich erst Unterricht nehmen. Ich konnte gar nichts mehr. Aber mein Lehrer war recht zufrieden mit meinen Fortschritten. Das Beste war, dass ich bei ihm nicht Polka, Walzer oder einen Zwiefacher spielen musste. Er hatte Notenblätter von Yann Tiersen und von der Fabelhaften Welt der Amélie."
„Der erste Schritt nach Paris", rief Loni Schneider und stieß mit ihm an.
Die Lachsterrine schmeckte Hans vorzüglich und selbst Sebi, der keinen Wert auf Haute Cousine legte, lobte ein erstes Mal die Franzosen und ihre Kochkünste: „Das ist das phatteste, das ich, verdammt noch eins, jemals gegessen habe", sagte er.
Lampions illuminierten das Restaurant. Auf den Tischen flackerten Kerzen im milden Wind. Am Tisch wurde mehr und mehr gelacht. Ellis starrte, träumend lächelnd, ins Leere.
„Geht's dir gut?", fragte Hans.
Sie nickte. „Ich kann kaum fassen, was wir in den letzten beiden Tagen schon alles gesehen und erlebt haben."
„Es wird noch besser", sagte Loni Schneider, als der Garcon die Teller mit der Hauptspeise, Boef Borgignon, servierte.
„Was ist das eigentlich?", fragte Hans.
„Rindfleisch in Rotweinsoße", wusste Loni Schneider.
Hans gabelte in das Rindfleisch. Es war so zart, dass es sofort zerfiel. Er ließ die Weinsauce auf seiner Zunge zergehen. Sie war stark genug, einen erwachsenen Franzosen betrunken zu machen, dachte er.

Als Hans in die Runde blickte, schüttelte sich sein Körper voller Endorphine, er fühlte sich glücklich, ließ das Wort „Glück" in seinen Gedanken zergehen, wie die Sauce zuvor auf seiner Zunge. Er griff nach seinem Glas und erhob es. Alle sahen ihn an und erwarteten eine Rede. Sein Mundwinkel zuckte, er strahlte.

„Paris", sagte er und hielt inne. „Ich glaube, genau in dem Moment verstehe ich Hemingway." Es wurde still am Tisch, Sebi kicherte. „Ich lese gerade sein Buch ‚Ein Fest fürs Leben'", fuhr er fort und sein Blick wanderte zwischen Ellis und Loni Schneider hin und her. „So hat Hemingway die Biographie über seine Jahre in Paris genannt: Ein Fest fürs Leben. Schaut euch um: Es ist alles da. Kultur, Wein, die Menschen, die man liebt." Beim Wort ‚liebt', zuckten seine Mundwinkel. „Die ganze Stadt ist ein Fest fürs Leben. Wenn ich einmal sterben sollte, dann kann es im Himmel gar nicht schöner sein."

„Das hat er beim letzten Festival auch schon gesagt", murmelte Loni Schneider und grinste.

Sie stießen die Gläser aneinander und Hans schaute in die Runde, als hätten sie einen stillschweigenden Pakt besiegelt, zu leben, als gäbe es kein Morgen. Ein Pakt, der zwingend einzuhalten sei, nur für Paris galt und der sie und die Stadt für alle Zeit miteinander verschmelzen würde.

In dem Moment klingelte Hans' Telefon. Er zog es aus der Hosentasche, eine unterdrückte Nummer. „Hallo", sagte er lachend.

„Du bist ja gut gelaunt!" Die Stimme seiner Mutter. Hans lächelte. Wie schön, sie zu hören. Morgen würde es drei Wochen her sein, seit er das letzte Mal mit ihr gesprochen hatte.

„Du glaubst gar nicht, wo ich bin", sagte er und lachte in das Telefon.

„Wie du dich anhörst, in einem Biergarten. Du klingst so fröhlich!", sagte sie und seine Mutter lachte ebenfalls, ihr Lachen klang in seinen Ohren warm, aber schwach wie feines Kristall. „Ich habe dich lange nicht mehr so glücklich gehört, wo bist du denn? In München?"

„Noch besser, Mama. Ich bin mit Freunden in einem Restaurant auf dem Montmartre."

„Wo?", fragte sie, „In Waging?"

Hans lachte heiter. „Fast. Auf dem Montmartre. In Paris."

„Das ist nicht dein ernst! In Paris?"

„Doch, Mama. Wir sind spontan nach Paris gefahren. Die Stadt ist wundervoll, du glaubst gar nicht, was wir alles gesehen haben."

Es blieb still am anderen Ende der Leitung und Hans warf einen Blick auf das Telefon, ob die Verbindung unterbrochen wurde.

„Mach viele Fotos für mich", sagte sie leise, jedes Wort einzeln betonend. „Ich wäre gern einmal in Paris gewesen. Es sollte halt nicht sein. Schau einfach alles für mich mit an und erzähl mir dann davon. Machst du das für mich?", fragte sie.

Hans Blick traf auf die nachdenklichen Augen von Ellis und das Lächeln gefror ihm im Gesicht.

„Wie geht es dir, Mama?", fragte er.

„Mach dir um mich keinen Kopf", sagte sie. „Ich kämpfe mich durch. Genieß deinen Urlaub und ich freu mich darauf, was du zu erzählen hast."

„Wir haben uns lange nicht mehr gesehen", sagte er. „Du hast immer geschlafen, wenn ich daheim war", fügte er hinzu.

Sie seufzte. „Ich brauche viel Schlaf, Alles kostet Kraft. Ich schlafe fast die ganze Zeit", sagte sie leiser und leiser werdend und Hans musste plötzlich an Ellis denken.

„Warst du auf dem - Turm?", fragte seine Mutter.

„Noch nicht. Aber ich habe ihn gesehen."

„Das – ist", sagte sie und ihre Stimme schwand ins Stille.

„…schön", glaubte Hans gehört zu haben.

„Ich kann dich kaum mehr verstehen. Hattest du eigentlich einen bestimmten Grund für deinen Anruf?"

Wieder war es so still, dass Hans dachte, die Leitung sei unterbrochen.
„Nein", hörte er ihre Stimme. „…erledigt."
„Ist gut Mama. Ich wünsch dir was."
„Mach's gut", sagte sie und fügte hinzu: „Sag Ellis liebe Grüße."
Hans steckte das Telefon zurück in seine Hosentasche. Es war still, am Nebentisch lachte jemand. Sebi, Stefan, Marie und Loni Schneider starrten auf die Tischdecke.
„Wie geht es ihr?", fragte Ellis.
Hans reagierte nicht. Er dachte über etwas nach, das ihm nicht in den Sinn kommen wollte und der einzig klare Gedanke war der, dass er nicht mehr klar denken konnte.
„Es geht ihr gut", sagte er, als sich Ellis' Gesicht vor seinem Blickfeld schärfer gestellt hatte und griff nach seinem Weinglas. „Es geht ihr den Umständen entsprechend gut."
Er leerte sein Glas in einem Zug.

# Ein schöner Ort

Am nächsten Morgen standen Hans und Ellis wieder früh auf, um die Stadt zu besichtigen. Auf Vorschlag von Loni Schneider fuhren sie zunächst bis zur Haltestelle Chatelet. Beide waren hungrig und bereuten es sofort, mit leerem Magen in ein unbekanntes Stadtviertel gefahren zu sein. Ziellos wählten sie eine Richtung und hielten nach einem Café Ausschau. Nach wenigen Straßenzügen ziellosen Bummelns fanden sie das erste Café. Sie setzten sich. Für sieben Euro gab es einen großen Kaffee, ein Croissant und auch ein knuspriges, mit Butter und Marmelade beschmiertes Baguette. Beide lehnten sich in ihren Stühlen zurück und blinzelten in die höher steigende Sonne.
Am Nebentisch lieferte sich ein Amerikaner ein scharfes, in Englisch gefluchtes Wortgefecht, in dem mehrmals das Wort „Fuck" fiel. Hans schämte sich, ein Tourist zu sein und war stolz, dass er sein Frühstück mit einigen wenigen auswendig gelernten Brocken auf Französisch bestellt hatte.
Nachdem sie bezahlt hatten, spazierten sie weiter nach Norden, wo der Reiseführer auf eine prächtige Kathedrale verwies.
Sie passierten einen großen Brunnen, in dem herabstürzendes Wasser zu Diamanten zerstoben wurde und Hans musste an ein Gedicht von Heinrich Heine denken.
Als sie die Kathedrale Saint Eustache erreichten, standen sie eine Weile ratlos davor. Hans betrachtete den Bau. Das Kirchenhaus war wuchtig, prächtig verziert, aber es war eine von vielen Kirchen, die sie seit ihrer Ankunft in Paris gesehen hatten. Weder er noch Ellis machten Anstalten, sie von innen zu besichtigen. Hans' Interesse wurde von einem modernen Kunstwerk, einem riesigen Kinderkopf, eingebettet in eine Handfläche, geweckt. Er bat ein

Touristenpaar, ein Foto von ihm und Ellis vor der Skulptur zu machen.

Das Paar sprach Deutsch, sie stellten sich als Schweizer vor. Der Mann erzählte, dass sie ein erstes Mal auf ihrer Hochzeitsreise nach Paris gereist waren und die Stadt seitdem fast 30 Mal besucht hatten. Hans hörte fasziniert zu und bewunderte die Zuneigung des Paares füreinander, die nach diesen vielen Jahren noch deutlich spürbar war. Ihre Liebe zueinander hatte sich zur gemeinsamen Liebe für die Stadt vereinigt. Hans beobachtete, wie Ellis an den Lippen des Mannes hing und ahnte, dass dessen Geschichte in ihren Ohren wie ein wundervolles Märchen klingen musste.

Erst als das Paar gegangen war, bemerkte Hans, dass er und Ellis auf dem Foto, das der Mann gemacht hatte, unscharf abgebildet und kaum zu erkennen waren.

Mehr niedergedrückt, als beeindruckt von der Fülle an bemerkenswerten Bauwerken spazierten sie weiter durch das Viertel und suchten die Rue de Temple. Es war die Straße, in der Marie aufgewachsen war und das bunte Schwulenviertel des Marais begann dort, leicht erkennbar an einem Programmkino, in dem eine Fassbinder Retrospektive gezeigt wurde und an einer Apotheke, in deren grünlich blinkenden Apothekenkreuz ein rotes Aidsschleifchen aufleuchtete.

Sie spazierten weiter in das Marais hinein und Hans fiel auf, dass unter den Bordsteinen ein Rinnsal durch die Straßen floss. Die Woche war staubtrocken gewesen, es war Hans nicht ersichtlich, woher dieses Wasser kam. Der kleine Fluss in der Stadt vereinnahmte bald seine gesamte Aufmerksamkeit. Er fragte Ellis, was sie davon hielt, aber auch sie konnte sich keinen Reim daraus machen. Hans philosophierte, von einem verträumten Pariser Stadtplaner, dessen hochtrabender Plan, den Stadtteil zu einem Klein – Venedig zu machen und als er den Plan nicht umsetzen konnte, sorgte er heimlich dafür, dass in den Straßen ein ewiges Rinnsal strömte.

Ellis entdeckte, dass manche Kanalisationsschächte mit Lappen verstopft waren, damit das Wasser nicht versickern konnte. „Vielleicht handelt es sich um ein Kunstprojekt", vermutete sie.

„Es ist schön. Ohne Frage schön", sagte sie.

Hans dachte daran, wie sein Vater ihm als Kind Papierschiffchen gebastelt hatte, die sie gemeinsam schwimmen gelassen hatten. In Seen, Bächen und Springbrunnen segelten die Schiffchen. Er stellte sich vor, wie sein Vater in dieser Gasse im Marais über der Bordsteinkante kniete und, selig lächelnd, einem Papierschiffchen nachblickte, das Richtung Seine davon segelte. Er fragte sich, wann das mit den Papierschiffchen aufgehört hatte.

Eine weitere Stunde, wandernd durch das Viertel, ließen sie die Eindrücke, die kreativen Läden und die an jeder Mauer zu entdeckende Streetart auf sich wirken. Hans hatte Ellis fragenden Blick erwartet.

„Ich weiß", seufzte er. Er hatte weder ein Ziel, noch eine Idee, außer der, Paris abseits der festgetrampelten Touristenpfade zu erkunden. „Beim nächsten schönen Ort machen wir Pause", versprach er.

Er schlug einen Weg in Richtung Musée de Picasso ein. An einem leeren, blockförmigen, von Hausmauern umgebenen Fleck, an dem vermutlich einst ein Haus gestanden hatte, entdeckte er einen schattigen Garten, eine Stadtoase. Die Eisentür stand offen. In der Mitte des Gartens plätscherte die Fontäne eines kleinen Brunnens. Das Mittagslicht brach hell durch das Laub von Eichen und Kastanienbäume.

„Das ist eindeutig ein schöner Ort", sagte Ellis lächelnd und setzte sich auf die nächstbeste Bank. Sie schloss die Augen. „Nächstes Mal verlange ich Kilometergeld", murmelte sie und legte ihren Kopf in seinen Schoss und die Beine auf die Lehne der Bank und schloss die Augen.

„Müde?", fragte er.

Sie schüttelte den Kopf. „Noch nicht. Ich mag das Viertel."

„Eigentlich haben wir uns noch gar nichts angeschaut."

„Wir haben Paris angeschaut", sagte sie.
In der Stille wurden das Plätschern des Brunnens und das Gezwitscher in den Baumkronen lauter.
„Angenommen, wir hätten nur einen Tag in Paris. Würde es dir genügen, nur durch das Marais zu spazieren?", fragte er.
„Warum nicht? Ich habe in einigen Schaufenstern Kleider gesehen, die waren wundervoll. Da kann die Champs Elysee sicher nicht mithalten."
„Da waren Schaufenster mit Kleidern?"
Ellis lachte. „Du hast nur Augen für das Wasser gehabt. Ich hab dich genau beobachtet. Du hast immer auf den Boden geschaut. Du bist wirklich ein Phänomen, Hans! Du jagst Tag für Tag den großen Sehenswürdigkeiten nach, aber wenn wir wieder zu Hause sind, wirst du dich nur daran erinnern, dass im Marais Wasser unter den Bürgersteigen geplätschert ist."
„Ich werde mich an diesen Park erinnern!", sagte er. „Denkst du, dass ich kein Auge für Schönheit habe?"
„Im Gegenteil. Du siehst Schönheit vor allem dann, wenn sie vor deiner Nase ist. Aber den Rest der Zeit bist du auf der Suche."
Hans nickte. Eine angenehme Kühle lag unter den schattigen Bäumen. Er erinnerte sich an vergangene Hochsommertage, an denen die Schwüle so erdrückend war, dass man sie nur im Schatten aushalten konnte. Er erinnerte sich an eine Laube im Garten seiner Großmutter, das Gurren einer Taube, die in seiner Erinnerung nur an diesen Hochsommertagen gurrte. Er dachte an die flirrende Luft in der Stadt an Tagen wie diesen, wenn die Straßen menschenleer waren, da jeder, der nicht arbeiten musste, in ein Schwimmbad drängte. Er dachte daran, dass es diese heißen Tage während seiner Kindheit immer nur in den Sommerferien zu geben schien und später immer im Urlaub, im Süden, wo er sie nur bemerkte, wenn er nachmittags nicht am Strand lag, sondern durch die kleinen weißen Dörfer wanderte. Immer gab es diese schattigen Momente, in denen ringsum die Zeit stehen geblieben war, die

Menschen sich setzten, Siesta hielten und der Tag einzig aus dem Rauschen der Blätter unter einem schattenspendenden Baum bestand. Es waren Zeiten einer sonderbaren, unwirklichen Ruhe.

Er schaute nach oben. Die Sonne stand im Zenit, die Luft würde sich noch weiter erhitzen. Dieser kleine, versteckte Park war eine Großstadtoase, mild und kraftspendend, wie geschaffen für diese Jahres- und Tageszeit.

Einen schönen Moment erkennt man daran, dass man, noch während dieses schönen Moments, an vergangene schöne Momente denkt, bis einem, oder weil einem das Herz vor Wehmut sticht. Goethes „Oh Augenblick verweile doch" schwirrte in Schleife durch seinen Kopf und er empfand Ellis Atem an seiner Wange wie ein schönes Geschenk, das einem nicht gehört, das man aber dennoch besitzen darf. Das Leben führt trotz endloser Windungen immer wieder an einen Punkt, an dem man von einem Gefühl ergriffen wird, bisher alles richtig gemacht zu haben, dachte er.

Im selben Moment summte das Handy in seiner Tasche. Er schob Ellis sachte zur Seite, um an die Tasche zu gelangen. Eine Nachricht von Loni Schneider. Ellis richtete sich auf und sah ihn an. „Die anderen?"

„Ja. Weiter geht's!", sagte er und stand von der Bank auf.

„Nicht so schnell. Wo sind sie denn gerade?"

„Centre Pompidou", sagte er und kehrte dem Park den Rücken.

Mit einem Stadtplan in der Hand suchte Hans den kürzesten Weg zum Centre Pompidou. Ellis folgte ihm wortlos.

Erst als sie ein trocken gelegtes, weitläufiges Wasserbassin vor einer Kirche erreichten, das von knallbunten Skulpturen geschmückt war, blieb Hans stehen. „Strawinskybrunnen", las er auf dem Stadtplan und machte „Hm."

Als er sah, dass die auffällige Fassade des Musée Pompidou bereits in Sichtweite war, setzte er sich wieder in Bewegung und marschierte geradewegs in dessen Richtung. An der Ecke des Museums blieb Hans stehen und blickte über den Platz.

„Hier müssen sie irgendwo sein."
„Mich darfst du nicht fragen, ich bin alles andere als weitsichtig."
Angestrengt sprangen Hans' Augen von Gruppe zu Gruppe. Der gesamte Platz war bevölkert von Menschen, die aus dem Museum kamen oder sich auf dem Weg dorthin befanden.
Ellis begann zu lachen.
„Was ist so lustig?"
„Du merkst es nicht, oder?"
Hans sah sie fragend an.
„Sie sind ganz in der Nähe!"
„Wie kommst du darauf?"
Ellis betrachtete ihn schmunzelnd mit ihren gutmütigen Augen. „Du hast die besseren Augen, aber ich definitiv das feinere Gehör."
Hans lauschte in das Rauschen hinein, das Rauschen der sich permanent bewegenden Rolltreppen in den Tuben des modernen Museumsbaus. Jetzt hörte er es. Der Wind trug immer wieder Fetzen eines leisen Akkordeonspieles an sein Ohr.
„Ja, diese Musik kommt mir bekannt vor."
Sie folgten den Klängen und entdeckten unter einer der großen, aus dem Erdreich ragenden Entlüftungsrohre den Musiker mit der beigen Kappe und seinem Akkordeon. Marie, Loni Schneider und Sebi saßen vor ihm auf den Stufen, einige Passanten lauschten seiner Musik und warfen Münzen in den Akkordeonkasten.
Der Trompetenspieler vom Sacre Coer war ebenfalls zugegen. Er öffnete gerade einen schmalen Instrumentenkasten. Statt einer Trompete holte er eine Ukulele hervor.
Loni Schneider winkte.
„Seid ihr schon länger da?", fragte Hans.
„Eine gute Stunde", sagte Loni Schneider. „Es war Maries Idee, da sich hier tagsüber mehrere Musiker treffen. Wie du

siehst, ist Baptiste auch wieder dabei. Da haben sich zwei gesucht und gefunden."

„Mir scheint überhaupt, dass Paris ein gutes Pflaster für Akkordeonspieler vom Land ist."

Loni Schneider lächelte. „Marie hat uns heute übrigens noch ein Sightseeingprogramm zusammengestellt, das dir auch gefallen könnte. Wir wollen später noch eine Rundfahrt auf den Bateaux Mouches machen."

„Bateaux was?", fragte Hans.

„Das sind die Ausflugsschiffe an der Seine", erklärte Ellis.

„Das klingt fabelhaft."

Sie setzten sich und sahen Baptiste zu, der seine Ukulele stimmte, während Stefan seine bekannten Melodien spielte. Die beiden tauschten einen Blick aus, Baptiste begann, rhythmisch die Beine zu bewegen, nickte im Takt mit dem Kopf und setzte schließlich inmitten der Melodie mit seinem Saiteninstrument ein.

Der Übergang war fließend und die Melodien der unterschiedlichen Musikinstrumente griffen sofort ineinander. Marie stieß einen jauchzenden Schrei aus und klatschte in die Hände. Es dauerte nur wenige Augenblicke, bis sich eine Gruppe von Schaulustigen um die beiden scharte.

„Schau in sein Gesicht", Loni Schneider zupfte Hans sanft am Ärmel. „Schau, wie glücklich er ist."

Stefan spielte mit einem breiten Lächeln, aber seine Augen ruhten auf Marie, die jeder Bewegung seines Klangkörpers mit ihrem Blick folgte.

„Glaubst du, dass die beiden eine Chance haben?", fragte Hans.

„Wie meinst du das?"

„Ich meine, sie sprechen weder eine gemeinsame Sprache, noch wohnen sie nah genug, um sich auch nur einmal die Woche zu besuchen."

„Sie sind verliebt."

„Hattest du schon einmal einen Urlaubsflirt?"

„Natürlich."

„Warst du verliebt?"

Sie nickte.

„Warum bist du mit ihm nicht mehr zusammen?"

Loni Schneider schwieg.

„Und du?", fragte sie.

Hans schluckte.

„Und ich?"

„Bist du verliebt?"

Hans warf einen Blick auf Ellis, die einige Meter entfernt außer Hörweite saß.

Loni Schneider sah ihn herausfordernd an.

„Schau mich an, was denkst du?", sagte er und rang sich ein mühsames Lächeln ab.

„Ich denke, du versuchst es, du bist sozusagen bemüht verliebt", sagte sie und ihre grünen Augen sahen ihn an, ohne zu zwinkern. „Ich habe einen anderen Hans Wegmann erlebt. Im Sommer. Auf den Festivals. Da warst du anders. Glücklicher. Ich denke, du möchtest etwas erzwingen."

„Aber was?", fragte er sich und sagte: „Ich habe auch allen Grund, nicht glücklich zu sein. Ich finde, ich bin, den Umständen entsprechend, fast ausgelassen."

Loni Schneider lachte.

Sie senkte ihr Bein, bis sich ihre Schenkel berührten. Dies war wohl Loni Schneiders Art zu sagen, Ich mag dich, dachte er. Und fühlte sich im selben Moment nicht mehr bemüht verliebt.

Die Schwüle über dem Platz wurde drückender. Hans fühlte sich ruhig, zog die Schuhe aus und betastete mit den Sohlen den warmen Asphalt. Er lauschte der Musik und sah den Menschen zu, die wie Blutkörperchen durch eine entspannte Ader auf der Rolltreppe durch die Röhren des Museum fuhren.

Nach einer Weile schlug Baptiste vor, den Standort nach Notre Dame zu verlagern, da er dort Stefan weitere Musiker vorstellen wollte. Die Kathedrale war in einem kurzen Spaziergang zu erreichen und Hans freute sich darauf, Notre Dame endlich aus der Nähe zu sehen.

Die Stadt schien in der Augusthitze zu schlummern. Nur die Touristen wurden nicht müde, von Sehenswürdigkeit zu Sehenswürdigkeit zu wandern. Sie näherten sich der Kathedrale von der Rückseite über eine Brücke, die zunächst auf die Ile St. Louis und schließlich auf die Ile de Cite führte. Hans hatte die Kathedrale noch nie von hinten gesehen und fand diese Ansicht fast reizvoller als die bekannte Postkartenansicht.
Vor dem Turm reihten sich zahllose Touristen in eine lange Schlange.
„Wieder eine der Sehenswürdigkeiten, die wir wohl nie sehen werden", sagte Loni Schneider.
Auf dem Platz vor der Kathedrale gesellten sich Stefan und Baptiste zu zwei Mädchen, die ebenfalls Ukulele spielten. Die anderen suchten sich einen Platz im Schatten und beobachteten die Musiker, wie sie zu viert Lieder von Beirut spielten und auch hier für einen Menschenauflauf sorgten.
Eine Viertelstunde später kam Stefan zurück. Er hielt seine Mütze in der Hand, bis an den Saum gefüllt mit Münzen und Geldscheinen.
„Wenn es reicht, lade ich euch auf die Bootsfahrt ein", sagte er. „Wenn nicht, dann nur die Mädchen!" Er lachte.
Baptiste verabschiedete sich, er blieb auf dem Platz bei den Ukulele spielenden Mädchen zurück. Sie verließen Notre Dame und suchten nach der nächstgelegenen Metrostation. Von der Cite aus fuhren sie zurück zum Chatelet und von dort mit der 1 bis zum Champs Elysee.
Ein erstes Mal an diesem Tag sehnte er sich nach einem Sitzplatz, seine Füße hatten ihn durch halb Paris getragen. Dann kam der Eiffelturm in Sichtweite und die Vorfreude war größer als der Schmerz der Füße. Paris war zu großartig, um tatenlos in irgendwelchen Cafés zu sitzen.
Sie gingen die Uferpromenade entlang und betrachteten die Ausflugsschiffe, die an den Docks aneinandergereiht vor Anker lagen.
Marie, die die Führung der Gruppe übernahmen, bewies ein gutes Händchen für Timing und sie gehörten zu den ersten,

die auf das Schiff gelassen wurden und konnten sich ihre Plätze frei wählen. Sie setzten sich auf dem Oberdeck vorne an den Bug.

Das Ausflugsschiff füllte sich bis auf den letzten Platz. Die hinteren Plätze im Heck waren von Schulklassen besetzt, offensichtlich auf Klassenfahrt. Im mittleren Teil des Schiffes saß eine asiatische Reisegruppe, die Hans früher für Japaner gehalten hatte, seit Chinas Wirtschaftsaufschwung war es ihm allerdings unmöglich, ihre Herkunft zu erraten. Ihre Kameras waren japanisch.

Das Schiff setzte sich in Bewegung. Hans freute sich vor allem, eine Stunde sitzen zu dürfen und sich unterhalten zu lassen. Er hatte keine Muße mehr für die Schönheit der Stadt, Loni Schneider saß in der Bankreihe vor ihm und er betrachtete ihr Haar, das sich im aufkommenden Fahrtwind bewegte. Einmal drehte sie sich kurz um, als wollte sie sicherstellen, dass ihre Gefährten noch hinter ihr waren. Sie sah ihn hinter einer stirngroßen Sonnenbrille an und lächelte.

Eine kaum verständliche Stimme vom Band erklärte auf Französisch und Englisch die Sehenswürdigkeiten, die in erster Linie aus Brücken bestanden. Hans schloss die Augen und ließ den Wind Loni Schneiders Haarspitzen gegen seine Wangen wehen.

Hans war müde. Er hatte Nacht für Nacht ausreichend geschlafen, aber die drückende Hitze und das Fehlen der schattigen Bäume auf dem Wasser machten ihn schläfrig. Er wandte sich nach Ellis, doch sie war hellwach und betrachtete mit aufmerksamen Blick die Bauwerke links und rechts der Seine.

Die Fahrt begann bedächtig. Das Bateaux Mouche schipperte durch die Ponte Alexandre, vorbei am d'Orsay, vorbei am Louvre. Als sich das Schiff der Pont Neuf näherte, veränderte sich etwas an Bord und Hans riss die Augen auf. Die Japaner wurden unruhig. Ein erster schlich zum Bug, bat höflich um Verzeihung und machte Fotos. Seine Landsleute begannen, miteinander zu flüstern. Der Asiate rief einen

Begleiter nach vorne, und ließ sich von ihm fotografieren. Der Begleiter seinerseits machte Fotos mit seiner Kamera und ließ sich vom anderen fotografieren. Im mittleren Schiffsteil schwoll eine nervöse Unruhe an und Hans sah staunend dabei zu, wie der restlichen Reisegruppe ihre fernöstliche Höflichkeit abhandenkam. Einer nach dem anderen stürmte drängend nach vorne. Die ersten langsam, bedächtig, mit dem Seegang schwankend. Bald, als die Zahl der Asiaten am Bug wuchs, rascher und aufgeregter. Je schwieriger es wurde, das gewünschte Motiv ohne einen Landsmann im Bild abzulichten, desto lauter und unwirscher wurde die Reisegruppe. Ellis stupste Hans an. „Das sollte man eigentlich filmen", sagte sie.

Zeitgleich begannen einige der Schüler, unter jeder Brücke, die das Schiff durchquerte, laut zu brüllen. Der Widerhall verstärkte den Schrei und andere Klassenkameraden folgten dem Beispiel. Als das Schiff die Pont Neuf durchfuhr, schwoll das Rufen und Kreischen der Schüler, die über unzählige Sitzreihen hintereinander saßen, zu einer nicht enden wollenden Welle der Euphorie an.

Als sich das Schiff Notre Dame näherte, zwängte sich die gesamte asiatische Reisegruppe gegen den Bug des Schiffes. In artistischen Verrenkungen, an den chinesischen Staatszirkus erinnernd, bogen und streckten sich die Asiaten, um die Kathedrale ohne einen fremden Kopf abzulichten oder mit dem, die Finger zum V geformten, Partner. Als die ersten Chinesen umkippten und Kameras zu Boden fielen, beschimpften sich die panischen Japaner oder Chinesen und die angespannte Nervosität brach sich ihren Bann.

Marie deutete auf die Asiaten.

„Das ist eine der typischen chinesischen Reisegruppen", übersetzte Loni Schneider. „Sie haben ein Pauschalangebot: Europa in zwei Wochen. Sie haben für eine Stadt wie Paris nur etwa sechs Stunden Aufenthalt, ehe es nach Rom oder Berlin weiter geht. In diesen sechs Stunden müssen sie alles dokumentieren, weil diese Reisen ein Schweinegeld kosten.

Und wer kein Foto von Notre Dame hat, der war faktisch nicht da. Und außerdem sind die, wie man sieht, derart gestresst, dass sie sich während der Reise sowieso nichts merken können und erst zu Hause in Hongkong oder wo auch immer checken: Ah, ich war sogar am Eiffelturm!"
„Das hört sich ja fürchterlich an", sagte Ellis. „So ungefähr, wie wenn man weiß, man hat nur noch zwei Wochen zu leben und möchte in diesen zwei Wochen noch möglichst viel von der Welt sehen."
„Das tun sie auch", sagte Loni Schneider. „Sie sind ja offensichtlich da. Aber irgendwie auch nicht. Schau sie dir an, ich glaube, da ist keiner darunter, der die Reise genießt."
„Trotzdem", sagte Hans. „Lieber kurz dagewesen sein und für immer die Fotos zu haben, als nie in Paris gewesen zu sein."
Loni Schneider zuckte die Achseln.
Hans war des Schiebens und Schubsens der Chinesen bald überdrüssig und betrachtete das Ufer. An den Quais der Ile de Cite lagen braungebrannte Sonnenanbeter. Andere sprangen platschend in die Seine. „Dazu hätte ich auch Lust", sagte er und deutete auf einen der Schwimmer. „Bin sofort dabei", sagte Loni Schneider. „Lass uns in die Seine springen! Sofort! Hier und jetzt!" rief sie und machte Anstalten, die Schuhe auszuziehen.
Hans zögerte.
„War ja klar. Er kneift wieder, wie immer, wenn es darauf ankommt" murmelte Loni Schneider und zog ihre Schuhe wieder an.
Die Jungs lachten hämisch.
Hans wollte etwas entgegnen, da hörte man, von Notre Dame her, die Musik eines Trompetenspielers.
„Das ist ja Baptiste!", rief Sebi und sprang auf. Baptiste saß, Badehose tragend, die Beine über die Betonmauer baumelnd, am Quai und spielte auf seiner Trompete. Stefan und Marie sprangen auf, winkten wild gestikulierend und riefen Baptistes Namen. Er hörte sie, winkte zurück und wechselte sein Stück sofort auf das Thema der Amelie, als

wäre es eine geheime Hommage unter Musikern, die immer erklang, wenn Stefan in der Nähe war. Baptiste war noch immer in Begleitung der beiden Ukelelespielerinnen, die in Bikinis auf Badetüchern auf dem Beton lagen und gar nicht mehr wie brave Musikerinnen aussahen.
Sie fuhren an der Kathedrale vorbei und Hans hätte gerne selbst einige Fotos geschossen, aber es war unmöglich, über die wie Schiffbrüchige vor ein Rettungsboot drängenden Chinesen hinweg zu fotografieren.
Das Ausflugsschiff folgte der Seine bis auf Höhe der Jardin du Plants, dann wendete es in einem bemerkenswerten Manöver, das drei Dutzend asiatischer Kameras aus sämtlichen Blickwinkeln dokumentierten.
Auf dem Rückweg nahm das Schiff die Route rechts, an der Ile St. Louis vorbei. Hans hätte gerne Baptiste und die hübschen Ukelelespielerinnen noch einmal gesehen.
Als sie am Ende der Ile de Cite die bereits altbekannte Aussicht auf das Seineufer erreicht hatten, fielen Hans die Augen zu und er wehrte sich nicht gegen einige Minuten Sekundenschlaf. Er befand sich auf einem Schiff, vor ihm Loni Schneiders noch immer nach Shampoo duftender Kopf, neben ihm Ellis' beruhigender Körper, der sanft an seinem lag.
Erst als das Schiff die Quais, in denen es vor Anker gelegen hatte, passierte und noch flussabwärts Richtung Eiffelturm fuhr, riss Hans die Augen wieder auf und betrachtete die Uferpromenaden. Der Eiffelturm wurde noch größer, als er es aus jeder Perspektive der Stadt ohnehin war. Ein erstes Mal sah Hans die feinen Verästelungen der Stahlkonstruktion, nie zuvor war er sich der Feingliedrigkeit dieses Bauwerks bewusst gewesen. Er fragte sich, ob Paris noch dieselbe Stadt wäre, wenn sie den Turm nach der Weltausstellung, wie geplant, abmontiert hätten.
Er beobachtete gleichzeitig die Menschenmassen, die sich um den Turm scharten und in Reih und Glied standen, um mit dem Lift oder zu Fuß die Plattformen zu erreichen.
„Habt ihr das Bedürfnis, dort oben zu sein?"

„Ich war schon oben", sagte Loni Schneider.
„Von oben sieht man ja nichts mehr vom Turm", sagte Ellis.
„Muss nicht unbedingt sein. Aber ich muss ja auch nicht ins Louvre oder irgendwelche Bilder anschauen", fügte Sebi hinzu.
Eine Durchsage erläuterte, dass das Schiff aufgrund von Bauarbeiten an der Seine die Freiheitsstatue nicht anlaufen könne. Die chinesischen Touristen kreischten auf, als hätten sie vom Tod eines Familienangehörigen erfahren, begannen aber sofort, weiter zu filmen, als das Schiff auf Höhe des Eiffelturmes das Wendemanöver startete.
Es war erst halb Vier, als sie an die Docks zurückkehrten. Ellis schlug vor, zurück zu fahren und sich auszuruhen, bevor es mit dem Abendprogramm weiter ging. Aber Sebi und Stefan bestanden darauf, in Richtung Eiffelturm zu fahren. „Wer weiß, ob wir jemals wieder nach Paris zurückkehren." „Wir haben noch drei ganze Tage", entgegnete Ellis. „Aber wir sind jetzt da. Und außerdem bin ich morgen vielleicht krank. Oder tot. Oder einfach zu müde, um noch einmal hier raus zu fahren", sagte Sebi.
„Ich muss nicht auf den Turm rauf", sagte Hans. „Wenn du möchtest, können wir uns ja in ein Café setzen und auf die anderen warten."
Ellis nickte.
Sie fuhren mit der Metro bis zur Haltestelle Trocadero. Hans hielt nach einem Café Ausschau, aber es war weit und breit keines zu entdecken. Keines, dessen Preise für ihn bezahlbar gewesen wären. Ein mobiler Eisverkäufer verlangte drei Euro für eine Kugel Eis. Ellis folgte der Gruppe stumm, mit versteinertem Gesichtsausdruck.
Sie erreichten eine große Aussichtsplattform, von der aus der Turm in seiner ganzen Größe anzuschauen war und sie fotografierten sich gegenseitig.
„Seht ihr, wie viele Menschen da unten anstehen?", fragte Loni Schneider und deutete auf die Touristenmassen, die sich wabernd im Schatten des Turmes bewegten. „Ehrlich

gesagt, habe ich keine Lust, mich stundenlang anzustellen."
„So wichtig ist es mir auch nicht", sagte Sebi.
„Wir könnten uns ja in sein gemütliches Café setzen", erwiderte Ellis mit einer Prise Sarkasmus in ihrer Stimme.
„Das ist wie eine Wüste", sagte Hans. „Kein einziges gemütliches Café weit und breit und die wenigen Stände verlangen Preise, als wäre die Hyperinflation ausgebrochen."
Marie schlug etwas auf Französisch vor. Loni Schneider übersetzte: „Marie meint, wir sollten einfach nach Hause fahren, uns etwas ausruhen und am Abend würde sie uns einige Orte zeigen, an denen die Amelie gedreht wurde."
„Ach, das ist ja eine tolle Idee", seufzte Ellis.
Wortkarg fuhr die Gruppe wieder zurück zur Avenue de Clichy, wo jedes Paar für sich hinter einer verschlossenen WG Türe verschwanden.
Hans legte sich neben Ellis. „Entschuldige. Das war wohl ein bisschen viel heute", sagte er.
„Nicht heute. Gestern! Und vorgestern! Das alles ist ein bisschen viel."
„Wenn du möchtest, können wir den Tag morgen so gestalten, wie du es möchtest."
„Mach keine Versprechungen, die du nicht einhalten kannst. Du hältst es doch keine Stunde in Paris aus, ohne etwas Großartiges unternehmen zu müssen."
„Doch."
„Oder ohne dabei zu sein, wenn die anderen etwas ‚Großartiges unternehmen."
Hans schluckte.
„Doch", sagte er.
„Natürlich würde es mich freuen, nur mit dir etwas zu unternehmen. Und zwar etwas Ruhiges. Paris rast nur so an mir, und übrigens auch an dir, vorbei, dass am Schluss vielleicht gar nichts in Erinnerung bleibt."
„Morgen bist du meine Prinzessin und ich dein treuer Diener", versprach er.
Sie schloss lächelnd die Augen und schlief kurz darauf ein.

Hans fixierte einen Wasserfleck an der Decke. Paris war ein Festival. Es verfügte über ein unfassbares Angebot an Sensationen, man konnte den ganzen Tag oder die ganze Nacht damit zubringen, Kultur zu konsumieren oder man konnte dieselbe Zeit auch nur feiern, oder schlafend im Zelt oder Bett zubringen. Ellis nutzte jede freie Minute, um zu schlafen. Hans lag neben ihr mit weit aufgerissenen Augen und dachte über sie, über das Mädchen im Nebenzimmer und über das Leben im Allgemeinen nach. „Paris is a bitch and then you marry", war auf eine Häuserfront im Marais gesprayt worden. In seinem früheren Leben wäre es perfekt gewesen, neben diesem Mädchen liegen zu dürfen. Diesem Mädchen, das die Attribute „gut", und „schön" in sich vereinigte. Perfekt, ihr zuzusehen, wie sich ihre Brust regelmäßig hob und senkte und ihr Gesicht zu betrachten, wie es glatt und friedlich auf dem Kissen lag. Wenn es Paris, die Bitch, das Mädchen nebenan und den verdammten Frühling zuvor nicht gäbe, würde er das gute Mädchen küssen, mit ihr schlafen, sie heiraten. Aber jetzt war sein Leben ein Konjunktiv und er wartete auf ein Zeichen, das ihm einen Wink gab, was er tun sollte.

Etwas regte sich in der Wohnung. Die Wasserleitung der Dusche, die Lebensader der Wohnung, begann zu pumpen und zu ächzen und im Vorraum klapperten Gläser. Hans deckte Ellis zu und stand auf.

Die anderen sahen aus, als hätten sie nicht geschlafen und wenn, dann miteinander oder würden es später noch in der Dusche tun. Loni Schneider und Marie waren seltsam aufgekratzt.

Ellis schlief weiter. Sie stand erst auf, kurz bevor sie die Wohnung verließen.

## Wunderbare Welt

Sie fuhren mit der Metro Richtung Montmartre und bis zur Station Jaures. Die Mädchen kicherten, nur Ellis blieb schweigsam.
Hinter dem Montmartre wurde die Untergrundbahn zur Hochbahn. Die Haltestelle Jaure befand sich auf einer Stahlkonstruktion hoch über der Straße. Hans sah hinunter. Es war ein belebtes, heruntergekommenes Viertel. Sie folgten der verschlungenen Verästelung der Treppen nach unten und überquerten die vielbefahrene Straße. Auf der anderen Seite war der Canal St. Martin mit seinem breiten Becken, begrenzt von hohen Betonmauern, befahren von Schiffen.
Hans sah sich um. Das Viertel kam ihm trostlos vor, die Häuser grau vom Ruß der Dieselfahrzeuge, die wenigen Bäume triste Farbtupfen in einem farblosen Industriegemälde. Davor Ellis, mit zusammengekniffenen Lippen, über das Wasser starrend.
Neben ihr Marie, gut gelaunt. Sie hielt Stefan fest in ihrem Arm und redete auf Loni Schneider ein.
„Man hat dem Regisseur der Amelie vorgeworfen, dass er nur einen Postkartenausschnitt vom Montmartre zeigt", übersetzte Loni Schneider. „Wenn man sich umsieht, möchte man dem gerne zustimmen. Marie meint aber, die große Kunst sei es, diese Welt mit den Augen der Amelie zu sehen. Und Amelie hat selbst in diesem traurigen Viertel noch einen wunderschönen Flecken entdeckt. Und da gehen wir jetzt hin."
Marie wartete, bis Loni Schneider fertig übersetzt hatte. Sie nickte und ging voraus, links den Canal St. Martin entlang.
Sie gingen an einer Gruppe Menschen vorbei, die in einer langen Schlange vor einem mobilen Wagen standen. „Das ist eine Armenspeisung", übersetzte Loni Schneider. Hans sah sich um und entdeckte an den Gebäuden Referenzen

an sozialistische Leitfiguren. „War das früher das Arbeiterviertel?", fragte er. Loni Schneider zuckte die Schultern.
Sie gingen an einem großen, leer stehenden Gebäude vorüber. Die Fenster waren eingeworfen, Glasscherben lagen auf der Straße. Die meisten der Menschen auf der Straße waren Schwarze.
„Jetzt sind wir definitiv im Paris abseits der Touristenpfade angekommen", sagte Hans zu Ellis.
Sie sah ihn ausdruckslos an und zuckte mit den Mundwinkeln.
An der nächsten Kreuzung wechselten sie die Seite und spazierten auf der anderen Uferseite weiter. Der Kanal verengte sich und mündete in eine Schleuse, an der links und rechts des Ufers schattenspendende Laubbäume wuchsen.
Die kleine Schleusenanlage war die zweite Oase mitten in der Großstadt dieses Tages. Marie blieb stehen und schaute ihre Reisegruppe erwartungsvoll an.
„Das ist es?", fragte Sebi ungläubig.
Hans tauschte einen Blick mit Stefan aus. „Du hast den Film sicher hundertmal gesehen. Kannst du dich an diese Schleuse erinnern?"
„Ich hab, ehrlich gesagt, nur immer Augen für die Musik gehabt", antwortete er.
„Das ist die Schleuse, wo Amelie die Steine springen lässt", sagte Loni Schneider.
Hans erinnerte sich an die Szene. Er hatte einen blau schimmernden Fluss in der Stadt im Kopf, der kilometerlang, wie eine Allee von Weiden gesäumt war und auf dem Seerosen wuchsen, die Monet kaum schöner hätte malen können. In Wirklichkeit gab es nur diesen winzigen malerischen Ausschnitt, mitten in einem grauen Arbeiterviertel.
„Das war es schon?", fragte Sebi ungläubig. Ellis schwieg.
„Ich finde es schön", sagte Hans.

„Du findest es ja auch schön, fünf Stunden durch ein Museum zu laufen", entgegnete Sebi.
„Nicht, weil es dort schön ist, sondern, weil dort Schönheit ist. Man muss sie nur sehen."
„Mir genügt eine Schönheit", sagte Sebi, nahm Loni Schneider bei der Hand und küsste sie auf den Mund. Loni Schneider schloss die Augen und lächelte.
Sie wanderten das Ufer wieder zurück. Marie verzog das Gesicht, weil die anderen enttäuscht waren, Hans ärgerte sich, dass Ellis keine Gefühlsregung mehr zeigte, nur Loni Schneider grinste ohne Pause und Hans fragte sich, wieso.
Zurück an der großen Kreuzung überquerten sie die Straße und Marie zeigte ihnen eine geschwungene Fußgängerbrücke, über eine Schleuse. Sie führte zu einem Biergarten und bot auf der einen Seite einen Blick auf die Schleuse und auf der anderen Seite den Kanal, der in ein weites Bassin mündete, das Hans an die Innenalster in Hamburg erinnerte.
Sie standen auf der Brücke und sahen zu, wie ein Boot langsam einen Meter nach oben gewässert wurde. Es war ein schmales Privatboot, auf dem junge Leute entspannt auf Sesseln an Deck saßen und Wein tranken. Hans deutete lachend auf einen Jungen mit einer Kapitänsmütze auf dem Kopf.
„Schaut mal, der Kapitän ist stockbesoffen!"
„Nehmt mich mit!" rief Loni Schneider auf Französisch. Sie winkte den Jungen zu, die ihr mit Pfiffen und Begeisterungsrufen antworteten.
Sie winkten ihr auffordernd zu, sie solle zu ihnen herunter kommen. Loni Schneider entgegnete einen Satz, der die Jungs und Marie schallend lachen ließen. Hans ärgerte sich, dass er kein französisch konnte.
„Hast du ihnen gerade irgendwas mit ‚Schwanz' zugerufen?", fragte Sebi. „So viel Französisch kann sogar ich. Was hast du denen denn gesagt?"
Loni Schneider schüttelte vergnügt den Kopf. „Das willst du nicht wissen."

Der Junge mit der Kapitänsmütze nahm die Mütze vom Kopf, wedelte sie durch die Luft und rief immer wieder zwei Worte.

„Tja, sie wollen tatsächlich, dass ich mit komme", sagte Loni Schneider und warf den Jungen Kusshände zu.

Eines der Mädchen boxte den Jungen mit der Kapitänsmütze in die Seite und richtete den Mittelfinger auf Loni Schneider.

Loni Schneider richtete lachend einen weiteren französischen Satz an das Mädchen.

Die Jungen schrien begeistert auf, selbst das Mädchen rief anerkennend „Oh la la!"

Marie schüttelte mit weit aufgerissenem Mund und Augen den Kopf, als traute sie ihren Ohren kaum.

„Leute, wir gehen jetzt lieber, sonst wird es hier noch sehr, sehr heiß", sagte Loni Schneider.

Die Schiffspassagiere riefen bedauernde Worte, als Loni Schneider ihnen den Rücken kehrte.

Sebi packte sie bei den Hüften, zog sie eng an sich und gab ihr einen Zungenkuss. „Mit dir hab ich mir vielleicht einen Wildfang angelacht", sagte er und ließ sie nicht mehr los, bis sie außer Sichtweite des Schiffes waren.

Mit der Metro fuhren sie zurück bis zur Haltestelle Pigalle. Marie sagte, dass sie ihnen noch etwas am Montmartre zeigen wolle, versprach aber, danach ein Restaurant zu suchen, um zu Abend zu essen.

Sie fuhren bis zur Haltestelle Lamarck – Caulaincourt.

Die Haltestelle war eine der tiefsten in ganz Paris und die Luft war trocken wie in einem Bergwerk. Vor dem Lift standen mehrere Menschen und warteten, also gingen sie zu Fuß. Als sie durch ein schmales Treppenhaus Stufe für Stufe nach oben nahmen, verstand Hans, warum so viele lieber auf den Lift warteten, anstatt zu Fuß zu gehen. Die Treppe wollte nicht enden und es fühlte sich an, als liefen sie ein Hochhaus hinauf bis zur Aussichtsplattform.

Als sie die Oberfläche erreicht hatten, standen sie inmitten eines kleinen Platzes auf der Rückseite des Montmartre.

Links von ihnen eine kleine Brasserie, vor ihnen die Straße und eine schmale Gasse, die den Berg hinab führte. Nach einigen Schritten bat sie Marie, sich umzudrehen. Sie blickten auf das kunstvoll geschmiedete Portal, das auf die Metro verwies. Hinter dem Metroaufgang führten zwei parallel verlaufende, hinter dem Eingang sich vereinigende Treppen den Montmartre hinauf.

„Das ist eine der Metrostationen aus dem Film", übersetzte Loni Schneider. Sebi warf Hans einen skeptischen Blick zu.

„Sag nichts. Dir gefällt es", brummte Sebi und Hans nickte.

„Also ich habe jetzt Hunger, können wir die Touritortur jetzt offiziell beenden?", fragte Sebi.

„Irgendwelche Vorschläge, wo wir Essen gehen könnten?"

„Wir könnten wieder zum Place du Tertre gehen", sagte Loni Schneider.

„Laufen wir einfach mal los", schlug Stefan vor. „Es ist ja nicht so, dass es in Frankreich schwer ist, etwas zu Essen zu finden."

Ohne ein konkretes Ziel schlenderten sie durch die Gassen. Marie wusste, in welcher Himmelsrichtung der Place du Tertre lag, aber den kürzesten Weg kannte sie nicht.

„Ich hab Hunger", murrte Loni Schneider.

Sie gingen an zahllosen Cafés vorbei, aber ein Restaurant war keines darunter.

Da der Place du Tertre mitten auf dem Montmartre lag, folgten sie den ansteigenden Wegen, gelangten bald in ein Wohnviertel mit reich verzierten Villen.

Als die allgemeine Laune umzukippen drohte, passierte einer dieser Zufälle, die Hans sein Leben lang wiederfuhren und die er als unerklärliche aber wundervolle Geschenke des Lebens ansah.

Loni Schneider, die nörgelnd der Gruppe vorausging und fest entschlossen war, in das nächstbeste Café einzukehren, stand plötzlich vor einem offenen Tor, das in einen von einer hohen Mauer umgebenen Garten führte.

Auch Hans' Neugier war größer als sein Hunger und er folgte Loni Schneider in den Garten. Es war ein mit

zahllosen Büschen und kleineren Bäumen bepflanzter Hang, voll verwachsener Verstecke für Verliebte und kleinen Lauben. Die untergehende Sonne schien weich auf das Grün. Ein Pärchen saß auf einer Bank, trank Rotwein aus einer Flasche, sie küssten sich atemlos und hörten auch nicht auf, als Marie sie auf Französisch grüßte.
Sie setzten sich auf dem höchsten Punkt der Anlage auf eine Bank. Hans schaute nach unten. Zwischen den Baumkronen eingerahmt, sah man die in der Luft flirrenden Dächer von Paris. Die Aussicht war eingerahmt von zwei Bäumen, durch deren schweres grünes Blattwerk sich das Licht brach.
Hans betrachtete das Lichtspiel und dachte an Renoir.
Der Ort war umfangen von einem unbestimmten Zauber, der ihn trunken machte, fast verliebt. Er fasste nach Ellis' Hand und spürte ihre warme Haut. Ihr Gesicht blieb versteinert, aber sie sah nicht unglücklich aus.
Sebi räusperte sich und war im Begriff, einen Satz auszusprechen, der die drückende Schönheit dieses Ortes gemildert hätte, als sich Loni Schneider eng an ihn schmiegte und seufzte. Er zuckte mit den Mundwinkeln und behielt seinen Gedanken für sich.
Marie und Stefan küssten sich innig. Wie schade, dass er sein Akkordeon nicht mitgenommen hatte, dachte Hans.
Gern wäre er bis tief in die Nacht an diesem Ort geblieben. Schließlich tauchte ein wütender Franzose auf, der das andere Pärchen verscheuchte und wüste französische Worte in die grillenzirpende Abendstimmung brüllte. Loni Schneider lieferte sich ein kurzes Wortgefecht mit dem Mann, das sie verlor.
„Das ist ein privater Garten und wir müssen gehen", sagte sie enttäuscht.
Auf der anderen Seite des Eisentores versuchte das andere Pärchen, zurück in den Garten zu gelangen. Aber die Mauer war zu hoch und die beiden verschwanden in der Gasse.
„Was für eine Entdeckung", sagte Hans. „Loni, ich bin beeindruckt über dein feines Näschen für schöne Plätze."

Sie nickte. „Was für ein blasiertes Arschloch! Wie kann so einem Idioten so ein schönes Grundstück gehören?"
„Ich wär auch noch gerne dort geblieben. Aber ist es nicht entscheidend, dass wir da waren? Ich bin sicher, wenn wir uns in vielen Jahren an Paris zurück erinnern, dann werden wir an diesen Garten denken."
Loni Schneider lächelte.
„Ellis, hast du das Licht gesehen, wie es die Blätter hellgrün durchleuchtet hat und durch die Blätter hindurch blitzte? Hat es dich auch an dieses Bild von Renoir erinnert?"
Ellis zuckte die Achseln.
„Was ist los?", fragte er. „Bist du sauer auf mich?"
Sie schüttelte den Kopf.
„Aber du sprichst nichts mehr, du starrst vor dich hin, was ist los mit dir?"
„Was los ist? Hey, du hetzt mich durch halb Paris, ach was, durch ganz Paris, von Osten nach Westen und wieder zurück und das seit drei Tagen. Und jetzt fragst du, was los ist? Ich sterbe vor Hunger, mein Magen knurrt, meine Füße haben Blasen und erwarte jetzt bitte nicht, dass ich in Jubelarien ausbreche, weil Loni Schneider einen", sie räusperte sich, „schönen Ort entdeckt hat. Die Schönheit geht mir gerade am Arsch vorbei, wie dein Scheiß Renoir. Welches Bild meintest du eigentlich?"
Ellis blieb stehen und starrte auf eine Windmühle, die wie aus dem Nichts in der Gasse aufgetaucht war.
„Le Moulin de la Galette", sagte Marie.
„Ich fass es nicht", sagte Ellis und lächelte ein erstes Mal an diesem Abend. „Da steht tatsächlich noch eine Windmühle rum."
„Und die Mühle ist auch noch ein Restaurant" sagte Loni Schneider. „Wenn das kein Zeichen ist."
Sie warfen einen Blick auf die Preise der aushängenden Speisekarte.
„Das ist zumindest ein Zeichen", sagte Sebi und schüttelte den Kopf.

„Marie kennt ein kleines Restaurant an der Rue Lepic, in dem man sehr gut essen kann und die Preise bezahlbar sind", sagte Loni Schneider.
„Wie weit ist das noch?", fragte Sebi.
„Hast du auch so Hunger?", fragte Ellis. Sebi schüttelte den Kopf: „Aber wenn ich nicht gleich einen Schnaps bekomme, bin ich unter Pegel und das wollt ihr alle nicht erleben", antwortete er lachend.
Marie führte die Gruppe den sich am Montmartre entlang schlängelnden Weg zur Rue Lepic hinunter.
Das Restaurant, das Marie kannte, hieß „Un zebra de Montmartre" und wurde von einem noch jungen Paar geführt.
Es waren nur noch zwei Bistrotische frei und sie mussten eng zusammenrücken, damit sich alle sechs setzen konnten. Hans gefiel es auf Anhieb. Das Zebra war ein kleines, liebevoll eingerichtetes Restaurant. Auf der Straße flanierten Pariser und nur wenige gaben sich als Touristen zu erkennen. Auf dem Bordstein parkten Motorroller, die nach Westen offene Straße bot einen Blick auf den letzten hellen Streifen am Horizont, der den Einzug der Nacht ankündigte.
Die Speisen waren teurer als am Place du Tertre, dafür war der Wein deutlich preiswerter, wenn man ihn in Flaschen bestellte.
Die jungen Pariser am Nebentisch diskutierten leidenschaftlich. Sie unterhielten sich auf Englisch mit der Gruppe und gaben sich offen und freundlich. Es waren Literaturstudenten, die das Zebra als ihr Stammlokal gewählt hatten. Sie versprachen, dass das Essen gut sei, begnügten sich selbst aber mit Wein und Kaffee.
Der Hunger ließ die Konversation versiegen. Während sie auf das Essen warteten, tranken sie den Wein hastig wie Mönche, die sich während der Fastenzeit betrinken, als könnte ein Rausch ihren Hunger stillen.
Als das Essen auf großen Tellern auf die kleinen Bistrotische serviert wurde, stürzte sich jeder gierig darauf. Loni Scheider hatte sich zu ihrem Steak Pommes bestellt, die so schnell in

den Mündern ihrer Begleiter verschwanden wie die Weingläser leer waren.
„Hey, das sind meine Pommes!"
„Selbst schuld! Wie kann man auch die Königin des Fingerfood bestellen, wenn alle am Tisch vor Hunger halb krepiert sind", rief Sebi kauend.
Loni Schneider verzog das Gesicht, griff nach seinem Teller und fischte mit den Fingern in Sauce eingetunkte Erbsen heraus und steckte sie sich in den Mund.
Die Teller leerten sich und bald stellte sich ein Sättigungsgefühl ein, das primär vom schnellen Trinken des Weines erzeugt wurde, denn Hans Magen knurrte weiterhin. Vielleicht hatte er sein Fleisch so hastig verschlungen, dass es seinen Magen noch gar nicht erreicht hatte.
Nur halb zufrieden saßen er und die anderen am Tisch und fühlten sich, als hätten sie ein kleines Vermögen konsumiert, nur um ein Grundbedürfnis zu stillen und könnten sich nicht mehr daran erinnern, ob es gut, also das kleine Vermögen wert war.
Mit dem Wein schoss Hans eine schwere Müdigkeit in die Glieder. Seit er in Paris war, war er kein Nachtmensch mehr.
„Findet ihr nicht, dass Wein träge macht, während Bier dazu einlädt, Schnaps zu trinken und die ideale Ouvertüre zu großen Nächten ist?", fragte er.
„Meine große Nacht verbringe ich im Bett", sagte Ellis.
Hans war gespannt, welche Pläne Loni Schneider noch aus dem Hut zaubern würde. Aber sie nickte. „Ich muss auch nichts Großes mehr erleben heute. Und ihr?" Marie und Stefan schüttelten synchron den Kopf.
Hans war ein wenig erleichtert, dass er in dieser Nacht nichts verpassen würde. Aber da dämmerte ihm, warum Loni Schneider so schnell ins Bett wollte.
Sie zahlten und gingen beschwingt die Rue Lepic hinab. Auf halbem Weg blieb Marie stehen und deutete lachend auf ein Café.

„Marie sagt, sie hätte uns das wichtigste des heutigen Abends noch gar nicht gezeigt", sagte Loni Schneider. „Das ist das Café Deux Moulin, in dem die Amelie arbeitet."
„Echt? Audrey Tatou arbeitet hier?", lachte Sebi.
„Stimmt, das ist genau das Café aus dem Film", sagte Stefan. Sie blieben nur kurz. Im wirklichen Leben war es nur ein Café und vielleicht wäre er nicht einmal hinein gegangen, wenn Audrey Tatou drin gearbeitet hätte, so müde fühlte sich Hans.
Nur wenige Meter weiter war die Haltestelle Blanche. Der Platz war belebt, zahllose Nachtschwärmer flanierten auf der Straße. Touristenbusse hielten, öffneten sich und spuckten noch mehr Menschen aus.
Sie standen vor den rot blinkenden Lichtern einer im Neonlicht leuchtenden Mühle.
„Moulin Rouge", murmelte Hans und betrachtete die blinkenden Lichter.
Eine Schlange älterer Herrschaften in Abendkleidung stand am Eingang.
„Das habe ich mir ganz anders vorgestellt", sagte Hans. „Wo sind die Männer in Frack und Zylinder? Wo sind die armen Maler?"
„Die waren schon da", sagte Ellis. „Vor ungefähr hundertfünfzig Jahren."
Sebi lachte. „Dann wurden sie von Nicole Kidman verschreckt und sind nie wieder gekommen!"
Hans schaute den Nachtclub und seine Besucher enttäuscht an. „Das fühlt sich gerade so an, als hat man endlich eine Wohnung im Künstlerviertel gefunden und als man einzieht, leben im Haus nur Banker und Versicherungsvertreter."
„Ich weiß, wo es sich anfühlt wie im Künstlerviertel und wo garantiert keine Banker leben", sagte Loni Schneider.
„Wo denn?"
„Avenue de Clichy."
Sie fuhren wieder zurück.

## Hans und Ellis

In der Dunkelheit des Zimmers lagen Hans und Ellis nebeneinander im Bett. Sie hatten sich noch eine Weile über die Ereignisse des Tages unterhalten. Satt und müde fühlte sich Hans neben ihr und mochte den Gedanken, die Nacht mit ihr zu verbringen. Er mochte die zufälligen Berührungen, die Wärme unter der Decke. Er mochte den Gedanken, dass er ihr letzter Gedanke war, bevor sie einschlief und ihr erster, wenn sie aufwachte. Er dachte an ihren Kuss und jedes Mal wenn er daran dachte, spürte das Bedürfnis, ihn zu wiederholen. Sie gab ihm einen Gutenachtkuss auf den Mund und er wusste, würde er sie festhalten, würde er sie küssen, dann würde der Kuss die ganze Nacht dauern. Aber es fühlte sich nur in der unteren Körperhälfte gut an, nicht in der oberen. Einen Kuss musste man sich verdienen oder etwas dafür versprechen. Beides traf in dieser Nacht nicht zu.
Er lag lange wach, irgendwann hörte er Geräusche aus dem Nebenzimmer. Er lauschte: Eine Stille, die leise war, aber gleichzeitig wild und ungebändigt. Er konnte nicht mehr schlafen.
Am nächsten Morgen fühlte er sich krank. Sein Kopf war leer, er hatte einen Kater, fühlte sich lustlos und, wäre er allein im Bett gelegen, er wäre liegen geblieben. Aber Ellis lag neben ihm und er spürte ihren Atem an seiner Wange und ihm war schlecht.
Er stand auf, zog die Tür hinter sich zu und duschte ausgiebig. Das Wasser tropfte ihm ins Gesicht und er machte keine Anstalten, die Dusche jemals wieder zu verlassen. Tabula Rasa, ein neuer Tag, dachte er. Es war der Tag, den er Ellis versprochen hatte. Er würde sie nicht enttäuschen, unter keinen Umständen. Er fühlte sich leer und sehnte sich nach zu Hause. Je länger er über zu Hause nachdachte, desto absurder erschien es ihm, ausgerechnet

hier Heimweh zu haben. Hans drehte den Hahn zu, sofort versiegten auch die schweren Gedanken.
Es war still in der Wohnung. Er ging nach draußen, um Baguette und Croissants zu holen. Ein grauer, kühler Tag. Grau und kühl. Selbst die schönste Stadt der Welt kann grau und kühl sein, dachte er, dann kaufte er Frühstück ein.
Sie frühstückten gemeinsam. Die anderen schäkerten gut gelaunt. Hans verstummte bald. Sein Kater war das einzige echte hier, dachte er. Verkatert vom Rausch der Hoffnungen. Er wusste, dass er tausend Gründe hatte, zufrieden zu sein. Ein goldenes Zeitalter definierte er so: Wenn man selbst eine günstige Lebenssituation als traurig und desillusionierend empfindet, einzig aus dem Grund, dass die Tage zuvor so groß und leuchtend waren, dass man sich nur mit wundem Herzen mit dem Mittelmaß zufrieden gibt. Verdammte Loni Schneider! Missmutig saß er am Frühstückstisch, fühlte in seine Hals- und Kopfschmerzen hinein und schwieg. Ellis sagte, dass sie sich fiebrig fühlte und Hans ärgerte sich, dass sie sein Unwohlsein noch zu übertreffen versuchte. „Wir können uns gerne den ganze Tag schlafen legen", sagte er.
„Das würde dir so passen! Ausgerechnet an meinem Tag markiert der werte Herr den Kranken. Ich bin auch angeschlagen, aber ein paar Stunden wirst du mich schon begleiten müssen!"
„Was habt ihr denn vor?", fragte Loni Schneider.
„Auf alle Fälle möchte ich die Modeboutiquen in der Stadt anschauen. Warum ist ausgerechnet heute das Wetter so schlecht? Was macht man denn bei schlechtem Wetter in Paris?"
„Alles ist möglich. Was schwebt dir denn vor?"
„Am liebsten würde ich einfach wellnessen. Sauna, Entspannung. Aber dafür ist Paris nicht gerade weltberühmt."
Loni Schneider gab die Frage an Marie weiter und übersetzte: „Marie sagt, dass es am Ende der Avenue de

Clichy ein Hotel gibt, in dem ein öffentliches, preiswertes Schwimmbad samt Sauna ist. Wär das was?"
Ellis sah Hans fragend an. Er nickte. „Versprochen ist versprochen."
Nach dem Frühstück fuhren Hans und Ellis schweigend mit der Metro in die Innenstadt. Die Lethargie nahm Hans mehr und mehr in Besitz. Ein erstes Mal war er der Stadt überdrüssig und wünschte sich an einen anderen Ort. Er freute sich nicht auf diesen neuen Tag in der Stadt. Er freute sich auf gar nichts. Auf große Tage folgen Tage der Mittelmäßigkeit, die sich im Schatten der großen Tage kalt und trüb anfühlen, dachte er. Es regnete nicht, aber der graue Schleier, der sich über Paris gelegt hatte, war feucht und kühl.
Er sah Ellis an und schämte sich. Sie hatte ihn die letzten Tage begleitet, egal wie müde sie war. Wenn er ihr diesen einen Tag nicht zurückgab, würde er in Sachen Universumskarma so weit ins Minus fallen, dass Gott, welchen Namen er auch immer trug, ihn von der Karmapolizei holen ließ, war er sich sicher.
Er rang sich ein Lächeln ab.
„Was möchtest du als erstes besichtigen?", fragte er.
„Chanel!"
Sie stiegen nahe Concorde aus und spazierten durch die dortigen Einkaufsstraßen. Es lag am Wetter, aber im Vergleich mit dem Renoirlicht des Gartens vom Vortag waren die Straßen, durch die elegant gekleidete Frauen hetzten, grau und seelenlos, dachte er und betrachtete eine Pfütze im Rinnstein, die ihm gefiel.
Sie standen eine Weile auf der anderen Straßenseite und sahen zu dem Laden von Chanel hinüber. Ellis betrachtete die Kleider im Schaufenster, Hans den Türsteher am Eingang. Ellis wäre gerne in das Geschäft hinein gegangen, Hans wollte sich der Demütigung der Zurückweisung nicht aussetzen. Er hatte sich auf Anweisung von Ellis schick angezogen, aber sein Begriff von schick war kein Vergleich

zum chic der Damen und Herren, die das Geschäft verließen.
Ellis besichtigte die Schaufenster mit einer ähnlich ernsten und interessierten Miene wie die Gemälde im d'Orsay. Hans folgte ihr auf Schritt und Tritt und fühlte sich fremd in dieser Welt. Es waren wegen des kalten Wetters nur wenige Menschen auf der Straße, er schaute einigen tief in die Augen und wusste selbst nicht, was er sich davon versprach. Er konnte es nicht beurteilen, aber er fand, dass sie alle verdammt gut gekleidet waren.
In seiner Jackentasche hielt er seine Fotokamera umklammert und wartete auf ein Motiv, das ihn inspirierte. An diesem Vormittag machte er keine Bilder.
Gegen Mittag entdeckten sie eine Einkaufspassage und Ellis kaufte sich mehrere Teile beim H&M, darunter Accessoires, die sie gleich anzog. Zumindest sie sah nun chic aus. Nichts verriet, dass sie keine echte Pariserin war.
Ellis wirkte nach ihrem Einkauf eine Weile glücklich. Dann kehrte ihre Müdigkeit zurück.
Sie fuhren zurück zur Avenue de Clichy.
Alle Türen waren geschlossen, die beiden anderen Paare verbrachten den Tag im Bett, schlussfolgerte er und starrte auf die verschlossenen Türen wie auf ein Tier, das geduckt lauerte und ihm jeden Moment einen Schmerz zufügen würde, der so stark war, dass der Gedanke daran bereits weh tat. Er versuchte, sich nicht auszumalen, was hinter den verschlossenen Türen geschah, welche Geräusche, ähnlich derer letzter Nacht, welche unaussprechlichen Dinge geschahen, wenn die Tage länger als die Nacht waren. Sie schlafen wohl, sagte er sich.
Sie packten Badesachen zusammen und spazierten die Avenue de Clichy hinab bis zu dem Hotelkomplex, den ihnen Loni Schneider genannt hatte.
Sie mussten mehrmals fragen, bis sie das kleine Schwimmbad fanden. Hans war bereits gereizt. Eine gelangweilte junge Frau sah sie an, als wären sie Außerirdische oder Engländer, als er erklärte, sie wären

keine Hotelgäste. Ellis bekam einen Rüffel, als sie das Bad in Straßenkleidung betrat, sie solle sich gefälligst im Umkleideraum umziehen.
Hans und Ellis sahen sich an und mussten ein erstes Mal an diesem Tag lachen. „Das ist kein Wellness, das ist ein Badness-Bad", sagte sie.
Sie waren neben drei Franzosen die einzigen Gäste und Hans fühlte sich unter besonderer Beobachtung der Frau, die gleichzeitig der Bademeister war. Er musterte die anderen Badegäste. Die drei Franzosen waren eine seltsame Konstellation: Ein überaus attraktives Paar. Und ein im Gesicht von einer tiefen Narbe entstellter Mann mittleren Alters. Erst dachte Hans, der Mann sei geistig behindert, aber die drei unterhielten sich angeregt auf Französisch und die vernarbte Gesichtshälfte war das einzige Handicap des Mannes. Hans hatte keinen Zweifel, dass die attraktive Frau mit dem schönen Mann zusammen war. Als sie aber auch mit dem Mann mit dem entstellten Gesicht intimen Körperkontakt hatte, war sich Hans nicht mehr sicher und schämte sich für seine Vorurteile.
Sie besetzten zwei freie Liegen und betrachteten das Bad. Es bestand aus einem übersichtlichen, tiefer werdenden Becken, das groß genug war, um ein wenig zu schwimmen, einer finnischen Sauna und einem Sprudelbad, in dem die drei Franzosen saßen.
Ellis sagte, sie wolle einige Bahnen schwimmen: „Ich bin so verspannt!"
Hans leistete ihr Gesellschaft und ließ sich einige Übungen Wassergymnastik zeigen. Schließlich stieg er, sich entschuldigend lächelnd, aus dem Becken, als sei allein die Tatsache, so lange durchgehalten zu haben, Grund genug, die Wassergymnastik nun wieder zu beenden.
Er legte sich auf die Liege und holte das Hemingwaybuch hervor und begann zu lesen. Das Buch las sich so alt, wie es war. Die Personen und Begebenheiten, die Hemingway schilderte, waren ihm gänzlich fremd und so unbekannt wie die 20er im Allgemeinen. Auf eine unbestimmte Weise

fesselten ihn aber die Erzählungen und er verlor sich in der Zeit. Er verschlang Kapitel auf Kapitel und als er aufblickte, stellte er fest, dass er sich zwar in Paris, aber nicht im Paris der 20er Jahre befand.

Und Ellis war verschwunden. Er sah sich im Bad um. Die Frau saß noch immer in ihrem Bademeister-Büro und schaute streng durch die Glasscheibe in seine Richtung. Im Whirlpool saß die schöne Französin mit dem Mann mit dem entstellten Gesicht. Hans musste an Victor Hugo denken, mehr Gedanken ließ die Eifersucht nicht zu, als er begriff, dass der durchtrainierte Franzose nicht mehr im Becken lag.

Sein Blick fiel auf die Saunatüre. Davor standen Ellis Badeschuhe. Und noch ein zweites Paar.

Hans sah die beiden, wie sie mit schweißbedeckten, nackten Körpern in der Sauna saßen und mit ihren Augen in der Schönheit des anderen schwelgten. Hatte sie den Mann angesprochen? Oder hatte der Kerl sie angebaggert? War das Ellis Plan, um ihn in den Wahnsinn zu treiben? Er begann zu schwitzen.

So intim das, was zwischen ihnen passierte auch war, er hatte Ellis noch nie nackt gesehen. Zumindest nicht von vorne. Er hatte immer höflich das Zimmer verlassen, wenn sie sich umzog und nur ein einziges Mal einen verstohlenen Blick auf den weißen Bikinistreifen auf ihrem Rücken geworfen.

Er hatte nie über ihre Nacktheit nachgedacht. Er fand, dass es ihm nicht zustand, solange ihr Verhältnis im Konjunktiv stand. Der Gedanke, dass sie ihre Nacktheit einem anderen Mann schenkte, zog ihm einen Stecker. Er war erregt und aufgeregt gleichzeitig. Der Franzose verwickelte sie sicher gerade in ein unverfängliches Gespräch über Sex. Franzosen tun das, war er sicher und er umgarnte sie und überredete sie, mit ihm mitzukommen. Vielleicht taten sie es auch schon längst, direkt in der Sauna, zwei schwitzende Körper, die sich überall berührten und wild stöhnend aufeinander rieben. Hans setzte sich auf. Schweißperlen standen ihm auf der Stirn und über der Lippe. Seine Hand

zitterte. Konnte Ellis so berechnend sein? Wie weit würde sie gehen?
Er wollte aufstehen, als er merkte, dass er eine Erektion hatte. Er setzte sich wieder, versteckte seine Hose unter dem Badetuch. Sein Herz hämmerte das Blut durch seinen Körper.
Es war erregend gewesen, Ellis zu küssen. Ihre Lippen waren bisher das Maximum an Erotik gewesen, das er sich eingestand. Verboten und verlockend. Es war sinnlich, sie zu küssen, aber auch ruchbar, weil er etwas ausnutzte, das er begehrte, aber nicht erfüllen konnte. Warum hatte er nie darüber nachgedacht, dass Ellis einen schönen Körper hatte? Einen Körper, der weich war und warm und der nach ihr schmeckte.
Das Bild, das er mit aller Macht zu verhindern versuchte, flimmerte prägnant und plastisch in seinem Kopfkino. Der Franzose, der ihre Haut schmeckte, ihre salzige Haut, dort, wo ihr Schlüsselbein endete. Und tiefer, an Stellen, die er nur erreichte, wenn ihre Körperhaltung ihn einlud.
Hans wurde vollkommen verrückt. Übergeschnappt, weil zwei Paar Badelatschen vor der geschlossenen Türe der finnischen Sauna standen und weil er begriff, dass Ellis drinnen nackt war.
Er starrte auf den Hemingway, der mit seinen kleinen, stechenden Augen zwischen seinem Rauschebartgesicht zurück starrte. Hemingway wäre nicht liegen geblieben, Ständer hin, Ständer her. Hemingway wäre auf die finnische Sauna zugestürmt, hätte die Türe aufgerissen, dem Franzosen ein Veilchen verpasst und ihn in hohem Bogen aus der Sauna geworfen. Dann hätte er hochmütig auf das Mädchen herabgeschaut, mit zusammengekniffenen Augen, hätte, wenn er der junge Hemingway gewesen wäre, die Schnurrbartspitzen zucken lassen und dem Mädchen mit tiefer, vom Schnaps geölten Stimme wissen lassen: „Du warst schwach. Aber wenn du mich willst, ich kann verzeihen." Dann hätte er sich selbst die Kleider vom Leib

gerissen und hätte sie in der Sauna genommen, ohne groß die Antwort abzuwarten.
Aber weder war er Hemingway, noch war er je zuvor in einer Sauna gewesen. Hans duschte sogar im Schwimmbad in der Badehose. Mit dem Thema Sauna hatte er sich bisher nie auseinandersetzen müssen und hatte auch nicht erwartet, es in Paris tun zu müssen.
Als seine Aufregung abgeklungen war, stand er auf und schlurfte langsam durch das Schwimmbad. Er wusste nicht, was er schlimmer fand, dass Ellis es wohl gerade mit dem Franzosen in der Sauna trieb oder, dass er die Hose ausziehen und sich selbst nackt in die Sauna setzen musste. Er wusste genau, was passieren würde, wenn er auch nur einen klitzekleinen Anblick von jenen Stellen auf Ellis' Haut erhaschen würde, die nicht braun gebrannt waren, dachte er und schaute zu seinem Handtuch hinunter. Gottseidank ist Loni Schneider nicht mit ins Schwimmbad gekommen.
Er stierte durch das Saunafenster. Es war beschlagen und er konnte, außer den fleischfarbenen Umrissen zweier Menschen nichts erkennen.
Hans nestelte an seiner Hose. Er warf einen verstohlenen Blick auf den Verunstalteten im Whirlpool, der ihn plötzlich an einen hässlichen Bruder von Franck Ribery erinnerte und auf dessen schöne Freundin. Beide starrten zurück, als warteten sie neugierig darauf, ob er sich traute, die Hose abzustreifen. Hatte die Frau ihm gerade zugezwinkert? Hans drehte sich hastig um. Er blickte auf einen Aufkleber, auf dem eine Badehose abgebildet war. Daneben stand in ungefähr sechzehn Fremdsprachen „Textil Sauna".
Er starrte wieder die beiden im Whirlpool an. Der Hässliche deutete auf Hans Hose und beide schüttelten energisch den Kopf.
Hans lief rot an, machte die Schleife seiner Badehose wieder zu und öffnete die Türe.
Ellis saß in ihrem Bikini auf der obersten Stufe der Saunabänke.
„Hey", sagte sie knapp.

Der Franzose nickte ihm zu.
Unsicher setzte sich Hans neben Ellis. Der Franzose stöhnte laut. Wasser quoll aus sämtlichen seiner Poren. Ellis schwitzte kaum.
„Angenehm", sagte sie.
Es roch nach altem Holz und Zitrone. Und altem Schweiß. Er war schon an angenehmeren Orten gewesen.
Ellis sah anders aus. Ihr Gesicht, rosig und makellos. Sie sah ihn an und er fand, dass ihre Augen wirklich schön waren.
„Was schaust du mich so an?", fragte sie.
„Bist du schon lange da?"
Sie deutete auf eine Sanduhr, aus der gerade das letzte Viertel rieselte. „Zehn Minuten vielleicht. Hast du mich vermisst?", fragte sie und lächelte.
Der Franzose beobachtete das Gespräch der beiden offen und zwinkerte Hans zu. Hans schaute in die andere Richtung. Der Franzose trug eine viel zu enge Badehose, die mehr zeigte als sie verbarg. Er sah aus wie ein Unterwäschemodell, das mit zu viel Wasser eingesprüht worden war. Der Franzose stöhnte immer lauter und Hans fragte sich, ob der Franzose dachte, dass Ellis dies anmachte. Im nächsten Moment war er überzeugt, dass es Ellis tatsächlich anmachte. Sie sah irgendwie glücklich und entspannt aus. Vielleicht hatte er Ellis noch nie glücklich und entspannt gesehen.
Ellis wechselte ihre Position, um sich hinzulegen und streifte dabei seinen Rücken mit ihren Zehen. Eine kurze, belanglose Berührung, aber Hans spürte sofort, wie es in ihm zu arbeiten begann und sich das Blut schwer in seine Adern pumpte.
„Also mir ist das zu heiß", sagte er, stand auf und verließ die Sauna.
Er legte sich auf die kühle Liege und las weiter. Wie es der Zufall so wollte, diskutierten in diesem Kapitel Scott F. Fitzgerald und Hemingway, wie ein Mann herausfände, ob er ausreichend bestückt ist. Hemingway riet ihm, sich die

antiken Statuen im Louvre anzusehen. Dies stärke garantiert sein Selbstvertrauen. Fitzgerald war nicht überzeugt und Hemingway mutmaßte, dass die Angst des Mannes, zu knapp bemessen zu sein, daher rührte, dass er ihn immer nur von oben, also optisch verkürzt betrachten konnte.

Hans hatte genug. Er legte das Buch beiseite und hoffte, nicht mehr über männliche oder weibliche Geschlechtsmerkmale nachdenken zu müssen. Als Ellis lachend, mit dem Franzosen schäkernd, die Saune verließ und sich genüsslich neben ihm auf der Liege ausbreitete, war er erleichtert.

„Toller Mann", sagte sie. Sie wusste, dass sie endlich einen Weg gefunden hatte, um ihn zu reizen, dachte er.

„Ihr habt euch gut unterhalten?"

„Ungefähr so gut wie Stefan und Marie."

„Wie meinst du das?"

„Na, er spricht genauso schlecht Englisch wie ich Französisch. Er wohnt hier im Hotel. Ist ein Tennisspieler. Derzeit sind die French Open."

„Aha", sagte Hans.

„Hat er was von den anderen beiden gesagt? Ist Quasimodo mit Belle zusammen?"

„Der Typ, den du Quasimodo nennst, ist sein Trainer. Mehr hat er nicht gesagt."

Hans verfolgte mit seinem Blick den Tennisspieler, der zurück in das Sprudelbecken zu den anderen stieg.

„Die sitzen die ganze Zeit schon dort drin."

„Wer weiß, was die da drin tun."

„Ich möchte es gar nicht wissen", antwortete Hans und merkte sofort, dass sein Unterbewusstsein es sich gerade vorstellte.

Ellis schwamm einige Bahnen und Hans stieg in das kühle Wasser. Sie war eine gute Schwimmerin und es kostete ihn Kraft, ihr hinterher zu schwimmen.

Nach einigen Minuten hatte er genug und schaute Ellis zu, wie sie in zügigem Tempo kraulte, ohne sich die

Anstrengung anmerken zu lassen. Von oben sahen die Bewegungen grazil aus. Es war schön, zuzusehen.
Hans las weiter in seinem Buch und war auf eine unbeschwerte Art und Weise zufrieden. Zu wissen, dass er noch zwei ganze Tage in Paris haben würde, beruhigte ihn. Ein behagliches Halbzeitgefühl überkam ihn. Ein Urlaub war immer am schönsten, wenn man die ersten Tage gut genutzt hatte und die kommenden voll großer Erwartungen steckten. Der Ellistag war ein erwartet ruhiger Tag geworden. Aber auch ein unerwartet aufregender. Hans war frei von der Sehnsucht nach Erlösung, frei von Pflichten. Die einzige Pflicht war es, dass Ellis sich ausruhen konnte.
Er begleitete Hemingway und Fitzgerald auf eine Spritztour, dann schlief er ein.
Warme Sonnenstrahlen beleuchteten das Buschwerk hinter dem Panoramafenster vor dem sie lagen. Es war früher Abend und die Sonne hatte einen Spalt zwischen den grauen Wolken entdeckt. Hans fühlte sich frisch und geläutert, als der Schlaf langsam aus seinen Schläfen wich. Er hatte tief und traumlos geschlafen, die Kopf und Gliederschmerzen waren verschwunden. Ellis streckte sich.
Das Bad war verwaist wie zuvor. Anstelle der Tennis Menage a trois plantschte ein Kind im flachen Bereich des Beckens. Sein Vater beaufsichtigte es.
Als sie das Bad verließen, verabschiedete sich die Bademeisterin misstrauisch und sie liefen die Avenue de Clichy zurück bis zu Loni Schneiders Wohnung.
Der Vorraum roch nach kaltem Rauch und ein voller Aschenbecher stand auf dem Tisch in der Mitte. Hans konnte nicht sagen, ob neue Rotweinflaschen angebrochen wurden oder ob noch dieselben der Vortage auf dem Tisch standen. Aus Maries Zimmer klang lautes Schnarchen. Die gesamte WG hatte einen Ruhetag eingelegt. Alle schienen zu schlafen. Hans war froh, dass kein Zeichen verriet, ob Loni Schneider wieder da oder wieder weg oder noch weg war.

Ellis wünschte sich ein gemeinsames Essen irgendwo auf der Avenue. Sie zog sich um und machte sich hübsch für den Abend. Hans sprühte sich ein Deo auf.
Keine Stunde später spazierten sie in Richtung Montmartre und studierten die Schiefertafeln, an denen die exotischsten französischen Gerichte angepriesen wurden. Vor einem Bankautomat lag ein bärtiger Obdachloser in einen Schlafsack gehüllt und schlief. Vielleicht war er auch tot. Hans musste kein Geld abheben. Er wunderte sich, dass keiner der Passanten Notiz von dem Mann nahm und ging raschen Schrittes vorbei, ohne den Obdachlosen anzuschauen.
Nach einer Viertelstunde wählten sie ein Restaurant, dessen Preise so angemessen waren wie die Karte vielversprechend und ließen sich einen Platz weisen.
Hans bestellte für beide einen halben Liter Wein und Ellis lachend ebenfalls einen halben Liter. Anders als an den Vortagen war sie an diesem Abend bereits vor dem Wein fröhlich.
Hans betrachtete ihr Gesicht im Kerzenschein und fragte sich, woraus sie ihren wahren Charme zog. Er musste an Ben denken, der früher immer gesagt hatte: „Klar ist Charakter wichtig, aber nenn mir ein Mädchen, das du wegen ihres guten Charakters kennengelernt hast. Hintern, Busen, Charakter. Genau diese Reihenfolge." Hans schmunzelte, wie seltsam, dass er ausgerechnet jetzt an Ben denken musste. Das Letzte, was er von Ben gesehen hatte, war ein Vogel, den er ihm gezeigt hatte, als er erzählte, dass er mit Ellis und Loni Schneider eine Woche nach Paris fuhr.
Er erinnerte sich, dass Ben einmal über Loni Schneider gesagt hatte, sie hätte zwar keinen guten Charakter, aber einen sehr großen. Trotz der zeitlichen und räumlichen Distanz musste er sich über Ben ärgern.
Nach einem Achtel Wein begann sich Ellis zu verwandeln. Sie wurde schöner und schöner. Aber auf eine vertraute, eine gute Weise, eine Art und Weise, die Hans, anders als

im Schwimmbad, keine Angst einjagte. Im Gegenteil, es umfing ihn ein behagliches Gefühl, mit ihr zusammen in Paris zu sein. Unerhörte Möglichkeiten tief verborgen im Hinterkopf und am Tisch ein Mädchen, das er mochte und das Zuhören konnte. Er fand, dass er den ganzen Tag lang kaum noch an Loni Schneider gedacht hatte und der Gedanke gefiel ihm. Der Tag mit Ellis war ein guter. Er hatte sich nicht gelangweilt und die Minuten der Aufregung kribbelten noch immer nach. Und, da er keine Ahnung hatte, wie er mit diesem Neuen, das er in ihr sah, umgehen sollte, war er gespannt, wie sich der Abend entwickeln würde.

Gut gelaunt erzählte er ihr von all den Gedanken, die er sich am Nachmittag gemacht hatte. Er sagte nichts von den unaussprechlichen, sondern plauderte nur über jene, die Paris betrafen.

Er erzählte von Hemingways Buch und von den Zwanziger Jahren in Paris. Ellis hörte zu und selbst wenn sie sich für Hemingway nicht interessierte, ließ sie es sich nicht anmerken.

„Ich frage mich die ganze Zeit, wie es wäre, hier zu leben", sagte Hans. „Wenn ich genügend Geld hätte, um mich halbwegs über Wasser zu halten. Ich stelle mir vor, dass ich dann den ganzen Tag in einem Café sitze und lese. Und abends spaziere ich durch den Jardin Luxemburg und den Tuileries. Glaubst du, dass man hier echte Künstler kennenlernt? Oder vielleicht sogar echte Schriftsteller? Oder Maler?"

„Du kennst immerhin schon die Pariser Musiker."

„Wenn Stefan nicht dabei wäre, man müsste ihn direkt erfinden. Was für ein Glückspilz ist er denn? Er braucht nur mit den Fingern zu schnippen und schon drängen ihm die Straßenmusiker ihre Handynummern auf und die Pariserinnen fallen in Ohnmacht!"

„Ich hab auch den Eindruck, dass Stefan hier die Zeit seines Lebens hat. Das wird schwer für ihn werden, daheim wieder ein einfacher Pfleger zu sein."

„Ob Marie auch Maler kennt? Ich würde mir zu gerne mal ein Bild direkt von einem Maler kaufen. Und keinen Aquarellscheiß. Die ganze Wohnung meiner Eltern hängt voll mit Aquarellbildern. Gertrude Stein hat Hemingway den Tipp gegeben, dass er sich Bilder von Malern seiner Altersklasse anschaffen sollte. Nicht von den Alten, Etablierten, die nicht bezahlbar sind."
„Wer ist Gertrud Stein?"
„Ach, das war so ein Mittelpunkt der Künstlerszene damals. Sie hat Salons abgehalten, wo Hemingway, Picasso und wie sie alle heißen, ein und aus gegangen sind."
„Wenn du wählen könntest, würdest du das Paris von heute oder das Paris der Zwanziger auswählen?", fragte Ellis.
Hans grinste: „Natürlich das der Zwanziger. Jetzt weiß ich ja, wo der Hemingway immer herumgehangen ist und ich bin sicher, dass es mir gelingen würde, ihn kennenzulernen."
Das Essen kam und sie aßen gemeinsam bei Kerzenschein. Nach dem zweiten Glas hatte Hans auf einmal das Gefühl, aus dem unverbindlichen Abendessen sei ein Rendezvous geworden. Verdutzt schaute er in Ellis größer und größer werdende Pupillen. Verdammt, dieses Mädchen liebt mich, dachte er. Ein einziger seliger Abend und ein halbes Jahr ist auf den Kopf gestellt, und nichts kann je wieder so werden wie früher. Ellis' Blick jagte ihm Angst ein, hinderte ihn, seine Seele fallen zu lassen. Etwas schärfte ihm ein, vernünftig zu sein, aber Ellis' Augen waren zu schön und es war nur eine Frage der Zeit, bis der Wein die Vernunft besiegte.
Er sehnte sich danach, sie zu berühren. Der Tisch war eng und ihre Beine überkreuzten sich. Der Drang, sie zu küssen, drehte sich in seinem Kopf. Hans spürte das Kribbeln, ließ es zu, genoss es und hoffte, dass es lange anhielt und keine Narben hinterließ.
Sie zahlten und verließen lachend das Restaurant und blieben in der Avenue de Clichy stehen. Ein milder Wind wehte durch die Straßen und zwischen den Wolkenfetzen am Himmel bot die Nacht einen Ausblick auf den sternenklaren Himmel. Die Nacht hatte noch nicht

begonnen, aber der Tag war längst Vergangenheit. Die Sinne vom Wein für die Kleinigkeiten geschärft, schlenderte er neben ihr schweigend die Straße Richtung Montmartre hinauf.
Hans spürte ihre Schulter an seiner. Es war seltsamer, sich nicht bei den Händen zu fassen, als es gewesen wäre, wie ein Liebespaar eng umschlungen durch Paris zu spazieren.

## Dem Wesen nach Gespenster

Hans schaute auf die Uhr. Die Nacht war zu jung und unvollendet, um sie zu beschließen. Er schlug vor, anstatt ins Bett zu gehen, ziellos durch die Stadt zu spazieren. Sie spazierten in Richtung Montmartre. Die Avenue de Clichy führte leicht, aber konstant ansteigend den Montmartre hinauf. Sie spazierten an Straßen vorbei, deren Namen sie bereits als Metrohaltestellen kannten und nach einer Weile erreichten sie einen großen Platz, den Place de Clichy. Hier war das Pariser Nachtleben bereits erwacht, die Cafés waren gefüllt und die Nachtschwärmer flanierten zwischen den Bars. Ellis lachte, wurde immer schneller und begann zu hüpfen.
„Gefällt es dir hier?", fragte er.
„Ja! Und wie!"
Hans ließ die Eindrücke auf sich wirken. Sie blieben vor einem Hotel stehen, das ihnen beiden gefiel und schworen sich, falls sie jemals gemeinsam nach Paris zurückkehrten, hier zu wohnen. Sie sahen an einer Kreuzung die neonrote Mühle des Moulin Rouges. „Ach, hier sind wir schon", sagte Ellis.
Hans interessierte sich mehr für einen Wegweiser, der zum Friedhof vom Montmartre wies.
„Warst du schon einmal nachts auf dem Friedhof?", fragte er.
Ellis schüttelte den Kopf. „Ich bin für jeden Unfug zu haben. Die Nacht ist so wunderbar! Ein Geschenk! Wir müssen sie nutzen!"
„Ja, carpe noctem!"
Sie folgten den Wegweisern einer finsteren, modrigen Treppe neben der Schnellstraße entlang. Enttäuscht standen sie, unten angekommen, vor einer verschlossenen Eisentür.
„Da kommen wir nicht rüber. Oder?", fragte Ellis.

Hans lachte. Es war unmöglich, darüber zu klettern.
„Der Tod hat es nicht so mit dir?", sagte sie und boxte ihn in die Seite.
„Schon das dritte Mal, dass er Dich nicht zu sich rein lässt."
„Verschrei es nicht", sagte er. „Lass uns wieder zurück gehen", er lächelte und nahm sie bei der Hand.
Eine Weile schlenderten sie händchenhaltend zurück zum Place de Clichy, als Hans die nächstbeste Gelegenheit nutzte um ihre Hand wieder loszulassen.
Am Platz stand eine Schlange Menschen vor einem Kinokomplex. Ein aktueller Blockbuster aus Amerika lief gerade in Frankreich an.
„Wir könnten ins Kino gehen", sagte Hans. Er hielt die angespannte Stille zwischen ihnen und das Kribbeln ihrer Berührung auf seiner Haut, das nicht mehr weggehen wollte, kaum mehr aus.
„Aber mit Sicherheit nicht dieser Film", sagte Ellis. „Ich bin nicht nach Paris gekommen, um einen Film anzuschauen, den ich mir nicht einmal daheim freiwillig angesehen hätte", sagte sie, fügte aber hastig hinzu: „Aber Kino ist besser, als heim zu gehen."
Sie schauten sich die Filmplakate an. Hans hoffte, eine französische Komödie mit englischen Untertitel zu entdecken, aber der Kinokomplex zeigte nur Hollywoodfilme.
„Wie wär's mit dem? Der spielt immerhin in Paris", sagte Ellis.
„Und es ist eine Komödie. Allerdings mit französischen Untertitel."
„Weil sie das englische Original zeigen. Ist doch perfekt für uns."
Sie kauften sich an der Kasse zwei Tickets für die Spätvorstellung und wurden wieder nach draußen, um das Gebäude des Komplexes herum geschickt.
Das Kino, das sie betraten, war wie ein Kino im Kino. Anders als die riesigen Kinokathedralen des Hauptkomplexes gab es hier einen einzigen Kinosaal, klein wie ein großes Wohnzimmer.

Sie kauften sich Bier und setzten sich.
Das Kino war klein genug um festzustellen, dass sie die einzigen Ausländer waren. Alle redeten Französisch und lachten bereits während der Kinowerbung.
Hans hatte keine Erwartungen an den Film. Er wusste nur, dass der Film in Paris spielte und, so ließ der Titel vermuten, in der Nacht.
Der Film begann mit einer langen Aneinanderreihung von Bildern der schönsten Sehenswürdigkeiten der Stadt.
„Hey, da waren wir!", flüsterte Ellis. „Da auch!"
„Da noch nicht, wo ist das?"
„Aber da waren wir gestern!"
„Du hattest recht, es hat schon was, einen Film über Paris anzuschauen und in Paris zu sein", sagte Ellis.
Nun sah man einen Mann, der im Regen durch Paris spazierte und sagte: „There's nothing more beautiful than Paris in rain."
Hans riss verdutzt die Augen auf. „Thats hauntingely beautiful!", flüsterte er und er strahlte über das ganze Gesicht. „Verdammt haben wir ein Pech, nicht einmal ein bisschen genieselt hat es heute!"
Ellis nickte.
Der Film handelte von einem für die Vergangenheit schwärmenden Amerikaner, der mit seiner Verlobten in Paris Urlaub macht und davon träumt, in Paris ein Schriftsteller zu werden. Der Mann war ein verträumter, naiver Künstler mit einem präzisen Auge für Schönheit und einer nostalgischen Liebe für die 20er Jahre. Seine Verlobte hingegen wurde als materialistische, oberflächliche Millionärstochter dargestellt, die weder ihn noch seine Träume verstand.
Nach einer Weile flüsterte Ellis: „Mein Gott, Hans, merkst du das nicht? Der Typ ist genau so ein Träumerle wie du! Ihr könntet Geschwister sein!"
Hans hatte soeben dasselbe gedacht. „Wie kann das sein?", fragte er verdutzt.
„Tatsache!", sagte Ellis. „Schau den an. Das bist eindeutig du!"

Sie lehnte sich näher zu ihm und flüsterte in sein Ohr: „Und ich? Bin ich die dumme Kuh? Sei ehrlich, bin ich so?" Hans schüttelte den Kopf. „Nein. Du doch nicht!", sagte er.
Der Film wurde immer fantastischer: Nach einer Weinprobe findet sich der Schriftsteller um Mitternacht plötzlich im Paris der 20er Jahre wieder. Er trifft Hemingway, Fitzgerald, Gertrud Stein und Picasso.
„Ist das nicht unglaublich?", fragte Ellis. „Das ist doch die Gertrud Stein von der du mir vorhin erzählt hast! Was für ein Zufall ist das denn? Was für ein komischer Tag ist das heute nur? Das hast du doch inszeniert, oder?"
Hans schüttelte ratlos den Kopf. Er war sprachlos. Er liebte es, wenn ihm das Schicksal Botschaften schickte, aber diese war weder subtil, noch ein Wink mit dem Zaunpfahl, es war eindeutig ein Film über ihn. Der Film spielte die Geschichte nach, von der er am Nachmittag im Bad gelesen hatte. Und er selber war dieser Träumer in Paris. Zweifellos. Was wollte ihm das Schicksal nur sagen? Und welche Rolle spielte Ellis?
Er starrte immer fiebriger auf die Leinwand und einen Moment lang war es ihm vorgekommen, als habe ihm Owen Wilson zugezwinkert.
Mit wachsendem fatalistischem Interesse starrte er auf die Leinwand und fast hoffte er darauf, dass ein Mädchen auftauchte, das Loni Schneider ähnelte.
„Er hat die andere genommen", flüsterte er, als der Abspann lief.
„Was hast du gesagt?"
„Nichts, ich bin noch ganz weg von dem Film."
„Das kann ich mir vorstellen. Was für ein Zufall", sagte sie.
„Was für ein Zufall."
Als sie das Kino verließen, war es gerade Mitternacht. Es war Mitternacht in Paris. Hans sagte nichts. Der Film war aus, aber noch fühlte es sich nicht an wie Wirklichkeit.
Sie spazierten die Avenue de Clichy hinab. Hans schaute immer wieder zum Himmel, ob es nicht noch regnete. Aber

die Wolken waren grau und silbern an den Rändern wo der Mond hindurch schien.

Hans tastete nach ihrer Hand. Es bedurfte nur einer kleinen, beiläufigen Berührung, um aus dem weißen Rauschen der Möglichkeiten eine Tatsache zu schaffen. Als sein kleiner Finger sie fand, fasste Ellis' Hand nach seiner. Den restlichen Weg waren sie von den anderen Liebespaaren, die durch Paris spazierten, nicht zu unterscheiden.

Hans hatte auf einmal das Gefühl, alles richtig zu machen. Der Rausch des Moments ergriff ihn und es fühlte sich gut an, ihre Hand zu halten. Ihre Hand zu berühren war richtig, vielleicht das einzig Richtige dieser ganzen Woche. Ihre Hand zu halten war wie ein Versprechen, auf dessen Einlösung sie nicht bestehen konnte. Sie versprach ihm, dass er etwas Besonderes für sie war und es machte ihm nichts aus, wenn sie dasselbe von ihm dachte. Die Wärme ihrer Haut in seiner Hand zu spüren, die Sensibilität ihrer Fingerspitzen, hatte etwas Intimeres als jeder Kuss und war gleichzeitig so rein, so unschuldig. Er fragte sich, ob er es liebte, ihre Hand zu halten und ob man mit einer Hand jemanden betrügen konnte.

Die Haut an Ellis' Hand war rau und trocken, ihre Finger langgliedrig, die Finger einer Künstlerin. Er stellte fest, dass ihre Finger ihn erregten. Er konnte sich eine Beziehung zu ihren Fingern vorstellen. Er war betrunken.

Beide wurden immer stiller, je näher sie der Wohnung kamen. Etwas zwischen Hans' Hand und Ellis' Hand blieb unausgesprochen. Vielleicht sollten den schwelenden Konflikt, das permanente Fragezeichen, einfach diese beiden untereinander ausmachen, dachte er.

Sie stiegen langsam die Treppe hinauf. Am Fenster im dritten Stock blieben beide stehen.

Hans sah sie an. Manche Dinge müssen nicht ausgesprochen werden und während sich die Hände los ließen, berührten sich ihre Lippen. Sie küssten sich einen Moment länger, als sie sich je geküsst hatten. Hans schmeckte, dass er die Kontrolle verlieren könnte. Er holte

Luft. Sie fuhr sich mit der Zunge über die Lippen, als versuchte sie, jedes Geschmacksmolekül in sich aufzunehmen.

„Lass uns nach oben gehen", sagte er, ohne zu wissen, was er damit bezweckte. Sie nahm seine Hand und folgte ihm.

In der Wohnung war es still. Beide benutzten kurz das Bad, griffen sich Wein und Gläser und Ellis schloss die Tür hinter sich ab.

Hans sah sie fragend an. „Was hast du vor?"

Hans versank in ihren hellblauen Augen wie ein Käfer in einer Venusfliegenfalle. In ihrem Blick war etwas selbstbewusstes, zielstrebiges, beinahe kühles.

„Wir haben uns geküsst", sagte sie feststellend. „Wäre es ein weltumstürzendes Ereignis, wenn wir unseren Kuss fortsetzen?"

Hans griff nach dem Weinglas und nahm einen großen Schluck. Ja, Ja, Ja, dachte er. Jede Pore in ihm wollte sie weiter küssen.

„Ellis", sagte er.

„Nichts Ellis. Du musst endlich…", ihre Stimme wurde brüchig, brach ab, der Satz versiegte, als versagte ihr die Kraft, die Worte noch einmal auszusprechen.

„Ellis, dich zu küssen ist wundervoll", sagte er.

„Kommt jetzt die Aber-Beschwichtigung?"

Hans nickte. „Ich merk doch selber, dass zwischen dir und mir irgendetwas da ist, ich bin ja kein Hackstock. Und ich hab dich sehr gern, Ellis, sehr, sehr, sehr."

„Du weißt, wie Frauen diese Sätze lieben. Komm doch einfach zum Punkt. Zum Aber."

„Verdammt, Ellis, mein Leben ist im Chaos, seitdem ich dich kenne."

„Na vielen Dank für die Blumen."

„Doch nicht wegen dir, sondern wegen meiner Mama. Das ist jetzt mein Leben. Mein Leben wegen Mama. Scheiß Timing. Da kann ich nichts dafür."

„Ja, scheiß Timing. Du bist einfach in deinem Kopf noch nicht reif für die großen Entscheidungen. Mutter hin oder

her. Wir können uns ja in drei, vier Jahren nochmal kennenlernen. Vielleicht dann."
„Was willst du mir denn damit sagen?"
„Ich will damit sagen, Hans, dass du vielleicht emotional kein Hackstock bist, aber trotzdem ein Brett vor dem Hirn hast. Ich bin erwachsen, Hans. Ich bin alt genug, um Dummheiten zu machen. Einerseits glaube ich noch immer nicht, dass du eine Dummheit wärst und andererseits, du lässt es ja nicht einmal soweit kommen."
„Ich mach das einfach nicht, wenn ich nicht dahinter steh."
„Ach, du hast doch nur Angst. Angst, dass du dich für irgendetwas entscheiden müsstest, Angst dann das andere zu verpassen, gegen das du dich entschieden hast."
„Ich hab Angst, jemanden zu verletzen."
„Jaja, der Weiße Ritter! Der Mann, der die Frauen versteht! Weißt du was? Reden wir einfach nicht mehr darüber. Es hat doch eh keinen Zweck."
Ellis zog sich die Hose aus und verschwand unter der Bettdecke. Sie kehrte ihm den Rücken zu.
„Ach, Ellis."
„Gute Nacht."
„Der Tag war trotzdem schön." Er trank sein Glas aus und legte sich zu ihr unter die Decke.
Es roch gut unter der Decke. Ein wenig herb, ein wenig süßlich. Anregend und vertraut zugleich. Er löschte das Licht aus.
Das Licht war aus, aber seine Gedanken begannen zu toben. Er schmeckte ihren Kuss auf seinen Lippen und spürte ihr Haar an seiner Wange. Wie warm es ist in ihrer Nähe, dachte er. Warm und vertraut. Jetzt war es unerträglich. Er spürte die knorpeligen Ausbuchtungen ihres Rückrades.
Ihre Beine streiften seine, war das Bett zu klein oder zogen sich ihre Körper gegenseitig an?
Hans versuchte, nicht über die Hitze, die von ihrem Körper ausging, nachzudenken.

Bald sah er nichts anderes als eine nackte Ellis in der Sauna. Er musste kurz eingeschlafen sein. In der zwielichtigen Welt des Halbschlafes, der einzigen, in der er sein Unterbewusstsein Kontakt mit der Wirklichkeit aufnehmen ließ, musste etwas dämmebrechendes geschehen sein.

Als er sein Bewusstsein zurückerlangte, spürte er Elllis' Hand zwischen seinen Beinen und seine eigene Hand tastete nach ihrem Flaum. Ellis stöhnte dumpf mit einer Stimme, die nicht von dieser Welt war, vielleicht schlief sie auch.

Ihre Bewegungen waren zärtlich, aber bestimmt. Sie ließ von ihm ab, zog sich den Slip von den Beinen und zog ihr T-Shirt aus. Hans drehte sich zu ihr und küsste sie.

Ellis stöhnte, als empfände sie einen durchdringenden Schmerz und schob ihn auf sich.

Ihre Bäuche rieben sich aufeinander, Ellis Nägel gruben sich in seinen Rücken, er unterdrückte einen Schrei.

So schnell es begonnen hatte, war es wieder vorbei.

Ellis stand wortlos auf und ging ins Bad.

Als sie zurückkehrte, zog sie sich an und legte sich auf ihre Seite des Bettes, kehrte ihm den Rücken zu.

Er drehte sich zu ihr, streichelte ihre Haare. „Sind wir okay?", fragte er.

Sie nickte wortlos.

## Die große Gereiztheit

Hans blinzelte, Sonnenlicht flutete das Zimmer. Er hatte die ganze Nacht tief geschlafen. Die Gedanken schwer, die Gedanken schwarz, verworrene Klarheit. Hatte er geträumt? Seine Augen gewöhnten sich an das Licht. War Ellis noch da? Ellis lag neben ihm, den Rücken ihm zugewandt. Ellis war nicht mehr Ellis, war er noch Hans? An manchen Morgen, dachte er, waren die einzig greifbaren Gedanken überflüssige wie: Hans ist doch ein scheiß Name. Warum haben meine Eltern mich nicht Jonas oder David genannt?
Hans versuchte, sich zu erinnern. An Träume, an Details, an Gefühle. Aber es war nur ein Gefühl der Gegenwart da. Leere. Wie schrecklich ist es, neben einem Mädchen aufzuwachen und sich leer zu fühlen, fragte er sich. Aber es war die gewöhnliche Leere, die auf Sex folgte. Sex war immer das Ende von etwas, während ein Kuss immer der Anfang von etwas war. Verdammt, dachte er. Hätten wir es nicht einfach bei einem Kuss belassen können?
Er freute sich nicht auf den Tag, allerdings aus anderen Gründen als gestern. Gestern hatte ihm gegraut, da er dachte, keine Perspektive zu haben. Jetzt hatte ihn die Perspektive eingeholt. Er wusste, dass jeder Gedanke sinnlos war, wenn der von Ellis fehlte. Was war gestern nur in sie, in sie beide, gefahren?
„Schläfst du noch?", fragte er.
Keine Antwort.
Er stand auf. Es brannte, als er auf das Klo ging.
Jemand klapperte in der Küchenzeile. „Morgen!", rief Sebi gut gelaunt. „Kaffee?"
Hans sah ihn mit zugekniffenen Augen an, rieb sich den Kopf und stöhnte.
„So schlimm? Also einen Starken."
„Hattet ihr einen schönen Tag zu zweit gestern?", fragte Sebi.

Hans nickte. „Ja. Ja", sagte er.
Der Tag war noch zu früh für scharfsinnige Analysen des Vortages und Geplauder. Er brauchte die Gegenwarts-Ellis, um die Vergangenheit bewerten zu können.
„Ich hol erst mal Frühstück", schlug er vor und ging nach draußen.
Das Treppenhaus war nicht mehr die modrige Holzstiege in Paris, es war das Treppenhaus, in dem er Ellis zum ersten Mal geküsst hatte. Es hatte etwas Liebenswertes an sich, eines Tages mit seinen Kindern hierher zu kommen und zu sagen: Hier, Kinder, hier ist es passiert. Gleichzeitig war es Science Fiction einer Zukunft, in der es genau so wenig verwunderlich war, wenn man mit Robotern spazieren ging und in die Arbeit flog.
Wenn man dem sechzehnjährigen Hans ein Foto von Ellis gezeigt hätte und gesagt hätte: Dies wird in ferner Zukunft deine Freundin sein, hätte er ohne zu Zögern „Wow!" und „Ja" gesagt. Aber es ängstigte ihn, wenn aus Möglichkeiten Fakten wurden.
Er ging auf die Straße. Die Sonne hatte die Stadt zurück erobert, es würde ein weiterer schwüler Tag werden. Als er in der Schlange der Bäckerei stand, musste er grinsen: Scheiße, ich habe gestern Sex gehabt.
Aber es fühlte sich weniger großartig an, als es sich anhörte.
Er kehrte schwer atmend mit einer Tüte voller Baguette und Croissants zurück.
Die anderen saßen am Tisch und tranken Kaffee. Ellis sah müde aus, sie sah kurz auf, grüßte ihn höflich, nicht unfreundlich, fast neutral und wandte sich wieder ihrem Gespräch mit Stefan zu.
Er rückte den Stuhl neben ihr unter dem Tisch hervor, sah sie an, wartete auf irgendein Zeichen, auf eine kleine Regung. Er überlegte, ob es angemessen war, jemanden, mit dem man geschlafen hatte, zumindest kurz auf die Wange zu küssen. Es war ihm egal, was die anderen dachten, es war ihm vieles egal geworden, aber er wollte

das Richtige tun, wollte der Gute sein. Er war nicht dafür geschaffen, der Böse zu sein, dachte er.
Ellis sah kurz auf: „Geht es?", fragte sie und machte ihm Platz, damit er sich setzen konnte.
„Gut geschlafen?", fragte er sie.
„Ja", sagte Ellis ausdruckslos und wechselte rasch das Thema: „Stefan erzählt mir gerade von den Abenteuern, die er und die anderen gestern erlebt haben."
„Größere als wir?"
„Du wirst vor Neid explodieren", platzte es aus Sebi. „Wir waren im Louvre."
„Im Louvre?", fragte Hans konsterniert. Er fürchtete, dass das Louvre eine der Sehenswürdigkeiten sein würde, die er nicht, vielleicht nie sehen würde.
„Was machst denn ausgerechnet du im Louvre?"
„Da staunst du, was? Wenn wir wieder daheim sind, kannst du dir mit deinem D'osä, oder wie das heißt, den Arsch abwischen. Denn alle werden nur gähnen, denn ich hab die Mona Lisa gesehen."
„Wie kommt ihr denn auf die Idee, in den Louvre zu gehen?", fragte Hans.
Loni Schneider verteilte das Gebäck auf die Teller und wies ihre Gäste an, zu essen. „Wir wollten nicht schon wieder einen ganzen Tag im Zimmer verbringen, deshalb haben wir Stefan in die Stadt begleitet. Er hat sich mit Baptiste im Jardin de Tuileries getroffen, um dort zu musizieren. Es war wieder ein voller Erfolg, trotz des schlechten Wetters haben sie wieder für einen Menschenauflauf gesorgt. Nach einer Stunde ist es mir aber zu kalt geworden und wir haben überlegt, was wir noch unternehmen könnten."
Loni Schneider wandte sich zu Stefan um und gab ihm einen Kuss auf die Wange: „Unser Stefan ist sowas von ein Schatzi, er hat die Einnahmen, und es waren nicht gerade wenig, spendiert, damit wir uns wo aufwärmen können. Und wo war der nächste beheizte öffentliche Ort?"
„Im Louvre", sagte Ellis.

„Genau, im Louvre. Wir sind also rein und haben uns erst irgendwelche Statuen angeschaut."
Sebi lachte. „Moderne Kunst. Ich sag nur: Moderne Kunst."
„Das Komische aber war, dass wir die einzigen waren. Der Teil vom Louvre war so gut wie leer."
„Jetzt wissen wir auch warum", unterbrach sie Sebi, „Weil die Statuen so scheiße waren, dass sie keiner anschauen wollte. Alle waren bei den Bildern. Alle. Und ich meine: Alle!"
„Jetzt lass mich mal weiter erzählen. Nach den Skulpturen sind wir durch die Altertumssammlung gelaufen. Du wärst wahrscheinlich ausgeflippt, Hans: Ägypter, Römer, wie hießen die anderen? Etrusker?"
„Vulkanier", sagte Sebi, Loni Schneider ignorierte ihn.
„Gegen Mittag wurde es dann immer voller. Könnt ihr euch noch an die verrückten Chinesen auf dem Schiff erinnern?"
„Die werde ich nie vergessen"; sagte Hans.
„Im Louvre sind die völlig ausgetickt", erzählte Loni Schneider weiter. „Die sind tatsächlich acht Stunden lang in Paris und haben für den gesamten Louvre maximal eine Stunde Zeit. Ich schwöre euch, die Chinesischen Reisegruppen sind durch den Louvre gerannt! Ganz ehrlich, ich übertreibe es nicht: Der Anführer ist mit seinem Schirm voran, die anderen hinterher. Jetzt müsst ihr euch vorstellen, wie voll der Louvre inzwischen war. Da kommt es leicht vor, dass man den Anschluss zu seiner Gruppenleitung verliert, besonders wenn man jeden Furz fotografieren muss. Ich habe, ungelogen, einen Chinesen gesehen, der einen Heulkrampf bekommen hat, weil er sich nicht neben irgendeinem Caravaggio oder was weiß ich was für ein Bild, fotografieren lassen konnte. Der ist dann rotzend und heulend seiner Reisegruppe hinterher gelaufen."
„Ich glaub dir kein Wort", sagte Hans.
„So war's aber!", riefen Sebi und Stefan gleichzeitig.
„Der Irrsinn in Menschengestalt ist allerdings in dem Raum ausgebrochen, wo die Mona Lisa hängt. Es waren ja nicht nur die durchgeknallten Chinesen in Endzeitstimmung, sondern auch kreischende Pariser Schulklassen und sonst

auch noch sämtliche Nationalitäten da drin unterwegs. Und die haben sich dann alle bei der Mona Lisa getroffen. Drum war's auch in den anderen Räumen so leer." Loni Schneider biss in ihr Croissant und lachte: „Ich bin ja richtig in Fahrt gerade. Aber ich sag's euch, es war wirklich ein Abenteuer. Ich habe die Mona Lisa noch nie gesehen. Ich dachte aber, dass die mindestens einen Meter hoch ist. Dabei ist das ein winziges Gemäldlein, das da ganz verloren an einer riesigen Wand hängt. Davor ist natürlich alles abgesperrt. Und ungefähr hundert Sicherheitskräfte passen auf, dass sich ja keiner zu nah über die Absperrung lehnt. Hinter der Absperrung schieben und zerren sich die Chinesen gegenseitig aus dem Weg, um das Minigemälde zu fotografieren. Es ist dort drin laut wie auf dem Oktoberfest und die Leute sind außer sich, als stünden sie vor einem Popstar. Aber irgendwie ist die ja einer. Ich bin dann im Saal herum gewandert und habe mir die anderen Bilder, für die sich keine Sau interessiert, angeschaut. Das war auch schön."
„Habt ihr sonst noch irgendein besonderes Bild gesehen?", fragte Hans.
Loni Schneider zuckte die Achseln. „Reicht dir die Mona Lisa nicht, van Gogh?"
„Doch, da war noch dieses krasse Bild von der nackten Frau, die mit der französischen Fahne über die Leichen hüpft", sagte Sebi. „Das hat mir noch gefallen."
„Die Freiheit führt das Volk", sagte Ellis. „Stimmt, das hängt auch im Louvre."
„Dieses Schieben und zwängen wurde mir dann aber bald zu blöd und wir sind zum McDonalds gegangen", sagte Loni Schneider. „Wir haben noch kurz überlegt, ob wir die restlichen Säle auch noch anschauen sollten, aber dazu war mir die Zeit zu schade. Wir sind danach heim und haben uns erst mal ausruhen müssen." Sie grinste. „Und was habt ihr gestern so gemacht?"

Ellis, die sich bisher auf ihr Croissant konzentriert hatte, blickte auf und sah Hans an, als interessiere sie diese Frage im Besonderen.
„Wir waren im Kino und hatten danach in der Nacht noch Sex", sagte Hans in Gedanken.
Stattdessen erzählte er ausführlich von Chanel, vom Schwimmbad und sparte auch die Episode mit der seltsamen französischen Dreierkonstellation nicht aus, verschwieg allerdings seine Gefühle, die er für Ellis in diesem Moment entdeckte.
Schließlich erzählte er von Hemingway und dem Zufall, der sie in eine Kinovorstellung geführt hatte, die genau jene Geschichte erzählte, von der er noch beim Abendessen gesprochen hatte.
Ellis sah ihn weiterhin an, als wartete sie auf die Pointe der Geschichte.
„Langweilig!", rief Sebi und imitierte das Geräusch eines Furzes. „Wer gedacht hätte, unser Tag wäre langweilig gewesen, der kann sich darauf verlassen, dass der Hans einen noch toppt. Hemingway", stöhnte er und betonte das way wie ein langgezogenes „Wääh"
„Hemingway hat sich immerhin um die Welt gesoffen und den Cuba Libre berühmt gemacht. Ihm zu Ehren gibt es auf jedem Kontinent unzählige Hemingway Bars."
„Das ist in der Tat ein großer Verdienst, aber handelte der Film von Cuba oder Libre?"
Hans schüttelte den Kopf.
„Bäh!", machte Sebi und furzte erneut in seine Hand.
Alle am Tisch lachten. Ellis lachte nicht.
„Wie sieht die heutige Tagesplanung aus?", fragte Loni Schneider. „Letzter Tag, den sollten wir schon zusammen verbringen. Oder habt ihr wieder ein Monsterprogramm?"
Ellis zuckte die Achseln.
„Es gibt viel zu viel, was ich noch machen möchte. Louvre ist ja wohl ausgeschieden, oder begleitest du mich nochmal, Sebi?"
Es furzte wieder.

„Ich treffe mich am Abend nochmal mit Baptiste am Montmartre", sagte Stefan.
„Dann steht ja zumindest schon das Abendprogramm. Vorschläge für jetzt? Und sagt bitte keiner Bett, ich bin schon fast wund gelegen."
Sebi grinste, als hätte sie ihm ein Kompliment gemacht.
„Wenn keine Vorschläge kommen, ich würde noch gern das Viertel Montparnasse sehen", sagte Hans.
„Da hat sicherlich der Hemingway eine Bar gehabt", rief Sebi und war im Begriff, erneut in den Handrücken zu blasen, aber Loni Schneiders Blick hielt ihn davon ab.
„Montparnasse? Von mir aus. Irgendwelche Einwände?"
Die Linie 13 führte direkt zum Montparnasse, gleichzeitig ließ sie die schiere Größe der Stadt erahnen. Elf Haltestellen und eine gefühlte Ewigkeit später kamen sie in Montparnasse Bienvenue an. Die Pariser Metro war zu jeder Tageszeit voll und zu den Stoßzeiten überfüllt.
Hans suchte nach Ellis' Nähe, um ihre Zeichen deuten zu können. Er stand stets neben ihr, wenn sie in der Metro durchgeschüttelt wurden und wenn zwischen beiden genug Platz war, sah er sie lächelnd an. Ellis zeigte keine Regung. Ihre Augen waren leer und ihr Gesicht hatte keinerlei Anspannung, ohne entspannt auszusehen.
Sebi und Stefan waren ausgelassen und gut gelaunt wie Schüler auf Kassenfahrt, die ihren nächsten Streich ausheckten. Stefan hatte sein Instrument nicht mitgenommen, sagte, er wolle einen Tag lang ein ganz normaler Tourist sein. Stefan und Marie hielten sich fest bei der Hand, als könnte die kleinste Erschütterung sie auseinanderreißen.
Hans hatte sich Hoffnungen gemacht, am Montparnasse viele kleine Cafés und Kneipen vorzufinden, wie Hemingway es in seinem Buch beschrieb. Das moderne Montparnasse war eine Betonwüste. So weit sein Auge reichte, Straßen auf denen sich der Verkehr staute und ein riesiger Büroturm, der höchste weit und breit, in der Mitte.

Die Mienen in der Gruppe verfinsterten sich. Sie wanderten bereits mehrere Minuten lang, ohne einen Weg um den Turm herum zu finden. Schließlich entdeckte Hans den Eingang zum Hochhaus.
„Zehn Euro Eintritt", las Loni Schneider vor.
„Und ich hab heute nichts dabei, um Musik zu machen", sagte Stefan.
„Und singen kannst du definitiv nicht", entgegnete Sebi lachend.
„Bei diesem schnöseligen Publikum müsstest du sowieso Mozart auf der Geige spielen, um auch nur zehn Cent zu kriegen", sagte Loni Schneider.
„Fahren wir trotzdem rauf?", fragte Hans.
„Zehn Euro", wiederholte Loni Schneider und kehrte dem Aufzug den Rücken.
Hans vertiefte sich in den Stadtplan. „Wenn wir in diese Richtung gehen, müssten wenigstens Cafés kommen", versprach er.
„Einen Kaffee habe ich inzwischen bitter nötig. Ellis, laufen Ausflüge mit Hans immer so ab? Todesmärsche durch Paris hässlichste Gegenden?"
Über Ellis' Mundwinkel huschte ein zartes Lächeln der Genugtuung.
Sie spazierten eine Umgehungsstraße entlang und gelangten auf der anderen Seite des grauen, in der Sonne glitzernden Büroturmes zu einer Reihe Straßencafés.
Hans sah auf die Uhr. Es war inzwischen Mittag geworden und es blieb das schale Gefühl zurück, zwar halb Paris durchfahren und halb Montparnasse durchwandert, aber noch nichts erlebt zu haben.
Sie wählten ein einladendes Café und Loni Schneider bestellte sich demonstrativ ein Frühstück.
„Ich habe Hunger", sagte sie. Als sich auch Ellis ein Frühstück bestellte, orderte jeder ein seconde petit-dejeuner zur Mittagszeit.
Das Café lag an einer vielbefahrenen Straße, bot aber einen Ausblick auf den Büroturm, dessen Anblick vor dem

azurblauen Himmel, je länger Hans ihn betrachtete, weniger unsympathisch wurde.
Das Frühstück war knusprig und der Kaffee der beste, den Hans in Paris getrunken hatte. Auch die anderen wirkten beschwichtigt und zufrieden.
In Ellis' Gesicht kehrte die Farbe zurück. In einem Moment, als sich die anderen angeregt über die Katakomben unterhielten, fragte Hans, ob es ihr gut gehe.
„Ich bin müde", sagte sie leise. „Ich habe schlecht geschlafen und die letzten Tage waren alles andere als ein Erholungsurlaub für mich."
Hans rang sich ein Lächeln ab. Er fand keine Worte, das gestern Geschehene auszudrücken, also steckte er alles, was unausgesprochen blieb, in seinen Blick. Er sah ihr tief in die Augen und begriff im selben Moment, dass auch das Unausgesprochene die Keimzelle von Missverständnissen war. Er würde aussprechen müssen, was er dachte und fühlte. Aber was das war, wusste er selbst nicht. Und solange sie in Paris waren, wollte er es auch nicht wissen. Die Realität war für zu Hause bestimmt, nicht für den Urlaub.
Was er allerdings bemerkte war, dass Loni Schneider seinen Blick gesehen hatte. Loni Schneider, die Scharfsichtige, wusste nun wohl alles, was letzte Nacht geschehen war, dachte er. Als ob sie seine Vermutung bestätigte, sah sie ihn an und grinste, dann wurden ihre Augen kalt und ihm war, als schüttelte sie den Kopf. Loni Schneider blies Rauch aus ihren Lippen und im nächsten Moment war sich Hans gar nicht mehr sicher, ob sie ihn überhaupt angesehen hatte. Aber er hatte Loni Schneider beobachtet, während er von Ellis angesehen wurde und Hans wusste jetzt, dass dieser Tag kompliziert werden würde.
Es kam zur Sprache, was sie sich als nächstes ansehen wollten und die Mehrheit sprach sich für die Katakomben aus. Hans nahm sicherheitshalber seinen Reiseführer zu Rate, ob die Katakomben auch tatsächlich geöffnet hatten, er wollte kein zweites Mal vor der geschlossenen Türe stehen.

Als sie zahlten, passierte eine Kleinigkeit, die an jedem anderen Tag nichts bedeutet hätte, das wusste Hans sofort. An anderen Tagen nutzt das Schicksal, das, wie er einmal gelesen hatte, ein mieser Verräter war, diese Kleinigkeit aus, um seine dunklen Ränkespiele in die Wege zu leiten. Es begann mit der simplen Frage, ob die Rechnung gemeinsam beglichen werden sollte. Stefan sagte, er zahle für sich und Marie. Hans bot an, Ellis einzuladen, was sie reglos zur Kenntnis nahm. Nur Sebi schwieg und auch, als Loni Schneider ihm einen fragenden Blick zuwarf, öffneten er und schließlich auch sie separat ihre Geldbörsen und bezahlten ihr Frühstück. Hans fragte sich, ob Sebi einfach nur gedankenlos war oder vielleicht nicht genügend Bargeld bei sich gehabt hatte.
Loni Schneider war ein erstes Mal in dieser Woche schweigsam, als sie durch das Viertel in Richtung Katakomben spazierten. Hans musterte sie, aber ihr Blick verriet nicht, was sie dachte, aber etwas in ihrem hübschen Kopf begann zu arbeiten. Hans und Ellis waren diesmal nicht das einzige Paar, das nicht Hand in Hand an den Straßencafés und Geschäften, in denen Malutensilien verkauft wurden, vorüber spazierte.
Sie schlenderten eine lange Friedhofsmauer entlang und Sebi und Stefan starteten ein Wettrennen und sprinteten die Straße hinunter. Hans sah ihnen nach. „Lass sie nur. Man muss nicht jede Kinderei mitmachen", sagte Loni Schneider.
Als sie ein Eingangstor erreichten, fragte Ellis, ob das der Friedhof von Montparnasse ist. Marie sagte „oui" und Ellis schlug vor, den Weg durch den Friedhof hindurch zu nehmen.
Anders als die städtischen Friedhöfe, die Hans von zu Hause kannte, waren hier die Gräber allesamt individuell und kreativ gestaltet. Sie ragten teils meterhoch in die Höhe. Er vermutete, dass dies nicht unbedingt von einer französischen Tradition her rührte, sondern einzig an den monetären Möglichkeiten der Verstorbenen beziehungsweise ihrer Hinterbliebenen lag.

„Geil, wo liegt denn der Jim Morrison?", fragte Stefan. Marie schüttelte den Kopf und erklärte, dass Jim Morrison nicht hier begraben ist. „Der liegt auf dem Friedhof Pére Lachaise", übersetzte Loni Schneider.
„Eigentlich müssen wir dort auch noch hin"; sagte Sebi.
„Pére Lachaise, Katakomben, Friedhof Montparnasse. Sehr morbid. Man könnte meinen, ihr seid Vampire auf Urlaub", sagte Loni Schneider.
„Der einzige Vampir hier bist du", entgegnete Sebi. „Den ganzen Tag über schlafen und erst in der Nacht aktiv werden."
Loni Schneider antwortete darauf nichts.
„Hier hast du einen anderen Promi", sagte Hans.
Sie standen vor dem Grab von Jean-Paul Sartre und Simone de Beauvoir.
„Und in welcher Band haben die gespielt? Hören sich wie Chanson Sänger an", sagte Stefan.
Sebi lachte: „Haben die nicht dieses mörderheiße ‚Je t'aime' gesungen?"
Loni Schneider verdrehte die Augen. „Das war jetzt hoffentlich ein Scherz, oder?"
Er grinste.
„Bitte sag mir, dass du Sartre kennst", sagte Hans.
Er grinste weiter. „Klar, ich habe alle seine Filme verschlungen, als ich noch auf die Nerd-Schule ging, so wie du."
„Mit Nerd-Schule meint er das Gymnasium", erklärte Loni Schneider.
„Ist schon klar, dass man auf der BOS im Technikzweig nichts von Sartre liest."
„Sag bloß, du hast Sartre gelesen?", fragte Hans begeistert.
„Naja." Loni Schneider zuckte die Schultern. „Zumindest haben wir ihn kurz durchgenommen."
„Ich habe Sartre gelesen", sagte Ellis.
Hans sah Loni Schneider an. „Ich hab ihn weder gelesen, noch durchgenommen. Was sagt Sartre denn so?"

Loni Schneider zuckte wieder die Achseln. „Naja, Nerd-Schule ist schon ein, zwei Jahre her."
„Und seitdem hat sich unsere Loni bekanntlich mehr mit Mode auseinandergesetzt", sagte Sebi.
Loni Schneiders Blick verfinsterte sich.
„Sartre und Simone de Beauvoir führten eine offene Beziehung", Ellis räusperte sich. „Sartre eroberte die Beauvoir, als sie noch eine junge Studentin war. Er verliebte sich sofort in ihr Talent. Beide schlossen einen Pakt, sich immer zu lieben, ohne jemals eine herkömmliche Beziehung zu unterhalten."
„Wie soll das gehen?", fragte Hans.
„Es ging eben nicht. Sartre hatte Liebhaberinnen. Die Beauvoir hatte eine Beziehung zu einer Frau, die wiederum Sartre sofort als Liebhaberin in Beschlag nehmen wollte. Ihre Beziehung war turbulent, sie haben sich gegenseitig verletzt. Aber schau dir das an."
Hans schaute auf das Grab. Mehrere Steine waren auf die Granitplatte des Grabes gelegt, wie er es von jüdischen Friedhöfen kannte, daneben Rosen und einige Briefe.
„Was meinst du?", fragte er.
„Schau hin, hier liegen sie zusammen. Sie haben sich immer wieder füreinander entschieden, auch ohne Trauschein. Bis dass der Tod euch scheidet."
Ellis betrachtete lange die Grabinschrift und Hans sah, wie sie eine Träne aus den Augen wischte.
Sie gingen weiter.
Schweigend spazierten sie durch die kleine Stadt der hoch aufragenden Grabsteine bis zum Ausgang.
Am Boulevard Raspail folgten sie der Straße in Richtung Katakomben.
„Was ist eigentlich das Besondere an den Katakomben?", fragte Sebi.
Hans zuckte die Achseln: „Sie sind unterirdisch, finster und modrig. Und man sieht jede Menge Totenschädel. Vielleicht ist das das Gegenprogramm zum Eiffelturm. Dort sieht man

zwar auch jede Menge Schädel, aber die sind leider noch nicht tot."

„Ich fürchte, wir werden auch in den Katakomben mehr lebende Menschen sehen, als tote", sagte Ellis und deutete Richtung Eingang der Katakomben, als sie den Square Claude- Nicolas–Ledoux erreichten. Vor der Tür stand eine Schlange, die um den Platz herum reichte und deren Ende nicht absehbar war. Anstelle schwarz gekleideter Fans von The Cure oder Joy Divison standen dort in Shorts, beigen Hemden und weißen Baseballkappen gekleidete amerikanische Touristen und Hans glaubte, die chinesische Reisegruppe vom Bateaux Mouche wiederzuerkennen.

„Die Katakomben sind diesmal definitiv geöffnet", sagte er und gab ein erschöpftes Lachen von sich.

Sie überquerten die Straße und vergewisserten sich, ob die Schlange auch tatsächlich an den Katakomben anstand, oder nicht etwa doch ein Ausverkauf in einer angesagten Modeboutique stattfand.

Hans fragte auf Englisch die am Anfang der Schlange Stehenden, wie lange sie schon warteten. „One hour", antwortete der Mann. „But it wasn't that crowded then."

Sie folgten der Schlange um zu sehen, wie lange sie tatsächlich war. Hans kam es so vor, als warfen ihnen die Anstehenden mitleidige Blicke zu, als sie den Platz umrundeten. Die Schlange führte um den Place Denfert–Rochereau herum und schien kein Ende zu haben. Das fanden sie schließlich auf der anderen Seite des Platzes, wenige Meter vor dem Eingang, wo sie ihren Anfang genommen hatte.

Sie warfen sich enttäuschte, fragende Blicke zu. „Ist es das wert?", fragte Loni Schneider.

Hans schüttelte den Kopf: „Ich kann es immer noch nicht fassen. Jetzt bin ich ein zweites Mal hier und wieder ist es unmöglich, dort hinein zu kommen. Es ist wie verhext."

„Ich wüsste eine gute Möglichkeit, hinein zu kommen", sagte Sebi.

Hans sah ihn erwartungsvoll an. Sebi hatte auf so manchem Festival Wege gefunden, umsonst hinein zu kommen.

„Und wie?", fragte Loni Schneider mit einem scharfen Unterton in der Stimme.

„Der einfachste Weg, in die Katakomben zu kommen, ist immer noch…", sagte er und grinste, „…zu sterben."

Loni Schneider sah ihn böse an. „Na, da hat dein Hasenhirn ja einen übergenialen Einfall heraus geschissen. Geh schon mal voraus, ich komm dann nach. In ungefähr achtzig Jahren!", fügte sie giftig hinzu.

„Aber bis dahin könnten wir uns ja mal in der Schlange anstellen, das geht vermutlich dann doch schneller", schlug Ellis vor.

Stefan musste lachen: „Ich stell mir grad vor, wie wir längst Skelette sind, wenn wir an der Kasse angekommen sind."

„Dann wissen wir jetzt ja auch, woher die vielen Gebeine kommen: Das sind die Touristen, die sich zu Tode gewartet haben", sagte Hans.

Sie beratschlagten sich, was zu tun sei.

„Dort drüben ist ein McDonalds. Wir könnten erst mal dorthin gehen", sagte Sebi.

„Um ein drittes Mal zu frühstücken?", fragte Loni Schneider.

„Es ist Eins. Um diese Zeit kann man nicht mehr frühstücken."

„Vielleicht in Frankreich schon?"

„Sebi, ich glaube auch nicht, dass einer von uns schon wieder hungrig ist. Jedenfalls wird es langsam zu heiß, um in der prallen Sonne neben der Hauptstraße herumzustehen", mischte sich Ellis ein.

„Ich weiß, ihr werdet mir jetzt mit Vergnügen an die Gurgel gehen, aber da heute mein letzter Tag in Paris ist, würde ich noch ganz gern mit euch teilen, was noch auf meiner To- Do Liste steht."

Ellis stöhnte: „Lieber Hans, dann zähl doch die 37 Bauwerke auf, die du unbedingt heute noch besichtigen möchtest."

„So viele sind es gar nicht."

„Das war Ironie."

Loni Schneider lachte.

„Eiffelturm?", fragte Hans.

„Da können wir gleich hier bleiben", sagte Loni Schneider und schüttelte den Kopf.

„Monets Seerosen in der Orangerie in den Tuileries?"

„Du willst uns wohl verarschen", sagte Loni Schneider und lachte.

„Also gut: Disney Land?", fragte er.

Loni Schneider sah ihn erfreut an.

„Das war jetzt ein Scherz von meiner Seite. Da lass ich mich lieber kopfüber unter die Pont Neuf binden, da hab ich mehr Spaß dabei."

„Also, weitere Vorschläge?", fragte Loni Schneider.

„Jim Morrisons Grab?"

„Nicht schon wieder ein Friedhof."

„Wie wär's mit Heinrich Heines Grab?"

„Dann schon eher zum Jim Morrison. Aber ich sagte bereits: Keine Friedhöfe mehr!"

„Wir könnten noch nach Versailles fahren."

Marie schüttelte den Kopf, als sie das Wort Versailles hörte.

„Too hot, too late", sagte sie.

Loni Schneider sah Ellis an: „Da wir von Hans ja nur den üblichen Pseudokulturscheiß zu erwarten haben, was möchtest du denn noch anschauen?"

Hans wusste nicht, ob es tatsächlich Ellis' Wunsch entsprach oder ob sie ihm einen Gefallen tun wollte. Aber Ellis nannte einen Ort, den er der Gruppe gegenüber gar nicht auszusprechen gewagt hatte.

„Ich möchte mir gerne das Höllentor im Rodin Museum anschauen", sagte sie.

Loni Schneider sah sie skeptisch an. „Das ist der Typ mit den Statuen, oder?"

Hans holte rasch seinen Reiseführer hervor und blätterte eine Abbildung von Rodins „Denker" hervor.

„Das kennt ihr doch, oder? Das ist berühmt", sagte er.

Sogar Stefan nickte. „Der steht bei meinen Eltern auf dem Kachelofen", sagte er.

„Das ist doch super, dann kannst du deinen Eltern erzählen, du hast in Paris das Original gesehen", sagte Hans.
„Mir ist es jetzt ohnehin schon Wurst, was wir machen. Ich schau mir auch die Seerosen an, hab schon Schlimmeres gesehen", sagte Sebi.
Sie beschlossen, mit der Metro nach Norden zu fahren.
„Danke", sagte Hans leise zu Ellis, als sie in der Bahn standen.
Ellis sah ihn emotionslos an. „Wofür?", fragte sie.
Sie stiegen an Haltestelle Varenne, gegenüber den Invalides aus und gingen zum Musée Rodin.
Wieder führte Hans die Gruppe zunächst in die falsche Richtung und erst als er die goldene Kuppel einer Kirche, die er zunächst als gewöhnliche Pariser Kirche eingestuft hatte, als den Invalidendom identifizierte, fanden sie die Straße in der auch das Musée de Rodin war.
„Da wir schon mal hier sind, könnten wir vielleicht nicht doch auch das Grab von Napoleon…", fragte Hans.
Loni Schneiders Blick, ließ ihn verstummen.
Sie betraten die Eingangshalle des Museums. Es befand sich in einer prächtigen Stadtvilla, in der Rodin selbst gewohnt hatte und die er nach seinem Tod zum Zwecke eines Museums an den Staat vermacht hatte. Genau wie den dazugehörigen Park, den man durch die weiten Fenster sehen konnte. In den Räumen des Stadthauses standen die berühmten Skulpturen Rodins.
Hans entdeckte auch hier ein Exemplar des „Kusses". Er fragte sich, wo wohl das Original stand. Das hier ausgestellte Werk war aus Marmor. Es musste das Original aus der Hand des Künstlers sein, vermutete er. Die Skulptur in den Tuileries war aus Bronze gegossen. Beide waren in Anmut und Schönheit identisch wie ein Klon und dennoch konnte man nur beim ursprünglichen Original sicher sein, dass der Künstler selbst seine Hand an die Herstellung gelegt hatte. Aber war das entscheidend? Welche Version wäre wertvoller, das Original aus Marmor oder ein in Gold

gegossener „Kuss" aus der Neuzeit? Er sah zwischen Ellis und Loni Schneider hin und her.

„Möchtet ihr die Geschichte der beiden hören?", fragte Ellis, die einen kleinen Führer durch das Museum in den Händen hielt.

„Die beiden heißen Paolo und Francesca", erklärte sie. „Sie sind Charaktere aus Dantes Göttlicher Komödie."

Sebi grinste und flüsterte zu Stefan: „Günter Jauchs Eine-Million-Frage: Wer schrieb Dantes Göttliche Komödie?"

„Und mit Dante ist nicht der Fußballspieler gemeint", sagte Ellis an die beiden gerichtet. „Also noch einmal für unsere Kunstbanausen: Paolo und Francesca sind, wie man sieht, ineinander verliebt. Francesca ist allerdings verheiratet. Bei ihrem ersten Kuss, den wir hier sehen, wurden sie sofort von ihrem Ehemann erwischt und folgerichtig umgebracht. Beide sind seither dazu verdammt, durch die Hölle zu wandern."

„Klingt gar nicht nach Komödie", sagte Sebi und kicherte.

Sie gingen von Zimmer zu Zimmer und betrachteten, mehr oder weniger aufmerksam, die verschiedenen Statuen. In einem Nebenraum blieb Ellis lange Zeit vor einer Vitrine stehen, in der sich mehrere kleine Skulpturen befanden.

Eine der Bronzestatuen zeigte einen nackten Mann, der, wie von einem Engel behütet, von einer Frau umarmt, hinfort geleitet wird. Er entfernt sich von einer Frau, die verzweifelt auf dem Boden kniet und flehend die Arme nach ihm ausstreckt.

Hans stand auf der anderen Seite der Glasvitrine und tat so, als betrachtete er ebenfalls die Skulptur. Aber er beobachtete Ellis. Er sah ihren traurigen Blick, ihre müden Augen, ihr starres Gesicht. Gedankenversunken musterte sie die drei und den in Bronze festgehaltenen Augenblick einer Entscheidung, eines Verlassens.

Der alte Mann ließ sich von der gleichaltrigen Frau mitzerren und die junge Frau verzweifelt zurück. Hans erinnerte sich an eine Diskussion im Film letzte Nacht, in der es ungeklärt geblieben war, ob Rodin mit Camille, der Künstlerin dieses Werkes, verheiratet, oder ob sie nur eine Geliebte war. Hans fragte sich, ob die Skulptur etwas damit zu tun hatte und ob auch Ellis gerade darüber nachdachte.

„Wie heißt denn die Skulptur?", fragte er. Ellis reagierte nicht.

„Weißt du, ob die Skulptur einen Titel hat?", fragte er noch einmal, diesmal etwas lauter.

Ellis schaute auf, ihr Blick benötigte eine Weile, bis er wieder Klarheit gewann.

Sie schlug ihren Museumsführer auf und blätterte kurz. „Es steht nur auf Englisch da. Sie hat mehrere Bezeichnungen: The Age of maturity. Oder auch Destiny. Oder The Path of Life. Oder Fatility.

Ellis sah ihn durch die Glasscheibe hindurch, durch die drei Figuren hindurch, fragend an.

Hans hielt dem Blick kurz stand. Als ihm ein kalter Schauer den Rücken hinunter lief und er sich daran erinnerte, dass er mit ihr in dieser Nacht geschlafen hatte, blickte er zu Boden.

Als er wieder aufsah, war Ellis weiter gegangen.

Die anderen saßen bereits im Garten unter Schatten spendendem Buschwerk neben dem „Denker". Hinter den Bäumen konnte man die Kuppel des Invalidendoms sehen.

„Über Kunst lässt sich streiten, aber der Park ist sehr schön", sagte Sebi.

Sie spazierten durch die schmalen, von Hecken begrenzten Wege, zur großflächigen Parkanlage, in deren Mitte sich ein Springbrunnen befand.

„Ich bin auf einmal unendlich müde", sagte Ellis.

Die anderen gingen weiter.

„Ich meine es ernst, wenn ich mich nicht sofort irgendwo hinsetzen kann, dann kippe ich um."

Sie setzten sich auf eine der Steinbänke und Ellis legte sich hin. Sie schlief augenblicklich ein.

Hans blickte Loni Schneider und den anderen nach, die die andere Seite des Parks besichtigten. Hans blieb alleine bei Ellis zurück und sah ihnen sehnsüchtig hinterher. Ellis' Kopf lag in seinem Schoß.

Sie atmete gleichmäßig. Ihr Haar streifte seine Hose. Er wünschte sich, bei den anderen zu sein. Er fühlte sich, als wären er und Ellis festgekettet, ohne erklären zu können, worin diese Fessel bestand.
Als die anderen hinter einer Hecke verschwanden, fühlte er sich alleine. Er betrachtete den Springbrunnen, sah sich die Statuen an, die um das Wasser herum standen und lauschte dem gleichmäßigen Atmen des Mädchens.
War dies nun also sein Leben? An der Seite eines schlafenden Mädchens zu warten, bis sie erwachte. Er musste an Dornröschen denken und daran, dass es im Märchen umgekehrt war, dass die Prinzessin auf den Prinzen wartete.
Er wartete darauf, dass das Mädchen aufwachte. Vielleicht hätte sie ein Kuss geweckt. Es dauerte noch gefühlte hundert Jahre, bis die anderen von der gegenüber liegenden Seite der Villa kommend wieder auftauchten.
„Wir haben das Höllentor angeschaut", sagte Loni Schneider.
„Das haben wir im d'Orsay bereits gesehen."
„Was ist mit Ellis?"
„Sie schläft."
„Sollen wir sie wecken? Es ist Zeit, wieder zurück zu fahren."
Ellis stöhnte. Sie blinzelte mit den Augen. Sie sah fiebrig aus.
„Hast du gut geschlafen?", fragte Hans.
„Nein."
Sie bat um Wasser und trank gierig, bis die halbe Flasche geleert war.
„Ich will heim", sagte sie und Hans war nicht sicher, ob sie mit ‚heim' die Avenue de Clichy oder Bayern meinte.
Sie gingen schweigend zur Metro und fuhren wieder zurück.
Ellis verschwand sofort im Zimmer und legte sich in ihr Bett.
Hans setzte sich zu ihr und legte seine Hand auf ihre Stirn.
„Geht es dir gut?", fragte er.
Sie deutete ein Nicken an und schloss die Augen.

Hans blieb sitzen. Erst still, dann langsam immer unruhiger werdend.

„Was ist?", fragte sie.

„Es ist der letzte Tag in Paris. Ich weiß nicht, ob ich jemals wieder komme. Ich hab so vieles noch nicht gesehen."

„Du spinnst."

Hans blieb auf ihrem Bett sitzen und wetzte mit den Beinen.

Ellis riss die Augen auf, sie richtete sich auf und sah ihn an: „Hans, es bedeutet mir viel, wenn du da bist, aber so zerfetzt du meinen letzten Nerv. Jetzt geh endlich."

„Wo soll ich hingehen?"

„Da, wo es dich hinzieht, mein Gott! Irgendwohin in Paris, fahr in die Stadt, geh ins Nebenzimmer, aber hör auf, mich mit deiner Rastlosigkeit in den Wahnsinn zu treiben!"

„Ich kann nichts dafür, dass ich so unruhig bin. Das ist nur ein Gefühl."

„Dann gib deinen scheiß Gefühlen endlich nach und verschwinde."

Hans nickte. Er stand auf und schloss die Tür hinter sich.

# Mein Herz, mein Herz ist traurig

Hans ging unruhig raschen Schrittes den Flur entlang ins Treppenhaus und die Stockwerke hinunter.
Das Treppenhaus war Paris und er wollte Paris noch in sich aufsaugen, solange es ihm möglich war. Als sei jede Sekunde in Paris so wertvoll, dass er sie nirgends verbringen wollte, wo es nicht Paris war, eilte er die Treppe nach unten.
Als er an der Avenue de Clichy angekommen war, die Straße sah, das Rot der Ziegel und der Marquisen und der Ampel, blieb er stehen, spürte seinen Herzschlag und versuchte, sich zu beruhigen.
Er sah sich um. Paris war rot und dort wo es rot war, war es Paris. Die Avenue de Clichy führte in stetiger Steigung hinauf zum Montmartre. Es war eine lebendige Straße, die die schmutzige Seele der Stadt wiederspiegelte. Neben einem Bankautomat schlief der Obdachlose, in seine Decke gekauert. Die Läden, meist Bistros oder Schnäppchenmärkte, trugen ausländische Namen auch für französische Augen. Der Verkehr fuhr unaufgeregt, aber stetig, die Straße hinauf und hinab und die Passanten gingen ihrer Tätigkeit nach, die womöglich nur darin bestand, Passanten zu sein.
Hans spürte eine seltsame Nähe zu dieser Straße, die für wenige Tage seine Heimat war und wusste nicht, warum er bereits nach wenigen Tagen so starke Gefühle für sie empfand. Vielleicht, weil Paris die Stadt der Liebe war und er Klischees liebte. Vielleicht, weil sich Clichy auf Klischee reimte. Vielleicht aber auch nur, weil er da war und ahnte, dass sein Leben einen Grad an Intensität erreicht hatte, der nur noch mit dem Tod gesteigert werden konnte.
An der Haltestelle Brochant stieg er in die Metro ein. So wichtig es ihm war, die Städte an ihrer Oberfläche kennenzulernen, so essentiell empfand er es, in jeder Stadt

mit der U-Bahn gefahren zu sein. Die U-Bahn zeigte eine Stadt, ein Stadtviertel, wie es wirklich war. Hier sah man die Menschen, die an der Oberfläche versteckt wurden. Hier trafen sich die Verrückten, die Verlierer, die Dealer und die Süchtigen. Sie alle hatten gemeinsam, dass sie U-Bahn fuhren. Und Hans war einer von ihnen. Er sah ihnen in die Augen, weil er nur Gast in der Stadt war und alles sehen wollte. Er sagte „Pardon", wenn er in der überfüllten, schaukelnden Metro jemanden anrempelte und „Excusez-moi", wenn er aussteigen musste. Er nahm es sehr ernst, ein Teil der Stadt zu sein, auch wenn er die Sprache nicht beherrschte.
Am Place de Clichy stieg er aus. Er folgte dem Menschenstrom zurück an die Oberfläche.
Den Platz hatte er bisher nur bei Nacht gesehen. Nachts waren es die Neonlichter, die die Farbe bestimmten. Jetzt, bei Tageslicht betrachtet, war auch hier das dunkle Weinrot die bestimmende Farbe. Er ging am Café Wepler vorbei nach Norden. An einer roten Ampel wartete er und betrachtete die Menschen auf der gegenüberliegenden Straßenseite. Es waren vor allem Touristen. Die Pariser erkannte er daran, dass sie entweder schwarz waren oder ein arabisches Äußeres hatten.
Die Sonne stand inzwischen so tief, dass sie jeden Moment hinter den Häuserfronten, die den Place de Clichy begrenzten, versinken würde.
Er folgte dem Boulevard de Clichy nach Norden und suchte nach einem Eingang zum cimetière. Hans wusste nicht, warum er hierher kam, er wusste nur, dass er es musste.
Die Straße führte direkt über den Friedhof hinweg und zerschnitt ihn in zwei Teile. Eine Treppe führte hinunter. Mit dem Untergang der Sonne tauchten die Schatten den Eingang zum Friedhof in ein dunkles Licht. Die Vögel zwitscherten, wie sie es überall taten, wo es Bäume in der Stadt gab.
Er sah sich um. Das Zwielicht der tief stehenden Sonne brach durch das Blattwerk der Bäume und tauchte die hoch

aufragenden Grabsteine in warme Farben. Die Straßen des Friedhofs waren geometrisch angelegt, die Gräberreihen ließen keine genaue Anordnung erkennen, der Zufall oder das Chaos legten die Gräber, ganz so wie der Tod selbst, links und rechts der Wege, auf Hügel, zwischen Gruften. Hans ging abseits des Weges und befand sich bald auf einer Anhöhe, von der aus er den Friedhof überblicken konnte. Die Grabsteine, die sich dicht aneinander drängten, soweit sein Auge reichte, waren schmal, aber hoch. Metallkreuze, wie er sie von den Friedhöfen zu Hause kannte, gab es hier nicht. Stattdessen waren viele Grabsteine mit kunstfertigen Statuen verziert. Der Friedhof spiegelte den Reichtum der Stadt wieder. So hoch die Häuser der Stadt waren, so hoch waren ihre Grabsteine. Ob aus Platzmangel und Überbevölkerung oder als Statussymbol erschloss sich ihm nicht.

Er blieb lange auf der Anhöhe zwischen den Gräbern stehen und wunderte sich über die Stille, die in Friedhöfen, egal in welcher Stadt sie lagen, herrschte. Er lauschte dem Zwitschern der Vögel und eine japanische Reisegruppe zog fotografierend zwischen die Gräber. Ein amerikanisches Paar erkundigte sich bei einem Gärtner auf Englisch nach dem Grab von Jim Morrison. Der Gärtner beschimpfte sie auf Französisch.

Am Eingang des Friedhofes fand Hans eine große Tafel, die die Gräber der prominentesten Verstorbenen auswies. Er suchte nicht unter J oder M, er suchte nach H.

Er fand den Namen den er suchte. Je weiter er sich dem Grab näherte, desto unruhiger wurde er. Es war ein seltsames Gefühl, die letzte Ruhestätte einer prominenten Person zu besuchen, fast so, als träfe man die Berühmtheit persönlich. Er erinnerte sich, als Teenager am Grab von Jimi Hendrix gestanden zu haben. Ein weiterer Jim, der mit 27 Jahren gestorben war. Das Grab war nicht mehr als eine schmale Steinplatte, die in einen grünen Rasen eingefasst war. Der gesamte Friedhof war flach und das einzige Aufragende waren die Besucher gewesen.

Hans näherte sich der Weggabelung, in deren Nähe sich das gesuchte Grab befand. Er wusste nicht, was er sich davon erwartete, dieses Grab, diesen Toten zu besuchen. Er wusste nur, dass sein Parisbesuch nicht vollständig war, ohne dort gewesen zu sein.
Er erkannte es sofort. Eine Büste des Verstorbenen stand auf einem hohen Sockel, der über dem Grabstein ragte.
Irritiert schaute er die Büste an. Die Namensinschrift stimmte, aber den Mann, der dargestellt war, hatte er noch nie gesehen. Er hatte ein anderes Bild von Heinrich Heine im Kopf. Der dargestellte Mann war alt, trug einen Vollbart und sah traurig auf sein eigenes Grab. Der Heine, der in den Büchern abgebildet war, war jung, mit blitzenden Augen, verschmitzt, glatt rasiert und voller jugendlichem Tatendrang.
Der alte Heine hatte Deutschland nur noch wenige Male gesehen und erlebte das Pariser Exil in seiner schweren Krankheit, erinnerte er sich. Mit einem Male schämte er sich. Deutschland, dessen größter Dichter Heine gewesen war, hatte ihn ins Exil gezwungen. Der Pariser Heine, der alte Heine, der kranke Heine, der auf seinem Grab abgebildet war, blieb ihm fremd. Umso mehr rührte ihn Heines Schicksal. So musste Heine für Deutschland gefühlt haben, als er es ein letztes Mal besuchte.
Die Scham wandelte sich in Traurigkeit. Hans stand still vor dem Grabstein und merkte, wie ihm Tränen in die Augen schossen. Der unbestimmte Schmerz, der ihn lange nicht mehr besucht hatte, fuhr in seinen Magen und er kämpfte gegen den Drang, hemmungslos loszuheulen. Der alte Mann vor ihm tat ihm leid. Es tat ihm leid, dass er nicht in seiner Heimat sterben durfte. Es tat ihm leid, dass er so krank war, so viel leiden musste. Eine Trauer brach über ihn ein, die tief und wahrhaftig war und die er nicht lokalisieren konnte. Er stand am Grab von Heinrich Heine und schluckte seine Tränen und trauerte um einen Menschen, den er nicht gekannt hatte, von dem er drei, vier Gedichte mochte und

der vor über 150 Jahren gestorben war. Er dachte an Ellis, die jeden Tag schlief und ohne es zu wollen, weinte er.
Auf dem Grabstein lagen einige Steine.
Er wischte sich die Tränen aus dem Gesicht. „Mein Herz, mein Herz ist traurig", murmelte er. „Mein Herz, mein Herz ist traurig." Die Schönheit dieses Ortes wurde ihm unerträglich, alles tat ihm weh. Er legte einen Kieselstein zu den anderen, machte ein Kreuzzeichen und eilte zurück, die Treppe hinauf und beruhigte sich erst wieder, als ihn der Straßenlärm des Montmartre verschluckte.
Er stieg die Treppen nach oben. Das wievielte Mal in dieser Woche? Er nahm sich vor, seinen überhasteten Abgang wieder gut zu machen und Ellis die Aufmerksamkeit entgegenzubringen, die sie verdient hatte. Aber es war der letzte Abend in Paris und es stand in den Sternen, wann er Loni Schneider wiedersehen würde und jetzt im Augenblick, das sagte ihm sein Herzpochen, das nicht nur vom Treppensteigen verursacht wurde, gab es nichts aufregenderes für ihn, als in der Nähe von Loni Schneider zu sein.

## Gewisse Wahrheiten

Die WG war in Aufruhr und Aufbruchsstimmung, als er die Türe öffnete. Die Jungs waren aufgekratzt, im Bad liefen Dusche und Föhn, auf dem Tisch stand eine fast leere Weinflasche und Stefan spielte auf seinem Akkordeon. Nur die Türe zu Ellis' Zimmer war geschlossen.
„Wie sehen die Pläne aus?", fragte er.
„Das Übliche", sagte Loni Schneider Wir gehen am Montmartre was essen und danach hinaus in die Nacht. Mal sehen, wo es uns hintreibt."
„Hast du Ellis gesehen?"
Sie schüttelte den Kopf.
Hans klopfte, obwohl es nicht notwendig gewesen wäre, an die Türe. Als keine Antwort kam, öffnete er und trat ein. Das Zimmer war dunkel und er öffnete die Jalousie einen Spalt, bis ein wenig Licht den Raum erhellte. Ellis hatte sich unter der Decke verkrochen. Er setzte sich zur ihr ans Bett.
„Die anderen gehen heute wieder zum Montmartre", sagte er.
Sie stöhnte etwas Unverständliches unter ihrem Kissen.
„Wie geht es dir?"
Sie bewegte ihren Kopf und lugte aus der Kissenburg heraus. „Wer sind die anderen? Oder meinst du ‚wir'?"
„Naja, ich dachte halt, wenn die anderen Essen gehen, dann gehen wir natürlich mit. Letzter Tag und so."
„Aha. Und wenn ich jetzt sagen würde, mir geht es nicht gut, ich habe Kopf-, Hals-, Glieder- und Scheißeschmerzen, dann würdest du bei mir bleiben und mich pflegen und mir Tee machen."
Hans zögerte einen Moment, vielleicht einen Tick zu lange, bis er sagte: „Natürlich."
„Ja, natürlich. Selbstverständlich. Aber du hast Glück, ich fühle mich wieder kräftiger. Aber wenn wir endlich wieder zu Hause sind, dann schlafe ich vier Tage durch. Mit dir zu

verreisen ist eine Herkulesaufgabe, das hält ja kein Normalsterblicher aus."
Während sich Ellis als letzte im Bad ausgehfertig machte, waren Loni Schneider und Marie bereits fertig. Dressed to kill, dachte Hans, als er sie sah. Loni Schneider, mit der es die Schöpfung als Naturschönheit ohnehin über die Maßen gut gemeint hatte, genügte nur ein wenig Kajal und Lidschatten sowie ein luftiges Sommerkleid, über das sie eine schwarze Lederjacke trug, um Hans' Blick auch gegen seinen Willen auf sich zu ziehen. Loni Schneider in Paris war anders, dachte er, dies war nicht die Loni Schneider vom Land, sondern die Pariser „Apollónia Schneidér", Lieblingsmuse von Karl Lagerfeld und das Gesicht der neuen Vamp–Kollektion von Chanel.
Auch Marie, die augenscheinlich hinter Loni Schneiders neuem Stil steckte, war geschminkt, allerdings deutlich stärker und beide sahen sich sogar ein wenig ähnlich.
Da sich die Jungs in ihrer Garderobenwahl und Haarpflege nicht merklich mehr Mühe gaben als an einem Werktag, trat ein optischer Graben, in den fast eine ganze Modewelt passte, zwischen den Mädchen und den Jungs zutage.
Als Ellis aus dem Bad heraustrat, musste Hans diese Aussage korrigieren: Eine Welt zwischen Loni Schneider und Marie, sowie dem Rest der Gruppe.
Ellis hatte ihre Haare zu einem Pferdeschwanz zusammengebunden und sich das Gesicht so zurechtgemacht, dass ihre Augenringe kaum mehr zu sehen waren. Sie trug eine blassblaue Bluse und eine schwarze Jeans und ihr Gesicht erzählte davon, dass sie sich nicht auf diese Nacht freute.
Loni Schneider musterte sie einen Moment lang mit offenem Mund. Dann klarte sich ihr Gesicht auf und sie sagte: „Hübsch siehst du aus."
Ellis nickte vielsagend, dann brachen sie auf.
Es war inzwischen ein Ritual, mit der Metro zum Montmartre zu fahren. Hans kannte die Folge der Haltestellen, er wusste, wie die Haltestellen an der Oberfläche aussahen, er

kannte die Stimme der Ansagerinnen in der Metro. Nach einer knappen Woche in Paris hatte die Stadt etwas Vertrautes angenommen. Er hatte ein Lied von Clueso im Kopf: „Warum ist jede Stadt auch ein bisschen wie zu Haus", summte er.
Sie stiegen diesmal am Pigalle aus. Loni Schneider hatte eine klare Vorstellung davon, wie dieser Abend zu beginnen hatte.
Sie gingen nicht in die Richtung der rot beleuchteten Bars, sondern stiegen den Montmartre hinauf, vorbei am Deux Moulin, das ebenfalls rot beleuchtet war, aber am Pigalle gab es zwei verschiedene Arten von Rot.
Sie folgten der Straße hinauf bis zum „Zebra". Es waren zwei Tische für genau sechs Personen frei. Allerdings waren sie reserviert. Loni Schneider grinste. Sie deutete auf den unleserlich geschriebenen Namen auf der Reservierung.
„Chnaydat" las Hans und sprach es laut aus.
Loni Schneiders Lächeln weitete sich. „Meine erste telefonische Reservierung auf Französisch", sagte sie.
„Ich habe mir vorgenommen, das Zebra zu meinem Stammcafé zu machen. Und das geht am besten, indem man regelmäßig auf seinen Namen reserviert. Dann lernen sie einen kennen."
„Gute Wahl", sagte Ellis. „Ich mag das Zebra auch."
An den Nebentischen saßen wieder Studenten mit Hornbrillen und Pariserinnen mit modischen Handtaschen, als wären sie Statisten für eine klischeehafte Werbebroschüre für ein junges Pariser Restaurant.
Sie bestellten sich zwei Flaschen Wein.
Als Hans sein erstes Viertel des schweren Rotwein ausgetrunken hatte, wusste er, dass dies eine Erinnerung an Paris bleiben würde: Bereits vor dem Hauptgang betrunken zu sein. Der Wein verwandelte die Stadt, verwandelte die Menschen, die dort wandelten und als er einen Blick mit Loni Schneider wechselte, sah er, wie in einem Spiegelbild, ein Lächeln, das nicht aufhört . Es war sein letzter Tag in Paris und vielleicht wäre er an jedem anderen letzten Urlaubstag

traurig gewesen. Aber die Nacht begann erst. Loni Schneider war nicht an den Urlaubsort gebunden und über die Realität, die ihn zu Hause erwartete, wollte er gar nicht erst nachdenken. Er hatte allen Grund, sein Sein auf die Gegenwart zu konzentrieren, solange diese Gegenwart noch hier in der Stadt war.

Er sah sich, vor Glücksgefühl und Vorfreude bebend, um und er wusste dass er diese Gefühlswallungen, die der Wein in seinem Magen köcheln ließ, nur mit Loni Schneider teilte. Ellis sah müde aus, sie lehnte teilnahmslos in ihrem Stuhl. Sebi grinste zu breit und Hans kannte ihn inzwischen gut genug, um zu wissen, dass dies seine Maske war, die er aufsetzte, wenn die Widrigkeiten des Lebens an ihm zerrten. Alle tranken über die Maßen und die Weinflaschen waren bereits leer. Stefan und Marie saßen wehmütig nebeneinander und hielten sich verkrampft ihre Hand, als wehrten sie sich gegen eine unsichtbare Macht, die versuchte beide auseinander zu reißen.

„Oh", sagte Hans, als er die beiden betrachtete.

„Was ‚Oh'", fragte Stefan.

„Ich denk die ganze Zeit daran, wie schön die Woche war und freu mich sogar ein ganz kleines bisschen, morgen wieder im eigenen Bett schlafen zu können und zum Frühstück eine Leberkäsesemmel zu essen, aber für euch muss dieser letzte Abend ja furchtbar sein."

Ellis sah ihn wütend an, als hätte er etwas Unaussprechliches angesprochen.

Ihm war es egal, der Wein steckte tief in seinem Kopf und der einzige Satz auf Latein, den er noch konnte, „In vino veritas est", erschien ihm wahrer als je zuvor.

„Ich meine, die meisten von uns werden sich ja früher oder später daheim mal wiedersehen. Aber wie geht's bei euch beiden weiter? Redet ihr überhaupt darüber?"

Hans spürte einen scharfen Schmerz an seinem Schienbein.

Loni Schneider schüttelte energisch den Kopf.

Stefan richtete sich ein wenig auf, er räusperte sich, seine Körperspannung begann zu verkrampfen. Marie blickte hoch, sie spürte, dass etwas passiert war.

„Ja wie wohl", sagte Loni Schneider, „Stefan zieht nach Paris und wird Straßenmusiker. Oder Marie geht nach Deutschland, lässt sich drei Kinder machen, kauft sich ein Dirndl und macht auf Bilderbuchfamilie. Mann, Hans."

„Man wird doch noch fragen dürfen."

„Man rammt doch Romeo und Julia, die sich gerade gegenseitig vergiftet haben, nicht noch ein Messer in den Rücken."

„Wer ist vergiftet? Was für ein Messer?" Hans sah verwirrt zwischen Loni Schneider und Ellis, die ihr Gesicht hinter ihrer Hand vergrub, hin und her. Er schenkte sich den letzten Wein nach und trank einen großen Schluck.

„Hans hat recht", sagte Sebi. „Wenn die beiden schon nicht die Eier haben, die unangenehmen Dinge laut auszusprechen, dann können es ja wohl wir tun. Und es ist immer noch ehrlicher, als wenn wir uns im Schlafzimmer den Mund über beide zerreißen, gell Loni Lästermaul?"

Loni Schneider starrte Sebi mit weit aufgerissenem Mund an.

„Sebi, was soll das jetzt?"

„Jetzt tu nicht so, als ob wir nie darüber geredet hätten, ob das mit den beiden nun die schönste Liebesgeschichte aller Zeiten ist oder die naivste, die traurigste."

„Natürlich haben wir darüber geredet. Im Bett, nachdem wir uns gegenseitig die Weichteile geleckt haben. Verdammt, Sebi, Schlafzimmergespräche bleiben im Schlafzimmer, ich erzähl ja auch nicht jedem, dass du von einer chronischen Angst, eine Vorhautverengung zu haben, ganz hypochondrisch bist."

Ellis lachte kurz auf. Ihr bleiches Gesicht nahm langsam wieder ein halbes Dutzend an Grauschattierungen an.

„Wenn du meinst, mich bloßstellen zu können, hast du dich geschnitten, Loni, ich steh dazu."

Ellis lachte auf. „Da hast du dich beschnitten, Loni. Er steht dazu", murmelte sie und winkte dem Kellner, mehr Wein zu bringen.
„Jetzt streitet euch nicht", sagte Stefan. Er hielt nicht mehr nur Maries rechte Hand, sondern hatte zusätzlich seinen linken Arm um sie gelegt.
„Ich weiß, dass es Scheiße ist. Marie weiß es. Ich könnte nie wo leben, wo ich die Berge nicht sehe und Marie möchte um nichts in der Welt Paris verlassen. Wir zwei haben keine Chance. Aber die wollen wir nutzen. Ich hab noch zwei Wochen Urlaub dieses Jahr. Entweder ich fahre nach Paris oder sie kommt zu mir. Was danach kommt? Keine Ahnung. Aber vielleicht habe ich sowieso Krebs und sterbe innerhalb von vier Wochen."
Eisiges Schweigen verbreitete sich am Tisch. Loni Schneider, Sebi und Ellis blickten pikiert auf ihre leeren Gläser. Hans war kurz davor den Halt zu verlieren.
Der Kellner kam und schenkte nach. Als die Straße, die Personen am Tisch wieder Kontur annahmen, griff er nach seinem Glas. Er hob es, deutete auf Stefan und Marie und sagte: „Wisst ihr was, die beiden sind die einzigen am Tisch, die alles richtig machen. Wenn man das tollste Mädchen auf der Welt gefunden hat, dann schnapp sie dir. Und wenn es nur eine Nacht lang dauert. Vielleicht entgleist unser Zug morgen und das ist wirklich unsere letzte Nacht auf dieser schönen Welt. Auf die Liebe. Auf den Augenblick. Auf Stefan und Marie", sagte er und stieß mit allen an.
„Saublöd nur, wenn man dann nicht am nächsten Tag stirbt, sondern noch dreißig, vierzig Jahre zu leben hat", entgegnete Ellis mit schwacher Stimme.
„Trink noch mehr, Hans", sagte Loni Schneider, „Ich liebe es, wenn biedere Büroangestellte mit zwölf Bausparern und allen Versicherungen, die es gibt, zur Revolution des Lebens aufrufen."
Hans verbeugte sich leicht: „Ich versteh die Franzosen jetzt", sagte er. „Ich verstehe jetzt, warum sie alles leben, alles

lieben und nichts bereuen wollen: Nur wegen diesem verdammten Wein, den sie schon zum Mittagessen trinken."
Er hob noch einmal sein Weinglas und rief zum Nebentisch: „Habt ihr mich verstanden? Ich verstehe euch Franzosen!" Er stieß mit seinem Tischnachbarn an. „Vive la France!", sagte er, „Sur le pont d Avignon, Jean Pierre Papin. Mehr kann ich leider nicht."
Hans Verbrüderung mit den Franzosen am Nebentisch wurde unterbrochen, als das Essen gebracht wurde.
„Verdammt schmeckt das gut", sagte Sebi nach den ersten Bissen. Erleichtert stellte Hans fest, dass sich die Atmosphäre am Tisch entspannte. Selbst Ellis lächelte sanft um die Mundwinkel, als sie ihren Lachs auf der Zunge zergehen ließ.
„Ich habe eine neue Theorie entwickelt", sagte er.
„Die hat aber hoffentlich nichts mit dem Leben und auch nichts mit dem Tod zu tun. Davon habe ich inzwischen genug gehört", sagte Ellis.
„Nein, nein, nein", Hans schüttelte den Kopf. „Ganz profan: Mit dem Essen. Mit der französischen Küche."
„Wir sind gespannt."
„Ich glaube nicht, dass die französische Küche die beste auf der Welt ist", fuhr Hans fort.
„Bist du ein Zungenlegastheniker?", fragte Loni Schneider, „Vielleicht ist die französische Küche nicht die beste der Welt, aber die hier im Zebra definitiv."
„Genau das ist es ja: Kennt ihr noch das Sprichwort, wer der beste Koch ist?"
„Hunger", sagte Sebi.
„Jaja, Hunger ist der beste Koch. Aber wer verursacht den Hunger?" Hans schwenkte sein Weinglas. „Der Alkohol. Ich glaube, dass alle Restaurantkritiker bereits vor der Hauptspeise ähnlich betrunken sind, wie ich gerade. Und genau deshalb schmeckt die französische Küche so gut."
„Ich glaube eher, es schmeckt so gut, weil der Hauptbestandteil in ihrem Essen Wein ist. Jedenfalls mein

Rindfleisch schwimmt im Wein", sagte Stefan mit vollem Mund.

„Stimmt. Letztens wurde ich vom Essen betrunkener als vom Wein", lachte Loni Schneider.

Als die leeren Teller abgeräumt wurden, bestellten sie zwei weitere Flaschen Wein.

Es war inzwischen dunkel geworden und der Straßenzug in oranges Licht getaucht. Stefans Laune hatte sich merklich gebessert und er, der sich ansonsten zurücklehnte und die Gespräche interessiert verfolgte, ergriff das Wort: „Ich finde es ein wenig unfair, dass ihr alle die Geschichte kennt, wie Marie und ich uns kennengelernt haben. Von euch weiß ich so gut wie nichts. Loni und Sebi, wie habt ihr zwei euch eigentlich kennengelernt?", fragte er.

Auf Sebis Gesicht zeichnete sich ein breites Grinsen ab. Loni Schneider tauschte einen vielsagenden Blick mit ihm aus. „Welche Version erzählen wir denn? Die romantische oder die wahre?", fragte er. „Es gibt nämlich von allen Liebesgeschichten immer zwei Versionen."

„Selbst wenn es zwei Versionen gibt, erzählt man immer die romantische, wenn eine Frau mit am Tisch sitzt", sagte Hans.

„Also gut." Sebi räusperte sich. „Loni und ich haben uns beim Feiern kennengelernt."

„Natürlich", bemerkte Hans. Alle lachten.

„Sebi war mir natürlich schon seit langem aufgefallen. Er und seine Jungs waren irgendwie überall anzutreffen. Wo sie waren, wurde am lautesten gelacht, es passierten die verrücktesten Dinge und Sebi war natürlich der Mittelpunkt der Clique. Außerdem, man sieht es ihm kaum mehr an, war er damals der Süßeste von allen", sagte Loni Schneider und lächelte. „Er trug noch lange Haare."

„Es ist zwar sehr lange her", sagte Sebi, „aber bis auf die Haare hat sich der süße Sunnyboy, finde ich, kaum verändert. Loni war damals übrigens erst sechzehn. Jaja, jetzt packen alle die Taschenrechner aus. Das war vor sechs Jahren. Wie die scheiß Zeit vergeht."

„Wir sind die einzigen aus Sebis Clique von damals, die noch zusammen sind. Keine der großen und kleinen Lieben aus Teenagertagen hat es über die Zeit gebracht", sagte Loni Schneider und seufzte.

„Habt ihr einen Tipp für uns, wie man die Liebe über die Jahre bringt?", fragte Stefan.

Sebi zuckte die Achseln. „Vielleicht liegt es daran, dass unsere Beziehung von Anfang an vom Ernst des Lebens begleitet war. Kurz bevor wir uns kennenlernt haben, ist nämlich Lonis Vater gestorben."

Loni Schneider riss den Mund auf. Sie sah Sebi entsetzt an.

„Ist das wahr?", fragte Hans.

Loni Schneiders Gesicht verzerrte sich. „Sebi!", fuhr sie ihn mit scharfer Stimme an. „Das geht niemanden was an. Ich möchte nicht, dass darüber geredet wird."

„Es stimmt aber", sagte Sebi. „Ihr Vater hatte den Darmkrebs zunächst besiegt. Als alle glaubten, er sei endgültig gesund, brach der Krebs erneut aus."

„Das ist meine Geschichte", rief Loni Schneider, ihre Stimme bebte. „Du hast kein Recht, sie zu erzählen."

„Es wurde in dem Moment unsere Geschichte, als wir zusammen kamen."

„Einen Tag, den ich gerade bitterlich bereue, Sebastian."

„Loni, du weißt, ich meine das nicht böse. Ich finde aber, du solltest endlich offen mit deiner Vergangenheit umgehen."

„Du hast es gerade selbst ausgesprochen: Meine Vergangenheit. Meine. Verstehst du die Bedeutung des Wortes „meine"?"

„Dein Vater ist an Krebs gestorben?" Hans rang um Fassung. „Wusstest du das?" fragte er Ellis. Sie schüttelte den Kopf.

„Das tut mir so leid", sagte Hans.

„Dir muss das am allerwenigsten leidtun", entgegnete Loni Schneider und sagte an Stefan gerichtet: „Ja, alle reden um den heißen Brei rum: Mein Vater ist tot, Hans' Mutter lebt noch, aber sie hat auch Krebs. Und ja, du hast Recht: Marie wird Paris nie verlassen. Und über deinen Vater brauchen wir gar nicht erst anfangen."

Sebi warf ihr einen düsteren Blick zu, der alle verstummen ließ.

Sie saßen schweigend am Tisch, als der junge Franzose die zwei Flaschen Rotwein auf den Tisch stellte.

Loni Schneider ergriff die Initiative, nahm die erste Flasche und schenkte allen nach.

„Niemand von uns ist hier, um über Dinge zu reden, die weh tun", sagte Loni Schneider, ihr Blick kühl, die Stirn gerunzelt. „Wir sind in Paris, verdammte Scheiße, Mann. Ich weiß ja nicht, was ihr heute noch vorhabt, aber ich bin längst zu betrunken, um jetzt aufzuhören. Ich lebe nämlich, weißt du, Sebi. Ja, ich weiß, dass alle immer denken, mein Vater sei abgehauen, oder meine Eltern hätten sich scheiden lassen, weil ich nie von meinem Vater spreche. Aber mein Vater war der beste Vater der Welt und man hat ihn mir weggenommen. Ja, er ist tot. Zufrieden? Aber je toter mein Vater ist, desto lebendiger fühle ich mich. Es gibt jetzt nämlich nur noch zwei Schneiders und diese zwei Schneiders müssen leben für drei. Und wenn du meinen Vater gekannt hättest, lieber Sebastian, dann wüsstest du, wie verdammt lebenshungrig man sein muss, um diesen Verlust zu kompensieren. Niemand will über den Tod sprechen. Hat Hans auch nur einmal das Wort Krebs in den Mund genommen? Eben nicht. Es reicht, wenn wir wissen, was los ist. Man braucht nicht immer alles aussprechen. Das hält doch kein Mensch aus. Und Stefan hat vorhin sowas von Recht gehabt: Wer wagt es, über ihn, über dich, über mich, über uns zu urteilen und wie wir unsere Leben führen, solange wir leben? Kippt eure Gehirnscheiße über mich, wenn ich tot bin, aber noch lebe ich. Und ich habe genug gelitten, als auch nur eine verdammte Nacht darüber nachzudenken, ob es für die anderen richtig oder falsch ist, was ich tue. Alle Geschwister meines Vaters sind übrigens ebenfalls tot. Alle Krebs. Die Wissenschaft behauptet, sowas

sei erblich. Wisst ihr was? Scheiß drauf! Ich geh nicht zur Vorsorgeuntersuchung. Scheiß auf meine Ärzte. Ich lebe!"
Sie holte tief Luft. In ihrer Hand hielt sie das Weinglas umklammert. Sie war während Ihrer Rede aufgestanden und hatte ihr volles Weinglas einige Male überschwappen lassen. Rote Tropfen punkteten die weiße Tischdecke.
„Jetzt wissen wir immer noch nicht, wie ihr euch kennengelernt habt", sagte Ellis mit ruhiger, leiser Stimme.
Sebi lehnte sich mit verschränkten Armen in seinen Stuhl zurück. Er machte keinerlei Anstalten, die Geschichte fortzusetzen. Hans erhoffte einen Themenwechsel.
„Ich war es, der Sebi unbedingt kennenlernen wollte", fuhr schließlich Loni Schneider fort. „Aber Sebi war es, der mich angesprochen hat. Damals waren diese riesigen Hallenpartys angesagt, in die mehrere tausend Menschen kamen. Der Vorteil war, dass alle da waren. Der Nachteil der, dass es schwer war, denjenigen zu finden, den man suchte. Damals hatten Handys noch kein GPS und keine Suchfunktion", sagte Loni Schneider und lächelte eisern.
„Steinzeit. Wie haben wir es damals nur geschafft, zu existieren?", bemerkte Hans und rang sich ein bemühtes Lachen ab.
„Das zweite Problem war, dass der Eintritt erst ab 18 Jahren war. Aber wir hatten es beide geschafft, uns in die Halle zu mogeln. Ich mit dem Schülerausweis meiner Freundin und Sebi ist, wie es damals bei ihm üblich war, über den Bauzaun oder über eine Toilette oder sonst was eingestiegen."
„Über die Mädchentoilette", ergänzte Sebi.
„Wir hatten uns schon mehrere Male auf anderen Feiern gesehen und er hat mich immer ganz seltsam angeschaut, aber mich anzusprechen hat er sich nie getraut. Es war einer dieser Zufälle, die ein Leben verändern können. Jemand hatte mich angerempelt und mein weißes Kleid hatte einen Colafleck. Sebi hat die Situation genutzt, um mir ein Taschentuch zum Saubermachen anzubieten. Danach war das Eis gebrochen. Jedenfalls gibt es bei uns kein Datum,

an dem wir zusammen gekommen sind, sondern nur dieses eine Datum, an dem wir uns offiziell kennengelernt haben. Es hat nämlich noch mehrere Wochen gedauert, bis wir zusammen waren. Das war alles kompliziert."

„Komplizierter als bei uns?", fragte Stefan.

„Wie man's nimmt. Sebi war damals blöderweise die Art Sunnyboy, auf den andere Mädchen ebenfalls standen."

„Was heißt hier damals?", entgegnete Sebi lächelnd.

„Wir hatten unregelmäßige Rendezvous, aber Sebi hatte noch andere Mädchen."

Sie sah ihn herausfordernd an. Hans bemerkte einen überraschten Ausdruck in Sebis Blick, als nutze Loni Schneider den Abend nun doch, um lange Unausgesprochenes auszusprechen.

„Wir waren damals auch noch nicht zusammen."

„Es hat sich aber so angefühlt. Ich habe dich angerufen, du bist mit mir ins Kino gegangen und danach ins Bett. Da kann man doch ein Mindestmaß an Exklusivität erwarten."

Ellis nickte zustimmend.

„Ich gebe zu, da waren zwei oder drei Mädchen. Aber ich war neunzehn."

„Vreni hat mir übrigens kürzlich ein paar Details vom Festival erzählt, die mir neu waren. Du hättest da ein wenig rumgepoppt."

„Welches Festival?", fragte Sebi. Seine Mimik verriet eine voranschreitende Beunruhigung.

„Ich sag nur Schwedinnen."

„Ach, dieses Festival meinst du", sagte er kleinlaut.

„Wieso, gibt es da noch mehr Festivalgeschichten, die sich bisher noch nicht überall rumgesprochen haben?"

Sebi biss sich auf die Zunge.

„Hey, Loni, da war nichts Ernstes. Außerdem war ich sowas von betrunken an dem Tag."

Loni Schneider war anzusehen, dass ihr Gehirn ratterte.

„Ich hab ehrlich gesagt gerade geblufft. Das war nur eine blöde Vermutung, dass auf dem Festival irgendwas mit dir und den Schwedinnen lief.

Sebi wurde immer blasser.

„Bitte sag nicht, dass du mit der Schwedin herumgemacht hast!"

Sebi sackte in seinem Stuhl zusammen. Er zuckte die Achseln.

„Scheiße, ist das hier Kreuzverhör oder was? Loni, ich schwöre dir, da war nichts, was irgendwas mit dir oder mit unserer Beziehung zu tun hätte."

„Na klar, genau aus dem Grund nennt man das ja außertourlich."

„Du drehst mir das Wort im Mund um."

„Ich dreh dir gleich noch was anders um. Und ich meine nicht deinen Hals."

„Loni, jetzt reg dich nicht auf. Ich kann dir alles erklären, wenn wir zurück sind. Aber unter vier Augen, das geht nur uns beide was an."

„Aha, jetzt auf einmal ist das hier keine Gruppentherapie mehr, sondern etwas, das im Schlafzimmer ausdiskutiert wird?"

Stefan räusperte sich. Er warf Ellis einen flehenden Blick zu.

„Themenwechsel", sagte Ellis. „Sebi hat Recht, das sollt ihr beiden untereinander ausmachen. Es war eigentlich ausgemacht, jetzt nur noch über romantische Liebesgeschichten zu sprechen." Sie schlug auf den Tisch.

„Genau, dann machen wir jetzt bei euch beiden weiter", sagte Stefan.

„Bei wem?", fragte Ellis verwundert.

„Na bei dir und Hans."

Hans hob abwehrend die Hände: „Nein, nein, nein, nein", sagte er. „Nein, nein, nein. Wir sind nicht zusammen."

„Ihr seid nicht zusammen?", fragte Stefan überrascht.

„Ehrlich nicht? Seid ihr sicher?"

„Ganz sicher", sagte Hans mit fester Stimme und suchte zur Bestätigung Ellis' Augen. Ellis sah in diesem Moment noch müder aus als zuvor.

„Nein, wir sind tatsächlich nicht zusammen", sagte sie mit leiser Stimme.

„Dann entschuldigt bitte, aber es hat alles wirklich danach ausgesehen."

Ellis seufzte. „Tja, manchmal sind die Dinge nicht so, wie sie scheinen."

„Hans und Ellis sind nur gute Freunde", erklärte Sebi.

Loni Schneider schüttelte den Kopf: „So wie wir damals, als wir zusammengekommen sind."

„Du kannst einfach nicht damit aufhören, oder?"

„Da wunderst du dich? Weißt du was, Sebi, ich will dich heute nicht mehr sehen."

Er sah sie entgeistert an.

„Ich meine das ernst. Wenn ich dein verdammtes Gesicht, dein verdammtes Grinsen noch eine Sekunde länger sehe, dann werde ich zum Axtmörder, ehrlich. Ich überlasse es dir, ob du freiwillig nach Hause gehst und darüber nachdenkst, was du heute alles angerichtet hast, oder ob ich gehe. Aber dann schläfst du heute überall, aber definitiv nicht in meiner Wohnung."

„Loni, was soll das jetzt?"

Loni starrte ihn wütend an und ließ keine Zweifel offen, dass sie jedes Wort so gemeint hatte, wie sie es ausgesprochen hatte.

„Na gut, dann gehe ich halt", sagte er und eine unverhohlene Enttäuschung schwang in seiner Stimme.

„Nimmst du mich mit?", fragte Ellis.

„Wieso? Ich bin es doch, der soeben rausgeschmissen wurde, nicht du."

„Ich wäre jetzt sowieso heimgegangen Ich bin unendlich müde. Es war ein langer Tag und ich möchte morgen fit für die Heimreise sein."

„Loni, kann ich den Schlüssel haben?", fragte sie.

„Natürlich. Pass darauf auf, dass er keinen Scheiß macht. Und halt ihn vom Pigalle fern."

„Sehr witzig", sagte Sebi. „Du weißt, dass ich diese Nacht gerne gefeiert hätte, oder? Ich mache das nur für dich!"

„Du wirst schon wissen, warum. Nicht, dass du im Suff etwa Dinge tust, die du später bereuen könntest."

„Trotzdem gute Nacht", sagte Sebi und versuchte, ihr einen Kuss zu geben. Sie verwehrte ihm den Mund und zog den Kopf zurück.

„Gute Nacht", sagte Ellis.

Hans sah ihr nach. Sie hatte ihn keines Blickes mehr gewürdigt. Vielleicht war es besser so, dachte er. Die letzte Nacht hatte alles komplizierter gemacht. Und es war nicht die Zeit für kompliziert. Das Leben war kompliziert genug.

„Da waren 's nur noch vier", sagte Hans.

„Ich weiß ja nicht, was ihr noch so vorhabt, aber ich will jetzt noch was trinken. Ortswechsel?", fragte Loni Schneider.

Alle nickten.

Sie forderte die Rechnung. „Wenigstens zahlen hätte er können."

„Ich übernehme Ellis' Anteil", bot Hans an.

„Das war ein überstürzter Abgang", sagte Loni Schneider, sah Hans tief in die Augen und schmunzelte. „Aber wer weiß, für was es gut ist. Der Pessimist bedauert den Verlauf des Abends, der Optimist sagt: Wenigstens sind die Spaßbremsen weg", sie griff nach seinem Unterarm und seufzte erleichtert.

„Pardon Marie", sagte sie und erklärte auf Französisch, dass die Szene notwendig war. „En amour comme á la guerre, tous les coups sont permis", sagte Loni Schneider.

# Das Mädchen und der Tod

Sie spazierten die Rue Lepic hinauf und hielten nach der erstbesten Bar Ausschau. Unterhalb der Moulin de la Galette war ein kleines Restaurant, das einen Blick durch die steil nach unten führenden Gassen auf das nächtliche Paris bot.
„Ein Glas?", fragte Loni Schneider.
„Kneipenhopping", antwortete Hans.
Die Szenerie war dieselbe. Wieder saß Hans an einem Tisch, wieder stand darauf eine Flasche Rotwein, er war immer noch in Paris, aber etwas war anders. Paris hatte sich verändert. Seit der prozentuale Anteil der französisch sprechenden Personen am Tisch auf fünfzig Prozent gestiegen war, sank der Anteil der Worte, die Hans verstand. Er verstand auch so nicht mehr jedes Wort, er wollte auch nicht mehr alles verstehen. Wenn Loni Schneider sprach, hörte es sich ohnehin an, als sagte sie nur: „Wundervoll, wundervoll, wundervoll". Nun klang es nach: „Marveilleux, marveilleux, marveilleux."
Den Wimpernschlag eines Augenblickes versuchte er sich schlecht zu fühlen, weil Ellis gegangen war, aber der Moment fühlte sich zu wahrhaftig an. Vielleicht ist dies das wahre Paris, dachte er sich, betrachtete Marie, wie sie sich in Stefans Arme gekuschelt hatte und sich vor der aufziehenden Frische der Nacht wärmen ließ. Er sah Stefan an, der sich lieber mit seiner Musik als mit Worten ausdrückte und so wenig sprach, dass ihn wohl jeder im Restaurant für einen Pariser hielt. Und Loni Schneider die, einem Chamäleon gleich, in jeder mondänen Stadt der Welt zu Hause sein konnte und jeden Stadtteil von Paris zum Mittelpunkt der Welt machte, solange sie sich darin befand.
Ihr Französisch klang für einen Laien fast akzentfrei und Hans fragte sich, ob sie ein Naturtalent oder ob ihr die Sprache wie eine Muttersprache in den Mund gelegt worden war.

Aber ihre Gesprächspartnerin nutzte jede freie Gelegenheit, um ihre fatale Liebe zu küssen, solange es noch möglich war und Loni Schneider wandte sich wieder Hans zu.
„Ich war in meiner ersten Woche in Paris schon einmal hier in diesem Restaurant", erzählte sie. Da saß am Nebentisch ein alter Mann, melancholisch und gedankenverloren. Ich war sprachlich noch sehr unsicher und mein Französisch sehr holprig. Er bemerkte meinen Akzent, und da er mich für eine Österreicherin hielt, sprach er mich an. Wir unterhielten uns eine Weile und er stellte sich vor, er sei der Heinz. Er erzählte mir, dass er als junger Mann Fremdenführer hier am Montmartre gewesen war. Seine Augen leuchteten, als er von früher erzählte und ich hörte ihm gerne zu. In seiner Stimme lag etwas Außergewöhnliches und die Ausstrahlung von dem Mann beeindruckte mich. Als ich ihm sagte, dass es meine erste Woche in Paris wäre, schaute er mir tief in die Augen und sagte, dass es ein Geschenk sei, seine Jugend in Paris verbringen zu dürfen. Ich sagte, so jung bin ich auch wieder nicht. Aber er schaute mich weiter mit seinen tiefgründigen, traurigen Augen an und sagte: Paris ist ein Geschenk, die Jugend ist ein Geschenk. Beides zusammen ist mehr, vielleicht am ehesten mit Schicksal zu bezeichnen. In dem Moment wirkte er auf mich wie ein trauriger Clown, wie einer, der sein Leben lang andere unterhalten hat und niemand merkte, wie traurig er selbst war. Und das sagte ich ihm. Er nickte und schwieg eine Weile. Schließlich sagte er: ‚Mädchen, du hast eine seltene Gabe, Menschen zu durchschauen. Weil sie mächtig sein kann, ist sie auch eine Bürde. Missbrauche sie also nicht.' Ich habe lange darüber nachgedacht, was er damit gemeint hat."
„Ich glaube, ich werde eher lange darüber nachdenken, wer dieser alte Mann war, wenn du das Rätsel nicht gleich auflöst."
„Ich habe ihn nach seinem vollen Namen gefragt. Zuber, hat er gesagt. Heinz Zuber."
„Kenne ich nicht."

„Natürlich habe ich ihn sofort gegoogelt, sobald ich zu Hause war. Er ist tatsächlich berühmt."
„Ein Schauspieler?"
„Richtig", sagte Loni Schneider. „Er hat jahrelang am Burgtheater in Wien gespielt. Und du kennst ihn auch."
Hans schüttelte den Kopf. „Ich garantiere dir, dass ich von einem Heinz Zuber noch nie etwas gehört habe."
„Ich bin zwar einige Jahre jünger als du, aber genau wie du mit dem Kinderprogramm des ORF aufgewachsen. Klingelt da was bei dir?"
„Ich habe nicht den leisesten Hauch einer Ahnung. Der Kasperl war er jedenfalls nicht." Auch Stefan schüttelte den Kopf.
„Gar nicht mal so weit daneben. Fällt dir zum Stichwort Am Dam Des etwas ein?"
Hans begann zu überlegen. Immer, wenn ihn jemand oder etwas an das Fernsehprogramm seiner Kindheit erinnerte, strömten unzählige Kindheitserinnerungen durch seinen Kopf.
„Über Am Dam Des haben wir uns schon als Erstklässler lustig gemacht und sind uns dabei wie große Kinder vorgekommen. Also, da ich nicht davon ausgehe, dass Heinz Zuber früher eine Frau war und Bernadette oder Ingrid geheißen hat, gib mir bitte noch einen Tipp."
„Ich sage nichts", sagte Loni Schneider mit singender Stimme und südländischem Akzent. „Ich sage nichts!"
Stefan begann zu lachen. „Enrico!" sagte er. „Der schreckliche Clown, der immer gesungen hat!"
„Stimmt. Der Enrico. Von dem haben Generationen von Kindern Alpträume, möchte ich wetten", sagte Hans. „Und du hast den kennengelernt? Hast du dir ein Autogramm geben lassen?"
„Wenn ich gewusst hätte, dass dieser Heinz der Enrico war, hätte ich es mit Sicherheit getan. Aber das war einfach ein alter, trauriger Mann ohne Clownsmütze, ungeschminkt. Und seinen grün – schwarz karierten Anzug hat er auch nicht getragen."

„Das wär lustig gewesen, wenn der immer so rumgelaufen wäre und sich gar nicht verstellt hätte", sagte Stefan.
„Ich fand den Enrico nie lustig. Und ihr?", fragte Hans.
Loni Schneider schüttelte den Kopf. „Der Mann war auch nicht lustig. Wie gesagt, sehr melancholisch, sehr feinsinnig und nachdenklich. Ein trauriger Clown eben. Er hat dennoch einen Eindruck hinterlassen. Ich muss immer wieder an ihn denken."
Hans, der seinerseits immer wieder an die im Zebra gewechselten Worte denken musste, wähnte den Augenblick günstig, um Loni Schneider die Fragen zu stellen, die seither in seinem Kopf spukten. „Hast du, oder hättest du - mit jemandem wie ihm - über den Tod deines Vaters sprechen können?", fragte er.
Loni Schneider sah ihn nachdenklich an und Hans fürchtete, dass sie auch ihn des Platzes verweisen würde, wenn er diese Tabulinie überschritt, aber er musste sie darauf ansprechen, diese Gemeinsamkeit hatte etwas zu Schicksalhaftes an sich, als dass sie aus reinem Zufall an diesem Abend ausgesprochen wurde.
„Du hast recht", sagte sie. „Ich habe ihm gegenüber erwähnt, dass ich zwar jung aussehe, aber dass ich den Tod kennengelernt habe. Er war sensibel genug, um zu spüren, dass ich nicht näher auf dieses Thema eingehen möchte."
Hans sah sie enttäuscht an.
„Du möchtest unbedingt darüber reden, oder?", fragte sie.
„Nein. Ich möchte nicht darüber sprechen können", entgegnete er.
„Na gut. Ich werde fünf Minuten überleben." Sie schenkte sich Wein nach. „Frag mich was."
Es gab so vieles, was er von Loni Schneider wissen wollte und vielleicht hätte er sie gefragt, wie sie die Welt sieht, wenn er sie inzwischen nicht gut genug gekannt hätte, um zu wissen, dass sie ihm dies nur nach Einflößen eines Wahrheitsserums erklärt hätte. Also fragte er: „Hast du gewusst, dass er sterben wird?"

Loni Schneider sah ihn lange an, sie musterte seine Augen, als schätzte sie ab, was sich dahinter befand und wie viel Wahrheit sie ihm zumuten konnte oder musste, um ihn zufrieden zu stellen. „Er war ein Mensch. Natürlich wusste ich, dass er sterben würde", antwortete sie. „Die Ärzte gaben ihm 40 Prozent Überlebenschance. Ich fand das als Lotteriespiel verdammt hoch. Ich hielt mich nicht mit dem Gedanken auf, dass die 60 Prozent gewinnen könnten. Haben sie dir auch ein Zahlenspiel in deinen Kopf geimpft?"
Hans schüttelte den Kopf. Im gleichen Moment blitzte eine Erinnerung in ihm auf. Eine Erinnerung, die immer da gewesen sein musste.
„Doch", sagte er. „Doch. Sie hat mir einmal am Telefon eine Zahl genannt."
Loni Schneider sah ihn aufmunternd an.
Mit müder Stimme sagte er: „Zwanzig Prozent."
Loni Schneider schluckte. „Scheiße, das tut mir leid."
„Du kennst meine Mutter nicht. Ich hätte mir auch bei zehn Prozent keine Sorgen gemacht. Sie hat noch zu viele Pläne, als ihre Chancen, solange es sie noch gibt, nicht zu nutzen.'"
„Das erinnert mich an den Film ‚Dumm und Dümmer'", begann Stefan zu erzählen. „Da ist Jim Carey in ein Mädchen verliebt und die sagt ihm: ‚Es tut mir leid, aber die Wahrscheinlichkeit, dass du und ich zusammenkommen liegen bei eine Million zu Eins.' Jim Carey sieht sie erst todtraurig an. Dann klart sich sein Gesicht auf und er sagt: ‚Also habe ich noch eine Chance!'"
Loni Schneider schmunzelte. „Ein wunderbarer Themenwechsel. Von Krebs zu Jim Carey. Danke, Stefan."
„Gern geschehen."
„Halt, halt halt", unterbrach sie Hans. „Wie merkt man es, wenn jemand den Kampf verliert?"
„Du weißt, dass es mich ankotzt, auch nur eine Sekunde darüber nachzudenken, aber gut, ich habe es dir versprochen und ich habe genug Wein getrunken, um dir meine Lebensgeschichte zu erzählen", sagte sie. „Aber ganz ehrlich: Ich habe es nicht gemerkt. Ich habe es gemerkt, als

ein Pfarrer bei der Türe hereinkam. Mein Papa hat mir bis zum Schluss versprochen, dass er durchkommen wird. Und weißt du was? Ich bin dankbar dafür. Wir haben die letzten Wochen als normale Familie verbracht. Ich meine, als normale Familie mit einem kranken Vater. Und nicht als Familie mit einem wandelnden Toten. Mein Vater hätte es nicht ausgehalten, wenn ich jedes Mal, wenn ich ihn angeschaut hätte, in Tränen ausgebrochen wäre. Und ich hätte es nicht ausgehalten, ihn anzuschauen. Ja, klar. Auf einmal war er im Sarg und jemand hat Sand drüber geschüttet. Aber weißt du was? Mein Vater ist gar nicht gestorben. Er lebt nämlich noch. Und zwar hier", sie deutete auf ihre Brust. „Hier drin ist er immer bei mir und lobt mich, wenn ich eine brave Loni war und schimpft mich, wenn die Loni wieder über die Stränge geschlagen hat. Und Papa sagt gerade: ‚Genug erzählt'. Stefan, hast du nicht noch eine nette Anekdote von Ace Ventura oder Dumm und Dümmer 2 drauf?"

„Den hab ich nicht gesehen, da spielt Jim Carey nämlich nicht mit."

„Danke trotzdem. Ich bin jetzt ohnehin deprimiert. Lasst uns heimfahren."

„Tut mir leid. Das wollte ich nicht", sagte Hans.

„Ich bin auch nicht deprimiert, weil du mich genötigt hast, von meinem Papa zu erzählen, sondern ich könnte Scheiß losheulen wegen der zwanzig Prozent."

Loni Schneider wischte sich eine Träne aus dem Auge und strich sich mit den Händen die Wangen glatt.

„Entschuldigt mich, ich bin gleich wieder da."

Sie stand auf und ging auf die Toilette.

Die anderen zahlten.

„Ich bin einfach hin und her gerissen", sagte sie, als sie wieder zurückkam. „Einerseits hätte ich mich auf eine Partynacht mit euch gefreut. Aber irgendwie ist es doch komisch, dass ich Sebi nach Hause geschickt habe. Auch wenn er es verdient hat."

„Wir können ja bei dir noch feiern", schlug Hans vor. Und fügte schmunzelnd hinzu: „Sebi kannst du ja weiterhin in dein Zimmer verbannen und er muss zuhören, wie viel Spaß wir haben."
„Eine teuflische Idee", sagte Loni Schneider lachend. „Könnte von mir sein."
Loni Schneider schlug vor, nicht den direkten Weg hinunter zum Pigalle zu nehmen sondern, um die schöne Nacht zumindest noch bis zum Äußersten auszureizen, noch einmal über den Montmartre zu wandern und von seiner Nordseite aus zurück zu fahren. Hans nickte zufrieden.
Jeder Ort ist verzaubert, wenn man ihn mag und denkt, dass man ihn zum letzten Mal sieht, dachte er. Vor allem, wenn der Ort Paris oder der Montmartre ist. Verstärkt wird dieses Gefühl, wenn man durch den Ort neben einer großen oder kleinen Liebe spaziert, das Große, Unvergessliche bereits geschehen ist und es in den Sternen steht, ob es sich jemals wiederholen lässt. Oder dieses Große, Unvergessliche, vielleicht auch Unerhörte, flimmert noch in der Luft wie eine zarte Möglichkeit, die von so vielen Zufällen abhängig ist, dass sie wohl nie zur Realität wird.
Hans dachte an tausend Dinge, als sie durch die Gassen des Montmartre spazierten. Er dachte an Marie und Stefan, die sich eng aneinander schmiegten, um keinen Zentimeter mehr zwischen sich zu lassen. Er dachte an Loni Schneider, die schön war wie die Nacht und dass er gerade dabei war zu verstehen, was diese Redewendung bedeutete: Schön zu sein wie die Nacht. Er dachte an Ellis und suchte nach den tausend Rechtfertigungen für all das, was in dieser Woche geschehen und nicht geschehen war.
Bald hatten sie den Rücken des Montmartre erreicht und es ging wieder bergab. Sie gingen an einem Weinberg vorbei, der wie ein Relikt aus den längst vergangenen Montmartre Zeiten den Bebauungen der Neuzeit standgehalten hatte.
Sie blieben an einem Haus mit einem windschiefen grünen Gartenzaun stehen. „Sieht auch nach der wunderbaren Welt der Amelie aus", sagte Stefan.

Auf einem Schild stand „Au Lapin Agile". Hans stand dicht neben Loni Schneider, die den ganzen Spaziergang über schweigend neben ihm her spaziert war. Sie standen stumm nebeneinander, auf einmal berührten sich ihre Finger. Erst zufällig, erst ihre Zeigefinger, dann nahm sie seine Hand. Sie fühlte sich warm und gleichzeitig vertraut und verboten an. Diese einfachste aller Berührungen empfand er als intimer als die gymnastischten Verrenkungen zwischen Bettlaken. Er musste seinen Kopf mit kühlen Gedanken fluten, um die brennende Aufregung, die ihre Berührung in ihm auslöste, nicht ausweiten zu lassen. Er dachte an seine Mutter und daran, dass er nie zu Hause war. Aber da war immer noch Loni Schneiders Hand, die ihn hielt und der Gedanke an die Hand und was sie zu bedeuten hatte, wog schwerer als jeder Krebs. Er hob seinen Kopf und versuchte sie anzusehen, ohne den Kopf zu sehr verrenken zu müssen. Aus den Augenwinkeln sah er, dass sie lächelte und seine Hand freundschaftlich kniff. Das war also Loni Schneiders Art zu sagen: Ich mag dich.
Da die anderen beiden nichts von der kleinen Geste bemerkt hatten und sie Hans trotz ihrer objektiven banalen Unschuld als falsch empfand, ließ er ihre Hand wieder los, als sie weitergingen.
Ihre Berührung brannte noch lange auf seiner Haut und Hans wusste, diese Wärme würde ihn diese Nacht lange wach halten.
An der Metrostation schien die Nacht besiegelt zu sein.
„Dann packen wir es wieder", sagte Loni Schneider.
Stefan seufzte. „Dann geht es wieder nach Hause. Adieu Montmartre."

## La nuit du Loni Schneider

Sie stiegen die unzähligen Stufen in den Bauch des Montmartre hinab. Bereits auf halbem Weg hörten sie auf einem Akkordeon die Melodie aus der Amelie. Stefans Gesicht begann sofort zu strahlen. „Das ist ja ein Zufall", sagte er und Marie schmiegte sich, in Erinnerungen schwelgend, noch enger an ihn.
Sie stiegen die Stufen hinab und die Musik wurde langsam lauter. Es war definitiv keine Musik aus einem Lautsprecher, zu improvisiert und teilweise unsauber war die Melodie gespielt.
„Wenn du nicht hier wärst, hätte ich schwören können, dass du das bist", sagte Loni Schneider.
Sie folgten den unterirdischen Gang zu den Gleisen. Die Musik wurde immer lauter. Dann wurde die Musik von einer einfahrenden Bahn übertönt.
„Ist das unsere?"; fragte Hans.
Loni Schneider nickte. „Wir nehmen die nächste! Ich will wissen, woher die Musik kommt!" Die Bahn fuhr langsam wieder in den Tunnel und die Musik schwoll wieder an. Der letzte Wagon gab die Sicht auf einen jungen Mann Anfang zwanzig mit Vollbart und einer karierten Kappe auf dem Kopf frei, der mit geschlossenen Augen sein Akkordeon bespielte.
„Baptiste!", riefen Stefan und Marie fast gleichzeitig, „Baptiste!", sie winkten ihm zu.
Als Baptiste sie erkannte, winkte er zurück und deutete, sie sollen herüber kommen.
Sie sahen sich an. „Die nächste Bahn kommt bestimmt", sagte Loni Schneider.
Sie gingen eilig die Stufen wieder hinauf und auf der anderen Seite wieder hinab und begrüßten Baptiste, der allein am Bahnsteig stand und spielte.
Hans lauschte den Mädchen, wie sie einige Worte auf Französisch wechselten. Schließlich sagte Baptiste auf

Englisch mit starkem Akzent: „There is a party at Montmartre. I was too early and loved to play there. But now the time is right. You want to join me?"

Stefan und Marie sahen ihn bereits erwartungsfroh an, es war klar, dass beide ihre letzte Nacht noch nicht besiegeln wollten. Hans tauschte einen Blick mit Loni Schneider aus. Sie lächelte. „Das muss jetzt wohl so sein", sagte sie.

Es war kurz vor Mitternacht, als sie einige Seitenstraßen weiter eine unscheinbare Bar erreichten. Sie war gut gefüllt. Der überwiegende Teil der Gäste war Anfang, Mitte zwanzig. Stefan und Baptiste fügten sich nahtlos ein. Sie wurden von zahlreichen Gästen begrüßt, als seien sie Stammgäste. Marie stand den beiden Musikern in nichts nach und musste in alle Richtungen Küsschen verteilen. Die Mädchen, soweit Hans es überblicken konnte, empfand er durchgehend als attraktiv, aber es konnte auch an dem Effekt liegen, der von zu viel Wein und langen Haaren bei Männern ausgelöst wird. Die meisten hielten schmale Gläser mit giftgrünem Inhalt in der Hand.

„Ich wusste gar nicht, dass Absinth immer noch angesagt ist", sagte Hans.

„Das sieht mir eher nach einer Retro Bar aus, die es hip findet, in der Belle Epoche steckengeblieben zu sein", antwortete Loni Schneider.

Baptiste führte sie eine schmale Wendeltreppe am Ende der schmalen Bar hinauf. Dort war ein weiterer kleiner Raum, in dem einige Couchen und Sessel aufgestellt waren. Der Raum war stark verraucht, es roch nach Marihuana und die Musik hier oben war live. Ein Mädchen klimperte auf einem Piano.

Sie setzten sich an einen freien Tisch. Marie und Stefan auf ein gemütliches Sofa, Baptiste in einen Sessel, wo er sofort Tabak auspackte und sich eine Zigarette drehte. Da nur noch zwei ungemütliche Stühle frei waren, schlug Loni Schneider vor, zunächst an die Bar zu gehen.

Sie stiegen die Wendeltreppe wieder nach unten. Die Musik war an die 20er Jahre angelehnt und mit elektronischen

Elementen aufgepeppt. „Klingt nach Waldeck oder Parov Stellar", sagte sie. Hans schüttelte den Kopf. „Kenn ich nicht. Klingt aber gut. Ich dachte, in dieser Szene gibt es nur Beirut und sonst nichts." Loni Schneider lächelte. „Wart ab, so wie ich Baptiste kenne, wird er schon noch das Gulag Orchestra Album rauf und runter spielen."
Sie setzten sich an die Bar. „Was trinkt man in Paris so?", fragte Hans.
Loni Schneider deutete auf die anderen Gäste.
„Ich denke, wir sollten uns dem Gruppenzwang anschließen, um nicht unangenehm aufzufallen."
„Ehrlich gesagt, bin ich bereits zu betrunken, um Schnaps zu trinken."
„Und ich bin zu betrunken, um einem Schnaps wiederstehen zu können", sie lachte.
Sie bestellten sich jeweils einen Absinth, der fachmännisch zubereitet wurde.
„Absinth ist das einzige Getränk, bei dem auch noch eine Show im Preis mit einbezogen ist", sagte Loni Schneider.
„Und dazu noch eine historische Aufführung, wie Schnaps vor hundert Jahren serviert wurde. Bei uns zu Hause gibt es jedes Jahr ein Dampfdreschen, wo der Huber Bauer vorführt, wie vor hundert Jahren das Korn gedroschen wurde. Das hier ist genauso."
„Hans, du bist betrunken. So einen blödsinnigen Vergleich habe ich ja noch nie gehört. Aber ich mag ihn trotzdem. Auf den Huber Bauer!", sagte sie und hielt ihr Glas hoch.
„Auf den Huber Bauer!"
Der Absinth schmeckte scharf nach Anis und der Alkoholanteil war so stark, dass er deutlich herauszuschmecken war.
„Lecker", sagte Loni Schneider.
„Hast du gewusst, dass Absinth das erste hochprozentige Getränk war, das billig genug war, dass das einfache Volk es sich leisten konnte?", fragte Hans.
„Nein, Lexikon des unnützen Wissens. Aber jetzt weiß ich es."

„Das Problem war dann nur, dass die Bauern und Arbeiter nach der Arbeit nicht mehr Wein getrunken haben, sondern sich mit Absinth bis zur Besinnungslosigkeit betrunken haben. Da Absinth oft unrein gebrannt wurde, kam es zu Ausfallerscheinungen, Vergewaltigungen, Psychosen und sogar sozialen Unruhen. Das nahm so über Hand, dass Absinth schließlich wieder verboten wurde."
„Ich liebe es, verbotene Dinge zu tun", sagte Loni Schneider und stieß noch einmal mit ihm an.
„Habe ich dir jemals erzählt, dass du mir schon einmal das Leben gerettet hast?", fragte er. „Ich meine, nicht das Leben in Form von vor dem Tod gerettet, sondern das Leben in Form von lebenswert."
Loni Schneider sah ihn lange an. Ihre Pupillen waren groß und dunkelgrün. Ihre Mundwinkel lächelten sanft. „Hört sich nach einer Geschichte an, die ich sehr gerne hören würde."
„An dem Nachmittag, als ich von der zwanzig Prozent Sache gehört habe, bin ich völlig verloren durch die Stadt spaziert. Ich dachte wirklich, mein Leben sei vorbei."
„Ich weiß, was du meinst."
„Ich bin durch die Straßen gelaufen, habe gegen die Tränen gekämpft und versucht, mein Herz und meinen Magen, die sich wie verrückt überschlagen haben, zu beruhigen. Es war schrecklich."
Loni Schneiders Augen begannen zu glänzen.
„Ich hatte Angst, so werde ich mich nun für den Rest meines, besser gesagt, ihres Lebens, fühlen. Verzweifelt, immer am Rande des Abgrunds. Voller Angst. Todesangst. Da sehe ich in einiger Entfernung ein hübsches Mädchen, das mir entgegen kommt. Sofort bin ich ruhiger, meine Aufmerksamkeit wechselt langsam von Angst zu Neugierde. Das Mädchen ist wirklich außerordentlich hübsch und sie kommt mir langsam entgegen. Ich schaue sie an und anders als es hübsche Mädchen für gewöhnlich tun, schaut sie nicht weg, sondern sie erwidert meinen Blick, sie lächelt sogar und grüßt mich, was mich verdutzt. Erst jetzt erkenne ich dich und als ich mich erinnere, wer du bist, bist du schon

wieder vorbei und in die nächste Straße abgebogen. Aber den Rest des Tages war ich auf einmal vergnügt und gut gelaunt und es hat sich gut angefühlt, wenn ich an dich gedacht habe und ich fühlte mich stärker weil ich wusste, dass es immer etwas geben wird, das schöner ist als die Angst vorm Tod."

„Und das bin ich?", fragte sie und lachte.

„Naja, ich meinte eher das Prinzip Mädchen. Es wird immer ein Mädchen geben, das schöner ist als der Tod."

„Und das bin ich", sagte Loni Schneider noch einmal und lachte laut los. „Ich verstehe schon, wie du es meinst. Aber herzlichen Dank für das Kompliment", sagte sie.

Dann fuhr das Schweigen zwischen beide, als dachte auch sie darüber nach, was Hans ihr tatsächlich sagen wollte.

„Haben wir eigentlich jemals auf Bruderschaft getrunken?", fragte Loni Schneider plötzlich und er schaute in ihre dunkelgrünen Augen, die ihn, gespannt auf seine Reaktion, betrachteten.

„Macht man sowas noch? Klingt nach staubiger Vergangenheit."

„Passt zur Musik. Passt zum Getränk."

„Du weißt schon, dass ‚auf Bruderschaft trinken' in uralten, prüden Zeiten ein Vorwand war, jemanden zu küssen."

Loni Schneider lächelte vielsagend.

„Vielleicht wollte ich schon immer mal jemanden küssen, den das Lächeln von einem einfachen Mädchen die Angst vor dem Tod vergessen lässt. Vielleicht macht ihn das unsterblich."

„Das ist natürlich etwas, was ich auch gerne herausfinden würde", sagte Hans und sprach es mutiger aus, als er sich fühlte. Seine Kehle wurde trocken und sein Herz begann zu rasen. Da spürte er bereits Loni Schneiders Arm, der sich um seinen schlang, er tat es ihr gleich und trank das Glas Absinth in einem Zug leer und kaum bemerkte er das Brennen in seiner Kehle, spürte er die salzigen Lippen Loni Schneiders auf seinen, spürte den Zauber, der von einem Kuss ausgehen kann, dachte über Wunderkerzen nach und

an gelbe Feuerräder, die unter den Sternen explodieren und alle ‚aah' machen, dann spürte er ihre Zunge, die suchend seine Lippen von innen betasteten und als er, erschrocken, ihr seinen Mund entzog, war das Feuerwerk schon wieder Vergangenheit, aber der Rauch war da und die Luft roch nach Schwefel.
Loni Schneider hielt ihre Augen geschlossen, sie fuhr sich mit der Zunge über die Lippen, als versuchte sie, seinen Geschmack zu deuten.
Sie öffnete wieder die Augen. „Ich mag dich, Hans", sagte sie.
Hans wagte es nicht, sich zu bewegen, in seinem Kopf hallte das Feuerwerk nach und er versuchte, an seine Mutter zu denken.
„Ich mochte dich von Anfang an, weil du anders bist. Du bist so verzweifelt", sagte sie. „So hilflos verzweifelt. Frauen gefällt sowas. Du bist so verzweifelt, keinen Fehler zu machen, es allen recht zu machen und willst gleichzeitig frei sein und das Leben in vollen Zügen leben. Natürlich sind beides Gegenpole und du bist mitten drin und weißt nicht, in welche Richtung du gehen sollst."
Hans nickte, als der Mann hinter der Bar ihnen deutete, ob sie noch einen Absinth trinken wollten.
„Sagt das die Loni Schneider, die der Clown Enrico gewarnt hat, sie solle mit ihrer Gabe, Menschen zu durchschauen, sorgsam umgehen?", fragte er.
„Das sagt die Loni Schneider, die gerade einen Jungen geküsst hat und ihm danach tief in die Augen gesehen hat. Du würdest nie eine Dummheit begehen, auch wenn es die schönste Dummheit auf der Welt wäre und man sie dir auf einem Silbertablett servieren würde."
„Vielleicht habe ich diese Dummheit bereits begangen", entgegnete er.
Loni Schneider schüttelte den Kopf. „Als ich noch vierzehn war, wollte ich mir einmal mein Lebensmotto auf den Arm tätowieren lassen: Warum denn auf den richtigen warten, wenn man mit dem falschen so viel Spaß haben kann.

Glücklicherweise habe ich es nicht getan, aber ich hab oft an den Satz gedacht, wenn ich mit dir gesprochen habe."
Sie hob ihr Glas. „Nächste Runde", sagte sie.
„Und noch was, Hans. Ich glaube, ich weiß, was du in mir siehst. Man sieht es dir fast an der Nasenspitze an, so wie du mich angeschaut hast, als ich dich geküsst habe. Du hast geschaut, als denkst du: Was ist los? Was will sie? Dabei wäre die richtige Frage gewesen: Was willst du?" Sie trank den letzten Rest des Absinths in einem Schluck aus. „Manchmal kenne ich mich selber nicht, aber ich möchte, dass du mich ein bisschen kennst. Vielleicht erzähle ich dir das alles, weil mir der Absinth die Hirnrinde wegbrennt, aber mir kommt das alles heute verdammt richtig vor, was ich mache. Alles, wirklich alles, darum erzähle ich dir jetzt etwas, was ich noch nie jemandem erzählt habe:" Sie sah lange ihr Glas an, schließlich blickte sie auf und sagte ernst: „Ich war Sebi nicht immer treu. Aber ich bin ihm immer treu geblieben."
Hans sah sie ratlos an und Loni Schneider machte eine Handbewegung, als könnte sie den letzten Satz aus seinem Gedächtnis wischen. Ihre Augen waren glasig, aber ihr Gesicht strahlte eine gespannte Zielstrebigkeit aus.
„Ich liebe mein Leben, so wie es ist. Wenn es irgendwie anders gewesen wäre, wäre es nicht mein Leben gewesen. Ich liebe die Nacht, ich liebe das Tanzen und ich flirte gerne." Hans kam es vor, als begann sich Loni Schneider langsam zu verwandeln. Sie spann sich in einen Kokon ein und die Ahnung, wer diese Loni Schneider der Nacht, der späten Nacht, sein könnte, war aufregend und unheimlich zugleich.
„Ich bin nicht jeden Morgen neben Sebi aufgewacht. Und wie wir beide wissen, er auch nicht. Aber…", sagte sie und sah ihm tief in die Augen. „Aber ich habe nie eine Grenze überschritten. Jeder hat seine eigenen Grenzen. Deine ist vielleicht etwas enger gefasst, als meine. Ja, ich küsse gern, da brauchst du gar nicht so erschrocken schauen. Und nein, ich erzähle ihm nichts davon, weil das nur unnötige Unruhe

in unsere Beziehung gebracht hätte. Jeder hat halt seine eigenen Maximen und bis vor kurzem war ich mir irgendwie sicher, dass Sebi und ich eine unausgesprochene gleiche Maxime hatten. Aber", ihre Augen zogen sich zusammen und für einen Moment wurde ihre Stimme brüchig, „aber zu erfahren, dass dieser Scheißkerl während unserer Beziehung aufs äußerste gegangen ist und das auch noch in meiner unmittelbaren Nähe, das tut scheißweh! Verstehst du, was ich meine?" Sie knallte ihr leeres Glas auf den Tresen. „Egal, was ich in den letzten Jahren getan habe, egal, was er davon gehört hat, früher oder später fängt immer jemand zu singen an, völlig egal. Ich kann kaum glauben, dass ich auch nur eine Sekunde lang ein schlechtes Gewissen hatte, wenn ich bei jemand, den ich mochte, übernachtet hatte. Denn niemals, niemals, niemals habe ich diese Grenze in den Jahren seitdem wir zusammen sind, überschritten. Niemals. Und keiner der Küsse, egal wie viele es waren, können es wettmachen, dass er mit einer anderen gefickt hat. Entschuldige meine Wortwahl, aber dieses Wort trifft es wohl am treffendsten. Mit jemandem schlafen klingt eher nach Langeweile, bumsen klingt nach knallen, aber wenn jemand fremdgeht, dann ist und bleibt ficken das einzig treffende Wort."

Loni Schneider stand auf. „Und jetzt", sagte sie, „lass uns für den Rest der Nacht kein Wort mehr über ihn verlieren. Kein Wort mehr. Lass uns nach oben zu den anderen gehen, nicht, dass wieder irgendwelche Gerüchte die Runde machen", sagte sie, legte gleichzeitig ihre Hand auf Hans' Rücken und schob ihn durch das Gedränge vor sich her.

Als sie oben angelangten, war es verraucht wie zuvor, aber es war still im Raum und sie wurden, als sie kichernd die Türe hinter sich schlossen, mit einem „Sssh" empfangen. Am anderen Ende des Raumes, neben dem Piano, saß einer der jungen Franzosen auf einem Barhocker, er hielt ein Manuskript in eine Stehlampe und las mit theatralischem Gesichtsausdruck vor. Die anderen hörten ihm angestrengt zu. Hans verstand kein Wort, aber es war ihm, als ob immer

wieder der Name „Bush" fiel. Als der Vortrag beendet war, verbeugte sich der Franzose höflich und genoss den Applaus. Es handelte sich offensichtlich um eine Dichtervorlesung und Hans wünschte sich, dass er damals Französisch statt Latein als zweite Fremdsprache gewählt hätte. Da der Raum überfüllt war und die Stühle am Tisch der anderen bereits besetzt waren, blieben sie neben der Ausgangstür stehen und beobachteten, was weiter passierte. Einige der Zuhörer gaben kritische Kommentare ab. Viele wurden mit einem Nicken bedacht, nach einem Kommentar gab es geraunte Widersprüche und sogar einige Buh-Rufe. Hans war überrascht, als Marie aufstand. Sie sprach den Dichter beim Namen an, als kannte sie ihn. Auch wenn er die genauen Worte nicht verstand, hörte Hans aus ihrer melodiösen Lautmalung heraus, dass sie den Dichter erst gelobt, schließlich aber harsch kritisiert hatte. Die Kritik musste sehr konstruktiv gewesen sein, da der Dichter ihr aufmerksam zuhörte und artig nickte, gleichzeitig immer wieder ein Raunen durch das Publikum ging. Als Marie geendet hatte, klatschten ein paar sogar und Marie lief sichtbar rot im Gesicht an.
„Wie kommt es, dass Marie so ein fundierter Literaturkenner ist?", fragte er flüsternd Loni Schneider. „Das weißt du gar nicht? Marie studiert Literatur. Sie hat sogar ein Praktikum im Verlag von Michelle Houllebeq gemacht und war am Lektorat seines letzten Romans beteiligt. Die zwei kennen sich persönlich."
„Echt?", fragte Hans. „Wow."
Es folgte die nächste Vorlesung.
„Geht das jetzt die ganze Zeit so weiter?", fragte Loni Schneider.
„Vermute schon."
„Absinth?", fragte Loni Schneider.
Hans nickte. Sie gingen wieder nach unten.
An der Bar bestellten sie sich ihr Getränk und betrachteten den Garçón, wie er den Absinth zubereitete.

„Ich finde, alles, was mit Feuer zu tun hat, irgendwie magisch", sagte Loni Schneider, als die Würfelzucker auf den Absinthlöffel in Flammen aufgingen und schmelzend in das Wasser tropften.
„Lagerfeuer", antwortete Hans. „Ich glaube, an mindestens vier der fünf schönsten Nächte meines Lebens habe ich stundenlang ins Lagerfeuer gestarrt."
Loni Schneider lächelte aus tief eingesunkenen Augen. Ihre Pupillen waren groß und schwarz und ihr Blick tauchte aus einem tiefen, unergründlichen Keller herauf.
Sie machte eine blitzschnelle Bewegung und küsste ihn auf den Mund.
Hans sah sie verdutzt an.
Loni Schneider lachte: „Du siehst aus, als hätte ich dir gerade meinen Absinth ins Gesicht gekippt. Ich hab dir doch gesagt, dass ich gern küsse. Naja, wenn du keine Lust hast, der Baptiste hat schon seit einer Weile ein Auge auf mich geworfen. Und die Franzosen sind mit Sicherheit nicht so gehemmt." Hans fuhr zusammen, als sie den Namen Baptiste erwähnte. Und ein erstes Mal mochte er ihn gar nicht mehr so. Loni Schneider deutete Hans: „Na los, trink. Lass dir den Verstand aus deinen Kopf brennen. Du denkst zu viel nach."
Sie führten das grün schimmernde Getränk an ihre Lippen. Bevor das Glas seine Lippen berührte, fuhr er mit der Zunge darüber. Die Spuren, die Loni Schneider darauf hinterlassen hatte, schmeckten gefährlich. Er fragte sich, wie er gefährlich definierte.
„Hör auf zu denken, trink!", rief Loni Schneider.
Der Absinth hinderte ihn nicht am Denken. Er dachte an Feuer, an brennen, brennen, brennen, dachte an Kerouac und fragte sich, welche jungen Leute aus Goethes Deutschland er gemeint hatte. Brennen, brennen, brennen, das konnte nur Sturm und Drang sein. Her mit der Pistole, weg mit dem Gehirn. In Unterwegs waren sie alle verheiratet, wie passte das zusammen, verheiratet zu sein und trotzdem zu brennen, brennen, brennen. Hans begann

leise zu singen: „Du und Dean und Mary Lou in den Straßen in den Gassen mit abgetragnen Jeans…" Er summte leise weiter.

Loni Schneiders Augen zogen sich zu Schlitzen zusammen. Sie lächelte. „Das kenn ich. Wer ist das gleich wieder?

Hans nippte an seinem Absinth, überlegte kurz und sang leise weiter: „Gestern schien's mir, als wär ich dabei gewesen, neben Dean und Dir am Tresen, oder war ich nur im Traum mit euch…"

„Unterwegs…" antwortete Loni Schneider mit singender Stimme leise. Sie schloss die Augen: „Unterwegs… Mir liegt's auf der Zunge. Wer war das? Da war ich dreizehn oder so."

„Wo warst du heut Nacht Jack Kerouac…", sang Hans weiter und Loni Schneider hörte ihm mit seligem Gesichtsausdruck zu. „Ich habe dich gesucht, würd gern wissen, wie das damals wirklich war, 47, 48, 49…"

„In Amerikaaa", antwortete Loni Schneider. Sie seufzte. „Musik ist manchmal die einzige Zeitmaschine, die jedermann zur Verfügung steht. Die Jungs, auf die wir Mädels damals standen, hörten dieses Lied rauf und runter. Aber ich komm nicht drauf, wer das war."

„Sportfreunde Stiller", antwortete Hans und spürte, wie sein Herz schnell und schneller schlug, weil er sich selbst daran erinnerte, wie es sich angefühlt hatte, vor zehn Jahren verliebt gewesen zu sein. „Die alten Sportfreunde, als die Betonung noch auf Stiller und nicht auf Sportfreunde lag."

„Damals wurde noch stundenlang herumgeknutscht", sagte sie und sie sah mit einem verklärten Blick ins Nichts, der sie um Jahre jünger machte.

Sie beugte sich wieder zu ihm hinüber und näherte sich seinen Lippen. Diesmal aber ganz langsam und sie betrachtete ihn, wie er reagierte, blickte auf seine Lippen und Hans konnte seinen Blick nicht von ihren Lippen wenden.

Sie küssten sich nicht, sie ließen ihre Lippen sich berühren. Als sie den weichen Druck aufeinander spürten, hielten sie inne. Hans hielt die Augen geschlossen und konzentrierte sich auf seine Sinne. Auf ihr Atmen, das er hörte und auf seiner Wange spürte. Auf ihre Haut, die er unter seiner Nase roch. Auf das Rascheln ihres Kleides. Auf das Glas, das er noch in seiner Hand hielt und von dem der Absinth langsam zu Boden schwappte. Er wagte es nicht, sich zu bewegen. Er dachte daran, dass Loni Schneider über Grenzen gesprochen hatten, die nicht überschritten werden durfte. Dies musste die Grenze sein. Wenn er seine Lippen auch nur einen Hauch bewegte, wurde die Berührung zu einem Kuss. Es war legitim, die Freundin eines Freundes zu berühren, vielleicht nicht überall, aber im Gesicht, warum nicht, vielleicht nicht üblich, sie mit den Lippen zu berühren, aber noch war es kein Kuss, dachte er. Noch ist es kein Kuss. Sie verharrten starr in dieser Position, berührten mit ihren Lippen sanft die Lippen des anderen, jede noch so kleine Reibung vermeidend. Alles, was passierte, passierte in Hans' Kopf und dort brannte es lichterloh. Der Absinth hatte Feuer gefangen und loderte in einer hellen Stichflamme auf. Er fragte sich, was zum Teufel, in Loni Schneiders Kopf vorging, warum bewegte sie sich nicht, war sie etwa doch genauso verklemmt und verrückt wie er?

Als seine Hand zu zittern begann, löste sie sich langsam aus der Berührung. Sie öffnete bedächtig die Augen. „Das war schön", sagte sie mit leiser Stimme. „Willst du tanzen gehen?"

Tanzen war das letzte, an das Hans gerade dachte, vor allem, da es keine Tanzfläche gab und er sich, als er vom Barhocker aufstand, nur schwer bewegen konnte. Aber die Musik war tanzbar und Loni Schneider war kein Mädchen, das lange allein tanzte, also tanzte er mit. Die Bewegungen gingen ihm bald leichter von der Hüfte und als Loni Schneider im grünlich leuchtenden Licht ihre grazilen Oberarme in die Höhe und ihr Glas in die Luft reckte, war sie die grüne Fee und sein Tanz begann sich zu verselbständigen, ebenso wie sein Geist. Lass den Verstand

fallen und der Körper wird folgen, hatte er im Kopf. Lass den Verstand fallen und der Körper wird folgen.
Er hatte die Kontrolle über die Zeit verloren, aber es waren drei Lieder gewesen, zu denen er getanzt und französische Refrains mitgesungen hatte, aber es waren Remixe und vielleicht hatte er bereits die ganze Nacht getanzt, wer wusste das schon und der Tanz wurde erst beendet, als Loni Schneider auf die Toilette musste.
Er wartete angespannt auf sie vor dem Klo und da fühlte es sich wie ein Date an und Hans fragte sich, warum man es Schmetterlinge im Bauch nannte. Dieses Gefühl war wesentlich subtiler, er konnte sich nicht vorstellen, dass Schmetterlinge im Bauch so zart sein konnten.
Als Loni Schneider zurückkam, nahm sie ihn bei der Hand und da fühlte es sich schon eher nach Schmetterlingen an, sie gingen zurück nach oben.
Oben war die Lesung längst beendet, nur noch wenige saßen in den Sofas und Sesseln. Jemand klimperte auf dem Klavier eine Melodie von Yann Tiersen. Einige Mädchen, darunter Marie, saßen um das Klavier herum und schmachteten den Musiker an. Baptiste nickte den beiden zu. Er deutete auf den Klavierspieler: „Stefan seem to have conquered the city", sagte Baptiste. „I think Paris only waited for him. Look at him. He plays gorgeous."
Loni Schneider nickte ihm zustimmend zu, zog Hans weiter bei der Hand auf eine der frei stehenden Couchen. Sie schubste ihn darauf, legte sich zu ihm und sah ihn, seinen Kopf in ihren Händen haltend, lange an. Sie streichelte mit ihrer Hand durch sein Haar.
„Du hast schöne Lippen", sagte sie.
Hans suchte nach Worten, aber da gab es nichts zu sagen, da war zu viel Gegenwart, zu viel Augenblick, zu viel Loni Schneider in seinem Arm. Er rang nach einem klaren Gedanken, aber die drehten sich so schnell um ihn und das einzige, was sich nicht drehte, waren Loni Schneiders Augen, die ihn anschauten. Da war etwas neu, er hatte sich immer wohl gefühlt in ihrer Nähe, hatte besser schlafen

können, wenn der letzte Gedanke vor dem Einschlafen sie war, aber er hatte nicht gewusst, dass sie sich so warm anfühlt, so gut riecht und ihre Nähe so verdammt intensiv war, dass man sie am liebsten zementiert und ein Haus darum herum gebaut hätte. Er würde nie wieder bei klarem Verstand die Realität ertragen können, jetzt da er wusste, wie mächtig es sich anfühlte, in ihrem Arm zu liegen. Wie sollte er aus dieser Sache wieder heraus kommen, ohne den Verstand zu verlieren. Das war wahrhaftig, was er gerade spürte, das war Mutterleibswärme und bittersüße Verzweiflung zugleich, das war Urknall und Tod und eigentlich alles, was dazwischen war und sich gut und ehrlich anfühlte. Er küsste sie, sie küsste ihn zurück. Sie seufzte, sie murmelte etwas wie „Na endlich" und er genoss es, dass sie jede zaghafte Annäherung verstärkt zurückgab. Aber da waren noch immer diese Gedanken, die versprengt und verrückt geworden durch die große Leere nach dem Urknall schossen und schrien, das sei falsch, falsch, falsch. Und wenn das alles so falsch war, warum fühlte es sich so gut, gut, gut und wahrhaftig an.
Als sich Lippen und Zungen und Speichel erkundet und für gut befunden hatten, küssten sie sich in einem moderaten Tempo, das die Zeit ausdehnte und viel Raum für noch mehr Zeit schaffte.
In seiner Trance lauschte Hans Lied auf Lied, Applaus auf Applaus. Er nahm Baptiste aus den Augenwinkeln wahr, der beide anstarrte, den Kopf schüttelte, etwas das trotz französisch derb klang aussprach und aufstand. Triumphierend legte er seinen Arm um Loni Schneider und zog sie eng um sich. Sie hatte gesagt, sie knutschte gern. Und bevor sie mit dem langhaarigen Franzosen knutschte, konnte sie es genauso gut mit ihm tun.
Sie lösten sich erst wieder voneinander, als Stefan und Marie vor ihnen standen. Marie räusperte sich. „Was ist denn da passiert?", fragte Stefan aufrichtig verwundert. Hans und Loni Schneider setzten sich auf und zupften sich ihre Kleidung zurecht.

Marie bedachte Loni Schneider mit einem fassungslosen, mahnenden Blick. Loni Schneider grinste und zuckte unschuldig die Achseln.
„Seid ihr sicher, was ihr da treibt?", fragte Stefan. „Also ich find's echt krass. Ich weiß gar nicht, was ich sagen soll."
„Brauchst ja am besten nichts zu sagen, Stefan. Bitte sei so gut", sagte Loni Schneider.
„Wegen dir sag ich ja nichts. Aber du machst, wenn du mich fragst, echt einen Fehler, Hans. Die Ellis mag dich."
Hans war nicht mehr sicher, ob er die Worte, die aus dem Mund von Stefan kamen, verstand. Seit wann sprach er Französisch? Sie klangen in seinen Ohren, als wäre die Luft, aus denen seine Worte bestanden, erst durch eine Posaune mit Verzerrer gepresst und kamen aus ihrem Ende als unverständliches Gequake wieder heraus. Er verstand das Wort Ellis, aber Ellis war eine zu Stein gewordene Marmorstatue, die irgendwo in einem verwunschenen Garten stand und an etwas erinnerte, was die Menschen seit Generationen längst wieder vergessen hatten.
„Wir gehen", sagte Stefan. „Es ist halb Vier. Kommt mit."
„Wir bleiben", sagte Loni Schneider. Marie, die mit einem Mal Deutsch zu verstehen schien, schüttelte energisch den Kopf. „Scheiße, Loni, jetzt mach nicht auf gehörnten Racheengel und sei kein Arschloch. Komm mit", sagte sie mit scharfem Ton und vielleicht sprach sie auch kein Deutsch, sondern Hans verstand auf einmal Französisch. Sie packte Loni Schneider beim Arm, aber Loni Schneider riss sich los. „Je dois le faire. C'est la seule façon d'être en mesure de le voir à nouveau dans les yeux" entgegnete sie mit bestimmter Stimme.
Marie schüttelte wütend den Kopf. Sie nahm Stefan bei der Hand und verließ hastig das Zimmer. Als eine Tür knallte, bemerkte Hans, dass sie nun die einzigen verbliebenen waren.
Loni Schneider kaute auf ihren Lippen, bis ein blutiger Riss aufsprang. Sie sah Hans an, dann zur Türe, dann wieder auf

Hans und in ihrem Blick war etwas Bestimmtes, etwas Unaufhaltsames.
Sie stand auf, streckte ihre Hand in die Höhe und zog sich ihr Kleid über den Kopf. Nur noch ihren BH und einen schwarzen Slip tragend, stand sie, die Hände in das Becken gestemmt, vor Hans und sah ihn herausfordernd an.
„Was machst du?", fragte Hans. Seine Hände begannen zu zittern, als kippte der Rausch gerade in einen Kater um.
Sie griff nach hinten und nestelte an ihrem BH. „Ja wonach sieht es wohl aus?"
„Tu das nicht", bat er.
Sie hielt inne.
„Ich will das aber."
„Tust du nicht."
„Woher willst du das wissen?"
„Wenn du es willst, will ich es auch."
„Du willst es doch sowieso." Loni Schneider öffnete ihren BH und ließ ihn zu Boden fallen.
Hans sah zu Boden, sah auf ihre Füße. Ihre rot lackierten Zehen, dann schaute er zur Tür.
„Loni, ich mag das nur, wenn ich es morgen auch haben kann. Und übermorgen."
Sie verbarg ihre Brüste hinter ihren Armen.
„Du weißt, dass das nicht geht. Aber du willst mich doch, oder?"
Hans schluckte, die Kehle brannte ihm ebenso wie der Bauch, dort tobten längst keine Schmetterlinge mehr, sondern schwere Nachtfalter. Totenkopffalter.
„Natürlich will ich das, verdammt, das bist du, Loni Schneider, aber nicht zu jedem Preis. Ich mag dich zu sehr, mein Gott, vielleicht liebe ich dich sogar. Ich will, dass ich dir morgen auch noch in die Augen schauen kann."
Etwas fiel in dem Moment von Loni Schneider ab. Ihr Blick wurde etwas klarer, als habe sich die Kamera ihrer Lebensverfilmung von der Totale auf Close Up geschaltet. Sie bückte sich, hob den BH vom Boden auf und begann umständlich, ihn wieder anzulegen.

Tränen rannen ihr über die Wange und verschmierten die Grübchen zwischen der Nase mit schwarzem Kajal.
Hans sah in ihr plötzlich den Teenager, der weinte, weil sein Vater gestorben war. Dies musste die wahre Loni Schneider sein, die ungeschminkte, die sich hinter keiner schützenden Maske versteckte. Diese Loni Schneider war nicht unbesiegbar, er würde sie überstehen, dachte er. Aber vor allem dachte er an seine Mutter. Auch sie war nicht unbesiegbar und es wurde ihm kalt im Herzen, als er daran dachte, dass er in wenigen Stunden nach Hause fahren würde und sich wieder mit der Krankheit, mit dem Tod auseinandersetzen musste. Er gefror innerlich, als er daran dachte, dass seine Mutter inzwischen im Rollstuhl sitzen musste, weil sie zu abgemagert und kraftlos war, um längere Zeit von alleine stehen zu können. Er merkte, dass auch er zu weinen begann und er fühlte sich einsam, so einsam, wie er sich in seinem Leben noch nicht gefühlt hatte. Der Absinth drückte ihm die letzten klaren Gedanken aus der Hirnrinde und sog die letzte Wärme aus seinem Herzen.
Loni Schneider und Hans sahen sich an. Er stand auf und umarmte sie. Sie zitterte am ganzen Leib, sie fror. Er küsste ihr die salzigen Tränen von der Wange, dann küsste er ihr den verschwommenen Kajal vom Auge und sie ließ ihren BH fallen.
Ihre warme Brust rieb an sein Hemd und er hob die Arme, als sie es ihm über den Kopf schob. Er küsste sie, küsste ihre Brüste und sie stöhnte laut auf, als er mit seiner Hand in ihren Slip fuhr. Sie hielt ihn klammernd umarmt und zog ihn eng an sich, so eng, dass sie ihm die Luft zuschnürte. Keuchend griff sie nach seiner Hose und zog sie hektisch nach unten. Er ließ sich auf die Couch zurückfallen und sie setzte sich auf ihn, nahm ihn in sich auf, beugte sich über ihn, vergrub ihr nasses Gesicht, ihre Haare, an seiner Wange und presste stöhnend ihre Hüfte auf seine. Nach wenigen heftigen Stößen, schrie sie auf und verbiss sich in seinem Hals. Hans sackte zusammen, als sei sämtliche Lebensenergie aus seinem Körper geschossen. Loni

Schneider blieb noch einen Moment auf ihm liegen, dann stand sie auf und zog sich langsam an.

Sie verließen schweigend die Bar, gingen schweigend über den Montmartre zurück zur Metro und fuhren schweigend zurück zum Port Clichy.

Es brannte noch Licht im Apartment, als sie ankamen. Loni Schneider und Hans sahen sich unschlüssig an, wünschten sich leise Gute Nacht und verschwanden hinter zwei verschiedenen Türen.

# Buch 3 Mama Morta

## Der große Stumpfsinn

Regen schlug ihm ins Gesicht, als er aus dem Zug stieg. Regen, der sich, anders als in Paris, kalt anfühlte. Er schloss die Augen, versuchte ein Bild zu erkennen, das seine Netzhaut in das Schwarz interpretierte und spürte für die Dauer eines Momentes eine unwirkliche Wärme in seiner Brust. Er drehte sich um und sah Ellis' Rücken, der Bahnhofshalle zulaufend. Dann schaute er Sebi an, schaute in sein graues, müdes Gesicht, das ihn an Sterblichkeit, an zu Hause, erinnerte. Sebi runzelte die Stirn. „Das wird schon wieder", sagte er und Hans wusste, dass Sebi noch nicht wusste, dass nichts mehr wieder werden konnte.
Hans verabschiedete sich, gab Sebi ein letztes Mal die Hand und spürte mit einer Macht, die ihm den Boden unter den Füßen wegzog, dass somit auch diese Freundschaft ihr Ende gefunden hatte.
Der Trolli ratterte über das Pflaster des Stadtplatzes und wie das wehmütige Echo einer unwiederbringlichen Erinnerung hörte Hans das Rattern an der Altstadtfassade widerhallen. Unfassbar, wie man innerhalb weniger Stunden das wenige Gute in einem Leben zertrümmern konnte.
Er sehnte sich nach Schlaf und ihm graute vor dem Aufwachen.
An der Wohnung angekommen, schloss er die Tür hinter sich und legte sich sofort ins Bett.
Er schlief den gesamten restlichen Tag und die ganze Nacht.
Am nächsten Tag hatte es aufgehört zu regnen. Aber ein nebliges Grau lag über der Stadt und das erste Laub hatte begonnen, sich zu verfärben. Er sah lange aus dem Fenster, sah den letzten Tropfen zu, die von den Dächern tropften. Er

hörte sich Lieder an, die er lange nicht gehört hatte. Dann Lieder, die ihn an die vergangenen Wochen erinnerte. Er wunderte sich über den Mechanismus in seinem Kopf, der bei „Sing for Absolution" stets an derselben Stelle eine Tränen fließen ließ und fragte sich, ob diese Traurigkeit echt war oder nur eine Entschuldigung seines Unterbewusstseins für all das, was er die letzten Tage getan hatte. Er fragte sich viel an diesem stillen Tag und fragte sich, ob dies den Umständen geschuldet war oder an seiner Person lag. Später packte er seinen Koffer aus, und an jedem Kleidungsstück hing noch eine Erinnerung, ein Geruch an Paris und die Traurigkeit wurde zu Wehmut.
Am Abend überspielte er die Bilder der Digitalkamera auf seinen PC, ohne sich die Fotos anzusehen. Zu wissen, dass es sie gab und zu ahnen, was darauf zu sehen war, verursachte in ihm einen Schmerz, der neu war, der etwas mit dem kommenden Herbst zu tun haben musste.
Am Abend rief ihn Lukas an und sagte, dass am kommenden Sonntag ein Familienausflug mit der gesamten Verwandtschaft geplant sei.
„Du weißt schon, dass ich am Samstag Geburtstag habe?", fragte Hans.
„Umso besser."
„Kommt Mama auch?"
„Es war ihre Idee, den Ausflug zu organisieren."
„Das klingt doch gut."
Am nächsten Tag begann für Hans wieder der Alltag im Büro und Stück für Stück fügte sich jedes Stück Realität an seinen vertrauten Platz zurück.
Ellis meldete sich nicht mehr und Hans traute sich nicht, Loni Schneider zu schreiben.
Er verschickte eine Einladung zu seiner Geburtstagsfeier an alle Freunde, die nicht in Paris dabei waren und beschloss nach längerem Zögern, Ellis ebenfalls die Einladung zu schicken.
Hans hatte die Theorie, dass es immer diesen einen Tag gibt, an dem der Sommer endet. Es wird in jedem Jahr noch

den einen oder anderen heißen Tag geben, aber sie werden sich wie warme Herbsttage anfühlen und nicht mehr wie Sommer.

Hans wusste, dass etwas vorbei war, als er am Morgen in sein Büro spazierte. Der Morgen war dunkler als die Morgen in Paris. Die Straßenbeleuchtung reflektierte gelbes Licht auf dem nassen Straßenpflaster. Hans fror, obwohl er bereits seine Herbstjacke übergezogen hatte.

Ihm schien, als befolge der Weltenlauf jene uralte Tradition, dass die Tage nach dem Sommerurlaub kalt und regnerisch zu sein hatten, damit sich der Geist der Endlichkeit des Jahresurlaubs bewusst wurde. Memento Mori, dachte er.

Es war Tag drei ohne Loni Schneider, ohne Ellis und ganz langsam spürte er das Ziehen in seinem Bauch, das ihn darauf aufmerksam machte, dass etwas fehlte. Er konnte noch nicht mit Sicherheit sagen, ob es Loni Schneider war, die ihm fehlte, oder Ellis oder ganz Paris oder einfach nur der Sommer. Aber dieses Fehlen war stärker als alles, was er bisher empfunden hatte.

Eine eiskalte Böe wehte ihm ins Gesicht und Hans spürte, dass es nur einer Kleinigkeit bedurfte, um auf der Stelle in Tränen auszubrechen. Er dachte an Paris und schluckte das Etwas hinunter, was auch immer es war, schluckte es hinunter, wo es in seinem Magen weiter vor sich hin rumorte. Als er an der Stadtkirche vorüberging, nahm er sich vor, demnächst eine Kerze anzuzünden. Er nahm sich vor, es diesmal wirklich zu tun. Gleich am Abend nach der Arbeit. Vieleicht würde er sogar die Sonntagsmesse besuchen, dachte er, aber dann fiel ihm ein, dass die Wahrscheinlichkeit, an seinem Geburtstag bereits um 9 Uhr morgens einen Gottesdienst zu besuchen, relativ gering war. Auf einem Aushang vor der Kirche hingen die Sterbebilder der in der jeweiligen Woche Verstorbenen aus. Er warf einen flüchtigen Blick darauf. Zwei Frauen, über 90 Jahre alt und ein 68 jähriger Mann. Der Mann auf dem Sterbebild lächelte ausgelassen, als lächelte er dem Tod frech ins Gesicht. Hans fragte sich, ob 68 Jahre alt war. Im Vergleich zu den greisen Damen sah der lachende Mann noch jung und mitten im Leben stehend aus. Seine Mutter war zehn Jahre jünger als der Mann, aber durch ihre grauen Haare und ihr eingefallenes Gesicht hätte sie inzwischen irgendwo zwischen dem Mann und den alten Frauen eingeordnet werden können.

Er freute sich darauf, sie am Sonntag endlich wieder zu sehen. Aber es war eine kalte Vorfreude. So kalt wie der Herbst, auf den er sich, wenigstens als Kind, auch immer gefreut hatte.

## Der 27. Geburtstag

Ben schenkte Hans zu dessen 27. Geburtstag eine Collage, auf der Kurt Cobain, Jim Morrison, Jimi Hendrix, Amy Winehouse und Hans abgebildet waren.
„Sehr witzig. Ich will aber erst mit 33 sterben."
„Wieso? Ich kenn keinen Star, der mit 33 gestorben ist. Oder wer ist mit 33 gestorben?"
„Google es doch und schenk mir die Collage in sechs Jahren noch einmal."
Eine kleine, ausgelassen schwatzende Runde saß um den stämmigen Holztisch in Hans' Wohnung. Als es zum wiederholten Mal an der Türe klingelte, musste Hans die Gartenstühle vom Balkon ins Wohnzimmer tragen. Hans ließ seinen Blick zufrieden über die Runde schweifen. Jahr für Jahr dachte er darüber nach, dass jede Geburtstagsfeier nichts anderes ist, als ein Abbild des Status Quo eines Lebens. Manchmal feiert man im engsten Familienkreis. In anderen Jahren füllt man ganze Festzelte und bekommt noch Tage später Gratulationen. In diesem Jahr war es kein Festzelt, aber er war alles andere als allein.
Der Platz neben ihm war, wie schon im letzten Jahr, nicht von einem Mädchen, sondern von Ben besetzt. Keine Kinder krabbelten zwischen den Füßen unter dem Tisch. Manchmal fragte er sich, wer wohl das erste Baby mit auf seine Geburtstagsfeier bringen würde oder ob er es selbst wäre.
Er hatte seit Teenagertagen nicht mehr mit seiner Mutter Geburtstag gefeiert. Auf den Gedanken, seine Eltern mit einzuladen, war er auch dieses Jahr erst gekommen, als Lukas ankam und schöne Grüße von seiner Mutter ausrichtete. Hans ärgerte sich nur kurz, wusste aber, dass er sie am nächsten Tag bereits sehen würde. Er war zufrieden mit der Runde, die in seine Wohnung gekommen war. Die meisten der Gäste waren dieselben, die bereits vor fünf Jahren mit Hans gefeiert hatten.

Neben Ben saß Markus. Vreni und Evi saßen ihm gegenüber und zwischen ihnen Lukas. Zu späterer Stunde läutete es erneut. Als Hans gespannt die Tür öffnete, starrte er zu seiner Überraschung und zu seinem Entsetzen in das erwartungsfroh grinsende Gesicht von Sebi. „Alles Gute, Kumpel! Lass Dich drücken!", sagte er und in seiner Stimme war nichts, das irgendwie darauf schließen ließ, dass Sebi inzwischen wusste, was in Paris geschehen war. Hans begriff in diesem Moment, dass Paris ihn wie ein noch nicht detonierter Blindgänger auch diese Nacht begleiten würde.

Den gesamten Abend kam es Hans so vor, als könnte er das Pulver dieses Sprengsatzes riechen. Hans trank übermäßig viel und wich den Blicken Sebis aus. Er lauschte der Türklingel, die nicht mehr läutete. Er fürchtete, dass auch Ellis seiner Einladung Folge leisten könnte und wünschte sich gleichzeitig nichts mehr als das. Er wusste, dass die Lunte zum Sprengsatz längst gelegt war und sie sich so eng umschlungen um ihn gewickelt hatte, dass er sich nicht mehr aus eigener Kraft aus ihr heraus winden konnte. Nach mehreren Cuba Libre gestand er sich ein, dass ihm nichts weiter übrig blieb, als den großen Knall abzuwarten oder die Lunte selbst anzuzünden.

Paralysiert und passiv stolperte Hans durch die Nacht und folgte den anderen, die nach Mitternacht in das Café zur Roten Mühle weiter zogen.

Während alle tanzten, fand sich Hans an der Bar im Gewölbe der alten Mühle wieder. Sebi stand neben ihm und sah ihn ernst an.

Hans kniff die Augen zusammen. „Entschuldige bitte, was hast du gefragt? Ich war gerade in Gedanken", sagte Hans.

„Ellis!", sagte Hans und deutete auf die Tanzfläche. Ellis stand am gegenüberliegenden Ende des Gewölbes, ein Getränk in der Hand und schaute traurig zu ihnen hinüber.

„Was ist eigentlich in Paris passiert, dass Ellis so wütend auf dich ist?"

Hans versuchte, eine Antwort zu formulieren, schaffte es aber weder die richtigen Worte in eine verständliche

Reihenfolge zu bringen, noch diese klar zu artikulieren. Stumm starrte er zu Ellis hinüber und lächelte, als sich ihre Blicke trafen.
„Es war nicht zu überhören, dass zwischen euch etwas gelaufen ist. Ist das das Problem?", fragte Sebi.
Hans nickte Ellis zu und hob die Hand. Ellis erwiderte seinen Gruß regungslos und schaute starren, traurigen Blickes in seine Richtung.
„Jetzt mal ehrlich, hast du sie gepoppt und sie danach zum Teufel geschickt?" Sebi lachte dumpf und drückte bohrend seine Faust in Hans' Schulter.
Hans war nicht viel mehr als eine Crashtestpuppe, die sich passiv gegen Wände schleudern ließ. Er versuchte, Ellis telepathisch oder zumindest mimisch zu sagen, dass er sich freue, sie zu sehen.
„Die letzte Nacht in Paris, war echt der Horror", fuhr Sebi fort, ohne darauf zu achten, ob Hans ihm zuhörte oder nicht.
„Du hast ja sicher schon gemerkt, dass Loni manisch veranlagt ist. Und wenn sie sich von mir nicht so geliebt fühlt wie sie meint, dass es ihr zusteht, kann sie sich bitterlich rächen. Du hast ja gemerkt, wie sie sich an diesen Franzosen rangeschmissen hat. Ihr war in der Nacht alles zuzutrauen."
„Das ist wohl der Preis, mit Loni Schneider zusammen zu sein", murmelte Hans und wandte seinen Blick nicht von Ellis ab, die sich auf ihn zubewegte.
Ihr Gesicht sah im fahlen Licht des Gewölbes grau und gealtert aus. Sie reichte ihm die Hand. „Ich wünsche dir alles Gute zu deinem Geburtstag", sagte sie förmlich.
Hans spürte einen schwachen, zitternden Händedruck.
„Ich hoffe, es geht dir gut", entgegnete Hans.
Ellis schwieg.
„Wie geht es deiner Mutter?", fragte sie.
„Ich denke, gut. Wir werden uns morgen sehen. Wir haben ein Familientreffen."

„Wenn du daran denkst, richte ihr doch schöne Grüße von mir aus", sagte Ellis. Sie tauschte einen Blick mit Sebi aus. „Kann ich einen Moment lang alleine mit Hans sprechen?"
„Oh, Oh, klingt nach Stress!", Sebi verzog das Gesicht, als hätte er in eine Limette gebissen. „Jetzt wird's ernst. Da mache ich mich lieber aus dem Staub."
Er grinste Ellis im Vorbeigehen ins Gesicht: „Sei nicht zu streng mit ihm. Er ist ein wenig kapriziös, was Frauen angeht, aber kein verkehrter Mensch."
Ellis entgegnete ihm ihren traurigen Blick: „Wenn du das sagst."
Hans hatte viel getrunken, aber noch nicht genug um sich einzugestehen, dass er zu viel getrunken hatte. Erleichtert, dass Ellis gekommen war, fühlte er sich stark genug, um sich diesem seit Tagen fälligen Gespräch mit ihr zu stellen.
„Ist das ‚The Talk'?", fragte er und sah Ellis aufmunternd an. „Darf ich dir ein Getränk spendieren?"
Sie nickte und bestellte sich einen Orangensaft.
„Soll ich beginnen oder möchtest du anfangen?", fragte er.
Ihre Augen glänzten im Kontrast zu den dunklen Rändern silbrig. Sie deutete Hans, er solle beginnen.
„Ich weiß, dass Paris eine Katastrophe war, ein Wirbelsturm, der alles entwurzelt hat, was noch nicht tief genug in der Erde steckte."
„Hans, bitte verschon mich mit deiner Metaphernscheiße und rede einfach Klartext", unterbrach sie ihn. „Außerdem hatte ich auf der Rückfahrt nicht gerade den Eindruck, als sei Paris für dich eine Katastrophe gewesen. Du hast gestrahlt wie ein Honigkuchenpferd. Und genau das ist es, was ich nicht verstehe. Ich begreife es einfach nicht, ob das, was ich an dir mag, wirklich existiert oder ob ich es in dich hineinprojiziert habe. Dieser selige Hans ist nämlich ein Riesenarschloch."
„Es tut mir leid, dich enttäuschen zu müssen, aber dieser Hans bin ich."
„Das fällt mir aber schwer zu glauben. Ich habe dich als einen feinsinnigen, reflektierenden Menschen

kennengelernt, der fast zwanghaft versucht, gut und sozial angepasst zu sein. In Paris warst du doch nur ein egoistischer Verrückter, der blind und selbstsüchtig durch die Straßen getaumelt ist, sich links und rechts alles genommen hat, was er in die Finger kriegte, ohne sich über irgendwelche Konsequenzen Gedanken zu machen."
Hans schwieg betroffen. Sie hat Recht. Ich war glücklich in Paris, dachte er.
„Du hast Recht", sagte er. „Ich bin nicht stolz auf das, was in Paris passiert ist. Und ich bin der letzte, der sich dafür nicht entschuldigen würde."
Ellis sah ihn abwartend an.
„Was ist?", fragte er.
„Du sagtest gerade, du seist der letzte, der sich nicht entschuldigen würde."
„Du willst also, dass ich mich bei dir entschuldige?"
„Das wäre doch einmal ein Anfang. Eine Gesprächsbasis sozusagen."
„Also gut, ich entschuldige mich bei dir."
Ellis lachte verächtlich.
„Du machst es dir wirklich leicht. Eine Floskel. Dabei weißt du womöglich gar nicht, wofür du dich entschuldigst."
Hans stöhnte auf. Das Gespräch wurde komplizierter als befürchtet.
„Ellis, wenn ich die Zeit zurückdrehen könnte, würde ich in Paris alles genau so wieder machen, bis auf die Nacht an der wir... Du weißt schon. Das hätte ich nicht tun sollen. Das war nicht fair von mir."
„Hm", machte Ellis. Ihr Gesicht bekam eine dunklere Farbe, ihre Gesichtszüge verengten sich. „Das ist es also, das du an Paris am meisten bereust."
„Verdammt, jetzt dreh nicht alles auf den Kopf. Ich habe nicht gesagt, dass ich es an sich bereue", er raufte sich die Haare. „Lass mich nachdenken. Lass mich die richtigen Worte finden."
„Ich habe Zeit", entgegnete sie und nippte an ihrem Orangensaft."

„Ellis, um es auf den Punkt zu bringen: Paris hatte tausend Momente mit dir, die schön waren, die mir bestätigt haben, dass du ein wundervoller Mensch bist. Dass du mir gut tust. Aber trotzdem wäre es wohl einfacher, wenn man Paris einfach ausradieren könnte, um dort weiter zu machen, wo wir vor Paris aufgehört haben. Meine Gefühle für dich haben sich nämlich nicht verändert."

Ihre Augen weiteten sich wieder und ihr Kinn sank nach unten. „Ich habe schon verstanden, Hans Wegmann."

Hans wusste, dass Ellis jetzt weinen würde. Aber er mochte sie zu sehr, als es ertragen zu können. Ohne nachzudenken, umarmte er sie. „Ellis, wenn du dir vorstellen kannst, einfach nur Freunde zu sein, dann wäre ich der glücklichste Mensch auf der Welt. Aber wenn du das nicht kannst, dann muss ich dich als dein Freund vor Typen wie mir ausdrücklich warnen."

Ellis lachte einen kurzen, warmen Hauch in seinen Nacken und sie drückte ihr nasses Gesicht an seine Wange.

„Ich werde deinen Rat beherzigen und dir eine Weile aus dem Weg gehen", sagte sie und umarmte ihn fester.

Sebi klatschte laut in die Hände. „Applaus, Applaus!", rief er. „Happy End. Die Welt wieder in Ordnung. So einfach wäre es. La vie e belle."

Ellis löste sich aus der Umarmung und schob Hans mit sanften Druck wieder von sich weg. Sie schaute Sebi mit finsterem Blick an. „Du weißt nicht, wie mir Hans das Herz gebrochen hat oder?"

Sebi grinste verunsichert. „Naja, ganz taub bin ich nicht. Ich hab schon mitgekriegt, was in eurem Zimmer in der Nacht so passiert ist."

Hans sah sie entsetzt an. Ellis' Gesicht wurde starr und ihre blauen Augen wirkten klar und eisig. Er wusste, es würde jetzt passieren und ein Teil in ihm war so erleichtert, wie der andere in Entsetzen erstarrte. Sie wird es ihm nicht sagen, redete er sich ein. Sie wird es nicht tun.

Ellis trank ihren Orangensaft aus. „Du hast wirklich keinen blassen Schimmer, was in der letzten Nacht in Paris passiert ist?"

Das Grinsen verschwand aus Sebis Gesicht und er stellte sein halbleeres Glas auf der Theke ab.

„Ellis, was ist hier gerade los?", fragte er.

„Ich denke, du kennst deine Freundin ein wenig besser als ich. Ist dir am Morgen danach gar nichts aufgefallen?"

Hans' Blick wechselte zwischen Sebi und Ellis unruhig hin und her. Sebis Augen fixierten starr einen Punkt in weiter Ferne. Seine Mundwinkel zuckten.

„Der Franzose?", fragte er und seine Stimme wurde schrill und brach auf der letzten Silbe in sich zusammen.

Ellis sah Hans emotionslos an. „Ich lasse euch beide nun besser alleine. Mach's gut, Hans", sagte sie und ging.

Hans trat einen Schritt zurück, er ließ Sebi, dessen Augen hin und her schossen, als überschlugen sich seine Gedanken, nicht aus dem Blickfeld.

Beide standen sich in geringem Abstand gegenüber. Hans hielt sich die Hand ans Kinn, strich unsicher über seinen Dreitagebart.

Sebi fixierte seinen Blick. „Sie hat es getan, oder?"

Hans nickte.

„Bitte sag, dass es der Franzose war."

Hans schüttelte den Kopf.

„Doch nicht Stefan?"

Hans schüttelte wieder den Kopf. „Ich habe keine Ahnung, wie ich das erklären kann. Es tut mir sowas von Leid", murmelte Hans.

Im nächsten Moment knallte sein Glas klirrend auf die Erde und seine linke Gesichtshälfte brannte erst kaum merklich, dann so heiß und schmerzhaft, dass ihm schwarz vor Augen wurde und er Sterne sah.

## Familienausflug

Hans' Auto fuhr über Hügelkuppen vorbei an einer Landschaft, deren malerische Schönheit er als fast zynischen Gegensatz zu seinem Gemütszustand empfand. Bauernhöfe zwischen den Feldern, sich langsam einfärbende Laubbäume vor der mächtigen Kulisse der an den Spitzen schneebedeckten Berge. Hans' Auge tat weh. Es ging bergauf, danach wieder steil hinab zu einem Talkessel, in dem versteckt ein See und ein Kloster lagen. Hans fühlte sich matt, seine Zunge war noch belegt vom fahl gewordenen Geschmack des Zitronensafts, mit denen er seine Getränke am Vorabend gemischt hatte. Außer eines stark verlangsamten Geistes und ungelenkiger Glieder hinterließ die durchzechte Nacht keinerlei nennenswerte Nachwirkung. Da war nichts mehr von der Nacht zuvor übrig geblieben außer dieser einen sichtbaren Erinnerung unter seinem linken Auge. Da war kein inneres Brennen, keine Vorfreude auf den nächsten Freitag, selbst der wohlige Schauer, den jede Erinnerung an Paris auslösen konnte, war mit einer Ohrfeige und dem Wort Ellis für Hans wie ausgelöscht.
Nichts war mehr übrig geblieben von dem, was erst eine Woche her war und er war nichts weiter als ein 27-jähriger junger Mann, der begann, sich vor dem Leben zu fürchten.
Hans bog nach rechts Richtung Kloster ab. Er fragte sich, wie seine Mutter aussehen würde. Es war nicht das erste Mal seit ihrer Erkrankung, dass sie sich länger als zwei Wochen nicht gesehen hatten, aber es fühlte sich heute anders an. Der Frühling war vorüber, der Sommer war vorüber und Hans ahnte, dass alles, was in diesem Jahr gut gewesen war, nun auch vorüber war.
Bereits von weitem sah er die vielen Autos der Verwandten am Parkplatz. Kinderwägen wurden aus den Familienautos ausgeladen. Als er eine Runde um den Parkplatz auf der

Suche nach einer freien Stelle drehte, sah er auch den roten Mazda seiner Eltern. Sein Vater nickte ihm zu, auch er war beschäftigt mit dem Ausladen eines vierrädrigen Gefährts. Im Näherkommen sah Hans, dass es kein Kinderwagen war, es war ein Rollstuhl. Er sah einen schlohweißen Haarschopf einer alten Frau, der beim zweiten Hinsehen seiner Mutter gehörte. Er parkte neben Markus' Wagen.

Es waren knapp dreißig Onkel, Tanten, Cousins und Cousinen gekommen, fast die gesamte Verwandtschaft. Die Cousine aus Wien war ebenso gekommen wie der vielbeschäftigte Onkel. Es verging fast eine halbe Stunde, bis Hans alle gegrüßt hatte.

Hans unterhielt sich eine Weile mit Markus und lugte immer wieder zu seiner Mutter hinüber. Sie saß in einem Rollstuhl, trug einen warmen Herbstmantel, der an ihren Armen schlackerte. Nichts erinnerte ihn mehr an die feste, pausbäckige Frau, die sie noch vor einem Jahr war. Sie hatte sich zurechtgemacht, ihr Gesicht war dezent geschminkt, die Haare, die nicht verbergen konnten, dass sie einen Schnitt benötigten, liebevoll gekämmt. Hans fragte sich, warum sie während der Chemotherapie ihr Haar nicht verloren hatte. Ihr Haar war lichter, dünner geworden. Aber es war nicht ausgefallen. Ihr Gesicht war hager geworden, eingefallen, die Haut faltete sich dort, wo sie einst ihre charakteristischen Rundungen hatte.

Hans beobachtete, wie seine Mutter, umringt von ihrer Familie, eine Hand nach der anderen schüttelte, jedes Kind und jedes Baby herzte. Dann sah sie auf, kurz trafen sich ihre Blicke und er winkte ihr lächelnd zu. Seine Mutter lächelte ebenfalls und hob vorsichtig die Hand. Hans war erleichtert, ihr Lächeln war für ihn wie eine Absolution. Er war vielleicht ein verlorener Sohn, der seine kranke Mutter nie besuchte, aber seine Mutter war auch wie ein barmherziger Vater.

Hans' Vater wich nicht von ihrer Seite. Er hielt den Rollstuhl fest umklammert, als sei nicht sie, sondern er auf das Hilfsgerät angewiesen. Er sah ebenfalls älter aus. Seine

Haare, ungekämmt, flogen durch den milden Herbstwind, wenn eine Böe auf die Menschen am Parkplatz herabfuhr. Hans' Vater lächelte mit zusammengepressten Lippen. Ab und an lachte er laut, wenn einer der lange nicht gesehenen Verwandten einen vorsichtigen Scherz versuchte.
Mit einem Gefühl der Erleichterung betrachtete Hans das rege Treiben. Es war ein großes Wiedersehensfest. Als letztes bog der alte Golf von Lukas klappernd um die Ecke. Lukas stieg grinsend aus dem Auto, seine glasigen Augen verrieten, dass seine Nacht noch länger als die von Hans gedauert hatte, vielleicht gar nicht geendet hatte. Lukas steuerte als erstes mit ungelenken Schritten auf seine Mutter zu, kniete sich zu ihr hinab, hielt ihre Hände und wechselte einige fröhliche Wort mit ihr. Dann stellte er sich zur Gruppe um Hans und Markus dazu.
Er schlug Hans auf die Schultern. „Der große Bruder hatte eine Wirtshausprügelei, wird überall erzählt", sagte er lachend. „Was war denn gestern los?"
„Das macht schon die Runde?", fragte Hans. Die Ereignisse in Paris waren bisher eine Sache zwischen ihm, Ellis, Sebi, Loni Schneider und seinem Gewissen gewesen. Sollte sich Paris zum Tratsch entwickeln, dann würden seine traumwandlerischen Taten zur Realität, zu dem Betrug, der erst Betrug wurde, wenn es einen Kläger gab.
Lukas lachte gut gelaunt. „Hab die Vreni noch in der Rock Villa getroffen und sie hat die Story erzählt, dass der Sebi dir eine Ohrfeige gegeben hat, weil ihr euch wegen eines Mädchens an der Bar gestritten habt." Lukas schüttelte lachend den Kopf. „Eine Ohrfeige. Wie mädchenrealschulenmäßig ist das denn? Aber ich kann dich beruhigen. Sebi hat sich ziemlich schnell beruhigt. Der war nämlich auch in der Rock Villa."
Hans warf einen Blick auf Markus und fragte sich, ob er Lukas die Geschichte abnahm. Markus lächelte neutral und entgegnete freundlich seinen Blick.
„Ja, peinliche Sache, Lukas. Schön, dass du sie gleich vor der gesamten Verwandtschaft ausbreitest", sagte er und

kaschierte seine Erleichterung, dass Sebi niemandem den wahren Grund ihrer Auseinandersetzung erzählt hatte.

Wie auf ein Startzeichen hin setzte sich der Tross in Bewegung. Gut zwei Dutzend Erwachsene, einige hin und her laufende Kinder, drei Kinderwägen und ein Rollstuhl begannen, den Weg zum Steg über den See entlang zu spazieren. Auf dem hölzernen Steg staute sich die Wandergruppe. Wer konnte, fütterte die Karpfen mit Brotkrumen oder betrachtete die Hechte, die in Lauerstellung die Karpfen beäugten.

Hans kannte den Spaziergang seit seiner frühesten Kindheit. Der Rundweg um den See herum war lang genug, um zwei, drei interessante Gespräche zu führen und sich an der wundervollen Landschaft sattzusehen und kurz genug, um die Kinder bei Laune zu halten.

Als sich Hans umdrehte, sah er, wie die Kette der Spaziergänger immer weiter auseinander gezogen wurde. Einen Moment lang kam es ihm so vor, als sei das unterschiedliche Spaziertempo der Wandernden wie eine Metapher der unterschiedlichen Lebensgeschwindigkeiten der Spazierenden: An der Spitze Hans, Markus und Lukas, gefolgt von einigen der jüngeren Großcousins. In der Mitte die zahllosen Eltern mit ihren Kleinkindern. Hinten, am Ende, die älteren Onkel und Tanten. Und ganz am Schluss Hans' Mutter. Hans drehte sich immer wieder nach ihr um, in der Hoffnung ein paar kurze Sätze mit ihr zu wechseln, aber obwohl er seinen Schritt stark verlangsamte und bald in den mittleren Bereich der sich dehnenden Wanderschlange zurückfiel, war der Rollstuhl mit seiner Mutter bald nicht mehr in Sichtweite.

Er erzählte einem Cousin, der bereits erwachsene Kinder hatte, die in der vorderen Gruppe mitmarschierten, von Paris. Der Cousin und seine Frau berichteten ihrerseits, dass sie vor Jahren einen abenteuerlichen Urlaub in Portugal erlebten, kurz nachdem dort die Diktatur zusammengebrochen war und sie die ersten Touristen in einem fremden, exotischen Land waren.

Dann fragte der Cousin, wie es Hans' Mutter gesundheitlich ging. „Ich weiß es nicht", sagte Hans und wusste nicht, was er weiter sagen solle.

Auf halbem Weg kamen sie an einem Wasserfall vorbei. Über zahllose Terrassen floss der Mühlbach den Berg hinab und bildete ein ganzes System aus Wasserfällen. Hans erinnerte sich, dass er, als er noch ein Kind war, immer den Weg nach oben spaziert war und versucht hatte, die Wasserfälle zu zählen. Er wusste nicht mehr, ob es 17 oder 27 Wasserfälle waren, aber er erinnerte sich noch daran, dort oben anstatt einer Alm eine Straße vorgefunden zu haben. Noch wichtiger aber war es ihm damals gewesen, sofort seiner Mutter, die mit dem kleinen Lukas unten gewartet hatte, von seinem Abenteuer zu erzählen. Er hatte seiner Mutter von den mindestens dreihundert Wasserfällen erzählt und so begeistert von der Expedition auf den Berg berichtet, als sei er mit Reinhold Messner gerade vom Nanga Parbat zurückgekehrt. Seine Mutter hatte ihm bestärkend zugehört und spiegelte ihm das Gefühl, ein großer Entdecker und Bergsteiger zu sein und in dem Moment war es keine Erzählung mehr, sondern wurde zu einer Wahrheit und er hatte seine Mutter stolz und voller Liebe angeschaut, weil sie seine innere Größe erkannte. Hans schaute sich nach seiner Mutter um, um sie zu fragen, ob sie sich an die Anekdote erinnerte. Die hintere Gruppe spazierte langsam an ihm vorbei. Er wartete. Er wartete noch eine Weile. Als seine Mutter nicht auftauchte, spazierte er weiter.

Am Ende des Rundwegs, als sie wieder am Parkplatz angekommen waren, gingen sie in die Klosterwirtschaft, ein altes, finsteres Gasthaus mit einem sonnigen Biergarten. Die anderen saßen bereits an einer langen, aus zusammengestellten Tischen bestehenden Tafel. Hans' Magen knurrte, als habe ein gefräßiger Kater jedes Gramm Fett aus seinem Bauch gefressen. Als er im Biergarten ankam, saßen Markus und Lukas bereits bei Spezi und

Radler am Tisch. Hans fand einen freien Platz am Ende der Tafel bei seinen gleichaltrigen Cousins.
Nach und nach vervollständigte sich die Gruppe wieder. Auf die älteren Onkel und Tanten folgten die Kinderwagen schiebenden jungen Väter und Hans bestellte sich bereits sein zweites Wasser, als letztendlich seine Tante zusammen mit Hans Vater und dem Rollstuhl mit Hans' Mutter eintrafen.
Hans' Mutter sah erschöpft aus, als hätte sie den Weg unter großen Schmerzen zurückgelegt. Sie lächelte, als die Kinder ihr applaudierten, als sie über den knirschenden Kies in den Gastgarten gefahren wurde.
Es waren nur noch am anderen Ende der Tafel Plätze frei und Hans schaute ihr nach, wie sie an ihm vorbei geschoben wurde.

## Der Donnerschlag

Im Nachbardorf fand auf dem Gelände der Brauerei ein großes Fest statt, auf dem der Wintersportverein den Beginn der Saison feierte.
Hans war einer von über tausend Menschen, die sich an einer langen Schlange anstellten, um einen hochpreisigen Eintritt zu zahlen und sich nach Waffen und mitgebrachten Alkoholika durchsuchen zu lassen.
Der Wind wehte eine Ahnung des Herbstes über das Brauereigelände. Die Bäume, die das Gelände umgrenzten, rauschten. Es roch nach welkendem Laub. Hans riss im Vorbeigehen ein Blatt von einem Kastanienbaum ab und ließ es wieder fallen. Ein durch zwei Bauzäune eingegrenzter Weg schleuste ihn zum Vorplatz der Brauerei, auf dem nur wenige Leute im Freien standen, vor einem Toilettenwagen wartend. Der Eingang zur großen Lagerhalle der Brauerei bestand aus einem großen Tor und Hans kam es vor, als würde er von einem weit aufgerissenen Maul verschluckt, als er es durchschritt.
Langsam ging er durch einen schmalen Gang aus Wänden von meterhoch aufgeschichteten, Bierkästen. Hans strich gedankenlos mit seinen Fingern über das Gitter des Zaunes, als er dem Gang in Richtung Halle folgte und schaute nach oben, fühlte sich klein und unbedeutend. Aus der Enge der Schlucht aus Bierkästen gelangte er in die Halle, tauchte ein in das Gedränge der Menschen. Er trieb mit der Strömung im Meer der suchenden oder tanzenden Menschen, ohne es zu wollen, Richtung Bar.
Er schaute in die Gesichter der Leute, an denen er sich vorbei zwängte, hielt nach jemandem Ausschau, den er begrüßen konnte. Er fühlte sich gleichzeitig beobachtet und ignoriert, war selbst Beobachter und Ignorant. An Großveranstaltungen wie diesen faszinierte es ihn immer, dass niemand es bemerken würde, wäre er nicht hier; aber

gleichzeitig war nur durch sein Dasein in Addition mit dem Dasein der anderen die Halle nicht leer.
Während er sich umschaute, entdeckte er auf der gegenüberliegenden Seite der Bar Ellis.
Sie sah ihn nicht. Er schaute zu ihr hinüber. Er wurde gefragt, was er trinken wolle und sagte: „Cuba Libre".
Als er wieder aufsah, war Ellis verschwunden.
Einen Moment lang bedauerte er es, sie nicht gleich begrüßt zu haben. Ellis fehlte auf eine unbestimmte Art und Weise in seinem Leben und irgendwie wiederum auch nicht. Es war kompliziert, dachte er, kompliziert wie das Leben an sich kompliziert war, sobald ein Mensch auf einen zweiten traf. Er nahm sein Glas, um seinen Rundgang durch die Hallen fortzusetzen. Da stand sie mit einem Mal vor ihm.
Hans warf ihr einen verdutzten Blick zu. Ellis' Blick war finster und ernst. „Wir müssen reden", sagte sie bestimmt.
Sofort war der zarte Hauch des sentimentalen Gefühls für sie verflogen. Er wollte nicht reden. Er wollte nichts von Entscheidungen, von Gefühlen hören, über die er sich im Klaren sein sollte und von Verletzungen, die er anderen Menschen zufügte.
Ihre starren blauen Augen sahen ihn an, er hielt dem Blick nicht stand.
„Hallo Ellis", sagte er leise.
„Hast du Zeit für ein Wort? Es ist wichtig", hörte er sie sagen. Etwas fühlte sich schlecht an, fürchterlich, sogar elend, bei dem Gedanken, jetzt dieses Gespräch der Gespräche zu führen. Er würde kein einziges richtiges Wort finden, würde Ellis vor den Kopf stoßen, obwohl er sie eigentlich gern hatte. Ihm war auf einmal schlecht und er fühlte sich bedrängt von ihr, von seinem eigenen Gewissen und mit ihr zu reden war das allerletzte, was er jetzt wollte. Er würde das regeln mit ihr.
„Wir werden reden", sagte er. „Aber bitte nicht jetzt. Nicht heute."
Er sah sie flehend mit zusammengepresstem Lippen an und ging wortlos an ihr vorbei.

Hans flüchtete, tauchte ab zwischen den zweitausend Menschen, die die Hallen füllten.

Er ahnte, dass der Abend hiermit gelaufen war. Er würde den Rest der Nacht damit zubringen, Ellis aus dem Weg zu gehen. So groß das Brauereigelände auch war, es gab eine Regel, auf die er sich auf allen Festen dieser Art verlassen hatte können: Gehe lange genug im Kreis und du findest immer den, den du suchst. Ellis würde ihn finden.

Und wenn er nicht von ihr gefunden werden wollte, hatte er auch keine Möglichkeit, jemand anderen zu finden. Aber er war sich gar nicht mehr sicher, ob er jemanden finden wollte. Loni Schneider war noch immer in Paris und im Grunde wollte er auch sie nicht mehr sehen.

Insgeheim hatte er sogar gehofft, Ellis zu treffen. Aber eine Ellis, die keine Aussprache forderte, eine Ellis ohne Vergangenheit. Eine Ellis der Gegenwart, die er neu kennenlernen durfte.

Hans setzte sich auf einen leeren Bierkasten im hintersten Bereich der Halle.

Er tat etwas, das er früher nur in Momenten höchster Verzweiflung getan hatte: Er holte sein Smartphone aus der Tasche. Während die Bässe der lauten Musik gegen sein Trommelfell schlugen, leerte er das Glas Cuba Libre in einem Zug und begann, während sein Herz schlug, zu schreiben.

Er setzt Buchstabe für Buchstabe nacheinander, löschte sie wieder und tippte dieselbe Buchstabenfolge aufs Neue ein.

Was zum Teufel mache ich hier eigentlich?

Er starrte auf den Bildschirm, las die Worte noch einmal, löschte sie wieder.

Es machte ihn glücklich, ihren Namen geschrieben zu sehen, aber es war inzwischen nur noch ein fahles Glücksgefühl, wie damals, als er in der Disco bemerkte, dass sich sein Auge an das Stroboskoplicht gewöhnt hatte.

Die Gedanken wurden immer schwerer. Der Longdrink begann zu wirken. Er lauschte der Musik.

Der Nebel lichtete sich. Hans riss die Augen auf. Er saß immer noch zwischen Jacken und Bierkästen im hintersten Winkel der Halle. Am Rande eines Wirbelsturms, der die Menschen mitriss, den er zwar hörte, aber nicht wahrnahm. Er schaltete sein Smartphone ein, um noch einmal zu lesen, was er die letzten Stunden geschrieben hatte. Seine Notiz bestand aus genau zwei Wörtern: Loni und Schneider. Dabei hatte er die ganze Zeit nur über Ellis nachgedacht.

Er wusste nicht, wie viel Zeit vergangen war, aber anhand des Lautstärkepegels, der nicht mehr nur aus Musik, sondern vor allem aus dem Raunen der Menschen, dem Schreien der Tanzenden bestand, neigte sich die Party ihrem Höhepunkt entgegen. Er beschloss, dass er seinen Tiefpunkt überschritten hatte und stand langsam auf.

Wie er aus der schützenden Enge des Winkels in die drückende Weite der Halle wechselte, wallte das Blut seines Kopfes gegen seine Augäpfel und ihm wurde schwindelig.

Hans steckte sein Handy in die Hosentasche, räusperte sich Mut an und querte die Halle.

„Allein allein" brüllte ein eisiger Chor aus den Lautsprechern, „Wir sind allein!"

Ausgelassen Feiernde auf der Tanzfläche reckten ihre Pilsflaschen in die Luft und schrien: „Allein allein, wir sind allein!"

Der einzige in der ganzen Halle, der nicht mitsang, war Hans. Stumm bahnte er sich seinen Weg Richtung Ausgang. An der hohen Wand aus Bierkästen, die ihn zurück zum Ausgang leitete, sah er Ben, der sich auf einer Räuberleiter über den Bauzaun hieven ließ und geschickt aus der schmalen Öffnung des Kastens ein Bier, dann noch eines und drei weitere heraus fingerte. Zurück auf der Erde sah er Hans und hielt ihm eine Flasche hin. „Versteht kein Mensch, warum die in einer Bier-Lagerhalle Bier verkaufen", sagte Ben. Hans nickte und nahm das Geschenk an.

„Und das Beste ist, dass ich für die leere Flasche zwei Euro Pfand bekomme", erklärte Ben lachend und stieß mit Hans an. „Ich habe schon zehn Euro verdient. Wenn das so weitergeht, bin ich bis zum Ende entweder reich oder sturzbetrunken."

Hans lächelte und schüttelte den Kopf.

„Ach übrigens", sagte Ben. „Ellis sucht dich."

Da war sie wieder. Ellis. Er würde Ellis gerne Gute Nacht sagen, würde gerne jede Art von Absolution von ihr entgegennehmen, um endlich wieder ruhig schlafen zu können. Aber er würde nicht dieses Gespräch führen. Nicht heute. Er war müde.

Hans verließ die Halle.

Mit verschränkten Armen stand sie vor ihm. Auf dem Vorplatz, genau zwischen Klo-Wagen, Ausgang und der Halle, als hätte sie auf ihn gewartet.

„Versteckst du dich vor mir?", fragte sie ihn. „Ich habe dich überall gesucht."

Hans blieb stehen. Sie hatte ihn gefunden.

„Ellis, ich bin müde. Ich werde mir ein Taxi nach Hause nehmen."

„Nicht, bevor du dich mit mir unterhalten hast. Hans, es ist verdammt, verdammt, verdammt wichtig."

Hans verschränkte die Arme und lugte Richtung Ausgang. Bis dorthin waren es zehn, fünfzehn Meter. In Gedanken rannte er durch das rettende Drehtor.

„Egal, was es ist. Lass es uns ein andermal besprechen. Nicht heute. Von mir aus morgen. Ich lade dich zu mir auf einen Kaffee ein."

Ellis hielt sich die Hände vor das Gesicht. Ihre Augen begannen silbern zu glitzern. „Ich kann das aber nicht länger mit mir rumschleppen. Es zerfrisst mich einfach."

Vor diesem Moment hatte Hans sich seit Paris, vielleicht sogar seit ihrer ersten Begegnung gefürchtet. Dem Augenblick der Wahrheit, an dem er sich entscheiden musste. Alles oder nichts. Er starrte auf den Boden, versuchte Zeit zu gewinnen.

Ellis rann eine Träne über die Wange, die sie rasch mit der Hand wegwischte. Sie räusperte sich und sagte: „Es geht um deine Mutter."

Hans fiel die Flasche aus der Hand. Sie zersprang auf dem Asphalt und schäumendes Bier umspülte seine Schuhe.

„Um Mama? Um meine Mama?", fragte er verdattert, verwirrt, überwältigt.

Ellis und seine Mutter hatten sich bei ihren Begegnungen in einer seltsamen Vertrautheit verstanden, als kannten sie sich seit Jahren. „Habt ihr euch getroffen?", fragte er irritiert.

Ellis schüttelte den Kopf und fragte: „Wann hast du sie das letzte Mal gesehen?"

„Ich weiß nicht, das ist lange her. Irgendwann vor Paris. Nein, natürlich nicht. Wir haben uns vor einer Woche beim Familienausflug gesehen."

„Welchen Eindruck hattest du von ihr?"

Hans verspürte langsam einen starken Druck in seiner Schläfe. Die Fragen von Ellis begannen ihn zu verärgern. Warum fragte sie ihn über seine Mutter aus? Sie wusste doch, dass sie krank war.

„Es geht ihr den Umständen entsprechend gut", sagte er. „Jetzt rück endlich raus mit der Sprache, worauf du eigentlich hinaus willst. Du jagst mir Angst ein, Ellis."

„Ich war diese Woche beim Arzt. Einem Homöopathen. Mir ging es nicht so gut." Ellis Lippe vibrierte. Sie sah nun ebenfalls zu Boden, wich seinem fragenden Blick aus. „Ich habe dort im Wartezimmer deine Tante getroffen."

„Welche?"

„Die Schwester deiner Mutter. Tante Amalie."

„Du kennst sie?"

„Ich hätte sie wohl nicht mehr erkannt. Aber sie erinnerte sich an mich. Du hast sie mir vorgestellt, als wir nach Lukas Abiturfeier bei dir übernachtet haben. Erinnerst du dich?"

Hans nickte. „Habt ihr geredet?"

„Ja, Hans. Wir haben sogar sehr ausführlich geredet. Und sie hat mir Dinge gesagt, die mich eigentlich nichts angehen. Dinge, die für dich bestimmt sind. Sie hat mit mir gesprochen, als wäre ich du. Verstehst du, was ich meine?"

Hans hörte ihr mit weit offenem Mund zu. „Was hat sie dir gesagt?", fragte er mit einem scharfen Unterton in seiner Stimme.

„Hans, sie hat mir etwas Schreckliches gesagt, das du eigentlich längst wissen müsstest. Und deine Tante macht sich schreckliche Sorgen, weil sie befürchtet, dass weder du, noch dein Vater, noch Lukas begreift, was gerade passiert."

Hans spürte, wie seine Hand zu zittern begann und seine Nerven ungesundes Adrenalin durch seine Venen zu pumpen anfingen.

Ellis machte Anstalten, ihn zu umarmen, sie zögerte und wich wieder zurück. Sie richtete seinen Blick auf ihn und wartete, bis er ihren Blick erwiderte.

„Hans, deine Mutter wird sterben", sagte sie mit fester Stimme, die inmitten des Satzes zu brechen begann. Hans' Blick war eisig und ernst.

„Sie wird bald sterben. Nicht in einigen Jahren oder in einigen Monaten. Es geht nur noch um Wochen. Oder Tage."

Hans starrte sie an, sein Blick verwandelte sich von Überraschung in gehässige Wut. Eine ätzende Welle aus Hass rollte auf ihn zu, umspülte ihn, drang in seine Lungen und raubte ihm die Luft zum Atmen.

„Hans, weißt du, wie schrecklich es ist, dass ausgerechnet ich es dir sagen muss? Bitte schau mich nicht so an. Bitte sag etwas. Schrei es heraus, versuch zu weinen, aber bitte schau mich nicht so an", flüsterte sie flehend mit zitternder Stimme.

Hans musterte sie kühl. „Das ist doch dein stiller Triumph. Du bist also der Engel, der mir die Wahrheit verkündet", sagte er mit hasserfüllter Stimme. „Du wolltest doch immer, dass du mir, dass du in meinem Leben etwas bedeutest. Jetzt hast du es geschafft. Jetzt hast du dich unsterblich in meiner Biographie gemacht. Ich gratuliere."

„Hans, was redest du da?"

„Wie hast du das nur geschafft, das rauszukriegen? Hast du das Treffen mit Tante Amalia arrangiert?"

„Bitte, versuch doch, vernünftig zu sein. Das denkst du doch nicht wirklich, oder?"
„Ich weiß gar nicht mehr, was ich noch denken soll. Natürlich habe ich gewusst, dass Mama sterben wird. Irgendwann. Vielleicht sogar in diesem Jahr. Natürlich war mir das klar. Aber, dass ich diese Nachricht, vor der ich mich seit einem halben Jahr fürchte wie vor nichts anderem auf der Welt, ausgerechnet von dir erhalte, das ist doch schon sehr verdächtig, oder? Als ob dies das große Finale der Ellis Guthe, der guten Ellis, der heiligen Ellis ist, die mir nun, nach allem, was ich ihr angetan habe, genüsslich den finalen Dolchstoß verpassen darf."
„Bitte glaube mir doch, dass mir das selbst so wehgetan hat, dass ich die ganze Nacht am liebsten durchgeheult hätte. Ich bin heute nur hier, weil ich wusste, dass du kommst. Weil ich dir das einfach sagen musste."
Ellis versuchte noch einmal, Hans zu umarmen. Er schlug sie weg und hielt abwehrend beide Arme vor sich. „Rühr mich nicht an."
„Hans, jetzt lass mich nicht so stehen. Das war alles nicht leicht für mich."
„Merkst du was? Meine Mama stirbt und es geht immer nur um dich, dich, dich. Aber weißt du was? Ab jetzt geht es nur noch um mich. Ellis, ich hab dich gern", sagte er und mühte sich, seine Stimme etwas wärmer klingen zu lassen, was ihm nicht gelang. „Und du hast dieses Jahr immer wieder aufs Neue zu einem besonderen gemacht, aber ich kann das alles jetzt gerade nicht brauchen."
„Was hast du vor?"
Hans schossen tausend Bilder durch den Kopf. Tausend Möglichkeiten, was zu tun sei, was zu tun war, wenn der schreckliche Verdacht, dass das Endstadium seiner Mutter begann, zur nüchternen Erkenntnis wurde. Seit sechs Monaten hatte sich in einem versteckten Winkel seines Kopfes ein Sud gebildet, in dem diese unerhörte Möglichkeit gärte. Ein Sud aus der Gewissheit, dass er seiner Mutter nur halbherzig pflichtbewusst zur Seite gestanden hatte, dass er

ihr aus dem Weg gegangen war, dass er wusste, dass es ihr Woche für Woche schlechter ging, aber nie nachgefragt hatte, wie sie sich wirklich fühlte. Er erinnerte sich daran, dass sie kurz vor dem Festival einen bösen Tumor erwähnt hatte und erinnerte sich auch an die Zahl, an Zwanzig Prozent Überlebenschance, die hoch genug und unerhört niedrig zugleich war.
„Ich muss nach Hause", sagte er.
„Lass uns gemeinsam ein Taxi nehmen, ich will auch nach Hause."
Hans schüttelte mit finsterer Miene den Kopf.
Ellis sah ihn enttäuscht an. Sie versuchte, sein Schweigen zu verstehen. Hans' Blick war entschlossen. Ellis riss erstaunt den Mund auf: „Du willst zu deiner Mutter fahren", sagte sie.
Hans nickte.
„Du willst doch nicht in diesem Zustand, mitten in der Nacht bei deinen Eltern aufkreuzen?"
„Ich will nicht. Ich muss", sagte er, drehte sich um und ging Richtung Ausgang.
Ellis folgte ihm. Hans schaute sich um. Es war weit und breit kein Taxi zu sehen.
„Hans, kann ich irgendetwas für dich tun?" Er nahm seine Tasche von der Schulter und drückte sie ihr in die Hand. „Kannst du sie für mich mitnehmen? Ich hol sie demnächst wieder ab."
„Was hast du vor?"
„Ich muss nach Hause."
Er begann zu laufen.
„Hans!", rief sie ihm nach. Er drehte sich nicht mehr nach ihr um, zwängte sich durch das Drehtor und lief weiter.

# Run for absolution

Hans lief durch die Nacht. Er lief durch die Siedlungen, lief am Ortsschild vorbei, lief in die Dunkelheit. Ab und an rollte ein Auto langsam an ihm vorbei, jemand fragte, ob er Hilfe brauche. Hans brauchte keine Hilfe, wollte keinen Menschen sehen. Er wollte laufen. Er wollte, so schnell es ging, nach Hause laufen.
In den Wäldern war es dunkel, die Luft roch frisch und würzig nach Herbst und als er kaum mehr den Weg erkennen konnte, spürte er, dass es noch eine andere Angst gab, die stärker war als die Angst vor dem Tod: Die Angst vor den Toten. Es war nur ein kurzes Stück, das er durch den Wald laufen musste, aber die Geräusche der Nacht und die absolute Dunkelheit erinnerten ihn an die tausend Seelen seiner Vorfahren, die ihn jetzt auf diesem schweren Weg begleiteten. Er fürchtete sich. Ab und an war ihm, als stünde zwischen den Bäumen ein Mann mit einem schwarzen Umhang, der ihn beobachtete. Bald hatte er das Waldstück durchquert und die Angst vor Geistern wich wieder der Angst vor der Zukunft. Bald tauchten vereinzelte Lichter von Bauernhöfen auf, in denen noch oder wieder jemand auf war. Ein kühler Wind fuhr ihm ins Gesicht. Ein frischer, nach Laub duftender Wind, der sich auf der Haut kalt anfühlte, aber zu warm für diese Jahreszeit war. Die Bäume rauschten und er lauschte den Geschichten, die ihm die Wälder erzählten. Der Vollmond leuchtete auf ihn hinab und als er über die freien Felder lief, schaltete er die Taschenlampe des Smartphones aus.
Das Laufen machte ihn müde und er schwitzte in seiner Jeans, in seiner Lederjacke. Bald fühlte er sich nüchtern und fand seine Idee von Kilometer zu Kilometer verrückter. Aber längst war das Dorf seiner Eltern näher als die Stadt, er lief weiter.

Als er eine Stunde später keuchend vor seinem Elternhaus stand, spürte er, dass es nicht mehr sein zu Hause war, aber genau der Ort, an dem er sein wollte. Er hatte noch immer einen Haustürschlüssel. Sein Schlafzimmer war seit zwei Jahren unverändert geblieben. Er schloss die Türe auf und lauschte in die Stille. Ihm war, als hörte er die Stimme seiner Mutter aus dem ersten Stock, die leise rief, jemand solle weggehen. Als er nach oben ging, sah er, dass die Türe zu ihrem Zimmer geöffnet war und Licht brannte. Er hörte sie laut Schnarchen, so laut als sei sie so gesund wie früher und lächelnd ging er den Flur zurück in sein Schlafzimmer, wo er sofort einschlief.

Als sich gerade ein erstes düsteres Traumbild geformt hatte, wachte er auf. Er wusste sofort, wo er war, aber er wusste nicht mehr, wie alt er war. Ihm war, als leuchtete neben der Tür das rote Licht, das seine Mutter angebracht hatte, damit Hans, wenn er schlafwandelte, die Türe fand. Es fühlte sich an, als sei er wieder zehn Jahre alt. Er spürte, dass jemand im Zimmer war. Etwas Dunkles, vor dem er sich seit frühester Kindheit gefürchtet hatte. Etwas, das womöglich nicht böse war, das aber Kindern Angst einjagte. Hans starrte in die Dunkelheit. Er spürte die Anwesenheit ganz deutlich. Er erinnerte sich, dass er sich als Kind Schutz unter der Decke gefunden hatte und schlief sofort wieder ein.

# Die Familie im Wohnzimmer

Als er das nächste Mal erwachte, war es bereits hell. Sein Blick wanderte über die Decke zu einem linoleumgrünen Lampenschirm aus Kunststoff, verschnörkelt verziert. Je länger er verschlafen die Lampe betrachtete, desto sicherer war er sich, dieselbe Lampe in einem Retro-Club in Berlin einmal gesehen zu haben. Sein Blick schweifte durch das Zimmer. An der Wand hing ein Poster der Meistermannschaft des FC Bayern aus dem Jahr 1994. Darüber ein Poster von einem hageren Freddy Mercury ohne Bart. Daneben ein Poster von Kurt Cobain. Hans betrachtete die Rücken der Bücher, die im schmalen Regal standen: Stephen King, ein Episodenführer durch sämtliche Star Trek Folgen, eine Biographie von Harrison Ford und mehrere Was ist Was-Bücher. Durch das Panoramafenster auf der anderen Seite des Zimmers konnte er auf das Nachbarhaus schauen. Sein Onkel hängte auf dem Balkon Wäsche auf.

Hans stand auf, putzte sich die Zähne am kleinen Waschbecken und betrachtete das Gesicht, das ihm aus dem Spiegel des schmalen Wandschränkchens entgegenblickte. Er hatte darin schon einen jungen Mann mit kurzen, wasserstoffblonden Haaren und einen mit langen gesehen. Einen Teenager, der verstohlen versuchte, sich mit dem museumsreifen Rasierer des Vaters die Härchen oberhalb der Lippen abzurasieren. Aber auch einen Jungen, der sich ärgerte, dass der Bart um Kinn und Mundpartie herum nicht so dicht wuchs, wie er es sich wünschte. Das Gesicht, das er nun betrachtete, war ihm nicht fremder als es ihm schon immer gewesen war, verfügte allerdings über einen aus den Augen spiegelnden Lebensernst, den er so noch nie an sich bemerkt hatte.

Er holte frische Kleider aus dem Schrank, die er seit Jahren nicht mehr getragen hatte und ging nach unten.

Sein Vater saß bei einer Tasse Kaffee an einem wackeligen Plastiktisch.

„Ja grüß Dich Hans, was machst du denn hier?"

„Ich war zufällig in der Gegend und habe gedacht, ich übernachte mal wieder daheim."

„Möchtest du was frühstücken? Es ist noch Speck im Kühlschrank und ich könnte dir Brezen aufbacken. Ich fahr jetzt gleich mit dem Rad nach Salzburg."

„Wie geht es Mama?", fragte Hans und achtete misstrauisch auf die Reaktion seines Vaters.

Er brummte etwas Unverständliches.

„Sie schläft die meiste Zeit", sagte er schließlich.

„Wann kann man sie denn sehen?"

„Das ist ganz unterschiedlich. Aber abends geht es ihr meistens am besten."

Hans beschloss, zu bleiben.

Er saß eine Weile in der warmen Herbstsonne im Garten und wartete. Als es im ersten Stock, wo seine Mutter schlief, still blieb, spazierte er am Nachmittag zum Sportplatz, wo er sich ein Fußballspiel der Dorfmannschaft anschaute. Die Mannschaft, in der er selbst vor Jahren noch gespielt hatte, siegte gegen den bisherigen Spitzenreiter und übernahm die Tabellenführung. Hans wurde in die Kabine eingeladen und saß eine Weile mit den ausgelassen feiernden Spielern zusammen.

Als er nach Hause ging, war es bereits dunkel. Im Haus seiner Eltern brannte nur in einem Zimmer Licht, im Wohnzimmer.

Er hörte schon im Flur, dass der Fernseher lief. Günter Jauchs Stimme stellte eine Quizfrage. Im Wohnzimmer wurde er freudig empfangen. Hans' Vater saß in seinem Sessel, auf der Couch lag seine Mutter, die Beine angewinkelt, in eine Wolldecke eingehüllt und am Ende des Sofas saß Lukas. Alle drei grüßten Hans gut gelaunt und schauten weiter fern, als habe sich das Familienleben die letzten zehn Jahre nicht verändert. Hans setzte sich auf einem Stuhl dazu.

Auf dem Tisch standen zwei Bier und eine Tasse Tee, aufgeschnittener Speck und Brot. Lukas und sein Vater bedienten sich, griffen abwechselnd zu und berieten mit vollem Mund über die richtige Antwort einer Frage, die 32000 EUR wert war. Als Günter Jauch die Antwort nannte, auf die seine Mutter getippt hatte, zuckte Lukas mit den Achseln und stieß mit seinem Vater an.
Hans schaute nicht auf den Fernseher. Er betrachtete die drei schmunzelnd und versuchte sich zu erinnern, wann sie das letzte Mal zu viert als Familie im Wohnzimmer gesessen waren. Es musste vor seinem Studium gewesen sein.
Der Holzofen knackte und strahlte eine winterliche Wärme aus. Hans dachte an die Nacht zuvor. Er schaute seine Mutter an. Sie sah, in die dicke Decke gehüllt, alt, aber nicht krank aus. Sie war geistig hellwach, sie wusste die meisten richtigen Antworten und machte sogar den einen und anderen Scherz, wenn Lukas oder sein Vater erneut daneben lagen.
Als die Sendung um viertel nach neun vorbei war und Lukas sich verabschiedete, um sich mit Freunden zu treffen, legte sich Hans' Vater zu seiner Frau unter die Decke. Es war einen Moment still im Wohnzimmer und nur das Knistern des Holzofens war zu hören.
„Wie geht es Ellis?", fragte Hans' Mutter unvermittelt.
„Ellis?", Hans spürte, wie sein Herz zu pochen begann, konnte aber nicht definieren, ob es ein positives, oder ein negatives Gefühl war. „Warum fragst du, Mama?"
„Nur so. Wir sprechen oft über euch. Dass du noch nie so ein nettes Mädchen dabei gehabt hast. Wir mögen sie beide sehr, dein Papa und ich."
Hans holte tief Luft. Er starrte auf die Maserung des Parkettbodens.
„Hans, du weißt ja, dass dein Papa und ich sehr verschiedene Menschen sind. Und manches war nicht leicht die letzten Jahre. Aber er ist jemand, der immer für mich da ist. Nicht nur in den guten Zeiten, sondern vor allem in den schlechten."

Hans' Mutter erzählte davon, wie sie sich beide Energie zu geben versuchten, um diese schwere Zeit durchzustehen. Hans war überrascht über ihre Offenheit. Sie hatte mit ihm seit Langem nicht mehr so vertraut gesprochen.
„Ich glaube, dass Ellis jemand ist, der für dich da sein möchte. Es ist sicher nicht leicht für euch Kinder. Und es ist nicht selbstverständlich, dass die Freunde weiter für einen da sind, wenn jemand in der Familie Krebs hat. Ich bin froh zu wissen, dass wenigstens du jemanden hast."
Hans zuckte die Schultern. „Ich komm schon klar, Mama. Und Ellis auch. Und wir sind nicht zusammen, das weißt du."
Er hob den Kopf und sah seine Mutter an. Es schien, als wolle sie ihm telepathisch etwas sagen, das er nicht verstand. Sie lächelte. Hans lächelte zurück. Bis die Erinnerungen an letzte Nacht wieder hochkamen.
Seine Eltern so harmonisch zu sehen, machte Hans auf eine unbestimmte Art traurig und glücklich zugleich. Er fühlte sich mit einem Mal unendlich müde und der Lauf der letzten Nacht fuhr ihm in die Glieder. Er musterte seine Mutter noch einmal und schüttelte, kaum sichtbar, den Kopf. Er war erleichtert und überzeugt davon, dass seine Mutter nicht sterben würde. Wenigstens nicht so schnell. Er beschloss, dass er hier nichts mehr tun konnte, aber dass es noch einen anderen Menschen gab, für die er da sein wollte.
Er holte sein Handy aus der Tasche und rief sie an.
„Sag bitte nichts", murmelte er ins Telefon. „Es tut mir wirklich Leid wegen gestern. Möchtest du mich abholen?", fragte er Ellis.
„Ich dachte, du lebst ab jetzt wieder bei deinen Eltern, bis sich alle Probleme in Wohlgefallen aufgelöst haben?", sagte sie. Ihre Stimme war hart und abweisend.
„Ich bin noch bei meinen Eltern", sagte er. „Aber ich möchte jetzt wieder nach Hause."
Ellis schwieg lange am anderen Ende der Leitung.
„Du hast mir gefehlt", sagte Hans und sah aus den Augenwinkeln, wie seine Mutter lächelte.
„Also gut, ich hol dich", sagte Ellis schließlich.

Eine halbe Stunde später saß Hans in Ellis' Wagen. „Ich war gestern wohl eher tendenziell ein Arschloch. Es tut mir leid", sagte er.
„Nur gestern?"
„Ich weiß doch selbst nicht, was mit mir gerade los ist. Aber ich mach es irgendwie wieder gut, hörst Du?"
„Lass das. Ich kenne deine Stimmungen inzwischen ganz gut, also hör auf, Versprechungen zu machen."
„Ehrlich. Ich lade dich zum Essen ein. Morgen Abend?"
„Ist das eine Verabredung? Oder willst du dich einfach nur entschuldigen?"
„Womöglich beides. Ellis ich weiß, dass du verrückt sein musst, wenn du in mir weiterhin jemanden siehst, der ich vielleicht gar nicht mehr bin. Aber du bist gerade sowas wie meine letzte Hoffnung, dass ich wieder der werde, der ich damals war. Ich..." Hans schluckte etwas in seinem Hals nach unten, „Ich glaube, ich brauche jemanden wie dich."
Ellis richtete ihren Blick stumm auf den Verkehr. Sie seufzte leise und sagte: „Du bist halt so, wie Du bist."
Hans sah sie an und irgendwo in seinen sich überschlagenden Gedankengängen glaubte er eine Ahnung zu entdecken, warum ihm Ellis mehr bedeutete, als er sich eingestehen wollte.
„Hast du mit deinen Eltern noch Dinge klären können?", fragte sie in die Stille hinein.
„Was meinst du?" Hans sah sie fragend an.
Ellis runzelte die Stirn. „Wie gibt sich deine Mutter? Welchen Eindruck hattest du, wie geht es ihr gerade?"
Hans lächelte. „Du hast sie ja gesehen. Es geht ihr richtig gut. Sie wirkt so aufgeräumt, richtig heiter."
Ellis klammerte sich fester an das Lenkrad. Sie richtete ihren Blick starr geradeaus und presste die Lippen aufeinander.
„Sie hat auf mich so einen guten Eindruck gemacht, dass ich glaube, dass sie es schaffen wird."
„Hans!", entgegnete Ellis mit scharfer Stimme.

„Wieso nicht? Wenn sie neuen Lebensmut geschöpft hat, dann hat sie auch die Chance, die Krankheit noch zu besiegen?"
Ellis schlug gegen das Lenkrad. „Verdammt, Hans. Du kannst doch nicht so blind sein! Ich dachte, du hättest gestern begriffen, was alle schon längst wissen. Und deine Mutter weiß es auch."
Hans schüttelte den Kopf.
„Bitte, bitte, bitte, hör endlich auf, die Augen zu verschließen. Deine Mutter ist deshalb glücklich, weil sie gespürt hat, dass du die Wahrheit weißt."
Hans schwieg. Eine Welle, die im Laufe des Abends steil angewachsen war und ihn eine Weile hoch durch die Gischt getragen hatte, war auf festen Grund gelaufen und brach in diesem Moment in sich zusammen.
„Du hast recht", sagte er knapp. Er begriff in diesem Augenblick die Mechanismen des Gehirns, die ihm einen ganzen Sommer lang bereits vorgegaukelt hatten, dass seine Mutter nicht sterben könnte.
„Du hast recht", murmelte er.
„Hat Lukas verstanden, wie schlecht es um sie steht?"
„Ich glaube nicht."
„Und dein Vater?"
Hans schüttelte den Kopf. „Nein. Er redet immer noch davon, dass sie bald gesund wird, wenn wir alle zusammenhalten."
„Du musst mit ihnen reden", sagte Ellis bestimmt. „Du bist der älteste Sohn. Dein Vater ist zu schwach, um sich die Wahrheit einzugestehen. Und Lukas tut sich damit noch schwerer als du. Aber du musst mit ihnen reden. Du musst sie vorbereiten."
Hans nickte. „Ich weiß nicht, ob ich das kann. Hast du eine Ahnung, wie schwer das ist?"
„Wenn du mich morgen zum Essen einladen willst, können wir ja zuvor zu dir nach Hause fahren. Ich lasse euch dann kurz alleine, damit ihr das Gespräch führen könnt."

Hans ließ sich vor die Haustüre fahren und bedankte sich bei Ellis mit einer kurzen Umarmung.
„Ich hasse es, dass ich diese Rolle in deinem Leben spielen muss", sagte sie leise und fuhr davon.

# Fragwürdiges

Auf dem Weg zur Arbeit dachte Hans darüber nach, dass dies der erste Montagmorgen war, an dem er einen Grund für dieses unbestimmte, mulmige Gefühl hatte, mit dem die Werktage begannen. Er sagte sich wieder und wieder: Dies ist also der erste Montag bevor meine Mutter sterben wird. Er achtete darauf, ob dieser Satz an Schrecken gewann, je öfter er ihn sich vorsagte, aber das Gegenteil war der Fall. Ohne sich beruhigter oder zuversichtlicher zu fühlen, schloss er die Eingangstür des Bildungszentrums auf, stempelte ein und ging in sein Büro.
Als er mit seinen Kollegen gegen halb zehn in der Teeküche im ersten Stock zusammen einen Kaffee trank, klopfte vorsichtig Irmgard Huber, eine Sozialpädagogin aus dem ersten Stock an die Tür und gesellte sich hinzu.
Irmgard Huber war für eine Trainingsmaßnahme des Arbeitsamtes zuständig und betreute eine Gruppe von schwer in Ausbildung zu vermittelnden Jugendlichen. Hans hatte im Herbst, als das Budget der Maßnahme geplant wurde, mehrere Gespräche mit ihr geführt und sich auch auf der Weihnachtsfeier und dem Betriebsausflug angeregt mit ihr unterhalten. Sie war eine Mitte Vierzigjährige, etwas beleibte, aber vitale Frau von ruhigem Wesen und angenehmer Ausstrahlung. Hans mochte sie. Unter seinen Kollegen hatte sie den Ruf einer eigentümlichen Pädagogin mit teils merkwürdigen Erziehungsmethoden, die unerschütterlich an das Gute in ihren Kursteilnehmern glaubte. Seit sie an einem Tag im Sommer mit ihren Schützlingen im Garten einer Außenstelle des Bildungszentrums eine Schwitzhütte gebaut und dort ein indianisches Ritual vollzogen hatte, hatte Irmgard den Spitznamen „Die Schamanin" zugesprochen bekommen.
Hans wunderte sich, was Irmgard, die in der Regel nur aus Organisationsfragen in sein Büro herunterkam, zu ihm

geführt hatte. Nach einigen kurzen dienstlichen Sätzen schien sich die Angelegenheit wieder erledigt zu haben, Hans wunderte sich, warum sie nicht einfach wieder nach oben ging. Als sie auch nach einigen Augenblicken gegenseitigen Schweigens keine Anstalten machte, wieder zu gehen, bot er ihr einen Kaffee an.

„Du fragst dich, warum ich hier bin", sagte sie schließlich und sah ihn mit sanften, empathischen Augen an.

„Wenn es um die Aufstockung eures Budgets geht, da musst du den Chef überzeugen, nicht mich", entgegnete Hans.

„Ich meine nicht das, was mich bewegt, sondern das, was dich bewegt", sagte sie und sah ihm weiterhin fest in die Augen.

Hans fragte sich, was sie meinen könnte. Es gab seit Freitag nur eine Sache, die ihn bewegte und darüber hatte er mit niemandem in der Arbeit gesprochen. Er hatte ganz bewusst keinem der Kollegen von der Erkrankung seiner Mutter erzählt, um seine Arbeit nicht zu beeinflussen.

Irmgard nahm ruhig einen Schluck von ihrer noch halbvollen Kaffeetasse. „Du hast die letzten Wochen sehr mitgenommen ausgesehen", sagte sie. „Schon vor deinem Urlaub. Aber besonders danach. Ich hab mir einfach gedacht, ich schaue mal nach unten und frage dich, wie es dir geht."

Hans fand es nett von seiner Arbeitskollegin, dass sie sich um ihn sorgte, aber es beunruhigte ihn auch, dass es niemand aus seinem Team war, die ihn Tag für Tag sahen, sondern ausgerechnet Irmgard aus dem zweiten Stock.

Sie seufzte: „Ich weiß, es geht mich überhaupt nichts an. Aber ich sehe es den Leuten an der Nasenspitze an, wenn es ihnen nicht gut geht und das Mindeste, das ich tun kann, ist, meine Hilfe anzubieten. Niemand braucht sie anzunehmen."

Hans versuchte, Irmgard zu mustern, ihre Intention in ihren Augen zu lesen. Das einzige, was er lesen konnte war Freundlichkeit und aufrichtige Empathie.

„Und wie denkst du, kannst du mir helfen?", fragte er vorsichtig.

„Das hängt ganz von dir ab. Aber manchmal ist es ein guter Start, mit jemanden zu reden."

Hans seufzte. Das war natürlich eine Kalenderweisheit und es hätte keiner Irmgard Huber bedurft, um sich dies erklären zu lassen, aber ihr Blick strahlte eine Bestimmtheit aus, die in ihm ein stärker werdendes Bedürfnis, endlich mit einem Außenstehenden über seine Mutter zu sprechen, aus seinem Inneren entkernte.

Hans griff sich an die Schläfe, nahm einen raschen Atemzug und sagte: „Meine Mutter hat Krebs. Seit Frühjahr schon." Er brachte es nicht über die Lippen zu sagen, dass sie sterben wird.

Irmgard nickte mitfühlend, aber nicht überrascht.

„Magenkrebs", fügte er hinzu, als ersetzte dieses eine Wort eine ausführliche Erzählung über den Ablauf der letzten sechs Monate.

„Der Magen", murmelte sie, nickte und senkte den Kopf, als dachte sie über etwas nach.

„Deine Mutter macht sich viele Sorgen, nicht wahr?", fragte sie und in ihrer Stimme schwang etwas Fürsorgliches, das ihn an seine Mutter erinnerte. „Sie sorgt sich, aber möchte niemanden belasten mit ihren Sorgen."

Hans versuchte, ruhig zu atmen, aber es gelang ihm nicht mehr. Dies war eine Beschreibung seiner Mutter, die ihm so exakt erschien, als könnte man sie in ihrem Nachruf abdrucken.

„Woher weißt du das?", fragte er und mühte sich, sich seine Aufregung nicht anmerken zu lassen.

„Oh, das war nur eine Vermutung", sagte sie. „Jede Krankheit hat nämlich ihren Ursprung in uns selbst. Du kennst doch das Sprichwort ,etwas in sich hineinfressen', wenn man nicht über Sorgen spricht. Wo landen dann diese Sorgen?"

„Im Magen", murmelte er und sah sie erstaunt an.

„Es hat sich wahrscheinlich noch nicht bis zu dir rumgesprochen, dass ich nebenbei meinen Heilpraktiker mache, oder?"
Hans schüttelte seinen Kopf, in dem sich seine Gedanken weich und verwirrt anfühlten und ihn dazu hinreißen ließen, zu sagen: „Ich dachte immer, du bist eine Schamanin."
Irmgard lachte. „Wer sagt denn, dass ich keine bin?"
„Wir arbeiten zwar miteinander, aber eigentlich wissen wir wirklich nicht viel voneinander", gestand sich Hans ein.
„Immerhin die Schamanengeschichte hat sich bis zu dir rumgesprochen. Ich weiß, dass ihr mich so nennt, und weißt du was? Das ist, streng genommen, eine große Ehre. Hast du gewusst, dass bei den Naturvölkern die wahren Schamanen sich nicht selbst als Schamane bezeichnen dürfen? Dieser Titel muss vom Stamm vergeben werden."
„Wenn mit dem Stamm die Belegschaft vom Bildungszentrum gemeint ist, dann ist dir das gelungen. Ich wusste nicht, dass da wirklich etwas dahintersteckt."
„Schamane klingt heutzutage sehr nach Scharlatanerie, aber ich besuche seit vielen Jahren immer wieder Lehrgänge und versuche mich in den Geheimnissen der Naturvölker weiterzubilden. Es gibt wesentlich mehr zwischen Himmel und Erde, als es die Naturwissenschaften wahrhaben wollen."
„Das sagt meine Mutter auch immer."
„Dann ist deine Mutter sicher eine sehr gescheite Frau. Hat sie Angst vor dem Tod?"
„Ich weiß es nicht", antwortete er. Er hatte nie darüber nachgedacht. Nicht einmal jetzt, da diese Frage relevant geworden war. „Ich denke aber nicht, sie ist ein sehr religiöser Mensch."
„Und du? Hast du Angst davor, dass deine Mutter stirbt?"
Auch darüber hatte er nie nachgedacht, weil es nichts nachzudenken gab. „Sehr", sagte er.
Beide schwiegen sich eine Weile an. Schließlich nahm Irmgard den letzten Schluck ihres Kaffees. Sie lächelte ihn

an: „Wenn du das Bedürfnis hast, mit jemandem zu reden, dann komm einfach hoch."

## Ein Rendezvous

Am Abend holte Hans Ellis in der Pilgerherberge ab. Als sie ihm die Tür öffnete, sah er sie erstaunt an. Sie hatte sich hübsch zurecht gemacht und Hans fühlte sich einen Moment lang nicht angemessen angezogen. Er trug nur eine Jeans und unter seiner Lederjacke ein T-Shirt. Seinem Haar hatte er nicht ansatzweise die Beachtung geschenkt, die Ellis ihrem zugedacht hatte.
Hans hatte einen Platz in einem Sushi Restaurant in Salzburg reserviert. Ein Versuch, etwas bei Ellis gutzumachen, sich bei ihr zu bedanken, zu entschuldigen. Als sie neben ihm im Auto saß, gefiel ihm der Gedanke, heute ein richtiges Rendezvous mit Ellis zu haben, immer besser. Er gestand sich ein, dass sie ihm gefehlt hatte. Er freute sich auf den Abend in Salzburg. Doch zunächst fuhren sie, wie vereinbart, zu seinen Eltern.
Hans' Vater öffnete die Türe. Anders als am Vortag lag Hans' Mutter nicht im Wohnzimmer, sondern im Schlafzimmer. „Es geht immer auf- und abwärts", erklärte Hans' Vater Ellis. „Heute hat sie wieder einen schlechteren Tag erwischt."
„Ich spaziere noch kurz durch den Ort und lasse euch alleine", sagte Ellis. Sie sah Hans mit ernstem Blick in die Augen, kniff ihre Augen zusammen, als wollte sie ihm mit Nachdruck an etwas erinnern, das er nicht vergessen durfte. Sie verabschiedete sich.
„Papa, ich muss mit dir und Lukas sprechen", sagte Hans, als Ellis gegangen war.
„Das hört sich ja ernst an."
„Es ist auch ernst."
Hans' Vater rief nach Lukas.
Lukas trottete verwundert die Treppe nach unten, grüßte kurz und sie setzten sich ins Wohnzimmer. Lukas sah verschlafen aus.

Hans setzte sich ihnen gegenüber auf den Sessel.

„Ich war ja eine Weile weg und habe Mama lange nicht gesehen", begann er unsicher: Wie würdet ihr denn ihren Zustand beschreiben?"

„Unverändert", sagte sein Vater nach längerem Schweigen. „Sie kämpft. Sie hat gute Tage, sie hat schlechte Tage."

Lukas nickte.

„Sie sieht sehr schlecht aus. Sie hat stark abgebaut, seit ich sie das letzte Mal gesehen habe. Der Rollstuhl…", fuhr Hans fort.

„Das täuscht", entgegnete Lukas prompt. „Wenn du sie jeden Tag sehen würdest, so wie wir, dann würdest du merken, dass sie auch leichte Fortschritte macht. Es geht ihr an manchen Tagen richtig gut. Das hast du doch gestern selber erlebt."

Hans' Blick senkte sich resigniert Richtung Boden. Auf dem Parkettboden, den seine Eltern legen lassen hatten, als er und Lukas schon groß waren, sah er tiefe Kratzer und Hans fragte sich, ob vielleicht er selbst einen davon verursacht hatte. Etwas in seinen Eingeweiden zog sich zusammen und er versteckte seine Hand, die zu zittern begann, hinter seinem Rücken.

„Ich weiß nicht, wie ich es euch sagen soll", sagte er mit einer Stimme, die in seinem Ohr fremdartig und fern klang.

Die beiden schauten ihn ernst, aber ungläubig, an.

„Habt ihr schon einmal über die Möglichkeit nachgedacht, dass Mama bald sterben könnte?", fragte er.

Hans' Vater schüttelte sofort den Kopf. „Sie kämpft wie ein Löwe. Sie hat versprochen, dass sie es schaffen wird. Sie wird es schaffen."

Lukas lächelte sogar erleichtert, als habe er ein anderes Gesprächsthema erwartet.

Hans räusperte sich, rang nach dem richtigen Tonfall in seiner Stimme: „Tante Amalie hat gesagt, dass Mama wohl keine vier Wochen mehr hat", sagte er und räusperte sich. Er sah die anderen unsicher an. „Wenn wir ehrlich sind, hat sie wohl Recht."

„Ach, die Tante Amalie", Hans' Vater machte eine abfällige Handbewegung. „Wenn es nach der geht, wäre die Mama schon seit Frühling tot."

„Papa, ich glaube aber auch, dass sie Recht hat. Schau dir Mama an. Sie kann nicht mehr alleine gehen. Sie ist nur noch Haut und Knochen. Wir sollten uns darauf einstellen, dass sie sterben wird. Und wir sollten sie spüren lassen, dass es in Ordnung ist, wenn sie es nicht schafft. Sie kämpft doch nur wegen uns so."

Hans' Vater schwieg lange. Seine Kiefer mahlten aufeinander.

„Jaja, natürlich stimmt es, dass es eurer Mama nicht gut geht. Aber das heißt doch nicht, dass sie bald sterben wird."

Hans schloss resigniert die Augen. Als er sie wieder öffnete sah er, dass seines Vaters Gesicht hart, wie versteinert, war.

Lukas rann eine Träne über die Wangen.

Hans legte ihm seine Hand auf die Schultern. „Egal, was passiert, wir werden zusammenhalten", sagte er.

Noch ehe er seinem Vater etwas sagen konnte, hörten sie die Stimme ihrer Mutter von oben rufen.

Hans' Vater sprang auf und lief die Treppe nach oben.

Im selben Moment schellte es an der Türe und Ellis kam herein. Als sie nach kurzer Diskussion zusammen nach oben gingen, um nach dem Rechten zu sehen, hörten sie vor der leicht geöffneten Schlafzimmertür die Stimme von Hans' Mutter. „Bitte kommt nicht herein", rief sie und ihre Stimme klang brüchig und verzweifelt. „Bitte lasst mich in Ruhe."

Alarmiert gingen sie wieder nach unten und setzten sich ins Wohnzimmer. Niemand sagte etwas. Nach einiger Zeit kam Hans' Vater herunter.

„Ich habe das Krankenhaus angerufen. Eure Mutter hat starke Schmerzen. Man wird sich um sie kümmern."

„Braucht sie Hilfe? Können wir etwas tun?", fragte Hans.

„Es ist am gescheitesten, wenn ihr zu eurem Lokal nach Salzburg fahrt und einen schönen Abend habt. Macht euch keine Sorgen. Im Krankenhaus können sie Mama am besten helfen."

„Sollen wir sie fahren?"

Hans' Vater schüttelte den Kopf. „Sie kann kaum aufrecht sitzen. Eure Mutter hat mich gebeten, euch zu verabschieden. Sie möchte heute niemanden mehr sehen. Und Lukas hat sicher noch was für die Uni zu tun." Er schaute Lukas unsicher an. Lukas nickte und ging nach oben in sein Zimmer.

Ellis zog Hans am Ärmel. „Dann ist es jetzt vernünftiger, wenn wir fahren."

„Meinst du?", fragte Hans.

„Ja, das meine ich. Komm, lass uns aufbrechen."

Überstürzt verabschiedeten sie sich und fuhren los. Am Ende der Straße kam ihnen ein Krankenwagen entgegen.

Hans starrte auf die Teller mit den Sushiröllchen, die auf einem Laufband an seinem Tisch vorbei zum hinteren Ende des Lokals und auf der anderen Seite wieder zurück fuhren. Auf seinem Tisch stand eine kleine Schüssel mit Soja, in dem einige Reiskörner schwammen.

Ellis griff nach einem der vorbeiziehenden Teller.

„Komm, nimm dir noch was. Wir bezahlen nicht fürs schauen", sagte sie.

„Ich habe keinen Hunger mehr."

„Dann nimm dir wenigstens noch eine gebackene Banane."

„Ich mag keine Bananen."

Ellis seufzte. Sie schob sich ein großes Stück Sushi in den Mund, kaute lange, ohne ihren Blick von Hans abzuwenden.

Als sie heruntergeschluckt hatte, sagte sie: „Ich habe mir das heute ganz anders vorgestellt."

Hans nickte und sie schauten lange schweigend den an ihnen vorbeifahrenden Sushiteller nach.

„Ellis, ich wollte mich eigentlich heute bei dir dafür bedanken, dass du eine so treue Freundin geworden bist", sagte Hans schließlich. „Dass du mir zur Seite stehst, obwohl ich es gar nicht verdient habe. Ich wollte mich dafür entschuldigen, dass ich nicht das für dich bin, was du dir

wünschst. Aber mir kommt es vor, als wolle irgendeine höhere Macht das verhindern. Es tut mir echt leid, aber ich kann heute weder romantisch sein, noch irgendein geistreiches Gespräch vom Zaun brechen. Mir tut einfach alles weh und ich möchte nur noch schlafen."
Ellis blickte zu Boden. Dann sah sie ihn mit ihren großen, blauen Augen an: „Wenn du nicht allein sein möchtest, könntest du bei mir schlafen." Sie sah ihn erwartungsvoll an.
Hans schüttelte den Kopf. „Ich möchte aber lieber alleine sein."
Wenig später zahlte er die Rechnung und sie fuhren wieder zurück.
Als er Ellis an der Pilgerherberge aussteigen ließ, klopfte sie noch einmal an das Fenster. Hans ließ das Seitenfenster hinunterfahren. „Du kannst mich jederzeit anrufen, wenn du jemanden brauchst", sagte sie. „Spätestens am Freitagabend komme ich wieder von Nürnberg zurück."
„Du bist wieder weg?", fragte Hans und spürte, wie etwas in seiner Brust ihm einen Stich versetzte.
„Jetzt tu nicht so, als hättest du vergessen, dass ich unter der Woche in Nürnberg wohne." Ellis beugte sich nach unten und sah Hans tief in die Augen: „Möchtest Du heute nicht doch bei mir bleiben?", fragte sie.
„Gute Nacht", entgegnete Hans, ließ die Fensterscheibe nach oben fahren und wendete den Wagen in der Einfahrt um.

## Noch mehr Fragwürdiges

Hans klopfe an Irmgards Büro. Vorsichtig öffnete er die Türe. Er kam sich töricht vor, fühlte sich hilflos, wusste, es war diese Hilflosigkeit, die ihn die Treppe nach oben geführt hatte.
Irmgard saß über den Monitor gebeugt und las angestrengt eine E-Mail. Ihre Brille lag weit vorne an ihrem Nasenrücken und sie studierte den flimmernden Bildschirm.
Hans blieb im Türrahmen stehen, unschlüssig und im Begriff, beim geringsten Anzeichen, dass er störte, umgehend wieder nach unten zu gehen.
Ohne aufzublicken tippte Irmgard einige Worte in die Tastatur. Sie schien ihn nicht zu bemerken. Aus einem ihm nicht erschließbaren Grund verharrte er im Türrahmen, schaute zu ihr hinüber und gab dem Drang, das Büro rasch wieder zu verlassen, nicht nach.
„Wie schön, dass du endlich da bist", sagte Irmgard schließlich, rückte die Brille zurück auf die Nase und wies ihm mit der Hand, sich zu setzen.
Es war ihm peinlich, ihr die Hand zu schütteln, er schwitzte und seine Handflächen waren kalt und feucht.
Er setzte sich und sie sah ihn eine lange Zeit schweigend an. Etwas in ihrem Blick sagte Hans, dass sie nicht erwartete, dass er zu sprechen begann, also hielt er die Stille aus und wartete, bis sie ihm das Wort erteilte.
„Dein Nacken ist ein wenig schief", sagte sie. „Hast du Rückenschmerzen?"
Hans nickte. Er hatte seit Tagen starke Rückenschmerzen, was er auf seinen unruhigen Schlaf zurückführte.
„Aber deswegen bist du natürlich nicht gekommen", sagte sie und sagte es in einem Ton, der Hans vermuten ließ, dass sie längst wusste, warum er hier war.
„Wie geht es deiner Mutter?", fragte Irmgard und ihre Mundwinkel umfing ein trauriges, empathisches Lächeln.

„Sie hatte einen Rückfall", sagte Hans und rang nach greifbaren Worten. „Schlecht", ergänzte er. „Ich meine, es geht ihr schlecht. Sie ist im Krankenhaus."
„Und wie geht es dir dabei?", fragte sie.
Das war eine klassische Sozialpädagogenfrage, dachte Hans und ärgerte sich kurz darüber.
„Es fängt mit B an und hört mit schissen auf."
„Du fühlst dich hilflos, nicht wahr?"
Hans nickte. „Ich war einfach viel zu lange nicht für meine Mutter da. Mein Leben ist ein einziges Chaos. Und jetzt, da ich mir geschworen habe, sie zu unterstützen, so gut ich nur kann, sieht alles danach aus, dass es vielleicht zu spät ist."
„Du kannst sie sicher auf die eine oder andere Art unterstützen. Auch danach."
Hans überlegte, ob er sich beim letzten Wort verhört hatte, aber sie hatte eindeutig „danach" gesagt.
„Was sagen die Ärzte?", fragte Irmgard.
„Ich weiß es nicht. Mein Vater hat mir jedenfalls nichts gesagt. Und mit meiner Mutter kann ich darüber nicht reden."
„Wirklich? Mir scheint, dass du recht gut darüber reden kannst. Zumindest mit mir."
„Danke", sagte Hans. „Ich bemühe mich wirklich sehr, alles richtig zu machen. Aber ich hab irgendwie den Überblick verloren."
„So wie du es mir beschreibst, hat die Schulmedizin deine Mutter inzwischen aufgegeben."
„Die scheiß Schulmedizin", murmelte er und nickte.
„Weißt du, Hans, ich habe die Erfahrung gemacht, dass eine Krankheit sich ausbreitet, solange ihre wirkliche Wurzel nicht erkannt wurde. Da hilft die beste Schulmedizin nichts. Umgekehrt habe ich es bereits erlebt, dass Menschen, die von der Schulmedizin abgeschrieben wurden, wieder völlig gesund wurden, als sie die Wurzel erkannt haben. Ich will dir keine großen Hoffnungen machen, Hans, aber du könntest mit deiner Mutter einmal darüber sprechen."
„Was für Wurzeln sollen das sein?"

„Das ist schwer zu sagen. Über Angst als Auslöser haben wir ja bereits gesprochen. Es könnte aber noch viel komplizierter sein. Gab es in der Familie deiner Mutter mehrere Krebserkrankungen? Die Naturwissenschaft spricht dann von Vererbung. Aber was hat sich vererbt? Die Gene? Oder doch etwas anderes, das die Krankheit ausgelöst hat? Ich gebe dir ein Beispiel: Eine Bekannte von mir war an Gebärmutterkrebs erkrankt. Sie war eine an sich glückliche Frau, die mit beiden Beinen fest am Boden stand. Es gab rein objektiv keinen Grund für sie, krank zu werden."
Hans hörte ihr aufmerksam zu, ihre weiche Stimme beruhigte ihn.
„Als sie von der Schulmedizin aufgegeben wurde, ließ sie sich hypnotisieren. Unter der Hypnose stellte sich heraus, dass ihre Mutter, kurz bevor sie mit ihr schwanger wurde, ein Kind gegen ihren Willen hatte abtreiben müssen. Der Schmerz über das getötete Kind hatte sich erblich auf das nächste Kind übertragen. Das muss sich für dich natürlich unglaublich und nicht nachvollziehbar anhören, aber ich weiß, dass es Dinge gibt zwischen Himmel und Erde, die kann man einfach nicht wissenschaftlich erklären." Sie sah ihn auf einmal eindringlich an und fragte: „Stell dir vor, du wärest an ihrer Stelle und du würdest heute erfahren, du hast Krebs. Gibt es etwas in deinem Leben, das dich so belastet, dass es eine Krankheit in dir auslösen könnte?"
Das Gespräch nahm eine Wendung, die Hans unangenehm war. Aber Irmgard war momentan der einzige Mensch auf der Welt, der ihm Hoffnung machte.
„Du meinst, neben der Geschichte, dass meine Mutter vielleicht bald stirbt?", er hoffte, dass sie ihm den sarkastischen Unterton in seiner Stimme nicht übel nahm.
Irmgard sah ihn schweigend aufmunternd an. Tausend Gedanken schossen durch seinen Kopf. Es belastete ihn, dass er sich mitverantwortlich machte, dass seine Mutter so schwer erkrankt war. Er schämte sich für alles, was er Ellis in Paris angetan hatte und es zerriss ihn innerlich, weil er

das Gefühl hatte, dass er all das gleichzeitig seiner Mutter zugefügt hatte.
Er schüttelte den Kopf. „Nein. Bis auf die Sache mit meiner Mutter hatte ich ein wirklich schönes Jahr", sagte er und es fühlte sich wie die Wahrheit an, als er es aussprach.
„Aber ich werde meine Mutter einmal darauf ansprechen, ob sie eine Idee hat, was ihren Krebs ausgelöst hat. Hast du einen konkreten Tipp, wie man diese Krebswurzel erkennen könnte?"
Irmgard überlegte. „Weißt du, was eine Familienaufstellung ist?"
Hans hatte im Studium davon gehört.
Er stellte sich vor, wie jemand eine Person, die ihn repräsentierte in einen Raum stellte. Daneben eine Ellis und die anderen, die in Paris mit dabei waren. Einen Moment lang spürte er das Chaos, die Wut und die Liebe, die eine derartige Aufstellung auslösen könnte. Er fragte sich, ob es im Leben seiner Mutter ähnlich verwirrend zugegangen war, bevor sie krank wurde.
„Ich schreibe dir die Telefonnummer eines guten Freundes auf, der Familienaufstellungen macht. Oft treten während so einer Aufstellung lang zurückliegende Konflikte zutage, die krankheitsauslösend sein könnten."
Hans nahm den Zettel entgegen. Seine Hand zitterte ein wenig. Der Zettel fühlte sich schwer an und er steckte ihn vorsichtig in seine Tasche.
Da war etwas in ihm, das er seit Tagen aufgegeben hatte: Hoffnung. Er bedankte sich und ging wieder nach unten in sein Büro.

## Time is running out

Nach der Arbeit fuhr Hans ins Krankenhaus. Er schaute zum Autofenster hinaus. Es war Herbst geworden. Die Bäume leuchteten in der Abendsonne in einem satten, goldbraunen Ton, der sich vor einem wolkenlosen, kaltblauen Himmel abzeichnete.
Eine Föhnlage ließ die vom Neuschnee weiß strahlenden Berge noch näher erscheinen als sie waren und der See, in dem er vor wenigen Wochen noch gebadet hatte, schien, als harre er abwartend der Dinge.
Im Radio lief ein Song von Oasis, in dem Liam Gallagher wehmütig davon sang, dass alle Sterne nach und nach vom Himmel verschwinden, man aber nicht traurig sein solle, da man sich eines Tages wiedersehen würde.
Hans parkte seinen Kombi vor dem Krankenhaus und erinnerte sich daran, dass er hier schon mehrmals geparkt hatte, als er seine kranke Oma besuchte. Sie besuchte, als sie im Sterben lag und sie besuchte, als sie schließlich gestorben war, um ihr ein letztes Mal über die noch warme Stirn zu streichen.
Der Eingangsbereich war leer und still, es kam ihm vor, als sei er der einzige Besucher und seine Mutter die einzige Patientin im ganzen Krankenhaus.
Er ging die Treppe nach oben und klopfte an die Tür. Seine Mutter bat ihn mit schwacher Stimme herein.
Als sie ihn sah, hielt sie sich am grauen Dreieck, das über ihrem Bett hing, fest, hievte sich hoch und setzte sich aufrecht ins Bett. Sie stöhnte leise, mehr für sich, mehr aus einer Notwendigkeit heraus.
„Hans", sagte sie anstelle einer Begrüßung. Und Hans erinnerte sich, dass auch seine Oma ihn immer mit seinem Vornamen anstelle einer Grußformel begrüßt hatte. Es kam ihm vor, als sah sie ihr auch immer ähnlicher.
„Hans, wie schön, dich zu sehen."

„Wie geht es dir?", fragte er und bereute die Frage im selben Moment.
„Ach, die Schmerzen... Aber ich schlafe viel", sagte sie.
„Noch mehr als zu Hause?", fragte er sich. „Hast du viel Besuch?"
„Eher zu viel, als zu wenig. Es kostet mich viel Kraft."
„Ich muss nicht so oft kommen", sagte er sofort.
„Doch nicht du. Die Familie ist immer willkommen."
„Ich bleibe auch nicht lange."
„Du kannst so lange bleiben, wie du willst."
„Ich habe ohnehin nicht so viel Zeit."
„Der Hans. Immer unterwegs."
Hans nahm einen Stuhl und setzte sich zu ihr ans Bett.
Seine Mutter seufzte und schloss die Augen. Als ihre Atmung gleichmäßig wurde, wartete Hans verwundert ab. Sie schien eingeschlafen zu sein.
Schließlich öffnete sie die Augen.
„Ich bin sehr müde, wundere dich nicht, wenn ich mitten im Satz kurz einschlafe."
Hans nickte.
„Wie geht es Ellis?", fragte sie.
„Sie sorgt sich um dich."
„So ein gutes Mädchen. Du musst gut auf sie achten!"
„Ja, Mama, mach ich natürlich, Mama. Ich bin aber nicht gekommen, um über Ellis zu plaudern. Ich muss dir ein paar Fragen stellen."
„Ich höre dir zu."
„Es klingt vielleicht komisch, aber ich habe eine Arbeitskollegin, die glaubt an die alternative Medizin und ich habe über einiges nachgedacht."
„Ich auch. Was möchtest du denn wissen?"
Hans richtete sich die Sätze zurecht, die er im Auto bereits so oft durchgespielt hatte. Er atmete tief ein und sagte: „Angenommen, jede Krankheit hat eine Ursache. Keine physische, sondern eine psychische", er rang nach Worten.
„Du musst mir jetzt auch nicht antworten, wenn du nicht

willst. Aber angenommen, es wäre so: Was glaubst du, könnte das Problem sein, das deinen Krebs ausgelöst hat?"
Ohne zu überlegen antwortete sie: „Es gibt sogar zwei Ursachen. Die erste ist das Geld", sagte sie mit ruhiger, besonnener Stimme. „Und die zweite ist dein Vater."
Hans starrte sie an. In seinem Kopf ratterten die Gedanken vor und zurück. Er war von ihrer Antwort nicht überrascht. Er kannte das Verhältnis seiner Eltern gut genug und wusste auch von ihren Sorgen. Die Klarheit der Antwort und wie rasch sie die Frage beantworten konnte, ohne überlegen zu müssen, fühlte sich an, als entrisse ihm etwas den festen Grund unter den Füßen. Dutzende Konsequenzen, die diese kurze, knappe Antwort haben würde, haben müsse, schossen durch seinen Kopf. Dieses Gefühl der Hoffnung, das ihn hierher ins Krankenhaus geführt hatte, es war verschwunden, ebenso wie die Illusion, dass das Leben jemals wieder so sein würde wie an dem Abend im Wohnzimmer, als sie gemeinsam zu viert ferngesehen hatten. Er sah sie lange an und wartete, ob sie ihrer Antwort noch etwas hinzufügte. Aber sie schloss die Augen und schlief wieder ein.
Hans wusste, dass seine Mutter etwas klar ausgesprochen hatte, was sie in einem anderen Gemütszustand sich selbst nie eingestanden hätte. Die Klarheit ihres Geistes und die Aufgeräumtheit ihrer Seele beunruhigten ihn so sehr, als presste eine unsichtbare Person einen Revolver an seinen Schädel und zwang ihn, die Welt endlich selbst so zu sehen, wie sie wirklich war. Aber etwas in ihm wollte sich mit ihrer Antwort nicht zufrieden geben. Es musste doch noch irgendeine andere Wurzel geben, die den Krebs auslöste. Eine, die man anpacken, ausreißen konnte, eine derer sich seine Mutter nicht bewusst war.
„Hat es unter deinen Vorfahren vermehrt Krebskrankheiten gegeben?", fragte er, als sie die Augen wieder geöffnet hatte.

Sie überlegte. „Ich glaube nicht", antwortete sie. Leise fügte sie hinzu: „Es kann sein, dass väterlicherseits einmal ein Krebsfall aufgetreten ist. Ja, es war sogar Magenkrebs."
„Wie bei dir!", rief Hans aufgeregt. „Meine Arbeitskollegin hat mir erklärt, dass eine Familienaufstellung vielleicht hilfreich sein könnte", sagte er und machte sich wieder Hoffnung, dass vielleicht doch alles wieder gut werden könnte.
Seine Mutter seufzte: „Ach, Hans. Sowas habe ich vor Jahren schon einmal gemacht."
„Und?", fragte Hans ernüchtert. „Was ist dabei herausgekommen?"
„Ach, das ist alles schon so lange her. Ich habe damals gelernt, dass ich mich sehr nach der Anerkennung meiner Mutter gesehnt habe und je mehr ich ihre Nähe gesucht habe, desto distanzierter wurde sie zu mir." Sie stieß einen tiefen Seufzer aus. „Und dann war ausgerechnet ich es, die ihre Hand gehalten hat, als sie starb."
Hans rieb seine Augen. Er spürte, dass er jeden Moment zu weinen beginnen könnte. Resigniert fragte er mit matter Stimme: „Gibt es trotzdem irgendetwas, egal was, das ich für Dich tun könnte, wie ich dir helfen könnte?"
„Komm einfach zu Besuch", sagte sie und schüttelte den Kopf. „Alles andere liegt jetzt in den Händen vom lieben Gott. Da habe ich jetzt keinen Einfluss mehr darauf. Und du auch nicht, Hans. Und du auch nicht."
Hans blieb noch eine Weile an ihrem Bett sitzen und sah seiner Mutter beim Schlafen zu.
Er war traurig, als er eine halbe Stunde später nach Hause fuhr und bekam den Refrain des Oasis Songs nicht mehr aus dem Kopf. „All of the stars have faded away just try not to worry, you'll see them some day", summte er. Gleichzeitig war er glücklich und es fühlte sich an, als glimme eine starke Energie in seiner Brust, die ihm noch vor einem Tag die Kraft entzogen hatte. Aber jetzt war etwas neues in seinem Herzen, das er kaum beschreiben konnte, das aber diese Heiligen gefühlt haben mussten, dachte er, wenn ihnen die

Jungfrau Maria erschienen war oder ihre Handflächen zu bluten begannen.
Er musste über diese seltsamen Gedanken lachen und fragte sich, wie es sein konnte, dass seine todkranke Mutter ihm so viel Energie spendete. „Take what you need and be on your way and stop crying your heart out..."
Am nächsten Tag war das Gefühl starker Energie verflogen. Am Abend saß Hans alleine in seiner Wohnung und starrte auf den ausgeschalteten Fernseher. Es war finster im Wohnzimmer. Tag für Tag wurde es früher dunkel. Er wusste nicht, wie lange er bereits auf der Couch saß, erst als nur noch Konturen der Möbel in der Wohnung wahrzunehmen waren, wachte er aus seinen Gedanken auf und dachte darüber nach, ob er das Licht anmachen sollte.
Ihm war kalt. Seine Zähne begannen unkontrolliert aufeinander zu klappern.
Langsam stand er auf und ging in der Wohnung auf und ab. Er suchte nach dem Telefon. Es lag neben der Spüle. Was machte es dort? Er suchte nach Ellis eingespeicherter Handynummer. Seine Finger drückten mehrmals auf die falsche Taste. Seine Hand zitterte.
„Ellis?", fragte er, als er ihre Stimme hörte.
„Oh nein, ist es passiert?", fragte sie.
„Nein, alles unverändert."
„Was ist los?"
„Keine Ahnung", sagte er und wusste nicht, ob seine Stimme laut genug gewesen war, dass sie ihn verstehen konnte. Sie klang in seinem Kopf brüchig wie Pergamentpapier.
„Du hörst dich schrecklich an. Geht es dir gut?"
„Ich weiß nicht, was los ist", sagte er und atmete schwer ins Telefon. „Ich glaube, ich habe eine Panikattacke."
„Aber gestern ging es dir doch richtig gut, gibt es schlechte Neuigkeiten?"
„Nein, nichts Neues. Ellis, was ist nur los mit mir? Ich zittere, als wäre ich am Erfrieren. Mir ist eiskalt. Ich glaube, ich habe Fieber."
„Fass dir mal an den Kopf. Ist er heiß?"

Hans berührte seine Stirn. „Nein."
„Dann sind es die Nerven."
„Wie beruhigend."
„Hast du Bachblüten oder sowas?"
„Das hab ich seit der Schule nicht mehr gebraucht."
„Dann hilft nur noch ein Glas Rotwein. Das beruhigt auch."
„Kannst du nicht einfach kommen?"
„Hans, ich bin in Nürnberg. Aber schön, dass du mich offensichtlich vermisst."
„Ich weiß gar nicht mehr, was ich denken soll. Ich weiß nur, dass in mir mein Gedärm zu flattern begonnen hat und alles raus will."
„Ich komme am Freitagnachmittag, sobald ich daheim bin, gleich zu dir."
„Ich werde am Freitag bei Mama sein."
„Dann melde dich dann einfach, wenn du mich brauchst."
„Ellis, ich kenn mich gerade nicht mehr aus, ich glaube, ich brauche wirklich jemanden. Jetzt. Sofort. Bitte komm, Ellis."
„Jetzt trink ein Glas Rotwein und schau RTL2 oder Tele 5. Das mache ich immer, wenn es mir nicht gutgeht."
„Mich beruhigt eher die Tagesschau."
„Das sieht dir ähnlich, du labst dich am allgemeinen Weltschmerz."
„Danke, Ellis."
„Wofür?"
„Keine Ahnung. Einfach, dass es dich gibt. Irgendwie stimmt gerade gar nichts mehr."
Ellis schwieg eine Weile am anderen Ende der Leitung. Mit einer mütterlichen Wärme in ihrer Stimme sagte sie: „Ich bin immer für dich da. Das weißt du." Es blieb einen Augenblick lang stumm in der Leitung. Schließlich sagte sie: „Hans, wir gehen mit den Studienfreunden jetzt noch Essen. Ruf mich an, wenn etwas ist. Hast du gehört? Jederzeit. Und jetzt mach dir einen Wein auf."
„Danke", sagte Hans. „Gute Nacht."
In dieser Nacht schlief er tief, aber unruhig. Er erinnerte sich, dass er von Ellis geträumt hatte, sie hatte ihn vor etwas oder

jemanden gerettet. Er konnte sich nicht mehr erinnern. Der Traum hatte ein ungutes Gefühl hinterlassen, dennoch war er froh, nicht von Schlimmerem geträumt zu haben.
Den Vormittag über ließ ihn das beklemmende Gefühl des Vortages nicht mehr los. In der Mittagspause hielt er es nicht mehr aus und ging er in den ersten Stock hinauf und klopfte an Irmgard Hubers Büro.
„Komm rein, ich habe dich schon erwartet", sagte sie. „Oh, du siehst müde aus. Hast du letzte Nacht überhaupt geschlafen?"
Hans wischte die Frage mit der Hand beiseite. Er setzte sich. „Du hast mir angeboten, dass ich jederzeit mit dir reden kann."
Sie nickte und sah ihn freundlich an.
„Ich fürchte, es ist bald soweit."
„Was meinst du mit ES?"
Hans' Lippen bewegten sich, aber es kam kein Ton heraus.
„Du musst es nicht aussprechen, wenn es zu schwer für dich ist."
„Ich habe Angstattacken. Ich habe einfach eine Scheißangst vor dem, was jetzt kommt."
„Hast du dich schon einmal mit dem Tod auseinandersetzt?"
„Ich weiß, dass Menschen sterben, wenn du das meinst."
„Warst du schon einmal dabei, als jemand gestorben ist?"
„Ich war in der Nacht, als meine Oma gestorben ist, bei ihr im Krankenhaus."
„Wie würdest du diese Erfahrung beschreiben?"
„Schrecklich. Aber irgendwie auch außergewöhnlich. Ich war froh, dass ich hingefahren bin."
„Welches Gefühl hattest du, als deine Oma gestorben war?"
„Ich war erleichtert. Ich wusste, dass sie erlöst ist. Meine Oma hatte sich Jahre zuvor schon auf das Sterben vorbereitet und mit allen Enkelkindern über ihren Tod gesprochen."
„Ist deine Mutter vorbereitet?"
„Ich weiß es nicht. Aber, wie bereits gesagt, sie ist sehr gläubig."

„Bist du vorbereitet?"
Hans schüttelte stumm den Kopf.
„Ich könnte dir einige Bücher über Sterbeforschung und Nahtoderlebnisse empfehlen", sagte sie. „Hast du gewusst, dass alle Menschen zu jeder Zeit und in allen Kulturen dieselben Dinge sehen, wenn sie sterben? Alle, die entweder fast gestorben waren oder nach ihrem Tod wieder reanimiert wurden, berichteten von ähnlichen Erlebnissen: Sie sahen eine Art Tunnel aus weißem Licht. Das Licht war durch und durch positiv und hatte eine enorme, angenehme Anziehungskraft auf die Sterbenden. Es fühlte sich gut an, sich dem Licht zu nähern, berichteten sie. Auf dem Weg dorthin wurden sie erwartet von Menschen die ihnen nahe standen, die bereits verstorben waren oder auch von Engel oder andere Lichtwesen, die sie willkommen hießen und sie begleiteten. Viele merkten, dass sie außerhalb ihres Körpers schwebten und nur noch durch eine feinstoffliche Silberschnur mit ihrem physischen Körper verbunden waren. Solange diese Silberschnur nicht zerrissen ist, kann man nicht sterben, heißt es."
„Das ist nichts wirklich Neues. Ich habe mal davon gelesen", sagte Hans.
„Was ich dir sagen möchte, ist nur, dass der Tod nicht das Ende ist. Jeder Mensch hat eine Seele und die Seele ist zwar eng mit dem Körper verbunden, lebt aber weiter, sobald die Verbindung durchtrennt ist. Viele Angehörigen erzählen, dass sie in den Tagen nach dem Tod eines lieben Menschen von ihm besucht wurden. Sie haben ihn intensiv gefühlt, vor dem inneren Augen gesehen oder andere Zeichen erhalten. Selbst wenn deine Mutter stirbt, lieber Hans, wird sie noch eine Weile in deiner Nähe sein. Das solltest du wissen."
„Daran glaube ich schon irgendwie auch. Vielleicht ist dieser Gedanke irgendwann einmal tröstend. Im Moment ist es einfach nur erschreckend, darüber zu sprechen, als wäre sie schon tot."

„Hans, ich denke, es ist jetzt ganz wichtig, dass du einige Dinge weißt, dass du einige Dinge tust. Das, was ich dir jetzt sage, ist kein Ratschlag. Es ist eine Notwendigkeit. Eine Aufgabe"

Hans vernahm eine Schärfe in ihrer Stimme und sah, dass ihr Gesicht sehr ernst geworden war.

„Das wichtigste ist: Verabschiede dich von deiner Mutter, solange sie noch bei klarem Verstand ist. Es geht oft schneller, als man denkt."

Sie sah ihm eindringlich in die Augen. „Glaube mir, es wird dich lange beschäftigen, wenn du dich nicht verabschiedest. Sprich dich mit ihr aus, wenn es noch etwas zwischen euch gibt, das dich belastet. Sag ihr alles, was zu sagen ist. Du wirst es jetzt nicht so empfinden, aber es ist ein außergewöhnliches Geschenk, wenn man sich bewusst von jemanden verabschieden kann. In meiner Praxis sind zu viele Menschen, die das nicht gekonnt haben. Und noch etwas: Wieder sah sie ihm tief in die Augen. „Wenn du dich verabschiedet hast, kannst du leichter loslassen. Oft versuchen Kinder bis zum letzten Atemzug am Sterbebett ihrer Eltern zu bleiben. Aber es ist nicht gut, wenn du im Augenblick des Todes dabei bist. Das wird deine Seele belasten und deiner Mutter wird es ebenso schwer fallen, ins Licht zu gehen. Oft können Menschen erst sterben, wenn sie alleine sind oder wenn ein entfernter Verwandter bei ihnen ist. Ich möchte Dir nur den Hinweis geben, dass du während der Sterbephase nicht die ganze Zeit bei deiner Mutter bleiben musst, wenn du nicht möchtest."

„Ich dachte, das wäre sogar meine Pflicht."

„Glaube mir, du machst es dir und deiner Mutter einfacher, wenn du ihr die Gelegenheit gibst, loszulassen."

„Aber drücke ich mich dann nicht vor etwas?"

Irmgard schmunzelte und schüttelte den Kopf. „Ich weiß, dass du dir Vorwürfe machst, zu wenig für deine Mutter da gewesen zu sein. Aber wenn die Seele deiner Mutter abgeholt wird, da kannst du deine Mutter nicht mehr unterstützen. Dies ist der einzige Weg, den sie alleine gehen muss."

Hans blieb noch eine Weile bei ihr im Büro sitzen und sie unterhielten sich über die goldenen Farben des Herbstes und lachten darüber, wie wichtig die Budgetierung des kommenden Jahres in Anbetracht von Leben und Tod geworden war. Dann bedankte er sich und ging zurück an seinen Arbeitsplatz.

# Der Abschied Teil I

Für Freitagnachmittag um 15:00 Uhr war ein wichtiges Arztgespräch angesetzt, zu dem neben Hans' Vater auch seine Tante Amalie eingeladen wurde. Niemand brauchte Hans erklären, was der Inhalt dieses Gespräches sein würde. Er sagte zu, dass er ebenfalls am Nachmittag ins Krankenhaus fahren würde.
An diesem Nachmittag zeigte sich der Oktober noch einmal in seinen goldensten Farben, es war warm wie im Spätsommer und die Sonnenstrahlen schienen in Hans' Büro.
Hans blieb nach der Arbeit am Stadtplatz. Er wollte nicht nach Hause gehen. Er setzte sich am Stadtturm auf eine der beiden Bänke in die Sonne und schaute den vorbeifahrenden Autos nach. Er hatte sich ein neues Buch gekauft. „Das Schicksal ist ein mieser Verräter" hieß es, der Titel hatte ihn angesprochen. Nach einigen Seiten wusste er allerdings, dass er das Buch nie zu Ende lesen würde.
Sein Magen fühlte sich an, als würde er von leichten Stromstößen durchzuckt und als er seine Hände betrachtete sah er, dass sie zitterten. Er wünschte sich, dass es Abend wäre, hoffte aber gleichzeitig, dass die Zeit stehen blieb und es nie 15:00 Uhr werden konnte. Manchmal befand sich sein Leben in einem Vakuum, aus dem es kein Vorwärts und kein Zurück gab und der einzige Trost war es, dass es immer irgendwie weitergegangen war und aus unangenehmer Zukunft eine unangenehme Vergangenheit wurde. Aber diesmal hatte er zum ersten Mal das sichere Gefühl, dass in dieser zukünftigen Gegenwart nichts mehr sein würde, wie es jetzt war. Etwas würde für immer verloren gehen und er fragte sich, ob es jetzt gerade vielleicht noch da oder längst schon verloren gegangen war. Er dachte kurz an Paris und wie fremd ihm dieser Hans, dieser in Paris noch so glückliche Hans, inzwischen geworden war. Er dachte an

Ellis und wünschte sich, dass es irgendwo ein Paralleluniversum gab, in dem er mit ihr glücklich war und in dem keine Mütter an Krebs erkranken mussten.

Je länger er auf der Bank saß, desto unschärfer wurden seine Gedanken, bis diese endgültig ineinander verschwammen und zu einer unruhigen Leere wurden.

Um halb drei stand er mechanisch auf, ging geradewegs zu seinem Auto, schenkte der Stadt um ihn herum keine Beachtung mehr und fuhr ins Krankenhaus.

Tante Amalie, sein Vater und Lukas warteten bereits im Eingangsbereich des Krankenhauses. Ein Arzt kam.

„Wo ist denn die nette Ärztin, die bisher zuständig war?", fragte Tante Amalia überrascht. Der Arzt räusperte sich. „Es gab einen Todesfall in ihrer Familie. Ihr Mann ist verunglückt. Tja, vor sowas sind auch wir Ärzte nicht gefeit. Manchmal kann es schnell gehen. Bitte kommen Sie, ich möchte noch ein Vorgespräch mit ihnen führen, bevor wir mit der Patientin sprechen."

Hans sah dem Arzt entsetzt nach. Er dachte an Irmgard Hubers Worte, dass nicht jeder die Gelegenheit habe, sich von seinen Angehörigen zu verabschieden. Er sah den anderen nach, wie sie dem Arzt folgten und blieb mit Lukas sitzen.

Lukas Augen waren rötlich umrandet und der ansonsten stämmig und kraftvoll wirkende Junge saß in sich zusammengefallen auf der Bank im Wartesaal.

„Du weißt, was die gerade besprechen?", fragte Hans.

Lukas machte eine abwinkende Handbewegung. Seine Zähne mahlten aufeinander. Er griff nach einer der Zeitschriften und blätterte wütend darin.

Hans blickte zum Fenster hinaus. Die ockerbraunen Ahornblätter verloren von Minute zu Minute ihre Leuchtkraft, als sich der Abend näherte.

Die Zeit schien sich kaum zu bewegen, nur das abnehmende Licht zeugte davon, dass das Gespräch sehr lange dauerte und die Zeit nicht stehen geblieben war, auch wenn Hans' Gedanken darum kreisten, was passierte, wenn sie es doch täte.

Nach einer guten Stunde kamen Tante Amalie und Hans' Vater zurück. Hans bemerkte verwundert, dass sein Vater lächelte. Er wirkte gefasst und alles andere als unglücklich.

„Der Arzt möchte jetzt mit euch sprechen", sagte Tante Amalie.

„Ich muss wieder weiter", sagte Hans' Vater. Sein Gesichtsausdruck wirkte entspannt, fast heiter. „Ich bin mit dem Rad da", sagte er. „Es ist so ein schöner Tag heute. Den möchte ich noch ausnutzen, so lange es noch hell ist."

Dann drehte er sich um und ging nach draußen.

Hans sah seine Tante an. Das Gespräch konnte gar nicht schlecht gelaufen sein. Vielleicht hatten sich alle ja getäuscht und seine Mutter war gar nicht so krank. Vielleicht wurde sie ja doch wieder gesund, dachte er.

Tante Amalia sah ihn mütterlich an. Mit sanfter Stimme sagte sie: „Kommt, lasst uns nach oben gehen. Euer Papa braucht jetzt etwas Zeit für sich."

Hans und Lukas folgten ihrer Tante die Stufen in den ersten Stock hinauf. Ihre Mutter war inzwischen in einem schmalen Einzelzimmer untergebracht.

Als sie eintraten, öffnete ihre Mutter die Augen. Sie lächelte und machte einen heiteren Gesichtsausdruck. „Schön, dass ihr gekommen seid", sagte sie mit matter aber fröhlicher Stimme.

„Setzt euch, ich sage dem Arzt Bescheid, dass ihr da seid", sagte die Tante. Hans tauschte einen Blick mit Lukas aus. Sein Bruder wirkte angespannt, aber gefasst.

Langsam richtete seine Mutter den Kopf in Hans' Richtung und ein Lächeln huschte über ihre Lippen. Dann suchte sie den Blickkontakt mit Lukas. „Der Arzt hat mir heute etwas Wichtiges mitgeteilt", sagte sie und machte eine längere Pause. Ihr Atem war schwer und aus ihrer Lunge klang ein dumpfes Geräusch. „Ich möchte, dass der Arzt auch mit euch spricht." Wieder folgte eine Pause.

Im selben Moment öffnete sich die Türe und der junge Arzt im weißen Kittel kam zusammen mit Tante Amalie herein.
„So, dann sind jetzt also die Söhne dran?", sagte er, schüttelte Hans und Lukas flüchtig, aber mit festem Druck die Hand und schob sich einen Stuhl heran, auf den er sich flink setzte. Er strich sich mit der Hand durchs Haar, holte einmal tief Luft. „Okay", begann er. „Also, ich bin Dr. Hilgert und alles, was ich euch jetzt mitteile, habe ich bereits mit eurem Vater besprochen. Eure Mutter hat darauf bestanden, dass ich auch mit euch rede, was ich natürlich gerne tue. Also", er räusperte sich, „wie ihr ja zweifellos wisst, hat sich der Zustand eurer Mutter in den letzten Wochen dramatisch verschlechtert."
Hans seufzte. Er tauschte einen Blick mit Lukas aus. Dessen Gesicht war kreidebleich und er starrte regungslos auf den beigen Linoleumboden.
„Eure Mutter wurde mit einem wuchernden Magenkarzinom eingeliefert. Da die Chemotherapie nicht nennenswert angeschlagen hat, hat eure Mutter darum gebeten, nur noch palliative Maßnahmen zu ergreifen. Wir haben uns also in erster Linie darum bemüht, ihre Schmerzen erträglicher zu machen. Ihr Körper war bereits stark metastasiert und in den letzten Tagen haben sich die Tumore explosionsartig ausgebreitet. Auf Deutsch gesagt: Ihr Körper ist so verkrebst, dass in Kürze die natürliche Versorgung der Organe zusammenbrechen wird."
Lukas begann schwer zu atmen. Hans' Mutter hob vorsichtig ihre Hand und griff nach seiner. „Lukas, ich werde bald sterben", sagte sie mit klarer Stimme und Lukas wischte sich eine Träne aus dem Auge.
Der Arzt kratzte sich am Kopf. „Ich habe jetzt gleich Visite", sagte er. „Ihr könnt euch aber jederzeit an mich wenden, wenn ihr noch Fragen habt."
Hans nickte und schüttelte ihm die Hand. „Danke, Dr. Hilgert, dass sie sich so bemüht haben."
Der Arzt nickte und verließ eilig das Zimmer.

Eine endlose Minute lang blieben sie schweigend am Bett der Mutter sitzen.

Dann sagte Tante Amalie: „Wir kommen morgen vormittags zusammen, dann bekommt eure Mutter die Krankensalbung. Lukas, Hans, ihr seid die letzten Wochen sehr tapfer gewesen und die kommenden Tage werden noch einmal anstrengend. Es ist also das Beste, wenn ihr jetzt nach Hause fahrt und euch erholt. Ihr werdet sofort verständigt, wenn sich der Zustand eurer Mama verschlechtert."

Lukas hielt noch eine Weile die Hand seiner Mutter. Schließlich sagte er: „Ist es wirklich in Ordnung, wenn wir nicht über Nacht hier bleiben?"

Seine Mutter richtete ihren Blick auf ihn und erneut huschte ein herzliches Lächeln über ihr Gesicht. „Es ist schön, dass ihr da seid. Aber mir ist wichtiger, wenn ihr morgen dabei seid, wenn der Pfarrer kommt", sagte Hans' Mutter.

„Aber wenn du", Lukas hielt erschrocken inne und sagte: „Aber wenn es dann zu spät ist?"

„Nein", antwortete sie und fügte hinzu, während sie jedes Wort langsam und sorgsam artikuliert aussprach: „So schnell geht das auch wieder nicht. Aber besser wird es jetzt wohl auch nicht mehr."

„Ich könnte wirklich etwas Schlaf gebrauchen", sagte Lukas und suchte Tante Amalies Blickkontakt.

„Fahr nach Hause. Wir sehen uns morgen wieder", sagte sie bekräftigend.

„Und du?", fragte er Hans.

„Ich bleibe noch ein wenig", sagte er.

Lukas verabschiedete sich von seiner Mutter und stand einen Moment ziellos und unsicher im Zimmer.

„Ich begleite dich noch nach unten", sagte die Tante und legte ihren Arm um ihn.

Als sie allein waren, rückte Hans etwas näher zu seiner Mutter und nahm ihre Hand. Sie hielt die Augen geschlossen, signalisierte mit einem Lächeln, dass sie ihm zuhörte.

„Hast du Angst davor, zu sterben?", fragte er.

Wieder lächelte sie. „Nein", sagte Hans' Mutter mit einer Stimme, die sagte, dass die Frage nicht notwendig war.
„Ich auch nicht", entgegnete Hans. „Ich meine, ich habe jetzt keine Angst mehr, wenn du sterben solltest. Ich weiß, dass du trotzdem immer da sein wirst."
Sie deutete ein Nicken an.
„Mama?", fragte er und versuchte, sich die richtigen Worte zurecht zu legen.
Sie öffnete die Augen und sah ihn an.
„Mama, ich wollte dir noch sagen, dass ich dich lieb habe und dir sehr dankbar bin für alles, das du für mich getan hast", sagte er und seine Stimme brach im letzten Halbsatz ab. Er atmete tief ein: „Ich wollte dich noch fragen, ob zwischen uns alles in Ordnung ist."
Ihre Gesichtszüge glätteten sich. „Ja", antwortete sie knapp. Schließlich fragte sie: „Und ich? War ich euch eigentlich eine gute Mutter?"
„Natürlich", entgegnete Hans, überrascht von ihrer Frage.
„Dann habe ich vielleicht doch einiges richtig gemacht?", fragte sie.
„Ja!", sagte Hans. „Ja, natürlich!", wiederholte er und drückte ihre Hand.
„Gibt es noch etwas, was ich wissen sollte, etwas, das zu regeln ist?", fragte Hans schließlich.
„Ja. Zwei Dinge: Ich möchte, dass auf meiner Beerdigung statt Kränze für einen guten Zweck gespendet wird. Kümmre dich darum, dass auch die Kärntner Verwandtschaft eingeladen wird und schau auf deinen Papa, bitte."
Hans nickte.
Dann deutete sie auf ihr Nachtkästchen. „In meinem Geldbeutel ist außen ein Zettel."
Hans öffnete irritiert den Schubladen, nahm ihren Geldbeutel und fand darin tatsächlich einen Zettel. Es war ein kleines Stück liniertes Papier. Darauf standen mehrere Zahlen.
„Was ist das?", fragte er und überflog die Wörter und Zahlen. Plötzlich musste er lächeln.
„Mama, ist das dein ernst?"

„Du hast gefragt, was noch zu erledigen ist."

Hans las sich die Posten auf dem Zettel durch. Seine Mutter hatte bis auf den Cent genau ausgerechnet, wie viel Geld er noch für Autoversicherung und seinem Handyvertrag, der noch auf ihren Namen lief, zu zahlen hatte.

„Mama, du liegst buchstäblich auf dem Sterbebett und hast nichts Besseres zu tun, als die Finanzen zu regeln?" Hans streichelte über ihre Stirn. Sie machte einen Gesichtsausdruck, der ihm sagte, niemand kann so leicht aus seiner Haut heraus. „Natürlich. Ich werde mich um alles kümmern", versprach er.

Sie atmete tief ein und nickte leicht mit dem Kopf. Dann schloss sie die Augen. Hans blieb eine Weile am Bett seiner Mutter sitzen, bis ihr schwerer Atem regelmäßig wurde.

Er stand auf und sah, dass seine Tante wieder zurück war, sah sie zerstreut an. „Ich denke, ich kann jetzt fahren, oder?" Seine Tante nickte ihm aufmunternd zu. „Glaubst du, dass du in deinem Zustand fahren kannst? Soll ich dir ein Taxi rufen?", fragte sie.

Hans verstand nicht, was sie meinte. Er hatte nichts getrunken. „Nein, ich kann schon fahren", bekräftigte er.

„Hast du jemanden, der heute Abend bei dir ist?", fragte sie noch einmal mit sorgenvoller Miene.

„Ellis kommt später noch vorbei", sagte er und wusste nicht mehr, ob sein Gehirn noch konform arbeitete, was Tante Amalie ihn zwischen den Zeilen fragen wollte.

Sie griff nach seiner Hand und drückte sie fest in ihre warmen Hände und sah ihm tief in die Augen: „Ellis ist ein gutes Mädchen. Es ist gut, dass du sie hast", sagte sie. „Fahr vorsichtig, Hans. Versuch, zu schlafen."

Er nickte und drehte sich nach seiner Mutter um. Sie lag friedlich auf dem Bett. Ihr gewölbter Bauch hob sich unter der Decke langsam und senkte sich wieder.

„Bis morgen", sagte Hans und verließ das Krankenzimmer.

Er ging die Treppen hinab und bei der Eingangstür hinaus. Es war dunkel geworden. In seinem Kopf dröhnte es. Er versuchte nach einem Gedanken zu greifen, aber außer

dem, die Autotüre zu öffnen, den Schlüssel ins Zündschloss zu stecken, das Abblendlicht einzuschalten und den Rückwärtsgang einzulegen, fiel ihm nichts ein.
Als er das getan hatte und der Wagen sich langsam über die Durchgangsstraße aus dem Ort hinaus bewegte, verstand er auf einmal, was seine Tante gemeint hatte.
Er war erst wenige Kilometer gefahren, als etwas, das sich seit Stunden, seit Tagen, seit Monaten in ihm gestaut hatte, mit einem Mal löste.
Kurz vor dem See rann ihm erst ein Rinnsal über die Wangen, der von seinem Kinn auf den Autositz tropfte. Dann begannen seine Lungenflügel unkontrolliert zu arbeiten und es presste ihm die Luft durch die Atemwege, bis er sich nicht mehr gegen einen klagenden Laut wehren konnte, der gepresst aus seiner Kehle klang und dem ein nicht enden wollendes Schluchzen folgte. Sein ganzer Körper wurde durchgeschüttelt, sämtliche Muskeln verkrampften sich, er hörte jemanden heulen und schluchzen und seine Hände verloren die Kontrolle über das Lenkrad.
Hans bemerkte nicht, dass er nur noch vierzig Stundenkilometer fuhr, er bemerkte eine Weile gar nicht mehr, dass er in einem Auto saß. Bis sich die überschüssige Angst und Traurigkeit in Wasser und Sauerstoff verwandelt hatte. Als er seinen Wagen wieder beschleunigte und die Fahrt fortsetzte, saß ein schwaches, ausgelaugtes Gespenst am Steuer. Ein Gespenst das wusste, dass es zu Ellis fahren müsste, weil er keine einzige Nacht mehr ohne sie überleben würde.

      Ellis empfing ihn am Eingang der Pilgerherberge.
„Wie geht es deiner Mutter?", fragte sie ihn, senkte sogleich ihren Blick, als sie seine Augen sah.
„Ich habe gerade mit meiner Mama ihre Beerdigung besprochen", sagte er. Die Gewalt, die in diesem Satz mitschwang, überwältigte ihn und hielt sich beide Hände vor das Gesicht, damit sie ihn nicht weinen sah.

Ellis umarmte ihn. „Du braucht nichts mehr reden, wenn du nicht willst", sagte sie. „Ich habe meine Sachen gepackt, lass uns einfach zu dir fahren."

# Der letzte Abschied

Nach einer kurzen traumlosen Nacht wachte Hans neben Ellis auf. Etwas fühlte sich richtig an, ihren warmen Körper in seiner Nähe zu haben. Aber etwas in ihm rumorte. Etwas, das nicht nur mit seiner Mutter zu tun hatte. Oder vielleicht doch. Er wusste, dass sie ihn fragen würde. Er hoffte, dass sie nicht fragen würde. Sie standen gemeinsam auf, sie bereiteten sich schweigend ein Frühstück. Er wusste, dass sie denselben Gedanken hatte. Als sie gemeinsam Kaffee tranken, fragte sie schließlich: „Soll ich dich begleiten?"
Hans schloss die Augen. Wie sollte er ihr etwas erklären können, was nur ihm verständlich war? Warum musste er es ihr eigentlich erklären? Sie wusste genau wie er, dass er heute vielleicht ein letztes Mal seine Mutter sehen würde. Wenn er Ellis mit ins Krankenhaus nahm... Seine Gedanken zerwirbelten seinen Kopf. Andere Paare machten eine große Sache daraus, wann sie sich gegenseitig ihren Eltern vorstellten. Und sie waren nicht einmal zusammen und sie fragte, ob sie ihn ans Sterbebett seiner Mutter begleiten dürfte. Hans raufte sich die Haare. Sie musste doch verstehen, dass das nicht ging. Dass er es vielleicht nicht einmal wollen würde, wenn sie bereits seit sechs Jahren zusammen waren.
„Was ist los, Hans? Ich hab dir eine einfache Frage gestellt."
Er schämte sich, dass ihn dieser Gedanke so sehr beschäftigte, aber er ärgerte sich auch, dass Ellis nicht verstand, dass dies sein Leben war. Dass es seine Mutter war. Dass es seine Trauer war. War es so unnatürlich, dass er diesen Weg alleine gehen wollte?
„Du willst mich nicht dabei haben. Sag es einfach."
Er war ihr aufrichtig dankbar, dass sie für ihn da war, trotz allem, was geschehen war. Er hatte sie bereits einmal tief verletzt. Hans ahnte, dass es sie vielleicht noch mehr

verletzen würde, wenn er ihr, die diese seltsame Verbindung zu seiner Mutter hatte, eine letzte Begegnung verweigerte.
„Ich weiß nicht", sagte er. „Ist das nicht komisch für dich?"
„Im Gegenteil. Mir ist es sogar wichtig. Ich möchte mich von deiner Mutter verabschieden."
Hans wusste, dass er sich in eine Sackgasse manövriert hatte. Egal, wie er sich entschied, er konnte nur verlieren. Er zauderte.
Hans erstarrte, sein Herz zog sich zusammen, als er sah, dass Ellis weinte.
Er nahm sie in den Arm. Er begann sich darüber zu ärgern, dass sie ihm eine Szene machte, ausgerechnet an dem Tag, an dem seine Mutter sterben würde. Was lief nur verkehrt in dieser Welt? Einen Augenblick lang wünschte er sich, dass Ellis ihn in Paris zum Teufel gejagt hätte. Vielleicht wäre es für beide besser gewesen. Das tröstliche Gefühl, das sie ihm eine Nacht lang geschenkt hatte, war verschwunden.
„Jaja", sagte er beschwichtigend. „Du brauchst nicht gleich weinen. Nur, weil ich lieber alleine im Krankenhaus bin, heißt das doch nicht, dass ich dich nicht in meinem Leben haben will."
Ellis sah ihn an, das Make-Up floss ihr über die Mundwinkel.
„Glaubst du, ich weine wegen dir?", fragte sie mit kämpferischer, wütender Stimme. „Glaubst du das wirklich?", sagte sie und schluchzte. „Ich weine, weil deine Mama stirbt. Ich hab sie sehr lieb gewonnen. Ich bin einfach scheißtraurig, dass sie sterben muss. Verstehst du das?"
Hans nickte stumm und spürte wieder den Klos in seinem Hals. Er hielt sie wortlos im Arm, hielt sie lange fest und schämte sich.
Im Krankenhaus warteten bereits Hans' Vater, Lukas und die Geschwister seiner Mutter.
„Wie geht es ihr?", fragte Hans.
Tante Amalie, die noch dieselben Kleider vom Vortag trug, sagte: „Sie ist stabil. Sie ist noch ansprechbar. Aber sie schläft immer wieder ein."

Hans und Ellis gingen an den Verwandten vorbei zum Bett seiner Mutter. Sie lag friedlich in ihrer Decke, die magere Hand, die an einem Tropf hing, lugte unter der Bettdecke hervor.

Als spürte sie die Nähe der beiden, öffnete sie die Augen. „Ellis", sagte sie lächelnd. „Schön, dass du auch da bist." Dann drückte sie Hans die Hand.

„Wie fühlst du dich?", fragte er.

Sie schwieg lange. Schließlich sagte sie mit geschlossenen Augen: „Ein Engel hat mich besucht."

Stumm standen die Verwandten um das Bett der Mutter herum und warteten auf den Priester. Nach einer Weile begann Tante Amalie mit bebender Stimme zu beten: „Gegrüßet seist du Maria voll der Gnade..." Und alle stimmten mit monotoner Stimme in das Gebet mit ein. Hans kam es vor, als betete Ellis am lautesten. Er und Lukas tauschten einen Blick aus. Sie hatten das Beten des Totenrosenkranzes bereits am Sterbebett ihrer Großmutter als sehr belastend empfunden. Lukas seufzte und murmelte leise die Gebetsformeln mit. Hans bewegte seine Lippen, aber es kamen keine Worte heraus. Erleichtert sah er, wie die Türklinke sich bewegte und der Priester des Krankenhauses das Zimmer betrat. Sofort verstummte das Gebet wieder.

Hans schaute zum Fenster hinaus. Auch dieser Sonntag war ein sonniger Herbsttag und nur das leuchtende Laub der Bäume, das bei jedem Windstoß in Myriaden goldenen Blättern zu Boden segelte, erinnerte an die Vergänglichkeit des Lebens.

Der Priester trat würdig auf, aber nicht pathetisch. Er sprach einige Gebete und diesmal fand Hans, wirkte das Gebet der Verwandten ungezwungener und herzlicher. Er beobachtete seine Mutter, die aufmerksam den Worten des Priesters lauschte. Sie hatte einen seligen Gesichtsausdruck und er fragte sich, ob es am Morphium lag oder ob sie sich in Gottes Hand, in die sie sich begeben hatte, geborgen fühlte.

Der Pfarrer salbte sie mit Chrisam, betonte, dass dies eine Krankensalbung war, aber im Gegensatz zur Krankensalbung im Frühling, wusste Hans, dass jedem der Anwesenden, einschließlich seiner Mutter klar war, dass sie gerade die letzte Ölung erhielt.

Trotz der zahllosen Gebete empfand Hans die Stimmung im Raum bald als heiter und gelöst. Als ein letztes „Vater Unser" gebetet wurde, verabschiedete sich der Pfarrer. Einer nach dem anderen drückte noch einmal die Hand von Hans' Mutter und zurück blieb nur noch Hans' Familie und Tante Amalie.

Sie nahm Hans beiseite: „Deine Mutter wird bald eine erhöhte Dosis Morphium bekommen. Sie wird vielleicht ab und an noch ansprechbar sein, aber sie wird langsam einschlafen", erklärte sie.

Hans nickte, diesmal hatte er verstanden, was sie ihm mitteilte.

„Heute Nachmittag bleibe ich bei ihr", sagte schließlich Hans' Vater, auch Tante Amalie sich verabschiedet hatte. „Ich habe mit eurer Tante vereinbart, dass wir uns abwechseln und immer jemand bei eurer Mama ist."

„Dann könnte ich den schönen Tag heute noch nutzen, um mit Ellis etwas zu unternehmen?", fragte Hans.

Ellis sah ihn mit einem seltsamen Gesichtsausdruck an. Hans hatte das Gefühl, sie war enttäuscht.

Sie saßen noch eine Weile schweigend am Bett ihrer schlafenden Mutter.

Als sie aufwachte, setzte sich Hans zu ihr auf das Bett.

„Mama, ich werde jetzt noch einen Ausflug mit Ellis machen", sagte er.

„Das ist schön", sagte sie und schaute Ellis dabei an.

„Falls wir uns nicht mehr sprechen sollten, wollte ich dir noch einmal sagen, dass ich sehr stolz auf dich bin. Ich bin sicher, dass du gut in den Himmel kommst."

Sie lächelte. „Mach dir keine Sorgen", sagte sie. „Ich habe keine Angst vor dem Tod."

Als sie im Begriff waren zu gehen, griff seine Mutter nach Ellis' Hand und drückte sie lange und fest.

Als Hans und Ellis im Auto saßen und durch die sonnige Herbstlandschaft fuhren, sagte Ellis eine lange Zeit nichts. Schließlich räusperte sie sich: „Du willst unbedingt verhindern, dass ich mit dabei bin, wenn deine Mutter stirbt. Hab ich recht?"
„So ist es auch wieder nicht."
„Doch, doch. Genauso ist es. Du denkst, wenn ich beim Tod deiner Mutter dabei bin, musst du mich heiraten, oder sowas. Aber so bin ich nicht, so denke ich nicht."
Hans schwieg.
„Aber du hast recht", sagte Ellis. Ich will für dich da sein. Ich kann mir vorstellen, wie schrecklich du dich gerade fühlst. Aber wann, wenn nicht jetzt, sollte eine Freundin für dich da sein?", fragte sie.
Hans war wütend, dass sie das Gespräch wieder in diese Richtung lenkte. Er wollte nicht die Zeit damit vergeuden, auf Ellis wütend zu sein, während seine Mutter im Sterben lag. Aber er war es. Und am meisten machte es ihn wütend, dass er gespürt hatte, wie sehr sich seine Mutter über Ellis' Anwesenheit gefreut hatte. Es fühlte sich an, als sei ihr Ellis wichtiger als er selbst. Zwei Lieder dröhnten in seinem Kopf. Das eine war von Rosenstolz und die Textzeile „In mir drin ist so viel Wut" hämmerte durch seine Gehirngänge. Das zweite Lied war „Private Emotion" von Ricky Martin und mit kühlem Sarkasmus dachte er daran, dass er das Sterben seiner Mutter auf alle Zeit mit einem Song von Ricky Martin verbinden müsste.
„Ellis, ich hab keine Worte mehr, die ich noch sagen könnte. Ich bin einfach nur noch leer. Lass uns irgendwo hingehen, wo ich nicht nachdenken kann und einfach warten, bis der Tag vorbei ist."
Sie fuhren in die Berge und wanderten zu einem See. Hans hatte keinen Blick für die herbstliche Schönheit der Gegend und fühlte sich bald von jedem Schritt erschöpft. Sie setzten sich auf eine Bank in der Sonne und blieben lange dort

sitzen. Ellis schwieg und er hörte ihrem Atmen zu. Er lauschte einer Biene, die sich in der Jahreszeit geirrt haben schien, es roch nach Frühling, aber Hans fröstelte. Sein Atem wurde ruhiger. Die stürmischen Gedankengänge begannen, einzufrieren. Er tastete über das warme Holz der Bank und berührte Ellis kleinen Finger. Sie nahm seine Hand, hielt ihn fest, bis die Sonne hinter einem Berg verschwand.

Auf dem Rückweg fuhren sie noch einmal ins Krankenhaus.

„Ich warte hier im Auto", bot Ellis an.

Hans verstand, dass dies ein Friedensangebot war. Er rang sich ein Lächeln ab. „Nein, du kommst mit. Und keine Widerrede", sagte er.

Rötliches Abendlicht schien in das kleine Zimmer. Hans' Vater saß neben dem Bett und las in einer Ausgabe von „Psychologie heute".

„Hallo Mama, wir sind wieder da", sagte Hans und nahm ihre Hand. Seine Mutter hielt die Augen geschlossen.

„Sie ist seit heute Mittag nicht mehr ansprechbar", sagte der Vater. „Ab und zu seufzt sie laut und sagt etwas, das ich nicht verstehe. Aber die meiste Zeit schläft sie."

„Oh", sagte Hans. Er blieb nur noch kurz. Erst nach und nach begriff er, dass er nie mehr mit seiner Mutter sprechen würde. Schweigend fuhr er Ellis nach Hause.

## Der Tod

Montag.
Seit Sechs Uhr lag Hans wach im Bett und drehte sich alle fünf Minuten, um auf die Digitalanzeige seines Weckers zu schauen. Um 6:29 Uhr stand er auf und holte das Telefon. Er wählte die Nummer der Arbeit und sein Chef ging nach einmal Läuten umgehend ans Telefon. „Ja, Bildungszentrum am Telefon. Guten Morgen."
„Hier ist der Hans."
Am anderen Ende der Leitung wurde es still.
„Meine Mutter...", sagte Hans, „meine Mutter liegt im Sterben. Ich würde heute, wenn es irgendwie geht, Urlaub nehmen."
Die Stimme am anderen Ende der Leitung blieb stumm, schließlich hörte Hans ein Räuspern. „Hans, ich hoffe, sie wissen, wie leid mir das alles tut. Die Arbeit ist gerade das letzte, wegen dem sie sich Sorgen machen müssen. Nehmen sie sich die Zeit, die sie brauchen und melden sich einfach, wenn ich ihnen irgendwie helfen kann."
„Danke", sagte Hans und legte auf. Er fühlte sich schwach und schuldig, wie damals, als er wegen eines Rockfestivals die Schule geschwänzt hatte. Er war nicht krank, er hätte auch problemlos in die Arbeit gehen können.
Er hatte sich erst für Mittag im Krankenhaus angekündigt, also hatte er einen ganzen Vormittag freier Zeit. Hans wusste nicht so recht, was er mit der gewonnenen Zeit anfangen sollte und begann, seine Lohnsteuererklärung zu machen.
Er hatte sie noch nicht gemacht, weil ihm bisher immer seine Mutter dabei geholfen hatte und da es inzwischen Gewissheit war, dass sie es dieses Jahr nicht tun konnte, dachte er, konnte er sich der Sache nun annehmen.

Er verteilte Kontoauszüge und Belege auf dem Boden der Wohnung und suchte sich die Mustervorlage heraus, die ihm seine Mutter vor Jahren einmal gemacht hatte, heraus.
Ihre markante Handschrift zierte jedes der Formularblätter.
Die Arbeit half ihm, an etwas anderes zu denken, als den Tod, aber er dachte unentwegt an seine Mutter. Als er gegen Mittag überzeugt war, nie wieder in seinem Leben eine Steuererklärung ausfüllen zu können, ohne an den ausgezehrten Körper seiner Mutter denken zu müssen, traf Hans eine Entscheidung.
Er legte die Papiere beiseite und wählte Ellis' Nummer. Ihm war klar geworden, dass er so oder so das Sterben seiner Mutter für immer mit Ellis assoziieren würde, so wie die Steuererklärung ihn immer an seine Mutter erinnerte. Es machte keinen Sinn mehr, sich dagegen zu wehren.
„Bist du in der Arbeit?", fragte er.
„Ich habe die Woche frei genommen."
„Oh", sagte Hans erfreut. „Hoffentlich nicht wegen mir."
„Nein. Nicht wegen dir. Eher wegen deiner Mutter. Mich nimmt das alles sehr mit. Egal, ob ich sie jetzt gut gekannt habe oder nicht."
„Ist gut. Du brauchst dich nicht zu rechtfertigen", sagte Hans in versöhnlichem Ton.
„Ich wollte dich fragen, ob du mich ins Krankenhaus begleiten möchtest."
„Du musst mich nicht mitnehmen, wenn du nicht möchtest."
„Ich weiß. Das Thema ist erledigt. Ich möchte aber, dass du mitkommst. Vielleicht möchte ich ja auch dich gerne sehen. Hast du Zeit?"
„Natürlich. Ist das eine Verabredung?"
„Mit Sicherheit das unromantischste Date, das man sich vorstellen kann, aber warum nicht. Darf ich dich abholen?"
„Ja. Ja, ja, natürlich, Hans. Ich würde Dich auch gerne sehen."
„Bis gleich."
Sie wartete bereits vor der Pilgerherberge. Ellis sah müde aus. Ihre Augen waren gerötet. Aber ihre Gesichtszüge

sahen gelöst aus, fast fröhlich. Sie umarmte Hans lange.
"Wie geht es ihr? Gibt es Neuigkeiten?"
"Es könnte jede Stunde passieren."
"Sag mir einfach, wie ich dich unterstützen kann. Und wenn du allein sein willst, ist das auch in Ordnung."
"Ich weiß gerade gar nicht, was ich will, aber ich weiß, ich will nicht alleine sein. Ich will bei dir sein."
Im Krankenhaus lösten sie Lukas ab, der den Vormittag über am Bett gewacht hatte.
"Ist sie noch ansprechbar?", fragte Hans. Lukas schüttelte den Kopf. "Sie stöhnt ab und zu. Manchmal lächelt sie. Die Krankenschwester hat heute Morgen die Dosis des Morphiums erhöht. Papa kommt gegen drei", fügte Lukas hinzu.
Hans rückte einen Stuhl zwischen Bett und Fenster und nahm die Hand seiner Mutter. Es fühlte sich an, als hielt auch sie seine Hand fest. Ihre Augen waren geschlossen und sie atmete laut und unregelmäßig aus ihrem weit geöffneten Mund.
Ellis setzte sich auf der anderen Seite des Raumes etwas abseits und beschäftigte sich, indem sie Sudoku Rätsel löste.
Die Zeit verstrich. Immer wieder setzte Hans' Mutter der Atem aus, sekundenlang und Hans war kurz davor, nach der Schwester zu läuten. Stets kehrte seine Mutter aber zum regelmäßigen Atem zurück.
Hans saß schweigend bei ihr und hielt ihre Hand. Es wurde Mittag. Es wurde eins. Bald war es drei und sein Vater war immer noch nicht da.
Als Ellis fragte, ob sie seinen Vater anrufen sollte, schüttelte Hans den Kopf. Er war während der gesamten Krankheit seiner Mutter noch nie so lange bei ihr gewesen.
"Es fühlt sich gut an, hier zu sein. Ich glaube, ich bin jetzt einfach an der Reihe, mit ihr Zeit zu verbringen, solange ich noch kann. Aber du musst nicht hier bleiben."
Ellis lächelte. "Ich bleibe aber."

Immer wieder kam eine Schwester zur Tür herein und sah nach dem Rechten.
„Sie ist sehr tapfer, deine Mutter", sagte sie.
Einmal kam eine Nachbarin von Hans' Eltern herein, die im Krankenhaus arbeitete. Sie warf einen Blick auf das hagere Gesicht seiner Mutter und drehte sich sofort wieder um. Sie wollte Hans etwas sagen, hielt sich die Hand vor den Mund und vor die Augen und verließ, ebenso rasch wie sie gekommen war, wieder das Zimmer.
Bald dämmerte es. Hans konnte nicht mehr sagen, ob die Zeit schnell oder langsam verging, aber es fühlte sich so an, als säße er schon seit Wochen am Bett, die Hand seiner Mutter haltend. Ellis sah ab und an von ihren Rätseln auf und tauschte einen Blick mit ihm aus und lächelte ihm aufmunternd zu oder vertrat sich am Gang die Beine.
Irgendwann hörte Hans auf, die Atemaussetzer seiner Mutter zu zählen und die Möglichkeit, dass sie jeden Moment sterben konnte, verlor seinen Schrecken.
Er dachte an Hans Castorp in Thomas Manns Zauberberg, der ebenfalls mehr und mehr den Bezug zur Zeit verlor, je länger er, von der Außenwelt abgeschnitten, im Sanatorium verweilte.
Hans Gedanken schwammen durch den Strom der Zeit, mal zäh, mal schärfer, Gedanken die den Tod nicht mehr verdrängen konnten. Der Tod war hier nicht mehr außerhalb des Menschen, der Tod war hier der Gastgeber und die beiden lebendigen Menschen im Raum waren die Fremdkörper.
Die Stunden im Krankenhaus vergingen, ohne sich wie Zeit anzufühlen. Hans schwamm im still ruhenden See der Gegenwart und verspürte kein Bedürfnis, den Zustand zu beenden. Er hielt die Hand seiner Mutter, sah ihr zu, wie sie noch lebte und wartete, ohne nachzudenken, auf etwas über das er nicht nachdenken konnte.
Immer wieder stöhnte seine Mutter leise auf und er nahm ein Wattestäbchen, tauchte es in Wasser und befeuchtete ihren ausgetrockneten Mund. Es war alles, was er tun konnte.

Als es draußen dunkel wurde und die Situation immer mehr zu seiner Lebenswirklichkeit wurde und das Leben außerhalb des Krankenhauses immer unwirklicher, öffnete sich die Tür.

Hans' blickte aus seiner Trance erwachend, auf. „Wo warst du?", fragte er seinen Vater.

"Ich war Radfahren. Warum?"

„Weil ich seit drei auf Dich warte. Du bist fast drei Stunden zu spät!"

„Es war aber sechs ausgemacht."

„Oh."

„Ihr habt euch halt missverständlich abgesprochen", sagte Ellis mit müder Stimme. „Hauptsache ist doch, dass dein Papa jetzt da ist. Ich bin, ehrlich gesagt, ziemlich erschöpft inzwischen. Und ich glaube, du auch."

Hans betrachtete noch einmal das weiße Gesicht seiner Mutter. Nur ihr angestrengtes Atmen wies auf den Kampf hin, der in ihrem Körper tobte. Ihre Augen ruhten ruhig hinter geschlossenen Lidern. Vielleicht war ihre Seele schon auf dem Weg, dachte Hans. Er drückte ihre Hand und sie ließ sie von sich aus los. Er strich ihr über das feuchte, kühle Gesicht und verabschiedete sich stumm. Er wünschte sich, sich nicht noch einmal von ihr verabschieden zu müssen. Hans war müde.

Ellis bestand darauf, dass er ihr die Autoschlüssel gab. Hans hielt die gesamte Rückfahrt die Augen geschlossen.

Als sie die Stadt erreicht hatten, fragte Ellis, ob sie die Nacht bei ihm bleiben sollte. Sie könnte etwas kochen. Hans nickte. Er war zu müde zum Sprechen.

Am nächsten Morgen läutete um 5:30 Uhr das Handy. Es war eine unterdrückte Nummer. Es konnte nur sein Vater sein.

„Ist es passiert?", fragte er.

„Ja", sagte Hans' Vater mit gefasster Stimme. „Sie ist heute um kurz vor fünf eingeschlafen."

Hans seufzte. „Muss ich noch jemanden verständigen?"

„Danke, dass du das tun würdest. Aber das erledige ich selbst."

„Okay", sagte Hans und legte auf.

Er saß auf der Bettkante und Ellis legte ihren Arm um ihn.

„Es tut mir so leid", sagte sie.

Hans zuckte die Schultern.

„Wie geht es dir jetzt?", fragte sie.

„Ich glaube, ich bin erleichtert."

Er stand auf. „Ich geh jetzt in die Arbeit."

„In die Arbeit? Ist das dein Ernst?"

„Ich möchte, dass mein Leben wieder normal wird. Ich bin eigentlich froh, dass es vorbei ist. Ja, ich geh jetzt in die Arbeit", sagte er und zog sich seine Jacke an.

„Danke für alles." Hans gab ihr einen flüchtigen Kuss auf die Wange. „Ich melde mich bei dir." Ellis sah ihm ungläubig nach.

Hans verließ das Gebäude und ging mechanisch über den Stadtplatz in Richtung Arbeit. Ein automatisierter Vorgang, den er nun seit über einem Jahr fast täglich in mehr oder weniger verschlafenem Zustand ausübte und der ihm in Fleisch und Blut übergegangen war.

Er schloss den Haupteingang auf, ging durch den Eingangsflur und bog in den Gang seiner Abteilung ab. Im Büro seines Chefs brannte trotz der frühen Uhrzeit bereits Licht. Die Tür stand offen und er räusperte sich.

„Hallo Herr Baumgartner."

„Oh. Guten Morgen Hans. Wie geht es ihrer Mutter?"

„Sie ist heute morgen verstorben."

Sein Chef stand aus seinem Bürostuhl auf und schüttelte ihm die Hand. „Mein aufrichtiges Beileid. Bist du extra gekommen, um persönlich Bescheid zu sagen? Ein Anruf hätte auch genügt."

„Nein, ich bin zum arbeiten gekommen und..." Hans' Handy begann zu läuten. Es war seine eigene Nummer.

„Geh schon ran, das ist sicher wichtig", sagte Herr Baumgartner.

„Hallo?"

„Hier ist Ellis. Hans, du kommst jetzt auf der Stelle wieder zurück", sagte sie in scharfem, bestimmtem Ton. „Hans, Lukas hat mehrmals angerufen. Ihr trefft euch im Krankenhaus. Hans, verstehst du mich? Komm sofort nach Hause!"
Hans warf einen verdatterten Blick auf seinen Chef.
„Ja. Gehen sie nach Hause. Dort werden sie mehr gebraucht als hier", sagte Herr Baumgartner, als habe er das Telefonat mitgehört.
In dem Moment wachte Hans auf. Seine Mutter war gestorben. Sie war tot. Das war nicht das Ende. Es war der Anfang. Es war noch nicht vorbei. Es ging nun erst richtig los.
„Danke, Ellis. Ich bin sofort da", sagte er und legte auf.
„Es ist wohl besser, wenn ich wieder gehe."
„Nun gehen sie schon. Kein Mensch hat ernsthaft damit gerechnet, dass sie heute arbeiten."
Hans stürzte aus dem Gebäude, er hatte es auf einmal eilig.
Ellis erwartete ihn. „Ich wollte mich ja nicht einmischen, aber deine Familie braucht dich jetzt. Die Beerdigung muss organisiert werden", sagte sie.
„Ich weiß. Ich fahre sofort los. Kommst du mit?"
„Liebend gern, das weißt du doch."
Hans' Mutter lag noch im Zimmer 217 im selben Bett. Auf der Bettdecke lag eine rote Rose. Ihr Gesicht war, verglichen mit der Frau, die sie noch vor einem Jahr war, um viele Jahre gealtert. Sie sah ihrer eigenen Mutter, die mit 85 Jahren gestorben war, sehr ähnlich. Ihre Lippen lächelten. Sie strahlte etwas friedliches, erlöstes aus. Ellis begann leise zu schluchzen, als sie das Zimmer betrat, Hans spürte sein Herz pochen, fühlte sich ansonsten ruhig und gefasst. Eine Kerze flackerte auf dem Nachttisch. Er fühlte nach ihrer Hand. Sie war noch warm, genau so wie am Abend zuvor, aber er spürte keinen Gegendruck mehr.
Sein Vater kam herein und umarmte Ellis lange, dann Hans. Er schien geweint zu haben, war aber ansonsten ungewohnt gefasst und konzentriert. Kurz darauf kam Lukas bei der Tür

herein. Er wirkte verwirrt und desorientiert und Hans sagte ihm, die Hand ihrer Mutter sei noch ganz warm. Lukas blieb verloren am Bett sitzen, streichelte die leblose Hand und Tränen rannen über sein Gesicht.

„Wie ist es passiert?", fragte Hans.

„Sie war die ganze Nacht stabil", berichtete sein Vater. „Ich war bis Mitternacht bei ihr. Danach hat mich dein Onkel Peter abgelöst und ich bin heim gefahren. Kurz vor vier hat die Schwester deinen Onkel nach Hause geschickt. Sie hat gesagt, der Zustand von Mama sei stabil und es reiche, wenn am Morgen jemand komme. Kaum war der Onkel Peter bei der Tür hinaus, hat ihr Herz aufgehört zu schlagen. Doktor Hilgert hat um 4:55 Uhr ihren Tod festgestellt."

Hans musste an Irmgard Huber denken. Seine Mutter hatte mit ihrem Tod tatsächlich abgewartet, bis sie alleine war. „Erstaunlich", dachte er.

„So, was ist jetzt alles zu tun?", fragte Hans. Sein Vater zuckte die Achseln. „Ich rede dann mal mit der Schwester", schlug Hans vor. Ellis nickte. „Mach das", und setzte sich zu Lukas neben das Bett und legte ihm die Hand auf die Schulter.

Hans erledigte den Vormittag über Behördengänge. Er war froh, eine Aufgabe zu haben und es kam ihm nicht ungelegen, das Zimmer 217, in dem die anderen noch beteten, verlassen zu dürfen.

Mittags kamen sie in Hans' Elternhaus mit den Verwandten zusammen. Ellis half in der Küche, als sei sie bereits seit Jahren Teil der Familie. Das Haus, das ihm schon zuvor fremd geworden war, erschien ihm nun kalt und verlassen. Wie sehr die gute Seele seiner Mutter das Haus belebt hatte, wurde erst jetzt offenkundig, da sie nicht mehr hier war. Hans' Vater servierte Spaghetti mit Tomatensoße und Weißwürste. Der Tisch war provisorisch mit nicht zusammen passendem Geschirr gedeckt und der Anblick des Essens entsprach der allgemeinen Gemütslage. Es wurde zu Hans' Erstaunen viel gelacht. Ellis wurde für die Tomatensoße, die sie gemacht hatte, gelobt. Hans selbst aß nur eine halbe

Weißwurst. Er hatte keinen Hunger. Er spürte, dies war der Anfang von etwas. Es war nur noch nicht sicher, ob etwas Gutes begann oder ob es der Anfang vom Ende des Guten war.

Am Nachmittag organisierte Hans mit Tante Amalie die Beerdigung und den Gottesdienst. Danach fuhr er mit Ellis zurück in die Stadt, legte sich sofort ins Bett und schlief mehrere Stunden.

Am Abend schrieb er einen Text über das Leben seiner Mutter, den der Pfarrer in seiner Predigt verwenden wollte. Es war der einzige Moment und das einzige Mal nach ihrem Tod, an dem er spürte, dass sie tatsächlich gestorben war.

## Die Beerdigung

Hans stand vor der Kirche und hielt sein Gesicht mit geschlossenen Augen in den kühlen Wind. Trotz der den Winter ankündigenden Brise war es ein für die Jahreszeit ungewöhnlich milder Herbsttag.
Hans öffnete langsam die Augen, tauschte einen Blick mit seinem Vater aus und öffnete mit einem Ruck die schwere Eichentüre der Pfarrkirche. Zu dritt schritten sie den langen Gang nach vorne. Aus den Augenwinkeln sah Hans, dass die Kirche bis zum letzten Platz gefüllt war. Er konnte Ellis nicht entdecken. Sie musste irgendwo bei Hans' Freunden sitzen. Mit jedem Schritt wünschte er sich, darauf bestanden zu haben, ihn an seiner Seite zu begleiten. Sie setzten sich in die erste Reihe, die einzige, die frei geblieben war. Die Reihe, in der er seit der zweiten Klasse nicht mehr gesessen war.
In der Stille der Kirche war das Fußscharren und Husten der Menschen zu hören, die nach und nach Platz nahmen. In der Sakristei flüsterte jemand, oben auf der Empore gab die Chorleiterin leise Anweisungen.
Hans spürte die Blicke in seinem Nacken und es kam ihm vor, dass ein ganzes Dorf ihn anstarrte und sich fragte, wie es ihm ging. Er spürte die gepolsterten Schulterkissen seines Vaters an seine rascheln. Sein Vater und Lukas wirkten gefasst. Sie starrten stumm ins Leere, als seien sie in Gedanken versunken oder beteten stumm. Hans nahm aus den Augenwinkeln wahr, dass auf der gegenüberliegenden Seite Tante Amalie und die Geschwister seiner Mutter saßen und nickte ihnen zu. Seit der Beerdigung seiner Großmutter war er nicht mehr in der Kirche gewesen. Anders als seine Mutter, die bis zuletzt in der Pfarrgemeinde aktiv gewesen war, sie hatte im Kirchenchor gesungen. Und sie war in dieser Kirche, so vermutete er, zu Hause gewesen. Je länger er dem stillen

Rascheln der Taschentücher lauschte, desto mehr begriff er, dass er nicht der einzige war, der einen Menschen verloren hatte, der ihm nahe stand.

Mit einem Läuten begann die Messe und alle standen knarrend von den Holzbänken auf. Der schmetternde Introitus aus Mozarts Requiem erklang laut und voller Wucht. Hans lief ein eiskalter Schauer über den Rücken, er drehte sich um, sah hinauf zur Empore und verfluchte den Chor. Den Chor, in dem seine Mutter selbst viele Jahre gesungen hatte und der es nun darauf anlegte, die Trauer und Verzweiflung vollends losbrechen zu lassen. Mehrstimmig, begleitet von einem kleinen Orchester, bebte die kleine Empore in der noch nie so gehörten Stimmgewalt des Kirchenchores.

Hans, der sich fest vorgenommen hatte, Würde zu bewahren, egal was passierte, schossen kalte Schauer über den Rücken und die Tränen, die sich in seinen Augen sammelten, rührten ausnahmslos von der Kraft der Musik Mozarts, die er noch nie so wahrgenommen hatte.

Er bemerkte, dass auch der Diakon bewegt nach oben schaute und plötzlich ein Aufnahmegerät aus seiner Tasche kramte, um die Musik aufzuzeichnen.

Während der Predigt, in der auch Hans' Text über das Leben seiner Mutter vorgetragen wurde, legte sich eine ergriffene Totenstille über die Menschen, die vereinzelte Schluchzer noch gespenstischer erklingen ließen.

Hans merkte, wie angespannt er war und musste den Pfarrer bewundern, den eine lange, sehr herzliche Zusammenarbeit mit seiner Mutter verbunden hatte und der die Predigt gerade noch zu Ende sprechen konnte, ehe ihm die Stimme brach.

Der Chor steigerte sich im Laufe der Messe ins bombastische und bald spürte Hans, dass seinem Vater die Musik so nahe ging, dass er zu zittern begann.

Während der Kommunion, als die Trauergemeinde einer nach dem anderen an der vordersten Reihe vorüberging, steigerte sich das Zittern zu einem Schütteln. Stumm und ohne ein Geräusch zu verursachen, weinte er tonlos und Hans legte hilflos seinen Arm um ihn.

Auf dem Weg zum Friedhof wurde nichts geredet und Hans fragte sich, wie es möglich sein konnte, dass auf jedem Leichenschmaus, der einer Beerdigung folgte, stets eine heitere, gelöste Stimmung herrschte. Er wünschte sich, die Zeit vorausdrehen zu können.

Er postierte sich neben seinem Vater und Lukas, vor allen Leuten, neben dem Sarg vor der Leichenhalle und spürte wieder, wie unzählige Augenpaare ihn beobachteten. Ein erstes Mal bekam er einen Eindruck vom Ausmaß der Beerdigung. Es waren mehrere hundert Menschen am Friedhof, die meisten hatte er noch nie gesehen.

Unter einem Baum entdeckte er die Gruppe seiner Freunde, er sah Ben und Markus und nickte Ellis zu, die bei ihnen stand.

Auf der anderen Seite, in der Nähe des Seiteneingangs, standen Lukas Freunde. Die meisten waren nur lose Bekannte. Einer von ihnen war Sebi. Hans hatte ihn noch nie in einem Anzug gesehen. Sebi erwiderte ernst seinen Blick. Erst jetzt erkannte Hans das Mädchen mit der großen, schwarzen Sonnenbrille neben ihm. Hans' Herz begann zu pochen, als er begriff, dass Loni Schneider aus Paris gekommen war. Er hatte seit Wochen nicht mehr an sie gedacht.

Sie erwiderte seinen Blick und machte ein betroffenes Gesicht. Hans hatte nicht gedacht, dass er Loni Schneider jemals wiedersehen würde. Der Drehbuchautor seines Lebens, den seine Mutter Gott genannt hätte, hatte ganze Arbeit geleistet. Etwas in seinem Magen stülpte sich um und erst jetzt merkte Hans, wie übel ihm war.

Er hätte etwas frühstücken sollen, dachte er, als vor ihm immer mehr schwarze Sterne aufblitzten. Er wünschte sich, dass Ellis neben ihm stand, um ihm aufzufangen, falls er ohnmächtig wurde.

Plötzlich setzte sich der Wagen mit dem Sarg in Bewegung und Hans stolperte den anderen Trauergästen hinterher, die in einer Prozession über den Friedhof marschierten, bis sie an einem frisch geschaufelten Loch ankamen.

Hans wusste, wie es ablaufen würde. Er hatte als Ministrant dutzenden Beerdigungen beigewohnt: Der Sarg würde über eine Seilwinde von den vier Sargträgern ins offene Grab hinunter gehievt. Der Huberbauer, der nebenberuflicher Totengräber war, würde bayerische, hektische Anweisungen geben und dem ungeschicktesten der Sargträger das Seil entreißen und eigenhändig dafür sorgen, dass der Sarg unbeschadet am Grunde des Loches ankam.

Dann würde der Pfarrer mit einer Schaufel Erde auf den Sarg werfen und etwas sagen wie „Staub bist du und zu Staub wirst du wieder werden" und in dem Moment, in dem die Erde auf den Sarg auftrifft und ein hohler Ton verrät, dass dort drin wirklich der geliebte Mensch liegt, bricht sich die Verzweiflung freie Bahn und alle, die sich bis jetzt zusammenreißen konnten, werden laut zu weinen beginnen. Es war niemals vorgekommen, dass einer der Heulenden verzweifelt zum Sarg in das Loch hinterher sprang, aber Hans hatte es sich oft genug vorgestellt. Er fürchtete, dass er selbst, wenn es noch länger dauerte, in das Grab kippen könnte oder sein Vater, der seine Verzweiflung immer weniger verbergen konnte, für eine Szene sorgte, über die das Dorf noch Jahrzehnte sprechen würde.

Als Hans zu taumeln begann, während der Kies auf den Sarg hinab prasselte spürte er eine Hand auf seiner Schulter. Jemand hielt ihn fest. Ellis stand hinter ihm.

Gebete wurden gesprochen, er glaubte, Böllerschüsse zu hören. Ein junger Mann schluchzte so laut, dass er von seiner Mutter aus dem Friedhof begleitet werden musste und Hans fragte sich die ganze Zeit, was Loni Schneider auf der Beerdigung zu suchen hatte, was das zu bedeuten hatte und sein Gedankenstrom endete abrupt, als ihm Ellis eine Rose in die Hand drückte. Alle Blicke richteten sich auf ihn, er warf die Rose in das Loch, spritzte Weihwasser hinein, machte ein Kreuzzeichen und schaute noch einmal hinunter auf den Sarg, in dem vermutlich seine Mutter drin lag.

Er wollte etwas Feierliches sagen, zumindest in Gedanken, aber der einzige Gedanke, der ihm kam war: „Mama, was macht die Loni Schneider hier? Was soll das? Will mir irgendwer was damit sagen?" Dann drehte er sich um und stellte sich zu seinem Vater und hielt Ellis' Hand so fest umklammert, dass sie leise „Aua" flüsterte.
Als sie als letzte den Wirt betraten, war es bereits laut und die Atmosphäre war ausgelassen. Hans hatte sich immer gewundert, wie es passieren konnte, dass ein Schalter in den Köpfen der Trauernden umgeschaltet wurde und das Leben in dem Moment, in dem man den Wirt betrat, wieder weiterzugehen hatte.
Er bestellte sich ein Bier und fühlte sich ein erstes Mal seit Wochen ruhig. Er trank das Bier still und besonnen. Lauschte seinem Vater, der beinahe lachend ausschweifend aus dem Leben seiner Frau erzählte. Er sah in die Gesichter der Menschen am Tisch. Lukas, der sich kauend auf ein Schnitzel konzentrierte. Tante Amalie, die sanft lächelnd ihrem Schwager zuhörte. Ellis, die neben ihm saß, ohne etwas zu sagen. Hans wusste, dass die Stille nicht lange währen würde. Kurz nachdem er das dritte Bier bestellt hatte, kehrte das Lärmen des Wirtshauses zurück in sein Bewusstsein. Eine Tante aus Kärnten reichte ihm die Hand, sprach ihr Beileid aus. Hinter ihr bildete sich eine Schlange von Verwandten, die er teils gut, teils gar nicht, kannte. Hans musste aufstehen und versuchte, mit allen einige Sätze zu wechseln.
Er versprach den Verwandten sie bald zu besuchen und betonte, das nächste Treffen werde wieder ein schöner Anlass sein, vielleicht eine Hochzeit.
Als eine Tante zweiten Grades sagte: „Eine bildhübsche Freundin hast du übrigens", versuchte Hans, die Sache richtigzustellen, blieb aber schließlich doch still. Sie hatte Recht, Ellis war wirklich bildhübsch. Sogar auf einer Beerdigung.
Das Besteckklappern wurde leiser und das Klirren der Gläser lauter. Die Tische leerten sich nach und nach. Bis

außer dem der engen Familie, nur noch ein voller Tisch übrig blieb. Es war der, an dem die Freunde von Hans und Lukas saßen. Hans freute sich, dass sie bis zum Ende geblieben waren und bald standen er, Lukas und Ellis auf und setzten sich dazu.
Lukas saß am Ende des Tisches und hob sein Glas in die Höhe: „Ich habe mir gewünscht, dass ihr heute alle mit mir trinkt, bis es nichts mehr gibt. Danke fürs kommen", sagte er.
„Und dableiben", fügte Hans hinzu.
Alle hoben ihre Gläser: „Auf eure Mama!"
Als es draußen zu dämmern begann, setzten sich auch die letzten Verbliebenen an die Tafel.
Hans' Vater, der etwas verloren neben dem Pfarrer gesessen hatte, nutzte die Gelegenheit, um sich neben Ellis zu setzen.
Plötzlich legte er seinen Arm um sie und sprach feierlich, als wolle er eine Rede halten: „Als ich sie das erste Mal mit ihm gesehen habe, habe ich mir nur gedacht: So eine schöne Frau und der Hans. Nein, das kann nie funktionieren."
„Papa", stöhnte Hans.
„Nein, ehrlich. Klar, habe ich mir dann gedacht: Der Hans ist ja auch hübsch. Aber die Ellis…" dann schaute er sich um und sein Blick traf sich mit dem von Loni Schneider. „Aber ihr habt ja alle schöne Freundinnen."
„Papa, ist schon gut. Wir wissen, dass wir alle hübsch sind", sagte Hans beschwichtigend.
Ellis lachte herzlich. Sie schien sich zu amüsieren. Unter anderen Umständen wären sie eine heitere Wirtshausgesellschaft gewesen.
Nach dem vierten Bier musste Hans auf die Toilette. Er entschuldigte sich, stand auf und stieg langsam die Treppe zu den Toiletten hinab. Mit jedem Schritt dachte er, dass er der Gastgeber sei. Dass er gerade der Gastgeber der Beerdigung seiner Mutter sei. Er kam sich erhaben vor. Und erwachsen. Und betrunken. Erleichtert stellte er fest, dass er allein in der Toilette war. Er wollte nicht, dass ihn jemand weinen sah. Aber er konnte nicht mehr weinen. Als er sich

die Hände gewaschen hatte, lange den fremden jungen Mann im Spiegel angestarrt hatte und wieder nach draußen ging, stand Loni Schneider vor der Tür.
Er erschrak, weil er gedacht hatte, allein hier unten zu sein. Noch mehr erschrak er, weil sie so verwundbar, traurig und schauerlich schön aussah, als sei sie noch einmal auf der Beerdigung ihres Vaters gewesen.
„Es tut mir so leid", sagte sie und umarmte ihn.
Sie begrub seine Nase, sein Gesicht in ihrem duftenden Haar und sofort war er wieder in Paris, sofort sah er den Sternenhimmel über der Stadt und alles war Welt, alles war richtig, alles war Gegenwart und er merkte, wie ihm die Tränen in die Augen schossen.
Er hielt sie fest, spürte ihre Wärme, spürte, wie verloren sie selbst war und wusste, dass etwas, das sich so gut anfühlte, nicht falsch sein konnte.
„Hast du geweint?", fragte sie.
Er schüttelte den Kopf und presste seine Tränen in ihre Wangen.
„Ich auch nicht", antwortete sie. „Ich meine, auf der Beerdigung meines Vaters. Ich konnte nicht. Ich konnte wochenlang nicht. Ich dachte, es zerreißt mich."
Sie strich ihm mit der Hand durch seine Haare.
„Ich habe heute geweint", sagte sie.
Hans' Hand zitterte. Er löste sich von ihr und sah ihr in die rot umrandeten Augen. Ihre Wimperntusche war zerlaufen.
„Dabei hast du meine Mutter gar nicht gekannt."
„Ich habe den Tod gekannt", sagte sie. „Warte bis zur nächsten Beerdigung. Dann wirst du verstehen, was ich meine."
Sie umarmte ihn noch einmal.
Hans versuchte, Luft zu holen. Etwas an ihrem Körper war so vertraut, das konnte nicht falsch sein.
„Mir tut es leid, dass Sebi…"
Sie hielt ihm den Zeigefinger auf die Lippen und deutete ihm, still zu sein. „Die Vergangenheit ist Vergangenheit. Sebi und ich sind Vergangenheit."

„Aber..."
Sie schüttelte den Kopf. „Es war eine lange Nacht. Wir haben uns getrennt. Ging nicht mehr. Dinge, die geschehen müssen, passieren früher oder später. Man kann sie nicht aufhalten."
Hans sah ihr in die Augen, als versuchte er herauszulesen, was sie ihm wirklich sagen wollte.
„Ich meine, Dinge wären passiert. So oder so. Schicksal oder was immer das ist."
„Das heißt?"
„Ich gehe zurück nach Paris. Das Leben geht weiter. Alles neu, alles anders." Sie sah ihn an. „Und du? Bist du mit Ellis jetzt endlich zusammen?", fragte sie.
„Ich weiß nicht." Hans versuchte, zu erfühlen, was er spürte.
„Ich habe euch heut lange beobachtet. Ellis liebt dich", sagte sie.
Hans zuckte die Schultern.
„Ellis ist ein guter Mensch", sagte Loni Schneider. „Aber ich habe viel darüber nachgedacht, was in Paris war. Das hatte doch etwas zu bedeuten, oder?" Sie suchte seinen Blick.
„Ich bin noch einige Monate dort. Du solltest mich besuchen. Ein Tapetenwechsel würde dir gut tun. Und mir würde es auch gut tun. Verstehst du, was ich meine?"
Hans spürte einen Klos im Hals. Beide schwiegen sich an.
Loni Schneider seufzte. „Ich muss jetzt eine rauchen", sagte sie. „Kommst du mit?"
Sie gingen nach oben. Es war dunkel geworden.
„Bist du wegen mir aus Paris gekommen?"
„Natürlich nicht", sagte sie und versuchte zu lächeln. „Ich bin wegen Lukas hier und nicht wegen dir."
„Ich kann mir gar nicht mehr richtig vorstellen, dass wir alle zusammen in Paris waren. Das war wie in einem anderen Leben." Hans blickte nach oben und suchte den Himmel nach den Sternen ab. Aber im hellen Schein der Laternen war keiner zu sehen. Er fragte sich, ob irgendwo da oben seine Mutter war und ihn beobachtete. Er hörte ihre Stimme in seinem Kopf und verstand so klar und deutlich, was sie

ihm zu sagen hatte, dass er wusste, ein Teil von ihr würde immer bei ihm sein.
Loni Schneider blies kalten Zigarettenrauch aus.
Sie reichte ihm die Hand und sagte mit ihrer dunklen Stimme: „Du wirst das vielleicht alles nicht verstehen können, aber dieser Tag heute ist nicht nur für dich schrecklich und grauenhaft." Sie reichte ihm die Hand. „Auch für mich wird sich einiges ändern. Aber ich weiß, dass etwas Neues beginnt. So oder so. Ich freue mich so sehr darauf, dass diese ganze Herzscheiße, die seit gestern in mir tobt und wegen der ich schon dreimal kotzen war, irgendwann zu etwas Gutem führen wird. Etwas verflucht Gutem." Sie küsste ihn auf den Mund.
„Komm einfach nach Paris."
Hans sah noch einmal zum Himmel hinauf. Er schüttelte den Kopf.
„Das, was du für mich bist, das ist sowas von groß, Loni. Aber du weißt genau wie ich, dass ich das, wenn überhaupt, nicht lange für dich sein könnte. Paris war nichts weiter als ein Traum. Vielleicht ein schlimmer, vielleicht ein schöner."
 Sie drückte ihre Zigarette aus, wischte sich die Tränen aus den Augen und sagte: „Mach's gut, Hans Wegmann. Dann träum weiter. Und sag Lukas schöne Grüße."
Hans blickte Loni Schneider nach, bis sie hinter den Häusern in der Dunkelheit verschwand. Als er sich umdrehte, um nach oben zurück zu gehen, sah er, dass Ellis im Lichtkegel vor dem Gasthaus stand.
„Ellis…"
Sie wischte sich über das Gesicht. „Sag einfach nichts. Lass uns nach oben gehen. Deine Freunde warten auf dich."
Oben angekommen sprach ihn aufgeregt eine der Bedienungen an: „Hans, es tut mir ja so leid, aber das letzte Fass ist leer. Wir haben kein Bier mehr im Haus."
„Habt ihr das gehört?", schrie Lukas, der das Gespräch gehört hatte. Er hob sein halbvolles Glas in die Luft und rief: „Leute, wir haben es geschafft! Das Bier ist ausgegangen!" Ein Dutzend Gläser hoben sich in die Luft und alle schrien

und jubelten durcheinander. „Wir haben es echt geschafft!",
rief Lukas in einer schrillen Aufgeregtheit. „Das Bier ist aus!
Ihr seid die besten Freunde der Welt!"
„Aber was trinken wir jetzt?", fragte Markus.
„Schnaps!", schrie Ben.
Hans umarmte seinen Bruder. „Geht es dir gut?", fragte er.
„Mir ist scheißegal, wie es mir morgen geht", sagte Lukas und erwiderte seine Umarmung. „Aber ja, gerade geht's mir gut."
Als sich am späten Abend Hans' Vater verabschiedete, begleiteten Hans und Lukas ihn nach Hause. Lukas fragte ihn, ob er noch auf ein Bier bleiben wolle, aber Hans schüttelte den Kopf. Er drehte sich zu Ellis um, die in der Einfahrt in ihrem Auto wartete.
Lukas nickte. „Schon gut", sagte er.
Hans' Vater nickte ihm zu: „Du hast so eine tolle Freundin", sagte er.
„Papa, Ellis ist... Ach, egal. Gute Nacht!"
Er setzte sich zu ihr ins Auto und ließ das nächtliche Dorf an sich vorbeirauschen. Als sie das Dorf verlassen hatten, breitete sich auf der anderen Seite des Hügels die Milchstraße in hellstem Silber über dem Horizont aus.
„Das war eine wundervolle Feier", sagte Ellis. Ihre Stimme war leise und weich, wie von jemanden, der nach langem Kämpfen akzeptiert, dass die Dinge sind, wie sie sind und sich nicht ändern lassen. „Deiner Mutter hätte es sicher gefallen."
„Ich möchte den Tag trotzdem kein zweites Mal erleben."
„Mir tut dein Vater so leid. Er wirkte so fröhlich heute. Aber das wird sicher nicht leicht für ihn."
„Ich weiß."
„Du findest ihn vielleicht anstrengend als Sohn, aber ich mag deinen Vater sehr."
„Mein Vater mag dich auch sehr, wie du gemerkt hast."
Es war still im Auto, das Radio war ausgeschaltet.
„Weißt du, was ich heute herausgefunden habe?", fragte er plötzlich.

Ellis sah ihn traurig an, als ahnte sie, was er ihr nun sagen würde. „Ich weiß, dass man die Sterne nur bei Nacht sieht", sagte er. Er drehte sich zu Ellis und sah sie in ihrem Seitenprofil an, wie sie konzentriert den Wagen durch die Nacht steuerte. „Und ich habe heute begriffen, warum man manche Sterne trotz Nacht nicht sehen kann."
Sie drehte ihren Kopf zu ihm. „Und warum?"
„Weil es zu hell ist. Wenn der Mond zu hell scheint oder die Stadt zu hell leuchtet, sieht man vielleicht noch die großen Sterne. Aber die kleinen, die vielen schönen Sternbilder der Milchstraße. Die sieht man nur im Dunkeln. Und außerdem folgt auf jede Nacht auch wieder das Sonnenlicht."
Ellis sah ihn fragend an: „Du bist betrunken", sagte sie. „Ich habe keine Ahnung, was du mir gerade verklickern willst."
„Sollen wir es einfach versuchen? Sollen wir zusammenbleiben?"
Es wurde ganz still im Wagen. Nur das monotone Motorengeräusch war zu hören.
„Ja, du bist betrunken."
„Bin ich." Er drehte sich zu ihr und gab ihr einen Kuss auf die Wange.
Ellis lächelte, blinkte und fuhr reifenquietschend rechts auf das Fahrbahnbankett.
„Sag das nochmal und mir ist scheißegal, ob du betrunken bist, oder nicht."
„Ellis, ich…" Sie küsste ihn und er nahm sie in den Arm, küsste sie zurück und hielt sie so fest er konnte. Ein Auto rauschte hupend an ihnen vorbei.
„Wir sollten lieber…"
„Tatsache."
Sie fuhren dem leuchtenden Sternenhimmel entgegen.
„Was hast du eigentlich Loni Schneider gesagt?", fragte Ellis nach einer Weile. „Es sah so aus, als ob... Und auf einmal ist sie gegangen."
„Ich habe ihr gesagt, dass ich ein Träumer bin und daran glaube, dass das Gute auch das richtige ist. Nicht wörtlich

natürlich." Hans gähnte. „Ich glaube, der Träumer wird jetzt erstmal hundert Jahre lang schlafen."
„Das wird er."
„Willst du mit mir schlafen?", fragte er und gähnte.
Ellis lächelnde Lippen weiteten sich in eine dem Tag völlig unangebrachten Art und Weise. Sie sah ihn grinsend an.
„Nein, nein, so meinte ich es doch gar nicht", stotterte Hans. „Ich wollte eigentlich fragen, ob... du bei mir schlafen möchtest."
„Hundert Jahre? Ich bin aber gar nicht müde."
Beide lachten.
„Ich will deinen emotional instabilen Zustand nicht ausnutzen. Es hat immerhin schon eine völlig irrationale Zusammenbleib-Angebote gegeben."
„Alles was ich will ist, jetzt einfach schlafen zu gehen und zu wissen, dass du morgen früh immer noch neben mir liegst. Und übermorgen auch. Und dass wir ab jetzt nur noch glückliche Dinge erleben. Ist das in Ordnung für dich?"
Ellis nickte. Eine der Tränen, die sie den ganzen Tag lang zurückgehalten hatte, rann ihr über die Wange.
„Ja", sagte sie.

# Epilog

Wir sehen ein einzelnes Auto, das mit seinem Scheinwerfer die sternenklare Nacht durchpflügt. Kleiner und kleiner werdend, ein gelber Punkt im Schwarz, unter einer Wolke verschwindend. Die Worte hallen noch nach in der Weite des Universums. Hans hat seine Entscheidungen also getroffen. Wir kennen die Zukunft in die die beiden fahren. Manches ahnen sie. Sie wissen, dass sie eine gewisse Zeit ihrer Zukunft gemeinsam verbringen werden. Sie wissen, dass sie eines Tages sterben werden. So wie wir. Sie wissen noch nicht den Tag, sie wissen nicht, ob sie einsam sein werden, oder so wie wir im Kreis der Familie sterben werden. Sie ahnen auch noch nicht, dass Hans bald am Grab seines Vaters stehen wird, dass er eine Grabrede über das Wesen des Todes halten wird.
Sie werden an uns denken, jeden einzelnen Tag solange sie leben. Sie werden uns in ihren Gebeten an ihrem Leben teilhaben lassen. Und obwohl sie wissen, dass sie uns fehlen, werden sie Tag für Tag leben, als existierte diese Gewissheit nicht. Sie werden nachts zum Himmel blicken und uns irgendwo in den Sternen vermuten.
Und so soll es auch bleiben. Deshalb überlassen wir diesen winzigen gelben Punkt, der irgendwo dort unten in seine Zukunft fährt, nun seinem Schicksal und senken die Nacht endgültig über die Geschichte von Hans und Ellis, die wir eine Weile begleiten durften. Wir wünschen Ihnen unseren Segen und halten es mit diesem Lied, das sie in der Kirche gesungen haben und noch oft singen werden: Und bis wir uns wiedersehen, halte Gott sie fest in seiner Hand.

# Inhaltsverzeichnis

Prolog: Der letzte Tag vorm Rest des Lebens ..................... 4
Das Leben ............................................................................ 16
Freunde ............................................................................... 31
Alles über seine Mutter ....................................................... 36
Ein letztes Abendmahl ........................................................ 45
Wiederauferstehung ........................................................... 53
Declare this an emergency ................................................. 59
Totentanz ............................................................................ 62
Tanz in den Mai .................................................................. 67
Vorbeugende Maßnahmen ................................................. 88
Muttertag ............................................................................. 91
Die Kapelle ....................................................................... 103
The battles have begun your hard times are ahead ........ 106
Schnaps oder Mineralwasser ........................................... 110
Sternleuchten in der Dunkelheit ....................................... 129
Abiturball .......................................................................... 135
Du wirst von Sternen high ................................................ 144
Loni Schneider in Paris .................................................... 180
Die Stadt der Liebe .......................................................... 190
Noch jemand .................................................................... 201
Die fabelhafte Welt ........................................................... 211
Impressionen der toten Maler ........................................... 227
Den Umständen entsprechend gut .................................. 245
Ein schöner Ort ................................................................ 252
Wunderbare Welt .............................................................. 268
Hans und Ellis .................................................................. 278
Dem Wesen nach Gespenster ......................................... 292
Die große Gereiztheit ....................................................... 300
Mein Herz, mein Herz ist traurig ...................................... 320
Gewisse Wahrheiten ........................................................ 325
Das Mädchen und der Tod .............................................. 340

La nuit du Loni Schneider ............................................... 348
Der große Stumpfsinn ..................................................... 365
Der 27. Geburtstag ......................................................... 369
Familienausflug .............................................................. 376
Der Donnerschlag ........................................................... 382
Run for absolution .......................................................... 391
Die Familie im Wohnzimmer ........................................... 393
Fragwürdiges ................................................................. 399
Ein Rendezvous ............................................................. 403
Noch mehr Fragwürdiges ............................................... 408
Time is running out ........................................................ 412
Der Abschied Teil I ........................................................ 422
Der letzte Abschied ........................................................ 430
Der Tod .......................................................................... 436
Die Beerdigung .............................................................. 445
Epilog ............................................................................. 457

## *Was kommt, wenn die Jugend vorbei ist?*

*Peter steckt in einer Sackgasse. Sein Job langweilt ihn, seine Freunde gründen Familien und seine Beziehung steckt in der Dauerkrise. Verzweifelt hofft er, auf einem Männertrip nach Sankt Pauli auf andere Gedanken zu kommen. Zu seiner Überraschung ändert sich tatsächlich alles:*

*Er trifft auf Justin, den coolen Kleinstadtrebellen, der in der Großstadt studiert und Peter verknallt sich in dessen Freundin Greta.*

*In einer wilden Nacht überschlagen sich die Ereignisse und als die Sonne über dem Hamburger Hafen aufgeht, ahnt Peter, dass das wilde, gute Leben gerade erst begonnen hat.*

*Ehe er es sich versieht, ist er mitten drin im Chaos der Kleinstadtrebellen.*

*Es folgt eine Reise nach Wien, eine Trennung, Gorillas im Morgennebel, eine übermütige Wohngemeinschaft, ein stinkender Sack und jede Menge Blaulicht und Durcheinander, wo auch immer Justin und die Kleinstadtrebellen auftauchen.*

*Mehr zu lesen gibt es online auf*

# Bernhard Straßers Chiemgauseiten
*Wissenswertes aus Chiemgau und Rupertiwinkl*

Bernhard Straßer

Über mich

Bücher & Was zum Lesen

Meine Bücher

Chiemgau

Chiemgau und Rupertiwinkel

Elterntagebuch

Das Elterntagebuch

## *www.chiemgauseiten.de*

55748775R00257

Made in the USA
Charleston, SC
03 May 2016